源氏物語の皇統と論理

浅尾広良
Asao Hiroyoshi

翰林書房

源氏物語の皇統と論理◎目次

Ⅳ

冷泉帝御代の特質

Ⅴ

源氏物語と史書

凡例

一　『源氏物語』の本文の引用は、小学館刊行新編日本古典文学全集により、巻名・巻数・頁数を記した。ただし、第Ⅳ篇第2章「国冬本少女巻朱雀院行幸の独自異文」は、国冬本本文を大島本と比較したため、この論文のみ岩波書店刊新日本古典文学大系を用いた。（なお、一部句読点を私に改めた。）本文に付した傍線・波線等は、すべて浅尾。

一　『源氏物語』の本文の異同は、『源氏物語大成』（中央公論社）、『河内本源氏物語校異集成』（風間書房）、『源氏物語別本集成』・『源氏物語別本集成続』（桜楓社・おうふう）により、適宜漢字に改めた。ただし、第Ⅳ篇第2章「国冬本少女巻朱雀院行幸の独自異文」の国冬本本文は、伊藤鉄也・岡嶌偉久子による翻刻（伊井春樹編『本文研究　考証・情報・資料　第六集』所収　和泉書院　平成16（二〇〇四）年）により、適宜句読点・鉤括弧を付した。

一　『源氏物語』の古注・新注の出典は、以下の通り。本文に付した傍線・波線等は、すべて浅尾。

『源氏物語奥入』…池田龜鑑編『源氏物語大成』巻七　研究・資料篇（中央公論社）
『紫明抄』…玉上琢彌編『紫明抄　河海抄』（角川書店）
『河海抄』…玉上琢彌編『紫明抄　河海抄』（角川書店）
『花鳥余情』…伊井春樹編『松永本　花鳥余情』源氏物語古注集成（桜楓社）
『細流抄』…伊井春樹編『内閣文庫本　細流抄』源氏物語古注集成（桜楓社）
『弄花抄』…伊井春樹編『弄花抄』源氏物語古注集成（桜楓社）
『明星抄』…中野幸一編『明星抄』源氏物語古註釈叢刊（武蔵野書院）
『岷江入楚』…中野幸一編『岷江入楚』源氏物語古註釈叢刊（武蔵野書院）

『源氏物語年紀考』…『本居宣長全集』第四巻（筑摩書房）
『源氏物語評釈』…『源氏物語評釈　全』（皇学書院）

一　左記のものについては『新訂増補　國史大系』（吉川弘文館）によった。なお、引用に際しては、一部表記を改めた。本文に付した傍線・波線等は、すべて浅尾。

『日本書紀』『続日本紀』『日本後紀』『続日本後紀』『日本文徳天皇実録』『日本三代実録』『類聚国史』『本朝世紀』『令義解』『令集解』『日本紀略』『類聚三代格』『延喜式』

一　『貞信公記』『九暦』『九暦抄』『御堂関白記』『小右記』については『大日本古記録』（岩波書店）に、『権記』は『史料纂集』（続群書類従完成会）に、『西宮記』は『改定　史籍集覧』（臨川書店）と『改訂増補　故実叢書』（明治図書出版）にそれぞれよった。なお、引用に際しては、一部表記を改めた。本文に付した傍線・波線等は、すべて浅尾。

一　右以外の文献・作品の出典については、その引用の都度に掲げることとした。なお、引用に際しては、表記を改めたものもある。

一　引用本文にある割注は、【】に入れて表記し、文字の大きさを本文と同じにした。

序章

皇統の歴史と物語の論理

はじめに

『源氏物語』はどのように読まれていたのか——。前著『源氏物語の准拠と系譜』（翰林書房　平成16（二〇〇四）年）では、「准拠《じゅんきょ》」を軸に据え、古注釈書で指摘されている歴史的事実を踏まえることで、『源氏物語』がどのような読みの広がりを持つのかを考察した。扱えた事例は多くはなかったが、准拠が物語のもつ一つの側面を鮮やかに照らし出すことを僅かながらでも明らかにし得たかと思う。しかし、准拠研究は、ともすると准拠が指摘された場面ばかりに目がいき、表面に表れた史実と物語との関係のみを論じて、全体の中でそれがどのような意味があるのかはなかなか見えにくい。特に、物語全体を支える歴史観がどのようなものかを知ろうとしても、個々の事例を積み重ねるだけでは難しい。個々の准拠の意味付けや評価も人によって揺れる可能性もある。物語は歴史を取り込みながら作られており、そこには物語全体を支える歴史意識が存在する。それを明らかにすることで、物語の読みはより深みと広がりを獲得することになると考える。本書は、作者紫式部の創作意欲の元にある歴史意識の解明を目指し、あわせて独自の物語の論理を究明しようとしたものである。本章では、本書の基本的な立場と目標を示すとともに、本書の構成と概要について述べてみたい。

一　本書の立場と目標

源氏物語研究の中で、歴史との関わりから物語の特徴を解き明かす研究は、近年さまざまな成果として報告されている。(1)これまでに准拠として指摘された事柄の他にも、細かな内容に至るまで歴史的事象との関わりが指摘され、物語の特徴を明らかにしてきた。それは、『源氏物語』が歴史的な内容を深く内在化させていることの証であるとともに、それらにより従来の文学研究の視点だけでなく、歴史学の成果を取り込むことで、研究の更なる進展が図られることとなった。今後ともその成果は期待されるものの、歴史学研究の成果をそのまま文学研究に当て嵌めることについては、一方で慎重であらねばならない。なぜなら、物語が歴史的内容を踏まえるとはいえ、物語世界はあくまで虚構であり、歴史そのものではないからである。そのため、場合によっては物語が歴史的事象から大きく乖離することもあり、それが歴史学研究者からは作者の歴史に対する認識不足として論じられてしまう場合もあった。(2)文学研究として発展させていくためには、物語の舞台となった時代を歴史的変遷の中から定位し、それの時代的意味を検討し、それとの比較から物語の論理を丁寧に読み解いていくことが求められる。

例えば、『源氏物語』の舞台として古注以来指摘のある延喜天暦准拠説について問題としてみよう。それを明確に提示したのは『河海抄』である。料簡には次のようにある。

物語の時代は醍醐朱雀村上三代に准スル歟　桐壺御門は延喜朱雀院は天慶冷泉院は天暦光源氏は西宮左大臣　如此相當スル也（中略）難者云以前の准拠誠に其寄ありといへとも此物語は光源氏をむねとする歟　されは西宮左大臣に准スル事一世の源氏左遷の跡は相似たれとも彼公好色の先達とはさしてきこえさるにや　いまの物語は殊に此道を本としたる歟如何　答云作物かたりのならひ大綱は其人のおもかけあれとも行迹にをきてはあなかちに事ことにかれを摸する事なし

前半で物語の時代設定について述べ、後半では准拠の方法について言及する。物語の時代は醍醐・朱雀・村上の御代を連想させながら、しかし、物語の登場人物は歴史上の人物そのものではなく、その面影を端緒として独自に造型されたものだという。この時代設定に関する言及は、後の古注釈書にも長く引き継がれていく。その中の一つの三条西実隆『細流抄』では、

凡日本の国史は三代実録光孝天皇仁和三年八月まてしるして其後国史見えさる歟　此物語は醍醐天皇よりしるす心彼国史につかんの心とみえたり

と論じて、国史との関連を説くものまで現れる。『源氏物語』は虚構の物語でありながら、国史に繋がると考えている。これは極端な例ながら、『源氏物語』を歴史と関わらせて読むという行為は、これらの例に限らず、かなり古くから行われてきたことが判っている。

このような古注釈者たちの読み方が何に由来するのかと言えば、それは作品自身の中に根拠がある。最初の巻である桐壺巻の冒頭は、

いづれの御時《おほむとき》にか、女御《にようご》、更衣《かうい》あまたさぶらひたまひける中《なか》に、いとやむごとなき際《きは》にはあらぬが、すぐれて時めきたまふありけり。　（桐壺①　一七頁）

と始まり、ある帝の御代の、帝と女御と更衣とをめぐる話として始まる。ここだけではその舞台となった時代は判らないが、さらに読み進めれば、自然とそれを意識しながら読むように導かれる。それは固有名詞の使われ方に端的に現れている。桐壺更衣の亡き後に、

このごろ、明け暮れ御覧ずる長恨歌《ちやうごんか》の御絵、亭子院《ていじのゐん》の描《か》かせたまひて、伊勢《いせ》、貫之《つらゆき》に詠《よ》ませたまへる、大和《やまと》言《こと》の葉《は》をも、唐土《もろこし》の詩《うた》をも、ただその筋をぞ枕言《まくらごと》にせさせたまふ。　（桐壺①　三三頁）

と宇多天皇の作らせた長恨歌の絵や伊勢・紀貫之といった実在人物が語られ、さらに第二皇子を高麗の相人に見せ

る場面では「宇多帝《うだのみかど》の御誡《いましめ》あれば」（桐壺① 三九頁）と桐壺帝が宇多天皇の残した『寛平御遺誡』を遵守する姿が語られることなどにより、次第に醍醐天皇御代に比されていることを知る。

それが冷泉帝御代の絵合巻に至ると、帝の御前での絵合が村上天皇御代の天徳内裏歌合の趣向に則って行われるのをはじめ、藤壺の御前の絵合では、

絵は巨勢相覧《こせのあふみ》、手は紀貫之《きのつらゆき》書けり。紙屋紙《かむやがみ》に唐《から》の綺《き》を陪《はい》して、赤紫の表紙、紫檀《したん》の軸《ぢく》、世の常のよそひなり。（中略）白き色紙《しきし》、青き表紙、黄なる玉の軸なり。絵は常則《つねのり》、手は道風《みちかぜ》なれば、いまめかしうをかしげに、目も輝《かかや》くまで見ゆ。（絵合② 三八一頁）

と、醍醐天皇御代の巨勢相覧や紀貫之といった人々に対して、「今めかしき」絵として飛鳥部常則や、筆跡として小野道風といった人々の名が見え、物語の冷泉帝御代が史上の村上天皇御代と重なって語られてくる。これら以外にも延喜天暦期との重なりは、例えば「琴の琴」などの音楽[3]や、男踏歌などの行事[4]、冷泉帝が行う大原野行幸[5]などからその符合の意味が論じられ、また重なりと相違から虚構の論理を読み解こうとする研究[6]などがなされてきた。このように、物語は一見すると、古注釈者たちの指摘の通り、醍醐・朱雀・村上天皇の御代を舞台として物語の桐壺・朱雀・冷泉帝の御代が形作られているように見える。

しかし、その中身を詳しく見ていくと、上記の延喜天暦の頃から大きく外れたり、全く歴史的現実から乖離することも語られてくる。例えば、光源氏が源高明に准拠すると言われる須磨巻冒頭の有名な箇所、

三月二十日《はつか》あまりのほどになむ都離《はな》れたまひける。人に、いまとしも知らせたまはず、ただいと近う仕うまつり馴《な》れたるかぎり七八人ばかり御供《とも》にて、いとかすかに出で立ちたまふ。（須磨② 一六三頁）

の記述は、安和二（九六九）年三月二十余日の安和の変による源高明の失脚を准拠とする。安和の変は厳密には村

上天皇御代よりも後の冷泉天皇御代の出来事である。また、光源氏や夕霧の昇進の速さは『源氏物語』が成立した一条朝に新たに確立しつつあった特殊な栄達ぶりに近く、かつそれを超えるものとして語られているとの指摘がある。[7] 澪標巻で東宮冷泉が十一歳で元服するのは、一条天皇が即位した年に東宮居貞親王が十一歳で元服したのを嚆矢とする極めて同時代的な感覚であるし、藤壺が「太上天皇《だいじゃうてんわう》になずらへて御封《みふ》賜《たまは》らせたまふ。」（澪標② 三〇〇頁）とあるのも、一条天皇の母藤原詮子が円融上皇の崩御後、正暦二（九九一）年九月十六日に東三条院となったことに由来する同時代的な事柄である。しかし、光源氏などの人臣が「太上天皇になずらふ御位」（藤裏葉③ 四五四頁）に就いた前例は、歴史上にはない。また、桐壺帝が行う朱雀院行幸には嵯峨朝復古の趣向が見えることや、[8] 桐壺帝には仁明天皇や宇多天皇との重なりも指摘されている。[9] このように『源氏物語』は、物語の本文に歴史上の実名を表記し、物語の舞台として延喜天暦期を想起させる一方で、それを遡る時代やずっと後の同時代的な事柄をいくつも取り込むなど、まさしく虚構の物語の中だけの独自な世界を形作っている。こうしたいくつもの時代の内容を同時に合わせ持つ、もしくはその時々によって微妙に揺れ動く舞台を、単に延喜天暦期と位置付けるだけでは、さまざまなことが抜け落ちてしまうだろう。

明らかにすべきは、そうした全く異なる時代の事柄を取り込んでくる物語の必然性であり、その意図である。大枠として延喜天暦期を舞台とすることの意味も十分に検討し、その意味を問う必要がある。物語の時代設定を読み解くことは、物語の理解の前提となっている論理を究明することに他ならない。言葉や表現を支える価値観や当時の社会を成り立たせている仕組みを分析して定位することで、歴史的事象を引用することの意味は初めて明らかとなるはずである。

さらに、物語の論理を明らかにする上でもう一つ重要なのは、物語に語られた内容が、歴史的に見てどこまでがあり得ることなのか、どこからが物語独自の虚構の論理と言えるのかを、なるべく正確に見極めることである。物語だけを見ていると、物語内のコンテクストの中でのみ物事を理解してしまい、語られていることの異常性や特異性が見えにくくなることがある。登場人物の言葉や行動の意味を支えるのは、作品内のコンテクストのみならず、作品外のコンテクストでもある。その作品外の重要なコンテクストの一つが〈時代性〉である。〈時代性〉は、単にその時代だけを見ても何が特徴なのか、なぜそうなったのかは見えにくい。それは時間の経過の中での変化の有り様を見極めて初めて明らかとなる。これを解き明かしてこそ、物語が追究しようとした独自の主題は立ち上がってくるものと考えるのである。不可解なものを何でも「物語の論理」としてしまわずに、物語を支える歴史的根拠を検討し、登場人物の行動原理を意味付けてこそ、物語の主題は明らかになるであろう。

本書は、「皇統と論理」と題して、歴史上の天皇の足跡を辿る中からその行動原理を検討し、それとの比較から物語の中の帝の行動を跡づけ、その意味を明らかにしようとするものである。虚構の物語の中の帝とはいえ、その行動はそれまでの実在の天皇の前例にかなりの程度縛られている。その縛られ限定された中から新たな活路を拓くところに物語の論理がある。換言すれば、歴代の皇統の論理を「皇統の歴史」として位置付け、それを利用し、またそれに抗って生きる登場人物の「物語の論理」を明らかにすることが本書の目標である。

二　本書の構成と概要

本書で問題としたのは、主に帝のふるまいと皇位継承である。『源氏物語』の桐壺巻の最初に語られるのは、更衣をめぐる后妃間の嫉妬とその更衣が生んだ第二皇子の処遇をめぐる物語である。その第二皇子が物語の主人公光源氏であり、光源氏は「源氏」となることによって皇統から排除されるものの、常に皇統との緊張関係を保ちながら存在している。そして、桐壺帝は光源氏を立太子できなかった代償として、藤壺腹皇子の冷泉を立太子させるべく藤壺を立后する行動に出る。いわば、光源氏への桐壺帝の情念が皇統内でのさまざまな軋轢を生んでくるのである。本書は、その有り様を一つ一つ明らかにし、歴史の論理とそれに囲繞されながら生きる登場人物たちがどのようにして自らの意思を貫こうとして行動したのかを、歴史の論理との関わりから読み解こうとしたものである。

第Ⅰ篇「桐壺帝御代の特質」は、主に桐壺巻のもつ問題点を中心に論じ、そこから桐壺帝御代の特質を明らかにした。桐壺巻の文脈は、そのまま読んでも謎が多い。右大臣の娘の弘徽殿女御が、帝の東宮時代から参内して第一皇子を産み、その皇子は「疑ひなきまうけの君」（桐壺①　一八頁）と語られながら、更衣が第二皇子を産み、帝が更衣を「いと心ことに思ほしおきてたれば」（桐壺①　一九頁）と語られた途端、第二皇子の東宮立坊を女御が疑うという文脈は、後見や地位の差から判断していかにも不可解である。この女御の危惧は何を根拠とするのか、第二皇子はなぜ賜姓源氏とならねばならなかったのか等の事情を、女御と更衣との関係や、その皇子女の処遇を歴史的に通覧し、延喜天暦の頃を舞台とすることと併せて考察した。延喜天暦期は更衣腹皇子であっても親王宣下され、更衣から女御にもなり得た時代であったこと、第二皇子を臣籍降下させたことは、帝が第二皇子の立坊を模索しながら、なんとか生き延びる道を探る行為であったことを明らかにした（1「女御・更衣と賜姓源氏」）。次に、藤壺の入内がもっている問題点、特に彼女が「先帝の四の宮」で「后の宮の姫君」と、殊更に「后腹」であることが強調される文脈を、どのように考えれば良いのか、さらにそれは物語に何をもたらすのかを歴史的に検証した（2「后腹内親王藤壺の入内」）。それはもう一人の后腹内親王である「大宮」が左大臣と結婚していることとも関連する。桐壺巻は、藤壺と大宮という二人の后腹内親王の入内と降嫁を語るのであり、これが桐壺皇統のおかれた切迫した状況に由来することを明らかにした（3「桐壺皇統の始まり」）。皇女の婚姻は、『源氏物語』の第一部から第三部まで一貫して追究されたテーマでもある。そして最後に、桐壺巻末に語られる光源氏の元服の場面を問題とし、年齢や場所、人物の配置や添臥に至るまで詳細に語られることとの意味を検討した。十二歳での元服が如何に早いかを証明するとともに、その早さゆえに皇位継承の連想を導くことと、東宮朱雀の元服に何一つ劣らず、東宮にのみ許される添臥の存在を語るなど、光源氏の破格の待遇を明らかにした。それが帝の意思として行われることで、この元服の儀は、次に立太子されるのは光源氏ではないかという思惑や疑心が交錯する場となったと考えられる（4「光源氏の元服」）。それゆえにこそ、光源氏は臣籍に降っていながら、限りなく皇統に近い存在として認知され、皇統との緊張感を抱えるとともに、添臥をめぐって左右大臣家が訣別することで、光源氏の人生にさまざまな困難と新たな世界を切り開く端緒となったと考える。

第Ⅱ篇「桐壺帝御代から朱雀帝御代へ」は、桐壺帝御代の最後から朱雀帝即位までの経緯を中心に論じ、その間にどのような駆け引きがあったのかを明らかにした。その出発点となるのは、藤壺腹皇子の冷泉を光源氏の身代わりとして立太子しようとした桐壺帝の情念である。皇子を立太子するために、その母を立后することは従来から用いられた手法であり、しかも藤壺は后腹内親王であるから立后するに相応しい。しかし、すでに皇太子がいながら、その母である弘徽殿女御ではなく藤壺を立后することと、譲位の際に藤壺腹皇子を立太子することは、それまでの歴史にはまったく例を見ない新しい形であることを指摘した。むしろ、桐壺帝は自らの情念によってわざわざ皇統の分裂を引き起こし、右大臣を後見とする朱雀側と光源氏を後見とする冷泉側の軋轢を招いている（1「藤壺立后から冷泉立太子への理路」）。その軋轢を解消し、これは分裂ではなく一体なのだと演出するために開催したのが、南殿での桜の宴である。花宴が歴史上、天皇と臣下との関係強化のためと、天皇が東宮に権威を移譲し譲位への準備として行われたことを利用する形で、桐壺帝は両脇に藤壺中宮と東宮朱雀を並べて、三者が一体であることを演出し、東宮朱雀から次の冷泉への皇位継承の道筋を作ったのである。宴の中で、東宮朱雀が光源氏に挿頭を下賜して舞を所望する場面は、挿頭が東宮朱雀と光源氏の一体感を演出する道具であり、光源氏は冷泉の後見であるから、東宮朱雀と冷泉の一体を比喩し、人々には兄が弟に歩み寄る姿として映ったものと考えられる（2「宮廷詩宴としての花宴」）。しかし、朱雀の後に冷泉が皇位を継承するということは、朱雀が繋ぎの立場に追いやられることを意味する。これは後見である右大臣や弘徽殿女御にとってはとうてい受け入れ難いことで、それが花宴巻末の藤の宴の開催へと繋がっていく。この藤の宴の前に行われた「弓の結」は賭弓のことで、時期から考えて立后に伴って行われた男踏歌の後宴の賭弓と考えられる。本来、これは殿上賭弓として宮中で行われるべきことであったが、右大臣は何らか桐壺帝の許しを得て主催し、自邸で行ったものであろう。右大臣は次期朱雀帝の後見として権力を誇示し、帝の代行として主導権を握ろうとしたのである。右大臣がその場に光源氏を呼ぶのは、次期東宮の後見である光源氏を呼び寄せ、跪かせて朱雀の正統性を証す狙いがあったものと考える。しかし、光源氏は右大臣を頂点とする秩序を潔しとせず、次期東宮の後見として右大臣を越える存在感を示すため、帝の装いである御引直衣姿で現れる。帝の代行をしようとする右大臣に対し、光源氏は帝の姿そのもので対抗したのであり、ここに二人のつばぜりあいを読むことができることを指摘した（3「踏歌後宴の弓の結」）。

第Ⅲ篇「朱雀帝御代の特質」は朱雀帝御代の特質を、斎宮と斎院、五壇の御修法、法華八講、天変を中心として整理し、併せて右大臣と弘徽殿大后を後見とする朱雀帝と、光源氏と藤壺を後見とする東宮冷泉との緊張関係を論じた。花宴巻と葵巻との間には、古来から空白の時間があることが指摘されてきた。葵巻の冒頭に語られる新斎院の御禊の記事から、その経過した時間を確定し、それを根拠とすると、新斎宮の伊勢群行に至る斎戒潔斎の進行が著しく遅れていることが判り、五壇の御修法と併せて朱雀帝が抱えた深刻な問題の可能性を指摘した（1「朱雀帝御代の始まり」）。斎宮と斎院は、『源氏物語』のすべての帝の御代に卜定されているはずなのに、誰が卜定されたかが語られるのは朱雀帝御代だけである。斎宮には前坊と六条御息所の娘の秋好が、斎院には桐壺院と弘徽殿大后の娘の女三宮がそれぞれ卜定されることの意味を、歴代の斎宮と斎院の卜定のあり方から考察した。即位当初に女王を卜定するあり方は一面で極めて同時代的であるが、内親王より優先して女王を卜定するのは、すでに秋好が斎王に内定していた可能性があると考えられる。それをわざわざ前坊の娘として語ることは、生きていれば前坊が即位し、その后腹内親王として斎宮となっていたことを意味する。葵巻はあり得たであろう前坊の御代との比較から語られていることを述べた。一方、后腹内親王である女三宮が斎院に卜定されるあり方には、摂関主導の斎院卜定のあり方が見え、后腹内親王によって朱雀帝を荘厳化しようとする右大臣の思惑が読めるとした（2「朱雀帝御代の斎宮・斎院」）。賢木巻での桐壺院の崩御後、右大臣・弘徽殿大后方から東宮方への圧力が日に日に高まり、廃太子の緊張感が高まる中で行われた桐壺院追善の法華八講の意味について論じたのが第三章（3「桐壺院追善の法華八講」）である。法華八講は、歴史上の用例から見て、主従・縁族意識の強い法会であることを指摘し、多数の親王達や上達部の参列を得て行うことで、藤壺が中心となって皆の結束を強め、桐壺院の遺志――東宮冷泉への皇位継承――を確認しあう場となったと考えられる。藤壺は出家することで表舞台から退場し、光源氏も須磨に退去することで、後見に嫌疑をかけて冷泉が廃太子されることは回避された。須磨巻から明石巻にかけて起こった嵐が、都でも吹き荒れ、そのために臨時の仁王会の開催にまで至る意味を論じたのが第四章（4「朱雀帝御代の天変」）である。朱雀帝御代の仁王会は「雷」を「物のさとし」と解釈し、さらに「物の怪」の出現によって開催されるとある。これは歴代の天皇の御代で行われた仁王会の開催理由と比較すると、「雷」は醍醐天皇御代のそれを、「物の怪」は祖霊の遺志に背く何らかの行為を連想させる。仁王会には歴代天皇の天変に対する畏れが重なり、朱雀院は父院の遺志に背いたことが自ら死を招くとする確信を抱き、光源氏召還へと動き出すのである。

第四篇は「冷泉帝御代の特質」として、冷泉帝御代に行われた朱雀院行幸と、男踏歌を中心に論じた。冷泉帝については先の著書で薄雲巻の天変や行幸巻の大原野行幸など、帝を取り巻く状況や行動について論じたことがある[10]。本篇では、従来あまり論じられることのなかった少女巻の朱雀院行幸と初音巻末の男踏歌を関連づけて、そこに秋好立后から続く物語の流れを読み取った。少女巻の後半に語られる朱雀院行幸は、朝賀でも病気見舞いでも算賀でもない朝覲行幸である。しかも、日程を桐壺帝御代に行われた南殿での花宴に合わせ、帝の赤色袍と供奉した臣下達の青色袍がコントラストとして映り、さらに太政大臣光源氏も赤色袍を着て現れるという特徴を有する。これを歴史的に確かめると、この装束の対照は大原野行幸や内宴や臨時の殿上賭弓でのみ見られ、通常の朝覲行幸では行われない趣向であることが判った。装束の対照は天皇と臣下との調和を表し、光源氏と冷泉帝の赤色袍は二人が一体であることを表している。これは冷泉帝が秋好を立后して朱雀院皇統との間に軋轢を生んだことに対して、往事の花宴を連想させることで、桐壺院の意思の記憶を呼び戻し、王権の分裂を回避する行為であったと考えられる（1「少女巻の朱雀院行幸」）。この理解は、国冬本源氏物語を除いた大方の諸本での理解である。第二章は、この場面の記述が大幅に違う国冬本源氏物語の朱雀院行幸の理解を整理した。『源氏物語』は諸本によって多少内容が違うとはいえ、ここまで大きく違う場面はそう多くない。特に、朱雀院行幸の中心的な内容と思われる箇所が異なる。例えば、帝と臣下がそれぞれ赤色袍と青色袍を着るのではなく、皆青色袍を着ている。太政大臣光源氏が呼ばれていない。和歌は唱和歌ではなく、二首ずつの贈答歌となっている。上の御遊びでの担当楽器が朱雀院を除いて皆違う。特に「琴の琴」の演奏者が光源氏ではなく「左大臣」とあり、この左大臣が誰なのかも不明であるなど、国冬本は他の諸本と比べて大きく異なっている。光源氏を登場させないことが場面全体の理解に大きく影響を及ぼしているようだ。なぜこのような本文となっているのかは全く不明である。ただし、国冬本源氏物語の少女巻は、脱落と錯簡が激しく、この場面の他にもいくつも問題を抱えているとの指摘がこれまでの研究でなされている。国冬本源氏物語の少女巻は、鎌倉末期に津守国冬によって書写された比較的古い本であるから、かなり早い段階でこのような本文異同が起こっていたことが判る（2「国冬本少女巻朱雀院行幸の独自異文」）。朱雀院行幸が秋好立后に由来するのと同じく、初音巻末の男踏歌もまたそれと関わっている。男踏歌は、聖武朝に行われた官人踏歌の流れを汲み、宇多天皇が復興させた天皇を予祝する儀礼で、男性官人たちが神の格好をし、集団で踊りながら後宮を練り歩いて天皇家の繁栄を言祝ぐ。聖武は光明子の立后を認めさせるために行ったように、初音巻での男踏歌は、反対の根強い秋好の立后を皆に認めさせる意味を持ったと考えられる。それだけでなく、桐壺帝御代での男踏歌は桐壺帝と一院の正統化に寄与するとともに、立后した藤壺と皇太子の母弘徽殿女御との複雑な関係を反映して、両後見勢力が主導権を巡って葛藤する有様を浮き彫りにする。真木柱巻では后腹でない東宮の正統化のために行われ、竹河巻では冷泉上皇の皇子女が無事に誕生することを祈願し予祝する。男踏歌は、天皇予祝の儀礼であるが故に、『源氏物語』の皇統の複雑な力関係を浮き彫りにし、その後見勢力の思惑を映し出すのである（3「結集と予祝の男踏歌」）。

第V篇「源氏物語と史書」では、紫式部をめぐる『日本紀』について論じた。紫式部と史書、『源氏物語』と史書との関わりを考える際に、『紫式部日記』と『源氏物語』の両方に出てくる『日本紀』が何を指すのかという問題は避けて通れない。この『日本紀』をめぐる問題については、大きく言って藤井高尚以来の六国史説と『日本書紀』そのものを指すとの二説がある。本論では、そもそも「日本紀を読む」という行為が、どのようなことを表すのかを考えることから、『日本紀』の特定を試みた。その結果、当時において『日本紀』とは日本紀講筵と深く関わり、歴史の中で繰り返し行われた中から、『日本書紀』に書かれたものだけでない知識までも『日本紀』として受け取られ、『日本紀』に関するさまざまな知を生み出した。それらを含めて読み学ぶことが「日本紀を読む」行為だったことが判る。しかも、日本紀講筵が行われた時を見てみると、政情不安や地方の叛乱など、歴代天皇が何らかの危機に瀕していた時で、天皇と臣下が共に歴史意識を共有することによって、原点に回帰し、天皇のもとに権威を一元化し、結束を固め、秩序を回復しようとする行為であったと考えられる。そのように見ると、『紫式部日記』や『源氏物語』の『日本紀』の解釈も当然変わってくる。『紫式部日記』では、一条天皇が何らか『源氏物語』の中に『日本紀』の知――日本紀言説――との関わりを読み取ったための発言となり、紫式部への敬意を込めた感想となる。だからこそ「日本紀の御局」という渾名が大それたものとなり、悪意ある発言となるのだ。また、『源氏物語』では、光源氏が物語を持ち上げる発言の中に『日本紀』との比較があり、これ以上に大袈裟な言い方はない。玉鬘を口説く言葉としては、国政に重大な意味をもつ『日本紀』と比較してこそ、その仰々しさが際立ち、玉鬘の気を惹く冗談ともなる（1「紫式部と『日本紀』」）。単に、六国史か『日本書紀』かという議論ではなく、『日本紀』が歴史的にもった意味までも含めた用法であったと考えるのである。

＊　＊　＊

もとより本書のみで『源氏物語』の皇統の問題を論じ尽くせたわけではない。まだ道半ばであって、本書は、その途中経過の報告である。このような研究方法が『源氏物語』研究として妥当性をもつのかどうか、導き出した結論に問題点はないのかをひとまず世に問い、今後の方向性と研究方法を模索したいと考えている。

また、本書をなすまでに約十年の歳月を費やしている。本人としては、ある程度一貫した問題意識と研究方法を採るように努めたが、これだけの時間が経過すれば、当然その間に問題意識や考え方なども変化する。一書にまとめるにあたって、整合性をもたせるために、だいぶ書き直すこととなった。そのため、初出の段階からかなり変わっているものもある。また、扱うテーマが相互に関連しているため、重複があることもご了解願いたい。

注

（1）二〇〇〇年以降に上梓された論集では『源氏物語の新研究――内なる歴史性を考える』（新典社　平成17（二〇〇五）年）、『源氏物語　重層する歴史の諸相』（竹林舎　平成18（二〇〇六）年）、『歴史と古典　源氏物語を読む』（吉川弘文館　平成20（二〇〇八）年）、『歴史のなかの源氏物語』（思文閣出版　平成23（二〇一一）年）、『知の挑発　源氏物語の方法を考える――史実の回路』（武蔵野書院　平成27（二〇一五）年）などがある。『王朝文学と通過儀礼』（竹林舎　平成19（二〇〇七）年）・『王朝文学と官職・位階』（竹林舎　平成20（二〇〇八）年）『王朝文学と斎宮・斎院』（竹林舎　平成21（二〇〇九）年）をはじめとした竹林舎の隣接諸学のシリーズや、『源氏物語と儀礼』（武蔵野書院　平成24（二〇一二）年）、『王朝びとの生活誌――『源氏物語』の時代と心性』（森話社　平成25（二〇一三）年）など、儀礼や官職、生活誌など従来とは違った角度から歴史と物語を説いたものもある。また、藤本勝義『源氏物語の表現と史実』（笠間書院　平成24（二〇一二）年）も忘れがたい。

（2）榎村寛之の「紫式部は斎王や斎宮について無知だった、というのが私の一貫した考え方である」（『伊勢斎宮の歴史と文化』の「あとがき」塙書房　平成21（二〇〇九）年）と述べた発言や、大津透の「紫式部は書物で少し知っていたかもしれないが、大臣や天皇の行なう政務あるいは政治がどのようなものか、実質的には何も知らなかっただろう」（「節会と宴――紫式部の描く王権――」山中裕編『歴史のなかの源氏物語』（注（1）に同じ）という発言など。

（3）山田孝雄『源氏物語の音楽』（宝文館出版　昭和9（一九三四）年）

（4）山中裕「源氏物語の成立年代」（『歴史物語成立序説』所収　東京大学出版会　昭和37（一九六二）年）・「六条院と年中行事」（『講座源氏物語の世界』第五集所収　有斐閣　昭和56（一九八一）年）など。
（5）拙稿「冷泉帝の大原野行幸」（『源氏物語の准拠と系譜』所収　翰林書房　平成16（二〇〇四）年）
（6）篠原昭二「桐壺巻の基盤について——准拠・歴史・物語——」・「『源氏物語』と歴史意識——冷泉院をめぐって——」（『源氏物語の論理』所収　東京大学出版会　平成4（一九九二）年）、今井久代「延喜の帝と桐壺帝」（『源氏物語構造論——作中人物の動態をめぐって』所収　風間書房　平成13（二〇〇一）年）など。
（7）神野志隆光「登場人物の官位の昇進は当時の現実に対応するか」（『國文學』第25巻第6号　昭和55（一九八〇）年5月）
（8）拙稿「嵯峨朝復古の桐壺帝」注（5）に同じ
（9）日向一雅「桐壺帝の物語の方法——源氏物語の準拠をめぐって——」（『源氏物語の準拠と話型』所収　至文堂　平成11（一九九九）年）、袴田光康「男踏歌と宇多天皇——『源氏物語』における〈帝王〉への回路——」・「桐壺帝と玄宗と宇多天皇——「桐壺」巻における寛平準拠の視角——」（『源氏物語の史的回路——皇統回帰の物語と宇多天皇の時代——』所収　おうふう　平成21（二〇〇九）年）
（10）拙稿「薄雲巻の天変——「もののさとし」終息の論理——」・「冷泉帝の大原野行幸——「見られる天皇」への変貌——」注（5）に同じ

I

桐壺帝御代の特質

1　女御・更衣と賜姓源氏
——桐壺巻の歴史意識——

序

『源氏物語』桐壺巻は「いづれの御時《おほむとき》にか、女御《にょうご》、更衣《かうい》あまたさぶらひたまひける中《なか》に、いとやむごとなき際《きは》にはあらぬが、すぐれて時めきたまふありけり」（桐壺①　一七頁）と、ある帝の御代を舞台として語り始める。これは歴史上のある帝の御代を想起させる語り方であり、物語世界に実在の天皇の御代を積極的に取り込む表現と言って良い。しかし、その帝は歴史上の誰か一人の特定の天皇をモデルにしたというのではない。いくつもの天皇の御代を連想させながら、『源氏物語』という新たな虚構の世界は作り上げられている。よって、物語の「帝の御代」を究明するには、物語に語られた内容を一条天皇御代から見て〈前代〉と仮構されるいくつもの天皇の御代と比較検討することが必要である。そうすることで、物語を支える歴史意識[1]はある程度まで復元可能となろう。

本章は、当時の人々が共有したであろう歴史意識を明らかにすることから、桐壺巻に語られる女御と更衣の関係、とりわけ桐壺更衣の後宮内での位置付けを考える。さらに、帝の心理や行動原理から、光源氏が如何にして賜姓源氏となるのか、その内実について考えてみたい。

一　弘徽殿女御と桐壺更衣

桐壺巻の冒頭場面は、どのような時代を背景にすると考えれば良いのだろうか。『源氏物語』が成立した一条天皇の御代、天皇の後宮に「更衣」の存在は既にいない。更衣の産んだ第二皇子が臣籍降下される、いわゆる「一世源氏」もまたこの時代には存在しない。よって、ここは仮構された〈前代〉を想定することなしに読むことはできない。桐壺巻に語られた女御と更衣との関わり、それらの皇子たちの処遇から抽出される問題点を整理することから始めてみたい。

桐壺巻の最初に語られるのは、帝の更衣への偏愛であり、それに引き続く皇子の誕生である。そこではそれが前世の因縁と関連づけられ、第二皇子の抜きん出た容姿を語るとともに、帝がその子を溺愛する様子が強調される。これに続いて物語は、

はじめよりおしなべての上宮仕《うへみやづかへ》したまふべき際《きは》にはあらざりき。おぼえいとやむごとなく、上衆《じやうず》めかしけれど、わりなくまつはさせたまふあまりに、さるべき御遊びのをりをり、何ごとにもゆゑあることのふしぶしには、まづ参上《まうのぼ》らせたまふ、ある時には、大殿籠《おほとのごも》りすぐしてやがてさぶらはせたまひなど、あながちに御前《おまへ》さらずもてなさせたまひしほどに、おのづから軽《かろ》き方《かた》にも見えしを、この皇子生まれたまひて後《のち》は、いと心ことに思ほしおきてたれば、坊《ばう》にも、ようせずは、この皇子《みこ》のゐたまふべきなめりと、一の皇子の女御は思《おぼ》し疑へり。

（桐壺①　一九頁）

と、引用箇所の最後に、もしかすると東宮にはこの第二皇子が立ってしまうのではないかとの第一皇子の母女御の危惧を語る。常識的に考えて、右大臣の女御腹の第一皇子と故大納言の更衣腹の第二皇子では、母の地位においても、後見においても、生まれた順番においても、本来まったく競い合うような相手ではない。それなのに、第一皇子の母女御が危惧の念を抱くとはどういうことなのか。その直前の文脈では、第二皇子の誕生以来、帝が特別な配慮をもって更衣の処遇を取り決めたという。更衣を厚遇することが第二皇子の将来を変えてしまう根拠になるのか。さらに、この引用箇所の最初には、本来この更衣は帝に近侍して身の回りの世話をするような地位ではないのに、帝がいつも傍に置いたがために女官程度の待遇に貶められていたのだという。だとすると、桐壺更衣は実際地位以上に周りから低く見られていたのであって、皇子を産んだからといってその評価は簡単に変わるものではなかろう。なのに、皇子が産まれて帝が更衣を「いと心ことに思ほしお」いた途端、女御が不安を抱くとはどういうことなのか。更衣を厚遇するといえば、「女御」に格上げすることが考えられるが、そのような記述はない。帝が更衣を厚遇した内容として具体的に語られるのは、後涼殿に「上局」を与えることと、重態に陥ってからの「輦車の宣旨」と、死後の「三位の位」の追贈であろう。しかし、最後の三位追贈の場面でも、

内裏《うち》より御使あり。三位《みつ》の位《くらゐ》贈りたまふよし、勅使来て、その宣命《せんみやう》読むなん、悲しきことなりける。女御《にょうご》とだに言はせずなりぬるがあかず口惜《くちを》しう思さるれば、いま一階《ひときざみ》の位をだにと贈らせたまふなりけり。これにつけても、憎みたまふ人々多かり。　（桐壺① 二五頁）

と、女御にしなかったことを帝は口惜しく思っているとの文脈から、女御の宣旨は最後まで下らなかったことが判る。つまり更衣の地位は死ぬまで変わることはなかったのである。

この輦車の宣旨と三位追贈に関して、増田繁夫は「一種の物語的誇張」とし、物語の表面的文脈ではそう書か

れていても、十分なリアリティをもった話ではなく、読者もまたそれを物語的誇張と認めて許容するような昔物語の文法とでもいうべき部分[2]だとして全く現実味のない話と見なしている。一方、高橋麻織は宇多朝から一条朝までの史実に照らし合わせて、これらは桐壺帝が二の皇子を立太子させるべく桐壺更衣の女御昇格を試みている文脈[3]だとし、全く違う意味付けをしている。これをどのように考えたら良いのか。例えば『河海抄』は、「輦車の宣旨」と死後「三位の位」を追贈されたことに、仁明天皇女御藤原朝臣沢子のことを注し、沢子を更衣に重ねて読むことで、帝が如何に更衣に対して深い愛情をもって接していたかを浮き彫りにする[4]。これは後に、高麗の相人が第二皇子に帝王相を読み解く場面で、渤海国の大使王文矩が沢子所生の時康親王（光孝天皇）に帝王相を読み取った話と対応し、更衣と光源氏との関係に沢子と時康を重ね、第二皇子の即位の可能性を示唆する。しかしこのことが女御腹の第一皇子を超えて、更衣腹の第二皇子を立太子させる根拠とはなり得ない。後の東宮立坊の場面では、

明くる年の春、坊《ばう》定まりたまふにも、いとひき越さまほしう思せど、御後見《うしろみ》すべき人もなく、また、世のうけひくまじきことなりければ、なかなかあやふく思《おぼ》し憚《はばか》りて、色にも出《い》ださせたまはずなりぬるを、「さばかり思したれど限りこそありけれ」と世人《よひと》も聞こえ、女御《にょうご》も御心落ちゐたまひぬ。（桐壺① 三七頁）

と、帝は第一皇子を超えて第二皇子の立太子を模索したことが判るが、最終的に断念し、母弘徽殿女御はやっと安堵したという。この時点で第二皇子は六歳であるから、女御は実に五年もの間心配し続けたことになる。これもまた物語的誇張なのか。更衣の待遇の変化と弘徽殿女御の危惧の理解には、文脈上には現れてこない女御と更衣との関係と、それらの皇子に関する歴史意識が背後にあり、それによってこの物語の現実はもたらされていると考えるべきではないのか。そこで、女御と更衣がどれほどの身分的な差をもち、それらの皇子はどのように遇されるのかについて、次にその研究史を簡単に辿ってみたい。

女御と更衣は、いずれも令外のキサキであって、律令には規定されていない。しかし、『本朝月令』所引の弘仁中務省式の時服を給わるべき後宮として、

弘仁中務式云。後宮時服云々。妃、夫人、嬪、女御、更衣云々。(5)

と、嬪に次いでその名があることによって、嵯峨天皇の弘仁年間には既に女御も更衣も定着していることが確認できる。ただし、その成立の経緯および位置づけについては、論者により若干見解が分かれている。(6) 玉井力は、女御の成立を桓武朝とし、さらに嵯峨朝に登場した女御・更衣は桓武朝の女御を二分したものだとする。桓武天皇は令外のキサキに多数の皇子女を儲けたため、そのキサキに何らかの称号が必要となり、その皇子女を親王として認知するために令外の制度として嬪以外のキサキを女御としたのだという。ところが、女御制度が確立してくると、その所生皇子すべてを皇位継承権をもつ親王として認知することができなくなり、親王に認知する「女御」と産んだ子を賜姓する可能性のある「更衣」に分けたと分析する。(7) これに対して、増田繁夫は、賜姓されることは要するに天皇の子として認知されないことであり、その母である更衣は明確にキサキの位置づけがなされていないのではないかと提起する。いわば更衣は女官でもなく、明確にキサキでもないというかなり曖昧な位置づけになっているのではないかとし、「更衣」はキサキとしての地位を示す法制的呼称ではなくて、少なくとも一条朝以前にあっては、女御以下の身分の宮人たちのうちでキサキ的な人々、そして単なる女房以上の人々を総称する通称なのではないかとする。(8) 瀧浪貞子は、増田の意見を支持しながら玉井の論を批判し、嵯峨朝に現れる女御と更衣は、桓武朝の女御を二分したのではなく、桓武朝に存在した上・下身分の「事実上のキサキ」を、その身分関係を反映する形で、嵯峨朝において初めて女御と更衣として位置づけたのだと述べる。(9) 更衣の成立について、桓武朝での女御を二分して成立したとするかどうかで見解が分かれるものの、女御と更衣の身分差が厳然としてあるという点では皆一致して

いる。その証拠が、女御腹の子は親王宣下されるのに対して、更衣腹の子は賜姓されることである。

それだけの身分差が女御と更衣の間にあるとすると、先の桐壺巻の弘徽殿女御が抱く危惧は非常に不可解ということになる。物語の文脈は、帝と更衣との間に生まれた第二皇子の容姿の優位性を際立たせ、「きよらなる」や「玉光る」などの皇統の超越的な資質を象る言葉で形容して、第一皇子よりも第二皇子をより理想的な皇嗣として語る。[10]しかし、女御と更衣の身分差がかくも厳然として存在するなら、弘徽殿女御は更衣のもとに第二皇子が生まれようが心配するには及ぶまい。先の研究史で論じられてきた中で考えるなら、更衣腹であった第二皇子は源氏になることはあっても親王になる可能性は低く、ましてや立太子される可能性など右大臣の女御腹の第一皇子がいる以上限りなく無いに等しいはずなのである。

では、他方、第二皇子は更衣腹であるから最初から源氏になると決まっていたかといえば、必ずしもそうでもない。物語の文脈を追う限り、第一皇子の立太子の折まで第二皇子のそれを模索していたことが判る。さらにその後も桐壺帝は処遇の判断に迷って、高麗人の観相や宿曜の勘申などの結果から最終的に源氏とすることを決心するのであって、最初から「源氏」にすることが既定路線としてあったわけではない。

このように見てくると、このあたり、女御と更衣との関係やそれぞれの皇子の立太子の可能性、賜姓源氏の問題など、一条朝においてどこまでが現実にあり得ると考えられていたのかをもう少し正確に定位する必要がある。それによって初めて物語独自の虚構の論理が明らかになるのではないか。そこで、次節では女御と更衣が歴史的にどう位置づけられ、源氏賜姓は何を根拠として行われてきたのかを通覧する中から、『源氏物語』桐壺巻がどういう歴史意識をその基底にもっているのかを考えてみたい。

二　女御・更衣と賜姓源氏

歴代の女御・更衣と賜姓源氏との関係を網羅的に調査し解明を試みたのは、林陸朗である。[11] ここでは林の研究成果に導かれつつ、標記の問題について考えてみたい。

女御と更衣については先述した通り、桓武天皇のころから用例が見え、嵯峨天皇のころに定着したと考えられている。その後、歴代の天皇の後宮に見えるものの、更衣については村上天皇が最後となり、冷泉天皇から一条天皇までに見ることはできない。よって桐壺巻の女御・更衣が大勢仕えているという設定は嵯峨天皇から村上天皇御代までを射程とすることが判る。さらに賜姓源氏（一世源氏）の存在も、上の時代と全く一致する。なぜなら、賜姓は母が更衣以下であることを根拠として行われた可能性が高いからである。女御所生の皇子女が賜姓される例は一例もないことと比較すると、更衣腹と賜姓の関連の強さは明らかである。ただし、更衣腹の皇子女のすべてが賜姓されたわけでない。される場合とされない場合があり、それを分ける根拠が何なのかを見極める必要がある。そこで次に、歴代の天皇と賜姓源氏を通覧し、そこに見られる論理を考えてみる。

皇子賜姓の最初は、桓武朝に遡る。延暦六（七八七）年二月光仁天皇の皇子広根朝臣諸勝、桓武天皇皇子の長岡朝臣岡成の例が初見で、ついで延暦二十一（八〇二）年十二月桓武天皇皇子の良峯朝臣安世の例がある。これらの例も母の身分によって行われたと考えられている。[12]「源氏」として賜姓されるようになるのは、周知の通り嵯峨天皇の皇子女からである。弘仁五（八一四）年の詔によって最初に源氏となったのは八名、その後に生まれて賜姓の列に入った者は最終的に三十二名にのぼる。親王・内親王となることを許されたのは、少数を除いていずれも後宮の所生であるのに対して、源氏となったのは雑多な中小諸氏の子女を生母とする皇子女たちである。詔によればその目的は、皇室財政上の理由すなわち国庫負担の軽減を図るためであり[13]、さらに林は天皇の藩屏として廟堂における皇親勢力を扶植するためでもあるとし[14]、これがその後の先例となる。実際に賜姓の詔が発せられたのは、弘仁五年が最初であるが、すでにそれ以前から皇子女を区別する意識があったことは、命名の方法に見ることができる。巻末の**表1**の「歴代天皇皇子女」に見るように嵯峨の皇子女のうち親王はすべて「良」を含んだ二文字、内親王は「子」の字をもつのに対し、源氏は男子が一文字、女子が「姫」の字をもつことで明確に区別されている。つまり、命名を見る限り、親王にするか賜姓するかは既定事項であったと考えられる。同母の中で親王と源氏が出ることはなく、生母の地位によって区別する価値基準にぶれはない。こうして皇統に残る者とそれを外側から支える者とに分けたのである。

次の淳和天皇はあまり賜姓に積極的でなく、賜姓されたのは統朝臣忠子一人である。嵯峨の皇子賜姓の政策は、子の仁明天皇に引き継がれる。仁明の皇子女二十三名のうち、親王・内親王は十七名、源氏賜姓者は六名であり、親王は「康」の字を含んだ二文字、源氏は一文字という方針を貫いている。次の文徳天皇も生母によって区別する点では同様だが、親王は「惟」を含んだ二文字、男子の源氏は初めて「有」の字を含んだ二文字となり、かつ女子では内親王と源氏の区別がなくなる点で命名の仕方が若干変わる。次の清和天皇も同様に、親王は「貞」の字を、源氏は「長」の字を含み、明確に区別されている。陽成天皇の場合、皇子女はすべて退位後の所生であるが、命名の区別は同様にあり、賜姓が行われている。以上、嵯峨から陽成までで見ると、生母の身分によって命名に明らかな差があり、命名する時点で親王と賜姓者とを区別する意識が存していたことが判る。しかも、女御以上の皇子女は必ず親王（内親王）宣下され、更衣以下の場合に賜姓が行われている点において、女御と更衣の身分差は、厳然として存在したと言えるのである。

ところが、次に即位した光孝天皇（時康親王）から事情が変わってくる。時康は親王としての期間が長かったため、清和朝の貞観十二（八七〇）年二月に上奏して許しを得て自分の皇子女すべてを源氏にしてしまっていた。[15] 陽成天皇の退位後、突然帝位を継ぐことになったため、即位後すぐに斎宮と斎院になる二皇女を内親王に復帰させる。しかし、それを除くすべての皇子女に再度賜姓する勅を発するのである。[16] これは、光孝が自分の皇子に天皇位を譲る意思がなく、自らはあくまで繋ぎであるとの態度表明なのであろう。[17] そうして、皇太子が不在のまま仁和三（八八七）年八月光孝は重態に陥り、藤原基経の推を受けた皇子源朝臣定省に対して崩御の前日である八月二十五日に詔を下して親王に復帰させ、翌日立太子させた。これが宇多天皇である。こうした緊急の措置によって宇多は即位したため、即位当時同母兄弟は皆源氏のままであったが、寛平三（八九一）年十二月に勅を発し、彼らを親王に復帰させせている。[18] 光孝は即位そのものが想定外であったためか、自らが親王に復帰させたのは皇嗣の源定省と斎宮・斎院になった二皇女のみである。しかし、宇多が即位して同母兄弟を皆親王復帰させたため、最終的には従来の天皇と同じく、生母別に女御腹の皇子女が親王・内親王となり、それ以外は源氏姓を賜る形となった。光孝の皇子女で大きく変わったのは、一旦源氏になった者に親王に復帰する道を開いたことである。

宇多天皇の御代になると、女御・更衣をめぐる事情は大きく変化する。宇多には源氏だったころに結婚した妻と、即位してから入内した妻がいたためである。『日本紀略』仁和四（八八八）年九月および十月条によれば、すでに婚姻関係にあった藤原胤子と橘義子を更衣とし、新たに入内した太政大臣藤原基経の娘温子を女御とした。[19] これによって、温子を他の妻たちと区別し特別に待遇したのである。加えて、寛平元（八八九）年には藤原胤子所生の敦仁・敦慶と橘義子所生の斉中・斉世を親王宣下した。[20] それでも温子に皇子が誕生していれば、その子が立太子したのであろうが、四年が経っても皇子は生まれず、寛平五（八九三）年正月二十二日に胤子と義子に女御の宣下を出し、四月二日に敦仁親王（醍醐天皇）を立太子するのである。[21] 宇多朝において源氏賜姓されたのは、母未詳の女子二名だけである。[22] 以上に見るとおり、宇多朝において従来に比べ大きく変わった点は、元々更衣腹であったにも拘わらず敦仁を親王宣下し、立太子して次の天皇になる道を開いたこと、生母の地位別ではなく生母別に字を違えて命名したこと、[23] そして何より宇多自身が源氏出身でありながら天皇になるという前代未聞の道を開いたことである。何事も先例主義であった当時、宇多の果たした役割は非常に大きいと言えよう。次の醍醐天皇御代となると、この先例を引き継ぎながらもさらに事情は変化する。

醍醐天皇御代における皇子女は三十七名。さらに宇多法皇の所生皇子三名[24]が天皇の猶子となって、併せて四十名。このうち延喜二十（九二〇）年十二月二十八日の勅によって賜姓されたのは七名、[25] その後賜姓されたのも含めると九名になった。醍醐朝になって変化した点は二点ある。一点目は生母の別なく皇子には皆「明」を含む二文字で命名し、名前で親王と源氏を区別しなかったこと。二点目は、更衣腹の同母兄弟の中で親王宣下される者と賜姓される者とが現れたことである。後者について林陸朗は、従来とは違う基準によって親王と源氏を分けたと述べ、**表2**から延喜十四年から同十九年生まれの皇子女が賜姓されたと解釈したが、[26] なぜこの期間に生まれた子だけが賜姓されたのかについての説明は十分になされていない。[27] しかし、これを先の宇多天皇御代の先例と関連させるならば、新しい見方も可能なのではないか。宇多が行った政策の一つに更衣腹の皇子を親王宣下したことがあげられる。その先例を引き継いで、醍醐も更衣腹の皇子を親王にする道を残したものと考える。ただし、そうしてしまうとすべての皇子を親王にせざるをえなくなるため、更衣腹の第一子のみを親王とし、第二子以降を源氏としたと考えるのである。このように考えると、更衣腹の皇子に親王と源氏がいることの説明がつく。[28] すなわち、**表3**に示したように女御から中宮となった藤原穏子腹の保明・寛明・成明と、同じく女御源和子腹の常明・式明・有明が親王宣下されるのは当然のことながら、それ以外の更衣腹の親王のうち、克明（母 源封子）、代明（母 藤原鮮子）、重明（母 源昇女）、時明（母 源周子）、長明（母 藤原淑姫）、章明（母 藤原桑子）は、いずれも更衣腹の第一子なのである。更衣の第二子以降の皇子、具体的には源周子腹の高明と盛明、同じく藤原淑姫腹の兼明と自明は、いずれも源氏となっている。この論理で考えると、林陸朗がその理由を「説明できない」[29]とした村上天皇の皇子のうち、ただ一人源氏となった源昭平（母更衣藤原正妃の第二子）の場合の説明がつく。**表4**のように村上天皇の更衣の所生皇子は、藤原正妃腹の皇子を除いて一人であったために親王宣下され、藤原正妃のみ第一子が親王、第二子が源氏となったのであろう。このように、醍醐は、先例を引き継ぎながらも、皇子の命名法および親王と賜姓を区別する仕方において、従来のあり方を更新した。次の朱雀天皇御代は所生皇子がいなかったため賜姓はなく、村上天皇御代で源昭平のみが賜姓されたのを最後に一世源氏の賜姓はなくなるのである。

以上、嵯峨天皇から村上天皇まで、皇子女のうち親王・内親王宣下される例と源氏として賜姓される例を見てきた。嵯峨の賜姓の政策が先例となってその後の方向性を決めるものの、時代とともにその中身は徐々に変化していることが判る。特に、光孝以降の宇多・醍醐の御代に、女御と更衣の関係と、所生皇子の親王宣下と源氏賜姓のあり方が大きく変化したのである。嵯峨から陽成までは親王と源氏を分ける意識は厳然としてあり、女御腹の子は親王に、更衣腹以下の子は源氏となるという法則が成り立つ。しかし、光孝が自分の皇子女を一旦全員源氏としたところから事情が変わり始める。光孝は一旦源氏になった者に親王復帰する道を開いた。次の宇多は、母を女御とすれば更衣腹の皇子でも立太子できること、一旦源氏になろうとも天皇になり得るなどの前例を開いた。これらは相対的に更衣の父の官位が以前に比べて上がってきたことを背景とする。そして醍醐・村上は更衣腹の皇子のうち第一子のみを親王とし、第二子以降を源氏としたのである。

このように見てくると、『源氏物語』桐壺巻の弘徽殿女御が、桐壺更衣腹に第二皇子が生まれ、更衣への処遇が変わった途端にその子の立太子の可能性を疑うという文脈は、嵯峨朝から陽成朝までの生母の地位によって命名と待遇を区別し、その価値観にぶれのない時代ではあり得ないことが判る。そして、宇多・醍醐・村上朝の女御・更衣と賜姓源氏との関連を想定して初めて理解可能となるのである。第二皇子は更衣腹ではあるが親王宣下される可能性があり、桐壺更衣とて女御になり得たのである。ここについて桐壺更衣は女御になるべき人であったが、父が故人であったためになれなかったという解釈がある。(30) しかし、歴史上の先例を参照すれば、宇多天皇の更衣橘義子は、父橘広相の死後に女御になっており、(31) また醍醐天皇の女御藤原和香子は父藤原定国の薨去後に入内していて、(32) 父の死亡が女御になることの妨げになるとは必ずしも言えない。常識的に考えれば更衣腹の第二皇子は女御腹の第一皇子に劣るが、帝の寵愛が更衣と第二皇子にことに厚い状況を考えると、更衣腹や第二皇子などといったことは必ずしも立太子の可能性を阻む材料にはならないということである。帝の気持ちと行動次第では逆転の可能性が全くないとは言えない。そういう雰囲気を敏感に感じ取ったがゆえの弘徽殿女御の危惧ではなかったのか。その危惧をあえて語ることによって、かえって弘徽殿女御方とて圧倒的優位にいるわけではない事情が露わになっているとも言えるのである。

『源氏物語』が背景としてもっている歴史意識は、宇多・醍醐・村上天皇を中心とする時代、すなわち女御と更衣の序列はあるものの、相対的に更衣の地位が向上して女御になる道が開かれ、更衣腹の皇子であっても親王宣下され立太子され得た時代の意識なのである。これを物語の背景とすると、更衣腹の第一子である第二皇子を親王宣下せずに賜姓することの方が実は先例を違える行為であるとも言える。次節では、先例主義と関わって父桐壺帝の行動はどう理解できるのか——具体的には先例を違えてまでなぜ第二皇子を賜姓させたのか、および父の官位からすれば当然女御になって然るべき桐壺更衣をなぜ女御としなかったのかを考えてみたい。

三　桐壺帝の作為

第二皇子の臣籍降下が決定するのは、第一皇子の立太子がすんだ翌年である。従来、臣籍降下は高麗の相人の観相との関連から論じられてきた。決定に至る経緯を丹念に辿ると、そればかりでなく第二皇子の類い稀な資質とそれを見つめる周囲の目、東宮方（右大臣・弘徽殿女御）の動きなど、さまざまな要因も一緒に考える必要がある。とともに、桐壺帝の行動原理は、物語を支える歴史意識との関わりも看過できない。

第一皇子の立太子が行われた後、物語に語られるのは、第二皇子の「読書始」での傑出した才能と、後宮の人々の視線に晒される彼の姿である。

七つになりたまへば読書始《ふみはじめ》などせさせたまひて、世に知らず聡《さと》うかしこくおはすれば、あまり恐ろしきまで御覧ず。「今は誰《たれ》も誰《たれ》もえ憎みたまはじ。母君なくてだにらうたうしたまへ」とて、弘徽殿などにも渡らせたまふ御供《とも》には、やがて御簾《みす》の内に入れたてまつりたまふ。いみじき武士《もののふ》、仇敵《あたかたき》なりとも、見てはうち笑《ゑ》まれぬべきさまのしたまへれば、えさし放ちたまはず。女御子《をんなみこ》たち二《ふた》ところ、この御腹におはしませど、なずらひたまふべきだにぞなかりける。御方々も隠れたまはず、今よりなまめかしう恥づかしげにおはすれば、いとをかしううちとけぬ遊びぐさに誰も誰も思ひきこえたまへり。わざとの御学問《がくもん》はさるものにて、琴笛《ことふえ》の音《ね》にも雲居《くもゐ》をひびかし、すべて言ひつづけば、ことごとしううたてぞなりぬべき人の御さまなりける。

〈桐壺① 三八～三九頁〉

ここに見えるように、後宮で第二皇子を連れ回しているのは他でもない桐壺帝である。誕生以来、その類い稀な容姿や資質を知る人々はごく限られた人々だけであった。帝はここで第二皇子を衆目に晒し、皆はそれを認識するというのである。第一皇子の立太子が決まった後だけに、弘徽殿女御ですら「えさし放ちたまはず」との状態だったという。桐壺帝の行動は、あえて第二皇子を見せることによって、その器量を皆に知らしめる意図があったのであろう。そうすることで後見のない不安定さを本人の器量によって挽回させようとしたのだろうが、存在の大きさが知られるほど、処遇問題は逆に難しくもなっていく。第二皇子はまだ親王宣下も賜姓もされていないのである。ちょうどそのころ高麗の相人が来朝していたため、相人による観相へと話が進む。ここで問題とすべきは、その内容とともにその後の状況、特に桐壺帝が賜姓を決心するに至る思考過程である。観相に関する古注以来のさまざまな解釈については以前まとめたことがあり、[33] ここで再説することはしない。ようするに観相の核心部分は、相人がこの第二皇子の中に〈帝王相〉を観たことであって、その帝王相をもつ皇子を今後どう処遇するかが桐壺帝の懸案ということになる。しかも、それを判断するにあたって、高麗人の観相がすでに噂として出回っていることも見逃せない。

　おのづから事ひろごりて、漏らさせたまはねど、春宮《とうぐう》の祖父大臣《おほぢおとど》など、いかなることにかと思し疑ひてなんありける。①帝《みかど》、かしこき御心に、倭相《やまとさう》を仰せて思しよりにける筋なれば、今までこの君を親王《みこ》にもなさせたまはざりけるを、相人はまことにかしこかりけりと思して、②無品親王《むほんしんわう》の外戚《げさく》の寄せなきにては漂《ただよ》はさじ、わが御世もいと定めなきを、ただ人にて朝廷《おほやけ》の御後見《うしろみ》をするなむ行く先も頼もしげなめることと思し定めて、いよいよ道々《みちみち》の才《ざえ》を習はさせたまふ。③際《きは》ことにかしこくて、ただ人にはいとあたらしけれど、親王《みこ》となりたまひなば世の疑ひ負ひたまひぬべくものしたまへば、宿曜《すくえう》のかしこき道の人に勘《かむが》へさせたまふにも同じさまに申せば、源氏になしたてまつるべく思しおきてたり。（桐壺① 四〇～四一頁）

最初の波線部のように、第二皇子には帝王相があることが東宮の祖父右大臣に伝わっており、これを前提として第二皇子の処遇の判断は迫られることになる。ここでの帝の思考過程を辿ってみると、傍線部①では帝が以前に行った倭相と高麗人の観相が同じであったことから、今まで親王宣下しなかった処置が正しかったことを確認する。これにより第二皇子の親王宣下は十分あり得た選択肢であったことが判る。傍線部②では、親王宣下しても後見のない「無品親王」のままでは不安定であることを思い、それならば臣下に降って輔弼の官となる方が将来は安心であると心を決める。ここには、更衣腹で親王となった人々が無品であったことが背景にあるのだろう。例えば宇多天皇更衣の橘義子腹に生まれた斉中親王は、寛平元（八八九）年正月に元服して寛平三（八九一）年に逝去するまで無品のままであったし、また醍醐天皇の更衣源周子腹の時明親王も延長三（九二五）年に元服したが、無品のまま延長五（九二七）年十八歳で薨去したことを考えると、更衣腹の親王は元服してもしばらく無品のままであった可能性がある。母更衣と祖父大納言は既に故人であるから、これで桐壺帝に何かあればますます不安定になる。傍線部③では、親王として皇統に残れば、必ず世間の疑いを受けるに違いないという。帝王相をもつことが噂として流れている状況では、必定であろう。これが根拠となって源氏とすることを決めたというのだ。二重傍線部の「思して」「思し定めて」「思しおきてたり」は帝の思考過程を表し、親王宣下に危惧を抱き、賜姓せざるを得ない状況を判断する。桐壺帝の思考は、嵯峨以来の賜姓政策を受けながらも、特に宇多・醍醐の更衣腹の親王の状況との関わりから考えていることが判る。すなわち、第二皇子は更衣腹ながら親王になる道があった。しかし、倭相によって帝王相を観た桐壺帝は、それがゆえにかえって第二皇子の処遇に苦慮し、この年になるまで親王宣下をせずに延ばしてきたことになる。これでもし親王宣下しても、後見のいない不安定な無品親王としてしか皇統に残る道は残されていないからである。まして高麗人の観相が噂となった今では、逆に親王でいることが危険であるとの判断から臣籍降下を選んだのである。桐壺帝は第二皇子が更衣腹であることを利用する形で臣籍降下を強行したことになる。それは名目上、皇位継承の候補から外すことである。しかし、宇多・醍醐の御代を背景としてみた場合、更衣腹だった敦仁親王は醍醐天皇となり、源氏だった源定省は宇多天皇になった先例がある以上、更衣腹でかつ源氏となったことが天皇位に就くことの決定的な障害には成り得ないという事実も忘れてはならない。勿論、これはそれ以外の選択肢がない場合に限った話である。帝が第一皇子を立太子したのは第二皇子への世の譏《そし》りをかわすためであり、第二皇子を源氏とすることは帝王相をもつとの噂がたった後にあっては、唯一の生き延びうる道だったのである。この処置に第二皇子の即位を決定的に閉ざす意図があったかどうか本当のところは判らない。宇多や醍醐の先例は、皇統から遠ざけ、天皇位に一番遠いところに追いやることが、実は天皇位に近づく手段にもなりうることを表しているからである。

桐壺更衣が死んだ後、「三位の位」を追贈しても、「女御」の宣旨を下さなかったのも、このことと関わっているのであろう。更衣を女御にすることは第二皇子を親王宣下することと同義である。とすれば、一旦女御の宣旨を出してしまえば第二皇子を源氏にすることは逆にできなくなる。倭相により帝王相を観た桐壺帝は、第二皇子をとりまくさまざまな状況を判断した上で、いよいよ立太子させるべき時が来るまで女御の宣旨を出さずにいたのではなかったか。敦仁親王（醍醐天皇）の例で見ても、立太子する直前に母を女御にすれば良いのであって、そのタイミングを計りながら、第二皇子の立太子の可能性を探っていたと考えるのである。第一節で扱った更衣に三位追贈する場面の傍線部「女御とだに言はせずなりぬるがあかず口惜しう思さるれば」の「言はせずなりぬる」に関して、「女御に出来なかった」という不可能とした語った異文は一つもなく、[34] いずれも「言はせずなりぬる」（女御と呼ばせずに終わってしまった）——女御にしなかったと能動的に語られているところに、桐壺帝の思惑を読むことができる。

このように、桐壺巻の冒頭表現の、歴史上の天皇の御代を積極的に物語に取り込む方法は、宇多・醍醐・村上天皇御代の状況を重ねてみることで、弘徽殿女御と桐壺更衣の関係、第一皇子と第二皇子の関係と、第二皇子を賜姓するに至る経緯がより鮮明になるのである。

結

桐壺巻は、冒頭表現によって切り開かれた、歴史を取り込む方法によって、その理解が支えられている。女御と更衣が大勢仕えるある帝の御代は、女御と更衣の辿った歴史的な変遷を視野に入れると、光孝天皇以降の宇多・醍醐・村上天皇御代を想定して初めて、弘徽殿女御の危惧や桐壺帝の思念などが鮮やかに浮かび上がってくるのである。『源氏物語』の時代は、延喜天暦のころに准拠すると述べたのは『河海抄』であったが、それは必ずしも帰納的に導き出されたものではないとの指摘もある。[35] しかし、結果的ではあるが、醍醐・村上の御代の歴史意識を物語の背景として読み込むことで、古注は物語を立体的に読む手立てを獲得したとも言える。

桐壺更衣腹の第二皇子がもしかして立太子してしまうのではないかという弘徽殿女御の危惧は、更衣と第二皇子への帝の寵愛を背景とすればまったくあり得ない話ではなかった。後見とするべき人もなく、「世」の声に抗いきれずに桐壺帝はそれを断念するが、第二皇子のその後の処遇において、普通なら無品親王として親王宣下すべきところを賜姓したところにこそ物語の独自性があったのである。しかし、宇多や醍醐の先例がある以上、更衣腹や賜姓が天皇位に就くことを阻むものとはなり得ず、いつ親王に復帰してもおかしくない状況が一方で作り出される。桐壺帝は第二皇子を賜姓することで弘徽殿方の攻撃をかわしながら、親王復帰させる機会を窺い続けていたことになる。第一皇子に何かあれば、いつでも親王復帰し立太子しうる状況、そうした源氏と皇統と藤原氏との緊張関係こそが、『源氏物語』の基底に潜在するのである。桐壺更衣も、父が故人とはいえ大納言であったことからすれば、女御になって然るべき人物であったにもかかわらず、桐壺帝が女御の宣旨を下さなかったのは、更衣腹であることを利用するためであったと考える。この辺りの桐壺帝の判断は、後宮や政界での力関係のバランスを考慮し、それまでの親王と賜姓のあり方を踏まえ、利用しながらなされたものである。それは第二皇子の立太子の可能性を模索しながら、なんとか生き延びる道を探る行為であったのである。

注

（1）『源氏物語』のもつ歴史意識については、後藤祥子『源氏物語の史的空間』（東京大学出版会　昭和61（一九八六）年）、篠原昭二『源氏物語の論理』（東京大学出版会　平成4（一九九二）年）等に詳しい。

（2）増田繁夫「桐壺帝の後宮――桐壺巻――」（『源氏物語講座3　光る君の物語』所収　勉誠社　平成4（一九九二）年））

（3）高橋麻織「桐壺帝による「桐壺女御」の実現――宇多朝から一条朝の史実を媒介として――」（「文学研究論集」第23号　平成17（二〇〇五）年9月）

（4）更衣に藤原沢子を重ねる理解については、夙に『河海抄』が指摘し、現代では金田元彦「源氏物語私記――夕顔の君をめぐって――」（『源氏物語私記』所収　風間書房　平成元（一九八九）年）、篠原昭二「桐壺巻の基盤について――準拠・歴史・物語――」注（1）に同じ、日向一雅「桐壺帝と桐壺更衣――親政の理想と「家」の遺志、そして「長恨」の主題――」（『源氏物語の準拠と話型』所収　至文堂　平成11（一九九九）年）などに指摘がある。

(5) 『本朝月令』四月「十日中務省下給二後宮并女官春夏時服一文上事」本文は『群書類従』第六輯による。

(6) 女御・更衣に関しては、例えば青木敦「更衣考」（『國學院雑誌』第61巻第11号　昭和35（一九六〇）年11月）、柳たか「日本古代の後宮について――平安時代の変化を中心に――」（『お茶の水史学』第13号　昭和45（一九七〇）年9月）、玉井力「女御・更衣制の成立」（『名大文論集』56（史学）　昭和47（一九七二）年3月）、増田繁夫「女御・更衣・御息所の呼称――源氏物語の後宮――」（『源氏物語と貴族社会』所収　吉川弘文館　平成14（二〇〇二）年）、林陸朗「桓武朝後宮の構成とその特徴」（『桓武朝論』所収　雄山閣出版　平成6（一九九四）年）、瀧浪貞子「女御・中宮・女院――後宮の再編成――」（『平安文学の視角――女性――　論集平安文学』第三号　勉誠社　平成7（一九九五）年10月）などがある。

(7) 玉井力注（6）に同じ

(8) 増田繁夫注（6）に同じ

(9) 瀧浪貞子注（6）に同じ

(10) 鈴木日出男「主人公の登場――光源氏論(1)」（『講座源氏物語の世界』第一集所収　有斐閣　昭和55（一九八〇）年）

(11) 林陸朗「嵯峨源氏の研究」「賜姓源氏の成立事情」（『上代政治社会の研究』所収　吉川弘文館　昭和44（一九六九）年）

(12) 林陸朗「嵯峨源氏の研究」注（11）に同じ。二三二頁

(13) 弘仁五年五月八日嵯峨天皇詔「男女稍衆。未レ識二子道一。還爲二人父一。辱累二封邑一。空費二府庫一。朕傷レ于レ懷。思下除二親王之号一賜二朝臣之姓一。編爲二同籍一。従二事於公一上。」（『類聚三代格』巻第十七）

(14) 林陸朗「賜姓源氏の成立事情」注（11）に同じ。二五五頁

(15) 『日本三代実録』貞観十二年二月十四日条

(16) 『日本三代実録』元慶八年四月十三日条

(17) 河内祥輔「光孝擁立問題の視角」（『古代政治史における天皇制の論理』所収　吉川弘文館　昭和61（一九八六）年）

(18)『日本紀略』寛平三年十二月二十九日「廿九日乙巳。先帝皇子中納言源朝臣是忠爲二親王一。右近中將源是貞朝臣爲二親王一。是忠敍二三品一。是貞敍二四品一。又皇[女爲子爲二内親王一。]」なお『日本紀略』の[　]部分の補字については為子・忠子・簡子・綏子を内親王になすとする内容が入るとする林陸朗の解釈に従うべきと考える。林陸朗「賜姓源氏の成立事情」注（11）に同じ。二九九頁

(19)『日本紀略』仁和四年九月二十二日「廿二日丙寅。橘義子。藤原胤子爲二更衣一聽二禁色一。」十月六日「太政大臣藤原朝臣女温子參内。年十七。」九日「今日。更衣藤温子爲二女御一。」十三日「是日。藤原温子爲二女御一。【御記曰。九日以二温子一爲二女御一云々。】」

(20)『日本紀略』寛平元年十二月二十八日「廿八日。以二維城。齋中。齋世。維蕃等皇子一。並爲二親王一。」ちなみに、維城と維蕃は寛平二年十二月十七日にそれぞれ敦仁、敦慶と改名している。

(21) 敦仁親王の立太子の日については、『日本紀略』が寛平五年四月二日とし、『公卿補任』は四月十三日、『一代要記』は十四日とする。『日本紀略』による。

(22)『本朝皇胤紹運録』に見える源順子（傾子）、源臣子の二人。源順子は、『帝王系図』『皇代記』に頎子、『一代要記』に傾子とある。

(23) 宇多天皇は、藤原胤子腹の皇子には「敦」の字を、橘義子腹の皇子には「斉」の字を含んで命名し、生母によって区別した。

(24) 藤原時平娘褒子腹の皇子雅明親王・載明親王・行明親王である。彼らは宇多天皇が法皇となってから生まれた皇子で、醍醐天皇猶子となった。

(25)『類聚符宣抄』に収める延喜二十一（九二一）年二月五日の太政官符によれば、この時に賜姓されたのは高明・兼明・自明・允明・兼子・雅子・厳子の七人。

(26) 林陸朗「賜姓源氏の成立事情」注（11）に同じ。三一〇～三一二頁

(27) 延喜十四年から同十九年生まれの皇子が賜姓されたと考えると、二例の例外が出る。生没年不明（推定延長五年ごろ）の源為明（母藤原伊衡女）と延長六年生まれの源盛明（母源周子）である。何より、期間を限定して賜姓することの論理が不明。

(28)　この場合であっても二例の例外が出る。源允明（母左兵衛佐源敏相女）と源為明である。源允明は延喜二十年の勅が出る前年の延喜十九年の生まれであり、母の地位等もあって一緒に取り込まれたか。源為明は、生年不明であるが、元服した日付からみて源盛明が生まれた前年（延長五年）ごろと推定され、延長二年に生まれた章明の親王宣下が醍醐天皇の崩御の日の延長八年九月二十九日であるため、奏上および親王宣下が天皇の崩御に間に合わなかった可能性が高いと考える。

(29)　林陸朗「賜姓源氏の成立事情」注（11）に同じ。三二二頁

(30)　増田繁夫注（6）に同じ

(31)　橘広相は寛平二（八九〇）年五月十六日卒。更衣橘義子が女御の宣下を受けたのは寛平五（八九三）年正月二十二日。ただし、義子の場合、注（20）のように所生皇子がすでに寛平元年に親王宣下されており、このことが根拠となった可能性も有る。

(32)　藤原定国は延喜六（九〇六）年七月三日薨去。その娘藤原和香子が女御になったのは延長三（九二五）年十二月十日である。

(33)　拙稿「研究の現在と展望」（『研究講座　源氏物語の視界2――光源氏と宿世論』所収　新典社　平成7（一九九五）年）

(34)　『源氏物語大成』によれば、「女御とだに言はせずなりぬるがあかず口惜しう思さるれば」の部分の校異としては、「女御とだに言はせずなりぬるが」が国冬本に「女御と言はせずなりぬるを」とあり、「思さるれば」が陽明文庫本に「おほされければ」とあるのみ。校異の内容から見ても女御に「できなかった」のではなく「しなかった」ことを「あかず口惜し」と思っている文脈である。

(35)　加藤洋介「後醍醐天皇と源氏物語――『河海抄』延喜天暦准拠説の成立をめぐって――」（『日本文学』第39巻第3号　平成2（一九九〇）年3月）

表1 歴代天皇皇子女

●嵯峨天皇

区分	名前	生母	備考
親王	正良親王	皇后橘嘉智子	仁明天皇
	秀良親王	〃	
	業良親王	妃 高津内親王	
	基良親王	女御百済王貴命	
	忠良親王	〃	
内親王	正子内親王	皇后橘嘉智子	淳和天皇皇后
	俊子内親王	〃	
	繁子内親王	〃	
	秀子内親王	〃	
	芳子内親王	〃	
	業子内親王	妃 高津内親王	
	仁子内親王	女御大原浄子	斎宮
	基子内親王	女御百済王貴命	
	宗子内親王	高階河子	
	有智子内親王	交野女王	斎院
	純子内親王	文屋文子	
	斉子内親王	〃	葛井親王妃
賜姓	源清	秋篠高子	
	源啓	山田近子	
	源密姫	〃	
	源常	飯高某女	
	源明	〃	
	源定	尚侍百済王慶命	
	源鎮	〃	
賜姓	源善姫	〃	
	源若姫	百済某女	
	源生	笠継子	
	源融	大原全子	
	源勤	〃	
	源盈姫	〃	
	源貞姫	布勢某女	
	源端姫	〃	
	源信	広井某女	
	源寛	安倍楊津	
	源澄	田中某女	
	源安	粟田某女	
	源勝	惟良某女	
	源賢	長岡某女	
	源潔姫	當麻某女	藤原良房室
	源全姫	〃	
	源更姫	紀某女	
	源神姫	内蔵某女	
	源容姫	〃	
	源吾姫	〃	
	源声姫	甘南備某女	
	源弘	上毛野某女	
	源継	不詳	
	源良姫	不詳	
	源年姫	不詳	
	淳王	不詳	

●淳和天皇

区分	名前	生母	備考
親王	恒世親王	(東宮妃)高志内親王	
	恒貞親王	皇后正子内親王	
	基貞親王	〃	
	恒統親王	〃	
	良貞親王	大中臣安子	
内親王	氏子内親王	(東宮妃)高志内親王	斎宮
	有子内親王	〃	
	貞子内親王	〃	
	寛子内親王	大野鷹子	
	崇子内親王	橘船子	
	同子内親王	丹墀池子	
	明子内親王	清原春子	
賜姓	統忠子	不詳	

●仁明天皇

区分	名前	生母	備考
親王	道康親王	女御藤原順子	文徳天皇
	宗康親王	女御藤原沢子	
	時康親王	〃	光孝天皇
	人康親王	〃	
	本康親王	女御滋野縄子	
	成康親王	女御藤原貞子	
	常康親王	女御紀種子	
	国康親王	藤原賀登子	
内親王	新子内親王	女御藤原沢子	
内親王	時子内親王	女御滋野縄子	斎院
	柔子内親王	〃	
	親子内親王	女御藤原貞子	
	平子内親王	〃	
	真子内親王	女御紀種子	
	重子内親王	藤原少童子	
	久子内親王	高宗女王	斎宮
	高子内親王	百済永慶	斎院
賜姓	源登	更衣三国某女	貞朝臣
	源覚	山口某女	
	源効	不詳	
	源冷	不詳	
	源多	不詳	
	源光	不詳	

●文徳天皇

区分	名前	生母	備考
親王	惟仁親王	女御藤原明子	清和天皇
	惟喬親王	紀静子	
	惟条親王	〃	
	惟彦親王	滋野奥子	
	惟恒親王	藤原今子	
内親王	儀子内親王	女御藤原明子	斎院
	恬子内親王	紀静子	斎宮
	述子内親王	〃	斎院
	珍子内親王	〃	

区分	名前	生母	備考
内親王	濃子内親王	滋野奥子	
	勝子内親王	〃	
	礼子内親王	藤原今子	
	掲子内親王	〃	斎宮
	晏子内親王	藤原列子	斎宮
	慧子内親王	〃	斎院
賜姓	源本有	滋野岑子	
	源載有	〃	
	源淵子	〃	
	源能有	伴某女	
	源毎有	丹墀某女	
	源時有	清原某女	
	源定有	菅原某女	
	源富子	〃	
	源行有	布勢某女	
	源富有	〃	
	源憑子	不詳	
	源謙子	不詳	
	源奥子	不詳	
	源列子	不詳	
	源済子	不詳	清和天皇女御
	源脩子	不詳	

●清和天皇

区分	名前	生母	備考
親王	貞明親王	女御藤原高子	陽成天皇
	貞保親王	〃	
	貞辰親王	女御藤原佳珠子	
	貞数親王	在原行平女	
	貞平親王	藤原良近女	
	貞真親王	藤原諸藤女	
	貞頼親王	藤原真宗女	
	貞固親王	橘休蔭女	
	貞純親王	棟貞王女	
	貞元親王	藤原仲統女	
内親王	敦子内親王	女御藤原高子	斎院
	包子内親王	在原行平女	
	識子内親王	藤原良近女	斎宮
	孟子内親王	藤原諸葛女	
賜姓	源長鑒	佐伯子房女	
	源長頼	〃	
	源長猷	賀茂峯雄女	
	源載子	〃	
	源長淵	大野鷹取女	

●陽成天皇

区分	名前	生母	備考
親王	元良親王	藤原遠長女	
	元平親王	〃	
	元長親王	姉子女王	

区分	名前	生母	備考
親王	元利親王	〃	
内親王	長子内親王	姉子女王	
	儼子内親王	〃	
賜姓	源清蔭	紀某女	
	源清鑒	伴某女	
	源清遠	佐伯某女	

●光孝天皇

区分	名前	生母	備考
親王	是忠親王	女御班子女王	
	是貞親王	〃	
	定省親王	〃	宇多天皇
内親王	忠子内親王	〃	
	簡子内親王	〃	
	綏子内親王	〃	陽成天皇後宮
	為子内親王	〃	醍醐天皇妃
	穆子内親王	正如王女	斎院
	繁子内親王	不詳	斎宮
賜姓	源元長	班子女王	父即位前薨
	源是茂	藤原門宗女	
	源旧鑒	讃岐永直女	
	源緩子	多治某女	
	源和子	不詳	醍醐天皇女御
	（他三十二人）		

●宇多天皇

区分	名前	生母	備考
親王	敦仁親王	女御藤原胤子	醍醐天皇
	敦慶親王	〃	
	敦固親王	〃	
	敦実親王	〃	
	斉中親王	女御橘義子	
	斉世親王	〃	
	斉邦親王	〃	
	雅明親王	藤原褒子	醍醐猶子
	載明親王	〃	醍醐猶子
	行明親王	〃	醍醐猶子
	行中親王	不詳	
内親王	均子内親王	女御藤原温子	敦慶親王妃
	柔子内親王	女御藤原胤子	斎宮
	君子内親王	女御橘義子	斎院
	依子内親王	更衣源貞子	
	孚子内親王	十世王女	
	誨子内親王	藤原有実女	元良親王妃
	季子内親王	〃	
	成子内親王	不詳	
賜姓	源頎子	不詳	
	源臣子	不詳	

●醍醐天皇

区分	名前	生母	備考
親王	保明親王	中宮藤原穏子	
	寛明親王	〃	朱雀天皇
	成明親王	〃	村上天皇
	常明親王	女御源和子	
	式明親王	〃	
	有明親王	〃	
	克明親王	更衣源封子	
	代明親王	更衣藤原鮮子	
	重明親王	更衣源昇女	
	時明親王	更衣源周子	
	長明親王	更衣藤原淑姫	
	章明親王	更衣藤原桑子	
	雅明親王		宇多皇子
	載明親王		宇多皇子
	行明親王		宇多皇子
内親王	勧子内親王	妃　為子内親王	
	康子内親王	中宮藤原穏子	藤原師輔室
	慶子内親王	女御源和子	敦固親王妃
	韶子内親王	〃	斎院・源清蔭室
	斉子内親王	〃	斎宮
	宣子内親王	更衣源封子	斎院
	恭子内親王	更衣藤原鮮子	斎院
	婉子内親王	〃	斎院
	敏子内親王	〃	
	勤子内親王	更衣源周子	藤原師輔室
内親王	都子内親王	〃	
	雅子内親王	〃	斎宮・藤原師輔室
	英子内親王	更衣藤原淑姫	斎宮
	修子内親王	更衣満子女王	元良親王妃
	普子内親王	〃	源清平室
賜姓	源高明	更衣源周子	
	源盛明	〃	親王（康保四）
	源兼子	〃	
	源兼明	更衣藤原淑姫	親王（貞元二）
	源自明	〃	
	源靖子	更衣源封子	内親王（延長八）・藤原師氏室
	源允明	更衣源敏相女	
	源為明	更衣藤原伊衡女	
	源厳子	不詳	
他	童子	不詳	

●朱雀天皇

区分	名前	生母	備考
内親王	昌子内親王	女御煕子女王	

●村上天皇

区分	名前	生母	備考
親王	憲平親王	中宮藤原安子	冷泉天皇
	為平親王	〃	
	守平親王	〃	円融天皇
	昌平親王	女御藤原芳子	
	永平親王	〃	
	具平親王	女御荘子女王	
	広平親王	更衣藤原祐姫	
	致平親王	更衣藤原正妃	
内親王	承子内親王	中宮藤原安子	
	輔子内親王	〃	斎宮
	資子内親王	〃	
	選子内親王	〃	斎院
	規子内親王	女御徽子女王	斎宮
	楽子内親王	女御荘子女王	斎宮
	緝子内親王	更衣藤原祐姫	
	保子内親王	更衣藤原正妃	藤原兼家室
	理子内親王	更衣源計子	
	盛子内親王	〃	藤原顕光室
賜姓	源昭平	更衣藤原正妃	親王（貞元二）

（注）「六国史」および『一代要記』『本朝皇胤紹運録』を基本とし、さらに林陸朗「賜姓源氏の成立事情」、「歴代后妃表」（『平安時代史事典』角川書店）を参照して作成した。

表2　醍醐皇子の親王・賜姓
生まれ順による配列

皇子	順位	生年	親王・賜姓	摘要
克明	第一皇子	延喜三	延喜四	
保明	第二皇子	延喜三	延喜四	
代明	第三皇子	延喜四		
重明	第四皇子	延喜六	延喜八	
常明	第五皇子	延喜六	延喜八	
式明	第六皇子	延喜七	延喜一一	
有明	第七皇子	延喜一〇	延喜一一	
時明	第八皇子	延喜一二	延喜一四	
長明	第九皇子	延喜一二	延喜一四	
源高明	第一源氏	延喜一四	延喜二〇	
源兼明	第二源氏	延喜一四	延喜二〇	貞元二親王
源自明	第三源氏	延喜一八	延喜二〇	
源允明		延喜一九	延喜二〇	
雅明	第一〇皇子	延喜二〇		実宇多皇子
寛明	第一一皇子	延長元	延長三	（朱雀天皇）
行明	第一二皇子	延長二	延長五	実宇多皇子
章明	第一三皇子	延長二	延長八	
成明	第一四皇子	延長四	延長四	（村上天皇）
源為明		（延長五か）		
源盛明	（第一五）	延長六		康保四親王

（林陸朗「賜姓源氏の成立事情」の第一九表による）

表3 生母別による配列

区分	名前	生母	備考
中宮	藤原穏子	保明親王	
		寛明親王	朱雀天皇
		成明親王	村上天皇
女御	源和子	常明親王	
		式明親王	
		有明親王	
更衣	源封子	克明親王	
更衣	藤原鮮子	代明親王	
更衣	源昇女	重明親王	
更衣	源周子	時明親王	
		源高明	
		源盛明	康保四親王
更衣	藤原淑姫	長明親王	
		源兼明	貞元二親王
		源自明	
更衣	藤原桑子	章明親王	
更衣	源敏相女	源允明	
更衣	藤原伊衡女	源為明	

表4 村上皇子の親王・賜姓
生母別による配列

区分	名前	生母	備考
中宮	藤原安子	憲平親王	冷泉天皇
		為平親王	
		守平親王	円融天皇
女御	藤原芳子	昌平親王	
		永平親王	
女御	荘子女王	具平親王	
更衣	藤原祐姫	広平親王	
更衣	藤原正妃	致平親王	
		源昭平	貞元二親王

2　后腹内親王藤壺の入内

――皇統の血の尊貴性と「妃の宮」――

序

『源氏物語』桐壺巻の後半、桐壺更衣腹の第二皇子を源氏とした後に、先帝の后腹の内親王藤壺が登場する。彼女は「年月《としつき》にそへて、御息所《みやすどころ》の御事を思し忘るるをりなし」（桐壺① 四一頁）と語り出され、桐壺更衣の死によって埋められないでいる帝の喪失感を慰める人物として要請されてくる。更衣の死からすでに五年以上が経ち、女御や更衣たちのいさかいも過去のこととなり、宮廷から更衣の記憶も次第に消えつつある。しかし、それとは裏腹に「年月にそへて…思し忘るるをりなし」と、帝は年を経るほどに更衣への恋しい想いを募らせていたという。藤壺が亡き更衣に似た人物として登場することは、それだけで帝と源氏に強烈な影響を与えうる。と同時にこの新たな人物の登場は、物語に新たな主題と人物関係の据え直しをもたらす。

本章は、亡き更衣に似る藤壺が后腹内親王として登場することの意味を、物語の文脈を支える歴史意識との関連から考えてみたい。

一　藤壺の登場の意義

藤壺の登場は、桐壺巻の冒頭から始まった宮廷内での混乱が収まったところで語られてくる。第一皇子の立太子と第二皇子の賜姓が決まり、立后こそしていないものの弘徽殿女御は東宮の母として今や盤石の地位を築いている。そうした安定した状態に揺さぶりをかけるのが藤壺の登場である。最初に揺さぶりを受けるのは、桐壺帝自身だ。亡き桐壺更衣に似ていると聞いてから、「ねむごろに聞こえさせたまひけり」「いとねむごろに聞こえさせたまふ」（桐壺①　四二頁）と二度も繰り返して熱心に入内を勧めるのは、死してもなお更衣を求め続ける帝の心の表れであろう。それは物語世界に藤壺を強力に引き込む力となる。そして、帝以上に揺さぶりを受けるのが、桐壺帝の後宮世界であり、物語世界そのものと言って良い。なぜなら、藤壺は桐壺巻が始まって以来、一度も語られることのなかった〈后〉と関わる女性だからである。女御・更衣が大勢仕えるとはあったが〈后〉の存在を語らなかった桐壺巻で、先帝の后腹の内親王として登場してくる藤壺は、彼女の出自そのものが大きな意味をもつ。物語に紹介されるその最初に「先帝《せんだい》の四の宮の、御容貌《かたち》すぐれたまへる聞こえ高くおはします、母后世になくかしづききこえたまふを」（同四二頁）と后腹であることから語り出され、典侍の言葉にも「后《きさい》の宮《みや》の姫宮こそいとようおぼえて生《お》ひ出《い》でさせたまへりけれ」（同四二頁）と后腹であることに触れ、母后の言葉が語られる箇所でも「母后」「后も亡《う》せたまひぬ」（同四二頁）と繰り返し〈后〉の存在が語られる。これほどまでに強調される〈后〉の存在こそが、藤壺登場の場面の最大の特徴と言って良い。しかし、その后は、物語に遺言のように言葉だけを残して去っていってしまう。

母后、「あな恐ろしや、春宮《とうぐう》の女御《にょうご》のいとさがなくて、桐壺更衣《きりつぼのかうい》のあらはにはかなくもてなされにし例《ためし》もゆゆしう」と、思しつつみて、すがすがしうも思し立たざりけるほどに、后も亡《う》せたまひぬ。（桐壺①　四二頁）

先帝の后が登場する場面はこの一箇所のみで、しかも右の言葉を残して去ることの意味は重い。桐壺更衣がどのようにして死んだのかの真相を第三者の目で初めて語った内容であるとともに、この後の物語を暗示するかのような内容を含んでいる。母后は、意地悪な「春宮の女御」によって、「桐壺更衣」がものの数でもなくあしらわれたと言う。ここで「弘徽殿女御」ではなく「春宮の女御」と呼ばれていることを見逃すべきではない。桐壺巻の呼称を見ると、皇位継承争いを語る過程では「一の皇子《みこ》は、右大臣の女御の御腹《はら》にて」（同一八頁）や「一の皇子の女御は思《おぼ》し疑へり」（同一九頁）のように後見の右大臣や第一皇子の母という属性として語られているのに対し、帝の妻妾たちの一人として語られる場面では、「弘徽殿《こきでん》などには、なほゆるしなうのたまひける」（同二六頁）「弘徽殿には、久しく上《うへ》の御局《みつぼね》にも参上《まうのぼ》りたまはず」（同三五頁）などのように「弘徽殿」という局の場所をもって呼称される。ところが、皇位継承争いに勝って東宮の関係者としての意味づけがなされている文脈では、例えば右大臣は「春宮《とうぐう》の祖父大臣《おほぢおとど》」（同四〇頁）や「春宮の御祖父にて、つひに世の中を知りたまふべき、右大臣《みぎのおとど》」（同四八頁）のように、「春宮」を冠して呼ばれるようになる。「春宮の女御」もその延長上にあると見て良い。すなわち、母后の言葉は、皇位継承争いと関わって、第一皇子の母女御が第二皇子の母更衣を意地悪に貶め、死に至らしめたと語っていることになる。これまでうすうす感じさせる文脈はあったが、これほど直截にその真相が語られることはなかった。それとともに、これを母后が語るのは、藤壺が入内すれば否応なくその権力闘争に巻き込まれることを危惧するからに他ならない。その意味で、この言葉は「先帝の后腹の皇女である藤壺までも圧倒しかねない弘徽殿女御の脅威を語って、不本意ながら入内することとなる藤壺に、厳しい心構えをあらかじめ迫るものであった[1]」と読み解いた三田村雅子は正鵠を得ている。藤壺は、先帝の后腹内親王という出自自体が弘徽殿女御にとって脅威となり、後宮世界を揺さぶる要因となる。

加えて、藤壺の〈后腹〉はもう一人の人物をクローズアップする。先帝と母后亡き後、藤壺の後見となる「兵部卿宮」である。后腹である彼が、なぜこれまでに立坊することがなかったのか、今井源衛が述べるように、彼には兄がいて立坊後早世でもしたか、先帝の後見が弱体で長男であっても帝位に即けなくなるような事情があったかなど、(2) さまざまな臆測を呼び起こすが、語られていない以上想像の域を出ない。しかし、彼もまた〈后腹〉として登場することで、今後不測の事態で皇位継承問題が浮上した際には、重要な人物として重きをなしてくる可能性を示唆するのである。

このように、藤壺の登場は、既に故人ながら桐壺帝にとって「先帝」という存在がいたこと、(3) その先帝には「后」がいたこと、その〈后腹〉の内親王の藤壺が桐壺帝に入内し、同腹の親王に「兵部卿宮」がいることなど、先帝の系譜の人々を物語世界に新たに呼び込んでくる。ここでは、藤壺の出自として中心的に語られる〈后腹〉がどのような価値をもつのか、それを支える歴史意識を解明することからその内実を以下に考えてみたい。

二　后腹の皇子女

『源氏物語』成立以前の平安時代において、后所生の皇子女が歴史的に大きな役割を果たしたのは、初期の桓武朝から仁明朝ごろまでと、約百年後の醍醐朝以降である。それは大きく二つの現象として現れる。一つは后腹の皇子が皇位継承者となること、二つに后腹の皇女が他の天皇の後宮に入内し、血脈を繋ぐことである。前者は、例えば桓武天皇皇后藤原乙牟漏所生の安殿親王（平城天皇）と神野親王（嵯峨天皇）、嵯峨天皇皇后橘嘉智子所生の正良親王（仁明天皇）、淳和天皇皇后正子内親王所生の恒貞親王らが、いずれも后腹皇子であることを根拠として立太子したのがこれに該当する。ところが、仁明天皇から宇多天皇までの六代の間、皇后冊立は行われず、代わって東宮の立坊が先に行われるようになる。その東宮が天皇に即位した後に、母が皇太夫人となり、後に皇太后となった。それが、醍醐天皇御代に藤原穏子が中宮に冊立されたことで、后腹が再び皇嗣決定に大きな意味をもつようになる。一方、后腹の内親王が他の天皇に入内する例も、ほぼ同じような経過を辿る。桓武天皇に酒人内親王（父光仁天皇　母皇后井上内親王）が、淳和天皇に正子内親王（父嵯峨天皇　母皇后橘朝臣嘉智子）が入内した後、しばらく行われず、醍醐天皇に為子内親王（父光孝天皇　母皇太后班子女王）が入内して以降、何例か現れる。いわば、后腹皇子の立太子では藤原穏子が、后腹内親王の入内では為子内親王が、それぞれ復活の契機となった。そして、これらがいずれも醍醐天皇の後宮が舞台となったことを見逃すべきではない。このようになったのは、藤原氏の後宮政策と皇統の側の事情が大きく関わっている。藤原氏は、仁明天皇御代のころから後宮での勢力を確実なものとし、次の文徳・清和・陽成の三代は、いずれも藤原氏出身の女御所生の皇子が即位した。ところが、光孝天皇が即位すると後宮に藤原摂関家出身の子女はいなくなり、宇多天皇御代では藤原基経の妹温子が入内するが皇子の誕生はなく、次の醍醐天皇は藤原胤子腹で、血筋において藤原摂関家からますます遠くなった。藤原胤子は、藤原高藤と宇治の郡司の娘との間に生まれた娘である。光孝・宇多の系譜がもともと天皇家において傍流であり、まして胤子腹の敦仁親王（醍醐天皇）はさらに鄙の血を引く。そこで、宇多はどうしても自らの皇統の権威化を必要としたのである。藤原摂関家と一定の距離を保ちながら、自らの皇統を権威化するために考え出されたのが為子内親王の醍醐天皇への入内である。為子内親王は、宇多の同腹の妹で、母班子の父は桓武天皇の皇子仲野親王であるから、皇統の血を強く引く。これによって皇統の血の純潔性を高めるとともに、周りを身内で固めることで、自らの権威と保護のもとに醍醐を支え、繋ぎとめる方策としようとしたと考えられる。[4] 為子内親王は敦仁親王の元服の際の添臥になるとともに、『日本紀略』寛平九（八九七）年七月二十五日条によれば、

廿五日戊戌。以㆓无品爲子内親王㆒敍㆓三品㆒。爲㆑妃。

と、「妃」とした。正子内親王以来久しく絶えていた「妃」を復活させたことは、傍系の出である宇多・醍醐にとって、桓武・嵯峨天皇御代への復古的意味あいがあるだろうし、皇子が生まれれば、彼女を立后させ、その皇子を立太子させるつもりだったのであろう。しかし、為子内親王は昌泰二（八九九）年三月十四日に勧子内親王を出産した際に命を落としてしまったため、宇多が思い描いていた為子内親王腹皇子の皇位継承の夢は、結果的に潰えてしまうことになる。

「桐壺巻」の前半、女御・更衣とその皇子達の処遇に関する歴史意識は、光孝以降の宇多・醍醐天皇御代のそれを下敷きとすることを前章で述べた。先帝の四の宮のことを仄めかした典侍の言葉の「三代の宮仕《みやづかへ》」（桐壺① 四二頁）を光孝・宇多・醍醐天皇御代として桐壺巻の文脈に重ねてみた場合、「先帝」の「后腹」の「内親王」の入内は、為子内親王を想起せずにはおかないのである。[5] そうなると、わざわざこうした属性を背負って登場する藤壺は、それがすべてではないにせよ、為子内親王と同じく皇統の権威化、正統性の付与という意味づけを持って登場していると見なすことができる。物語を読む限り、桐壺帝が醍醐天皇と同じく鄙の血を引き、傍流であるかどうかは不明である。しかし、藤壺に為子内親王を重ねることで、かえって桐壺帝に醍醐天皇と同じような出自を連想させないとも限らない。[6] 藤壺の〈后腹〉内親王という出自は、結果として桐壺皇統を権威化する意味づけをもち、なにより後宮において第一の座にいる弘徽殿女御を牽制する意味をもつことは明らかである。[7] ただし、『源氏物語』

成立以後に行われた歴史上の后腹内親王の入内は、少し意味合いが違ってくる。例えば、後朱雀天皇皇后禎子内親王（父 三条天皇　母 中宮藤原妍子）や後冷泉天皇中宮章子内親王（父 後一条天皇　母 中宮藤原威子）、そして後三条天皇中宮馨子内親王（父 後一条天皇　母 中宮藤原威子）などの場合には、単なる皇統の権威化だけではなく、途絶えようとする皇統が他の天皇に后腹内親王を入内させ、その系脈の血を繋いでいこうとする意思を読むことができる[8]。后腹内親王の入内は、平安初期では天皇間の融和を図る手段であった[9]が、宇多・醍醐が傍系であったことから皇統の権威化の手段となり、さらには権威化とともに途絶える系脈の血を嫡流に回収する手段となっていくのである。『源氏物語』は、ちょうど醍醐朝から後朱雀朝へと意味づけが変わっていく狭間に位置づけられる。

一方、后腹の皇子の方は、藤原穏子の立后と関わって現象してくる。いわゆる醍醐天皇の後継問題である。宇多上皇と班子皇太后は藤原穏子の入内に最後まで抵抗するが、藤原時平の計略によって入内は実現し、後に皇子が誕生する。第二皇子の崇象（保明）親王である。崇象は延喜三（九〇三）年十一月二十日に生まれ、翌年二月十日には立太子する。こうして、生まれて二ヶ月余りで皇嗣に決定するが、即位する前の延喜二十三（九二三）年三月二十一日に二十一歳で薨去してしまうため、醍醐天皇の後継問題は宙に浮いてしまう。そこで突如持ち上がるのが、藤原穏子の中宮冊立なのである。中宮冊立も正子内親王以来、約百年ぶりである。次の皇嗣決定よりも中宮冊立をなぜ先行させねばならなかったのか。『日本紀略』延喜二十三年四月二十六日条によると、

廿六日庚午。以㆓女御従三位藤原朝臣穏子㆒爲㆓中宮㆒。前皇太子之母也。

とあって、前皇太子保明親王の母であることを根拠として中宮冊立は行われた。前皇太子の母であることを根拠として中宮（皇后）に冊立されたのは、藤原光明子以来である。冊立の三日後の四月二十九日条に、

廿九日癸酉。詔。以㆓故文献彦太子息慶頼王㆒爲㆓皇太子㆒。年三。

と、保明の子の慶頼王を立太子したことを見ると、立后はこの慶頼王の立坊に向けた措置であったことが判明する。瀧浪貞子の分析によれば[10]、これは穏子が「先皇太子（保明）の母」である（あった）ことをテコに、いわば〝（未来の）天皇（保明）〟の母＝皇太夫人とみなすことにより穏子を中宮に立てることではなかったか。中宮（穏子）の子は天皇（保明親王）で、その天皇の子（中宮にとって孫＝慶頼王）は皇太子という理屈で慶頼王の立太子に筋道を与えたのだとする。保明の即位は実現しなかったが、次代の天皇たることを約束されていた「皇太子」の母という事実は、他のキサキにはない穏子の〝実績〟であった。これが、穏子を中宮に立てることが出来た唯一の理由であるとともに、それがそのまま慶頼王の立太子を導き出し、正当化する論拠ともされた[11]と瀧浪は述べる。正鵠を得た指摘であろう。しかし、その慶頼王もまた五歳で薨去する。醍醐から保明そして慶頼王と直系で繋ごうとした意思はもろくも崩れ去るが、穏子が中宮となっていたことによって后腹の第十一皇子である寛明親王（朱雀天皇）が立太子する道を開く。さらに、朱雀には皇子が生まれなかったため、再び穏子腹第十四皇子成明親王（村上天皇）が他の皇子達を凌いで立太子、即位するのである。これは他でもない穏子が醍醐の中宮すなわち〈后〉であったからである。してみれば、東宮立坊より先に〈后〉を決定したのは、その〈后〉所生の皇子のみに皇位継承者を限定するためだったことが判る。

以上見てきたように、醍醐天皇御代の為子内親王と藤原穏子が〈后腹〉の価値観を再認識させる画期となったと考えられる[12]。前者は天皇家の事情によって皇統の権威化・正統化の手段として用い、後者は藤原摂関家が皇位継承問題で他の勢力を排除する手段として用いたのである。いわば〈后腹〉は、血の尊貴性を根拠として、所生皇子女を聖別視する意識となり、一方で女御腹以下の皇子女を区別する排他的な意識を作り上げる。このことは、『源氏物語』にとって、藤壺の兄兵部卿宮が新しい登場人物ながら皇太子候補者として浮上する可能性を与え、紅葉賀巻で藤壺立后の根拠にもなっていくのである。こうして藤壺の入内は、桐壺更衣の死後、一旦安定したかに見えた桐壺巻の物語状況に大きな波紋を投げかける。それは桐壺帝の後宮の序列を組み替えることであり、かつ新たな皇位継承の順番の組み替えの可能性も示唆する。

三　「妃の宮」藤壺

ここでは、〈后腹〉内親王の藤壺が、桐壺帝後宮において〈妃〉であったとする説について検討を加えてみたい。藤壺が〈妃〉であったことを最初に述べたのは、北山谿太(13)であった。しかし、彼はその後「妃の宮」ではなく「姫宮」であるとして〈妃〉である可能性を棄ててしまったが(14)、藤壺〈妃の宮〉説は、小松登美(15)、今西祐一郎(16)等によってその可能性が説かれ、増田繁夫(17)、後藤祥子(18)等によって批判された。そして、最近また、藤壺の出産の言説に為子内親王を関わらせる視点から、「妃の宮」を積極的に評価する意見も出されている(19)。主な論点を記すと、

1、藤壺は、紅葉賀巻末、弘徽殿女御を超えて中宮になるまでの間、「先帝の四の宮」「藤壺」「宮」あるいは「藤壺の宮」と呼ばれはしても、「女御」といわれたことがない。

2、桓武朝以降一条朝までに入内した内親王は八例で、ほとんどが妃か皇后であり、令外の制の女御であった確実な例はない。また、『源氏物語』の書かれた時期に近い円融朝の尊子内親王も〈妃〉であったと考えられ、令制の〈妃〉はその当時まで行われていた。

3、「妃」の地位にある内親王が、仮名文学系の作品に表れる場合、「妃の宮」という呼称が用いられたらしい。桐壺巻の「かがやくひの宮」は、『うつほ物語』に用例のある「妃の宮」に、『万葉集』や『古事記』以来の

「日の皇子《みこ》」の意を含んで「日の宮」と呼ばれたものであろう。

4、以上から、後宮において女御の称が用いられるようになった桓武朝以降、『源氏物語』の時代に至るまで、内親王でその称を受けた者は一人もいなかったといってほぼ誤りはないであろう。この事実は、「先帝の四の宮」という地位をもって入内した『源氏物語』の藤壺を「藤壺女御」と呼ぶことに対する大きな妨げとなるはずである。

というのが、小松・今西ら藤壺〈妃の宮〉説の論拠である。それに対して批判を加えた増田繁夫は、藤壺の「かかやく日の宮」に「妃の宮」の意をこめたとする説をまったく否定しさってはいない。しかし、上記の2にある尊子内親王については『小右記』に「女御」とする用例があることを無視できないとし、入内した内親王すべてが〈妃〉ではないとする。そして、円融朝の当時、令や延喜式に〈妃〉の規定はあっても、摂関体制確立を目前にしたこの時期になると、もはや現実的な制度として機能するものとは考えられなくなっていたのではないかとし、藤壺は后妃としての格付けからすれば女御、而して内親王であるがゆえに、呼称としては女御と通称されることはなかったと結論する。増田が女御であるとした一番の根拠は、次の紅葉賀巻の藤壺立后の場面の解釈である。

弘徽殿《こうきでん》、いとど御心動きたまふ、ことわりなり。されど、「春宮《とうぐう》の御世《よ》、いと近うなりぬれば、疑ひなき御位《くらゐ》なり。思ほしのどめよ」とぞ聞こえさせたまひける。げに、春宮の御母にて二十余年《よ》になりたまへる女御《にょうご》をおきたてまつりては、引き越したてまつりたまひがたきことなりかしと、例の、安からず世人《よひと》も聞こえけり。

（紅葉賀① 三四七～三四八頁）

ここの場面の解釈として増田は次のように述べる。

東宮の母として二十余年になる弘徽殿女御を「ひき越し」て、藤壺が后位につくのは無理だと世間の人々も非難した、とあることから、これは藤壺の後宮における地位が、弘徽殿よりも下位にあることを前提にしてのことであり、したがって藤壺は弘徽殿よりも下位の女御という設定になっているのではないか、と私は考える。ここの「ひき越し奉り」の語には、やはり弘徽殿の重々しい存在を若い下位の藤壺が追い抜く、という文脈に感ぜられるのである。（中略）もしも藤壺が〈妃〉であったとすれば、〈妃〉は女御よりは上位の地位であるから、（中略）弘徽殿も「いとど御心動」くことはなかったであろうし、世間もそう強くは非難することもなかったであろう。少なくとも物語のここの文脈は、桐壺朝の後宮においては藤壺は弘徽殿よりは下位にある、という前提で書かれている。(20)

「引き越す」の言葉が地位の上下関係を表し、藤壺は弘徽殿女御よりも下位にあるというのである。藤壺〈妃の宮〉説を批判するもう一人の後藤祥子は、妃の制度が九世紀初頭、嵯峨朝を最後に姿を消しているという説(21)をもとにして、妃は更衣の出現と入れ替わりに消えた制度であり、物語冒頭部の女主人公に更衣を登場させ、ほぼ十世紀の後宮社会を描くこの物語に、妃を復権させるのは時代錯誤ということになりかねない。藤壺は古代令制の妃ではあるまい(22)と述べる。

しかし、本章の初めから述べてきたように、藤壺のことを論ずる際には、単なる内親王の入内ではなく〈后腹〉内親王の入内の例であることを第一に考えるべきである。前章で述べた通り、皇子の場合、宇多朝から更衣腹であっても親王宣下される例が出現する。一方、皇女の方はそれより早く、清和朝の頃から更衣腹であっても内親王宣下される例が出現する。この結果、同じ「内親王」であっても、女御腹か更衣腹かによって格は異なるのであり、まして后腹となれば内親王の中でも別格の存在ということになる。妃であるかどうかで説の分かれている尊子内親王の場合、実際には女御腹であって、母藤原懐子は所生皇子の師貞親王が花山天皇として即位した後に皇太后を追贈されており、后腹内親王の入内の例とは言えない。『源氏物語』の成立以前で后腹内親王で他の天皇に入内した例は、桓武天皇妃酒人内親王、淳和天皇皇后正子内親王、醍醐天皇妃為子内親王の三例を見るにすぎず、いずれも妃以上の待遇なのである。さらに、一条朝当時〈妃〉の制度がなくなっていたとする見解については、その通りかもしれないが、当時制度としてなかったことと物語に描かれないこととは別で、「更衣」の制度や「一世源氏」とて一条朝にはもはや存在しない。むしろ、『源氏物語』は、仮構された〈前代〉を物語の舞台としており、桐壺巻は光孝以降の宇多・醍醐天皇御代の歴史意識を下敷きとする。それがそのまま物語の舞台だとは言わないが、醍醐朝は女御・更衣が多数仕え、一世源氏がいた時代で、妃もそれらに先だって後宮にいたのであって、時代錯誤とは必ずしも言えないのであろう。

加えて、増田が問題とする紅葉賀巻の藤壺立后の場面については、桐壺帝が藤壺腹の若宮を立坊させるために、その母を中宮に冊立するという場面であって、単純に藤壺と弘徽殿女御の地位を比較した文章ではないことを考慮しなければならない。中宮の称謂は、歴史の変遷の中で複雑な沿革があるため一言では定義しにくいが、少なくとも聖武天皇の生母藤原宮子より醍醐天皇の養母藤原温子に至るまでは、ほぼ皇太夫人の称謂として用いられており(23)、いわば「天子の母」の意である。先述した藤原穏子を中宮に冊立する際の根拠も、即位こそしなかったが前皇太子保明の母であることだった。ということは、この紅葉賀巻の中宮冊立は、本来なら東宮の母である弘徽殿女御がなるべき立場にあったのである。しかし、桐壺帝は冷泉を次の東宮に立坊するために藤壺を中宮に冊立したのであって、皇嗣を産んでいるわけでもない——冷泉はまだ立坊しているわけではない——藤壺が、皇嗣の母である弘徽殿女御よりも先に中宮になるために「引き越す」の語が用いられたのではないのか。順番からすれば、本来弘徽殿女御が冊立されるべきであるが、次の皇太子の母となる藤壺を先に立后させるからこそこの語が用いられたのであろう。朱雀の東宮立坊の際に「明くる年の春、坊《ぼう》定まりたまふにも、いとひき越さまほしう思せど」（桐壺①三七頁）と桐壺帝の心が語られるが、この場合の「引き越す」も序列の意である。

かてて加えて、増田は「例の、安からず世人も聞こえけり」について「世間の人々も非難した」と解釈されたが、「安からず…聞こゆ」は「非難する」と必ずしも同義ではない。「安からず」は、「心中穏やかではない」とか「妬ましく思う」など、複雑な心の有り様を表現することばである。だから、世人はあからさまに非難したわけではなく、順番を越された弘徽殿女御に同情しつつ、どこか納得できないでいる心境を表出したと取るべきであろう。そのあたりの複雑な心境の内実は、河内本の本文を参照することでより明確になる。先の「例の、安からず世人も聞こえけり」について、河内本では、

例の、安からず世人も聞こえけれど、人の御程のいとやむことなきにやゆるされ給けん。(24)

とあり、世人は「安からず」「聞こえけれど」、藤壺の地位が非常に高いゆえに、それは許されたのであろうと草子地で結ぶ。これを見る限り、複雑な思いはあるが、藤壺の地位の高さを理由に引き越すことも許されるというのであって、非難の意はない。ここには、冊立されるべき順番では弘徽殿女御の方が先であるが、地位という点ではむしろ藤壺の方が上だという認識が見て取れる。藤壺立后を複雑な思いで世間の人が見る理由は、東宮の母として二十年以上の実績をもつ弘徽殿女御を引き越して藤壺が中宮になることを指していて、東宮の母ではない別の女性を中宮として冊立した例は、『源氏物語』以前に一例も存在しないことに由来するのであろう。(25)そうした桐壺帝の強引さこそ、「安からず」思う根拠なのである。

以上から、藤壺は弘徽殿女御よりも地位が上だったと考える方が自然である。だからこそ、桐壺巻の入内した後の文脈で、

これは、人の御際《きは》まさりて、思ひなしめでたく、人もえおとしめきこえたまはねば、うけばりてあかぬことなし。かれは、人のゆるしきこえざりしに、御心ざしあやにくなりしぞかし。思しまぎるとはなけれど、おのづから御心うつろひて、こよなう思し慰むやうなるも、あはれなるわざなりけり。（桐壺①　四三頁）

と、彼女の地位の高さが強調され、桐壺帝の寵愛を独占しても、それをとやかく言う人は誰もいなかったのであろう。更衣の時とは正反対である。これでもし弘徽殿女御の方が地位が上なら、更衣の時と同じように語られたに違いない。藤壺は〈妃〉であることによって中宮に一番近い存在となるのである。

藤壺が一例も「女御」と呼ばれないのは、彼女が「女御」でないのはもとより、先帝の〈后腹〉内親王という出自から「妃」として入内したからだと考える。よって、「かかやく日の宮」と呼ばれている箇所は、やはり「かかやく妃の宮」と捉えるべきであろう。

四　「かかやく妃の宮」藤壺の入内

〈后腹〉内親王の藤壺が桐壺後宮に〈妃の宮〉として入内したとすると、それは物語にとってどのような意味があるのかを最後に考えてみたい。『源氏物語』の中で〈妃の宮〉と語られるのは桐壺巻の一例のみである。

世にたぐひなしと見たてまつりたまひ、名高うおはする宮の御容貌《かたち》にも、なほにほはしさはたとへむ方《かた》なく、うつくしげなるを、世の人光る君と聞こゆ。藤壺ならびたまひて、御おぼえもとりどりなれば、かかやく日の宮と聞こゆ。（桐壺①　四四頁）

この箇所は、光源氏が元服する直前の場面である。最後の部分に光源氏と藤壺に関する記述があり、本来二人は対になるべき関係ではないのに、「光る」と「かかやく」の比喩によって並んでしまうところに今後を暗示する内容があると受け取られてきた。[26] 首肯されるべき見解と思う。ただし、この箇所は「光る」と「かかやく」のみに問題が尽きるわけではない。最初の文の「名高うおはする宮」が誰なのかによって全体の文意が大きく変わり、ことばの対応関係も変わってくる。それは直前の「見たてまつりたまひ」の主語を誰ととるかによる。古注においても説は分かれ、『岷江入楚』の説くところ[27]によれば、帝が藤壺を「見たてまつりたまふ」とし、「名高うおはする宮」を藤壺ととる。「名高う」が登場当初にあった「御容貌すぐれたまへる聞こえ高くおはします」を承けるとするためである。そうすると藤壺の美しさに対する「光る君」の語があり、帝の寵愛が厚い「光る君」と「かかやく日の宮」が並ぶ関係となる。多くの注釈書はこの解釈をとる。岩波新大系は光源氏を主語とし、「名高うおはする宮」を藤壺ととるが、その場合であっても光源氏と藤壺の対応関係は変わらない。しかし、『弄花抄』は主語を弘徽殿女御とし、「名高うおはする宮」を弘徽殿女御所生の宮達とする。これに近い解釈をしているのが小学館日本古典文学全集および新編全集であり、こう解釈するとこの文章の意味は一変する。前の文からの繋がりで見ると、前の文は一文で区切れず、その前の文章の主語が次の文章の最初にかかった形で繋がっている。引用箇所の前の部分から「光る君」と呼ばれるところまでを引用すると、

> 幼心地《をさなごこち》にも、はかなき花紅葉《もみぢ》につけても心ざしを見えたてまつる。こよなう心寄せきこえたまへれば、弘徽殿女御、また、この宮とも御仲《なか》そばそばしきゆゑ、うち添へて、もとよりの憎さも立ち出でてものしと思したり。世にたぐひなしと見たてまつりたまひ、名高うおはする宮の御容貌《かたち》にも、なほにほはしさはたとへむ方なく、うつくしげなるを、世の人光る君と聞こゆ。（桐壺①　四四頁）

とあり、「幼心地に…心ざしを見えたてまつる」の主語は光源氏で、次の文章の「こよなう心寄せきこえたまへれ

ば」の部分の主語も光源氏である。それに対して、弘徽殿女御が「ものし」と不快に思うのであって、その弘徽殿が「ものし」と思う光源氏に対して「世にたぐひなしと見たてまつりたまひ、名高うおはする宮」と続くと考えると、主語は弘徽殿女御となり、「名高うおはする宮」は東宮を指すことになる。『岷江入楚』は、これまでの文章で東宮を「名高し」と評した文章はないことを根拠としてこの説を退けているが、ここを客観的に記した地の文とはせず、弘徽殿女御の個人的な感想に寄り添った文ととれば、まったくあり得ない解釈ではない。しかも、そもそも「光る君」は「世にたぐひなき」「名高うおはする宮」に対する呼称であり、その「光る君」に並んで「かかやく日の宮」がある。とすると、「名高うおはする宮」と「かかやく日の宮」の「宮」は別人と考えることも十分に蓋然性がある。そう考えると、東宮、光源氏、藤壺がそれぞれ対比的に語られた文章となる。それは、桐壺帝という存在を中心において、右大臣勢力を後見とする東宮、光源氏、高貴な血の系脈を受け継ぎ兵部卿宮を後見とする〈妃の宮〉藤壺という三つの対立軸を提示することになるのであって、単純に光源氏と藤壺の対比だけではない構図が浮かび上がってくる。その中で、更衣腹皇子で臣籍降下した〈源朝臣〉である「光る君」（光源氏）と、皇后に次ぐ〈妃〉の地位にある「かかやく日の宮」（藤壺）の、地位の序列では最下位の〈源氏〉と最上位の〈妃〉が、「光る」と「かかやく」という比喩において好一対として並ぶところに、血の序列化による秩序を乗り越える萌芽が見えるのである。東宮と光源氏とが対立する軸に〈妃の宮〉藤壺が加わることで、〈妃の宮〉が単なる後宮の地位を表すだけでなく、権力構造の一部としての意味づけが加わる。さらに『源氏物語』桐壺巻の歴史意識を光孝朝以後の宇多・醍醐朝のそれとすると、藤壺には為子内親王の姿が重なって見えてくるのである。先述した通り、為子内親王は宇多上皇と班子皇太后の思いを背負って醍醐天皇に入内し、結局その思いは遂げられずに亡くなってしまうが、〈妃の宮〉藤壺の姿は、彼女があり得たかもしれない、もう一つの姿を表しているようにも思える。このことは、藤壺の皇子出産の文脈[28]にまで影響を及ぼすことがすでに説かれている。

加えて、〈后腹〉で言うと、物語は次の光源氏元服の場面でもう一人の〈后腹〉皇女を語る。

この大臣《おとど》の御おぼえいとやむごとなきに、母宮、内裏《うち》のひとつ后腹《きさいばら》になむおはしければ、いづ方《かた》につけてもいとはなやかなるに、この君さへかくおはし添ひぬれば、春宮《とうぐう》の御祖父《おほぢ》にて、つひに世の中を知りたまふべき右大臣《みぎのおとど》の御勢ひは、ものにもあらずおされたまへり。　（桐壺①　四八頁）

葵上の母大宮は、桐壺帝と同腹の〈后腹〉皇女なのである。藤壺によって持ち込まれた〈后腹〉を聖別視する価値観は、桐壺帝と同腹の大宮と、その子女である葵上と蔵人少将（頭中将）をも聖別する意識をもたらす。これに光源氏が加わって、左大臣家はますます血の尊貴性を獲得し、次の天皇の外祖父として一番の勢力を誇るはずの右大臣は、下位に位置づけられてしまうのである。

このように、藤壺の存在は、后腹内親王として桐壺帝後宮で〈妃〉の地位を得て〈女御〉である弘徽殿を超えて位置づけられるとともに、〈皇統勢力〉として帝をめぐる一つの権力の軸を形成する。さらに、〈后腹〉という血の尊貴性という価値観を物語に持ち込むとともに、これによる新たな秩序化をもたらすのである。しかも、大宮は物語が始まる以前に既に左大臣に降嫁していることが判り、桐壺帝が即位する前史を我々に示唆するのである。これについては次章で詳述する。

結

藤壺は、「先帝の四の宮」「母后世になくかしづききこえたまふ」と先帝の后腹内親王として登場するところにその意義がある。歴史的に見て、后腹内親王が他の天皇に入内する例は、極めて少なく、また待遇としてはいずれも「妃」以上である。一条朝においてはすでに「妃」の制度はなくなっていたが、『源氏物語』は「更衣」も「一世源氏」も存在する仮構された〈前代〉という場面設定をしており、藤壺は同様に「妃」として入内したと考えて良い。その「妃」であることを唯一語っているのが桐壺巻の「かかやく日の宮」と呼ばれる箇所であって、ここは「光る」と「かかやく」の対応構造とともに、「世にたぐひなき」「名高き」東宮と「光る」源氏、そして「かかやく妃の宮」藤壺と、それぞれを対比的に語り、桐壺帝を中心として三者が並び立ち、拮抗するあり方を示すとも読めてくる。それは右大臣勢力、源氏、皇統勢力の三極を表し、藤原摂関家の権力保持の論理と、皇統の側の血の結束による皇位形成の論理、そこに臣籍降下していながら帝王相を顕現する光源氏という三つの論理が絡んで今後の物語を領導していくあり方である。さらに「光る」源氏と「かかやく」妃の宮藤壺が、比喩において好一対の関係になることで、この対立関係はさらに複雑に絡む可能性を示唆する。

藤壺は〈后腹〉という皇統の血の尊貴性を根拠として、女御以下のそれを区別する排他的な価値観を物語にもたらし、新たな序列化を作り上げる。〈后腹〉皇子女を聖別視する価値観は、醍醐朝ごろから復活し、これを背負って藤壺は登場してくることで桐壺帝の後宮内の序列を組み替える。かつ藤壺腹の皇子誕生までを視野に入れると、兵部卿宮をも巻き込んで、新たな皇位継承の序列の組み替えの可能性をも示唆する。

物語はさらにもう一人の〈后腹〉皇女大宮を登場させ、その〈后腹〉大宮の生んだ葵上と光源氏の婚姻を語る。光源氏は左大臣という後見を得て、成人としての第一歩を歩み始めるとともに、否応なく新たな権力闘争の中を生きることになるのである。

注

（1）三田村雅子「〈方法〉語りとテクスト――『源氏物語』」（『國文學――解釈と教材の研究――』第36巻第10号　平成3（一九九一）年9月）

（2）今井源衛「兵部卿宮のこと」（『源氏物語の研究』所収　未来社　昭和37（一九六二）年）一二二頁

（3）湯淺幸代「『源氏物語』に見る藤壺宮入内の論理――「先帝」の語義検証と先帝皇女の入内について――」（『源氏物語の始発――桐壺巻論集』所収　竹林舎　平成18（二〇〇六）年）によれば、「先帝」の語の意味には、系譜上の「祖」である天皇を敬う意識があるとする。本稿では〈后腹〉の方に重きを置いたが、系譜の祖という意味での「先帝」の皇女という点でも、藤壺の存在は重いことが判る。

（4）保立道久「王統が動く――光孝・宇多をめぐるドラマ」（『平安王朝』所収　岩波書店　平成8（一九九六）年）六三頁

（5）古注においても例えば『河海抄』は、「せんたいの四の宮の御かたちすくれ給へる」に「此先帝相当光孝天皇歟典侍詞にも三代宮つかへとあり光孝宇多醍醐（たるへき）歟醍醐帝女御和子【号承香殿女御】為子内親王は仁和皇女也此等例歟」と三代は光孝宇多醍醐、先帝の四の宮は為子内親王を指摘する。また、吉野誠「藤壺『妃の宮』の出産と生死をめぐって――物語における『史実』考――」（『物語研究』第2号　平成14（二〇〇二）年3月）・藤本勝義「藤壺と先帝をめぐって――逆転する史実と準拠」（『源氏物語の表現と史実』所収　笠間書院　平成24（二〇一二）年）も、藤壺の造型に為子内親王が関わっていることを説く。

（6）深沢三千男「桐壺巻ところどころ――その表現構造をさぐる――」（『源氏物語の表現と構造』所収　笠間書院　昭和54（一九七九）年）は桐壺帝の母が「寒門の出、卑官の娘」とし、日向一雅「桐壺帝と桐壺更衣」（『源氏物語の準拠と話型』所収　至文堂　平成11（一九九九）年）は、桐壺帝の中に宇多天皇の姿をより積極的に認めようとする。

（7）高橋和夫「源氏物語の方法と表現――桐壺巻を例として――」（『国語と国文学』第68巻第11号　平成3（一九九一）年11月）、吉海直人「藤壺入内をめぐって」（『源氏物語の新考察――人物と表現の虚実――』所収　おうふう　平成15（二〇〇三）年）

（8）福長進「「源氏」立后の物語」（『源氏物語　重層する歴史の諸相』所収　竹林舎　平成18（二〇〇六）年）

（9）酒人内親王は、廃后となり亡くなった井上内親王の娘で、井上内親王と他戸親王の祟りを恐れた桓武天皇が酒人を丁重に扱い、霊を鎮める目的があったとも言われる（山中智恵子「酒人内親王」『斎宮志――伝承の斎王から伊勢物語の斎宮まで――』所収　大和書房　昭和55（一九八〇）年）。また淳和天皇への正子内親王の入内は、嵯峨上皇が別腹である淳和天皇との融和を図るために入内させた例と考えることができる。

（10）瀧浪貞子「女御・中宮・女院――後宮の再編成――」（「平安文学の視角――女性――　論集平安文学」第3号　勉誠社　平成7（一九九五）年10月）

（11）瀧浪貞子注（10）に同じ

（12）岡村幸子「皇后制の変質――皇嗣決定と関連して――」（「古代文化」第48巻第9号　平成8（一九九六）年9月）によれば、「后腹」という言葉は、『西宮記』ごろから使われ始めると指摘する。それは醍醐天皇御代の為子内親王の入内や藤原穏子の中宮立后と何等かの関連があるであろう。

（13）北山谿太「「かゞやく妃の宮」「人めきて」など」（「平安文学研究」第15輯　昭和29（一九五四）年6月）

（14）北山谿太『源氏物語の新解釋』（塙書房　昭和37（一九六二）年）七一頁

（15）小松登美「「妃の宮」考」（「跡見学園短期大学紀要」第7・8集合併号　昭和46（一九七一）年3月）

（16）今西祐一郎「「かかやくひの宮」考」（「文学」第50巻第7号　昭和57（一九八二）年7月）

（17）増田繁夫「源氏物語の藤壺は令制の〈妃〉か」（『源氏物語と貴族社会』所収　吉川弘文館　平成14（二〇〇二）年）

（18）後藤祥子「藤壺の宮の造型」（森一郎編著『源氏物語作中人物論集』所収　勉誠社　平成5（一九九三）年）

（19）吉野誠注（5）に同じ

（20）増田繁夫注（17）に同じ。一四六頁

（21）柳たか「日本古代の後宮について――平安時代の変化を中心に――」（「お茶の水史学」第13号　昭和45（一九七〇）年9月）

(22) 後藤祥子注（18）に同じ

(23)『皇室制度史料（后妃二）』（吉川弘文館　昭和62（一九八七）年）一四七頁

(24) 河内本系統の諸本間での本文の異同はない。なお、河内本の引用は、池田亀鑑編『源氏物語大成』により、私に句読点を付し、一部漢字に改めた。

(25) 本書第Ⅱ篇第1章「藤壺立后から冷泉立太子への理路」では、史上の立后と立太子の論理からこのことを再説した。

(26) 河添房江「光る君の誕生と予言」（『源氏物語表現史——喩と王権の位相——』所収　翰林書房　平成10（一九九八）年）

(27)『岷江入楚』桐壺「かたちにも　弄弘徽殿の姫宮たちの事を云私或　私此事諸抄名たかうおはするとは春宮なとの事云々　しからは是は弘徽殿女御の心歟　如何　私案之ニ是は藤壺の御事也　よにたくひなしとみたてまつり給とは桐壺御門の御心に藤壺をかくおほしめすと也　名たかうおはする宮とは前の詞に先帝の四の宮の御かたちすくれ給へるきこえたかくといへれは名たかくおはするといふに相違なかるへし　その藤壺の女御の御かたちにも猶源氏の君のにほはしさはたとへむかたなくうつくしきゆへに世の人の光君と申すと也　弘徽殿腹の宮たち朱雀院なと御かたちの名たかき事きこえす　前に姫宮たちも源氏君になすらひ給ふへきもなしとあり　これにて心うへし　如何」

(28) 吉野誠注（5）に同じ

3　桐壺皇統の始まり
——后腹内親王の入内と降嫁——

序

桐壺巻の巻末近くに、光源氏の元服の儀のあと左大臣の娘の葵上との婚姻が語られ、その左大臣家の人々を紹介するくだりがある。そこでは左大臣への桐壺帝の信任が極めて厚いことと共に、天皇の同腹の妹が降嫁している事実が明かされる。藤壺に続く、二人目の后腹内親王「大宮」の登場である。物語には、

この大臣《おとど》の御おぼえいとやむごとなきに、母宮、内裏《うち》のひとつ后腹《きさいばら》になむおはしければ、いづ方《かた》につけてもいとはなやかなるに、この君さへかくおはし添ひぬれば、春宮《とうぐう》の御祖父《おほぢ》にて、つひに世の中を知りたまふべき右大臣《みぎのおとど》の御勢ひは、ものにもあらずおされたまへり。（桐壺①　四八頁）

とあり、「内裏のひとつ后腹」という属性が係助詞「なむ」によって強調されている。(1) 桐壺巻は桐壺帝後宮の女御と更衣をめぐる物語から始まり、二人の皇子の立坊争いへと展開し、それが決着した後半に至ると后腹内親王の入内と降嫁を物語の設定として語るのである。前章においては主に藤壺の入内に焦点を当て、〈后腹〉がもつ血の尊貴性が物語にもたらす意味について論じた。

本章では、もう一人の〈后腹〉内親王である大宮に焦点を当て、何の説明もなく彼女が降嫁している設定について、どのような意味があるのかを考えてみたい。これは皇女の婚姻の問題であるとともに、〈后腹〉の価値観が持ち込まれることで、序列化された皇女とその婚姻の問題と言い換えうる。これを考えるにあたっては、歴史的背景と関わらせる必要があり、降嫁だけでなく入内も併せて考察することとする。

一　『源氏物語』における皇女の序列と婚姻

后腹内親王の婚姻を考えるに当たって、『源氏物語』全体の中で后腹皇子女がどのように語られているのかを確認しておきたい。言うまでもなく、『源氏物語』の中に后として登場するのは、先帝の后、藤壺中宮、弘徽殿大后、秋好中宮、明石中宮の五人である。それ以外では、登場しないが桐壺帝と大宮と前坊の母后がいるはずで、さらに今上帝の母（承香殿女御）に皇太后の位が追贈されている。[2]当然、これらの子どもたちが〈后腹〉の属性を背負う皇子女となる。藤壺については、入内に関わる内容は前章で詳述したので省略すると、それ以外の箇所では、

参りたまふ夜の御供《とも》に、宰相《さいしやう》の君も仕うまつりたまふ。同じ后《きさき》と聞こゆる中にも、后腹《きさきばら》の皇女《みこ》、玉光りかかやきて、たぐひなき御おぼえにさへものしたまへば、人もいとことに思ひかしづききこえたり。まして、わりなき御心には、御輿《みこし》のうちも思ひやられて、いとど及びなき心地したまふに、すずろはしきまでなむ。（紅葉賀①　三四八頁）

と、同じ后でも「后腹の皇女」であるために「玉光かがやき」、帝の「たぐひなき御おぼえ」を得て、どなたも格別のお心遣いでお供申し上げるとあり、特別扱いされていることが判る。また、葵巻に新斎院となった女三宮を語

る文脈でも、

そのころ、斎院《さいゐん》もおりゐたまひて、后腹《きさきばら》の女三《をむなさん》の宮《みや》ゐたまひぬ。帝《みかど》、后《きさき》いとことに思ひきこえたまへる宮なれば、筋異《こと》になりたまふをいと苦しう思したれど、（中略）祭のほど、限りある公事《おほやけごと》に添ふこと多く、見どころこよなし。人からと見えたり。御禊《ごけい》の日、上達部《かむだちめ》など数定まりて仕うまつりたまふわざなれど、おぼえことに容貌《かたち》あるかぎり、下襲《したがさね》の色、表袴《うへのはかま》の紋《もん》、馬《むま》、鞍《くら》までみなととのへたり、とりわきたる宣旨《せんじ》にて、大将《だいしやう》の君も仕うまつりたまふ。

（葵② 二〇～二一頁）

と、帝と后が格別に大切にしていることや、祭の時に定まったこと以外につけ加わることが多く、特別の宣旨があって光源氏を供奉させたことなど、すべては女三宮が后腹内親王で帝の格別の寵愛を受けているからだと語られている。このように后腹の皇子女を特別視する価値観は、第三部に入ると明石中宮腹の皇子女を他のそれと区別して特別視する文脈として現れる。例えば、匂宮巻では、

后腹《きさいばら》のは、いづれともなく気高《けだか》くきよげにおはします中にも、この兵部卿宮は、げにいとすぐれてこよなう見えたまふ。四の皇子《みこ》、常陸《ひたち》の宮と聞こゆる更衣腹《かういばら》のは、思ひなしにや、けはひこよなう劣りたまへり。例の、左あながちに勝ちぬ。例よりはとく事はてて、大将まかでたまふ。兵部卿宮、常陸の宮、后腹《きさきばら》の五の宮と、ひとつ車にまねき乗せたてまつりて、まかでたまふ。

（匂宮⑤ 三三頁）

と、后腹の親王の中で特に匂宮の素晴らしさを強調する。しかも、波線部のように四宮（常陸宮）が更衣腹のせいか劣って見えるとして、母の地位によって皇子を序列化する意識が窺える。それは例えば、女二宮の降嫁を許された時の薫の心境に、「ことさらに心を尽くす人だにこそあなれとは思ひながら、后腹《きさきばら》におはせばしもとおぼゆる心の中《うち》ぞ、あまりおほけなかりける。」（宿木⑤ 三七九頁）と、この女宮が后腹であったならばとの思いに、女御腹

皇女との決定的な差異を認識していたことが見え、后腹を望む意識を「おほけなし」と語るところにもそれが含意されている。これは天皇の皇子女を序列化する意識であり、さらに臣下の場合でも正妻腹とそれ以外の子を差別することにも敷衍されることが明石尼君の言葉として語られている。

この大臣《おとど》の君の、世に二つなき御ありさまながら世に仕へたまふは、故大納言の、いま一階《ひときざみ》なり劣りたまひて、更衣腹《かういばら》と言はれたまひしけぢめにこそはおはすめれ。ましてただ人は、なずらふべきことにもあらず。また、親王《みこ》たち、大臣《おとど》の御腹といへど、なほさし向かひたる。劣りの所には、人も思ひおとし、親の御もてなしもえ等《ひと》しからぬものなり。ましてこれは、やむごとなき御方々《かたがた》にかかる人出《い》でものしたまはば、こよなく消《け》たれたまひなむ。ほどほどにつけて、親にも一《ひと》ふしもてかしづかれぬる人こそ、やがておとしめられぬはじめとはなれ。（薄雲② 四二九～四三〇頁）

光源氏が立派であるのに臣籍降下されたのは母の位が更衣であったためであり、天皇の皇子女はもとより、親王や大臣の子どもであっても母が正室かどうかが問題なのだと結ぶ。これは姫君を紫上に渡すことを勧める発言であるために多少の誇張もあろうが、こうした発言がなされるのは母の地位に応じて子ども達が序列化される実態が背景として存したためであろう。だからこそ、皇子女の中でも更衣腹について「ものはかなき更衣腹《かういばら》」（若菜上④ 一八頁）とか、柏木に降嫁された女二宮を「下臈《げらふ》の更衣腹《かういばら》におはしましければ、心やすき方まじりて思ひきこえたまへり」（若菜下④ 二一七頁）と軽んずる意識が見られるのである。

このように『源氏物語』全編を通して、天皇の皇子女達は、母の地位に応じて序列化され差別されたこと、殊に后腹の皇子女については特別視されたことが読み取れるのである。これは歴史上で更衣腹皇子女であっても親王（内親王）宣下されたことを契機として、母の地位に応じて皇子女たちの格差がかえって大きくなったことに由来するのであろう。

次に物語内の皇女の婚姻について見ると、入内と降嫁の例がいくつか見られる。桐壺巻では藤壺が桐壺帝に入内し、桐壺帝の妹大宮が左大臣のもとに降嫁して二人の子どもを儲けている。それ以外には、前坊の娘秋好（二世女王）と兵部卿宮の娘（二世女王）が女御として冷泉帝に入内している。第二部に入ると朱雀帝後宮には先帝の源氏が女御として入内していたことが明らかとなり、その娘女三宮が光源氏と結婚し、一条御息所腹の女二宮が柏木と、柏木の死後夕霧と結婚している。女三宮は女御腹、女二宮は更衣腹である。第三部では、今上帝の女二宮（藤壺女御腹）が薫に降嫁している。このように、光源氏と女三宮の結婚を除くと、入内例が四例――先帝后腹藤壺が桐壺帝後宮に、先帝更衣腹の源氏藤壺が朱雀帝後宮に、前坊二世女王秋好と兵部卿宮二世女王が冷泉帝後宮に入内――あり、降嫁例が三例――桐壺帝妹后腹の大宮が藤原氏（左大臣）と、朱雀帝更衣腹の女二宮が藤原氏（柏木）後に源氏（夕霧）と、今上帝女御腹の女二宮が源氏（薫）と結婚――ある。ただし、これだけを見ても皇女の序列と婚姻との間に何ら関連性を見出すことは難しい。以下、皇女の婚姻に関する歴史的背景を探る中から、后腹内親王の入内（藤壺）と降嫁（大宮）が物語にもたらす意味を中心に考えてみる。

二　皇女の婚姻（1）――平安以前

『源氏物語』の研究の中で、皇女の婚姻というテーマは、主に第二部の女三宮もしくは女二宮（落葉宮）の婚姻をめぐって議論が展開してきた。以下に簡単に研究史を辿ってみたい。最初に皇女の婚姻について発言をしたのは今井源衛である。今井は、女三宮の処遇をめぐる朱雀院の思考がきわめて時代意識に添った性質のものであることを指摘した。藤原摂関体制の進展に伴う天皇自身の弱体化から、天皇が外戚の経済的支援を頼りとする状態となり、継嗣令の皇女不婚の規定は現実的基盤を失ってしまったという。天皇は皇女を妃としても有難くはなくなり、十世紀中葉には皇女の入内・立后が稀有のことと考えられていた。令制は崩れざるをえない状況となり、醍醐天皇が旧慣に背いて皇女を六人まで臣族に降嫁させたのは時運を察する眼力があり、物語の朱雀院や一条御息所などが述べる皇女独身主義はすでに時代錯誤の認識なのだと断じた[3]。これに対し、後藤祥子は降嫁の中身に注目し、降嫁の相手が摂関家やその子弟、もしくは父帝に近い源氏であること、さらに前者は年齢差が小さくそこに褒賞的意味を読み取り、後者は年齢差が比較的大きく後見的な意味あいを読み取った。加えて、降嫁されるのは更衣腹皇女が圧倒的に多いこと、さらに藤原師輔をはじめとする摂関家の子弟の場合、褒賞的意味よりも男側からの獲得という性格が色濃いことを指摘した[4]。これらに対して、皇女の結婚に関する皇統側と藤原氏側のそれぞれの論理を整理し、読み解いたのが今井久代である。今井は、皇女の結婚を考える上で一番重要なのは父帝裁可による正式な結婚かどうかにあり、父帝裁可の場合の中に、皇統側の政治的な意図が色濃くあることを読み取ったのである。具体的には、皇統の交替など皇統の危機に際して皇女が皇統の純血性・聖性を保証する役割を担ったこと、降嫁には天皇が有能な後見との紐帯を強めたい特殊な事情があることを指摘した[5]。これによって、朱雀院の決定が錯誤などではなく、極めて皇統側の論理に則ったものであることを明らかにしたのである。

ここで注目したいのは、これら皇女の役割に先の皇女の序列がどう関わり、どのような意味を担うのかである。これについては、女御や更衣の出現が第1章で述べた通り桓武朝から嵯峨朝にかけての頃であるため、当然それ以降の用例で検討することになる。しかし、皇女の婚姻はそれ以前から既に行われているので、桓武以前の例から考察を始めなければならない。

最初に皇女の入内の例から考えてみる。[6] これについて今井久代は二つの傾向を指摘している。

①父親が即位していない（親王である）天皇の場合、母親が皇女である事例が多い。

②皇統が交替するときは断絶する系統の皇女を正妃に迎える傾向がある。[7]

今井は①の例として仲哀・舒明・文武・元正天皇を、②の例として仁賢・継体・安閑・宣化・欽明の各天皇の例を指摘する。①と②のいずれの場合も皇統が父子直系で繋がらない場合である。このような場合に皇女が仲立ちとなり、皇統の純血性および聖性が次の天皇に賦与されたという。しかし、実際には父子直系で繋いでいる場合にも皇女の入内は行われており、そこにどのような意図があり、何を意味するのかを考える必要がある。

古代の皇位継承のあり方については、すでに河内祥輔による詳細な研究[8]がある。ここからは、その指摘する内容を整理しながら皇女の果たした役割を見ていきたい。河内は、六世紀の継体天皇以降の天皇には二つの特徴があると述べる。一つは、女帝を除いて天皇の妻に必ず皇女が一人含まれていることである。二つめに子孫に皇位を継承させることのできる（直系）天皇とその資格をもたない（傍系）天皇があり、その区別は婚姻形態にあり、生母が皇女である天皇が直系皇統となる資格をもつと言う。[9] 河内は直系系統がその独自性を最もよく表現しうる方法は、異母兄妹婚を継続的に繰り返す形態ではないかとする。[10] 皇位が父系（男系）で繋がらない場合に母系（女系）で繋ぐことが行われ、そこで皇女が重要な役割を果たす。雄略天皇から継体皇統へは父系において限りなく遠い関係でありながら、皇女の入内とその皇子女の婚姻を通して、直系皇統を作り出すのである。すなわち、雄略天皇の皇女が仁賢天皇に入内し、仁賢の皇女が継体・安閑・宣化の各天皇に入内し、継体との間に生まれた皇子が欽明天皇となり、宣化天皇との間に生まれた皇女が欽明天皇に入内し、そこに生まれた皇子が敏達天皇となる（**参考系図1**）。天皇制は父系世襲制に基づいているが、母系も大きな役割を果たしたということである。先の雄略天皇から

参考系図1

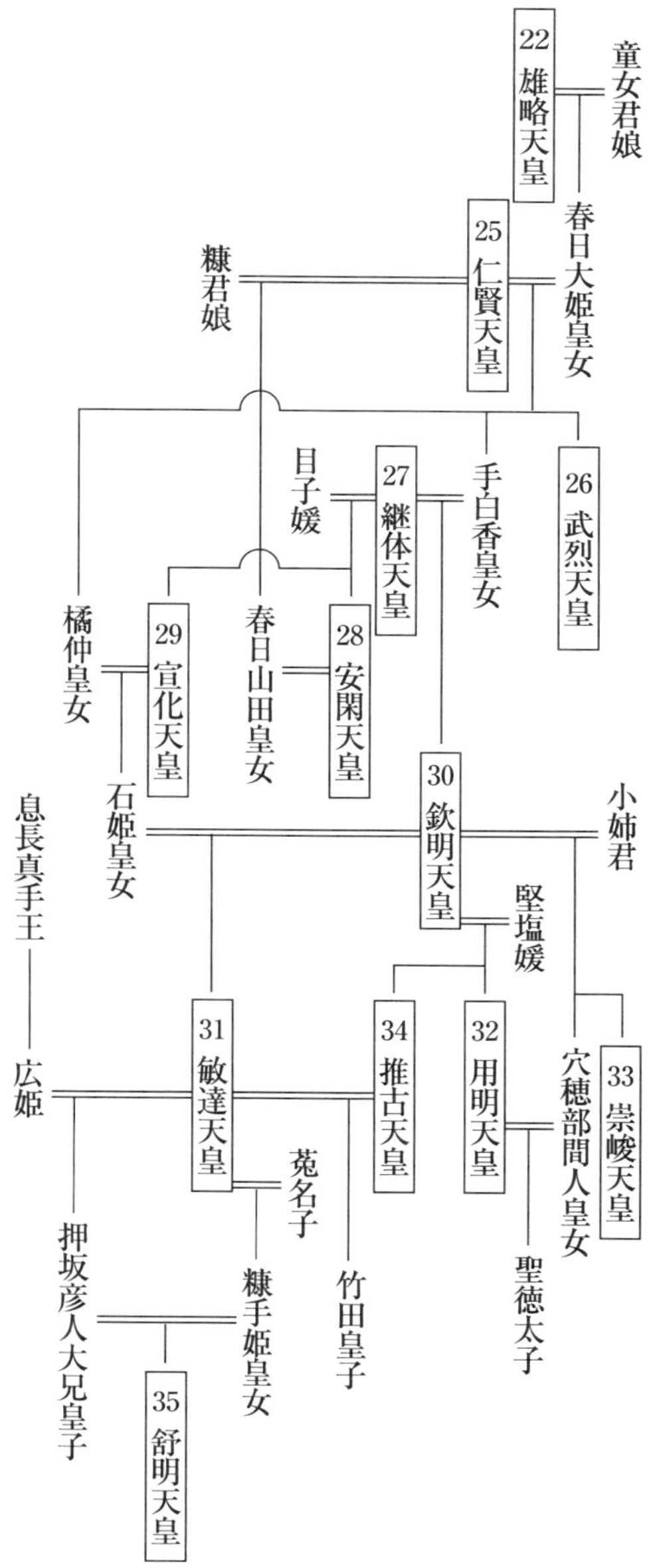

敏達天皇への流れは、一旦女系化した血統が、敏達に至って再び男系への転化を遂げたのであり、欽明・敏達は、女系を媒介にして雄略の血統に連なっている。すなわち、河内は六世紀の皇位継承には父系の血統を近親婚によって濃密に伝えようとする志向性と前代の皇統の血統が新しい皇統に流入する様相が見られると結論づけた[11]。この二つのあり方を支えたのが皇女なのである。天智天皇によって確立された皇統が天武に引き継がれ、聖武に至るまでの継承も従来の伝統に則るもので、それを支えたのが天智天皇の皇女の血である。ただし、従来と異なるのは直系

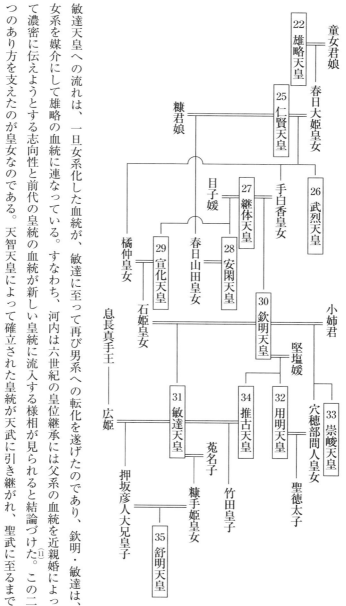

継承を補完する役割が、女帝によって果たされたことだとする。[12] そして、聖武天皇の即位に至って、皇女ではない藤原光明子が立后したり、光明子腹の皇女（孝謙）が女性で初めて立太子するなど、さまざま新しい事柄が行われるものの、結局父系による直系化は果たされず、聖武の皇女（井上）と結婚して皇子（他戸）を設けていることを根拠として、天智の孫の白壁王が光仁天皇として即位する。しかし、井上内親王の廃后、他戸親王の廃太子によってその目論見は挫折してしまうが、天武系から天智系に皇統が移るのを支えたのは天武系皇女（井上）との婚姻であり、そこに生まれた他戸を正統な後継者と認めたからである。[13] ここにも、皇女が皇位継承に大きく関わっている。

ここまで、六世紀から八世紀までの天皇に入内した皇女が皇位継承に果たした役割をまとめると、次ようにまとめることができるであろう。

(1)皇女の入内は、皇位継承権を付与する意味をもつ。
(2)生母が皇女である天皇が直系皇統となる資格をもつ。
(3)父系で繋がらない場合に、前代の皇統の血は皇女を媒介として新しい皇統に流入する。

これを先の今井久代の指摘する二つの傾向と比較すると、意味するところはほぼ重なるが、今井が指摘していない側面を補完すると考えられる。

河内によれば、聖武天皇の頃になると、(2)のような皇女腹の皇子ではなく、藤原氏所生の皇子に直系の資格が与えられる所謂八世紀型の皇統形成原理が出現すると言う。[14] しかし、その後の称徳（孝謙）天皇から光仁天皇への移行には、またしても聖武天皇の皇女の井上内親王が媒介となっていることからすると、平安時代が始まる八世紀末においてもこの三つの原理は生きていたと考えられる。

一方、皇女の降嫁の例についてみると、『継嗣令』に「凡王娶㆓親王㆒。臣娶㆓五世王㆒者聴。唯五世王。不㆑得㆑娶㆓親王㆒。」[15]とあり、臣下は五世王以下の女性との婚姻が許されている。「皇兄弟条」では四世王までが皇親とされているから[16]、実質的に皇親と臣下との婚姻を禁じていることになる。しかも、慶雲三（七〇六）年二月十六日の格によると、「自㆑今以後。五世之王在㆓皇親之限㆒。」[17]と五世王も皇親としたため、八世紀では臣下は六世王以下の女性でないと結婚できなかった。この皇親女子と臣下との婚姻については、今江広道[18]や栗原弘[19]の研究があり、それらによれば八世紀では唯一藤原久須麻呂と加豆良女王（三世王）との婚姻例が違法と考えられている。しかし、これは藤原仲麻呂政権下の強権的産物とされ、かなり厳格にこの令は順守されていたと言う[20]。栗原によれば、皇親女子の婚出規制は遅くとも五世紀の初頭には成立していたと述べていて[21]、律令制社会になる以前から皇親女子の婚出は極めて厳しく規制され、八世紀になるまで守られていたことになる。

以上、皇女の入内と降嫁を平安以前で通覧すると、皇統の権威（血統の尊貴性）の強化と保持のために皇女が大きな役割を果たしていた実態が浮かび上がってくる。すなわち、皇統内での婚姻によって皇統を権威化し、さらに皇親女子の臣下への婚出を厳しく制限して権威の流出（尊貴性の低下）を防いでいたのである。

三　皇女の婚姻（2）――平安初期〜一条朝前後まで

次に、平安時代が始まってから一条朝前後までを通覧するなかから、皇女の婚姻のもつ意義について考え、物語の設定にどのように影響を及ぼし得るかを考察してみたい。桓武天皇以降の皇女の入内と降嫁については巻末に表として掲載している。

桓武天皇となって、皇女の婚姻については三つの特徴的な政策が行われた。一つは、聖武天皇以降、藤原氏出身の女を立后する前例が開かれ、桓武も藤原氏出身の藤原乙牟漏を皇后に立后する一方、皇子の安殿（平城天皇）・神野（嵯峨天皇）・大伴（淳和天皇）の各親王には腹違いの皇女と結婚させたことである。二つ目は聖武の血を引く皇女を父の光仁も含めて桓武・平城の三代に渡って入内させたこと、三つ目にこれまで何百年にも渡ってずっと厳しく制限してきた皇親女子と臣下との婚姻を大幅に緩和したことである。平安遷都の前年の延暦十二（七九三）年に次のような法令が出されている。

詔曰。云々。見任大臣良家子孫。許レ娶二三世已下王一。但藤原氏者。累代相承。摂政不レ絶。以レ此論之。不レ可レ同レ等。殊可レ聴レ娶二二世已下王一者。[22]

これによれば、大臣・良家の子孫には三世王以下の皇親女子との結婚を許し、特に藤原氏については政治的功労が大きいゆえに二世王以下との結婚を許すというのである。この法令を出すに至った理由について、栗原は桓武が血統的エリート意識が低かったために格式や前例に拘らない行動様式をもっていたためだと述べている[23]が、皇子女たちの異母兄妹婚の実施と皇親女子の婚姻の規制緩和は表裏一体のもので、桓武皇統の置かれた状況を象徴的に表す事柄なのではなかろうか。それは桓武皇統の権威が極めて脆弱であったために行われたと考えるのである。そもそも他戸親王の廃太子の後、桓武が立太子されるにあたっては深刻な対立があり、「他帝之子」という有力な対立候補があったという。それでも桓武が立太子できた背景には藤原百川が大きな働きをしたためと言われている[24]。桓武は著しく権威に欠ける人物だったのである。その彼が即位して行ったのが、弟早良親王を廃太子した後、自分の皇子（安殿親王）を立太子して、強引に直系皇統を作ることであった。そこで行ったのが、息子達に異母妹の皇女を配することである。すなわち、**参考系図2**のように平城には橘常子腹の大宅内親王を、嵯峨には坂上又子腹の

参考系図2

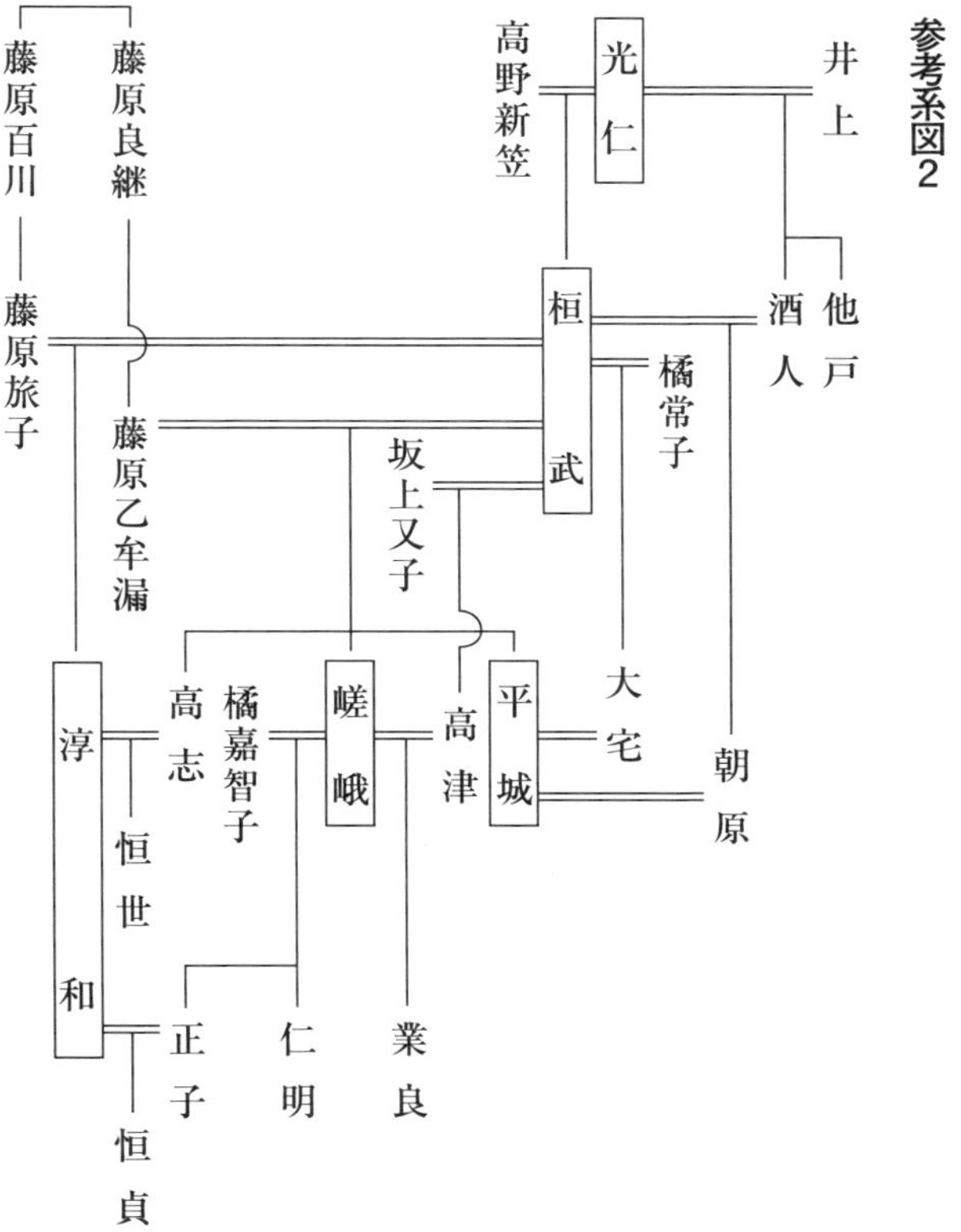

高津内親王を、淳和には皇后藤原乙牟漏腹の高志内親王を嫁したのである。これらは前節の(1)で述べた皇位継承権を与える目的で行われたものと考えられる。しかも、腹違いの妹を配するという六世紀に行われた異母兄妹婚によって直系皇統を作ったのと同じ形である。これは異母兄妹婚による皇統の権威化と直系化を目指した行為に他な

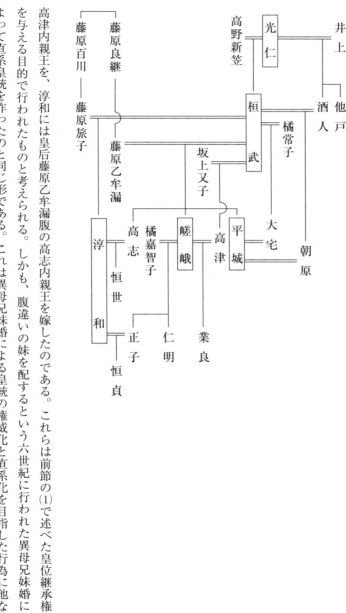

らない。しかも併せて、前代の皇統である聖武系の皇女を取り込むことも行っている。父光仁が聖武皇女井上内親王と結婚し、桓武が光仁と井上との娘の酒人内親王と結婚し、また平城が桓武と酒人との娘の朝原内親王と結婚するなど、こちらでも異母兄妹婚を繰り返している。そして、皇后には藤原百川の兄（良継）の娘乙牟漏を据え、藤原氏にのみ二世王以下の皇親女子との結婚を許して、藤原氏との繋がりを強化し、その力を味方として取り込むことを狙ったと考えられる。いわば、桓武は自身の直系皇統を権威化し安定させるためにありとあらゆる方法を講じたことが判る。薬子の変や承和の変などの混乱を経ながらも、平城・嵯峨・淳和に分けられた桓武の皇統は、嵯峨―仁明の皇統で落ち着く。その安定をもたらした最大の要因は、嵯峨が準一世王である源潔姫を藤原良房に嫁して藤原北家を後見役として取り込んだためである。源潔姫と藤原良房との婚姻は史上初めて行われた皇女と臣下との結婚であり、それが如何に特別なことであったかは、それまで数百年の間ずっと禁じられ守られてきて、前例がないことによって明らかであろう。しかし、これも臣籍降下した源氏（準一世王）を用いた結婚であった。これによって嵯峨―仁明皇統と藤原良房との繋がりは特別なものとなっていくのである。こうして見ると、皇女は皇統の危機に際し、その権威を高めそれを維持するための極めて〈政略的な道具〉であったと言える。

これを模倣したと思われるのが宇多上皇である。周知の通り、宇多もまた傍系の出で、しかも一旦臣籍に下って、皇位継承者には本来成り得ない人であった。父の光孝天皇はあくまで繋ぎとして即位したのであり、自分の子に皇位を継承させる意思がなかったことは即位後に皇子女達を再度臣籍降下させたことで知られる。ところがその後の後継者選びが難航し、誰にも決められないまま三年が経過して光孝が重態になるに及び、藤原基経の推を受けた源定省（宇多）が急遽後を継ぐことになった。源定省に親王復帰の詔が出されたのは崩御の前日で、翌日に立太子して即位するという極めて異例かつ緊急避難的な形でことは進んだのである。いわば、宇多の即位はそれだけ稀有なことであり、貴族達の合意を得ていたわけではなかった。その実現には藤原基経の力によるところが大きかったと言われる所以である。これは桓武の立太子が藤原百川の力によるところが大きかったのと同じである。よって宇多の権威もまた桓武同様脆弱だった。その宇多の行ったのが、皇女を使った自らの皇統の権威化と前代の皇統との関係保持、後見との関係強化という、桓武から嵯峨にかけて行われたのと全く同じ手法である。

最初に敦仁親王（醍醐）の践祚とともに宇多の同母妹の為子内親王を添臥として入内させた。これは異母兄妹ではないが、敦仁はもともと更衣腹である上、母方の祖母の出が低かったため[25]、それを補うためには皇統の尊貴性を担う皇女をこそ必要としたのであろう。為子内親王は、宇多と同じ班子女王腹——班子女王は寛平九（八九七）年七月二十六日には皇太后となることから、后腹内親王である。

二つ目に、為子内親王と同母姉妹の綏子内親王を陽成上皇に嫁している。この点が桓武とはちょうど逆で、途絶える側の皇女を引き取るのではなく、宇多皇統側が皇女を差し出しているのは、宇多皇統の置かれた立場の弱さを象徴するのであろう。どのような事情があったかは判らないが、**参考系図3**のように光孝皇女綏子内親王を陽成上皇に、宇多皇女誨子内親王と醍醐皇女修子内親王を陽成皇子の元良親王に、醍醐皇女の韶子内親王を陽成源氏の源清蔭にと、三代に渡って皇女を嫁していることから推察するに、醍醐天皇の御代となっても陽成皇統は直系皇統として続いてきた実績があり、それに対して自らの皇統の劣位を自覚していたためではなかろうか。

三つ目に、醍醐天皇の後見として藤原忠平に準一世王である源順子[26]を降嫁させた。桓武と宇多に共通するのは、彼らが本来皇位につくはずではなかった存在だったことで、そのために皇位に即いても権威が脆弱で、それを補うために皇女を使って自らの皇統の権威化と、前代の皇統との関係保持、後見となる藤原氏との関係の強化に努めたのであろう。いずれも、皇統が直系から傍系に交替した時、言い換えれば皇統の権威が危機に瀕した時に用いられ

参考系図3

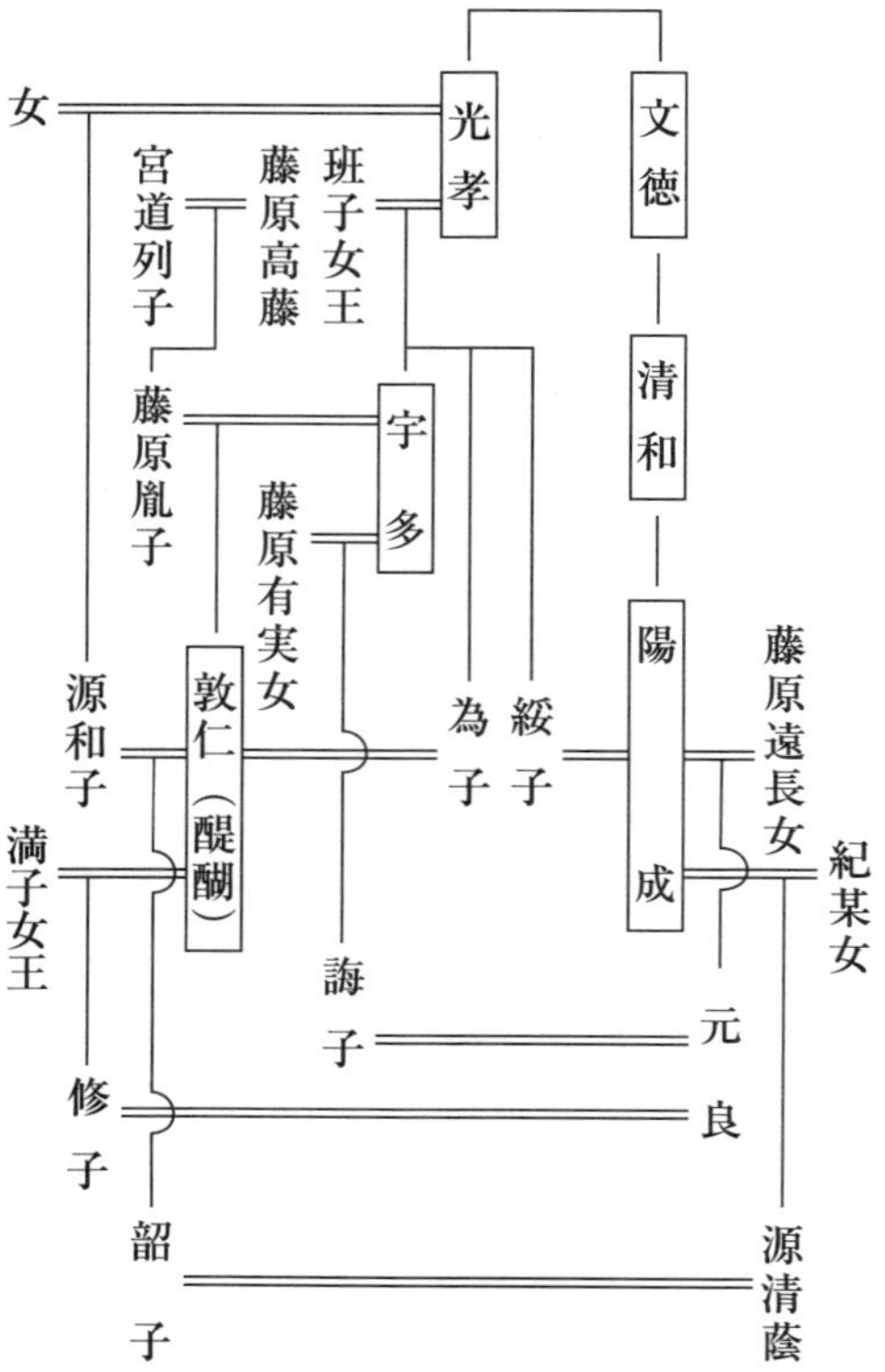

た皇統形成原理である。

続けて、これ以外の皇女の入内について見ると、皇女による天皇の権威化とともに、もう一つの特徴が醍醐天皇以降に現れてくる。それは、前節の(3)で指摘した、本来直系で繋がっていくはずの皇統が、結果的に繋がらなかった場合に、皇女を媒介として血を新しい皇統に流入させる原理である。これももともとは六世紀に雄略天皇の系譜が継体天皇の系譜に連なる時に用いられた手法で、一旦女系化した血統を再び男系へ転化させて、前代の血統を存続させようとする意思と考えられる。具体的には、醍醐天皇の次に、保明親王が皇位を継ぐ予定であったが、即位する前に亡くなり、次にはその子慶頼王が三歳で立太子する。しかし、慶頼王もまた五歳で亡くなってしまったために、保明と同じ后腹親王である寛明親王（朱雀）が立太子する。その朱雀が直系を作る役割を担うにあたり、保明親王の娘熙子女王が朱雀に入内するのである。しかし、朱雀には皇子が生まれなかったために熙子女王との間の子、昌子内親王が村上天皇の東宮の憲平親王（冷泉）に入内するのである（**参考系図4**）。冷泉の皇女尊子内親王が円融天皇に入内した例は、本来花山天皇への繋ぎの天皇であった円融を権威化するために行った皇女の入内と考えて良いであろう。この後の例では、**参考系図5**のように三条天皇皇女禎子内親王が後朱雀天皇に入内する例、後一条天皇皇女章子内親王が後冷泉天皇に、馨子内親王が後三条天皇に入内する例、内親王ではないが三条天皇の

参考系図4

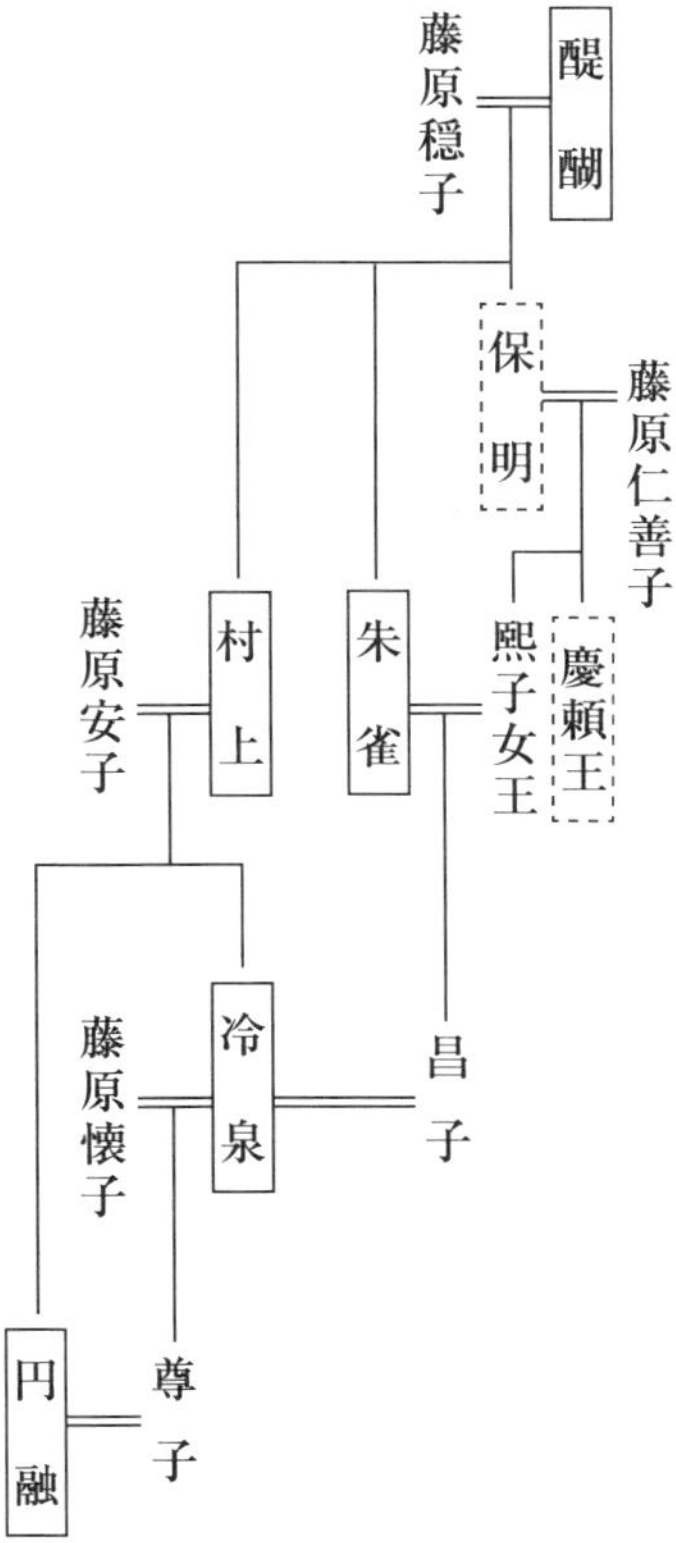

参考系図5

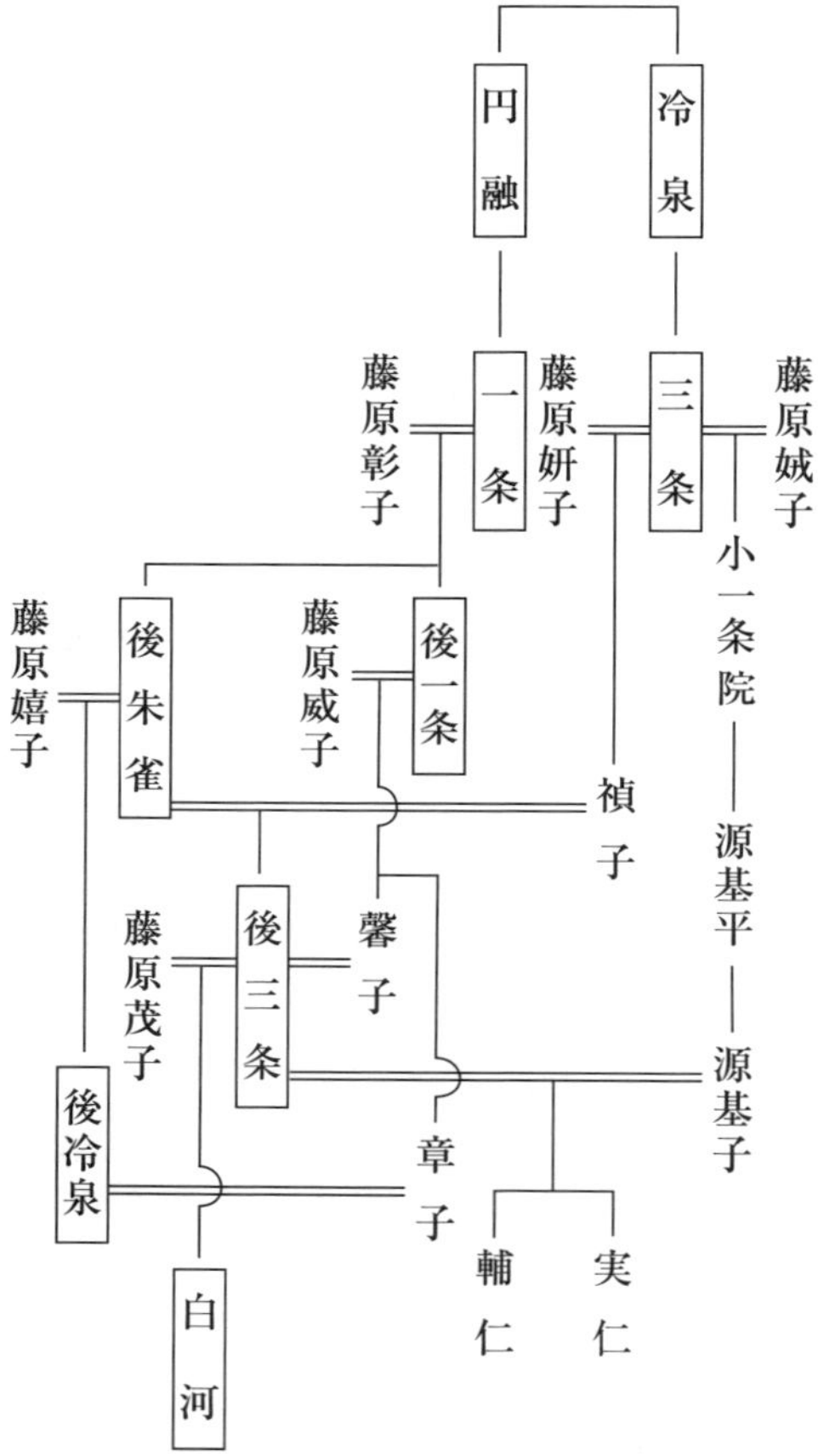

皇子小一条院（敦明親王）の子源基平の娘源基子が後三条天皇に入内することなど、途絶える前代の皇統がいずれも皇女を媒介として血を新しい皇統に流入させる原理に則ったものであろう。しかも、『源氏物語』以降では、その役割を担うのはもっぱら后腹内親王になるのである。一旦女系化した血統を男系へ転化する際に、后腹内親王腹皇子であることは次の皇嗣決定に大きく影響を及ぼす要素であり、そのためにこの役割を担う皇女として后腹内親王が選ばれるようになったと考えられる。以上に見る通り、『源氏物語』以後の例を含めても、皇女入内は皇統の

権威化と前代の皇統の血の流入の二通りの場合しか存在しないのである。

次に、皇女の臣下への降嫁について見てみる。桓武天皇が出した延暦十二（七九三）年の法令によって二世王以下の皇親女子との婚姻が事実上解禁になったとはいえ、桓武・平城・嵯峨の御代に臣下と二世女王や三世女王との婚姻が行われた形跡はない。皇女と臣下との結婚は相変わらず禁止されたものとの意識が存在したためであろう。それを嵯峨は、臣籍に降した皇女を使うことで臣下との婚姻を実現させた。

皇女降嫁の一例目は、嵯峨が皇女源潔姫を藤原良房に嫁した例である。これは良房の父冬嗣が、大同元（八〇六）年に神野親王（嵯峨）の春宮大進に任ぜられて以来、ずっと嵯峨の片腕として働き、嵯峨朝における最大の功臣であったためだと言われている。もともと功労に報いる降嫁でありながら、こののち嵯峨—仁明と続く皇統の確立に藤原冬嗣と良房が大きく貢献したことは言うまでもない。藤原良房と源潔姫との間に生まれた明子は、文徳天皇の女御となって清和天皇を生むに至り、仁明系皇統と藤原良房や基経らとの繋がりはより一層強まる。

次に行われた皇女の臣下への降嫁例は、光孝皇女源禮子と藤原連永の例があるが、これは光孝が親王時代に行われた婚姻で、その時点では二世女王と臣下との結婚であるので、一世王の降嫁とは言い難い。

皇女降嫁の実質的な二例目となるのは、宇多による源頎子と藤原忠平との婚姻である。こちらも醍醐天皇および朱雀天皇の御代を、藤原忠平が功臣となって支えていくようになる。これらから判るように、父帝裁可の皇女の臣下への降嫁は、皇統と一部の藤原氏の強力な紐帯を形成し、皇統の安定化に大きな役割を果たした。皇女は純粋な一世王いわゆる内親王ではなく、更衣腹で臣籍降下した準一世王を使った降嫁であることからすると、内親王と臣下との婚姻は相変わらず禁じられたものとの意識があったと考えるべきであろう。

ところが、朱雀天皇御代以降、醍醐天皇皇女と臣下との私通と思われる婚姻が何例も出現するのである。勤子内親王・雅子内親王・康子内親王と藤原師輔の婚姻例や靖子内親王と藤原師氏の例はいずれも醍醐天皇崩御後で、父帝裁可の婚姻ではない。これは、藤原良房と源潔姫との婚姻以降、藤原氏が二世女王や三世女王との婚姻を行うようになったことの延長上にある事柄で、もっぱら藤原氏における皇女志向として捉えるべきことである。特に、藤原師輔の皇女志向は尋常ではなく、遂に后腹の康子内親王にまで及ぶ。これについて『大鏡』公季伝には、

さて、内住《うちず》みして、かしづかれおはしまししを、九条殿は女房《にようばう》をかたらひて、みそかにまゐりたまへりしぞかし。世の人、便《びん》なきことに申し、村上のすべらぎも、やすからぬことに思《おぼ》し召《め》しおはしましけれど、色に出でて、咎《とが》め仰《おほ》せられずなりにしも、この九条殿の御おぼえのかぎりなきによりてなり。

（『大鏡』公季伝　二三二～二三三頁）[27]

と、「世の人」も「便なきこと」に思い、村上天皇も「やすからぬ」ことに思っていたとあるように、藤原師輔ごときが后腹内親王である康子内親王に手を出すことに対して誰も好意的ではなく、むしろ非難の目で見ていたことが判る。村上天皇皇女の保子内親王と藤原兼家の婚姻についても、天皇崩御後のことで父帝裁可とは考えにくく、『栄花物語』巻第三「さまざまのよろこび」には保子内親王が兼家の色好みの犠牲になったことを語る。[28] 盛子内親王と藤原顕光との婚姻については、顕光の父兼通と盛子の母源計子の配慮があったとの説[29]もあるが、父帝の裁可とは考え難い。これらに対して、父帝が推し進めようとした降嫁は唯一、三条天皇が藤原道長・頼通との関係を改善するために后腹内親王の禔子内親王を頼通に降嫁させようとした事例である。后腹内親王が降嫁の俎上にのるのは、この時が最初であって、謂わば切り札として后腹内親王の降嫁を持ちかけていることからすると、三条天皇の思いが如何に切迫した状況であったかを物語る。

以上の通り、純粋に父帝裁可による皇女と臣下（藤原氏）との婚姻は実質的に源潔姫と源頎子だけと言って良い。

今井久代が述べる天皇が皇女を他氏に娶らせるのは、有能な後見との紐帯を強めたいごく特殊な場合に限られるのであり、それも内親王ではなくやっと源氏宮を与えていると推定されると述べたことが確かめられる。(30)この特殊な場合とは、歴史的には嵯峨や宇多の例で判るように、皇統が交替し、一つに安定していない場合と考えられるのである。

四　后腹内親王の入内と降嫁

前節までに検討した内容を『源氏物語』の皇女の婚姻と関連させ、比較検討してみたい。物語の文脈では更衣腹であることを理由に落葉宮を貶めている柏木も、歴史的に見れば一条天皇の御代であっても相変わらず一世王と臣下との婚姻は禁止されていたわけであるから、更衣腹皇女とはいえ一世王（女二宮）を降嫁されたことは破格の待遇であったことが判る。柏木の「皇女《みこ》たちならずは得じ」（若菜上④　三七頁）とある皇女志向や女御腹皇女である女三宮との婚姻を望む意思を朱雀院から「限りぞあるや」（同三六頁）と一蹴されるのも致し方ないことなのである。天皇家の身内である源氏と結婚するのと藤原氏に降嫁するのでは、根本的に意味は異なる。そうなると『源氏物語』の皇女の婚姻で一番の問題となるのは、桐壺巻で語られる后腹内親王（大宮）が左大臣のもとに降嫁している例ということになる。本文を読む限り、これが左大臣の色好みの犠牲になって既成事実として成立した婚姻とは思われない。序に引用した本文によれば、左大臣は桐壺帝の信任が極めて厚く、それに続いて妻が帝と同じ后腹であるという語られ方からすると、父帝裁可の婚姻と考えるべきである。しかも帝の同腹の后腹内親王の降嫁を受けているのだから、普通では決してあり得ない破格の待遇である。

大宮については、永井和子(31)、森岡常夫(32)、藤本勝義(33)、土居奈生子(34)らがすでに問題にし、特に藤本は準拠として源順子を指摘して歴史と物語との重なりを説き、土居は拙稿同様に政略的な匂いを指摘する。この尋常でない待遇を物語全体の設定として語ることには、歴史的に見ると二つの内容が含意されていると推測できる。一つに、桓武や嵯峨や宇多の例から見て、桐壺帝が立太子し即位するにあたって、左大臣（もしくはその父）が大きな役割を果たした可能性が高いということである。もしかすると、左大臣なくして桐壺帝の即位はなかったのかもしれない。一院―桐壺皇統にとって第一の功臣と位置づけられる存在なのだろう。一世王と臣下の婚姻を禁じた掟を帝自らが破ることの代償は大きかったはずで、それをしてでも左大臣との紐帯を強めようとしたことになる。

二つ目には、それほど強力な後見を必要とする程、一院―桐壺皇統の権威が極めて脆弱だった可能性があるということである。葵上の歳から言って大宮の降嫁が桐壺帝の立太子の頃と考えられるから、立太子に関わる何らかの繋がりを連想させずにはおかない。

そうなると、即位の後に行われるもう一つの后腹内親王（藤壺）の入内も自ずと桓武や宇多が行ったそれと同じ路線の政略を連想させるのである。しかも、第1章で述べた如く、光源氏の臣籍降下に至る女御・更衣の文脈は、光孝天皇以降の宇多・醍醐天皇御代を背景とすることを併せて考えると、第2章で述べた通り宇多が醍醐の権威化のために為子内親王を入内させたことを髣髴とさせるのである。宇多が行ったのは、同母妹を使った近親婚による権威化および直系化の試みであったが、『源氏物語』の場合は先帝と桐壺帝の関係が詳らかではないため明確ではない。しかし、典侍の言葉や藤壺の年齢から推して、先帝は別皇統か伯父の可能性が高いから(35)、前代の血の流入に加え、皇統による権威化という意味付けが可能となる。桐壺巻の後半で后腹内親王の入内と降嫁を続けざまに語るあり方には、桐壺帝の置かれた状況と帝の拘った政略が言外に仄めかされていると思われる。日向一雅(36)と袴田光康(37)

は、桐壺帝の皇統が先帝とは別皇統であるとし、聖代を実現し得た桐壺帝の強力な指導力、統率力は醍醐や村上よりも宇多に近いこと、桐壺帝の物語は右大臣家のように外戚として摂関家を目指した勢力に対抗して、親政の理想を目指した天皇の物語として構想されたと述べている。桐壺帝の行動が宇多に近いということは首肯される見解であり、その同母妹が左大臣と結婚して関係を深めているというのも、源頎子と藤原忠平との結婚を連想とさせる。后腹内親王を介した左大臣との尋常ならざる接近は、明らかに臣下の中に強力な後見を作る行為に他ならない。

以上のことから、桐壺巻の後半での后腹内親王大宮の降嫁は、桐壺巻の前になんらかの理由による皇統の交替があった可能性を示唆するのである。桐壺は立太子したが一院—桐壺皇統の権威は極めて脆弱であった。それを補うため后腹内親王大宮を左大臣に降嫁させ、功臣との強力な紐帯を作ったと考えられる。加えて、即位後に先帝の后腹内親王藤壺の入内を要請することは、自らの権威化とともに、右大臣を後見にもつ東宮朱雀がいながら、改めて前代の皇統の血を引き継ぐ直系皇統を作り上げようとする帝の意思が浮かび上がってくるのである。

ちなみに、后腹内親王が父帝裁可で降嫁した例は『源氏物語』以前には存在しないと述べたが、実は物語の中にはある。『うつほ物語』の嵯峨院の大后の宮腹の女一宮が源正頼に、女三宮が藤原兼雅に降嫁した例である。嵯峨院という言葉が実在の嵯峨上皇を連想させ[38]、その皇女を降嫁させる点で史実と重なり、皇女降嫁により源正頼と藤原兼雅を強力な味方として取り込む嵯峨院は、源潔姫を藤原良房と結婚させ皇統を安定化させた嵯峨上皇と重なる。『うつほ物語』の設定も、直接そうとは書かれていないが、皇統の交替を言外に仄めかしていると言えよう[39]。『うつほ物語』の前半は、源正頼に降嫁した女一宮が産んだあて宮をめぐる求婚譚で、いわば『源氏物語』で言えば葵上をめぐる求婚譚である。これは、源正頼（一世源氏）と女一宮（后腹内親王）の間の娘という血の尊貴性を背景とした求婚物語であり、結局これは東宮に入内することで決着を見る。皇統の論理から言えば、極めて真っ当な結末である。女三宮腹の娘（梨壺）も東宮に入内することで、東宮の権威化は果たされたと見て良い。ところが、后腹内親王が皇統形成に及ぼす問題として顕在化するのはここからで、同じ后腹内親王腹の娘あて宮（藤壺）と梨壺がそれぞれ東宮との間に儲けた皇子（第一皇子と第三皇子）との間で東宮立坊争いが起こるのである。后腹内親王の降嫁により源氏と藤原氏を強力な後見とすることで安定したかに見えた嵯峨―朱雀皇統は、血の尊貴性において同等の立場にある藤壺と梨壺の皇子による新たな皇位継承争いへと発展する。これはかろうじて新帝の判断によってあて宮腹皇子に決着するのであって、后腹内親王の血の尊貴性は最後にはむしろ拡散してしまうのである。さらに降嫁という意味では、朱雀帝の女御腹の女一宮が藤原仲忠に降嫁してもいて、その子（いぬ宮）が秘琴伝授を受け、東宮への入内が仄めかされて物語は終わる。こうして『うつほ物語』では后腹内親王の降嫁が皇統の安定化と権威化をもたらしながら、新たな混乱を生む火だねともなっていく。

『源氏物語』は、后腹内親王の降嫁によって帝と左大臣との強力な紐帯を形成する側面と、その娘が皇統の血の尊貴性を顕現して皇位継承問題と関わるという点では同じであるが、あて宮のような求婚譚には展開せず、尊貴性は大宮の子の頭中将と葵上とその婿となる光源氏を聖別化する役割を担う。『源氏物語』は『うつほ物語』が背景としてもっていた皇統の交替の問題をより顕在化させ、前代の皇統の血を流入させることで正統化を図ろうとする帝側の論理と、娘を入内させ次の皇嗣を産ませようとする藤原氏側の論理との相克にこそ重点を置いたと言えるのではないか。

結

『源氏物語』桐壺巻の後半で語られる藤壺の入内と大宮の降嫁という設定が物語にどのような意味をもたらすのかを史実および『うつほ物語』との関連から考察した。古くから皇女入内は皇位継承権を付与する意味があり、皇女を母とする皇子が直系皇統を作る役割を担った。加えて、皇女は皇位が父系で繋がらない場合に前代の皇統を女系で繋ぐ役割を担った。こうして皇統は自らの血を尊貴化し、権威化したのである。八世紀以降、藤原氏出身の后が出現するに及び皇女を母としない天皇が出現するが、皇統が交替するなどの危機に際して、先の皇統形成の原理は繰り返し復活するのである。具体的には桓武と宇多の事例である。彼らは本来天皇には成り得なかった傍系の出であったため、皇女を使って自らの皇統の権威化と直系化を果たそうとした。さらに一部の藤原氏との強力な紐帯を作ろうとした。桓武によって皇親女子の婚姻が大幅に緩和され、実際に皇女の降嫁を行ったのは嵯峨と宇多である。しかし、皇女の降嫁は自ら掟を破り、皇統の尊貴性の低下を招いてしまうため、史上においては臣籍降下した源氏でしか行われなかった。それを『うつほ物語』と『源氏物語』では后腹内親王を用いて行うのである。それほど切迫した状況が物語の皇統にあったのであり、それは何らかの理由による皇統の交替を示唆する。

『源氏物語』では、后腹内親王の降嫁は左大臣にのみ行われているから、桐壺帝は左大臣を強力な後見として必要とするほど、権威が脆弱だったということだ。しかし、帝自らが掟を破る代償は大きかったはずで、一院—桐壺は皇統の尊貴化・権威化という大きな課題を背負うことになる。藤壺の入内はこの延長上にある。藤壺は先帝の后腹内親王であることで、まさに皇統の尊貴性を担い正統化を図るのに相応しい特別な存在なのである。桐壺巻の後半に語られる皇女の入内と降嫁は、皇統の危機に際して権威の回復と保持のために桓武や嵯峨や宇多が行った皇統形成の原理を髣髴とさせるのである。

注

（1）ここの本文については、青表紙本の肖柏本が「母宮、うちの御ひとつきさい腹になん」、河内本が「母宮はみかどのひとつきさいはらになん」、陽明文庫本が「母宮、帝の御后腹の皇女にて当帝の御妹に」国冬本が「母宮は帝の御ひとつ后腹の皇女にて当帝の御妹にて」麦生本が「母宮は帝のひとつ御后はらになん」とあり、微妙な差異があるものの、桐壺帝の同腹の妹である点では動かない。「なむ」によって「后腹」を強調する本文（青表紙本諸本、河内本諸本、麦生本）と、帝の一つ后腹の皇女で「当帝の妹」とわざわざ語る本文（陽明文庫本、国冬本）とがあるのみ。

（2）「女御《にょうご》の君は、かかる御世をも待ちつけたまはで亡《う》せたまひにければ、限りある御位を得たまへれど、物の背後《うしろ》の心地してかひなかりけり。」（若菜下④　一六五頁）

（3）今井源衛「女三宮の降嫁」（『源氏物語の研究』所収　未来社　昭和37（一九六二）年）

（4）後藤祥子「皇女の結婚――落葉宮の場合」（『源氏物語の史的空間』所収　東京大学出版会　昭和61（一九八六）年）

（5）今井久代「皇女の結婚――女三の宮降嫁の呼びさますもの」（『源氏物語構造論――作中人物の動態をめぐって』所収　風間書房　平成13（二〇〇一）年）

（6）後宮の成立時期と関わって、天皇との結婚を入内と呼ぶのに適切でない例もあるが、本章では天皇との結婚を「入内」の語で統一する。

（7）今井久代注（5）に同じ。三二頁

（8）河内祥輔『古代政治史における天皇制の論理』（吉川弘文館　昭和61（一九八六）年）

（9）河内祥輔注（8）に同じ。三三～三五頁

（10）河内祥輔注（8）に同じ。三六頁

（11）河内祥輔注（8）に同じ。三八頁

（12）河内祥輔注（8）に同じ。六七頁

（13）河内祥輔注（8）に同じ。一三一～一三五頁

(14) 河内祥輔注（8）に同じ。九六頁
(15)『継嗣令』本文の引用は、岩波書店刊日本思想大系『律令』による。
(16)『継嗣令』第十三「凡皇兄弟皇子。皆為㆓親王㆒。女帝子亦同。以外並為㆓諸王㆒。自㆓親王㆒五世。雖㆑得㆓王名㆒。不㆑在㆓皇親之限㆒。」
(17)『続日本紀』慶雲三年二月一六日条
(18) 今江広道「八世紀における女王と臣家との婚姻に関する覚書」（『坂本太郎博士頌寿記念　日本史学論集　上巻』所収　吉川弘文館　昭和58（一九八三）年）
(19) 栗原弘「藤原良房と源潔姫の結婚の意義」（『平安前期の家族と親族』所収　校倉書房　平成20（二〇〇八）年）
(20) 栗原弘注（19）に同じ。一八二～一八四頁
(21) 栗原弘注（19）に同じ。一八五頁
(22)『日本紀略』延暦十二年九月十日条
(23) 栗原弘注（19）に同じ。一八九頁
(24) 河内祥輔注（8）に同じ。一四六～一五〇頁
(25) 醍醐の母は藤原高藤の女胤子である。しかも、胤子の母は宇治の郡司の娘で、醍醐は歴代の天皇の中で際立って鄙の血を引く存在である。
(26) この源頎子の表記は『帝王系図』『皇代記』による。『本朝皇胤紹運録』では順子・傾子、『一代要記』では傾子とある。
(27)『大鏡』本文の引用は、小学館刊新編日本古典文学全集『大鏡』により、頁数を記した。
(28)『栄花物語』巻第三「さまざまなよろこび」「村上の先帝の御女《をむな》三の宮は、按察《あぜち》の御息所《みやすどころ》と聞えし御腹《はら》に男《をとこ》三の宮、女三の宮生《むま》れたまへりし、その女三の宮を、この摂政殿、心にくくめでたきものに思ひきこえさせたまひて、通《かよ》ひきこえさせたまひしかど、すべてことのほかに絶えたてまつらせたまひにしかば、その宮もこれを恥づかしきことに思《おぼ》し嘆きてうせたまひにけり。」（小学館新編日本古典文学全集『栄花物語』①　一七〇頁）

(29) 角田文衛『承香殿女御』(中公新書　昭和38(一九六三)年)二十五～二十八頁
(30) 今井久代注(5)に同じ。三七頁
(31) 永井和子「源氏物語の大宮像――作中世界の保証者として――」(「国語国文論集(学習院女子短期大学)」10　昭和56(一九八一)年3月)
(32) 森岡常夫「源氏物語における大宮」(「古典研究」9　昭和57(一九八二)年3月)
(33) 藤本勝義「大宮の准拠と造型」(『源氏物語の想像力――史実と虚構――』所収　笠間書院　平成6(一九九四)年)
(34) 土居奈生子「『源氏物語』左大臣の妻〈大宮〉について」(『源氏物語の帝』所収　森話社　平成16(二〇〇四)年)
(35) 「典侍は、先帝の御時の人」と「三代の宮仕へ」を勘案すれば、先帝―一院―桐壺帝の順が蓋然性が高く、かつ藤壺が桐壺帝よりも、子の光源氏の方に歳が近いことを考えれば、先帝は別皇統もしくは一院の兄である可能性が高い。
(36) 日向一雅「桐壺帝の物語の方法――源氏物語の準拠をめぐって――」(『源氏物語の準拠と話型』所収　至文堂　平成11(一九九九)年)
(37) 袴田光康「桐壺帝と玄宗と宇多天皇――「桐壺」巻における寛平準拠の視角――」(『源氏物語の史的回路――皇統回帰の物語と宇多天皇の時代――』所収　おうふう　平成21(二〇〇九)年)
(38) 大井田晴彦「吹上の源氏――涼の登場をめぐって――」(『うつほ物語の世界』所収　風間書房　平成14(二〇〇二)年)
(39) 『うつほ物語』がかかえる前史については、大井田晴彦「あて宮求婚譚の展開」(注(38)に同じ)に論じられている。

皇女の婚姻例

父	母	皇女名*1	配偶者*2	*3
桓武	妃酒人内親王	朝原内親王	平城天皇	○
	橘常子	大宅内親王	平城天皇	○
	坂上又子	高津内親王	嵯峨天皇	○
	皇后藤原乙牟漏	高志内親王●	淳和天皇	○
	藤原平子	伊都内親王	阿保親王	○
平城				
嵯峨	后橘嘉智子	正子内親王●	淳和天皇	○
	文室文子	斉子内親王	葛井親王	○
	當麻某女	源潔姫	藤原良房◆	○
淳和				
仁明				
文徳	不詳	源済子	清和天皇	○
清和				
陽成				
光孝	皇太后班子女王	為子内親王●	醍醐天皇	○
	皇太后班子女王	綏子内親王●	陽成上皇	○
	不詳	源和子	醍醐天皇	○
	不詳	源禮子	藤原連永◆	○
宇多	女御藤原温子	均子内親王	敦慶親王	○
	藤原有実女	誨子内親王	元良親王	○
	不詳	源順子	藤原忠平◆	○
醍醐	女御源和子	慶子内親王	敦固親王	○
	女御源和子	韶子内親王	源清蔭◆	○
	更衣源周子	勤子内親王	藤原師輔◆	×
	更衣源周子	雅子内親王	藤原師輔◆	×
醍醐	更衣満子女王	修子内親王	元良親王	○
	更衣満子女王	普子内親王	源清平◆	○
	中宮藤原穏子	康子内親王●	藤原師輔◆	×
	更衣源封子	靖子内親王	藤原師氏◆	×
保明	妃藤原仁善子	熙子女王	朱雀天皇	○
朱雀	女御熙子女王	昌子内親王	冷泉天皇	○
村上	更衣藤原正妃	保子内親王	藤原兼家◆	×
	更衣源計子	盛子内親王	藤原顕光◆	
冷泉	女御藤原懐子	尊子内親王	円融天皇	○
円融				
花山				
一条				
三条	中宮藤原妍子	禎子内親王●	後朱雀天皇	○
	皇后藤原娍子	禔子内親王●	藤原教通◆	
		儇子内親王	藤原信家◆	
後一条	中宮藤原威子	章子内親王●	後冷泉天皇	○
	中宮藤原威子	馨子内親王●	後三条天皇	○
後朱雀	皇后禎子内親王	娟子内親王●	源俊房◆	×

*1　●を附した皇女は后腹内親王。
*2　◆を附した皇女は配偶者が皇族以外の者。
*3　父帝裁可もしくは今上帝裁可と考えられるものは○、不裁可には×を付した。今井注（5）参照。

4　光源氏の元服
――「十二歳」元服を基点とした物語の視界――

序

桐壺巻の巻末近くで、光源氏の元服が語られる。『竹取物語』や『伊勢物語』がそうであるように、物語は主人公の成人から語り始められることからすると、光源氏もまさにここから本格的に始動すると見ることができる。しかも、光源氏の場合の特徴は、元服した事実のみが語られるのではなく、それの年齢に始まり、儀式の場所や式次第までが詳細に語られる点である。これについて例えば島津久基は「此の元服の段が、桐壺一巻の中で最も筆が弛《だ》れてゐる所といふ感じがする」(1)とまで言われるように、一見物語の文脈からは不必要と思われるほど内容が詳細なのである。しかし、語られる内容によってこそ意味は生まれると考えれば、あえてそうすることの意味が問われなければなるまい。

本章では、光源氏の元服について、特に年齢表記を基点としながら、関連する記事がどのような読みの視界を開くのかを考えてみたい。

一　物語における元服年齢と光源氏元服の研究史

光源氏の元服年齢を考察するにあたり、物語の中で元服に関する記事を整理するところから始めたい。『源氏物語』の中で元服記事があるのは、光源氏（桐壺巻）・冷泉帝（澪標巻）・夕霧（少女巻）・東宮（梅枝巻）・匂宮と薫（匂宮巻）の六名である。このうち、具体的な年齢表記を伴うのは、光源氏と冷泉帝と薫の三名である。この三人について、それぞれの元服に関する記事が、どのような内容と関連づけられているのかを確認すると、以下のようになる。

光源氏の場合は、

この君の御童姿《わらはすがた》、いと変へまうく思せど、十二にて御元服《げんぶく》したまふ。居起《ゐた》ち思しいとなみて、限りあることに事を添へさせたまふ。一年《ひととせ》の春宮《とうぐう》の御元服、南殿《なでん》にてありし儀式のよそほしかりし御ひびきにおとさせたまはず。所どころの饗《きやう》など、内蔵寮《くらづかさ》、穀倉院《こくさうゐん》など、公事《おほやけごと》に仕うまつれる、おろそかなることもぞと、とりわき仰《おほ》せ言《ごと》ありてきよらを尽くして仕うまつれり。（桐壺① 四四～四五頁）

と、十二歳であること[2]、先年に東宮（朱雀帝）の元服が南殿（紫宸殿）で行われたこと、光源氏の元服が「公事」として行われ、東宮の元服の儀に劣らぬように帝が差配したことが知られる。この後、元服の加冠役と理髪役のことが続き、後宴での帝と左大臣の歌の贈答、左大臣邸に移って葵上が添臥となるところまでを一連のこととして叙述する。記事は、元服の準備から加冠の儀の次第と後宴、婚姻までを語る。

冷泉帝の場合は、

あくる年の二月《きさらぎ》に、春宮《とうぐう》の御元服《げんぶく》のことあり。十一になりたまへど、ほどより大きにおとなしうきよらにて、ただ源氏の大納言《だいなごん》の御顔を二《ふた》つにうつしたらむやうに見えたまふ。いとまばゆきまで光りあひたまへるを、世人《よひと》めでたきものに聞こゆれど、母宮は、いみじうかたはらいたきことに、あいなく御心を尽くしたまふ。内裏《うち》にもめでたしと見たてまつりたまひて、世の中譲りきこえたまふべきことなど、なつかしう聞こえ知らせたまふ。同じ月の二十余日《にじふよにち》、御国譲《くにゆづ》りのことにはかなれば、大后《おほきさき》思しあわてたり。

（澪標② 二八一～二八二頁）

と、光源氏が帰京した翌年二月に十一歳(3)で元服し、同月二十余日に践祚したとある。成人すれば髪型が変わり、それによって冷泉帝が光源氏の顔とうり二つに映ることで、世人は賞賛し、藤壺だけは心を砕いたという。冷泉帝の元服は、践祚との関わりの中で語られていることが注目される。

最後に薫の場合は、

二品《にほん》の宮の若君は、院の聞こえつけたまへりしままに、冷泉院の帝《みかど》とりわきて思しかしづき、后の宮も、皇子《みこ》たちなどおはせず心細う思さるるままに、うれしき御後見《うしろみ》にまめやかに頼みきこえたまへり。御元服《げんぶく》なども、院にてせさせたまふ。十四にて、二月に侍従《じじゅう》になりたまふ。秋、右近中将になりて、御賜《たう》ばりの加階《かかい》などをさへ、いづこの心もとなきにか、急ぎ加へておとなびさせたまふ。おはします殿《おとど》近き対《たい》を曹司《ざうし》にしつらひなど、みづから御覧じ入れて、若き人も、童《わらは》、下仕《しもづかへ》まで、すぐれたるを選《え》りととのへ、女の御儀式よりもまばゆくととのへさせたまへり。

（匂宮⑤ 二一～二二頁）

と、冷泉院と秋好中宮の庇護下にあり、元服式も冷泉院で行われた。十四歳(4)で元服して侍従となり、秋には右近中将となったことなど、後見と元服の場所と年齢、さらに叙位までが一連の文脈として語られている。

年齢表記を伴わない三人について見ると、夕霧の場合は元服の場所と特に叙位が問題となり、東宮は明石姫君の裳着の時期と関わり、匂宮は二条院を住処とすることと任官との関わりから語られている。このように見ると、元服の儀式を語るのは光源氏のみで、他の人々は叙位や任官や婚姻など、その人のおかれた状況との関わりで語られている。年齢は必ず明記されるとは限らず、特定の人にのみ記されている。光源氏が十二歳、冷泉帝が十一歳、薫が十四歳で、この三つを並べる限り光源氏の元服年齢の特徴は何ら見出しがたいが、この三人にのみ年齢表記が伴うことは注意してよい。さらに元服した事実だけでなく、儀式次第とそれに関連する内容を詳細に語る点で、光源氏の元服は際立っており、ここに特徴があることが判る。

次に、光源氏の元服に関しての研究史を概観しておく。古注以来、この箇所で問題になってきたのは、主に儀式の中身についてその典拠を何に求めるかという点である。というのも、『源氏物語』の成立当時、すでに一世源氏はこの世になく、また先例として残る記録も極めて少ないためである。残された記録の主なものは、一つに藤原定家の『源氏物語奥入』所引の『李部王記』で、延長七（九二九）年二月十六日の源高明・兼明の元服の記事を載せる。他には『西宮記』が「一世源氏元服」の例として承平四（九三四）年十二月二十七日の源允明と天慶四（九四一）年八月二十四日の源為明の例を、『新儀式』が「源氏皇子加元服事」として源氏元服の際の式次第を載せる。この中で父帝在世中に清涼殿で行われた例となると、延長七年の源高明・兼明の例のみとなる。それとの比較から見ると、延長七年の例では屯食を各自の里邸で調達したのに対し、『源氏物語』の場合は桐壺帝の特別の配慮で右大弁に用意をさせていて、「限りあることに事を添へさせたまふ」（桐壺①　四四〜四五頁）「とりわき仰《おほ》せ言《ごと》ありてきよらを尽くして仕うまつれり」（同四五頁）等の内実が明らかとなる。

清水好子は、物語本文と有職書とを対照し、『源氏物語』桐壺巻の本文が『西宮記』と『新儀式』を資料として書かれたことを指摘する。[5] さらに、これら二書と物語が大きく違うのが天皇の御座の位置で、物語本文では、

おはします殿《でん》の東《ひむがし》の廂《ひさし》、東向きに倚子《いし》立てて、冠者《くわんざ》の御座《ざ》、引入《ひきい》れの大臣《おとど》の御座御前《おまへ》にあり。申《さる》の刻《とき》にて源氏参りたまふ。（桐壺① 四五頁）

と、本来母屋にあるべき天皇の御座が廂に立てられ、孫廂にいる光源氏により近づくとある。これにより帝と光源氏との距離が縮まり、愛子であることが歴然とすると述べる。[6]

中嶋朋恵は、『西宮記』と『新儀式』が指摘する一世源氏の場合と光源氏の場合をさらに詳細に比較検討を行い、明らかに異なっている点として五点（A加冠の時の天皇の座の位置、B侍所の酒宴での源氏の座の位置、C引入が禄を賜る時に盃酒のことがある、D引入への牽出物がある、E献物がある）を挙げ、これらが何らかの形で親王の元服の例に典拠を見出せることを根拠とし、親王に準じ、一世源氏の待遇をそう逸脱していないことを指摘する。さらに、光源氏の元服は延長七年の例をモデルにしたのではなく、彼独自の元服次第が作者によって用意されたのだと説く。[7]

これらによって、儀式の内容を羅列して叙述することの意味の一端が明らかとなった。桐壺帝の特別の配慮は際限なく行われたわけではなく、紫宸殿で行われた東宮の元服を一方に据え、それとのバランスを取りながら、[8]〈一世源氏〉としては破格の待遇[9]であることが判る。[10]

年齢については、関根賢司が干支の十二年に人生の区切りを読み、十歳をこえることが少年から大人になることなのだと解いた。[11] 関根の説は、厄年と関連させた点で示唆に富むが、残念ながらこの場面の読みとしてはこれ以上の展開はない。物語はなぜ年齢をわざわざ表記するのか。次節では、史上の元服年齢の変遷を通覧しながら、そ

れがどのような状況と関わるのかを比較検討して、光源氏の十二歳元服の意味を考えてみたい。

二　元服年齢の変遷とその周辺事情

元服に関する研究は歴史学や風俗学および文学の領域で行われてきた。古典的な研究としては、中村義雄のそれがある。中村は天皇の元服を中心に整理され、元服が宮廷儀礼として整備されたのは清和天皇のころで、『大唐開元禮』をほぼ土台として作成されたことに始まるとする。[12]年齢については、

元服の年齢であるが、これは別に一定してはいない。しかし、天皇にあってはだいたい十一歳から十五歳ぐらいまで、皇太子は十一歳から十七歳ぐらいまでの間に行われる例であり、親王もこれに準ずる。[13]

と述べている。実際、天皇に限らず、記録に残る元服年齢には幅があり、現在のように二十歳になったら一律に成人するということではない。元服が子どもと大人を分かつ重要な通過儀礼である以上、その資格は何に由来するのか、元服年齢にどうして幅があるのかは、元服を考察する際に避けて通ることができない問題である。

これに関して、八世紀から九世紀にかけての元服に関する史料を調査し、分析を行ったのが服藤早苗である。[14]服藤は、元服の史料の初見の和銅七（七一四）年六月二十五日首皇太子の元服記録（『続日本紀』）以降を精査することで元服に関わる多くの有益な指摘を行っている。指摘は多岐に渡るので、ここで一つ一つを挙げることはしないが、元服年齢について服藤は、『律令』巻第四、「戸令」第八の

凡男女。三歳以下為レ黄。十六以下為レ小。廿以下為レ中。其男廿一為レ丁。六十一為レ老。六十六為レ耆。無レ夫者。為ニ寡妻妾一。[15]

を根拠として、十六歳が年齢の重要な区切りになっていると説く。十七歳が課口の年齢なのだとし、九世紀の官人の子息は十六歳で元服し、翌十七歳の正月より出身するのが一般的であったのではないかと述べる。さらに、十七歳を成人年齢とし、官人社会への加入を許可する官僚社会は、十世紀になると天皇をはじめとする上層支配層から変質していき、元服年齢が低下し、また限定された家格の上層貴族子息のみの、元服と同時の叙爵が定着する。低年齢での叙爵は、政治的地位の父子継承を確立し、永続的継承を原理とする家の安定的確立を早めるのだと説く[16]。この指摘の重要な点は、元服年齢を課税対象年齢と関わらせたことである。

成人することと関係の深い婚姻に関しては、「戸令」が別に定めていることも注意しておきたい。「戸令」第八には、

凡男年十五。女年十三以上。聴二婚嫁一。

とあり、男子は十五歳、女子は十三歳から婚嫁が許されたという。婚姻が十五歳からということは、これが元服の根拠になる資格の一つであったとも考えられる。「戸令」の課税や婚姻などの記述からは、男子の元服は十五・六歳あたりが目安となっていたことが明らかとなる。

ところで『日本三代実録』巻第八、貞観六（八六四）年正月一日、清和天皇の元服の条を見ると、もう一つ興味深い内容が記されている。

六年春正月戊子朔。大雨レ雪。天皇加二元服一。御二前殿一。親王以下五位已上入レ自二閤門一。於二殿庭一拝賀。禮畢退出。百官六位主典已上於二春華門南一拝賀。先レ是。預詔二勸學院藤氏兒童高四尺五寸已上者十三人一加冠。是日。引二見内殿一。

天皇の元服の記事の最後に、勧学院の藤原氏の児童のうち身長が「四尺五寸（＝136.35cm）」以上の十三人に加冠を行ったという記述がある。これに類する記述は、同じく『日本三代実録』元慶六（八八二）年正月二日陽成天

皇の元服の際[17]、および『新儀式』第四、臨時上、「天皇加元服事」の中にも見出すことができる[18]。ここから判るのは、天皇の元服に併せて勧学院の何人かを元服させた事実であり、その際の基準が年齢ではなく身長だったことである。身長も元服の根拠になりうる要素の一つであったことが判る。以上のように、元服の時期を決定する要因には年齢と身長があり、さらに個々の事情が絡んで、ばらばらの元服年齢が出来したのであろう。

八・九世紀の元服については服藤が表としてまとめているので[19]、そちらを参照願いたい。『源氏物語』桐壺巻が時代設定として仮構する延喜天暦の頃から一条朝ごろまで——九世紀後半から十一世紀初頭における天皇および親王と一世源氏の元服の様態を調べたのが**表1**および**表2**である。実際には親王も源氏もあと何人か確認できるが、元服記録の残っていない人物もあり、この表には年齢が確認できる人を中心とし、元服の記録のある人を掲載している。ここから知りうるいくつかの特徴を以下にまとめてみる。

天皇が在位中に元服した場合では、清和天皇から朱雀天皇までの元服年齢は十五歳、円融天皇が十四歳、一条天皇が十一歳で元服した後、これが先例となり、後の天皇の元服は十一歳に行われるようになる[20]。

次に親王および一世源氏についてみると、醍醐天皇御代では十五・六歳の例が多い。例外として斉中親王が五歳で元服しているが、彼は七歳で薨じていることを勘案すると、何らかの特殊な事情があった可能性がある。それ以外では、有明親王が十二歳で元服しているが、この時（延喜二十一（九二一）年十一月二十四日）には重明・常明・式明・有明の四親王が一緒に元服しているためであろう。これと同じように複数の親王や内親王が一緒に成年式を行う例は他にもあり、延喜十六（九一六）年十一月二十七日には克明親王と慶子内親王、延長三（九二五）年二月二十四日には時明親王と長明親王と普子内親王、延長七年二月十六日には源高明と源兼明が一緒に成年式を行っている。

年齢	場所	加冠役	関係	理髪役	入内
15	前殿	太政大臣 藤原良房?	外祖父		藤原多美子（貞観6, 正）、平寛子（貞観6,8）、藤原高子（貞観8,12）他
15	紫宸殿	摂政太政大臣 藤原基経	外伯父	大納言源多	姉子女王（不明）他
15	紫宸殿	摂政太政大臣 藤原忠平	外伯父	左大臣藤原仲平	熙子女王（承平7,2）、藤原慶子（天慶4,2）
14	紫宸殿	摂政太政大臣 藤原伊尹	外伯父	左大臣 源兼明（春宮傅）	藤原媓子（天禄4,2）、藤原遵子（貞元3,4）、藤原詮子（貞元3,8）他
11	紫宸殿	摂政太政大臣 藤原兼家	外祖父	左大臣 源雅信（春宮傅）	藤原定子（永祚2, 正）、藤原義子（長徳2,7）、藤原元子（長徳2,11）、藤原尊子（長徳4,2）他
11	一条院	前摂政太政大臣 藤原道長	外祖父	摂政内大臣 藤原頼通	藤原威子（寛弘9,8 尚侍→寛仁元,12 御匣殿別当→寛仁2,3 入内）

加冠役	関係	理髪役	備考	出典
				日本紀略
				日本紀略
大納言藤原時平 （春宮大夫） 権大納言菅原道真		左中将藤原定国	同日為子内親王入内、藤原穏子（延喜元,3）入内	日本紀略、扶桑略記、西宮記
				日本紀略
				日本紀略
				日本紀略、西宮記、扶桑略記
右大臣藤原忠平	外伯父	右衛門督藤原定方	藤原時平女（仁善子）添臥	日本紀略、西宮記、新儀式、扶桑略記
右大臣藤原忠平	義理叔父	良峯衆樹	同日慶子内親王（母源和子）裳着	日本紀略、親王御元服部類記
中納言藤原清貫		右近中将藤原兼茂		貞信公記抄、親王御元服部類記、西宮記、御遊抄
右大臣藤原忠平	舅	左兵衛督藤原兼茂		日本紀略、御遊抄、小右記
大納言藤原定方		右近中将藤原公頼		〃
右大臣藤原忠平		左兵衛督藤原兼茂		〃
大納言藤原定方		右近中将藤原公頼		〃
右大臣藤原定方		春宮亮平時望	年齢は延長5,9,20薨（18）日本紀略による。	貞信公記抄、御遊抄、小右記
大納言藤原清貫		左中将藤原伊衡	同日普子内親王（母満子女王）裳着	〃
左大臣藤原忠平				新儀式、一代要記、奥入、河海抄
右大臣藤原定方				〃

表1　天皇の元服

	元服者	立太子年月日(年齢)	践祚年月日(年齢)	父	母	元服年月日	西暦
1	清和天皇	嘉祥3,11,25(1)	天安2,8,27(9)	文徳天皇	藤原明子	貞観6,正,1	864
2	陽成天皇	貞観11,2,1(2)	貞観18,11,29(9)	清和天皇	藤原高子	元慶6,正,2	882
3	朱雀天皇	延長3,10,21(3)	延長8,9,22(8)	醍醐天皇	藤原穏子	承平7,正,4	937
4	円融天皇	康保4,9,1(9)	安和2,8,13(11)	村上天皇	藤原安子	天禄3,正,3	972
5	一条天皇	永観2,8,27(5)	寛和2,6,23(7)	円融天皇	藤原詮子	永祚2,正,5	990
6	後一条天皇	寛弘8,6,13(4)	長和5,正,29(9)	一条天皇	藤原彰子	寛仁2,正,3	1018

表2　親王・一世源氏の元服

	元服者	立太子後	父	母	元服年月日	西暦	治世	年齢	場所
1	貞数親王		清和天皇	在原行平女	仁和4,10,18	888	宇多	14	
2	斉中親王		宇多天皇	橘義子	寛平元,正,1	889		5	
3	敦仁親王	醍醐天皇	宇多天皇	藤原胤子	寛平9,7,3	897		13	清涼殿
4	斉世親王		宇多天皇	橘義子	昌泰元,11,21	898	醍醐	13	
5	敦固親王		宇多天皇	藤原胤子	延喜2,2,3	902			
6	敦実親王		宇多天皇	藤原胤子	延喜7,11,22	907		15	宇多院
7	保明皇太子		醍醐天皇	藤原穏子	延喜16,10,22	916		14	紫宸殿
8	克明親王		醍醐天皇	源封子	延喜16,11,27	916		14	清涼殿
9	代明親王		醍醐天皇	藤原鮮子	延喜19,2,26	919		16	清涼殿
10	重明親王		醍醐天皇	源昇女	延喜21,11,24	921		16	清涼殿
11	常明親王		醍醐天皇	源和子	延喜21,11,24	921		16	清涼殿
12	式明親王		醍醐天皇	源和子	延喜21,11,24	921		15	清涼殿
13	有明親王		醍醐天皇	源和子	延喜21,11,24	921		12	清涼殿
14	時明親王		醍醐天皇	源周子	延長3,2,24	925		16	清涼殿
15	長明親王		醍醐天皇	藤原淑姫	延長3,2,24	925		14	清涼殿
16	源高明		醍醐天皇	源周子	延長7,2,16	929		16	清涼殿
17	源兼明		醍醐天皇	藤原淑姫	延長7,2,16	929		16	清涼殿

加冠役	関係	理髪役	備考	出典
				西宮記、花鳥余情
左大臣藤原仲平	母の叔父	右近少将良峯義方		日本紀略、御遊抄、花鳥余情
大納言藤原実頼		左近少将藤原朝忠		日本紀略、西宮記、貞信公記抄、御遊抄
摂政太政大臣藤原忠平	外伯父	左近少将藤原朝忠	同年4,19に飛香舎で藤原安子嫁娶の禮あり	日本紀略、西宮記、貞信公記抄、御遊抄、河海抄
権中納言藤原師輔		重明親王		日本紀略、西宮記、花鳥余情
大納言藤原実頼				日本紀略、花鳥余情
左大臣藤原実頼（春宮傅）	母の叔父	参議藤原朝忠	同日昌子内親王東宮妃	日本紀略、東宮冠禮部類記、西宮記
権大納言藤原師尹		左近中将源重光		日本紀略、親王御元服部類記、御遊抄
大納言源高明	舅	右近中将源延光	源高明女添臥。同日輔子内親王（母藤原安子）裳着	日本紀略、西宮記、花鳥余情、栄花物語、御遊抄
中納言源兼明		頭中将源延光		日本紀略、御遊抄
				日本紀略
				日本紀略、系図纂要
左大臣源雅信		頭中将源正清		日本紀略、花鳥余情
左大臣源雅信（春宮傅）		中納言源重光		日本紀略、小右記、大鏡、扶桑略記、東宮元服祝文、北山抄、西宮記、御遊抄、政治要略
左大臣源雅信（春宮傅）		参議藤原公季（春宮大夫）	尚侍藤原綏子（添臥）、藤原娍子（正暦2,11）、藤原娍子（寛弘7,2）参内	日本紀略、小右記、御遊抄
左大臣源雅信		参議藤原佐理		日本紀略、御遊抄
左大臣源雅信		参議藤原公任		日本紀略、小右記、権記、御遊抄
内大臣藤原公季		右頭中将藤原実成		日本紀略、御堂関白記、権記、百練抄、栄花物語、大鏡裏書
左大臣藤原道長	母の叔父	頭右大弁源道方	寛弘6,10,13の予定が彰子のお産で延引	日本紀略、御堂関白記、権記、栄花物語、御遊抄、河海抄
大納言藤原実資		藤原周頼		御堂関白記、小右記、権記
大納言藤原実資				〃
左大臣藤原道長		頭中将藤原公信		日本紀略、御堂関白記、小右記、花鳥余情、御遊抄、壬生文書、百練抄
右大臣藤原顕光		頭左大弁藤原朝経		〃
				小右記（長和4,11,14による）
右大臣藤原公季（春宮傅）		権中納言源経房	藤原嬉子（寛仁5,2）、禎子内親王（万寿4,3）参内	御堂関白記、小右記、左経記、日本紀略、扶桑略記

	元服者	立太子後	父	母	元服年月日	西暦	治世	年齢	場所
18	源允明		醍醐天皇	源敏相女	承平4,12,27	934	朱雀	16	代明親王第
19	行明親王		宇多天皇	藤原褒子	承平7,2,16	937		13	東八条第
20	章明親王		醍醐天皇	藤原桑子	天慶2,8,14	939		16	京極第
21	成明親王	村上天皇	醍醐天皇	藤原穏子	天慶3,2,15	940		15	綾綺殿
22	源為明		醍醐天皇	藤原伊衡女	天慶4,8,24	941			五条宅
23	源盛明		醍醐天皇	源周子	天慶5,11,23	942		15	
24	憲平皇太子	冷泉天皇	村上天皇	藤原安子	応和3,2,28	963	村上	14	紫宸殿
25	広平親王		村上天皇	藤原祐姫	応和3,8,20	963		14	清涼殿
26	為平親王		村上天皇	藤原安子	康保2,8,27	965		14	清涼殿
27	致平親王		村上天皇	藤原正妃	康保2,10,28	965		15	清涼殿
28	源昭平		村上天皇	藤原正妃	安和元,8,25	968	冷泉	15	藤原在衡第
29	具平親王		村上天皇	荘子女王	貞元2,8,11	977	円融	14	
30	永平親王		村上天皇	藤原芳子	天元2,2,20	979		15	小一条院
31	師貞皇太子	花山天皇	冷泉天皇	藤原懐子	天元5,2,19	982		15	紫宸殿
32	居貞親王	三条天皇	冷泉天皇	藤原超子	寛和2,7,16	986	一条	11	東三条南院
33	為尊親王		冷泉天皇	藤原超子	永祚元,11,21	989		13	二条第
34	敦道親王		冷泉天皇	藤原超子	正暦4,2,22	993		13	東三条南院
35	敦明親王	小一条院	三条天皇	藤原娍子	寛弘3,11,5	1006		13	枇杷第
36	敦康親王		一条天皇	藤原定子	寛弘7,7,17	1010		12	清涼殿
37	昭登親王		花山天皇	平平子	寛弘8,8,23	1011	三条	14	
38	清仁親王		花山天皇	平祐之女	寛弘8,8,23	1011			
39	敦儀親王		三条天皇	藤原娍子	長和2,3,23	1013		17	清涼殿
40	敦平親王		三条天皇	藤原娍子	長和2,3,23	1013		15	清涼殿
41	師明親王		三条天皇	藤原娍子	長和5,春	1016	後一条	12	
42	敦良皇太子	後朱雀天皇	一条天皇	藤原彰子	寛仁3,8,28	1019		11	紫宸殿

天皇（皇位継承予定者を含む）の元服年齢（右肩は歴代即位順、括弧内は元服年齢）

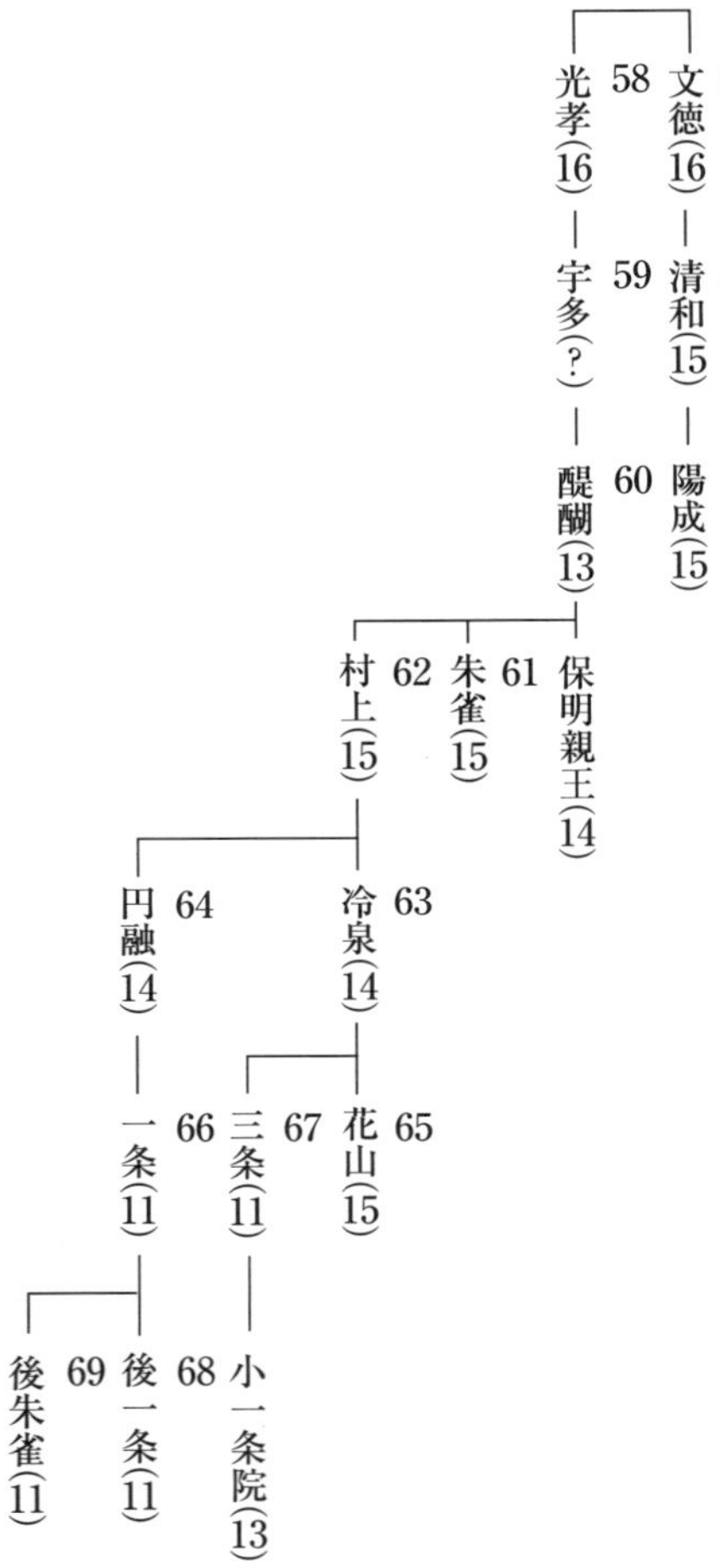

このように何人か一緒に成年式を行う際に、十五歳以下の子が入り込む場合があるようだ。

天皇と東宮の元服儀礼が行われる場所は基本的に紫宸殿で、紫宸殿が皇位継承者の元服の場所であることが判る。親王や一世源氏の場合は、父帝在位中は清涼殿で行われ、退位後は貴族の私邸等で行われることが多い。

加冠役は天皇では歴代の摂政太政大臣が務め、東宮では左右大臣が務める例もあるが、東宮傅（皇太子傅）や東宮大夫を兼ねていて、いずれも後見人である。しかもそれは母方の祖父（外祖父）や伯父（外伯父）で、結婚相手の父（舅）もしくは兄（義理兄）でもある場合が多い。一方、親王や一世源氏の加冠役は、姻戚関係にある例はむしろ少数で、公卿の中の誰かが行っている。「添臥」については、記録に残る例そのものが少なく、皇太子などに数例あるのみである。(21)

元服年齢を概観すると、醍醐・朱雀天皇御代ごろまでは十五・六歳であったが、村上天皇御代になると十四歳となり、一条天皇御代になるとさらに若くなって十三歳ほどまで下がってくる。概して、皇太子は他の親王よりも少し早く元服する傾向があり、それに引きずられるようにして他の親王も徐々に早くなっている。低年齢化を決定づけたのが、居貞親王（三条天皇）と一条天皇の元服である。一条は寛和二（九八六）年六月二十三日に七歳で践祚し、同じ年の七月十六日に居貞が十一歳で元服した。これを承けるように、一条が永祚二（九九〇）年正月五日に十一歳で元服し、これ以降、皇太子および天皇の十一歳元服が継承されていく。ここで重要なのは、元服年齢の低下は皇太子が他の親王よりも早く元服したことに起因し、皇位継承と関わって現出したことである。特に、村上天皇以降の、冷泉系と円融系とで両統迭立となった時に一気に十一歳にまで下がる。しかし、その一条天皇御代であっても皇位継承に直接関わらないその他の親王は十三歳で元服していたことを勘案すると、十一歳での元服がいかに特殊なことであったかが判る。皇太子と天皇における元服年齢の低下は、少し遅れて臣下に及び、長保五（一〇〇三）年二月二十日に藤原道長嫡子頼通が十二歳で元服することとなる。

では、なぜ一条と居貞の際に十一歳にまで元服年齢が下がったのか。これを考えるには、村上以降の皇位継承を確認する必要がある。村上の皇子で藤原安子腹の憲平（冷泉天皇）は、朱雀の即位以来ずっと待たれていた醍醐と藤原時平の血を継ぐ待望の子であった。そのため憲平は、天暦四（九五〇）年五月二十四日に生まれて、二ヶ月後の七月に立太子する。康保四（九六七）年五月二十五日の村上の崩御を受けて即位するが、幼少のころから精神を病んで異常な行動が多く、その狂気は藤原元方の祟りとも言われた。結局、即位して二年余りで譲位し、次に即位したのは皇太弟である守平（円融天皇）である。その際に立太子したのは、冷泉の第一皇子藤原伊尹の娘懐子腹の師貞親王（花山天皇）である。ところが、円融も譲位の際に皇子の懐仁親王（一条天皇）を立太子したため、ここに冷泉系と円融系による両統迭立が始まる。もともと円融は冷泉から花山への繋ぎの役割だったのかもしれぬが、冷泉と同じ后腹で血の正統性をもち、在位も十六年に及んで実績はむしろ円融の方にある。藤原兼家の策略によって花山が出家した後、一条は寛和二年六月二十三日に七歳で即位し、同じ年の七月十六日に冷泉の第二皇子の居貞が十一歳の若さで元服するとともに立太子する。居貞の早すぎる元服は、円融系に対する対抗意識の表れである。

一方、一条の十一歳元服には他の要因も関わっている。天皇の加冠役は摂政太政大臣が行うのを通例としていたが、[22]一条の即位当時、摂政は外祖父の藤原兼家だったものの、太政大臣は藤原頼忠だった。その頼忠が永延三（九八九）年六月二十六日に薨じたことで、にわかに元服への動きが活発になる。同年（永祚元年）十月二十六日に藤原道隆の娘定子が裳着を行って兼家がその腰結役となり、[23]十一月二十三日には一条の元服が円融法皇に奏上され、[24]十二月二十日には兼家が太政大臣を兼任し、年明け永祚二年正月五日、摂政太政大臣藤原兼家が加冠役となって元服の儀が行われた。同じ月の二十五日には誰よりも早く藤原定子が入内する。病がちであった藤原兼家は同年七月二日に薨じ、円融法皇もまた早くから病気のために出家し、一条が元服した翌年の正暦二（九九一）年二月十二日に崩御した。このように、一条の元服は、父円融法皇と外祖父兼家の病、道隆の娘定子の入内など、いくつもの要因によって早められた。[25]何より東宮の居貞がすでに十一歳で元服した前例があったことも関わっているのだろう。十一歳元服は、両統迭立の状況の中で、なるべく早く成人して、一刻も早い皇子の誕生を期待した両統の天皇家の事情と摂関家の婚姻政策に由来すると考えられる。

以上、九世紀後半から十一世紀初頭における天皇家を中心とした皇子の元服を通覧した。幼帝清和が即位した後でも、天皇の元服は基本的には十五・六歳であった。しかし、醍醐以降、皇位継承に関わる皇太子のみがそれよりも少し早く元服する傾向となり、村上以後の冷泉系と円融系との両統迭立から、十一歳元服の道が開かれ、以後皇太子および天皇はそれを踏襲するようになる。天皇家における低年齢での元服は、皇位継承と深く関わって現出したことは十分に注意して良い。

こうした状況を勘案して物語を顧みると、光源氏の十二歳元服は、一条の御代としても早いだけでなく、桐壺巻冒頭以来の醍醐の御代を髣髴させる文脈としてみた場合では、あり得ない程早い元服なのである。一方、冷泉帝の十一歳元服は、醍醐の御代にはあり得ず、まさに同時代の天皇家の状況と重なっているのである。『源氏物語』の文脈では明確な両統迭立にはなっていないが、桐壺帝の後、嫡子の朱雀帝が即位し、その次には皇太弟冷泉が十一歳で元服し即位して、朱雀帝の承香殿女御腹の皇子が立太子するところに、両統迭立の萌芽が見える。しかも物語はそのような不穏な文脈としてでなく、冷泉帝は「十一になりたまへど、ほどより大きにおとなしうきよらにて」（澪標②　二八一頁）と、十一歳にしては身長が大きく、かつ大人びているとして、身長が大きいことを理由の一つに挙げている。しかし、居貞と一条の十一歳元服の事情を知る当時の人々にとってみれば、「皇太弟冷泉」が「十一」歳で元服することに両統迭立の萌芽を見逃すはずはない。朱雀帝は円融と同じく自分の皇子を立太子して譲位する。これは桐壺帝が冷泉を立太子して譲位したこととも重なる。いわば『源氏物語』における両統迭立の端緒を作ったのは桐壺帝であり、その思念の元を辿れば、光源氏を立太子できなかったことに行きつく。冷泉帝の十一歳元服は、朱雀系と冷泉系の皇位継承をめぐる、静かなしかし緊張感ある駆け引きの中で語られていたことになる。

最後の薫の十四歳元服は、他の二人に比べると事情はかなり異なっている。年齢としては普通（一条天皇御代

ではむしろ遅い方）でありながらも、薫の場合の特徴は、冷泉院や秋好中宮といった晴れがましい人々が後見としてありながら、

かの過ぎたまひにけんも安からぬ思ひにむすぼほれてや、など推《お》しはかるに、世をかへても対面《たいめん》せまほしき心つきて、元服《げんぶく》はものうがりたまひけれど、すまひはてず、おのづから世の中にもてなされて、まばゆきまで華やかなる御身の飾りも心につかずのみ、思ひしづまりたまへり。（匂宮⑤　二四〜二五頁）

と、元服を望まず、しぶしぶ十四歳で元服を迎えたと語られる点である。ここには、第一部に存在したような政治的な駆け引きはすでになく、むしろ元服することを拒否し、社会から逃避する男君[26]として登場してくるのであろう。元服《げんぶく》は社会的規範の象徴として語られていたことになる。

たった三人しか明かされない元服年齢は、それぞれに重要な意味づけをもって語られていたことが判る。次節では、最初の問題である光源氏の早い元服をもたらした事情がどこにあるのか、そこから何を読み得るのかを考えてみたい。

三　光源氏の元服から広がる物語の視界

一条の御代としても早く、また、醍醐の御代としてはあり得ない程早い元服年齢である「十二歳」は、いかなる読みの視界を開くのか。

物語史的に見た場合、これが『竹取物語』のかぐや姫が三ヶ月で裳着を行ったことに通じる側面がある。卓越した資質をもつ物語の主人公は多く異常誕生や異常成長を背負うが、「世になくきよらなる玉の男御子《をのこみこ》」（桐壺①

一八頁）として生まれ、三歳の袴着の時は「世の譏《そし》りのみ多かれど、この皇子のおよすけもておはする御容貌《かたち》心ばへありがたくめづらしきまで見えたまふを、えそねみあへたまはず。」（同二一頁）、七歳の読書始では「世に知らず聡《さと》うかしこくおはすれば、あまり恐ろしきまで御覧ず。」（同三八頁）と、繰り返しすぐれた資質が語られ、その延長上にこの元服はある。思えば、『うつほ物語』俊蔭巻に、

> 七歳になる年、父が高麗人《こまうど》に会ふに、この七歳《ななとせ》なる子、父をもどきて、高麗人と書《ふみ》を作り交《か》はしければ、朝廷《おほやけ》、聞こし召して、「あやしうめづらしきことなり。いかで試みむ」と思すほどに、十二歳にて冠《かうぶり》しつ。
> （俊蔭　九頁）[27]

と、同じように卓抜した資質をもった主人公清原俊蔭が十二歳で元服するその流れを、光源氏は汲んでいると見なすこともできる。しかし、ひとたび桐壺巻の文脈として位置づけた時、それは物語内のコンテクストとして読み込む必要がある。光源氏に極めて早い元服を要請する物語の論理とは何か。

光源氏の元服の場面にはいくつかの特徴が指摘できる。第一に、儀式が桐壺帝の意思のもとに万事行われていることである。それは清水好子が「元服式が進行するにつれて一切が父親桐壺帝の眼と感懐を通して書かれるのに照応させてある」[28]と述べることと関わって、儀式全体が帝の意思および視線の下にあることを意味する。第二に、この儀式が葵上の添臥までを一連のものとして語っていることである。第三に、光源氏の元服が兄東宮朱雀の元服との関連の中で語られていることである。十二歳元服がこれらとどのように響き合うのかを、以下に考えてみる。

第一の点、儀式が桐壺帝の意思のもとに万事行われていることについて、物語には、

> この君の御童姿《わらはすがた》、いと変へまうく思せど、十二にて御元服《げんぶく》したまふ。居起《ゐた》ち思しいとなみて、限りあることに事を添へさせたまふ。一年《ひととせ》の春宮《とうぐう》の御元服、南殿《なでん》にてありし儀式のよそほしかりし御ひびきにおとさせた

まはず。（桐壺① 四四〜四五頁）

と、元服の記述の最初にそのことが表明されている。桐壺帝としては光源氏の童姿を変えるのは惜しいと思ったが、十二歳で元服させたというのであって、意に反して元服をかなり急いだことが読み取れる。しかし、光源氏には一条のように父方や母方でこれを急ぐ外的な要因などない。となるとそれは桐壺帝の心の中にこそあったことになる。では、桐壺帝が急ぐ理由とは何か。考えられることの一つは、第二の特徴として挙げた、光源氏の元服が葵上との婚姻までを一連のこととして語ることと関わっていよう。これは、そもそもこの元服が葵上との婚姻を前提としたものであったとの推測を呼び起こす。葵上との婚姻は左大臣を後見とすることと同義であるから、桐壺帝は一刻も早く左大臣を光源氏の後見としたかったことになる。物語の文脈でも、葵上を添臥にと薦めたのは桐壺帝の方である。その急ぐ理由について、元服の直前には次のようにある。

こよなう心寄せきこえたまへれば、弘徽殿女御、また、この宮とも御仲《なか》そばそばしきゆゑ、うち添へて、もとよりの憎さも立ち出でてものしと思したり。世にたぐひなしと見たてまつりたまひ、名高うおはする宮の御容貌《かたち》にも、なほにほはしさはたとへむ方《かた》なく、うつくしげなるを、世の人光る君と聞こゆ。藤壺ならびたまひて、御おぼえもとりどりなれば、かかやく日の宮と聞こゆ。（桐壺① 四四頁）

これ以前には、弘徽殿女御が光源氏を一時「えさし放ちたまはず」（同三九頁）ということもあったが、桐壺帝後宮に藤壺が入内してきて、次第に光源氏と懇ろになってからは、そのことを弘徽殿女御が快く思わず、藤壺への腹立ちも加わって、一層光源氏への憎しみが募るという。光源氏へと向かう弘徽殿女御の憎しみから彼を守るには、右大臣と同等の力をもった後見をつけるしか方策はない。さらに、光源氏と藤壺が並び称される文脈から、懇ろになる二人の関係を引き離す意図もあったかもしれない。いずれにせよ、桐壺帝は一刻も早く光源氏に強い後見を必要としたということである。

この文脈が第三として指摘した兄東宮朱雀の元服と関連して語られることで、事態はより緊張感を孕んでくる。元服の場面には、先年に東宮朱雀が南殿で元服したとある。ここで光源氏と朱雀帝との年齢差は明らかでない。若菜下巻では三歳差であるが、それをここに敷衍することは難しい。おおよそ二歳ないし三歳差として桐壺巻が語られているとすれば、東宮朱雀は十三もしくは十四歳で元服したことになる。これは、両統迭立にない皇太子の元服年齢としては普通である。しかし、問題は東宮の元服と関連して、引入の大臣（左大臣）の思いが次のように語られていることだ。

引入《ひきい》れの大臣《おとど》の、皇女腹《みこばら》にただ一人《ひとり》かしづきたまふ御《おほむ》むすめ、春宮《とうぐう》よりも御気色《みけしき》あるを、思しわづらふことありけるは、この君に奉らむの御心なりけり。（桐壺①　四六頁）

これを見ると、東宮の元服とあわせて、葵上参内の話が東宮の意向として来ていることが判る。(29) 歴史的に見ると、通常、皇太子が元服すると、早い場合は当日、遅くとも半年から一年以内には妻の参内が行われる。葵上は光源氏と四歳差(30)とあるから、東宮朱雀よりも一・二歳上で、年齢構成から見ればこちらこそ釣り合う関係にある。しかし、左大臣は一年近く（もしくはそれ以上）もその申し出を放置していただけでなく、あろうことか光源氏との婚姻を電撃的に決めてしまったのである。東宮の申し出をさんざん引き延ばしたあげくに蹴ったのであって、これがその後の両大臣の関係を悪化させるのは明白である。元服の直後の文脈に、

春宮《とうぐう》の御祖父《おほぢ》にて、つひに世の中を知りたまふべき右大臣《みぎのおとど》の御勢ひは、ものにもあらずおされたまへり。（桐壺①　四八頁）

と、王統の血が濃くなる左大臣家に比べて、辱めを受けた右大臣の様子が語られている。後に光源氏を都から追放

する画策をめぐらす弘徽殿大后の言葉にも、

「帝《みかど》と聞こゆれど、昔より皆人思ひおとしきこえて、致仕《ちじ》の大臣《おとど》も、またなくかしづくひとつ女《むすめ》を、兄《このかみ》の坊《ばう》にておはするには奉《たてまつ》らで。弟《おとうと》の源氏にていときなきが元服《げんぶく》の添臥《そひぶし》にとりわき、（中略）何ごとにつけても、朝廷《おほやけ》の御方にうしろやすからず見ゆるは、春宮《とうぐう》の御世心寄せことなる人なればことわりになむあめる」と、すくすくしうのたまひつづくるに、　（賢木②　一四八頁）

と、朱雀帝を愚弄することの筆頭として挙げられていることからして、このことが両家にとって相当なわだかまりとなっていたと想像できる。左大臣は蔵人少将（頭中将）を右大臣の四君の婿にすることで、仲を取り持とうとするが、葵上の参内拒否は、両者に決定的な亀裂をもたらした事件であったと考えられる。

さらに、儀式の中では、「一年《ひととせ》の春宮《とうぐう》の御元服、南殿《なでん》にてありし儀式のよそほしかりし御ひびきにおとさせたまはず。」（桐壺①　四五頁）「その日の御前《おまへ》の折櫃物《をりびつもの》、籠物《こもの》など、右大弁なむうけたまはりて仕うまつらせける。屯食《とんじき》、禄《ろく》の唐櫃《からびつ》どもなどところせきまで、春宮の御元服のをりにも数まされり、なかなか限りもなくいかめしうなん。」（同四七頁）と、さまざま東宮朱雀の元服との比較の中で語られ、それに劣らないどころか、屯食や禄はそれに勝る規模を誇ったとある。これらはすべて桐壺帝の命令によって行われており、それを見つめる右大臣は気が気でなかったであろう。元服の記述は、一つ一つを詳細に語ることによってこそ緊張感が醸し出される構造なのである。小嶋菜温子は、帝の過剰な肩入れが東宮の立太子後に行われているために危機は回避されたが、もし産養の際に行われていたら、「世のそしり」を上回る非難が集まったことは間違いないだろうと説く。[31] 確かに立太子後であることでとりあえず危機は回避した。しかし、光源氏の元服の儀における十二歳元服という若さは、前節で見たとおり歴史的に見ると皇位継承と関わって両統迭立を連想させる極めて不穏な年齢設定であり、それに桐壺帝の過剰な肩入れが加われば、周りの出席者や読者は、左大臣という後盾を得た光源氏が、近い将来親王に復帰し、立太子するかもしれないという疑念をもったとしても不思議はない。桐壺帝が口にする「添臥」が、記録上は為平親王を除いて天皇や皇太子のみにしか用例を見ないかなり特殊な婚姻形態であることも注意を要する。これらに注目すれば、光源氏は次期東宮候補として位置付けられていることになる。しかし、そこであえて十一歳とはせずに十二歳とし、紫宸殿ではなく清涼殿でそれを行うことで、桐壺帝の意思としての光源氏立太子の可能性はみごとに韜晦されるのである。いずれにせよ、そうしたいくつもの思惑や疑心を随所に配置しながら光源氏の元服は語られていたことになる。

葵上の参内を当然のこととして要請する東宮と弘徽殿女御と右大臣、参内要請を一年近く放置し続けたあげく光源氏との婚姻を実行する左大臣、それを秘密裏に薦める桐壺帝と、光源氏の元服を巡っては、その周辺人物の思惑が大きく関わっている。そして何より十二歳という早すぎる元服、東宮朱雀の元服の儀に何一つ劣らない盛儀、左大臣という強力な後見の獲得によって、光源氏立太子の幻想は、可能態となって物語に伏流するのである。

結

光源氏の「十二歳」元服は、その早さゆえ、皇位継承の連想を導く端緒となる。それは、当時にあって皇位継承候補者のみに許された十一歳元服に限りなく近く、しかし十一歳ではないという意味で、さまざまな憶測を呼ぶ年齢設定であった。しかも、父桐壺帝の意思として東宮朱雀の元服の儀に何一つ劣らない盛儀として行われ、東宮にのみ許される「添臥」まで付ける破格の待遇を受けることで、それの蓋然性はにわかに高まる。東宮にできず、そのうえ臣籍降下までもさせねばならなかった帝の無念の反映として、この儀式を見ることも可能であろう。皇位継承者の元服の場である紫宸殿ではなく、私的な空間である清涼殿で行うことによって、桐壺帝はかなり自由に肩入れすることが可能となった。しかし、たとえ清涼殿であろうとも、公事として行う以上、その思い入れが深ければ深いほど、右大臣派の目は光源氏に対して厳しくなる。そうした帝の思念によって行われた光源氏の元服の儀式は、さまざまな思惑や疑心が交錯する場となったのである。右大臣や弘徽殿女御の攻撃から守るため、光源氏に一刻も早く強力な後見をつけたいと願う帝と、葵上参内を当然のこととして要請する東宮と母女御と右大臣、その申し出をなんとかかわしたい左大臣、これらの利害が絡んで元服直後の婚姻（添臥）となったが、このことがかえって右大臣と左大臣の決定的な亀裂を招くこととなる。

このように光源氏の元服は、早すぎる元服年齢や帝の厚遇、そして左大臣が後見となることによって立太子の幻想が可能態となって物語に伏流する。それとともに、添臥をめぐる左右大臣の訣別によって、彼のその後の人生にさまざまな困難と新たな世界を切り開く端緒となったのである。

注

（1）島津久基『對譯源氏物語講話』巻一（中興館　昭和5（一九三〇）年）一七六頁

（2）この「十二にて」元服した記述については、陽明文庫本に「十二になり給とし」とする本文があるが、「十二」という数に関しての異同はない。

（3）冷泉帝の「十二」歳の元服の箇所に本文の異同はない。

（4）薫の「十四にて」元服するとする箇所にも異同はない。
（5）清水好子「奥入の態度」「一世源氏元服の準拠」（『源氏物語論』所収　塙書房　昭和41（一九六六）年）
（6）清水好子「一世源氏元服の準拠」注（5）に同じ。一三〇頁
（7）中嶋朋恵「源氏物語創造――光源氏の元服――」（鈴木一雄編『平安時代の和歌と物語』所収　桜楓社　昭和58（一九八三）年）二〇三頁
（8）山中裕は、光源氏の元服が内蔵寮や穀倉院などが公事として行っていることと清涼殿で行っていることを根拠とし、書かれていない「空頂黒幘《くうちょうこくさく》」などを想定して「明らかに、これは東宮源氏の御元服である」と述べている。しかし、本文に「空頂黒幘」の痕跡はない。清涼殿は親王の場合にも多く使用されており、それに準じた扱いと考えれば、これのみをもって即東宮源氏の元服とするのはやや早急の感がある。「『源氏物語』の元服と結婚」（『源氏物語の史的研究』所収　思文閣出版　平成9（一九九七）年）
（9）磐下徹は、光源氏の元服の準備に穀倉院が関わっていることについて、「一世源氏である光源氏の元服のさいの、「所どころの饗」（屯食）に、内蔵寮や穀倉院が関与させられていることは、現実の制度を前提とすれば、異例のこととなるだろう。また、これとは別に、加冠や理髪などの元服の主要次第終了後、天皇や公卿・殿上人らの参加する饗宴の酒食の準備主体を、『新儀式』や『西宮記』で確認すると、内蔵寮は親王と一世源氏の饗饌を弁備する一方、穀倉院は皇太子元服の場合にしか関与していない。したがって、どのような形であれ、一世源氏の元服に穀倉院が関与するということは、制度的には異例のこととしなければならない。」として源氏の元服の異例さを指摘する。（「光源氏の元服と穀倉院」（山中裕編『歴史のなかの源氏物語』所収　思文閣出版　平成23（二〇一一）年）二一八頁
（10）『源氏物語』の元服に関する研究は、上記以外に、伊藤慎吾「元服」（『源氏物語の風俗語の新研究』所収　風間書房　昭和49（一九七四）年）、藤本勝義「袴着・元服・裳着」（『平安時代の儀礼と歳事』所収　至文堂　平成6（一九九四）年2月）・「源氏物語の準拠と紫式部時代の史実――光源氏の元服と薫の出家志向をめぐって――」（『源氏物語　重層する歴史の諸相』所収　竹林舎　平成18（二〇〇六）年）、中嶋尚「王朝の通過儀礼――元服の儀式①」・「王朝の通過儀礼――元服の儀

式②」・「王朝の通過儀礼――婚礼の儀式・作法」（『源氏物語の鑑賞と基礎知識』「桐壺」所収　至文堂　平成10（一九九八）年10月）、高田信敬「夕霧元服――少女巻箋注――」（「むらさき」第35輯　平成10（一九九八）年12月）、植田恭代「元服・裳着――源氏物語にみる成人儀礼」（『源氏物語研究集成 十一　源氏物語の行事と風俗』所収　風間書房　平成14（二〇〇二）年）、池田節子「物語史における元服と裳着――『源氏物語』『狭衣物語』を中心に――」（『生育儀礼の歴史と文化――こどもとジェンダー』所収　森話社　平成15（二〇〇三）年）等がある。

(11) 関根賢司「年齢――源氏物語の表現――」「十三になるとし――更級日記を読む――」（『物語表現　時間とトポス』所収　おうふう　平成6（一九九四）年）

(12) 中村義雄「元服儀禮の研究――天皇元服について――」（「二松学舎大学論集（昭和四十年度）」　昭和41（一九六六）年3月）

(13) 中村義雄「元服」（『王朝の風俗と文学』所収　塙書房　昭和37（一九六二）年）一二七頁

(14) 服藤早苗「古代子ども論覚書――元服の諸相――」、「元服と家の成立過程――平安貴族の元服と叙位――」、「転換期における王権と元服――身分秩序の転換――」（『家成立史の研究』所収　校倉書房　平成3（一九九一）年）

(15) 「戸令」本文の引用は、岩波書店刊日本思想大系『律令』による。

(16) 服藤早苗「古代子ども論覚書――元服の諸相――」注（14）に同じ

(17) 『日本三代実録』元慶六年正月二日条「詔二勸學院藤原氏小兒高四尺五寸已上者十餘人一加冠。是日引見。」

(18) 『新儀式』第四、臨時上、天皇加元服事「是日。皇帝冠訖。詣二大后所レ御殿一。如二朝覲之儀一。又勸學院藤氏兒童高四尺五寸已上者十餘人加冠參入。引二見御殿前庭一。」（本文の引用は『群書類従』第六輯）

(19) 服藤早苗「転換期における王権と元服――身分秩序の転換――」注（14）に同じ

(20) 詫間直樹「天皇元服と摂関制――一条天皇元服を中心として――」（「史学研究」第二〇四号　平成6（一九九四）年6月）は、一条天皇の十一歳元服が、天皇を頂点とする貴族社会全体の元服年齢の若年化を定着させる大きな契機となったと説く。

(21) 服藤早苗「副臥考――平安王朝社会の婚姻儀礼――」（倉田実編『王朝人の婚姻と信仰』所収　森話社　平成22（二〇一〇）

年）では、「『副臥はいずれも東宮・皇子など身分の高い男子の元服に選ばれている』のではなく、副臥とは、天皇・東宮・準東宮の元服に選ばれ参入する女性、とするべきではなかろうか」とする。また「添臥」については青島麻子「「添臥」葵上——初妻重視の思考をめぐって——」（『源氏物語　虚構の婚姻』所収　武蔵野書院　平成27（二〇一五）年）参照。

(22) 橋本義彦「太政大臣沿革考」（『平安貴族』所収　平凡社　昭和61（一九八六）年）

(23) 『小右記』永祚元年十月二十六日条「甲戌、參内、兩源納言・修理權大夫・左大弁等相共參内大臣女着裳所、【南院寢殿】戌時着裳云々、攝政被結裳腰云々」

(24) 『小右記』永祚元年十一月二十三日条「庚子、（中略）參内、左兵衞督・大藏卿・左大弁參入、小選參院、左大臣被參入、主上御元服明年正月五日、昨日以右大弁在國朝臣從攝政殿有御消息、爲令奏其由所參入也者、被候御前之後、余又候御前之次、御元服事等密々洩奏、是吉事也、其外難注、入夜退出」

(25) 詫間直樹注（20）に同じ

(26) 植田恭代注（10）に同じ

(27) 『うつほ物語』本文の引用は、室城秀之編『うつほ物語　全』（おうふう）による。

(28) 清水好子「一世源氏元服の準拠」注（5）に同じ。一三〇頁

(29) 服藤早苗注（21）に「副臥とは、天皇・東宮・準東宮の元服に選ばれ参入する女性」と位置付けられており、これを参考にすれば、東宮は葵上を元服の際の添臥として選んでいたと考えるべきであろう。

(30) 「四年《よとせ》ばかりがこのかみにおはすれば」（紅葉賀①　三二三頁）

(31) 小嶋菜温子「語られない産養（1）——桐壺巻の皇位継承争いと、光源氏の袴着・元服」（『源氏物語の性と生誕——王朝文化史論』所収　立教大学出版会　平成16（二〇〇四）年）

Ⅱ

桐壺帝御代から朱雀帝御代へ

1　藤壺立后から冷泉立太子への理路

序

紅葉賀巻は、巻末に藤壺の立后を語って終わる。藤壺の産んだ皇子が光源氏に生き写しであることで秘密露見の緊張感が増す一方、桐壺帝はその皇子を光源氏の身代わりと見做して皇位継承を思い立つ。その結果、その皇子を立太子するための布石として藤壺の立后を行うのである。桐壺帝の心に寄り添う読者には、光源氏に叶えられなかった想いを藤壺腹皇子に託そうとする心の動きにさしたる不自然さを感じることはないが、歴史的な文脈として見た場合、藤壺の立后と皇子の立太子に飛躍はないのかどうか。藤壺の立后と皇子の立太子は、お互いにどう関わり、どのような意味があるのか。物語に語られた桐壺帝や弘徽殿女御の言動、世人《よひと》の思い等を一つ一つを検証することで、『源氏物語』の虚構の論理が明らかとなろう。

本章は藤壺立后と冷泉立太子がもつ意義を歴史との比較から考えてみたい。

一　立后記事における問題の所在

紅葉賀巻末の立后記事にどのような問題点があるのかを、本文を確認するところから始めてみたい。本文では次のように語られている。

七月《ふみづき》にぞ后《きさき》ゐたまふめりし。源氏の君、宰相《さいしやう》になりたまひぬ。帝《みかど》おりゐさせたまはむの御心づかひ近うなりて、この若宮を坊にと思ひきこえさせたまふに、御後見《うしろみ》したまふべき人おはせず、御母方《ははかた》、みな親王《みこ》たちにて、源氏の公事《おほやけごと》知りたまふ筋ならねば、母宮をだに動きなきさまにしおきたてまつりて、強《つよ》りにと思すになむありける。弘徽殿《こうきでん》、いとど御心動きたまふ、ことわりなり。されど、「春宮《とうぐう》の御世《よ》、いと近うなりぬれば、疑ひなき御位《くらゐ》なり。思ほしのどめよ」とぞ聞こえさせたまひける。げに、春宮《とうぐう》の御母にて二十余年《よ》になりたまへる女御《にょうご》をおきたてまつりては、引き越したてまつりたまひがたきことなりかしと、例の、安からず世人《よひと》も聞こえけり。

参りたまふ夜の御供《とも》に、宰相《さいしやう》の君も仕うまつりたまふ。同じ后《きさき》と聞こゆる中にも、后腹《きさいばら》の皇女《みこ》、玉光りかかやきて、たぐひなき御おぼえにさへものしたまへば、人もいとことに思ひかしづききこえたり。まして、わりなき御心には、御輿《みこし》のうちも思ひやられて、いとど及びなき心地したまふに、すずろはしきまでなむ。

（光源氏）尽きもせぬ心の闇《やみ》にくるるかな雲居《くもゐ》に人を見るにつけても

とのみ、独りごたれつつ、ものいとあはれなり。

皇子《みこ》は、およすけたまふ月日に従ひて、いと見たてまつり分きがたげなるを、宮いと苦しと思せど、思ひよる人なきなめりかし。げにいかさまに作りかへてかは、劣らぬ御ありさまは、世に出でものしたまはまし。月日の光の空に通ひたるやうにぞ、世人も思へる。

（紅葉賀①　三四七～三四九頁）

この場面は、語られた内容と語られ方、そして異文による解釈の違いの三点から注意深く見る必要がある。最初に内容を整理する。七月に藤壺の立后が行われ、併せて光源氏を参議とした。藤壺の立后は所生皇子の冷泉を立太子するためであり、後見が皆皇族ばかりで政を行う筋ではないので、母を立后すれば、若宮の「強り」になるという。この措置に憤慨した弘徽殿女御には、朱雀が帝になれば帝の母として后（皇太后）の位が保障されているのだから心鎮めよと桐壺帝はなだめたという。しかし、弘徽殿は心穏やかではない。東宮の母として二十年余りになる弘徽殿女御を「引き越」すことはとてもできないと世人は複雑な想いで噂した。次に立后した藤壺が参内し、付き従う源氏の姿と歌が語られる。冷泉と光源氏はうり二つで、この二人が世にあるのは、日と月が同じように輝き空を巡っているようだと世人は思ったという。ここで問題となるのは、帝の思いとして語られる母を立后すれば所生皇子の立坊の「強り」になるという論理がどれほどの蓋然性があるのかと、藤壺が弘徽殿女御を「引き越す」とはどのような意味なのかである。従来後者は地位のことと考えられ、藤壺を下位の女御とする考え方があるが[1]、それは妥当なのであろうか。さらに、世人が「安からず」思う根拠は何で、それは正当なのかどうか、「月日の光の空に通ふ」とは何に由来する表現で、どういう意味なのか等である。

次に、語られ方の特徴を見ると、ここは波線部の世人の思いがクローズアップされ、傍線部の帝の思いと対立的に語られている点が挙げられる。憤慨する弘徽殿女御の様子を「ことわりなり」と語り手が支持し、さらに「例の、安からず世人も聞こえけり」とあるように、語り手も含めた世人は帝の行動に批判的である。「安からず」とは、直接表立って非難はしないものの、納得のいかない含みのある思いを表す。誰も納得していないということは、それだけ帝の行動が尋常でないからであろう。ところが、巻末では、桐壺帝の行動を難ずる世人も、冷泉と光源氏の様子については驚きをもって歓迎しているという。世論の有り様が、帝の行動への評価と皇子へのそれで大きく異なり、冷泉と光源氏への称賛によって帝への複雑な思いが韜晦されるかのような書き方でまとめられている。

ちなみに、これと同じように、桐壺帝の思いや行動と世人の思いが対立的に語られるあり方は、これ以前にも存在していた。桐壺巻と紅葉賀巻にである。

A明くる年の春、坊《ばう》定まりたまふにも、いとひき越さまほしう思せど、御後見《うしろみ》すべき人もなく、また、世のうけひくまじきことなりければ、なかなかあやふく思《おぼ》し憚《はばか》りて、色にも出《い》ださせたまはずなりぬるを、「さばかり思したれど限りこそありけれ」と世人《よひと》も聞こえ、女御《にょうご》も御心落ちゐたまひぬ。（桐壺①　三七頁）

B源氏の君を限りなきものに思しめしながら、世の人のゆるしきこゆまじかりしによりて、坊《ばう》にも据《す》ゑたてまつらずなりにしを、あかず口惜《くちを》しう、ただ人《うど》にてかたじけなき御ありさま容貌《かたち》にねびもておはするを御覧ずるままに、心苦しく思しめすを、かうやむごとなき御腹に、同じ光にてさし出でたまへれば、瑕《きず》なき玉と思ほしかしづくに、宮はいかなるにつけても、胸の隙《ひま》なくやすからずものを思ほす。（紅葉賀①　三二八～三二九頁）

注目すべきは、いずれも皇位継承問題に関わっていることである。しかも、これらが一連の文脈として繋がっていることも了解される。Aで桐壺帝は第二皇子（光源氏）を立坊させたいと思いながら世人の反対にあってできなかったとあり、さらにBではその口惜しさが帝の心にずっとあり、光源氏そっくりに生まれた藤壺腹皇子にその思いを託そうとするのである。藤壺の立后はこれと呼応している。いわば、帝の思いから起こった一連の行動がさまざまな物議をかもして世人の批判をかうというのである。桐壺帝の心に寄り添って読む限り、ここに違和感はない。むしろ、読者は、帝の無念にこそ同化しその熱意を理解するのであろうが、その行動が他から見て如何に尋常でないかが世人の評価との対比によって明らかとなる。問題は、桐壺帝の行動がどのような意味において尋常でないかである。

最後に異文による解釈の違いについてである。この場面は河内本にのみ大きな異文がある。具体的には、冒頭の立后の行われた月が「七月」ではなく「其の年の十月」とあり、世人の批判に当たる箇所「例の、安からず世人も聞こえけり」が「例の、安からず世人もきこえけれど、人の御程のいとやむことなきにやゆるされ給けん」とある。さらに最後の「月日の光の空に通ひたるやうにぞ、世人も思へる」の箇所が「月日の光の空に通ひたるやうにおはするなめりとぞ思へるとや」と「世人」の語がない。最後の箇所は、文意から言って「世人」がなくともほぼ同じ意味として解釈が可能だが、前二箇所は大きく異なっている。これの意味するところは何なのだろうか。

これと関わって、古注釈で問題となっているのは、冒頭の「七月」か「十月」かという箇所である。これについては『細流抄』が、

藤壺の女御中宮に立給事也　河内本十月とあり七月可レ然歟　其故は皇太后藤原温子昭宣公の御むすめ也寛平九年七月中宮に立給昌泰二年七月皇太后たり是等模して書侍るなるへし然者七月可然也

と記し、十月ではなく七月とすべきこと、およびここには藤原温子が寛平九（八九七）年七月に中宮になったことを注する。ただし、寛平九年七月二十六日の藤原温子の立后については、『日本紀略』に「皇后」（薨去の条には「皇太夫人」）、『扶桑略記』に「中宮」（薨去の条には「皇后」）とあるのを除いては、『古今和歌集目録』『中右記』『一代要記』などには「皇太夫人」と記している。しかも、藤原温子は醍醐天皇の実の母ではなく養母であり、かつ醍醐天皇即位後の立后であることからすると、これは後述する今上帝が母に孝養を尽くす意味で立后する例に該当し、

所生皇子を立太子するための立后ではない。

『源氏物語』成立以前で、七月もしくは十月に立后した例を挙げると、七月には嵯峨天皇皇后橘嘉智子が弘仁六（八一五）年七月十三日、円融天皇皇后藤原媓子が天禄四（九七三）年七月一日の例がある。十月立后には藤原安子が天徳二（九五八）年十月二十七日、藤原定子が永祚二（九九〇）年十月五日の例がある。このうち、立后が後に立太子を導いたのは橘嘉智子と藤原安子の例である。これらが藤壺の立后と関わって物語の読みに還元できる余地があるのかどうかが問題となろう。立后が七月か十月かをめぐって准拠以外で考えられるのは、史上の秋の司召除目が七月から十月頃に行われているため、藤壺の立后を七月（もしくは十月）の光源氏の任参議と合わせて行った可能性である。冷泉の誕生が二月で、参内が四月、同年の七月（もしくは十月）に母を立后したのであるから、冷泉への皇位継承の道筋をなるべく早く決めてしまおうとする桐壺帝の意思は明らかだ。七月だと生後五ヶ月、十月だと八ヶ月で、いずれにせよ一年未満のことで、弘徽殿女御にとっては寝耳に水の話であったろう。

以上、立后の時期、立后と立太子の関係、桐壺帝の行動の意味、弘徽殿女御と世人の批判の妥当性、異文に見る河内本の解釈、日月の比喩の意味などが問題となる。

二　立后と皇位継承

ここでは、桐壺帝が考える立后と所生皇子の立太子が歴史上ではどのような関係にあるのか、また立后がどのような意味を担ったのかを検証してみたい。これについてはすでに岸俊男が聖武天皇の皇后藤原光明子の立后をめぐる意義を述べ(2)、それをうけた瀧浪貞子が『日本書紀』全体にまで広げて立后と立太子の関係を説いている(3)。岸は、聖武天皇の夫人である藤原光明子が立后されたことには、光明子腹の皇太子基王の死が大きく関わっていて、皇太子が死んだ同じ年に聖武の夫人の一人の県犬養宿禰広刀自に安積親王が生まれたことが直接の原因だと位置づける。つまり、このままでは安積親王の立太子が現実味を帯びてしまうため、それに先手を打つ形で光明子を立后したというのだ。文武天皇の在位中には立后は行われなかったので、『大宝律令』が制定されて以降、天皇の在位中に立后された初例は聖武天皇御代の藤原光明子である。律令制社会になって最初の立后がこのような政治的な駆け引きから行われたことは、皇后の地位と皇位継承との関わりが如何に強いかを窺わせる。さらに、瀧浪貞子は神武から孝謙までの天皇毎の即位と尊皇太后（皇太后立后）、立后（皇后立后）、立太子の関係を調査し、期間を大きく二つに区分した。〔Ⅰ〕神武から仁徳までと、〔Ⅱ〕履中から孝謙までである。そして、〔Ⅰ〕においては即位と同時に先帝の皇后（すなわち現天皇の母）を皇太后と尊称し（尊皇太后）、その後に皇后の立后が行われ、その所生皇子が立太子されるという同一パターンで統一されていること、しかも尊皇太后と立太子の表記の様式まで画一的であることに注目した。〔Ⅱ〕では、記載が不統一であるばかりでなく、女帝が即位するなど、即位と立后・立太子の関係は複雑となる。これは〔Ⅱ〕の履中以降で、兄弟相承が多くなり、次の皇太子を立太子しないまま崩ずる例が増えたためである。〔Ⅰ〕には実在性に疑問のある内容が含まれているため、直木孝次郎は画一化された表記が『日本書紀』編纂時に行われた造作であろうと言われ、不統一な記載の方がむしろ当時の実情に近いと分析する。(4)これに対して瀧浪は、類型的な〔Ⅰ〕の記載の方法には書紀編纂当時の皇位継承の理想が反映していると分析する。即位と同時に尊皇太后が行われ、次に立后が行われ、その所生皇子が後に立太子する（即位→尊皇太后→立后→立太子）というあり方である。例えば仲哀天皇の生母は立后されなかったにも関わらず、仲哀紀では母をあえて皇后と記していることを見ても、『日本書紀』では皇太子の母はすべて皇后である、もしくは皇后であるとして扱われているということが判る。これらのことから、瀧浪は立后とはそれによって次代の皇位継承者が決（予）定されることであり、立后が立太子を導く重要な政治的行為であったと述べる。[5] 先の藤原光明子の立后が、安積親王の立太子を阻み得るのは、立后によって皇位継承者を光明子腹の子に限定する力をもつからに他ならない。

では、その後の立后を考えるうえで、立后の根拠が何であったかを次に確認してみたい。そもそも律令制においては、皇后は天皇の嫡妻とされ、[6]「後宮職員令」に「妃二員　右四品以上。夫人三員　右三位以上。嬪四員　右五位以上」[7] と規定して、皇后になり得る妃を皇族に限定していることから、皇后となり得るのは皇女であり、皇女腹の皇子が正統な皇位継承者であると位置づけている。しかし、最初に立后されたのは皇女でも妃でもない夫人の藤原光明子だった。光明子の立后の宣命を見ると、正当化するためにさまざまな理由を述べていて、光明子の立后が如何に困難であったかが窺える。[8] その中でも重要視されたのは、皇太子の母という要件である。これは女御から初めて立后した藤原穏子も、わざわざ皇太子の母であることを明記していることからも確かめられる。[9] ここから判るのは、立后の根拠は皇女であることが第一であったこと、皇女以外から立后させようとすれば皆を納得させ得る正当な根拠が必要で、それが皇太子の母という実績だったと考えられる。これにより夫人や女御から立后する道が開かれ、皇女以外を母とする天皇が出現する。聖武天皇以降では、皇女からは光仁天皇皇后井上内親王と淳和天皇皇后正子内親王が、夫人からは桓武天皇皇后藤原乙牟漏と嵯峨天皇皇后橘嘉智子が立后し、いずれもその後に所生皇子が立太子している。皇太子保明の母として女御から初めて立后した藤原穏子は、後に孫の慶頼王と所生皇子の寛明・成明の立太子を導いた。また、憲平が立太子したことは母の藤原安子の立后を導いた。このように、立后は皇位継承者を決定する力をもち、立太子は母の立后を導くというように、相互に密接な関係をもち続けたのである。

ただし、立后は皇位が父子で継承されている限り支障はないが、兄弟で継承した場合に問題を複雑化させる。嵯峨と淳和、冷泉と円融がその例である。皇太弟を立てるのにはそれなりの事情があったにせよ、皇位を兄弟で継承しながらそれぞれが立后すると、皇位継承候補者が複数出現するため、皇統は不安定化する。嵯峨と淳和、冷泉と円融の間では両統迭立となった。承和の変は、この両統迭立から生まれた不幸な事件と言って良い。仁明天皇が在位中に立后しなかった本当の理由は不明ながら、承和の変の影響は少なからずあったであろう。そして、仁明天皇以降六代に渡って皇后の立后は行われなくなるのである。

次に、皇后の立后が行われなかった間の即位・尊皇太后・立太子はどのように推移したかを見てみたい。仁明以降の文徳・清和・陽成・光孝・宇多の六代に特徴的なのは、女御所生の皇子が立太子し即位したこと、幼帝が出現しそれに付随して摂政・関白が補任されたこと、尊皇太后（尊皇太夫人）が親に孝養を尽くす儀礼として定着したことであろう。仁明天皇が女御藤原順子腹の皇子道康を立太子したことで、女御の地位は相対的に上がり、さらに道康が即位することで、女御から皇太夫人そして皇太后となる例が出現する。女御腹の皇子の立太子、女御から皇太夫人となる初例である。幼帝として即位した清和と陽成は、即位時に母女御を皇太夫人とし、天皇の元服時に皇太后とする慣例を作り上げた。元服時の宣命を見ると、天皇の元服の祝を天下の人と慶ぶため、親を崇め奉り、皇太后と太皇太后を立后する旨が明記されている[10]。元服の祝賀に孝養を繋げ、母と祖母の立后を祝うという構図である。これが前例となることで、皇太后は元服した天皇の母がなるものとなり、尊皇太后は天皇が母に対して孝養を尽くす儀礼として定着した。仁明から宇多までの六代の間は、在位中での皇后の立后こそ行われなかったが、母の皇太后立后を通して天皇と母（皇太后）との結び付きがより強固になったと言える。

醍醐天皇の御代になって、新たに女御から立后する前例が開かれ、再び在位中に皇后が立后される時代が到来する。[11] 村上・冷泉・円融と立后が続くことで在位中に立后することが常態化し、后妃とその所生皇子女の序列化が進む。さらに立后が外戚の勢力と密接に結び付くことで無理な立后が繰り返され、円融天皇御代には中宮と皇后が並立する事態にまで発展するのである。そして一条天皇が即位するに至っては、また新たな例が出現する。中宮に立后されることもなく、また皇太夫人を経ることもないまま皇太后となった藤原詮子の例である。しかも、藤原詮子は一条天皇が元服する前に皇太后になった初例でもある。弘徽殿女御に皇太后の位が保障されていると説いたのは、この先例が根拠としてあるからに他ならない。以上に見るように、立后の制度は、立后できる範囲が皇女から夫人そして女御へと広がり、皇后と別に中宮が出現し、一方で夫人や皇太夫人の呼称が消え、中宮と皇后が並立するまでに至るなど、制度として大きく変遷を遂げる。しかし、立后が皇位継承者を決定する力をもつことと、立太子がその母の立后を導くという密接な関係は変わることはなかった。そのため、立后はきわめて政治的な手段として利用され続けるのである。

『源氏物語』の桐壺帝の行動を史上の例と比較してみると、若宮を立太子するために母の藤壺を立后するのは、従来から用いられた手法であることが確かめられた。しかも藤壺は先帝の后腹皇女であり、立后するに相応しい。しかし、一方、弘徽殿女御も、皇太子の母として二十余年の実績は立后するに相応しい。歴史上で皇太子の母としての実績が一番長かった藤原穏子でも十九年である。すなわち、紅葉賀巻末では、皇女か皇太子の母かという立后をめぐる二つの論理が真っ向からぶつかり合う構図が見て取れるのである。

三　立后の政治状況

立后が次の皇位継承者を決定する意味で、極めて重大な政治的行為であるなら、当然そこには、天皇側と妻側のそれぞれの思惑が反映する。ここでは、光明子以来の立后にどのような事情が絡んでいるのかを整理することで、藤壺の立后の問題を考えてみたい。

藤原光明子の立后に関して、皇嗣を光明子腹に限定し、安積皇子の立太子を阻む意図があったことは先に述べた。その立后の宣命を見ると、それだけでなく光明子の父藤原不比等の恩に報いるべきとの内容が見え、藤原氏との関係強化の意図を読み取ることもできる。(12) そもそも特定の皇子に皇位継承させる場合、母が皇族でなければ、その母方の後見との関係強化を図る意図が含まれるのは必然である。その意味で藤原乙牟漏には桓武と藤原式家との関係強化を、藤原穏子には醍醐と藤原忠平、藤原安子には村上と藤原師輔、藤原媓子には円融と藤原兼通、藤原遵子には円融と藤原頼忠、藤原定子には一条と藤原道隆、藤原彰子には一条と藤原道長の関係強化を同様に読むことができよう。天皇は舅との関係を強めて皇統の安定を図り、后妃の実家では自家の繁栄を願う。これは主に妻側の意向が天皇の利害と一致した形であって、往々にして藤原氏内の主導権争いに繋がる場合もあった。(13)

これに対して、天皇側の意向が強く反映したと思われるのが井上内親王、橘嘉智子、正子内親王、昌子内親王の立后である。光仁天皇の皇后となった井上内親王は、聖武天皇の皇女であって、所生の他戸を聖武の系譜を引き継ぐ皇位継承者に据えるために立后したものと考えられている。(14) 昌子内親王も、朱雀天皇の唯一の皇女であり、母は、長らく皇太子でありながら即位する前に亡くなってしまった醍醐天皇皇子の保明親王の娘熙子女王である。謂わば、途絶えざるを得なかった保明と朱雀の両方の系譜を引き継ぐ存在なのである。昌子は村上天皇の皇太子憲平の元服とともに入内し、冷泉の即位式の前に立后が行われた。この立后を願ったのは朱雀天皇だったと言われている。(15) 皇女が入内する場合に、こうした途絶える側の皇統の血が継承する皇統に引き継がれることがあることは第Ⅰ

篇第3章の中で述べた。天皇家が抱える皇統の尊貴性と関わる重要な課題だったと考えられる。

橘嘉智子と正子内親王の立后には、皇位の兄弟相承と関わって、それぞれの天皇側の事情が潜んでいると思われる。嵯峨天皇は即位した年の大同四（八〇九）年六月十三日に高津内親王（父 桓武天皇）を妃、橘嘉智子（父 橘朝臣清友）と多治比真人高子（父 多治比真人氏守）を夫人としたが、何時か不明ながら高津内親王の妃を廃している。そして、弘仁六年七月十三日、夫人であった橘嘉智子を立后し、多治比真人高子を妃、さらに藤原朝臣緒夏（父 藤原朝臣内麻呂）を夫人とした。高津内親王がいつどのような理由で妃を廃されたのかは判らない。しかし、橘嘉智子の立后が行われた時には高津内親王腹の業良親王と橘嘉智子腹の正良親王の二人の皇子がいたと考えられ、順当に行けば高津が立后され、業良が立太子されていたはずである。『続日本後紀』では正良を第二皇子とし[16]、『日本三代実録』では業良を第二皇子としていて[17]、真偽のほどは判らない。さらに『日本三代実録』貞観十（八五九）年正月十一日の業良薨去の条には「無品業良親王薨。（中略）親王精爽変易。清狂不レ慧。心不レ能レ審二得失之地一。飲食如レ常。無レ病而終焉」とあり、必ずしも好意的な書き方ではない。これをどの程度信用して良いかは判らないが、場合によっては、この業良を皇位継承候補者から外すために、母の妃が廃された可能性もあるのではないか。しかも、橘嘉智子が立后した十九日前の弘仁六年六月二十四日には、高津腹の第一皇女業子内親王が薨じていて、立后当日高津は喪に服していたと考えられる[18]。なぜこのような日に立后したのかも不明である。判っているのは、何らかの事情で高津内親王の妃が廃され、夫人の橘嘉智子が立后されたことである。これは同時に正良の立太子を予定した措置と考えられる。嵯峨天皇は薬子の変で高丘親王を廃太子し、大伴親王を立太子して次の皇位継承者を決定しただけでなく、橘嘉智子を立后することでその次の皇位継承まで見据えていたことになる。

一方、淳和天皇皇后となった正子内親王の場合は、淳和側の事情が垣間見える。大伴親王（淳和）と嵯峨天皇皇女の正子との婚姻は、もともと嵯峨と淳和の融和の証であり、嵯峨の后腹皇女を嫁すことで淳和の正統性を証す行為でもあった。嵯峨は淳和に皇位を譲る際に、淳和皇子で桓武皇女高志内親王腹の恒世親王を立太子しようとしたが、淳和はこれを固辞し、嵯峨の后腹皇子正良を立太子した。このように嵯峨と淳和との間では、表面上相手を立て、譲り合う関係を見せるのである。しかし、嵯峨は橘嘉智子を立后し、次の皇位継承の道筋をつけていたことは先に見た。淳和とて固辞はしたものの、恒世をその次の皇位継承者と考えていたであろう。ところが、恒世は天長三（八二六）年五月一日に二十二歳の若さで亡くなってしまうのである。このままでは淳和皇統は途絶えてしまうため、天長二（八二五）年に正子との間に生まれていた恒貞親王を後継者に据えるべく、その母である正子の立后を行ったものと考えられる。正子の立后が恒世の死後一年もたたない天長四（八二七）年二月二十八日に行われたのは、一刻も早く淳和の後継を表明しようとした意向の表れであろう。しかも嵯峨の后腹皇女である正子を立后することは嵯峨方への敬意の表れにもなる。これで恒貞は后腹親王という意味で皇太子の正良と同格となるだけでなく、父方に淳和の血を、母方に嵯峨の血を引くことで、正良以上に非の打ち所のない尊貴性を担う存在となった。仁明天皇が即位して恒貞を立太子した際の詔の中に恒貞を「正嗣」と述べているのは、恒貞を立てた表現というだけでなく、その血の尊貴性の高さを表す表現でもあろう。このように、嵯峨方と淳和方は、相手の皇子に敬意を表して皇位を譲り合う姿勢を見せながら、その実、特定の皇子の立太子に向けて母を立后するなど、皇位継承をめぐる密やかな緊張関係を孕んでいったのである。これら嵯峨・淳和に限らず、天皇家の意向を反映した立后・立太子に共通するのは、途絶える側の皇統の血を取り込むなどして皇位継承者により尊貴性の高さを確保しようと拘る点であり、自らの皇統を選別する意識が働いている点だと言える。

『源氏物語』の藤壺の立后は明らかに天皇側の事情に由来する。紅葉賀巻の状況を歴史と照らし合わせると、朱雀を既に立太子していることからすれば、弘徽殿女御の立后こそが本来の姿で、妻の後見の力を借りてより安定した皇統を作ることが帝の採るべき道だった。しかし、先帝の后腹皇女の藤壺に皇子が生まれた後すぐに立后し、立太子への道筋をつけたことは、外戚との関係強化を捨て、より尊貴性の高い皇統を作ろうとしたことになる。それは嵯峨が特定の子を皇嗣に据えるべく妃を廃して夫人を立后したことや、淳和が誰よりも尊貴性の高い恒貞に自分の皇統を嗣がせようとした意思に重なるものがある。

四　譲位時の立太子

ここでは、桐壺帝が行った朱雀に譲位するとともに冷泉を立太子するあり方が、歴史上どのような場合に行われるのかを通覧し、その意味を考えてみたい。

紅葉賀巻で冷泉を立太子するために藤壺を立后し、葵巻で朱雀が即位した後は冷泉が立太子していることからすると、桐壺帝は譲位する際に冷泉の立太子を表明するという手続きを用いたと考えられる。歴史的に見れば、これは譲位宣命に立太子のことを明記する形である。この形式は、文武天皇以降で見ても、そう多いわけではない。その可能性があるものを含めて列挙すると以下のようになる。参考までに『源氏物語』以前だけでなく、後三条天皇が白河に譲位する例までを記す。

年月日	譲位	受禅	立太子
①弘仁14（八二三）年4月16日	嵯峨	淳和（弟）	恒世（甥）固辞により正良（子）
②安和2（九六九）年8月13日	冷泉	円融（弟）	花山（子）

③永観2（九八四）年8月27日　円融　花山（甥）　一条（子）
④寛弘8（一〇一一）年6月13日　一条　三条（従兄弟）　後一条（子）
⑤長和5（一〇一六）年1月29日　三条　後一条（従弟子）　敦明（子）
⑥寛徳2（一〇四五）年1月16日　後朱雀　後冷泉（子）　後三条（子）
⑦延久4（一〇七二）年12月8日　後三条　白河（子）　実仁（子）

このうち『源氏物語』成立以前の例は①から③までである。一覧して明瞭であるように、①から⑤までに共通するのは、譲位する相手が弟や甥、従兄弟で、立太子するのが自分の子の場合、即ち両統迭立で皇統が父から子へそのまま繋がっていかない場合である。譲位することと引き換えに自らの子を立太子するのであり、譲位する天皇がなんとか自らの皇統を残そうとする意思の表れを反映した形であることが判る。『源氏物語』でいうと、朱雀帝が弟の冷泉に譲位して、自らの皇子を立太子することと同じである。これを桐壺帝の場合に当て嵌めるなら、桐壺帝が弟の前坊に譲位する際に、自らの皇子を立太子する場合となる。しかし、実際には物語が始まった時点で前坊は既に故人で、桐壺帝のみが次の皇位継承を決める役割を担っている。その桐壺帝が行ったことは、弘徽殿女御腹の朱雀を立太子していながら譲位の際に藤壺腹の冷泉を立太子するという、それまでの歴史にはまったく例を見ない新しい形であることは注意を要する。むしろ両統迭立をわざわざ引き起こす形である。『源氏物語』は、注意深く歴史に準拠して物語を進めながら、この藤壺立后から冷泉立太子に至る箇所はそれまでの歴史の有り様から大きく外れているのである。

ところが、『源氏物語』以後になると、これを実際に行った天皇が出現する。⑥の後朱雀が藤原嬉子（父 藤原道長　母 源倫子）腹の親仁親王（後冷泉）を立太子していながら、禎子内親王（父 三条天皇　母 中宮藤原妍子）を立后しその所生皇子の尊仁親王（後三条）を譲位の際に立太子する例、それと⑦の後三条天皇が藤原茂子腹の貞仁親王（白河）を立太子していながら、源基子腹の実仁親王を譲位の際に立太子した例である。この二例に共通するのは、最初に立太子した親王の母が東宮時代に入内し、即位する前に亡くなっている点である。この点では『源氏物語』の弘徽殿女御の場合と違う。しかし、尊仁親王の場合など、後から立太子された皇子は三条天皇皇后禎子内親王腹であるから、冷泉が先帝の后腹内親王藤壺腹である点とみごとに重なる。どのような理由で後朱雀が尊仁を立太子しようとしたのかは判らないが、この立太子に対して、当時関白だった藤原頼通は反対したという。[19] その理由について、河内祥輔は『古事談』の記述を根拠としながら皇統の分裂を招く事態を危惧したからだと説いた。[20] この視点は⑥⑦を読み解く場合だけでなく、紅葉賀巻の藤壺立后に関しても有効ではないだろうか。しかも、河内は後三条が譲位の際に実仁を立太子したのは、後朱雀が行ったことを踏襲したのだとし、譲位の際に立太子をうけた者こそ直系を担う者だとする意味を読み解いた。[21] すなわち、後朱雀の行った皇位継承の儀式を、後三条は直系継承の儀式として位置づけ、それを実仁に行ったというのである。これは桐壺帝が冷泉に行ったことと全く同じである。自分の皇子二人を立太子して、後の方に自分の皇統を繋げようという行動は、『源氏物語』の桐壺帝が行った皇位継承に由来する可能性があるのではなかろうか。皇女の入内は、淳和天皇御代の正子内親王の後しばらく行われなかったのに、醍醐天皇御代以降再び復活し、さらに『源氏物語』が成立して以降、途絶える皇統の后腹内親王の入内が何例も出現すること、[22] その皇子が聖なる帝として受け取られたことなど、いずれも『源氏物語』に由来する出来事である可能性がある。

歴史との比較から見て、桐壺帝の行った皇位継承は極めて異例のことであった。両統迭立という状況の中で、自らの皇統を残すための手段であった譲位宣命に立太子を書き込むあり方は、『源氏物語』の桐壺帝によって全く新しい意味づけがなされ、後に直系継承の儀として受け取られ実践されていった可能性がある。

五　前代未聞の立后

桐壺帝が所生皇子を立太子するために母を立后した措置は、立太子の根拠になり得ることが歴史的に確かめられた。しかし、ここで留意すべきもう一つの事実は、歴史上皇女腹の皇子で立太子した他戸親王と恒貞親王はその後いずれもが廃太子されてしまっていることである。すなわち、母を立后する措置は子の立太子を導くが、皇太子の立場は極めて脆弱で、母を立后しても廃太子を防ぐ力にはなり得ない。何らかの強力な後見がいないと皇太子の地位は維持できないことが判る。しかも、皇女が入内する場合は、皇統が危機的な状況である場合が多く、皇女で天皇の権威を補ったり、途絶える皇統を皇女で存続させるためなど、天皇家に由来する理由が優先する場合なのである。そのような場合は、天皇が兄弟で継承するなど皇位が安定せず、政治的な駆け引きの中で皇太子がいつ犠牲になってもおかしくない危険性を孕んでいる。桐壺帝の場合、同腹の妹（大宮）を降嫁させて左大臣を強力な後見としてつけていることなどから判断して、近い過去に皇統の交替があったらしいこと、および権威が脆弱であったことが推測される。[23]それを補う役割を果たしたのが后腹内親王藤壺の入内だったのである。とすると、その所生皇子を立太子させるのは、より尊貴性が高く正統性のある皇位継承者を据えるためであったと言える。朱雀を立太子していながら、冷泉を立太子する根拠はここにあるのであって、それを物語の文脈では、光源氏を立太子できなかった代償行為として語っているのである。しかし、これは客観的に見れば両統迭立をわざわざ引き起こす行為に他ならない。最初に立太子した朱雀を繋ぎの位置に追いやり、母弘徽殿女御や後見である右大臣勢力を軽視することになるからである。桐壺帝の措置に弘徽殿女御が「いとど御心動きたまふ」と「いとど」を伴って動揺する様子を、語り手が「ことわりなり」と評するのは、弘徽殿に同情してというだけでなく、立后するなら皇太子の母として実績のある弘徽殿女御であるとの世の評価を代弁したことばであろう。よって、「引き越す」とは地位のことではなく、第一候補を差し置いて立后したことを指すのであり、「安からず聞こゆ」とは帝の措置に対するそうした世人の言葉にできない抵抗が込められていると考えられる。桐壺帝の行動が尋常でないのは、立后すべき順番を違えて、わざわざ皇統の混乱を引き起こすからであり、それは元を正せば立太子した皇子の母とは別の人を立后する行動そのものが前代未聞のことだったからである。『源氏物語』以前で、皇太子の母以外の人を立后し、その子を立太子した例はない。これに似た例では、大化の改新の際に、皇極天皇が弟の孝徳天皇に譲位して、皇極皇子の中大兄皇子を立太子したが、孝徳天皇は中大兄皇子の同母妹の間人皇女を立后した例がある。しかし、間人皇女腹の皇子の立太子にまでは至らなかった。立后の後、孝徳天皇と中大兄皇子が対立する関係になるのは、立后が中大兄皇子への皇位継承を否定し、間人皇女腹に皇位継承者を期待する意味をもってくるからであろう。清水好子は、『源氏物語』が時代設定から主人公の造型に至るまで、歴史的事実に準拠しながら積み上げているのは、不義の子冷泉帝の即位という一番重要な準拠ばなれをしたかったからだと述べた[24]。しかし、冷泉帝の即位は母藤壺が立后されれば十分あり得る歴史的事象である。一番の準拠ばなれというなら、冷泉帝の即位よりも、前代未聞の藤壺の立后にこそあると見るべきであろう。それを読者には帝の情念の達成として読ませ、あり得べき現実としてしまうところに物語独自の論理がある。

ここに現れた河内本の異文「例の、安からず世人もきこえけれど、人の御程のいとやむことなきにやゆるされ給けん」に関しては、他の本が全て「例の、安からず世人も聞こえけり」として帝の行為への違和感を表明している世人の側に立つのに対し、河内本のみには藤壺の后腹皇女である血の尊貴性を根拠とすれば仕方がないとする帝の行為を正当化する意識が見られ、語り手は帝側に近い。また、藤壺の立后を河内本のみが「十月」とすることについては不明とせざるを得ないが、多くの本文に「七月」とあるのは、史上の嵯峨天皇皇后橘嘉智子の例を連想させ、淳和皇統との密やかな対立を含意して読ませるためかもしれない。紅葉賀巻の冒頭の朱雀院行幸には嵯峨天皇御代に准拠する桐壺帝の姿が見えることを以前指摘した。[25]それとの関連で、同巻の末尾が橘嘉智子の立后を連想させる語りと見ることもできよう。加えて、紅葉賀巻末の「月日の光の空に通ひたるやうにぞ、世人も思へる」については、この場面が立后を語ることに中心があることからすると、立后宣命の基本となった[26]藤原光明子の立后宣命にある文言との関連も指摘できるのではないか。宣命の中では、天皇と皇后を一対の関係とし、それを空にある日と月の関係としてみる見方を示している。[27]『源氏物語』紅葉賀巻は、本来桐壺帝と藤壺が日と月の関係として描かれるべきところを、冷泉と光源氏の関係にずらして、本来一対にならない二人を一対に見立ててその正統性を語ろうとした文脈として理解することができる。

結

歴史との比較検討から、紅葉賀巻末の状況は次第に明らかとなった。立后する根拠としては皇女であることが第一であり、立后は立太子を導く点で、藤壺立后は所生皇子冷泉を立太子する根拠となる。しかし、桐壺巻ですでに朱雀を立太子している状況では、皇太子の母を立后される場合が通例で、皇太子の母として二十余年の実績があることからすれば当然弘徽殿女御が立后されるべき立場にある。それを無理やり皇女であることを根拠として藤壺を立后したのが紅葉賀巻の状況なのである。皇太子を決めていながら、譲位にあたってその弟を新たな皇太子に立てることは、皇統の分裂を招く行為で、歴史上これ以前に前例を見ない極めて異例のことである。しかも後に立てられた皇太子が后腹皇子であることで、桐壺帝の直系の皇統を形成する役割は冷泉に託されたと見ることができる。それは同時に朱雀を繋ぎの立場に追いやることを意味する。ところが、朱雀には弘徽殿女御ほか右大臣勢力が確固とした後見として存在しているのに対し、冷泉にはこれといった後見はなく、立后した藤壺と参議になった光源氏しかいない。さまざまな意味において朱雀側と冷泉側に深刻な軋轢を招きかねない状況が作り上げられたのである。聖武天皇以降で皇女を立后し、その所生皇子を立太子した二つの例（井上内親王腹の他戸親王、正子内親王腹の恒貞親王）が、いずれもその後に廃太子の憂き目にあっていることは、物語の今後を考える上で外せない出来事であろう。物語は藤壺を立后し、冷泉を立太子した時点で、後に廃太子の憂き目にあう物語を可能態として胚胎したといえるのである。その危うい立場にある冷泉と光源氏が日と月の比喩によってその正統性が語られるところに紅葉賀巻末の眼目がある。

注

（1）増田繁夫「源氏物語の藤壺は令制の〈妃〉か」（『源氏物語と貴族社会』所収　吉川弘文館　平成14（二〇〇二）年）一四六頁

（2）岸俊男「光明立后の史的意義——古代における皇后の地位——」（『日本古代政治史研究』所収　塙書房　昭和41（一九六六）年）

（3）瀧浪貞子「光明子の立后とその破綻」（『日本古代宮廷社会の研究』所収　思文閣出版　平成3（一九九一）年）
（4）直木孝次郎「厩戸皇子の立太子について」（『飛鳥奈良時代の研究』所収　塙書房　昭和50（一九七五）年）
（5）瀧浪貞子注（3）に同じ
（6）『令集解』では、巻三十四「公式令」に「皇后　謂。天子之嫡妻也。釈云。皇后。天子嫡也。昔今通称。朱云。皇后者不レ在二天子母一。只称二皇后一耳。先帝今帝之后並同也。」とあるように「天皇の嫡妻」である。
（7）『律令』本文の引用は、岩波書店刊日本思想大系による。
（8）藤原光明子を立后した際の宣命に述べている理由は以下の六点である。①光明子は聖武の妻となって六年経過している。②光明子を立后するのは、二歳でなくなった皇太子の母であるからだ。③天下の政は一人で行うものではない。必ず後方《しりえ》の政がある。④天皇と皇后が並び立つのは、天に日月があるように、地に山川があるように並び坐してあるのが当然だ。⑤祖母元明天皇が藤原光明子を聖武に賜った日の宣命に光明子の父藤原不比等の功績に報いることが大切であることを説いた。⑥臣下の女が皇后になるのは仁徳天皇皇后（磐之媛命）の例があり、新しい政ではない。理由の多さから苦心の跡が忍ばれる。
（9）藤原穏子の立后については、『日本紀略』延喜二十三年四月二十六日条に「以二女御従三位藤原朝臣穏子一為二中宮一、前皇太子之母也」とことさら皇太子の母であることが明記されている。
（10）『日本三代実録』貞観六年正月七日条。同じく元慶六年正月七日条。
（11）藤原穏子が醍醐天皇の皇后か中宮かは記録により異なる。『日本紀略』『大鏡裏書』が「中宮」とし、『一代要記』『西宮記』『中右記』『扶桑略記』は「皇后」と記す。
（12）注（8）の光明子の立后の宣命の⑤の内容
（13）立后が藤原氏内部の対立を招いたことでは、円融天皇御代に藤原頼忠が関白となって藤原遵子を立后したことに藤原兼家が激しく反発して男公達の出仕を差し止めたこと（『栄花物語』巻第二「花山たづぬる中納言」）や、一条天皇御代に藤原定子が立后して藤原道隆が道長を中宮大夫に任命したことに道長が反発して定子に寄りつこうともしなかったこと（『栄花物語』

巻第三「さまざまのよろこび」）などが知られる。
(14) 河内祥輔『古代政治史における天皇制の論理』（吉川弘文館　昭和61（一九八六）年）一三二頁
(15) 『栄花物語』巻第一「月の宴」
(16) 『続日本後紀』仁明天皇即位前紀
(17) 『日本三代実録』貞観十年正月十一日条
(18) 「喪葬令」によれば、服喪期間は嫡子が三ヶ月、それ以外の子（衆子）は一ヶ月とある。
(19) 『今鏡』巻二「つかさめし」、『古事談』第一
(20) 河内祥輔「後三条・白河『院政』の一考察」（『都と鄙の中世史』所収　吉川弘文館　平成4（一九九二）年）
(21) 河内祥輔注(20)に同じ
(22) 三条天皇中宮妍子腹の禎子内親王が後朱雀に入内する例、後一条天皇中宮藤原威子腹の章子内親王が後冷泉に入内する例、同馨子内親王が後三条に入内する例など『源氏物語』以降后腹内親王が入内する例が頻出する。
(23) 本書第Ⅰ篇第3章「桐壺皇統の始まり――后腹内親王の入内と降嫁――」参照
(24) 清水好子「源氏物語における準拠」（『源氏物語の文体と方法』所収　東京大学出版会　昭和55（一九八〇）年）二八六頁
(25) 拙稿「嵯峨朝復古の桐壺帝」（『源氏物語の准拠と系譜』所収　翰林書房　平成16（二〇〇四）年）
(26) 皇女が立后する場合は理由を必要としないが、夫人や女御から立后する場合には必ず根拠を宣命で述べている。宣命が残っているもののうち、橘嘉智子・藤原安子の場合には「後方の政」を根拠としていて、これは光明子の立后にある根拠の一つで、表現まで似ている。宣命は残っていないが藤原穏子の場合は皇太子の母であることで、これも光明子の立后の根拠の一つである。
(27) 天皇と皇后を一対の関係として見る見方は、『礼記』「昏義」にある「天子之與レ后、猶二日之與レ月、陰之與レ陽、相須而后成者也」（天子《てんし》と后《こう》とは、猶《な》ほ日《ひ》と月《つき》と、陰《いん》と陽《やう》とのごとし、相須《あいま》ちて后《のち》に成《な》る者《もの》なり）あたりを出典とするか。

2　宮廷詩宴としての花宴

——花宴巻「桜の宴」攷——

序

『源氏物語』の花宴巻は、南殿での「桜の宴」に始まり、右大臣邸での「藤の宴」で終わる。物語の本文によれば、南殿の花宴は「二月の二十日あまり」、藤の宴は「三月の二十余日」に行われたことが明記されている。物語は、たった一か月あまりの間に行われた二つの大きな花宴を描きながら、桐壺帝御代の最後の動静を語る。分量としては短い巻でありながら、巻としての存在意義は重要で、紅葉賀巻末の藤壺立后から葵巻の朱雀帝即位までの間の、御代替わりを目前に控えた大きな曲がり角となる巻である。このうち、巻の冒頭の「桜の宴」は、紫宸殿での宮廷詩宴であり、これを物語の舞台とすることにこそ意味がある。とともに、この時点で花宴が行われることの意味も併せて論じる必要がある。

本章は、物語の舞台を宮廷詩宴の花宴に設定することの意味を、歴史的な観点から考察してみたい。花宴が過去にどのように行われ、如何なる意味づけをもった宴なのかを通覧することから、南殿での花宴を位置づけてみる。

一　問題の所在

最初に、南殿での「桜の宴」が物語本文にどのように語られているのかを確認し、従来の理解の有り様を顧みるところから始めてみたい。

二月《きさらぎ》の二十日《はつか》あまり、南殿《なでん》の桜の宴《えん》せさせたまふ。后《きさき》、春宮《とうぐう》の御局《つぼね》、左右《さいう》にして参上《まうのぼ》りたまふ。弘徽殿女御《こきでんのにようご》、中宮のかくておはするををりふしごとに安からず思《おぼ》せど、物見《ものみ》にはえ過ぐしたまはで参りたまふ。日いとよく晴れて、空のけしき、鳥の声も心地よげなるに、親王《みこ》たち、上達部《かむだちめ》よりはじめて、その道のはみな探韻《たんゐん》賜《たまは》りて文《ふみ》作りたまふ。宰相中将《さいしやうのちゆうじやう》、「春といふ文字《もじ》賜れり」とのたまふ声さへ、例の、人にことなり。次に頭中将、人の目移しもただならずおぼゆべかめれど、いとめやすくもてしづめて、声《こわ》づかひなどものものしくすぐれたり。さての人々は、みな臆《おく》しがちにはなじろめる多かり。地下《ぢげ》の人は、まして、帝《みかど》、春宮の御才《ざえ》かしこくすぐれておはします、かかる方《かた》にやむごとなき人多くものしたまふころなるに、恥づかしく、はるばるとくもりなき庭に立ち出《い》づるほどはしたなくて、やすきことなれど苦しげなり。年老いたる博士《はかせ》どもの、なりあやしくやつれて、例馴《な》れたるもあはれに、さまざま御覧ずるなむ、をかしかりける。

楽《がく》どもなどは、さらにもいはず調《ととの》へさせたまへり。やうやう入日《いりひ》になるほど、春の鶯囀《うぐひすさへづ》るといふ舞《まひ》いとおもしろく見ゆるに、源氏の御紅葉《もみぢ》の賀のをり思し出でられて、春宮《とうぐう》、かざし賜《たまは》せて、切《せち》に責めのたまはするにのがれがたくて、立ちて、のどかに、袖《そで》かへすところを一《ひと》をれ気色《けしき》ばかり舞ひたまへるに、似るべきものなく見ゆ。左大臣《ひだりのおとど》、恨めしさも忘れて、涙落としたまふ。「頭中将、いづら。遅し」とあれば、柳花苑《りうくわゑん》といふ舞を、これはいますこし過ぐして、かかることもやと心づかひやしけむ、いとおもしろければ、御衣《ぞ》賜りて、いとめづらしきことに人思へり。上達部《かむだちめ》みな乱れて舞ひたまへど、夜に入りてはことにけぢめも見えず。文《ふみ》など講ずるにも、源氏の君の御《おほむ》をば、講師《かうじ》もえ読みやらず、句ごとに誦《ず》じののしる。博士どもの心にもいみじう思へり。かうやうのをりにも、まづこの君を光にしたまへれば、帝《みかど》もいかでかおろかに思されむ、中宮、御目のとまるにつけて、春宮の女御《にようご》のあながちに憎みたまふらむもあやしう、わがかう思ふも心憂《こころう》しとぞ、みづから思しかへされける。

おほかたに花の姿を見みましかば露も心のおかれましやは

御心の中《うち》なりけむこと、いかで漏りにけん。

（花宴① 三五三〜三五五頁）

桐壺帝が「二月の二十日あまり」に「南殿」（紫宸殿）で「桜の宴」を行ったことから始まる。「后、春宮の御局、左右にして」とあるから、天皇を中心として中宮と東宮が左右に並んだ。親王・上達部をはじめ地下の文人達までが「文作りたまふ」とあることから、これは賦詩の会、即ち宮廷詩宴の花宴であることが判る。続いて話は舞楽に移り、東宮が挿頭を下賜して光源氏に「春鶯囀」の一節を舞わせ、次に頭中将が「柳花苑」を実にみごとに舞ったという。最後に詩の披講と藤壺が心中で詠んだ歌が語られてこの場面は終わる。

この場面の校異は、諸本によって小さな差こそあれ大きな差はほとんどなく、目立った校異としては、別本の御物本にのみ「后、春宮の御局、左右にして」の部分の「后」の語がない。御物本だと東宮と天皇が左右に並んだという理解になる。これは花宴の特質を理解する上で本質的な問題と関わると思われるので、後述する。しかし、御物本とて花宴に藤壺が列席したという理解では同じである。これ以外では同じく御物本にのみ「探韻」が「たい」とある。これは、「題」とも、「たんいん」の撥音便を表記しない形とも考えられるが、後に「春といふ文字賜れり」と続く文脈からすると、後者と考える方が妥当であろう。とすれば、意味は変わらないことになる。御物本の校異以外では、諸本間で差がほとんどないことを確認しておく。

次に注釈書を通覧すると、古注のほとんどはここに歴代の花宴の例を挙げて注する。『紫明抄』は天徳三（九五九）年三月の内裏花宴で詠まれた藤原師輔の歌を挙げ、『異本紫明抄』もこれを踏襲する。『河海抄』は、延喜十七（九一七）年三月六日・延長四（九二六）年二月十七日・康保二（九六五）年三月五日の花宴、康保三（九六六）年二月二十二日の内宴の後朝の宴を引いた上で「度々花宴中ニ延長四年例探韵以下尤相似たり」として延長四年の例が最も似ているとする。『花鳥余情』も、在位の末年と二月に行われたことから延長四年の例を連想しながら書いたと述べ、歴史上の例と同じく紫宸殿で桜を見て清涼殿で宴を行ったと理解すべきだと述べる。さらに、楽に触れて、花宴は御遊ばかりで舞楽がないこと、例外として天暦三（九四九）年の二つの花宴をあげ、その際には殿上人は舞に参加せず地下の楽人が演じたことを指摘して、物語は史実を写しながらも独自の趣向を凝らすと説く。『細流抄』も延長四年の例を引くとする。『岷江入楚』の箋注には、花宴が紅葉賀巻に桐壺帝が退位するのが近いとあったことをうけて「御在位の名残」として行われたのであり、その意味で延長四年の例と重なることと、『源氏物語』は一つの例に准拠せず複数の例を引き合わせながら書いていることとを指摘する。[1] これら代表的な古注釈書は、全体として延喜・天暦の御代を基本に据えて複数の花宴を下敷きとし、特に延長四年の例を思い合わすべきことと、帝の退位が近づいて「御在位の名残」として行ったのだと説く。ただし、花宴が如何なる意味づけを有する宴なのかについてふれることはない。

現代注は、多く古注の指摘を承けている。岩波大系が指摘する「左近の桜御覧の後、清涼殿に桜の宴（花の宴）を行わせられる」の指摘は『花鳥余情』の注を、小学館全集や新編全集、岩波新大系が延喜・天暦の例を挙げるのも『河海抄』以来の注を承けている。ただし、現代注に特徴的なのは、「帝の聖主としての資格が証明される」[2]「聖代の宮廷を象徴する晴れがましさ」[3]「『あはれ』と感動する帝は、聖主としての資質を自ら証明しているとも解せよう」[4]等の花宴を聖代と関わらせる理解である。古注で述べているのは専ら詩宴の形態や在位の末年開催との類似であって、治世の位置づけではないが、いつの間にか桐壺帝聖代観にすり替わって論じられるようになった。

この視点の転換は清水好子の研究に端を発している。清水は、花宴が史上もっとも頻繁に行われた時代として延喜・天暦の御代を指摘し、物語の花宴が桐壺帝の視線と心情に収斂され統一されてくることに注目して、それを帝王の治世のありようとして理解した。[5]ただし、清水は単純に桐壺帝治世を延喜・天暦に結びつけるのではなく、史上のいずれの例にもならわず、ずっと豪華に仕立てられた盛儀として花宴を位置づけ、そこに作者の意図を読む。さらに、『北山抄』の記述から延喜・天暦を典拠とする当時の時代的空気を読み取り、それと寛弘三（一〇〇六）年の東三条第での花宴が関わっていると説く。[6]花宴を帝の治世と関わらせて理解する研究は、藤田晶子や湯浅幸代[7]に引き継がれ、[8]論者も同様の視点から述べたことがある。[9]しかし、自戒を込めて言えば、盛儀がそのまま聖代を表すのかどうかは、もっと慎重であらねばならない。儀式の盛大さは主催者の意図の反映ではあっても、客観的な意味づけとは同義ではないからである。これについても後述する。これ以外の研究では、川口久雄は、源氏の紅葉賀や花宴の舞楽の魅惑には、中国漢代の歌舞、特に趙飛燕の歌舞説話の投影が見られるとし、それは寛弘三年の東三条第での花宴にも同じ趣向が見られることを論じた。[10]倉田実は朱雀帝即位、冷泉立坊のための藤壺への肩入れという桐壺帝の配慮を見るべきことを述べ、[11]東宮が挿頭を光源氏に下賜して舞を所望することに三田村雅子は支配・被支配の関係を読み、[12]堀淳一は朱雀帝御代の政権の中枢に参加する有資格者に認定する意味づけを読んだ。[13]また宮廷詩宴の花宴については、滝川幸司が極めて私的性格の強い公宴詩会であったことを指摘している。[14]

以上のように、これまでの研究では、古注で述べる延喜・天暦の例を端緒として桐壺帝治世の特徴を読み解く試みや寛弘三年の花宴との繋がり、朱雀帝御代の到来との関わりから意味づける試みなどが行われてきた。しかし、古注と同様、花宴が如何なる意味づけを有したのかを明確に論じたものはない。花宴が宮廷詩宴である以上、天皇主催の宮廷詩宴の意味とその中での花宴の意味を確認することから、『源氏物語』のそれの特徴を考えてみる必要がある。そこで次節以降では、桓武天皇から一条天皇御代までの宮廷詩宴全体を通覧し、花宴がどのように行われ、如何なる意味づけをもったのかを考察し、次に『源氏物語』以前に花宴を描いた『うつほ物語』の例を勘案し、さらに一条天皇御代に行われた唯一の花宴（寛弘三年の東三条第の花宴）との関わりを検討しながら、『源氏物語』が描く花宴を考えてみたい。

二　宮廷詩宴の中の花宴（1）――桓武朝から光孝朝――

花宴が始まったのは、嵯峨天皇御代の弘仁三（八一二）年三月十二日である。『日本後紀』には、「辛丑。幸㆓神泉苑㆒。覧㆓花樹㆒。命㆓文人㆒賦㆑詩。賜㆑綿有㆑差。花宴之節始㆓於此㆒矣。」とあり、当初から「節会」と位置づけられている。弘仁三年以降、同八・十一・十二年を除いて毎年記録にあり、退位する同十四（八二三）年まで続けられた。ほぼ毎年記録に残るという意味では節会として行ったと見てよいが、日付けは一定せず、弘仁三年のみ二月十二日、その他はおおよそ二月二十五から二十九日の間に行われた。場所は神泉苑を基本としながら、嵯峨別館や有智子内親王山庄で行われたこともある。[15] 内容は、神泉苑に行幸し、文人に詩を賦せしむる宴である。嵯峨天皇が年中行事（宮廷儀礼）を増やしたことは夙に有名で、そのために財政を逼迫させた。弘仁五（八一四）年三月四日、右大臣藤原園人が節会に賜る禄の費用節減を奏請した理由の一つに、花宴が加わったことを述べている。しかし、嵯峨は花宴をやめることをしなかった。嵯峨が宮廷詩宴を行い続けた理由は、宮廷儀礼および詩宴の意義を重要視したためである。その儀礼の意味とは、喜田新六に次の指摘がある。

> 儀式に規定してある儀礼は、君臣上下の秩序と上奏、下達の形式とを、空間的位置と参列者の行動とに表現するように仕組んだ一種の演技であって、儀式に規定してあるその次第書きの通りに、毎年繰返して参列者を行動せしめ、彼等をして、目と耳と再拝等の行動等によって、君臣上下の秩序と自己の地位分限とを覚らしめるのである。[16]

儀礼は、天皇を頂点とした君臣上下の秩序を可視化する秩序維持の装置なのである。さらに、文人を呼んで詩を賦せしむる詩宴の意義については、滝川幸司が宮廷詩宴について述べた次の言葉が参考となる。

> 〈公宴〉では、天皇のもとに、殿上・地下の「文人」が集まり賦詩を行い、天皇のもと秩序が保たれていることを称揚するのである。それはそのまま天皇の賛美・称揚になる。国家にとって〈公宴〉とは、（中略）賦詩によって秩序維持がなされているという事実を称揚し、天皇の徳を讃える場でもある。[17]

宮廷詩宴では漢詩で天皇を賛美し、天皇のもとに秩序が保たれていることを称揚することが求められる。詩宴は詩という〈言葉〉によって秩序維持を確認し、天皇の徳を讃える場なのである。嵯峨天皇が財政を逼迫させてでもやり続けた事情は、これにこそある。よって、天皇毎の宮廷詩宴を確認することは、天皇の施策とともに天皇のおかれた状況をも浮き彫りにすると考えられる。以下、なぜ嵯峨天皇が花宴を始めたのかを考えることから始め、歴代天皇が行った宮廷詩宴を概観してみたい。

そもそも嵯峨はなぜ花宴を始めたのか。その先蹤は、父桓武の行った詩宴にあると考えられる。桓武が行った宮廷詩宴とは三月三日の曲水の宴である。桓武朝では、延暦三・四・六・十一・十二・十七・二十三年の三日の宴で賦詩の記録が残る。[18]桓武朝での詩宴といえば、この曲水の宴を指すと言って良い。ところが、桓武は延暦二十五（八〇六）年三月十七日に崩御したことで、三月が忌月となり、次の平城は大同三（八〇八）年二月二十九日に「三日之節」を停廃する詔を出すに至る。[19]こうして桓武が崩御した後、その皇子である平城・嵯峨・淳和の三代は、春の宴である三月三日の宴が行えなくなってしまう。嵯峨が二月に時期を移し、花宴を節会とした要因の一つはここにあると考えるのである。

大塚英子は花宴の先蹤として桓武朝以後の二つの宴を指摘する。[20]一つは、平城が東宮時代に主催し「落梅花」の詩を賦した会である。[21]史書に記録はないが、大塚が指摘するように、『凌雲集』に載る嵯峨の「落花篇」と小野岑守の応製詩は、平城の「落梅花」を典拠とする言葉を詠み込んでいるから、花宴のモデルと言って良い。もう一つは、平城が神泉苑に行幸し、皇太弟神野親王（嵯峨）も参加して行った残菊の宴である。[22]ただし、こちらは詠歌の記録はあるが、詩を賦したかどうかは不明で、しかも春の宴ではない。「三日之節」を停廃して以降、平城朝の詩宴として記録に残るのは七月七日の相撲節会の後の七夕詩を賦す宴と九月九日の重陽宴だけで、春の詩宴はない。嵯峨が二月に節会として花宴を始めた目的は、父桓武の曲水の宴を引き継ぎながら、それに代わる春の詩宴を復活させるためではなかろうか。『凌雲集』に見える嵯峨の「落花篇」と岑守の応製詩から、花宴は天皇と臣下達が共に過ぎゆく春を惜しみつつ詩を賦し、臣下は天皇を讃え、天皇は臣下との連帯を確認したことが判る。嵯峨にとって、花宴は臣下との関係を確認する春の詩宴として重要な意味をもったと考えられる。

これほど嵯峨が詩宴の開催に拘った理由は、彼が漢詩をこよなく愛したことと共に、大同五（八一〇）年に起きた薬子の変によって天皇の権威を低下させてしまったことがあると思われる。この当時、天皇が臣下との関係を強化するのに用いられる手法は、詩宴の他に遊猟（鷹狩）や神泉苑行幸がある。桓武は自身こよなく鷹狩を好んだこともあって、遊猟にこと寄せて各地を巡見し、功臣に対して禄を下賜して、在地支配と功臣との関係の強化を図り、延暦十九（八〇〇）年に初めて神泉苑に行幸してからは、同二十一（八〇二）年以降は神泉苑行幸を頻繁に行った。こうして桓武は遊猟や行幸に伴う物の贈与と詩宴により臣下との関係の強化を図った。嵯峨は、即位した大同四（八〇九）年および翌五年ごろ、詩宴も神泉苑行幸もあまり行わず、遊猟に至っては全く行っていない。ところが、大同五年九月に薬子の変が勃発し、平城上皇方と対立して勝利した後、堰を切ったようにそれらを頻繁に繰り返すようになる。嵯峨は、二月末から九月頃までを中心に神泉苑に行幸して何度か詩宴を行い、九月から翌年二月頃までを中心に遊猟を行った。多いときで神泉苑行幸を年六～八回、遊猟を八～十回行っている。そうして陪従した臣下に綿を下賜するのである。これは、臣下との関係の強化が彼にとってどうしても必要だったのであり、その契機となったのが先の薬子の変なのである。同母兄弟間で争ったことが天皇の権威を著しく低下させたために、嵯峨はそれを回復し、天皇の徳を広く知らしめる目的で、詩宴と神泉苑行幸と遊猟を繰り返し行ったと考えるのである。神泉苑行幸は弘仁年間の初めほど多い傾向がある。

これらのうち詩宴は、東宮大伴親王（淳和）との一体を演出するためにも行われた。弘仁四（八一三）年四月二十二日、八月十五日、同五年八月十一日の南池院行幸がこれである。また、側近である藤原冬嗣との親密な関係を窺わせるのが、弘仁五年四月二十八日、同十二（八二一）年九月六日の閑院への行幸と文人賦詩である。

このように、嵯峨は薬子の変をきっかけとして、天皇の権威の回復と東宮との一体化、特定の臣下との関係の強化を目的として、宮廷詩宴を頻繁に行った。鈴木日出男は「嵯峨文学圏とは、詩の制作によって連帯感を高めあう詩人集団であった(23)」と述べるように、嵯峨朝において詩宴は重要な意味をもった。花宴もその一つとして桓武からの伝統を引き継ぎ、天皇と臣下が花を主題として漢詩を詠み合い、連帯を高め合う重要な場として機能したと考えられる。

ところが、次の淳和は花宴を節会としては引き継がなかった。理由は明らかではないが、淳和は二月の花宴のための神泉苑行幸を取りやめ、新たに毎年四月に自らが東宮時代に住んでいた南池院に行幸して詩宴を行うようになる。かつ天長八（八三一）年からは毎年正月二十日ごろに仁寿殿（もしくは清涼殿）で内宴を開いている。内宴は平城・嵯峨のころにも何回か記録に残るが、淳和は内宴を春の詩宴として整備したと考えられる。淳和も天長年間の初めにはまだ行幸した先で文人賦詩を行っているが、天長七（八三〇）年の九月に内裏で重陽宴を行った後、同八年以降は内宴を天皇の常の御所である仁寿殿で、重陽宴を公の場である紫宸殿で行うようになる。これが先例となって、次の仁明以降ずっと継承されていくのである。その意味で淳和は宮廷詩宴を整備し、後の規範を作った。[24]

その淳和は同八年二月十六日に内裏の掖庭の桜を観賞する詩宴として一度だけ花宴を行うのである。『類聚国史』巻第三十二「天皇遊宴」には次のようにある。

天子於二掖庭一曲宴。翫二殿前櫻華一也。后宮辨二設珍物一。皇太子已下。源氏大夫已上得レ陪二殿上一。特喚二文人一。令レ賦二櫻花一。恩杯無レ筭。群臣飽醉。賜レ祿有レ差。后宮屬以上亦賜二御衣一。授二大進正六位上藤原朝臣春津從五位下一。无位橘朝臣園子從五位下。

淳和はこの宴に東宮正良親王（仁明）を同席させているから、天皇と東宮との一体を演出するために行ったと考えられる。天皇が譲位する前に東宮との一体を可視化する宴はこれまでも行われている。例えば、桓武と東宮安殿親王（平城）との間では、延暦二十二（八〇三）年三月二十五日に神泉苑で行われた遊宴がそれである。この時、東宮は諸親王を率いて起きて舞い、臣下達も共に舞うとあるから、東宮安殿親王を桓武の後継者として皆が認め、慶びを称する宴であったようだ(25)。平城と東宮神野親王（嵯峨）との間では、『大和物語』一五三段にも載る、大同二（八〇七）年九月二十一日に行われた宴で、『類聚国史』巻第三十一「天皇行幸下」に、

幸二神泉苑一。琴歌間奏。四位已上。共挿二菊花一。于レ時皇太弟頌歌云。美耶《宮》比度《人》乃《之》。曾能《其》可邇《香》米豆留《愛》。布智波《蘭》賀麻。岐美《君》能於保母能《御物》。多乎利《手折》太流祁布《今日》。上和レ之曰。袁理比度能。己己呂《心》乃麻丹眞《任》。布智波《蘭》賀麻。宇倍《宜》伊呂《色》布賀久《深》。爾保比《匂》多理介利。群臣倶稱二萬歳一。賜二五位以上衣被一。

と、二人は共に菊を挿頭として、皇太弟神野が天皇を称える頌歌を歌い、平城がこれに応えている。これら二つの宴では詩を賦した記録はない。嵯峨と東宮大伴親王（淳和）との間では、先述したように嵯峨が皇太弟のいる南池院に三度行幸し、毎回文人賦詩を行っている。桓武と平城は春の終わり、平城と嵯峨は菊のころ、嵯峨と淳和は夏四月と秋八月に行われていて花とは直接関わらないが、淳和は仁明との一体を表す宴を、初めて観桜の詩宴（花宴）として行ったのである。しかも、注目すべきは、この宴の設営を后宮（皇后正子内親王）が行っていることだ。記事だけからは同席しているかどうかは不明だが、もし皇后も同席しているとすれば初めてのことで、なにより譲位する時が近づいて淳和と仁明の一体を演出する場に淳和の皇后が同席したとすれば、次の東宮には淳和の皇后腹皇子恒貞親王がなることの布石としたとも考えられる。

以上のように、淳和は宮廷詩宴を整備し、制度化した。公宴である内宴と重陽宴をそれぞれ内裏内で行い、私的な宴（密宴）は南池院に行幸して行った。その中で、譲位が近づいて天皇が東宮との一体を演出する場として一度だけ花宴を行い、単なる春の詩宴ではなく皇位継承の意味付けを与えたのである。

次の仁明は、淳和によって整備された公宴である内宴と重陽宴を中心に行うようになり、内裏の外に行幸して密宴を開くことはなくなる。それは、天皇が特定の一部臣下との関係を築かずとも、藤原良房という強力な後見を

得て、天皇と臣下との関係が安定したためでもある。仁明の御代には花宴は行われていない。しかし、承和の変で東宮恒貞親王が廃太子された後、道康親王（文徳）を立太子して、承和十二（八四五）年二月一日紫宸殿で内宴を行い、ここに東宮を同席させて披露している。『続日本後紀』には次のように記されている。

二月戊寅。天皇御二紫宸殿一。賜二侍臣酒一。於レ是。攀二殿前之梅花一。挿二皇太子及侍臣等頭一。以為二宴楽一。令下二近衛少将一録中親王以下侍従以上見参上。賜二御被襖子等一。

傍線を附したように、東宮と侍臣が梅の花を挿頭として宴を楽しむ「梅の花宴」とでも言うべき宴である。詩を賦した記録はないので宮廷詩宴ではないが、仁明も東宮との一体を演出する宴を行っているのである。

文徳が行った詩宴も内宴と重陽宴である。強力な後見を得て臣下との関係が安定しているという意味では、仁明と同じである。文徳がそれまでの天皇と違うのは、女御藤原明子腹皇子の惟仁親王（清和）を、生まれて間もなく立太子したことである。それゆえに、文徳が即位した時に東宮はまだ一歳で、仁寿四（八五四）年に初めて東宮が文徳に謁見した時でも四歳、文徳が崩御した天安二（八五八）年でも九歳で、天皇と東宮が一緒に宴席に並ぶことは遂になかった。その文徳は仁寿三（八五三）年二月三十日に一度だけ観桜の宴を藤原良房邸に行幸して行っている。これは嵯峨が藤原冬嗣邸の閑院に行幸したのと同じで、文徳が東宮の母女御藤原明子の父である藤原良房との関係を強化し、それを皆に示すためであったと考えられる。ただし、この観桜の宴の際には賦詩の記録はない。

次の清和も宮廷詩宴として行ったのは内宴と重陽宴である。それ以外では、貞観六（八六四）年二月二十五日に藤原良房の染殿第に行幸して観桜の宴を開き、貞観八（八六六）年には三月二十三日に藤原良相邸に、また閏三月一日には藤原良房邸に行幸して観桜の宴を行い、文人賦詩を行っている。これらも嵯峨や文徳同様、特定の臣下との親密な関係を演出するためであろう。清和が東宮貞明親王との一体を演出する宴は、東宮が幼かったため行われていない。

陽成から光孝、光孝から宇多への皇位継承においても、天皇が東宮との一体を演出する宴は行われていない。しかし、天皇の交替が俄だったにもかかわらず、陽成朝も光孝朝も在位中は内宴と重陽宴を中心に宮廷詩宴は行われ、臣下との関係は安定していたと言える。

以上、桓武から光孝までを通覧すると、宮廷詩宴は天皇を中心とした秩序維持、臣下との関係強化の場として機能し、それを施策として積極的に用いたのは嵯峨天皇からである。嵯峨は桓武の曲水の宴を引き継いで新たな春の詩宴として花宴を創設し、淳和は内宴を春の詩宴として整備した。嵯峨と淳和が宮廷詩宴を積極的に行ったのは、天皇自身が漢詩を好んだという理由とともに、行わねばならない事情を抱えていたためである。嵯峨は争った同母兄の平城の影を断ち、天皇の権威を回復する目的があったし、淳和は嵯峨太上天皇というカリスマ的な存在がいる状況で、自らの権威化を進めねばならない必要性があった。淳和朝で整備された宮廷詩宴は、仁明朝以降、内宴と重陽宴を中心に行われるようになり、天皇と臣下との関係は安定する。それは、藤原良房・基経という臣下の中に強力な後見を得たからでもある。花宴は嵯峨によって神泉苑で行う詩宴を伴う節会として始められるものの、節会としてはその後に継承されず、淳和はそれを初めて天皇と東宮の一体を演出する宴として行い、文徳・清和は特定の臣下との緊密な関係を演出する宴として行ったのである。

三　宮廷詩宴の中の花宴（2）――宇多朝から一条朝――

宇多はそれまでと違い、内宴と重陽宴以外にも私的な密宴を頻繁に行っている。それは宇多がおかれた状況によるところが大きい。宇多は一度臣籍降下していながら、光孝の意思によって即位した特異な経歴をもつ。阿衡の紛議で知られるように、宇多の即位は官人集団には容易に受け入れられなかったのである。阿衡の紛議は仁和三（八八七）年の即位直後に起こり、約一年後の仁和四（八八八）年十月に藤原基経の娘温子を女御とすることで一応の和解を得る。その後、翌仁和五（寛平元）年以降、一月の内宴を皮切りに、宇多はさかんに密宴を行うようになる。しかも、宇多朝で特筆すべきは、桓武朝以来絶えていた曲水の宴や嵯峨朝以来の七夕宴（乞巧奠）を復活させ、さらに重陽宴の後朝や残菊の宴などを新たに創設したことである。こうして、私的に一部の臣下との強力な紐帯を築きながら、公的な詩宴で臣下全体との関係を作った。そうして自らの権威を高めようとしたのであろう。

その宇多は、花宴を寛平七（八九五）年と同八（八九六）年に行っている。記録からだけでは目的が判りにくいが、寛平九（八九七）年に東宮敦仁親王（醍醐）に譲位することから考えると、皇位継承との関わりを考えないわけにはいかない。敦仁を立太子したのは寛平五（八九三）年四月二日で、この時わずか九歳であった。宇多は東宮が十一歳になるまでに譲位するつもりだったが、菅原道真の進言によってその機が熟するのを待ったという(26)から、寛平七年と同八年に花宴を行い、同九年に敦仁を十三歳で元服させると同時に譲位したのであろう。これは淳和が行った天皇と東宮の一体を演出する花宴を引き継いで行ったものであり、宇多は花宴によって権威を移譲し、譲位への布石としたことが判る。

醍醐も宇多と同じく、花宴を皇位継承と関連づけたと考えられる。醍醐は即位当初菅原道真と藤原時平を後見としたが、藤原時平によって菅原道真が左遷されて以降、藤原時平を中心に天皇と官人集団との関係が安定する。それは宮廷詩宴が内宴と重陽宴を中心に行われたことからも判る。そんな中で、醍醐は花宴を五回（延喜二・四・十二・十七年と延長四年）行う。ただし、このうち延喜二（九〇二）年三月二十日の飛香舎での藤の花宴は和歌が詠まれた会であり、宮廷詩宴ではない。滝川幸司は、この藤の花宴が藤原時平主催の宴で、延喜二年正月に帝から賜った封戸への返礼として行った宴ではないかと述べている[27]。宮廷詩宴ではない点でも他の四例とは異なるので考察の対象から外すと、残りの四例はいずれも東宮の節目の年と関わっている。延喜四年は、左大臣藤原時平以下の諸卿が上表して皇太子を立てるべきことを請い、二月十日に藤原穏子腹の崇象親王を立太子している。延喜十二（九一二）年は崇象を保明と改名した翌年である。延喜十七（九一七）年は保明が元服した翌年で、いよいよ譲位へと向かうが、保明は病を得て延喜二十三（九二三）年三月二十一日に二十一歳で亡くなってしまう。花宴はその後しばらく行われず、延長四（九二六）年に再び行われたのは、前年の十月二十一日に寛明親王（朱雀）を立太子したためであろう。このように醍醐朝の花宴は、東宮の節目（立太子や元服）と譲位に向けた準備として行われたと考えられる。

朱雀は、承平三（九三三）年に藤の花宴を、天慶四（九四一）年と同八（九四五）年に花宴を行っている。朱雀は、即位当初はまだ幼帝であったから、承平三年の藤の花宴は、他の宮廷詩宴と同じく、朱雀が臣下との関係を作る会であった可能性が高い。しかし、これ以外の天慶四年と同八年の花宴は、皇太弟成明親王（村上）の元服と立太子のそれぞれ翌年なのである。すなわち、朱雀は自身が臣下との関係を作る目的とともに、皇太弟成明の元服と立太子の翌年に花宴を行い、譲位に向けた準備を進めていたと考えられる。

ところが、村上朝に至ると状況はまた変わる。村上は天暦三年から天徳三年までほぼ毎年花宴を行うのである。これは東宮問題というよりは、村上のおかれた状況に依る。村上は即位当初から天変や疫癘に苦しみ、自身も疱瘡に罹患するなど、多難な出だしであった。そのため村上は即位当初何度も兄朱雀上皇と母穏子のいる二条院に行幸して関係を深めている。それが天暦三年から徐々に詩宴を行うようになる。その端緒となったのが天暦三年に朱雀上皇が主催した二つの花宴である。朱雀上皇は二月十六日に紅梅の宴、三月十一日に花宴を二条院で行い、親王や公卿を集めた。そうして朱雀上皇が臣下との関係を深めるのに影響されるように、村上は同年三月十二日に仁寿殿で初めて花宴を行い、同年四月十二日に飛香舎で藤の花宴を行い、これ以降ほぼ毎年花宴を行うようになる。

さらにもう一つの要因は忌月と詩宴との関わりである。父醍醐が九月に崩御したため、朱雀と村上は重陽宴を行えなかった。さらに天暦八（九五四）年正月に母穏子が崩御したため、村上は加えて内宴も行えなくなるのである。これまで宮廷詩宴の中心をなしてきた内宴と重陽宴を行えなくなったことが、それ以外の詩宴を開催する契機となったのではないか。村上がほぼ毎年花宴を行ったこと、およびこれ以外に曲水の宴や乞巧奠、残菊の宴などを行ったのも同様の理由であろう。村上は、天徳三年の清涼殿詩合、天徳四（九六〇）年の内裏歌合など、漢詩や和歌を通して官僚たちや後宮の女性たちとの良好な関係を作った聖帝としても名高い。その出発点となったのが、天暦三年に行った二度の花宴だと思われる。

一方、応和元（九六一）年の二度の花宴は、全く違う意味での関係確認となった。それは、前年の天徳四年九月二十三日に起こった内裏火災を受けて行われたと思われるからである。天徳の内裏火災は、累代の宝物や重要文書等が灰燼と化した、平安遷都後初めて起こった大災害であった。翌天徳五（九六一）年は辛酉革命《しんゆうかくめい》の年のため、村上は天徳五年を応和元年と改め、動揺した人心を収め、天皇と東宮と臣下との結束を再構築するために、避難先の冷泉院釣殿で三月三日に曲水の宴を、三月五日に花宴を、閏三月十一日には藤の花宴を行ったのであろう。応和元年にはこれ以外に五度の御製が記録されている(28)。応和元年以降頻繁に催された宮廷詩宴は、内裏火災以後の秩序維持、天皇の権威回復に資する意味があったと思われる。そして、村上朝の終盤の康保二・三・四年には再び毎年花宴が行われる。康保二年の花宴が初めて紫宸殿で行われたのは、紫宸殿前の桜を植え替えたためである。しかし、三年連続で行ったのは、東宮に譲位するための準備と思われる。

　宇多・醍醐・朱雀・村上朝で見ると、即位当初の花宴には天皇が臣下との関係構築の意図が含まれ、それ以外では東宮の節目（立太子や元服）および東宮への譲位に向けての準備として、天皇が東宮との一体を演出し、権威を移譲する意味で行っていることが確かめられる。

　冷泉は在位期間も短く、花宴も行っていない。円融になると、内宴を天禄二（九七一）年に、重陽宴を天禄四（九七三）年に行うだけで、宮廷詩宴をほとんど行わない。その中で目立つのが天延二（九七四）年三月十八日の清涼殿での花宴と、貞元二（九七七）年三月二十六日の閑院（藤原兼通邸）に行幸して行った花宴である。天延二年は、円融が前年に藤原兼通の娘の媓子を立后し、さらに同年二月二十八日に内大臣兼通を太政大臣とし、花宴のすぐ後の三月二十六日には関白にしている。ちょうど円融が藤原兼通と急速に接近した時期である。これを天皇と臣下との関係で見れば、円融が藤原兼通を後見とし、強固な関係を演出する場となり、皇位継承と関わらせると、まだ生まれていない皇后藤原媓子腹の皇子に皇位を継がせる意図として皆に映った可能性がある。そう考えると、この花宴の十日後の三月二十八日に、冷泉上皇が冷泉院で花宴を行うことには、円融に対抗して兄冷泉が現東宮師貞親王（花山）の正統性を表明する意図が見えてくるのである。天延二年の円融と兄冷泉が主催した二つの花宴は、両統迭立という状況の中で、自らの皇統の正統性を誇示する意図が火花を散らしたように見える。さらに、貞元二年の花宴に至る経緯を見ると、前年天延四（九七六）年五月十一日に再び内裏が炎上し、六月十八日に地震が起こり、天皇は貞元に改元して居場所を堀河第（藤原兼通邸）に移す。その翌貞元二年三月二十六日に閑院に行幸して花宴を行うのである。これは村上朝の応和元年の場合と同じように、内裏火災や地震によって動揺した人心を収め、円融が藤原兼通とのゆるぎない強固な関係を確認する意図があったのであろう。次の花山は、永観三（九八五）

年一月十日に清涼殿前に雪山を作って文人賦詩をした詩宴があるのみで、花宴を行ってはいない。

一条は、永延元（九八七）年十月十四日に東三条第（藤原兼家邸）に行幸して擬文章生に賦詩をさせ、正暦三（九九二）年四月二十七日に上東門院（藤原道長邸）に行幸して文人に賦詩をさせるなど、母藤原詮子のいる臣下の邸で詩宴を行っている。正暦三年と長徳三（九九七）年に重陽宴、正暦四（九九三）年に内宴を行うが、一条は内宴や重陽宴などの公宴をほとんど行わず、密宴としての詩宴を頻繁に行う。花宴については、寛弘三年三月四日に東三条第で一度だけ行っている。これは前年の同二（一〇〇五）年十一月十五日に内裏が炎上したため、一条が中宮彰子と東宮居貞親王（三条）とともに東三条第に避難し、修理を終えた一条院に遷御するその当日に行われた宴である。この場には天皇の他、中宮彰子、東宮居貞親王（三条）が臨席している。これも、村上の応和、円融の貞元の場合と同様に、内裏火災による人心の動揺を収め、かつ天皇と中宮・東宮の一体を演出する目的とともに、一条が藤原道長との繋がりを強める意味を持っている。

以上、花宴は嵯峨が節会として始め、宮廷詩宴の一つとして天皇と臣下との秩序維持や関係構築の機能を果たした。淳和は節会としては引き継がず、天皇と東宮の一体を演出する詩宴として行って以降、皇位継承とも関わるようになる。これ以外では、天皇が後見である臣下の邸宅に行幸し、強固な関係を構築する場合や、内裏火災などによる人心の動揺を収め、結束を固める場合などがあった。皇位継承の目的で淳和が行った花宴を引き継いだのは宇多である。宇多は、醍醐に譲位する直前に花宴を二年続けて行い、天皇と東宮の一体を演出して譲位への布石とし、権威の移譲を行った。醍醐・朱雀・村上の御代は、東宮の節目の年（元服や立太子）と関わって行われ、譲位への準備として行われた。このため、両統迭立の状態にある場合、花宴は自らの皇統の皇子への皇位継承を含意する。淳和が行った花宴には、東宮正良親王（仁明）の後には正子腹の恒貞親王を立太子する意思が見え、天延二年に円融と冷泉上皇がそれぞれ行った花宴には、自らの皇統の正統性を表明する意思がほの見えるのである。

次節では、『源氏物語』以前で花宴を描いた『うつほ物語』の例を検討し、『源氏物語』の花宴の理解に繋げてみたい。

四 『うつほ物語』における花宴

『うつほ物語』に「花宴」の用例は三例あり、「嵯峨の院」・「吹上・下」・「国譲・下」に見える。「嵯峨の院」の花宴の例は、東宮が開いた宴で、時期からみて菊の宴と思われる。「吹上・下」は嵯峨院が開いた花宴で、時期が「八月中の十日のほど」からみて萩の宴であろう。さらに、「花宴」という語はないが、東宮主催の残菊の宴が「菊の宴」の冒頭に語られている。そして、「国譲・下」で語られるのが、嵯峨院主催で行われる桜の宴である。これらで判るように、『うつほ物語』では、春の桜の宴と秋の萩・菊の宴すべてを「花宴」と呼んでいる。萩の宴を花宴と呼ぶあり方は、仁明天皇承和元（八三四）年八月十二日に清涼殿、同十一（八四四）年八月一日に紫宸殿で行われた「芳宜花宴」[29]以来の伝統であろう。これらの花宴のうち、問題となるのは、「国譲・下」末で語られる嵯峨院が主催する桜の宴である。

「国譲」は、その名の通り、朱雀帝が東宮に譲位するにあたり、次の新東宮を選ぶ過程の立坊争いを描いた巻である。源正頼の娘あて宮が東宮との間にすでに二人の皇子を儲けていたのに対し、藤原兼雅の娘梨壺が三宮を出産したことで、東宮の母后の宮は長兄藤原忠雅と次兄藤原兼雅を巻き込んで大掛かりに三宮立坊工作を始める。これが他に類例を見ないほどの緊張感を伴って、それぞれの実家の源氏と藤原氏の争いへと展開していく。帝の母后が帝の後宮および性を管理していたことはすでに指摘があり、[30] 立坊争いで発言力をもち、実家の人々と協力して藤原氏の勢力を維持しようとする姿は、当時の政治社会を如実に反映していると考えられる。[31] だからこそ、「国譲」は、平安時代の後宮内での出来事を通して人間性の本質を最も鮮明に表現したと評価されたり、[32] 立坊騒動をめぐって現実を鋭く切り結んだ実績が『源氏物語』の根底をなす政治世界が物語に導入される可能性を開いた[33]などの評価を生んだのであろう。また、この立坊争いは、歴史上の安和の変の修正だとする説もある。[34] 歴史学の世界では、安和の変は源氏対藤原氏の抗争ではなく、藤原氏内部の抗争であるとの成果が出されており、『うつほ物語』の内容と直結はしない。しかし、立坊争いをめぐる人々の応酬に安和の変が何らかの形で影響を及ぼしたとする意見は複数出されていて、[35] これらは、題材も内容も単なる虚構ではなく、歴史的背景を連想させるような仕掛けが『うつほ物語』の中にあることを示唆する。結局のところ、あて宮腹第一皇子を立坊する宣旨が下って決着するが、問題はこの立坊争いの末に嵯峨院による花宴が行われることである。「嵯峨院は人心の融和を図るべく、花の宴を催した」[36] と大井田晴彦は述べる。ただし、それは単なる融和ではない。立坊争いという皇位継承と関わって、賦詩と詠歌を通して新帝のもとに皆が結束することを促す機会となっているのである。朱雀院も今上帝も当事者の一人であることからすると、源正頼や藤原忠雅・兼雅らまですべてを融和に導けるのは、唯一嵯峨院だけである。この花宴は上皇主催で、皇統の一体と新天皇と臣下の関係を深める儀礼となっている。

『うつほ物語』「国譲・下」に描かれる花宴は、「三月上《かみ》の十日ばかり」の花盛りに、嵯峨院が主催した花宴で、朱雀院・今上帝をはじめ、親王や上達部が参列し、文人は文章博士をはじめ進士出身の官人二十人、擬文章生まで召されて盛大に行われている。前半では「探韻」などがあって皆が詩を賦し、後半では、御遊とともに朱雀院から「老いせる春を翫《もてあそ》ぶ」という歌題が与えられて、土器《かわらけ》が移るとともに和歌が詠まれている。

『うつほ物語』の描く花宴が、どのような時代を背景とするかについては、すでに川口久雄の指摘がある。それによれば、嵯峨院のように宮廷以外で行っている点では村上天皇天暦三年の二条院での花宴に似るとし、さらに和歌の題のもとに歌が列挙されている点では康保二年や天徳三年の花宴の性格に近く、かつスケールが大きく参会者が多い点では一条天皇寛弘三年三月四日の東三条第での花宴に近いという[37]。もともと花宴は漢詩を賦す詩宴であって、和歌が本格的に詠まれるようになるのは村上朝以降である。詠歌の記録があるのは、天暦三年四月十二日（飛香舎・藤の花宴）、天暦七（九五三）年三月、天徳三年三月、康保二年三月五日（紫宸殿）、康保三年三月十日（清涼殿）の花宴である。このうち康保二年の紫宸殿での花宴では古詩と和歌が詠まれ、「国譲・下」の花宴に近いが、主催者や場所は重ならない。「国譲・下」のように、上皇主催で後院で行われ、天皇や東宮や親王たち、そして臣下達が一堂に会して賦詩と詠歌を行った花宴は史上にない。ただし、和歌が詠まれた点に注目すれば、村上朝の花宴を一つの目安と考えて良かろう。

以上のように、『うつほ物語』「国譲・下」の嵯峨院主催の花宴は、上皇が主催して後院で行われ、賦詩と詠歌の両方があるなどの特徴をもつ。歴史上の花宴とそのまま重なるわけではないが、立坊後という皇位継承問題と関わり、皇統の一体と天皇と臣下との関係を深めるという意味において、史上の花宴の意味を忠実に継承していることが判る。

五　東三条第の花宴

次に一条天皇御代において一度だけ行われた寛弘三年の東三条第での花宴と『源氏物語』との繋がりについて

考えてみたい。『源氏物語』の第一の享受者であった中宮彰子や一条天皇にとって、「花宴」と言えばこの寛弘三年の花宴を連想しないはずはない。なぜなら、一条天皇と中宮彰子の二人ともが揃ってこの宴に臨席し、花宴に関する共通理解を持っていたからである。物語の内容そのものは虚構の話であるが、物語に重なって見える花宴の遠景は、東三条第のそれであるに違いない。紫式部がこの宴の際にその場にいたかどうかは説が分かれるもの[38]の、この宴には父藤原為時が列席し、詩を賦していることから推して、彼女もまたこの宴の様子についてまったく無知であったとも考えがたい。そこで、本節では東三条第での花宴を顧みることから、それが物語とどう繋がり、どのような連想を導くのかについて考えてみる。

この花宴は、先述した通り、寛弘二年十一月十五日の内裏の火災により同月二十七日に一条天皇と中宮彰子、および東宮居貞親王（三条）が藤原道長の邸宅東三条第に移って、約三か月後の三月四日、天皇と中宮が一条院に移る当日に行われたものである。当日の様子や次第は『御堂関白記』に詳しく記されている。東三条第の中でも「南殿」と呼ばれる場所で行われ、そこは「御帳装束如清涼殿[39]」と記されるように内裏に準えて設えられている[40]。加えて、他の花宴ではほとんど例を見ない天皇と中宮と東宮とが揃って臨席していること、左大臣藤原道長以下、殿上人とともに地下人までが漢詩を賦していること等、『源氏物語』の花宴の状況と重なる点が多い。ただし、『源氏物語』と同じように、天皇の左右に東宮と中宮が並んだのかどうかは判らない。当日賦された詩は『本朝麗藻』に残されており、詩題は「度水落花舞[41]（水を度《わた》りて落花舞ふ）」で、大江匡衡が序を書き、藤原道長、藤原伊周、藤原公任、藤原斉信、源明理、紀為基、源孝道、橘為義、藤原為時、藤原広業の詩が収載されている。

大江匡衡の序では、東三条第を讃えることから始まり、庭の美しさを讃え、

観《み》れば夫《そ》れ、落花閑《らくくわしづか》ならず、水《みづ》を度《わた》りて自《おのづか》ら舞《ま》ふ。沙風《さふう》を遮《さいぎ》りて宛転《ゑんでん》たり、廻雪《くわいせつ》の袖空《そでそら》に翻《ひるがへ》る、巌泉《がんせん》を過《す》ぎ

て婆娑《ばさ》たり、落霞《らくか》の琴《きん》遠《とほ》く和《わ》す。夫《か》の赴節《ふせつ》の度《と》定《さだ》まれる様《やう》無《な》く、応声《おうせい》の軆嬌《ていこ》びたる粧《よそほひ》有《あ》るに至《いた》りては、根源《こんぐゑん》を岸《きし》の口《くち》に問《と》へば、梨園《りゑん》より出《い》で、杏園《きやうゑん》より出《い》でたるが若《ごと》く、進退《しんたい》を波《なみ》の心《こころ》に任《まか》すれば、亦《ま》た趙女《てうぢよ》とも知《し》らず、漢女《かんぢよ》とも知《し》らざる者《もの》か(42)。

と、傍線部のように落花の様子を妓女たちの雪をめぐらす舞の袖に喩える。落花が歌声にあわせたかのように舞い散る姿は、妓女たちが梨園や杏園から出てくるようであり、進退を波の心に従う様は、趙女か漢女なのかという。

これを受けた、藤原道長の詩でも、

花落春風池面清　　花《はな》落《お》ち春《はる》の風池《かぜいけ》の面《おもて》に清《すが》し
舞来度水伴歌鶯　　舞《ま》ひ来《きた》り水《みづ》を度《わた》りて歌鶯《かあう》を伴《ともな》ふ
超流粧似玉簪乱　　流《なが》れを超《よ》きりて粧《よそほ》ひは玉簪《ぎよくしん》の乱《みだ》るるが似《ごと》し
逐岸色疑羅袖軽　　岸《きし》を逐《お》うて色《いろ》は羅袖《らしう》の軽《かろ》きかと疑《うたが》はる
粉妓易迷飄浦暮　　粉妓《ふんぎ》と迷《まど》ひ易《やす》し　浦《うら》に飄《ひるがへ》る暮《ゆふべ》
伶人難弁過波程　　伶人《れいじん》と弁《わきま》へ難《がた》し　波《なみ》を過《よ》ぎる程《ほど》
唯歓此地古今趣　　唯《た》だ歓《よろこ》ぶのみ　此地古今《このちここん》の趣《おもむ》きありて
再有沛中臨幸情　　再《ふたた》び沛中臨幸《はいちうりんかう》の情《こころ》有《あ》ることを

と、二句目以降、花が舞い落ちる時に鶯が調べを添えるとし、さらに傍線部のように水に落ちた花びらが美人の髪に玉の簪がゆらいでいるようだとする。最後の波線部では一条天皇をお迎えする喜びを歌う。この趣向は他の人々の詩にも見られ、藤原公任の詩には、

洞中今望落花明　　洞中《とうちう》に　今《いま》　落花《らくくわ》の明《あき》らかなるを望《のぞ》む

度水舞時俗眼驚　水《みず》を度《わた》りて舞《ま》ふ時《とき》　俗眼《ぞくがん》驚《おどろ》きたり
応下粧楼飄岸処　粧楼《さうろう》を下《お》るべし　岸《きし》に飄《ただよ》ふ処《ところ》
似飜羅袖映波程　羅袖《らしう》を飜《ひるがへ》すに似《に》たり　波《なみ》に映《えい》ずる程《ほど》
雙行蝶導流心動　行《つら》を雙《なら》ぶる蝶導《てふみちび》きて　流心動《りうしんゆる》きたり
送曲風来浮艶軽　曲《きよく》を送《おく》る風来《かぜきた》て　浮艶軽《ふえんかろ》らかなり
為倩陽春新調奏　為《ため》に倩《やと》はむ　陽春《ようしゆん》の新《あたら》しき調《しら》べを奏《そう》せむことを
宮商自有治安声　宮商《きゆうしやう》　自《おのづか》ら治安《ちあん》の声有《こゑあ》るべし

と、道長の詠んだ「鶯」に対し、五句目に「蝶」を詠み込み、傍線部のように水面に落ち岸辺に打ち寄せられて漂う花びらは、妓女達がうすぎぬの袖を翻して舞っているかのようだと詠む。そして、波線部のように楽の音が安らかな治世を讃える響きがあるとして一条天皇の御代を讃えるのである。

これは同様に、紫式部の父藤原為時の詩にも、

花前春暖鳳池清　花《はな》さける前《まへ》　春《はる》は暖《あたた》かにして　鳳池《ほうち》の清《す》み
落蕊舞来度水程　落《お》ちたる蕊《はな》の舞《ま》ひ来《きた》て　水《みづ》を度《わた》る程《ほど》
分岸粧奢風漸送　岸《きし》を分《わ》かち　粧《よそほ》ひの奢《おご》りて　風《かぜ》は漸《やうや》くに送《おく》り
上橋簪動月相迎　橋《はし》を上《のぼ》り　簪《かんざし》の動《ゆる》きて　月《つき》は相迎《あいむか》ふ
飄超石瀬紅裙転　石《いし》ある瀬《せ》を飄《ひるがへ》り超《こ》えて　紅《くれなゐ》の裙《すそ》は転《まろ》び
散過波塘玉履軽　波《なみ》あがる塘《つつみ》を散《ち》り過《す》ぎて　玉《たま》なす履《くつ》ぞ軽《かろ》らかなり
此地猶応真勝地　此《こ》の地《ち》は　猶《なほ》し真《しん》の勝地《しようち》たるべし

宸遊再奏九韶声　宸遊《しんいう》ありて再《ふたた》び九韶《きうせう》の声《こゑ》を奏《そう》したり

と、一句目に東三条第の池を宮中に準えて「鳳池」と詠み、二句目から六句目までは花びらの舞う姿と舞姫の舞う姿を重ね、最後の七・八句では東三条第のすばらしさと徳の高い舜帝に準えて一条天皇を言祝ぐ。これらは多少の詠みぶりの違いこそあれ、参列者に一環したテーマとして詠まれているのである。詠まれているのは東三条第の素晴らしさ、落花と妓女たちの舞姿、奏楽、一条天皇の徳の高さなどが挙げられ、その中心をなすのは、花びらの舞うさまと重ねられた妓女達の流麗な舞い姿なのである。これは詩題の「水を度りて落花舞ふ」と関わるのだが、その淵源を辿れば、嵯峨御製詩の「落花篇」に行きつくのではないか。「落花篇」は、嵯峨が神泉苑で行った花宴で賦した詩である。その中に、

紅英落處鶯亂鳴　紅英《こうえい》落つる処《ところ》に鶯《うぐひす》乱れ鳴く、
紫蕚散時蝶群驚　紫蕚《しがく》散らふ時に蝶《てふ》群《む》れ驚く。
借問濃香何獨飛　借問《しやもん》す濃香《のうかう》何《いづこ》より独《ひと》り飛ぶかと、
飛來滿坐堪襲衣　飛び来《きた》りて坐《ざ》に満ち衣《ころも》に襲《つ》くに堪《た》ふ。
春園遙望佳人在　春園《しゆんゑん》遥《はる》かに望《のぞ》めば佳人《かじん》在《あ》り、
亂雜繁花相映輝　乱雑《らんざつ》なる繁花《はんくわ》相《あい》映輝《てら》ふ。
點珠顔、綴髻鬟　珠顔《しゆがん》に点《つ》く、髻鬟《けいくわん》に綴《まと》ふ、
吹入懐中嬌態閑　懐中《くわいちゆう》に吹き入りて嬌態《けうたい》閑《しづ》かなり。(43)

と、「鶯」に「蝶」を番《つが》わせ、さらに後半の傍線部のように落花の舞う姿を「佳人」(44)の舞う美しさと重ねて詠んでいる点では全く同じである。嵯峨の花宴の詩の特徴は、咲き誇る花を謳歌するのではなく、散りゆく「落花」を詠

じることであるとの指摘もある。[45]『凌雲集』は、この時の応製詩として小野岑守の詩を載せ、その中にも、

臺上美人奪花綵　台上《だいじやう》の美人花綵《くわさい》を奪《うば》ふ、
欄中花綵妬美人　欄中《らんちゆう》の花綵美人を妬《ねた》む。
人花兩兩共相對　人花《じんくわ》両両《りやうりやう》共《とも》に相対《あいむか》ふ、
誰得分明僞與眞　誰か分明《わ》くこと得む偽《いつはり》と真《まこと》と。
借問花節有期否　借問《しやもん》す花節《くわせつ》期《とき》あるか否《いな》かを、
花開花落億萬春　花開き花落つ億万《おくまん》の春。

と、落花の美しさと美人の美しさを対比的に描き、かつ最後に嵯峨天皇御代を言祝ぐ。これらで判るように、寛弘三年の東三条第での花宴で賦された詩の趣向は、嵯峨が花宴で賦した「落花篇」のそれを継承したものであることが確認できる。言い換えれば、そもそも寛弘三年の東三条第の花宴が「落花篇」によって表現された世界をこの世に再現させる試みであったと言えるのではないか。

このように考えると、東三条第での花宴で中心的に詠まれた妓女の舞は、花宴巻冒頭の南殿の花宴で頭中将が舞った「柳花苑」と重なってくるのである。「柳花苑」は「吉祥天女の舞[46]」と言われる如く、天女の流麗さを表現した舞である。頭中将の舞は皆の賞賛を浴び、帝から御衣を賜うほどであった。後日、花宴に関する光源氏と左大臣の会話の中でも、「柳花苑《りうくわゑん》、まことに後代《こうだい》の例《れい》ともなりぬべく見たまへし」（花宴① 三六二頁）と、頭中将の舞を評して後代の先例にもなると光源氏が語るのは、舅左大臣への社交辞令というだけでなく、「柳花苑」が花宴を彩る重要な要素であったことを表している。物語の花宴の詩題は語られていないが、柳花苑が殊更に賞賛される文脈から推すると、『源氏物語』の花宴もまた落花を妓女の舞に喩えるような趣向がなにがしか詩宴の基調にあった

と考えるのである。寛弘三年の花宴を参考にすれば、今日の良き日と場を讃え、桐壺帝を言祝ぐ詩が賦されていたであろう。

さらに付け加えるなら、『源氏物語』の花宴に点描される若き文人たちや年老いた文章博士に関する話も、東三条第での花宴を連想させるものがある。物語の中では、

地下《ぢげ》の人は、まして、帝《みかど》、春宮の御才《ざえ》かしこくすぐれておはします、かかる方《かた》にやむごとなき人多くものしたまふころなるに、恥づかしく、はるばるとくもりなき庭に立ち出《い》づるほどはしたなくて、やすきことなれど苦しげなり。年老いたる博士《はかせ》どもの、なりあやしくやつれて、例馴《な》れたるもあはれに、さまざま御覧ずるなむ、をかしかりける。（花宴①　三五三～三五四頁）

と、地下の若き文人達の緊張する面持ちに対比されて、年老いた博士たちの、身なりは異様に粗末ながら場慣れしている様子を、天皇が微笑ましく興味深く御覧になったと語られている。南殿での花宴は、前半の賦詩の場面および後半の奏楽の場面でも、光源氏と頭中将を中心として展開していて、それ以外の様子を語る箇所は少ない。その中で若い文人たちや年老いた文章博士、そして講師の様子にスポットライトが当たるのは何らかの理由があるからなのであろう。そこで想起されるのが、東三条第の花宴での藤原忠輔と大江匡衡らの存在である。藤原忠輔は、東三条第の賦詩の際、「度水落花舞」の題を献じた人物である(47)。時に彼は六十三歳。一条天皇がかつて東宮であった時に東宮学士を務め、現東宮（居貞親王）の東宮学士にも再任されている。大学頭を兼ねたこともある儒者出身の官僚である。一条天皇の東宮学士を歴任した彼は、花宴の時には権中納言正三位で地下人ではないが、天皇にとって最も近しい文人の一人であった。また、序を献じた大江匡衡もまた、天皇の恩顧を得た文人の一人である。彼もこの時五十五歳、匡衡が文章博士に就任したのは永祚元（九八九）年十一月のことであり、この日は序者と講師の

大任を果たすべく天皇に近侍していた。そして、序に続いて賦した詩の最後に、

　翰墨寄身頭已白
　鶯児未長動心情
　　翰墨《かんぼく》身《み》に寄《よ》するに　頭《かうべ》已《すで》に白《しろ》く
　　鶯児《あうじ》未《いま》だ長《ちやう》ぜず　心情《しんせい》を動《ゆるが》す

と、自らの老齢を嘆き、「鶯児」（鶯のひな）と自らの子を心配する気持ちを詠んでいる。それのせいか、最後の披講の最中に勅命があり、息子の大江挙周が蔵人に補されたのである。[48] 長年の宿願がかなった匡衡の嬉しさは一通りでなかったようである。[49] このように、花宴当日の文人たち、とりわけ一条天皇に近侍した老齢の文人たちの姿は、「あはれに、さまざま御覧ずるなむ、をかしかりける」（花宴①　三五四頁）と、天皇の温かい眼差しとともに語られる年老いた文章博士の姿と重ねられると考えるのである。

　物語に語られる南殿での花宴の描写は、「南殿の桜の宴」、天皇だけでなく「后、東宮」の臨席、「上達部よりはじめて、その道のはみな探韻賜りて文作りたまふ」、「年老いたる博士ども」とそれを見つめる天皇の温かい視線、妓女の流麗な舞と頭中将の「柳花苑」など、さまざまな点において東三条第での花宴の特徴と繋がっている。しかも、物語の花宴の場面は、全体を見下ろす天皇の視点によって語られていることによって、一条天皇や中宮彰子の視点に重なって見えてくる構造になっている。そして、東三条第での花宴で賦された詩の趣向は、明らかに嵯峨御製の「落花篇」のそれを引き継ぎ、その世界を現代に再現する試みでもあったのだ。物語の花宴は、一条天皇と中宮彰子の視線の下に繰り広げられた東三条第の花宴——それは同じ趣向の嵯峨天皇が行った花宴——を遠景として意識させながら語られていたことを確認しておきたい。

六　『源氏物語』の桜の宴

『源氏物語』に花宴として語られるのは、「桜の宴」「藤の宴」「萩の宴」の三種類がある。「桜の宴」は、花宴巻冒頭の南殿での花宴で、須磨・薄雲・少女巻にそれを回想する文脈がある。「藤の宴」は、花宴巻末の右大臣邸での藤の宴と、藤裏葉巻の夕霧を婿に迎える内大臣邸での藤の宴、宿木巻での飛香舎で行われた藤の花の宴がある。「萩の宴」は横笛巻での柏木遺愛の横笛の来歴の中に語られている。このうち、「花宴（花の宴・花のえむ）」の語が用いられているのは、須磨・薄雲・少女巻の例で、いずれも花宴巻の南殿での桜の宴のことを指す。それ以外は藤や萩など花の名前を冠して語られていて、『源氏物語』で「花宴」といえば花宴巻冒頭の南殿での桜の宴を指すと考えて良い。先の東三条第の花宴を背景としながら、さらに史上の例を勘案して『源氏物語』の花宴がどのようなものとして語られているのかを最後に考えてみたい。

『源氏物語』の描く花宴の背景を考察した川口久雄は、南殿で行われた点で村上天皇康保二年の花宴を指摘し、探韻が行われた点で醍醐天皇延喜十七年三月六日や延長四年二月十八日の花宴に近いとする。また、「春鶯囀」が舞われている点では、天暦三年三月十二日のそれにも似ているとしながら、『源氏物語』の花宴は『うつほ物語』に比べて、さらに古く醍醐帝の晩年のころの花宴を写していると指摘する。(50) 川口がここで問題とした要素の「南殿」・「探韻」・「春鶯囀」といった要素毎で見れば、確かに史上のいくつかの花宴との類似が指摘でき、とりわけ醍醐朝の末期や朱雀・村上朝の花宴と重なる点がある。しかし、内容がそのまま重なる例はない。

『源氏物語』花宴巻の南殿の桜の宴で特徴的なのは、第一に紫宸殿という公の場で行っていることである。もともと花宴は私的な性格が強く、仁寿殿や清涼殿など、天皇の常の御在所で行われるのを通例とした。紫宸殿での開催ということでは、仁明天皇承和十一年八月一日の萩の花宴も前例となるが、桜の宴は康保二年の例のみである。しかもこれは左近の桜を植え替えたために行ったのであり、『源氏物語』の文脈とは大きく違う。第二に、天皇が東宮だけでなく中宮までも参列させ、天皇の左右に並べたことである。史上の例では天皇と東宮が同席することはあっても、后が同席することは稀だ。后が同席した、もしくは同席した可能性があるのは次の二例のみである。一つは、淳和天皇天長八年二月十六日の花宴で、この時には皇后正子内親王が宴の設営を行っている。しかし、同席しているかどうかは判らない。もう一つは、先の寛弘三年の東三条第での花宴で、一条天皇とともに中宮彰子と東宮居貞親王が同席している。しかし、これは内裏火災のために皆が東三条第に避難していたためである。寛弘三年の例は『源氏物語』の花宴とよく似るが、花宴に至る文脈はこちらも大きく違う。第三に、史上の花宴には見えない「柳花苑」が舞われていることである。「春鶯囀」に「柳花苑」を番わせる趣向は、例えば村上天皇天徳四年三月三十日の内裏歌合での奏楽に見ることができるが、これは舞った例ではない。「柳花苑」は、先述した通り、嵯峨朝の花宴にも繋がる「落花」の主題と繋がる重要な要素であると考える。結局のところ、桐壺帝から東宮朱雀への譲位の直前に、紫宸殿という公の場で天皇と東宮と中宮の三人が並んで行われることこそが、『源氏物語』の花宴の独自のありようだと言うことができよう。

これが桐壺帝御代の末年の開催であること、東宮への譲位に先だって行われている点では、淳和や宇多、醍醐、村上朝などと同じように、譲位する準備として天皇が東宮との一体を演出する宴であったと見て良い。ただし、史上の例と違うのは、それを紫宸殿で行ったことと天皇の両脇に東宮と中宮を並べたことである。紫宸殿で行うことには、清涼殿で行う近臣との密宴以上に、限りなく公の意味づけを持たせようとした意図が読める。さらに、東宮と中宮を並べたことは、単純に桐壺から朱雀への皇位継承に留まらず、その次に中宮藤壺腹皇子への継承までも表明していることになると考える。なぜなら、この花宴は紅葉賀巻末の藤壺立后と強く響き合っているからである。本来なら、東宮の母である弘徽殿女御を立后すべきところ、冷泉への皇位継承を企図して藤壺を立后したのが紅葉賀巻末の叙述であった。それは多分に桐壺帝の情念に依るところが大きい。これに対し世間の人々の反応は「安からず世人《よひと》も聞こえけり」（紅葉賀①　三四八頁）と弘徽殿女御に同情し、藤壺立后を必ずしも歓迎しなかった。なぜなら、それは皇統の分裂を招く行為だからである。それを桐壺帝は、花宴で中宮と東宮を左右に並べ、分裂ではなくこれらは一体なのだと表明して、冷泉立太子への道筋を作ったのであろう。よって最初の「后、春宮の御局、左右にして参上りたまふ」の一文は、この花宴を考えるうえでとても意味が重い。別本の御物本にだけここの「后」がないのは、花宴が本来的に天皇と東宮の一体を演出する宴で、そのように理解したがために起こった現象ではなかろうか。加えて、東宮朱雀が光源氏に挿頭を下賜し、舞を所望する行為も、贈与による支配・被支配の関係というより、平城と嵯峨の場合の菊の挿頭、仁明と文徳の場合の梅の挿頭の場合と同じように、挿頭は東宮朱雀と光源氏の一体感を演出する道具であったと解するべきである。光源氏は冷泉の後見であるから、それは東宮朱雀と冷泉の一体を比喩し、人々には兄が弟に歩み寄る姿として映ったはずである。

古注で延喜・天暦の例を引くのは、そのころ在位の末頃に天皇と東宮の一体を演出する花宴が行われたからである。『岷江入楚』箋注の言う「御在位の名残」とは、皇位を次に引き継ぐために天皇が行う行為を評した言葉であると了解される。そして、現代の注釈書の幾つかが指摘する花宴の実施を即「聖代」と関わらせる読みは、修正が必要である。花宴を行うこと自体は、聖代とはさほど関わらない。天皇毎の開催状況から見てこれは明らかである。あえて桐壺帝御代を聖代と関わらせるなら、「帝、春宮の御才かしこくすぐれておはします、かかる方にやむごとなき人多くものしたまふころ」の部分と関わらせることで浮かび上がる価値観と考える。

結

『源氏物語』の花宴巻の南殿での桜の宴は、嵯峨朝に行われた落花を主題とする花宴を引き継ぎながら、淳和朝以来の皇位継承の意味を強く含意し、東宮とその次の藤壺腹皇子までの継承を表明するところに特色がある。『うつほ物語』が、村上朝を中心とした花宴を引き継ぎ、天皇と臣下との結束を促す意を持ったのに比べると、より政治的意味を複雑に絡ませた宴となっていると言える。本来、譲位の前に行われる花宴は、天皇と東宮の一体を演出し、権威を移譲して次の皇位継承に繋げる目的で行われていたが、そこに中宮藤壺の存在が入ることにより、冷泉までの皇位継承を示唆し、これらが一体のものであることを桐壺帝は演出した。花宴は天皇と臣下との結束を固める意味もある。桐壺帝はそれを紅葉賀巻末の藤壺立后から、次の葵巻の朱雀帝即位に至る文脈の中で行うことで、複雑な皇位継承の道筋をつけたことになる。しかし、朱雀の次に冷泉が皇位を継承することは、朱雀を繋ぎの立場に追いやることをも意味する。これは右大臣や弘徽殿女御にとっては、とうてい受け入れがたいことで、このことが花宴巻末の右大臣邸での藤の宴の開催へと繋がると考えるが、これについては次章で問題としたい。

注

（1）『岷江入楚』花宴 箋注「御脱屣程あるましければ御在位の名残に此宴を開給ふの心也　延長四年の例を引用るも醍醐御門代

の末の年号なるによつて其面影あり　凡勘例一度之例を守らす此物語のならひ也　かれこれをもつて取合て分別すべし」

（2）小学館刊日本古典文学全集『源氏物語』一（昭和45（一九七〇）年）四二四頁

（3）岩波書店刊新日本古典文学大系『源氏物語』一（平成5（一九九三）年）二七四頁

（4）至文堂『源氏物語の観賞と基礎知識』22（平成14（二〇〇二）年）一五九頁

（5）清水好子「花の宴」（『源氏物語論』塙書房　昭和41（一九六六）年）一九七・二〇七〜二〇八頁

（6）清水好子注（5）に同じ　二〇〇頁

（7）藤田晶子「源氏物語の年中行事――「南殿の桜の宴」をめぐる一考察――」（『国文白百合』21号　平成2（一九九〇）年3月）

（8）湯淺幸代「嵯峨天皇と「花宴」巻の桐壺帝――仁明朝に見る嵯峨朝復古の萩花宴を媒介として――」（『中古文学』第76号　平成17（二〇〇五）年10月）

（9）拙稿「花宴と藤の宴――重層する歴史の想像力――」（日向一雅編『源氏物語　重層する歴史の諸相』所収　竹林舎　平成18（二〇〇六）年）

（10）川口久雄「王朝妖艶美の系譜――浄土変相とのかかわり――」（『金沢大学法文学部論集　文学篇』第21巻　昭和49（一九七四）年3月）、「『源氏物語』における中国伝奇小説の影――『飛燕外伝』『飛燕遺事』『趙后遺事』を中心として――」（『西域の虎――平安朝比較文学論集――』所収　吉川弘文館　昭和49（一九七四）年）

（11）倉田実「『花宴』巻の宴をめぐって――右大臣と光源氏体制の幻想――」（『国語と国文学』第65巻第9号　昭和63（一九八八）年9月）

（12）三田村雅子「二つの花の宴」（『源氏物語――物語空間を読む』所収　ちくま新書　平成9（一九九七）年）五三頁

（13）堀淳一「二つの春鶯囀――花宴巻から少女巻に至る伏流の音調――」（『論叢源氏物語2――歴史との往還――』所収　新典社　平成12（二〇〇〇）年）

（14）滝川幸司「花宴」（『天皇と文壇　平安前期の公的文学』所収　和泉書院　平成19（二〇〇七）年）二六二頁

(15) 弘仁七年二月二十七日は嵯峨別館、弘仁十四年二月二十八日は有智子内親王山庄で行っている。

(16) 喜田新六「王朝の儀式の源流とその意義」(『令制下における君臣上下の秩序について』所収　皇學館大学出版部　昭和47（一九七二）年)

(17) 滝川幸司「平安初期の文壇——嵯峨・淳和朝前後——」注(14)に同じ。六一頁

(18) 『類聚国史』巻第七十三　歳時部四　三月三日

(19) 『類聚国史』注(18)に同じ

(20) 大塚英子「嵯峨天皇と「花宴之節」」(『古代文化史論攷』第6号所収　昭和61（一九八六）年)二七〜二八頁

(21) 『経国集』巻第十一「平城天皇落梅花一首」、「参議従四位上小野朝臣岑守奉和落梅花一首」を賦した会

(22) 『類聚国史』巻第三十一　天皇行幸下　大同二年九月二十一日条

(23) 鈴木日出男「嵯峨文学圏」(『古代和歌史論』所収　東京大学出版会　平成2（一九九〇）年)三一四頁

(24) 滝川幸司「平安初期の文壇——嵯峨・淳和朝前後——」注(14)に同じ。五四〜五九頁

(25) 『日本紀略』延暦二十二年三月二十五日条「三月丙子。幸二神泉一終レ日。太子率二諸親王一起儛。侍衛之人尽称レ慶。侍臣共起舞。」

(26) 『寛平御遺誡』に「右大将菅原朝臣は、これ鴻儒なり。(中略)また東宮初めて立てし後、二年を経ざるに、朕位を譲らむの意あり。朕この意をもて、密々に菅原朝臣に語りつ。しかるに菅原朝臣申して云はく、かくのごとき大事は、自らに天の時あり、忽にすべからず、早くすべからず云々とまうす。よて或は封事を上り、或は直言を吐きて、朕が言に順はず。またまた正論なり」(『古代政治社会思想』日本思想大系　岩波書店)とある。

(27) 滝川幸司「延喜二年飛香舎藤花宴をめぐって」注(14)に同じ。三四三〜三四四頁

(28) 二月十二日に冷泉院釣殿で競渡の負態、七月七日に乞巧奠、十月三十日に庚申、他に十月十五日・十一月九日に御製が残されている。

(29) 『続日本後紀』承和元年八月十二日条には「芳宜花讌」、承和十一年八月一日条に「芳宜花宴」と記す。

(30) 服藤早苗「王権と国母――王朝国家の政治と性――」(『民衆史研究』第56号　平成10（一九九八）年11月）一一〜一二頁
(31) 篠原昭二「『国譲』はにくし――立坊騒動をめぐって――」(『平安時代の作家と作品』所収　武蔵野書院　平成4（一九九二）年）二六三頁
(32) 石母田正「宇津保物語についての覚書――貴族社会の叙事詩としての――」(『戦後歴史学の思想』所収　法政大学出版局昭和52（一九七七）年）三三頁
(33) 篠原昭二注（31）に同じ。二六三頁
(34) 石川徹「宇津保物語後半の構想」(『平安時代物語文学論』所収　笠間書院　昭和54（一九七九）年）一七八〜一八一頁
(35) 篠原昭二注（31）に同じ。西本香子「源正頼の結婚」(『講座　平安文学論究』第12輯所収　平成9（一九九七）年）など。
(36) 大井田晴彦「『国譲』の主題と方法――仲忠を軸として――」(『うつほ物語の世界』所収　風間書房　平成14（二〇〇二）年）一六九頁
(37) 川口久雄「『本朝麗藻』の世界（上）――花の宴詩と贈心公古調詩――」(『中古文学』第15号　昭和50（一九七五）年5月）三六頁
(38) 清水好子注（5）に同じ。一九八頁
(39) 『御堂関白記』寛弘三年三月三日条
(40) 『本朝麗藻』の大江匡衡の序には東三条第を「今准二紫禁一、二年移二朝議於此地一」と内裏に准えて記す。
(41) この詩題は、二十七年前の天元二（九七九）年三月に盛明親王が池亭で行った花宴での詩題「渡水落花来」と非常によく似ている。違うのは最後の一字（「来」が「舞」）のみで、何らかの繋がりがあるのかもしれないが、ここでは「落花」を題としてることに注目しておく。
(42) 『本朝麗藻』本文の引用は、川口久雄・本朝麗藻を読む会編『本朝麗藻簡注』(勉誠社　平成5（一九九三）年）による。
(43) 『凌雲集』の本文の引用は、小島憲之『國風暗黒時代の文學中（中）――弘仁期の文學を中心として――』(塙書房　昭和

54（一九七九）年）による。

(44) この「佳人」について小島憲之は「なほこの詩を色どる美人の宮女、即ち『佳人』は、神泉苑の詩宴の一つに（『日本後紀』弘仁三年九月九日）、『幸二神泉苑一……奏レ妓。命二文人一賦レ詩』とみえる記事より推して、ここも宮中の歌妓《うたひめ》（舞姫）を指すとみてよからう」（注（43）一三八三頁）と述べ、「妓女」と考えられる。

(45) 李宇玲「落花の春――嵯峨天皇と花宴」（『日本古代の「漢」と「和」――嵯峨朝の文学から考える』（アジア遊学一八八）勉誠出版　平成27（二〇一五）年9月）一七九～一八〇頁

(46) 『河海抄』巻第五「花宴」での「柳花苑」に関する注には、「或記云此楽舞図婆羅門僧正将来女形也其姿如吉祥天女舞躰柔々静々而已云々」とある。

(47) 『御堂関白記』寛弘三年三月四日条「権中納言【忠輔】献題、渡水落花舞、奏聞後、聞人付韻字、輕字、召匡衡朝臣、賜題、仰可獻序由」

(48) 『江吏部集』巻中・人倫部「寛弘三年三月四日。聖上於二左相府東三條第一被レ行二花宴一。余爲二序者一兼講レ詩。講レ詩之間。左丞相傳二勅語一曰。以二式部丞擧周一補二藏人一者。」（『群書類従』第九輯）、『御堂関白記』寛弘三年三月四日条「取文臺、講文講書、序宜作出、仍序者男挙周、被補藏人了」

(49) 注（48）の『江吏部集』によれば、同日の記事に続けて「風月以來。未三嘗聞二此例一。時人榮レ之、不レ堪二感躍一。書レ懷題二于相府書閣壁上一。」とあり、喜びに堪えず、感激のあまり七律の詩を賦し、左大臣道長の書斎の壁上に書きしたためたのだという。

(50) 川口久雄注（37）に同じ。三六頁

天皇・上皇主催　花宴（含観桜宴）年表

	天皇上皇	実施日	西暦	場所	作文和歌	取韻	詩題	序者	講師	管弦	舞楽	備考	出典
1	嵯峨天皇	弘仁3・2・12	八一二	神泉苑	作文								日本後紀、日本紀略、類聚国史
2		弘仁4・2・29	八一三	神泉苑	作文					奏楽			日本後紀
3	〃	弘仁5・2・28	八一四	神泉苑	作文								日本紀略
4	〃	弘仁6・2・28	八一五	神泉苑	作文								日本後紀、日本紀略
5	〃	弘仁7・2・27	八一六	嵯峨別館	作文					奏楽			日本紀略
6	〃	弘仁9・2・28	八一八	神泉苑	作文								日本紀略
7	〃	弘仁10・2・25	八一九	神泉苑	作文								日本紀略
8	〃	弘仁13・2・28	八二二	神泉苑	作文								日本紀略
9	〃	弘仁14・2・28	八二三	有智子内親王山庄	作文	塘光行蒼	春日山庄						日本紀略、続日本後紀（承和14・10・26）
10	淳和天皇	天長8・2・16	八三一	掖庭	作文								類聚国史
11	仁明天皇	承和元・8・12	八三四	清涼殿（芳宜花讌）								曲宴	続日本後紀、日本紀略
12	〃	承和11・8・1	八四四	紫宸殿（芳宜花宴）									続日本後紀、日本紀略
13	文徳天皇	仁寿3・2・30	八五三	藤原良房第								置酒興楽	文徳実録、日本紀略
14	清和天皇	貞観6・2・25	八六四	東京染殿第（良房第）	作文					奏楽		射弓、観耕田禮	日本三代実録、日本紀略
15	〃	貞観8・3・23	八六六	西京第（良相第）	作文		百花亭			奏楽	舞	射弓	日本三代実録、日本紀略
16	〃	貞観8・閏3・1	八六六	東京染殿第（良房第）	作文		落花無数雪			奏楽	舞	観釣、魚射弓	日本三代実録、日本紀略
17	宇多天皇	寛平7・2・□	八九五		作文		春翫櫻花						日本紀略

18	〃	寛平7・3・□	八九五		作文		月夜翫桜花						日本紀略、菅家文草
19	〃	寛平8・2・23	八九六	神泉苑	作文		花間理管絃					学生奉詩	日本紀略、菅家文草
20	醍醐天皇	延喜2・3・20	九〇二	飛香舎（藤花宴）	和歌					御遊	藤原時平 舞		日本紀略、西宮記、河海抄、拾遺和歌集、新古今和歌集、新千載和歌集、新続古今和歌集
21	〃	延喜4・2・□	九〇四		作文								新儀式
22	〃	延喜12・3・9	九一二		作文					楽人奏楽			貞信公記、新儀式
23	〃	延喜17・3・6	九一七	常寧殿 清涼殿	観桜花 作文		春夜翫桜花	三統理平	三統理平	御遊			河海抄
24	〃	延長4・2・17	九二六	清涼殿	作文	探韻	桜繁春日斜	藤原公統	藤原公統	楽人奏楽 御遊			日本紀略、河海抄、貞信公記抄、新儀式、北山抄、古今著聞集、花鳥余情、扶桑略記、歴代編年集成
25	朱雀天皇	承平3・4・17	九三三	飛香舎（藤花宴）	作文					御遊			日本紀略
26	〃	天慶4・3・15	九四一	仁寿殿 清涼殿	作文		花樹暮雲深					日本紀略は「承香殿東庭」	日本紀略、花鳥余情
27	〃	天慶8・8・19	九四五	承香殿									日本紀略、貞信公記
28	朱雀上皇	天暦3・2・16	九四九	二条院（紅梅宴）						永興弾琴		朱雀上皇主催	日本紀略、九暦
29	〃	天暦3・3・11	九四九	二条院	作文		落花亂舞衣	大江朝綱		楽人奏楽	「春鶯囀」	朱雀上皇主催	日本紀略、九暦、本朝文粋、花鳥余情、続教訓抄
30	村上天皇	天暦3・3・12	九四九	仁寿殿	作文				大江朝綱	楽人奏楽	「春鶯囀」		日本紀略、九暦、西宮記、北山抄、花鳥余情

31	〃	天暦3・4・12	九四九	飛香舎（藤花宴）	作文 和歌					楽人奏楽 御遊			日本紀略、西宮記、古今著聞集、花鳥余情
32	〃	天暦4・3・11	九五〇	仁寿殿 清涼殿	作文		花樹雲深			楽人奏楽			明星抄、北山抄、拾芥抄
33	朱雀上皇	天暦5・2・13	九五一	二条院（紅梅宴）						御遊		朱雀上皇主催 村上天皇行幸	御遊抄、西宮記
34	村上天皇	天暦5・3・23	九五一		作文					楽人奏楽「渋河鳥」「春鶯囀」「最涼州」			體源抄、北山抄
35	〃	天暦7・3・□	九五三		和歌								続後撰和歌集
36	〃	天暦9・3・□	九五五		作文								北山抄
37	〃	天暦10・3・□	九五六	清涼殿	作文					楽人奏楽			北山抄
38	〃	天徳2・3・23	九五八										日本紀略
39	〃	天徳3・3・□	九五九		和歌								歴代編年集成、拾遺和歌集
40	〃	応和元・3・5	九六一	冷泉院釣殿	作文		花光水上浮 流鶯遠和琴	菅原文時	菅原文時	御遊		文人賦詩 擬文章生奉詩	日本紀略、本朝文粋、扶桑略記
41	〃	応和元・閏3・11	九六一	冷泉院釣殿（藤花宴）						龍頭鷁首 楽人奏楽「酣酔楽」「感恩多《カムヲムタ》」	童舞		日本紀略、花鳥余情、扶桑略記、教訓抄
42	〃	康保2・3・5	九六五	紫宸殿	詠古詩 誦新歌			大江昌言		御遊	尾張安居 律呂舞		日本紀略、袋草紙、河海抄、玉葉、八雲御抄、禁秘抄
43	〃	康保3・3・10	九六六	清涼殿	和歌					楽人奏楽			日本紀略、北山抄
44	〃	康保4・2・26	九六七	清涼殿	作文		日照花添色			楽人奏楽			日本紀略、北山抄

45	円融天皇	天延2・3・18	九七四	清涼殿	作文		花前楽	菅原輔正					日本紀略
46	冷泉上皇	天延2・3・28	九七四	冷泉院	作文		隔花遥勧酒					冷泉上皇主催	日本紀略
47	円融天皇	貞元2・3・26	九七七	閑院〔兼通第〕	作文					楽人奏楽			日本紀略、扶桑略記、百練抄、歴代皇紀
48	一条天皇	寛弘3・3・4	一〇〇六	東三条殿〔道長第〕	作文		度水落花舞	大江匡衡	大江匡衡	龍頭鷁首 楽人奏楽	妓女舞		日本紀略、御堂関白記、権記、百練抄、江吏部集、本朝麗藻

3 踏歌後宴の弓の結

――花宴巻「藤の宴」攷――

序

『源氏物語』花宴巻は、前章で論じた南殿での「桜の宴」に始まり、右大臣邸での「藤の宴」で終わる。二つの花宴がこの巻を構成する重要な要素である。冒頭の花宴は、桐壺帝が主催する宮廷詩宴で、天皇が東宮に譲位するにあたり、天皇の両脇に中宮と東宮とを並べることで、それらの一体を演出するとともに、冷泉までの皇位継承を表明する宴であることを前章で指摘した。この約一ヶ月後に行われたのが巻末の右大臣邸での弓の結とそれに続く藤の宴である。これらは冒頭の桜の宴とどのように繋がり、何を語っているのか。特に、藤の宴は、東宮が即位する直前に行われた宴であり、しかも右大臣邸で開催されていることに注目する必要がある。さらに、そこに光源氏を特別に招待する右大臣の意図は何なのか。

本章は、右大臣が行った三月下旬の「弓の結」の位置づけを検証することから、物語におけるこの宴の意味を考えてみたい。

一　桜の宴の陰影

右大臣の藤の宴を考えるに当たって、繰り返しになるが最初に花宴巻冒頭の南殿の桜の宴での叙述から、東宮と弘徽殿女御、右大臣の動静を確認するところから始めてみたい。

　二月《きさらぎ》の二十日《はつか》あまり、南殿《なでん》の桜の宴《えん》せさせたまふ。后《きさき》、春宮《とうぐう》の御局《つぼね》、左右《さいう》にして参上《まうのぼ》りたまふ。弘徽殿女御《こきでんのにようご》、中宮のかくておはするををりふしごとに安からず思《おぼ》せど、物見《ものみ》にはえ過ぐしたまはで参りたまふ。日いとよく晴れて、空のけしき、鳥の声も心地よげなるに、親王《みこ》たち、上達部《かむだちめ》よりはじめて、その道のはみな探韻《たんゐん》賜《たまは》りて文《ふみ》作りたまふ。（中略）地下《ちげ》の人は、まして、帝《みかど》、春宮の御才《ざえ》かしこくすぐれておはします、かかる方《かた》にやむごとなき人多くものしたまふころなるに、恥づかしく、はるばるとくもりなき庭に立ち出《い》づるほどはしたなくて、やすきことなれど苦しげなり。（中略）楽《がく》どもなどは、さらにもいはず調《ととの》へさせたまへり。やうやう入日《いりひ》になるほど、春の鶯囀《うぐひすさへづ》るといふ舞《まひ》いとおもしろく見ゆるに、源氏の御紅葉《もみぢ》の賀のをり思し出でられて、春宮《とうぐう》、かざし賜《たまは》せて、切《せち》に責めのたまはするにのがれがたくて、立ちて、のどかに、袖《そで》かへすところを一《ひと》をれ気色《けしき》ばかり舞ひたまへるに、似るべきものなく見ゆ。左大臣《ひだりのおとど》、恨めしさも忘れて、涙落としたまふ。「頭中将、いづら。遅し」とあれば、柳花苑《りうくわゑん》といふ舞を、これはいますこし過ぐして、かかることもやと心づかひやしけむ、いとおもしろければ、御衣《ぞ》賜りて、いとめづらしきことに人思へり。（中略）文《ふみ》など講ずるにも、源氏の君の御《おほむ》をば、講師《かうじ》もえ読みやらず、句ごとに誦《ず》じののしる。博士どもの心にもいみじう思へり。かうやうのをりにも、まづこの君を光にしたまへれば、帝《みかど》もいかでかおろかに思されむ、中宮、御目のとまるにつけて、春宮の女御《にょうご》のあながちに憎みたまふらんもあやしう、わがかう思ふも心憂《こころう》しとぞ、みづから思しかへされける。（花宴① 三五三～三五五頁）

東宮は、天皇と中宮とともに前に並び立つ。東宮の漢詩の才は天皇とともに「かしこくすぐれておはします」とあり、地下の文人が気後れするほどであった。これまで物語が東宮の才能をこれほど称賛して語ることはなかったが、光源氏に挿頭を下賜して舞を所望する行為など、ここにきて東宮の存在は急にクローズアップされる。

一方、東宮の母弘徽殿女御は、中宮が時めくのを「安からず（心中穏やかでなく）」思いながらも、じっとしていられずに参上したという。この「安からず」は、直前の紅葉賀巻末の藤壺立后の場面で、「げに、春宮《とうぐう》の御母にて二十余《よ》年になりたまへる女御《にょうご》をおきたてまつりては、引き越したてまつりたまひがたきことなりかしと、例の、安からず世人《よひと》も聞こえけり」（紅葉賀① 三四八頁）と語られたことと一連の表現で、藤壺の立后に納得できない世人の意見を背景としながら、弘徽殿女御の複雑な思いを表している。藤壺が天皇と東宮と並ぶのを不快に思いながらも、今回だけは出席したという。この弘徽殿女御の心境を、玉上琢彌は『源氏物語評釈』の中で次のように説明している。

> 藤壺の宮と弘徽殿女御とは、「紅葉賀」の巻の御宴では、同列であったのだが、今は、藤壺の宮が中宮として弘徽殿女御を越えて上席なのである（前巻の終わりに藤壺立后のことが見える）。弘徽殿女御の不快を思うべきである。「物見にはえ過ぐしたまはで参りたまふ」とある。物見には参りたまうて御同席なのだが、常は御同席なさらぬのである。藤壺中宮を上座に見ることに堪えられぬのである。（中略）〈じつに強い性格で、理知的にすぎる方〉であってみれば、同席を肯《がえ》じられないのも自然である。が、物見には、じっとしていられなくてお出ましになる。はなやかな物見の催しには、不快を越えてひきつけられるのであった。まことに女ら

しいことではある。平安女性の性情を思うべきである。そして、これで役者が出そろうのである。晴れがましく輝かしいのどかな春の宴がやがてくりひろげられる。が、その輝かしい晴れの舞台にあって、弘徽殿のにくしみが、舞台の陰影をかたちづくるところを味わわなくてはならない。歌舞伎の舞台のごときものを想像されたい。観桜の御宴の、絵のような美しさと、点滅する人の心の情景――心象風景――を、舞台はくりひろげていくのである。(1)

玉上によると、弘徽殿女御の不快とは、紅葉賀巻では同列であったが、立后によって「藤壺中宮を上座に見ることに堪えられぬ」と、もっぱら地位に由来する感情と説く。それでも、はなやかな物見の催しには不快を越えてひきつけられ、その様子は「女らしい」と言う。いかにも女性的な有り様を読み解く理解である。

しかし、弘徽殿女御の心境をこのように理解するだけで良いのだろうか。この花宴は東宮の即位に向けた晴れの場であるから、東宮の母女御として我が子の晴れ姿を一目見ようと参列したのであって、はなやかな物見の催しだから出席したわけではあるまい。しかも、東宮の母として二十余年の実績からすれば、本来なら彼女こそが中宮となっていたはずなのである。それが、藤壺に先を越されただけでなく、我が子が最も輝くべき場で、藤壺腹皇子の立太子までも告知されてしまっては、弘徽殿女御の思いを単に藤壺にだけ向けられたものと考えるのはあまりに一面的と言わねばならない。

弘徽殿女御が「安からず」思うことには、藤壺腹皇子の立太子が予定されることで、朱雀が繋ぎの立場に追いやられてしまうことへの不快と恨みも込められている。しかも、物語の叙述で一番の脚光を浴びるのはやはり光源氏であり、感涙にむせぶ左大臣の様子や見事に舞う頭中将など、左大臣とそれに近い人々なのである。そうした場合、「安からず」思うのは何も弘徽殿女御に限ったことではなく、この場面に全く語られない右大臣の心をも代弁していると見て良い。
玉上が「輝かしい晴れの舞台にあって、弘徽殿のにくしみが、舞台の陰影をかたちづくる」と述べたのは卓見であるが、そこには右大臣の思いも重ねて読むべきである。紫宸殿での桜の宴は、東宮朱雀をクローズアップする一方、その後見である右大臣や弘徽殿女御の表に語られない不快と恨みを文脈の奥に潜流させ、背後の陰影として抱え込んだと見なければならない。

二　右大臣邸の弓の結

次に花宴巻末の右大臣邸の藤の宴をみてみたい。桜の宴から約一ヶ月後に開催されたそれは、次のように語られている。

三月《やよひ》の二十余《よ》日、右大殿の弓の結《けち》に、上達部《かむだちめ》、親王《みこ》たち多く集《つど》へたまひて、やがて藤《ふぢ》の宴したまふ。花ざかりは過ぎにたるを、「ほかの散りなむ」とや教へられたりけん、おくれて咲く桜二木《ふたき》ぞいとおもしろき。新しう造りたまへる殿《おとど》を、宮たちの御裳着《もぎ》の日、磨《みが》きしつらはれたり、はなばなとものしたまふ殿《との》のやうにて、何ごともいまめかしうもてなしたまへり。

源氏の君にも、一日《ひとひ》、内裏《うち》にて、御対面のついでに聞こえたまひしかど、おはせねば、口惜《くちを》しう、ものの栄《はえ》なしと思して、御子の四位少将《しゐのせうしやう》を奉りたまふ。

（右大臣）わが宿の花しなべての色ならば何かはさらに君を待たまし

内裏《うち》におはするほどにて、上《うへ》に奏したまふ。「したり顔なりや」と笑はせたまひて、「わざとあめるを、早うものせよかし。女御子《をむなみこ》たちなども生《お》ひ出づる所なれば、なべてのさまには思ふまじきを」などのたまはす。御装《よそ》ひなどひきつくろひたまひて、いたう暮るるほどに、待たれてぞ渡りたまふ。桜の唐《から》の綺《き》の御直衣《なほし》、葡《え》萄染《びぞめ》の下襲《したがさね》、裾《しり》いと長く引きて、皆人は袍衣《うへのきぬ》なるに、あざれたるおほぎみ姿のなまめきたるにて、いつかれ入りたまへる御さま、げにいとことなり。花のにほひもけおされて、なかなかことざましになむ。遊びなどいとおもしろうしたまひて、夜《よ》すこし更《ふ》けゆくほどに、源氏の君、いたく酔《ゑ》ひなやめるさまにもてなしたまひて、紛れ立ちたまひぬ。

寝殿《しんでん》に女一の宮、女三の宮のおはします、東《ひむがし》の戸口におはして、寄りゐたまへり。藤はこなたのつまにあたりてあれば、御格子《みかうし》ども上げわたして、人々出でゐたり。袖口《そでぐち》など、踏歌《たふか》のをりおぼえて、ことさらめきもて出でたるを、ふさはしからずと、まづ藤壺《ふぢつぼ》わたり思し出でらる。

（花宴①　三六三～三六五頁）

三月の二十日過ぎ、右大臣邸で「弓の結」が行われ、それに引き続いて藤の宴が行われた。そこには弘徽殿女御腹の「女一の宮、女三の宮」が里さがりしていて、宴は盛大に催され、「上達部、親王たち」が多く参列したという。光源氏も招待されるものの気乗りせず、帝に促されてようやく現れた。その姿は、皆が「袍衣」であるのに対して「桜の唐の綺の御直衣、葡萄染の下襲、裾いと長く引きて」という「あざれたるおほぎみ姿」で、皆の注目を集めるものであった。その光源氏が、右大臣邸の寝殿の様子を見ると、格子を皆上げ、御簾から女房達がこれみよがしに袖口を出す姿はまるで「踏歌のをり」のようで、「ふさはしからず」と不快に思うとともに「藤壺わたり」のことを思い出したという。この後、光源氏は酔ったふりをして朧月夜を探す行動に出る。多くの参列者を集めた宴で、右大臣と光源氏とのそれぞれの思惑が交錯する場面だ。この場面を理解するには、右大臣と光源氏との双方の思惑を丁寧に跡づけて見ていく必要がある。

最初に本文を確認すると、宴の参列者について河内本にのみ大きな校異がある。「上達部、親王たち多く集へたまひて」が河内本では「上達部、殿上人多く集へたまひて」とあり、これだと親王たちの出席はなく、皇族以外の臣下たちを結集したことになる。宴は主催者と参列者の関係確認が目的であるため、誰が参列したかはこの宴を位置づける上で重要である。さらに、河内本には細かな異文があり、「御装ひなどひきつくろひたまひて、いたう暮るるほどに、待たれてぞ渡りたまふ。」が河内本では「御装ひなど心ことにひきつくろひて、暮るるほどに、いたう待たれてぞ渡りたまふ。」とあって、光源氏の衣裳がことさら整えられたものであることと、皆が待ちくたびれたころを見計らってやってきたとあり、光源氏の心用意の周到さが強調される。また、「いつかれ入りたまへる御さま、げにいとことなり」が河内本では「いつかれ入りたまへるさま、げにぞめでたき」とあって、光源氏の素晴らしさがより際立っている。概して河内本は、光源氏の様子と心用意を際立たせる本文になっている。これについては後述する。

次に、注釈で一番大きく説が分かれるのが、藤の宴に先立って行われた「弓の結」についてである。「弓の結」を『河海抄』は次のように記す。

弓結也　踏歌後宴　弓結也
延喜七年二月廿二日御記云踏掌所奉仕踏哥後宴云々　御射場中務卿親王左大臣以下侍更召殿上公卿等預召立書別如例御賭物臣下賭

すなわち「弓の結」は踏歌後宴の賭弓だという。後宴に賭弓が行われる踏歌とは、男踏歌である。「弓の結」を男踏歌の後宴と注するのは『河海抄』の他に、『弄花抄』『細流抄』『明星抄』『孟津抄』『紹巴抄』と『湖月抄』の師説がある。しかし、古注釈書を中心にこのように継承されていた踏歌の後宴説は、近代以降の注釈書には一切受け継がれていない。おしなべて、左右に分かれて一人ずつ競射して勝負を決めるという賭弓の説明を施すのみである。なぜ近代以降の注釈書に受け継がれないのかの理由は不明だが、転機となったと思われるのが『岷江入楚』の記述で、その箋注には「おほやけ事」が右大臣邸で行われることに疑念を抱き、次のように記す。

箋曰惣別は踏哥の後宴に弓結あり　それはおほやけ事なり　こゝの心は私に小弓遊有し其結に藤宴をせらるゝ也

踏歌の後宴の賭弓は公事《おおやけごと》――すなわち宮中行事――で、右大臣が私邸で行う類のことではないため、これは私事として行った小弓の御遊だというのだ。確かに踏歌後宴の賭弓は宮中行事である。しかし、それならなぜ『河海抄』は普通ならあり得ないこの説を提示し、以降の古注釈もこれを支持し継承したのか。萩原広道が、古注の指摘とこの場面の後半に「踏歌のをりおぼえて」とあることとの関連を考えるべきとしたのは、(2)実はすでにこの意味の関連が分からなくなってしまったからではないのか。古注が「弓の結」に踏歌後宴の賭弓を読み込もうとした意図をこそ再考してみる必要がある。

さらに、右大臣と光源氏双方の思惑を考えるうえで見逃せないのが、右大臣が光源氏を招待した意図と光源氏が現れた時の衣裳との関わりである。右大臣の意図について、例えば倉田実は藤の宴を用いて光源氏を婿取りしようと目論んだのだとし、光源氏は返歌しなかったことによって拒否の姿勢を示したのだと読み解いた。(3)河添房江は服装に触れて、「桜の唐の綺」で臨んだことが右大臣を頂点とする秩序に組み込まれまいとする決意の表れとして読み解いた。(4)いずれも、右大臣が光源氏との連帯を企図して招待し、光源氏が拒否の思いを表明するという構図で読み解いている。

一方、光源氏の衣裳については、近藤好和が「あざれたるおほぎみ姿」に注目して、これが帝の私的な服装である御引直衣であることを明らかにした。[5] そうなると、この場面に光源氏が帝の出で立ちをして現れることの意味を読み解く必要もあろう。次節では、古注と近現代注とで一番意見の分かれた「弓の結」を取り上げ、宴の性質を考えてみたい。

三　三月開催の賭弓

右大臣邸での「弓の結」（賭弓）を考察するに際して重要な要素は、「三月の二十余日」という日付けを明示している点である。ここではこの時期に行われた賭弓が何を意味するのかを考察することから、『河海抄』以下の古注の記述を検証してみたい。

『西宮記』には、巻一から正月の宮廷行事が列挙され、その中に「踏歌事付後宴」として正月十四日に行われる男踏歌の次第とその後宴として二月か三月に賭弓が行われることが記されている。男踏歌は、宇多天皇が官人踏歌を元として仁和五（八八九）年正月十四日に始めた行事である。その詳しい内容については本書第Ⅳ篇第3章「結集と予祝の男踏歌」に述べたのでそちらに譲ることとし、ここでは二月か三月に開催された賭弓の記録を古記録類から拾い、それと男踏歌との関連性について考えてみる。次に載せたのが宇多天皇以降一条天皇までの男踏歌と二月と三月の賭弓開催の記録一覧である。踏歌後宴と記したのは、記録の中に踏歌の後宴であることを明記している場合で、〈〉は東宮御所で行われた賭弓を、［］は上皇御所で行われた賭弓をそれぞれ表している。また、○を付した例は、天暦八年正月四日に太皇太后藤原穏子が崩御したために通常正月十七日に行われる射禮が三月に延引され、射禮に付帯した賭弓が三月十四日か十五日に行われた場合である。これは射禮に付帯した行事であって、男踏歌とは無縁である。なお＊印の番号で出典を明記した。(6) まだ見落としがあるかもしれないが、大体の傾向は見て取れるかと思う。

宇多	仁和5（八八九）年正月14日男踏歌＊1	〈3月13日 東宮で賭弓〉＊2
		3月24日 踏歌後宴殿上賭弓＊3
	寛平6（八九四）年	3月6日 踏歌後宴殿上賭弓＊4
	寛平7（八九五）年	3月12日 殿上賭弓＊5
醍醐	延喜2（九〇二）年	3月22日 殿上賭弓＊6
	延喜3（九〇三）年正月14日男踏歌＊7	
	延喜5（九〇五）年	3月29日 踏歌後宴殿上賭弓＊8
	延喜6（九〇六）年	2月21日 殿上賭弓＊9
	延喜7（九〇七）年正月14日男踏歌＊10	2月22日 踏歌後宴殿上賭弓＊11
	延喜10（九一〇）年正月14日男踏歌＊12	3月30日 踏歌後宴＊13
	延喜13（九一三）年正月14日男踏歌＊14	2月29日 殿上賭弓＊15
	延喜17（九一七）年正月14日男踏歌＊16	3月20日 殿上賭弓＊17
	延喜18（九一八）年	3月4日 殿上賭弓＊18
	延喜22（九二二）年正月14日男踏歌＊19	3月9日 踏歌後宴殿上賭弓＊20
	延喜23（九二三）年正月14日男踏歌＊21	
	延長4（九二六）年	3月6日 殿上賭弓＊22

延長6（九二八）年　3月某日 殿上賭弓＊23
延長7（九二九）年正月14日男踏歌＊24　3月26日 踏歌後宴＊25

朱雀

承平2（九三二）年7月14日近臣踏歌＊26
承平4（九三四）年正月14日男踏歌＊27　3月9日 踏歌後宴＊28
承平7（九三七）年　3月28日 殿上賭弓＊29
承平8（九三八）年　2月6日 殿上賭弓＊30
天慶4（九四一）年　2月16日 殿上賭弓＊31
天慶5（九四二）年正月14日男踏歌＊32　閏3月4日 踏歌後宴 殿上賭弓＊33
天慶6（九四三）年正月14日男踏歌＊34　2月6日 踏歌後宴 殿上賭弓＊35
天慶7（九四四）年　3月27日 殿上賭弓＊36
天慶8（九四五）年　3月4日 殿上賭弓＊37
　3月28日 殿上賭弓＊38
天慶9（九四六）年　2月12日 殿上賭弓＊39

村上

天慶10（九四七）年　3月29日 殿上賭弓＊40
　「3月30日 院西対前で弓結」＊41
天暦2（九四八）年　「3月12日 院侍臣賭弓」＊42
天暦3（九四九）年　3月6日 殿上賭弓＊43
　3月22日 殿上賭弓＊44

［3月25日 院で賭弓］＊45

天暦4（九五〇）年正月14日男踏歌＊46

天暦5（九五一）年　3月16日 殿上賭弓＊47

天暦9（九五五）年　○3月26日 殿上賭弓＊48

天暦11（九五七）年　○3月14日 殿上賭弓＊49

天徳2（九五八）年　○3月14日 殿上賭弓＊50

天徳3（九五九）年12月16日男踏歌＊53　○3月14日 殿上賭弓＊51

3月24日 殿上賭弓＊52

天徳4（九六〇）年　3月8日 殿上賭弓＊54

（天徳3・12・16の踏歌後宴）

○3月14日 殿上賭弓＊55

応和元（九六一）年　○3月14日 殿上賭弓＊56

3月20日 殿上賭弓＊57

応和2（九六二）年　○3月15日 殿上賭弓＊58

3月28日 殿上賭弓＊59

応和3（九六三）年　○3月15日 殿上賭弓＊60

応和4（九六四）年2月17日男踏歌＊61　○3月14日 殿上賭弓＊62

康保2（九六五）年　○3月14日 殿上賭弓＊63

		3月18日 殿上賭弓＊64
	康保3（九六六）年	○3月14日 殿上賭弓＊65
	康保4（九六七）年	○3月14日 殿上賭弓＊66
円融	安和3（九七〇）年	3月15日 殿上賭弓＊67
	天延元（九七三）年	「3月15日 冷泉院小弓」＊68
	貞元3（九七八）年	3月10日 殿上賭弓＊69
	天元2（九七九）年正月14日男踏歌＊70	3月3日 踏歌後宴＊71
	天元6（九八三）年正月14日男踏歌＊72	
花山	永観3（九八五）年	2月29日 殿上賭弓＊73
一条	正暦4（九九三）年	3月29日 殿上賭弓＊74
	長保元（九九九）年	〈3月26日 東宮弓事〉＊75
		〈閏3月9日 東宮弓事〉＊76
	長保5（一〇〇三）年	〈2月2日 東宮弓事〉＊77
		〈2月9日 東宮弓事〉＊78
		〈3月28日 東宮弓事〉＊79
	寛弘3（一〇〇六）年	〈2月14日 東宮弓事〉＊80
		〈3月6日 東宮弓事〉＊81
	寛弘4（一〇〇七）年	〈3月12日 東宮弓事〉＊82

ここから判ることを整理すると、次のようになる。①古記録類を見る限り、二月か三月に行われた賭弓は、宮中で行われた殿上賭弓か東宮もしくは上皇御所で行われた賭弓である。貴族が私邸で行った賭弓も、殿上賭弓を貴族の私邸で行った例もない。②男踏歌があった年には、その後宴として賭弓が二月か三月に行われている。ただし、天徳四年三月八日に行われた殿上賭弓はその年の正月十四日の男踏歌ではなく、前年十二月十六日に行われた男踏歌の後宴で、これだけは年をまたいでいる。これによって『西宮記』の男踏歌があった年には後宴の賭弓が二月か三月に行われるとする記述はほぼ確かめられる。③賭弓の開催に「踏歌後宴」と明記する記録もあるが、必ずしも全ての用例がそうではない。しかし、「踏歌後宴」と記さなくとも、醍醐朝の例など男踏歌のあった年の賭弓はその後宴と解釈してほぼ間違いない。④開催されたと思われるが記録として残っていない例がある。例えば延喜五年などは、「踏歌後宴」とあることから推してその年の正月十四日に男踏歌が行われたと予想されるが、男踏歌の記録は残っていない。また、延喜三年・同二十三年・承平二年・天暦四年・応和四年・天元六年は男踏歌の記録はあるが、後宴の記録は残っていない。この実際の開催と記録の有無との関係は、判断が難しい。開催されなかったから記録にないのか、開催されたものの記録に残らなかったのかの判断は、現在ある史料で検証するにはおのずと限界があり、未詳とせざるを得ない。勿論、承平二年などの場合は七月十四日に踏歌が行われているので、同年三月に後宴が行われることはないが、通常三月に殿上賭弓が行われた場合は、正月に男踏歌があった可能性がある。⑤村上朝では、藤原穏子の忌月で通常正月開催の射禮に伴う賭弓が三月に行われたため、男踏歌が行われてもその後宴の賭弓はほとんど行われていない。ただし、これも記録に残っていないだけの可能性もある。⑥天元六年を最後に男踏歌が行われなくなった後も、三月開催の賭弓は存続する。ただし開催は不定期で、かつ一条朝ではほとんどが東宮御所で行われた賭弓である。なぜ東宮で行われたかは不明ながら、村上朝で三月開催の賭弓を東宮方が後援した例があり、[7]それが慣例として残ったためか。なお検討を要する。

以上をおおまかに概説すると、宇多朝以降、一条朝までの三月開催の賭弓は、宮中か東宮・上皇御所での賭弓である。宇多・醍醐・朱雀朝ではほとんどが男踏歌の後宴であり、村上朝でも同様に行われるものの、天暦九年以降の賭弓は射禮に付帯する賭弓で男踏歌とは関わらない。しかし、これとて私邸での賭弓ではなく殿上賭弓である。男踏歌がなくなった一条朝にあっては、二月か三月の賭弓は東宮が行う行事となる。

これらから考えて「三月の二十余日」の「弓の結」といえば、基本的に殿上賭弓のことを指すと見てほぼ間違いない。『源氏物語』が舞台とするのは、古注以来ほぼ延喜から天暦にかけての醍醐・朱雀・村上朝とされ、[8]それは男踏歌の開催と照らし合わせても首肯して良い。なぜなら『源氏物語』は全体としてみると、男踏歌を行っていた時代を描いた物語だからである。桐壺帝御代では末摘花巻に男踏歌の実施を語り、冷泉帝御代では初音巻と真木柱巻に、今上帝御代では竹河巻に男踏歌実施の様子が克明に語られている。歴史上の男踏歌が宇多朝から円融朝まで実施されたことを鑑みれば、先の時代設定の推定はほぼ該当する。とすると、問題となるのは、紅葉賀巻末の七月の藤壺立后から、花宴巻冒頭の二月の花宴までの間の、ちょうど語られていない狭間の正月十四日に男踏歌があったと考えられるかどうかである。開催されていれば、三月の賭弓はその後宴の可能性がある。不定期にしか開催されない男踏歌が何を根拠として行われたかについては本書第Ⅳ篇第3章に譲り、結論だけを述べれば、男踏歌は天皇家の予祝行事として行われ、上皇の算賀や皇后立后、皇子たちの節目の行事の翌年の正月十四日に開催されたと考えられる。特に立后との繋がりが強い。男踏歌の前身である官人踏歌の初例が聖武天皇皇后藤原光明子の立后と関わって翌年正月に行われたのをはじめとして、平安時代になってからでも桓武天皇皇后藤原乙牟漏と嵯峨天皇皇后橘嘉智子の立后の翌年にも踏歌が行われている。[9]宇多天皇が男踏歌として復興してからでも、天徳三年は藤原安子の立后を、天元六年は藤原遵子の立后をうけて行われたと考えられる。(10) そうなると、花宴巻は紅葉賀巻の翌年のことであるから、紅葉賀巻末の藤壺の立后を受けて花宴巻の年の正月十四日に男踏歌が行われた可能性が高い。しかも、男踏歌は官人踏歌の初例である聖武天皇の時から、極めて政治的な意図をもって行われたのである。聖武天皇の場合は、それまでの範を破って藤原氏出身の光明子を立后したことを百官主典以上の大多数の官人に公認させる意図があった。紅葉賀巻末から花宴巻に至る文脈を見ると、事情こそ違え藤壺立后は光明子の立后と近似する側面をもつ。それは、皆が必ずしも歓迎していなかったという点である。光明子の場合は、令の条文で皇后は皇女であると規定していながら藤原氏出身の女を立后したためであり、藤壺の場合は皇太子の母として二十余年の実績をもつ弘徽殿女御がいながら皇女であることを理由に強引に立后したためである。藤壺の置かれた状況から考えて、桐壺帝は当然、藤壺の立后を祝う男踏歌を行い、権威化を図ったであろう。しかし、物語は男踏歌の実施を直接には語らず、藤壺腹皇子の立太子に直結する南殿での桜の宴から語り始めた。

以上、花宴巻末の「三月」に行われた「弓の結」が歴史的に何を連想させるのかを検証すると、古注の指摘する通り、男踏歌の後宴と考えるのが一番蓋然性が高い。それを物語の文脈と重ねると、藤壺立后の翌年の正月十四日に男踏歌が行われ、花宴巻末の賭弓はその後宴と考えられる。『河海抄』以下の古注釈が踏歌後宴の賭弓と注したのは、語られていない男踏歌を読み取り、これとの関わりから花宴巻の賭弓を理解しようとしたからに他ならない。そうなると、本来公事《おおやけごと》であるはずの殿上賭弓を臣下の私邸で行うという本来あり得ない話を物語は語っていたことになり、その意味にこそ問題は絞られることになる。

四　右大臣邸の賭弓

右大臣が行った弓の結が、男踏歌の後宴の賭弓であるとすると、これは何らか桐壺帝の許しを得て、公に準えて開催したと考えざるを得ない。三月実施の殿上賭弓を東宮方が後援した例はあるから、東宮の後見の右大臣が私邸を提供してまで行ったのかもしれない。しかし、そのような例は歴史上に存在しない。この賭弓の様子を見ると、天皇の臨御こそないものの、「袍衣」姿の「上達部、親王たち」を多く集え得ているのは、この宴が単純に私的な催しではない可能性を示唆する。そう考えると、光源氏を招待したのは、光源氏との連帯を求めたというより、公に準えたこの宴を完成させるために、右大臣が光源氏の出席を求めたということなのではなかろうか。紅葉賀巻末から光源氏の位置づけは、一貫して中宮藤壺と藤壺腹皇子（冷泉）の後見とされている。桐壺帝が中宮立后と一緒に光源氏を宰相としたのは、藤壺腹皇子を立太子させる目的でその後見に据えるためであった。花宴巻冒頭の桜の宴で東宮朱雀が光源氏に挿頭を賜い舞を所望したのは、東宮朱雀と光源氏の一体感——それは比喩として東宮朱雀と冷泉の一体感——を演出することであった[11]。とすると、右大臣は次期東宮の後見として光源氏の出席を必須と考えたのであろう。重要なのは、公に準えたこの宴を右大臣が主催することにあり、主導権を握ることで、次期東宮の後見である光源氏を跪かせることにある。それは、繋ぎの位置に追いやられた次期朱雀帝の正統化を図ろうとする意図も含まれていよう。花宴巻冒頭の桜の宴で潜流した右大臣と弘徽殿女御の不快と失意は、帝に代わってこの宴を主催し、次期東宮方に対して優位に立つことによって解消されるものと考える。東宮の後見と次期東宮の後見が一緒に賭弓と宴を催すことは、桐壺帝が企図した双方の一体化に沿う。だからこそ、帝は「したり顔なりや」（花宴①　三六三〜三六四頁）と笑い、「わざとあめるを、早うものせよかし」（同三六四頁）と寛容の心をもって光源氏の出席を促すのであろう。右大臣は帝の意図に沿いながら、自らが優位に立てる方策として賭弓と宴を企画し、「上達部、親王たち」を多く召集することで権力を誇示し、朝廷内での位置づけを目論んだ。

これに対して、光源氏が天皇の装いである御引直衣姿で現れたことは、右大臣を頂点とする秩序を潔しとしない意思表示とともに、次期東宮の後見として右大臣を越える存在感を示すためであったと考えられる。帝の代行をしようとする右大臣に対して、光源氏は帝の姿そのもので対抗したのであって、ここに二人のつばぜり合いを見て取れる。さらに、光源氏が酔って寝殿の方に行き、女房たちの出衣を見る場面にも、右大臣の思惑と光源氏の思いの衝突が見て取れる。右大臣が私邸に再現していたのは、男踏歌の際の後宮の様子そのものだったからである。男踏歌は、若い官人達が来訪神の装いをしながら集団で移動し、帝のもとから出発して後宮の局を祝福しながら廻る儀礼である。その局の様子が、「御格子ども上げわたし」、女房たちが「ことさらめきて」出衣をする姿なのである。光源氏がそれを見て「踏歌のをりおぼえて」というのは、右大臣が私邸を内裏空間に擬して再現していることに対する感想であり、それを「ふさはしからず」と述べたのだろう。紅葉賀巻と花宴巻との間で行われたであろう男踏歌は藤壺立后を承けてのことであるから、本来、男踏歌にせよ、後宴にせよ、藤の宴にせよ、藤壺こそが中心にいるべき存在である。藤の宴は従来宮中の飛香舎（藤壺）で行われた宴だからである。ところが、右大臣は男踏歌の後宴である賭弓を主催しただけでなく、右大臣邸の寝殿に女一宮と女三宮を置いて後宮の局に擬し、男踏歌の空間を再現した。だからこそ光源氏は「ふさはしからず」と非難し、藤壺のことに思いを馳せるのだ。

このように見ると、賭弓の参加者に関する河内本の校異は、光源氏の越権を緩和する文脈として、整合性を持った本文と見ることができる。光源氏が御引直衣で現れるためには帝や親王がいては不都合で、そのために「上達部、殿上人」とすることで親王不在としたか。そうすれば、光源氏が御引直衣を着て現れることに違和感はなくなる。これは、河内本の他の校異が、光源氏の心用意を際立たせる文脈であったこととも整合する。ただしそうなると、右大臣が皇族を除く上達部・殿上人たちとのみ結束を固めたことになり、自らの優位を証すためにはやや不十分となろう。

花宴巻冒頭の南殿での花宴は、両統迭立を招く朱雀即位と冷泉立太子を一体のものとして桐壺帝が演出する宴であったが、そこには東宮と次期東宮との後見勢力同士の主導権争いが胚胎し、男踏歌の後宴である賭弓の場で、双方がつばぜり合いを展開したのがこの右大臣邸での弓の結および藤の宴であったと考えるのである。

結

『源氏物語』花宴巻末に行われた右大臣邸での「弓の結」は、男踏歌の後宴の賭弓である蓋然性が高い。本来殿上賭弓は宮中で行われる行事で、私邸で行う宴ではない。それを右大臣は、何らか帝の許しを得て、公に準えて開催したのであろう。その男踏歌は、紅葉賀巻末に藤壺を立后したことをうけて行われたと目される。右大臣は男踏歌の後宴を主催し、東宮の後見として権力を誇示することを目論んだ。主導権を握って、次期東宮の後見である光源氏を跪かせ、朱雀の正統性を証す狙いがあったと考えられる。花宴巻冒頭の南殿での花宴は、桐壺帝が譲位にあたって東宮朱雀と中宮藤壺を前に並ばせ、藤壺腹皇子冷泉までの皇位継承を示しながら、それらの一体を演出する宴であった。しかし、それとは裏腹に東宮の後見と次期東宮の後見による次の主導権争いが水面下で動き始める。それが男踏歌の後宴である賭弓をめぐって繰り広げられるつばぜり合いだったと考える。右大臣は本来ならあり得ない形で賭弓を主催し、親王はじめ公卿を結集して、朱雀帝御代を先取りする示威行動をとった。これに対し、光源氏は帝の装束をまとって出席することでそれへの対抗姿勢を示した。桐壺帝の冷泉立坊への動きは、徐々に東宮朱雀方と次期東宮冷泉方の後見同士の亀裂を深め、やがて権力闘争を招くことになるのである。

注

(1) 玉上琢彌『源氏物語評釈』第二巻(角川書店)三二八～三二九頁　傍線は浅尾

(2) 萩原廣道『源氏物語評釈』花宴「袖口など踏歌のをりおぼえて〔釈〕ふさはしは相応の字よく当たれりふさはしからぬは不相応のよし也さて前に弓の結の事有そこの諸注に弓の結は必踏歌の後宴にある事のやうにいはれたる意ならば作者殊に意有て踏歌の出し衣を引出られたるにもあらんか考ふべし」

(3) 倉田実「『花宴』巻の宴をめぐって――右大臣と光源氏体制の幻想――」(「国語と国文学」第65巻第9号　昭和63(一九八八)年9月)

(4) 河添房江「花宴巻の朧月夜と光源氏――桜襲と唐の綺」(『源氏物語時空論』所収　東京大学出版会　平成17(二〇〇五)年)

(5) 近藤好和「「おほぎみ姿」について」(山中裕編『歴史のなかの源氏物語』所収　思文閣出版　平成23(二〇一一)年)

(6) 出典は次の通り。『年中行事秘抄』＊1『日本紀略』＊2・4・5・7・8・13・15・16・19・20・22・26・27・28・32・33・34・35・36・37・40・41・42・43・44・45・49・50・51・54・56・57・58・60・61・62・63・65・66・67・69・70・71・74『小野宮年中行事』＊3・47・58『河海抄』(初音)＊10・11・14・16・21・24・72『河海抄』(浮舟)＊6・17・20・22『西宮記』＊8・9・12・14・20・22・30・36・40・43・49・52・55・59・62・64『西宮記』(故実叢書)＊22・29・39『西宮記』(前田本)＊31『貞信公記』＊14・15・18・22・38『北山抄』＊22・23・47・48・55・57・58・62『古今著聞

集』＊24・25『花鳥余情』＊24・32・46・72『本朝世紀』＊33『九暦』＊44・49・52・53・54『侍中群要』＊47・48『蜻蛉日記』＊67・68『小右記目録』＊71『小右記』＊73・74『権記』＊74・77・78・79・81・82『御堂関白記』＊75・76・80・82

（7）天暦三年三月二十二日、同五年三月十六日、同九年三月二十六日の殿上賭弓では、東宮御息所藤原安子が賭弓の賭物を用意していることが記録から窺われる。

（8）『河海抄』で明確に提示されて以降、ほとんどの古注釈書がこの説をとる。

（9）淳和天皇皇后正子内親王の場合は、翌年ではなく立后の年の正月に踏歌が行われている。

（10）醍醐天皇中宮藤原穏子の場合は、立后した年に皇太子保明親王が薨去しているためか翌年正月に男踏歌は行われていない。ただし、立后した年の延喜二十三年の正月に男踏歌が行われている。正子内親王の場合と併せて、立后を予定して行われる踏歌があるのか、尚検討の余地がある。ただし、冷泉天皇皇后昌子内親王の立后と、円融天皇皇后藤原媓子の立后と関わって行われた男踏歌の記録はない。これも行われなかったか、行ったが記録として残っていないのかは未詳。

（11）本書第Ⅱ篇第2章「宮廷詩宴としての花宴――花宴巻「桜の宴」攷――」参照

III

朱雀帝御代の特質

1 朱雀帝御代の始まり
——葵巻前の空白の時間と五壇の御修法——

序

花宴巻から葵巻に至ると、御代替わりを終え、既に朱雀帝御代となっている。御代替わりには、桐壺帝の譲位と朱雀帝の即位、冷泉の立太子、弘徽殿女御の皇太后立后、大嘗祭、新斎宮・新斎院の卜定などさまざまな事柄が行われるが、それらは物語に一切語られていない。葵巻冒頭に語られる行事は、御代替わりに伴う新斎院の御禊の記事である。花宴巻の巻末は三月二十余日の右大臣邸での藤の花宴であり、それに続く葵巻の冒頭は四月の新斎院の御禊の記事であるため、一見そのまま繋がるようにも見えるが、その御禊を初斎院入り前のそれとするか、紫野院入り前のそれとするかで、時間の経過は大きく変わる。ここに物語の時間の経過を読み解く端緒がある。

本章は、この御禊を端緒として花宴巻からの時間の経過を考察し、斎院との比較において語られる斎宮の初斎院入りや群行にどのような特徴が見えるのか、さらに賢木巻で行われている五壇の御修法を加え、葵巻から賢木巻の朱雀帝御代の始まりをどのように読むことができるのかを考えてみたい。

一　斎院御禊と空白の時間

葵巻冒頭の新斎院の御禊の記事が、初斎院入り前のそれか紫野院入り前のそれかは、すでに古注の段階から議論の的となっている。本節では、これがそのいずれであるのかを検証し、花宴巻から葵巻にどれほどの時間が経過したかを考えてみたい。

『源氏物語』の年立について、いち早く自覚的に取り組んだのは一条兼良である。兼良はその著書『花鳥余情』の葵巻の最初の箇所で、花宴巻と葵巻とを同じ年と考えることには六つの疑問があるとした。その要点を記すと以下の通りである。

一、花宴巻末は三月下旬、葵巻冒頭の斎院御禊は四月で、その間に譲位・立太子・源氏の任大将・斎院斎宮の卜定が行われるには短すぎる。

二、花宴巻で光源氏は宰相中将で十九歳である。葵巻が同じ年なら十九歳で大将になっている。若菜巻に二十一歳で宰相で大将を兼ねたとある言葉に矛盾する。

三、花宴巻で紫上は十二歳である。葵巻で新枕を交わしている。十二歳での結婚は若すぎる。医書にも天癸（月経）は十四歳とある。

四、冷泉は花宴巻で二歳、澪標巻で十一歳で元服する。花宴と葵を同じ年と考えると二年不足する。

五、斎院の御禊は初斎院入り前のそれと紫野院入りの前のそれがある。これは二度目の御禊である確証がある。初度の御禊は四月にある筈がなく、またその例もない。

六、斎宮卜定も受禅後である。初斎院には去年入るはずだったと本文にあることから、譲位は本年ではなく、葵巻以前の事と知られる。

このうち、具体的な空白の時間の長さを表す徴証となるのは、二・四・五・六である。一条兼良と同じように年立に注目した本居宣長は、二の光源氏の年齢に修正を加え、帚木巻での年齢を十七としたうえで花宴巻を二十歳、葵巻を二十二歳としたが、花宴巻から葵巻までに経過した時間の長さについては、兼良の見解と同じである。(1)二と四は、二年の経過をどこかで見ないと矛盾するというのであって、本質的には同じことを述べているとみて良い。このうち、より確実に比較検討の材料となるのは、四の冷泉の年齢である。冷泉は、紅葉賀巻で生まれ、澪標巻で十一歳で元服したとあるから、紅葉賀巻と澪標巻までのどこかの巻と巻との間で合計二年間の時間の経過を見ないと、繋がらないことになる。その時間をどこに見積もるかが問題で、一条兼良や本居宣長はそれを花宴巻から葵巻までの間に読もうとしたのである。ただし、これには原田芳起による反論がある。(2)通常、新斎院が卜定されると、あまり時間を空けずに一度目の御禊を行ってそのまま初斎院に入る。そして、初斎院に入って約二年間斎戒潔斎した後、二度目の御禊を行って紫野院に入る。よって、これを一度目の御禊と考えれば、葵巻が始まる直前に朱雀帝の即位、および斎院の卜定があったことになり、二度目の御禊と考えれば、約二年前に即位と卜定が行われたことになる。一条兼良や本居宣長はこれを二度目と考えて、花宴巻から葵巻までの間に二年の時間が経過したとし、原田は一度目と考えて葵巻を花宴の翌年の即位の年とし、さらに花散里巻を賢木巻の翌年として合計二年の経過を見ようとしたわけである。

そこで、原田芳起が一条兼良の説を批判し、この御禊が初斎院入り前のそれだとする根拠とした二点について検証を加えてみたい。その第一は、先の五の斎院が四月に初斎院入りした例がないことについて、原田はその例が

『源氏物語』以後にはいくつもあり、『源氏物語』が歴史に影響を及ぼしたと見ることができるとしたこと、第二に、御禊の供奉について、初度の御禊は「勅使参議一人のみ供奉」とする兼良の理解は間違っているとする点である。

原田の主張の一点目について、確かに『源氏物語』以後の後一条天皇の御代、選子内親王の後に斎院となった馨子内親王は長元五（一〇三二）年四月二十五日に初斎院入りしている。その他では、後朱雀天皇御代の娟子内親王が長元十（一〇三七）年四月十三日に、堀河天皇御代の令子内親王が寛治四（一〇九〇）年四月九日に、鳥羽天皇御代の官子内親王が天仁二（一一〇九）年四月二十日に、崇徳天皇御代の統子内親王が大治三（一一二八）年四月十四日に、禧子内親王が長承二（一一三三）年四月十八日にそれぞれ初斎院入りしている。このように『源氏物語』以後には、斎院が四月に初斎院入りする例をいくつも見いだすことができる。さらに原田は『年中行事秘抄』の四月の条に、

初斎院御禊年雖二八日不レ當二神事一。灌仏停止事。

長暦元年寛治四年例也。【近代多雖レ不レ當二神事一。初斎院年停止。】

経頼記云。長暦元年四月三日斎宮良子。入二大膳職一。同八日雖レ不レ當二神事一。依二伊勢賀茂斎院禊一無二灌仏一。同十三日丙辰斎院娟子。入二右近府一。

康和三年四月八日灌仏如レ常。同十三日初斎院入二御紫野一。

天永元年四月八日灌仏如レ常。同十三日初斎院入二御紫野一[3]。


とあるのを根拠として、斎院が四月に初斎院に入ることがむしろ慣例だったと述べる。しかし、この『年中行事秘抄』の記述は、斎宮と斎院の初斎院が四月に行われたために灌仏会が停止された例を記し、その後初斎院の年に神事がなくとも灌仏会が停止されるようになったことを述べているのであって、四月に初斎院入りすることが慣例と

なった事実を述べているのではない。ここに挙がっているのは、斎宮良子内親王（後朱雀天皇御代）、斎院娟子内親王（後朱雀天皇御代）・令子内親王（堀河天皇御代）・禎子内親王（堀河天皇御代）・官子内親王（鳥羽天皇御代）で、これを慣例と言うのなら、後朱雀天皇御代以降、院政期を中心に行われたとみるべきであろう。原田は、これらを根拠として、

　源氏物語以前の実例は、初斎院入り四月というのが記録がないが、絶無であつたという証もまたない。（中略）源氏物語以前を積極的に証することはできないが、その直後の斎院の初度御禊が四月にあつたということは、当時の有職家の見解は四月初度禊を容認し支持したであろうということを思わせるに十分である。（中略）源氏物語の賀茂の御禊が、当時初度のそれであると理解されて、文学が逆に歴史に影響したものでもあろうか。[4]

と述べ、『源氏物語』の葵巻の新斎院御禊が初斎院入りの前のそれだと断ずる。

　ここで問題となるのは、四月の初斎院入りが『源氏物語』以前まで溯り得るのかどうか、『源氏物語』の例がその後の歴史に影響を与えたと言い得るのかどうかである。今のところ調べられた斎宮・斎院の任官表を巻末に掲載した。これで判るように、斎宮・斎院の卜定や斎宮の野宮入りや群行、斎院の紫野院入りの日付けは記録として比較的残っているものの、初斎院入りの日付ははっきりわからないものも多い。この中で、『源氏物語』成立以前で斎院が確実に四月に初斎院入りした例を探してもそうした例はない。[5]『源氏物語』成立以後の後一条天皇御代の斎院馨子内親王が初例である。[6]勿論、記録として残っていないものの中に、四月初斎院入りの例がある可能性は残るものの、後代に影響を残すほどの四月初斎院入りの前例はない。むしろ、五十六年三ヵ月もの長きに亘って斎院であり続けた選子内親王の後を承け、久しぶりに卜定された斎院馨子内親王が四月に初斎院入りしたことで、後代に強く影響を与えた可能性が高いのではないか。さらに、次の後朱雀天皇御代の斎宮・斎院の初斎院入りがいずれも

四月に行われたことで、これ以降も踏襲されるようになったと考えるべきである。『源氏物語』の葵巻が歴史に影響を与えた可能性については、全く否定はできないものの、葵巻の御禊を初斎院入りの前のそれと解釈している古注釈書が一つもなく、そもそも初斎院入り前のそれかどうかという議論そのものが室町時代に成立した『花鳥余情』以降でしか行われてないことからも、低いと言わざるを得ない。史実に徴する限り、『源氏物語』成立以前には、斎院の初斎院入りはむしろ四月にはほとんど行われなかったと見た方が良い。

次に原田が挙げる二点目の御禊の供奉についてである。原田は、『延喜式』の初斎院の供奉人に関する記述を一条兼良は読み誤っていると指摘する。『延喜式』巻六「斎院司」に載る初斎院の際の供奉人に関する記述は以下の通りである。

> 勅使参議一人。院別當一人。五位四人。六位四人並前駈。左右近衛。左右兵衛各二人。左右門部各二人。左右火長各十人供奉。左右京職官人率二兵士巳上一迎候。山城国司率二郡司一候二京極路一。辨一人。史一人。史生二人。官掌一人。率二供奉諸司一。就二禊所一行レ事。

『花鳥余情』は、物語の御禊を二度目のそれであるとして次のように記す。

> 初度の禊の事は此物語にみえす　いま此巻にいへるは野宮へ入給はんとての二度の御はらへをいへり　その故は初度の禊には勅使参議一人供奉す　二度禊には大納言中納言参議以下あまた供奉す　毎年の禊には公卿一かうに供奉せす　此巻云御禊の日かんたちめかすさたまりたる事なれとかたちあるをえらせ給ふ　延喜式に二度の禊の勅使には大納言中納言各一人参議二人四位五位各四人すへて十二人の勅使なり　これをかすさたまるといへり　源氏の大将は参議二人の中なるへし　これをもてこれをいふに此巻にいへるは二度の禊うたかひなき物也

一条兼良が「初度の禊には勅使参議一人供奉す　二度禊には大納言中納言参議以下あまた供奉す」と述べていることに対して、原田は次のようにその誤りを指摘する。

厳密に言えば勅使は供奉人ではないのである。（中略）延喜式の「勅使参議一人」とあるのは御禊供奉の諸卿が一人というのでは決してなく、勅使が一人というので、当然なことである。「前駆」はただ「左右近衛」のようにあるから、中将が出ても大将が出ても延喜式には違反することはないわけである。（中略）葵の物語で、源氏が「とりわきたる宣旨」で前駆に加わったとしても、別にそれが初度でないことを証するほどのこととは考えられない。延喜式の前駆の定めのまゝでも、左右近衛左右兵衛以下が、中将でも大将でも任ずることが可能であるから、いくらでも重くすることはできる。西宮記を見ると、二度めの御禊でも「斎院御前、参議有レ障不ニレ可奉仕一」とか「元慶無ニ公卿御前一」とかいうこともあったのであり、実際は初度必ずしも軽からず、二度必ずしも重からず、というのが現実であったらしい。(7)

初斎院の場合でも、中納言や参議が供奉する例があり、『延喜式』で述べる内容は、兼良の言うように「勅使参議一人供奉」するわけではないという。確かに歴史上には初斎院の供奉人に上達部がなる例があり、かつ光源氏は「とりわきたる宣旨」によって参加したことを考えると、『延喜式』の規定から外れることもあり得るのだろうが、『源氏物語』葵巻の御禊の箇所の記述を見ると、原田は大事な内容に触れていない。それは、

御禊《ごけい》の日、上達部《かむだちめ》など数定まりて仕うまつりたまふわざなれど、おぼえことに容貌《かたち》あるかぎり、下襲《したがさね》の色、表袴《うへのはかま》の紋《もん》、馬《むま》、鞍《くら》までみなととのへたり、とりわきたる宣旨《せんじ》にて、大将《だいしやう》の君も仕うまつりたまふ。

（葵②　二〇～二一頁）

と、この日の御禊に供奉する上達部が「数定まりて仕うまつりたまふわざ」と人数に既に決まりがあるという記述

である。これは御禊に上達部が複数供奉することが前提であるとの語り方である。それが今回はさらに上達部の中でも容貌の良い人たちを集め、下襲の色や表袴の紋、馬や鞍まで揃えるという徹底ぶりなのであり、この供奉人に光源氏も加わるのである。『延喜式』によると、初斎院の供奉の上達部は「勅使参議一人」となり、勅使が供奉人でないとすると、上達部は誰もいなくなってしまうのである。そうすると、これはむしろ『延喜式』の二度目の御禊の供奉人に関する記述の、

勅使大納言。中納言各一人。参議二人。四位。五位各四人。内侍一人。辨一人。外記。史各一人。太政官史生一人。辨官史生二人。官掌一人。神祇。内蔵。縫殿。陰陽。大蔵。宮内。大膳。木工。大炊。主殿。掃部。造酒。主水。左右馬等官省職寮司供奉。

上達部として「勅使大納言。中納言各一人。参議二人」と数名が供奉し、勅使の大納言を除いたとしても三人の上達部を従える姿と考えた方が妥当であろう。原田は、『長秋記』や『中右記』などの実際の御禊に供奉した人々の記録から、「勅使参議一人」ではないことを述べるが、物語においては「とりわきたる宣旨」によって加わったのは光源氏一人とみるべきであろう。そうなると、この御禊を初斎院前の御禊と考えるには、かなり無理があることが判明する。

このように見てくると、新斎院の御禊は、初斎院入り前のそれではなく、紫野院入り前の二度目の御禊と考えざるをえず、そうなると最初の年立の問題は、花宴巻から葵巻までの間に二年の時間が経過していると考える一条兼良や本居宣長の説の方が妥当だという結論に至る。

二　朱雀帝即位時の想定と葵巻の特徴

前節の結論を承けて、花宴巻と葵巻の間に二年の時間の経過を読んだ場合、その二年の空白の間にどのような経緯があったのかを次に考えてみたい。実は、花宴巻と葵巻の間に二年の時間の経過を読み、斎院の御禊を二度目のそれと考えた場合でも、物語の時間との間に見逃せない齟齬が生じると指摘するのが今井上である。(8)今井は、二年の経過を説く現行の年立の中で、新斎宮と新斎院の卜定がいつ行われたかを考察し、「斎院もまた、斎宮同様、花宴巻の同年にではなく、花宴巻と葵巻の間に挟まれた空白の年のどこかで卜定されたと考えられる」とし、その前提となる「桐壺帝の退位も、通説通り、花宴と葵に挟まれた、語られざる一年の間の出来事と見てよかろう」と述べたうえで、次のような疑問を呈している。

葵巻と花宴巻に挟まれた空白の年のどこかで卜定されたと考えられる斎院が、翌年の夏、葵巻頭の段階で、はやくも二度目の御禊を済ませ、紫野の本院入りを果たして葵祭に供奉する（それが『花鳥余情』以来の通説）というのは、どうしたことであろうか。斎院の二度目の御禊は、どれほど速やかに執り行われたとしても、卜定の翌年にそれを済ませてしまうことには、かなり無理があるのではないか。(9)

葵巻の前年（すなわち空白の年）の正月に桐壺帝の譲位とそれに伴う新斎院の卜定があったとしても、葵巻の夏までには一年三ヵ月程度の時間があるにすぎず、新斎院が二度目の御禊に辿り着くまでの時間としてはあまりに短すぎるというのである。今井は、さらに賢木巻での雲林院に籠もった光源氏が、紫野院にいる朝顔斎院のことを思い出して文を送るという場面を取り上げ、朝顔斎院が賢木巻の二年目の春に卜定されていながら同年秋に紫野院に入っているのは疑問だとして、作者紫式部が生きた時代には大斎院選子内親王が長きに亘って斎院の座にいたために、かえって斎院制度への理解を疎くし、斎院の描かれ方に限界をもたらすことになったのではないかと結論づける。[10] 今井が指摘する二点の疑問のうち、後半の賢木巻の記述に関しては、物語本文には「吹きかふ風も近きほどにて、斎院にも聞こえたまひけり」（賢木② 一一九頁）とあり、雲林院が紫野院の近くであったからこそ、斎院のことを思い出したという文脈である。確かに、この段階で朝顔が紫野院にいたとすればおかしな話だが、この斎院を紫野院という場所に限定せずとも、斎院となった朝顔のことと考えれば、光源氏が場所がら朝顔のことを思い出して手紙を送ったと理解して、それほど問題とはならないのではないか。実際、古注では『細流抄』が「槿斎院也。賀茂ちかき渡りなるゆへ也」と斎院を人物のこととし、賀茂が近いから朝顔のことを思い出した文脈として注しているし、古注の中でこれをことさら不審とするものはない。これを場所と考えて朝顔が紫野院にいるのは不審だとするのは現代注になってからである。[11] 古注は朝顔がまだ初斎院で宮中にいることを意識していなかった可能性はあるものの、誰も違和感を抱かずに読んでいたことは確かである。問題は、今井の述べる通り葵巻の前年に斎宮と斎院の卜定は行われたのかどうか。物語の語られる内容を歴史上の斎宮・斎院と比較した際に、どのような特徴が見えてくるのかである。

今井が葵巻の前年に斎宮と斎院の卜定があったと理解する根拠は、新斎宮の初斎院入りに関する記述による。新斎宮秋好の初斎院入りについて、物語は「斎宮《さいぐう》は、去年《こぞ》内裏《うち》に入《い》りたまふべかりしを、さまざまさはることありて、この秋入りたまふ。」（葵② 三七頁）とあり、去年宮中の潔斎所に入る予定であったものが、遅れて今年——すなわち葵巻の一年目——になって、ようやく宮中の中の便所——すなわち初斎院——に入ったというのである。これについて今井は次のように述べている。

もし、彼女が花宴巻の同年に卜定されていたとすると、この新斎宮は卜定の翌々年の秋まで、宮中にさえ入らないままであったということになってしまう。この時代、斎宮が卜定から宮中の便所に入るまでに費す時間は長くても一年程度（規子内親王の場合。天延三年（九七五）二月二七日卜定、貞元元年（九七六）二月二六日宮中入り）、たいていは三ヵ月から十ヵ月程度であるから、これはちょっと考えられない長さである。（中略）そうなると、新斎院の卜定時期もおのずと限定されてくる。この弘徽殿腹の女三宮も、葵巻頭における新斎宮の卜定の話題につづいて「その頃、斎院も下りゐ給ひて、后腹の女三宮ゐ給ひぬ」（②二〇）、それと時期的に前後して卜定されたとあるからで、つまり斎院もまた、斎宮同様、花宴巻の同年ではなく、花宴巻と葵巻の間に挟まれた空白の年のどこかで卜定されたと考えられるのである。[12]

つまり、御代替わりに伴う新斎宮・新斎院の卜定が時期的に前後して行われ、斎宮の卜定から初斎院入りは長くても一年程度であり、かつ去年までに入るはずだったという本文から、卜定が花宴巻と同じ年とすると「考えられない長さ」が経ったことになる。よって花宴巻の翌年（葵巻の前年）に卜定があったというのである。しかし、これは新斎宮秋好の卜定から初斎院入りを基準にした場合に導かれる見解であって、基準をどこに置くかで見え方は変わってくる。例えば、花宴巻の年に卜定があったとすれば、今回の斎院の御禊まで約二年の時間が経過していて、斎院の二度目の御禊までの時間としては何ら不審はないことになる。代わりに新斎宮秋好の初斎院入りが異常に遅かったことになる。また、山本利達が指摘するように斎宮とすべき適任者がいなかったために人選に手間取り、斎院決定の翌年（葵巻の前年）に前坊の姫君が斎宮に定められた可能性[13]――そもそも斎院と斎宮が同じ年に卜定されていない可能性――と考えられるのである。[14]

そこで、何を前提に考えるべきかを明らかにするために、歴史上での天皇の即位に伴う新斎宮・新斎院の卜定から初斎院入り、そして伊勢群行と紫野院入りまでのあり方を通覧してみたい。巻末の表にある通り、斎宮は天皇毎に交代するものの、斎院は天皇毎に交代するとは限らない。このうち、『源氏物語』の朱雀帝と同じように、天皇の即位とともに斎宮と斎院が一緒に交代した例は、一条天皇御代までで見ると、嵯峨・仁明・文徳・清和・陽成・宇多・朱雀・冷泉の各天皇御代である。このうち、嵯峨天皇は、斎院を創設した天皇で、斎宮の卜定の後に、薬子の変を契機に新たに斎院を創設したのであり、正確には御代替わりに伴う交代の例ではない。よって、これを外して、仁明から冷泉までで見ると、宇多を除いて、斎宮と斎院の卜定はいずれも同日に行われていることに気づく。宇多の御代のみ、斎宮卜定の十一日後に斎院卜定が行われているが、同月のことであり、これもほぼ一緒に行われたと考えて問題はない。となると、天皇の御代交代に伴って斎宮と斎院が交代する場合は、同日もしくは同じ月のうちに行われたと考えられる。[15] 史上の初斎院入りの日を見ると、清和天皇御代が同日に行われたことが判る。それ以外では、冷泉天皇御代が二日違い、宇多天皇御代が三日違い、朱雀天皇御代では約三ヵ月違いであり、必ずしも同じ日とは限らないようである。ただし、斎宮の伊勢群行と斎院の紫野院入りの日程を見ると、卜定から約二年後の同じ年の四月に斎院の紫野院入りが行われ、九月に斎宮の伊勢群行が行われている。仁明・文徳・清和・宇多・朱雀の各天皇の御代ではそれが明確に確認できる。冷泉天皇御代は斎宮が伊勢へ群行する前に天皇の退位があったため、群行は行われなかった。そして、陽成天皇御代では、斎宮が伊勢に群行した元慶三（八七九）年の四月に斎院も紫野院入りするはずのところ、同年三月二十三日に太皇太后正子内親王が崩御したために延期となり、翌元慶四（八八〇）年四月に紫野院入りすることになったのである。以上をまとめると、天皇の御代交代に伴って斎宮と斎院の卜定が行われる場合は、ほぼ一緒の日程で卜定が行われること、初斎院入りの日程は斎宮と斎院で必ずしも同じではないが、斎宮群行と斎院紫野院入りは原則同じ年に行われるということである。

これをもとにして、『源氏物語』の朱雀帝即位に伴う斎宮と斎院を考えてみると、理解の前提となっている内容が明らかとなる。それは、斎宮と斎院の卜定が、同日かほぼ同じころに行われていたはずであり、よって斎宮の群行と斎院の紫野院入りも同じ年に行われるはずだったということである。『源氏物語』本文では、先に斎宮卜定の話があり、その後で斎院の卜定のことが語られているが、斎宮の卜定が斎院卜定の翌年に持ち越されたような文脈もない。前節で述べた通り、花宴巻から葵巻までに二年の時間が経過していたと考えられるから、花宴巻の年に桐壺帝譲位と朱雀帝即位、斎宮と斎院の卜定があったと考えると、二年後の葵巻の冒頭で斎院の二度目の御禊が行われたことになる。そうすると、本来なら同じ年——葵巻の最初の年——の秋に斎宮の群行も行われていないといけない。ところが、物語を読むと、葵巻の冒頭では、まだ初斎院にすら入っていないという異常事態が起こっている。車争いがあったことを聞いた光源氏が六条御息所を心配する場面では、

> 御息所《みやすどころ》は、心ばせのいと恥づかしく、よしありておはするものを、いかに思しうむじにけん、といとほしくて参《まう》でたまへりけれど、斎宮《さいぐう》のまだ本《もと》の宮におはしませば、榊《さかき》の憚《はばか》りにことつけて、心やすくも対面《たいめん》したまはず。（葵②　二六～二七頁）

と、まだ自宅にいることが判る。葵上が物の怪に苦しみ、六条御息所が生霊になっているとの噂が御息所のもとに届いたころに、「斎宮《さいぐう》は、去年《こぞ》内裏《うち》に入《い》りたまふべかりしを、さまざまさはることありて、この秋入りたまふ。」（葵②　三七頁）と語られてくるのである。すなわち、どういう理由か判らないが、「さまざまさはること」のために、斎宮だけが本来の予定から大幅に遅れて進行していることが語られるのである。そのまま読めば、「本来なら去年のうちに初斎院入りすべきであったが、さまざまな障りがあったために今年の秋にまでずれ込んだ」の意となるが、先の前提条件である天皇の交代時に一緒に斎宮と斎院が交代する際にはほぼ同じ時期に卜定される事実を加

味すれば、「本来なら（斎院と同じく一昨年中に初斎院に入るはずが延期となり、さらに）遅くとも昨年中には入ることになっていたが、さまざまな障りがあったために（二年後の）今年の秋にまでずれ込んだ」の意となる。「さまざまさはること」のために予定が延期になったと語られるのは、斎宮の方だけである。この異常事態のために、斎院の紫野院入りと斎宮の伊勢群行が同じ年に行われず、斎宮の群行は一年後の賢木巻冒頭になってしまったのである。異例となっているとわざわざ語られているのは、斎院の方ではなく斎宮の方だ。

今井は、斎宮の卜定から初斎院入りは長くても一年程度で、ここまでずれ込むのは「考えられない長さ」と述べるが、障りのために予定された進捗ではなく一年ずれ込む例は歴史上にもある。斎宮の例ではなく斎院の例だが、陽成天皇御代の一人目の斎院敦子内親王は、元慶三年四月に紫野院入りするはずが、同年三月に太皇太后正子内親王の崩御によって一年延期となり、元慶四年四月十一日に紫野院に入っている。卜定から三年後のことである。また陽成天皇の二人目の斎院穆子女王は、元慶六（八八二）年四月九日に卜定され、同年七月二十四日に初斎院入りし、二年後の元慶八（八八四）年に紫野院に入るはずが、同年二月に天皇の突然の譲位があり一年延期となった。さらに、仁和元（八八五）年四月に紫野院に入るはずが、八日に辨官に死の穢れがあったため延期となり、六月二十八日に入っている。これらは初斎院入りは順調に行われながら、途中に起こった出来事（太皇太后の崩御や天皇譲位）のせいで本院入りが一年延期となり、卜定から紫野院入りまで三年（あしかけ四年）かかった例である。秋好の場合は、初斎院に入るのが延期になっている点でこれらの例とは異なるが、斎院と同じ年に卜定されたと考えれば群行まであしかけ四年かかっていて、史上で起こった異例の範囲内ということになる。群行までを視野に入れれば「考えられない長さ」というほどではない。

さらに斎宮の初斎院入りの記事は、さらなる障害となりそうな事柄と併せて語られている。

斎宮《さいぐう》は、去年《こぞ》内裏《うち》に入《い》りたまふべかりしを、さまざまさはることありて、この秋入りたまふ。九月《ながつき》には、やがて野宮《ののみや》に移ろひたまふべければ、二度《ふたたび》の御祓《はらへ》のいそぎとり重ねてあるべきに、ただあやしうほけほけしうて、つくづくと臥《ふ》しなやみたまふを、宮人いみじき大事《だいじ》にて、御祈禱《いのり》などさまざま仕うまつる。おどろおどろしきさまにはあらず、そこはかとなくて月日を過ぐしたまふ。大将殿も常にとぶらひきこえたまへど、まさる方のいたうわづらひたまへば、御心の暇《いとま》なげなり。（葵②　三七頁）

ただでさえ大幅に遅れている初斎院入りがやっと行われ、九月にはすぐ野宮に入るはずであるのに、物の怪事件によって斎宮の母の六条御息所が病気がちとなってしまったため、斎宮に仕える人々は「いみじき大事」と思うとある。これで六条御息所が亡くなりでもしたら、斎宮の伊勢群行そのものが取りやめになる危機的状況だからである。このように斎宮の斎戒潔斎の進捗は、遅れた上にさらなる障害に見舞われそうな状況にある。光源氏にしても、正妻葵上の病気と六条御息所の病気の二つに苛まれて心の暇もない。六条御息所と葵上の確執は、葵上の死という最悪の結果となり、

かの御息所《みやすどころ》は、斎宮《さいぐう》は左衛門の府《つかさ》に入《い》りたまひにければ、いとどいつくしき御浄《きよ》まはりにことつけて聞こえも通ひたまはず。（葵②　五〇頁）

かく心より外《ほか》に、若々しきもの思ひをして、つひにうき名をさへ流しはてつべきこと、と思し乱るるに、なほ例のさまにもおはせず。さるは、おほかたの世につけて、心にくくよしある聞こえありて、昔より名高くものしたまへば、野宮《ののみや》の御移《うつ》ろひのほどにも、をかしういまめきたること多くしなして、殿上人《てんじやうびと》どもの好ましきなどは、朝夕の露分け歩《あり》くをそのころの役《やく》になむするなど聞きたまひても…（葵②　五三頁）

と、斎宮の初斎院入り、それに続く野宮入りが、葵上の死を哀悼する文脈の中で点描されている。葵上の死は幸い

に斎宮の障りとはなっていないが、斎宮の斎戒潔斎の進行は〈死〉を背景として語られてくる。

このように、花宴巻の翌年に桐壺帝の譲位と朱雀帝の即位、それに伴う斎宮と斎院の卜定を想定すると、斎院の初斎院にいる期間が極端に短くなってしまう。しかし、そう考えると、必然的に朱雀帝即位の年は花宴巻と同じ年となる。二度目の御禊までの期間を考慮に入れると、今度は斎宮の斎戒潔斎の進捗が大幅に遅れていることになる。斎院の卜定が先にあり、半年から一年後に斎宮の卜定があったとすればこの矛盾は解決するが、史上で斎宮と斎院が一緒に交代した例で、これほど期間がずれた例はない。我々の前に示されているのは、朱雀帝御代となって斎院が二度目の御禊をすませて紫野院入りし、「さまざまさはること」によって斎宮の斎戒潔斎の進捗が遅れ、一年後の九月に伊勢に群行したという事実のみである。繰り返すが、朱雀帝御代の特異性は、斎院の紫野院入りと斎宮の伊勢群行が同じ年に行われなかったことにこそある。そうなると、斎宮の初斎院入りの遅れを引き起こした原因こそが問題となるが、「さまざまさはることありて」とあるだけで、物語はそのあたりの事情を詳しく語らない。史上で延期になった例を参考にすれば、その障りは太皇太后の崩御や天皇の譲位など、いずれも天皇家にとっての重大事であったから、それと同等の内容かと思われるが、具体的に何を想定して良いのかはよく判らない。斎宮の斎戒潔斎の進行が葵上の〈死〉を背景として語られたように、初斎院入りを阻むほどに天皇家の〈死〉の障りが相次いだ可能性も考えられるが、具体的に語られていない以上、想像でしかない。しかし、朱雀帝御代は、具体的に語られていないが、背後に何らか深刻な事態を抱えていたらしいことは、次の五壇の御修法の実施と関わらせることで、浮かび上がってくる。

三　五壇の御修法の背景

葵巻の翌年、賢木巻の九月に斎宮は伊勢に下向し、その後の十一月に今度は桐壺院が崩御する。その翌年は諒闇となり、正月行事等は一切中止となる。こうして朱雀帝が父の喪に服しているころ、右大臣や弘徽殿大后は帝を差し置いて着々と権限を拡大し(16)、敵対する左大臣勢力を排除していることが窺い知れる。そうした過程で語られてくるのが、五壇の御修法である。これは尚侍となった朧月夜が光源氏と弘徽殿の細殿で密会する背景として語られてくるが、これは本来帝と関わって行われる修法である。本文には、

帝《みかど》は、院の御遺言《ゆいごん》たがへずあはれに思したれど、若うおはしますうちにも、御心なよびたる方《かた》に過ぎて、強きところおはしまさぬなるべし、母后《ははきさき》、祖父大臣《おほぢおとど》とりどりにしたまふことはえ背かせたまはず、世の政《まつりごと》御心にかなはぬやうなり。わづらはしさのみまされど、尚侍《かむ》の君は、人知れぬ御心し通へば、わりなくてもおぼつかなくはあらず。五壇《ごだん》の御修法《みずほふ》のはじめにてつつしみおはします隙《ひま》をうかがひて、例の夢のやうに聞こえたまふ。かの昔おぼえたる細殿《ほそどの》の局《つぼね》に、中納言の君紛らはして入れたてまつる。（賢木② 一〇四～一〇五頁）

と、朱雀帝が桐壺院の遺言を守ろうとしても母后と右大臣のために思うに任せないとする文脈の延長上に、朧月夜尚侍と光源氏の密会があり、その背景として語られる。五壇法は、中央に不動明王、東段に降三世明王、南段に軍荼利明王、西段に大威徳明王、北段に金剛夜叉明王の五大明王を勧請して同時に修する密教修法である。四方に段を設けるのは四方から侵入する邪気を祓うためで、中央の不動明王によって息災・長寿・増益などを祈るのである。言い換えれば、何らかの邪気の侵入がある、もしくはそれがあることを怖れることが前提となって行われる修

法である。問題はなぜここで五壇の御修法が行われているかだ。

史上の五壇の御修法については既に森茂暁によってその修法の意味および変遷がまとめられているので、(17) 森に導かれながらここでの修法実施の意味を考えてみたい。『源氏物語』が執筆された一条天皇の御代、寛弘五(一〇〇八)年までで見ると、九例の五壇法の実施記録が見いだせる。(18) 日付と場所、理由を列挙すると以下の通りである。

年月日	場所	理由
①延長8(九三〇)年7月21日	常寧殿	
②天慶3(九四〇)年2月18日	法性寺五大尊御前	「内裏御修法始」「為降伏東西兵乱」
③天慶3(九四〇)年8月29日	延暦寺	「南海賊事」
④応和元(九六一)年閏3月17日	叡山大日院	
⑤康保4(九六七)年8月11日	禁中	「私云、公家御祈歟」「主上、東宮不豫、新帝即位並立太子、天変等有之、為此等御祈、何時被修之哉、委記可尋之」
⑥天元4(九八一)年8月16日	場所不明	「為公家御祈、五大尊御修法被修之」
⑦永祚元(九八九)年夏	中堂	「摂政藤原朝臣病悩之間、中堂に…五大尊法を令修たり」
⑧長徳3(九九七)年5月22日	場所不明	「宮五壇法始之。」
⑨寛弘5(一〇〇八)年9月11日	土御門殿	「或記云、後一条天皇降誕、御母上東門院」

内容を具体的に見ると、①は延長八年七月二十一日に常寧殿で行われた五壇法で、六月二十六日に清涼殿の未申の柱に落雷して藤原清貫等が震死する事件が起こり、これよって醍醐天皇が不豫となったのを発端とする。天皇は七月二日に清涼殿から常寧殿に遷御し、十五日には御咳病を得る。七月二十日にも雷鳴があり、翌二十一日に天

皇の御座所である常寧殿で天台阿闍梨五人によって五壇法が行われた。これは、落雷を菅原道真の祟りと解釈し、その邪気を祓い天皇の病気平癒を目的として行われた修法である。しかし、病気は平癒せず九月二十二日に皇太子寛明親王（朱雀天皇）に譲位し、二十九日に崩御に至っている。②と③の天慶三（九四〇）年の例は、「為降伏東西兵乱」とあるように、平将門と藤原純友の所謂承平天慶の乱に依る。天慶三年には年明けから将門や純友調伏のためのさまざまな修法が行われている。正月実施の主だったものだけでも、三日に延暦寺や東寺等八所で修法が行われ、十三日に諸社に奉幣して兵乱鎮定を祈り、十四日に法琳寺で大元帥法を修せしめ、二十一日には諸社諸大寺で仁王経転読、二十二日には延暦寺で大威徳法を修し、二十四日に延暦寺と南神宮寺で修法を修し、三十日には石清水・賀茂・住吉の三社に奉幣して東西の兵乱を祈祷している。この流れを承けて行われたのが、二月十八日と八月二十九日の五壇法である。いずれも宮中ではなく、法性寺や延暦寺といった寺で行われている。④の例は村上天皇御代で、前年の天徳四（九六〇）年から天変や疫癘が流行し、五月六日には藤原師輔が薨去、九月二十三日には内裏が炎上するという大事件が起こる。翌天徳五年は村上天皇の厄年にあたり、かつ辛酉革命の年であるため二月十六日に元号を応和元年に改められる。その後二月二十六日には春の仁王会が行われ、三月四日には七大寺、延暦寺、東西寺に諷誦を修せしめ、天下安穏・息災延命を祈願している。閏三月十七日の五壇法は比叡山大日院で行われ、同日には天皇のいる冷泉院の東対で権僧正寛空が孔雀経法を修している。醍醐天皇の例に見るように、天皇の身に何かあった場合は、その傍で修法を行っているから、孔雀経法は天皇の息災のために修され、五壇法は叡山大日院で行っていることから天下安穏のためであろう。⑤の康保四年は、村上天皇が五月二十五日に崩御され、皇太子憲平親王（冷泉天皇）が践祚した年で、八月に入って「聖体不豫」とあるから、十一日に行われた五壇法は、冷泉天皇の不豫が原因と考えられる。禁中で行われたことも天皇のあり方と強く関わっていると見て良い。⑥の例は円融天皇御代で、天元四年には聖体不豫の記述が頻出する。三月二十五日、七月二十九日、八月三日、八月八・九日、八月二十六日に「御薬事」の記録があるから[19]、八月十六日の五壇法も天皇の病気平癒を祈願して行ったものか。ただし、場所が不明であることと「為公家御祈」とあるのが気になるところである。⑦は一条天皇が十歳の年で、摂政藤原兼家の病悩とあるから、天皇ではなく天皇を代行する摂政兼家の病気平癒を祈願した例である。⑧は太皇太后昌子内親王の病気平癒を祈願した例、⑨は一条天皇中宮藤原彰子が土御門殿で敦成親王を産む時に行われた修法である。

このように見てくると、寛弘五年以前に行われた五壇の御修法は、大きく見て二つの場合に分けられることが判る。その一つは天皇（もしくは天皇を代行する摂政）の病気平癒や出産など貴人の体調と関わる例で、二つ目は天下安穏など国家の危機的状況と関わる例である。両者で異なるのは修法が行われている場所で、病気や出産の例では病人の傍で行われるのに対して、国家危急の場合は延暦寺や法性寺など寺で行われている。さらに、最初の頃は天皇主導で行われるが、一条天皇御代のころになると藤原摂関家が主導して行われるようになっていく。

賢木巻の五壇の御修法が、どのような理由で、どこで行われているのかなど、その詳細は一切語られていない。ただし、史上の朱雀天皇御代にあったような地方の叛乱等は考えにくい。残るは朱雀帝や右大臣そして弘徽殿大后らの不豫が考えられるが、そのような兆しも語られていない。しかし、史上の五壇法の例はかなり切迫した状況の中でしか行われていない。そうなると、語られてはいないが、史上の④・⑤のように、天皇の崩御や天皇の後見の薨去など、邪気の侵入を怖れる深刻な事態を朱雀帝が抱えていたと考えるのが一番可能性が高い。先述した通り、斎宮の初斎院入りの遅れは「さまざまさはること」が原因であり、それは天皇家にとって重大事である可能性が高いことを述べた。その後を語る葵巻では葵上が亡くなり、次の年の賢木巻では桐壺院が崩御している。五壇の御修法はこの延長にあり、かつ弘徽殿大后や祖父右大臣がそれぞれにやることに帝が異を唱えられないとする文脈の中で語られていることからすると、帝の意思というより右大臣や弘徽殿大后の意向が強く反映して行われたのかもしれない。また、修法を行っている場所は、国家安穏を祈願するなら延暦寺なども考えられるが、帝への邪気侵入を防ぐ意味で行われたのであれば、帝の御座所の傍とも考えられ、そうなると清涼殿など宮中で行われたことになる。この時、光源氏と朧月夜は弘徽殿の細殿で密会しているから、すぐ傍らで五壇法は行われていたかもしれない。五壇の御修法の初日、天皇が重く謹慎し、修法の声が響く中、二人の密会は行われていたことになる。

以上に見るように、光源氏と朧月夜の密会の背景に語られてくる五壇の御修法も、朱雀帝即位以来の「さまざまさはること」と桐壺院の崩御の連続性の中で実施された可能性が高い。朱雀帝御代は邪気の侵入を防ぐ五壇法をやらねばならぬほど、深刻な事態を背景として抱えていたことになる。

結

葵巻の冒頭に語られるのは、新斎院の二度目の御禊、すなわち紫野院入り前の御禊と考えられる。そうなると、年立で問題となっていた二年の時間の経過は、花宴巻と葵巻の間に見るのが適当であることが判る。通常卜定から二年（あしかけ三年）して二度目の御禊を行うことを根拠とすると、桐壺帝の譲位と朱雀帝即位は花宴巻と同じ年に行われていた可能性が高い。紅葉賀巻末の「春宮《とうぐう》の御世《よ》、いと近うなりぬれば」（紅葉賀①　三四七頁）と桐壺帝が語ったこと、花宴巻冒頭の花宴が譲位に向けた儀礼であった[20]ことと関連し、花宴巻の後、さほど時間を空けずに譲位は行われたと考えられる。花宴巻末に朧月夜が「春宮《とうぐう》には、四月《うづき》ばかりと思し定めたれば」（花宴①　三六二頁）

とあるのは、朱雀の即位に合わせた入内、もしくはその直前での参内を意識した内容であったのだろう。史上の例に徴して、新帝即位に伴う新斎宮と新斎院の卜定はほぼ同じ頃にされたと考えられるから、本来ならば斎院の二度目の御禊があった年の秋九月に斎宮が伊勢に群行するはずであった。ところが、さまざまな障りが連続して起こってしまったために、斎宮の初斎院入りが大幅に遅れ、伊勢への群行も当初より一年遅れることになってしまったのである。朱雀帝御代は、即位から二年経ってもまだ斎宮が初斎院にすら入れない異常事態を抱えていたことが判り、その間にあったであろう天皇家内の〈死〉の穢れを背景に抱え込んでいたことが判る。新斎院の二度目の御禊と紫野院入りは、人前に現れない朱雀帝にとって、帝の威徳や威厳を皆に見せる大事なデモンストレーションの場であったはずが、皮肉にもそれが六条御息所の怨霊化の契機となり、新たな〈死〉を物語の中に招来する。そしてその翌年には、桐壺院の崩御が続くのである。賢木巻で行われる五壇の御修法は、こうした朱雀帝御代の背景にある深刻な〈死〉の連鎖が帝に及ぶことを怖れた修法であったと読むことができる。

物語は、桐壺帝から朱雀帝への譲位、朱雀帝の即位、それに伴う斎宮・斎院の卜定など即位当初の主だった内容を何も語らない。しかし、斎院の紫野院入りの御禊が行われた年に、斎宮がまだ初斎院にすら入っていなかったと語ることで、朱雀帝御代が当初から抱えていたであろう問題がはしなくも露呈していることを我々は知るのである。

注

（1）本居宣長『源氏物語年紀考』に「花宴巻　源氏君二十歳の春の事也、諸抄十九歳とす、誤也」とし、「葵巻　源氏君廿二歳より、廿三歳の正月迄のこと見えたり。諸抄廿一二歳とするは誤なり」による。

（2）原田芳起「源氏物語年立論への疑い――葵の巻前後の部分構図について――」（「国語と国文学」第37巻第5号　昭和35（一

九六〇）年5月）

(3) 『年中行事秘抄』本文の引用は『群書類従』第六輯による。なお、【】内は割注。

(4) 原田芳起注（2）に同じ

(5) 拙稿の初出の段階では、韶子内親王と選子内親王を『源氏物語』成立以前の四月に初斎院入りした例として指摘した。しかし、韶子内親王については、今井の指摘を受け、『貞信公記抄』（延長二年四月十四日）にある「初斎院御禊」が「初斎院に入る際に行う御禊」ではなく、「初斎院が行う御禊」すなわち「二度目の御禊」である可能性が高いと判断し、その例から除外した。選子内親王についても、再度史料を確認したところ、貞元元年九月二十二日に大膳職に入った記事があり、それを初斎院入りと判断し、訂正した。

(6) 『左経記』の長元五年正月二十七日条によれば、当初斎院御禊は三月十一日と四月二十五日の二案があった経緯が記されている。

(7) 原田芳起注（2）に同じ

(8) 今井上「『源氏物語』の死角――賀茂斎院考」（『国語国文』第81巻第8号　九三六号　平成24（二〇一二）年8月）

(9) 今井上注（8）に同じ

(10) 今井上注（8）に同じ

(11) 新潮古典集成（昭和52（一九九七）年）が「今年冬までは宮中の初斎院にいるはずであるが、何らかの事情で早く紫野の院に入ったものか」と述べたのを契機として、この後に出た完訳日本の古典『源氏物語』（昭和58（一九八三）年）が「今年春卜定の朝顔の斎院がここにいるのは不審」とし、岩波書店新日本古典文学大系（平成5（一九九三）年）や小学館新編日本古典文学全集（平成7（一九九五）年）、『源氏物語の観賞と基礎知識』（平成12（二〇〇〇）年）などが「不審」とする注を引き継ぐ。

(12) 今井上注（8）に同じ

(13) 山本利達「斎宮と斎院」（『講座源氏物語の世界』第三集所収　有斐閣　昭和56（一九八一）年）

(14) 桐壺帝譲位と朱雀帝即位を花宴巻と同じ年と考えるか翌年と考えるか、さらに斎宮と斎院の卜定をいつと考えるかには諸説ある。例えば『花鳥余情』では、譲位と即位を「世の中かはるとはきりつほの御門の御位を朱雀院にゆつり給ふ事なり　この事花宴のとしならすは去年の事なるへし　たゝし紅葉賀の巻に御門おりゐさせ給ひなんの御心つかひちかくとあれは去年花のえんのゝち夏秋の事たるへきにや」として花宴のあった年（二年前）の夏か秋とする。斎院については「今案賀茂の斎院は卜定ありてのち東河にのそみ給て御みそきの事ありてすくに初斎院へ入給ふ　初斎院とは大内の中に大膳職或左近府なとを点してそれにて三年潔斎の事あり　其の年の四月に御社へまいり給はんとてまつりのまへに吉日を撰て又御禊の事あり　すなはち紫野の野宮に入給ふ　これを二度の禊といふ（中略）今女三の宮はきりつほの御門の御譲国ののち卜定ありて初斎院へ入給ふへし　初度の禊の事は此物語にみえす　此巻にいへるは野宮へ入給はんとての二度の御はらへをいへり」として今回の御禊を二度目の御禊とし、卜定からあしかけ三年たった（卜定は二年前）としながら、斎宮については「斎宮卜定は去年の事なるへきにや」「今案秋好中宮は去年卜定ありていまた諸司へ入給はす　本の宮にまし〳〵て神斎し給ふをいふ也　さか木のはゝかりとはこれをいふなり」と斎宮の卜定は去年（一年前）のこととし、譲位・即位の年に斎院の卜定があり、その一年後に斎宮の卜定があったように解釈している。

(15) 天皇の御代交代に伴って斎宮と斎院が一緒に交代するのは、父帝や今上帝の崩御（または退位直後の崩御）の場合だとした今井上の見解（「『源氏物語』賀茂斎院箚記——付・歴代賀茂斎院表」（「専修国文」第96号　平成27（二〇一五）年1月））は傾聴に値する。今井はこの点でも朱雀帝即位に伴って斎院まで交代するのは異例だとする。ただし、大方はそうであるが、淳和天皇から仁明天皇に交代する際には誰の崩御もないまま斎宮宜子女王と斎院時子女王が一緒に交代しており、例外は存在する。桐壺帝御代から朱雀帝御代でなぜ斎宮と斎院が一緒に交代したのかは結局のところ不明とせざるを得ない。

(16) 拙稿「朱雀帝御代の権力構造」（『源氏物語の准拠と系譜』所収　平成16（二〇〇四）年）

(17) 森茂暁「五壇法の史的研究」（「九州文化史研究所紀要」第39号　平成6（一九九四）年3月）・同「五壇法修法一覧」（「福岡大学人文論叢」第30巻第1号（通巻第一一六号）　平成10（一九九八）年6月）

(18) 森茂暁「五壇法修法一覧」（注（17）に同じ）によれば八例挙げられているが、『日本紀略』によって③の用例を新たに補った。

(19) この記録はすべて『小右記目録』による。

（20）本書第Ⅱ篇第2章「宮廷詩宴としての花宴――花宴巻「桜の宴」攷――」参照

歴代斎宮斎院表

歴代	斎宮 斎宮名	才	父・母		日付	斎院 斎院名	才	父・母		日付
元正	久勢女王			卜定 群行 退下	霊亀元か 霊亀3・4・6 養老5・5・9前					
聖武	井上女王	5	首（聖武） 県犬養広刀自	卜定 野宮 群行 退下	養老5・9・11 養老5・9・11 神亀4・9・3 天平16・閏正・13					
	県女王			卜定 群行 退下	天平16 天平18・9・3 天平感宝元・閏5・11					
孝謙	小家女王		三原王	卜定 退下	天平勝宝元・9・6 天平宝字2・8・1					
淳仁	安倍内親王		淳仁天皇	卜定 退下	天平宝字2・8・19 天平宝字8・10・9					
称徳										
光仁	酒人内親王	19	光仁天皇 井上内親王	卜定 野宮 群行 退下	宝亀3・11・13 宝亀3・11・13 宝亀5・9・3 宝亀6・4・27					

	浄庭女王		神王 禰努麻内親王	卜定	宝亀6・4・29
				退下	天応元・4・3
桓武	朝原内親王	11	桓武天皇 酒人内親王	卜定	延暦元・8・1
				群行	延暦4・9・7
				退下	延暦15・2・15前
	布施内親王		桓武天皇 中臣丸豊子	卜定	延暦16・4・18
				野宮	延暦16・8・21
				群行	延暦18・9・3
				退下	延暦25・3・17
平城	大原内親王		平城天皇 伊勢継子	卜定	大同元・11・13
				野宮	大同3・8・26
				群行	大同3・9・4
				退下	大同4・4・1
嵯峨	仁子内親王		嵯峨天皇 大原浄子	卜定	大同4・8・11
				群行	弘仁2・9・4
				退下	弘仁14・6・3
淳和	氏子内親王		淳和天皇 高志内親王	卜定	弘仁14・6・3
				野宮	天長元・8・14
				群行	天長2・9
				退下	天長4・2・26
	宜子女王		仲野親王 菅野氏	卜定	天長5・2・12
				群行	天長7・9・6
				退下	天長10・2・28
仁明	久子内親王		仁明天皇 高宗女王	卜定	天長10・3・26
				野宮	承和元・8・27
				群行	承和2・9・5
				退下	嘉祥3・3・21

有智子内親王	4	嵯峨天皇 交野女王	卜定	弘仁元
			退下	天長8・12・8
時子女王		正良(仁明) 滋野縄子	卜定	天長8・12・8
			退下	天長10・2・28
高子内親王		仁明天皇 百済永慶	卜定	天長10・3・26
			紫野	承和2・4・20
			退下	嘉祥3・3・21

文徳	晏子内親王		文徳天皇 藤原列子	卜定　嘉祥3・7・9 野宮　仁寿元・8・26 群行　仁寿2・9・7 退下　天安2・8・27
清和	恬子内親王		文徳天皇 紀静子	卜定　貞観元・10・5 初斎　貞観元・12・25 野宮　貞観2・8・25 群行　貞観3・9・1 退下　貞観18・11・29
陽成	識子内親王	4	清和天皇 藤原良近女	卜定　貞観19・2・17 野宮　元慶2・8・28 群行　元慶3・9・9 退下　元慶4・12・4
	掲子内親王		文徳天皇 藤原今子	卜定　元慶6・4・7 野宮　元慶7・8・24 退下　元慶8・2・4
光孝	繁子内親王		光孝天皇	卜定　元慶8・3・22 初斎　元慶8・8・13 野宮　仁和元・9・18 群行　仁和2・9・25 退下　仁和3・8・26
宇多	元子女王		本康親王	卜定　仁和5・2・16 初斎　寛平元・9・20 野宮　寛平2・9・5 群行　寛平3・9・4

慧子内親王		文徳天皇 藤原列子	卜定　嘉祥3・7・9 紫野　仁寿2・4・19 退下　天安元・2・28
述子内親王		文徳天皇 紀静子	卜定　天安元・2・28 退下　天安2・8・27
儀子内親王		文徳天皇 藤原明子	卜定　貞観元・10・5 初斎　貞観元・12・25 紫野　貞観3・4・12 退下　貞観18・10・5
敦子内親王		清和天皇 藤原高子	卜定　貞観19・2・17 紫野　元慶4・4・11 退下　元慶4・12・4
穆子女王		時康（光孝） 正如王女	卜定　元慶6・4・9 初斎　元慶6・7・24 紫野　仁和元・6・28 退下　仁和3・8・26
直子女王		惟彦親王	卜定　仁和5・2・27 初斎　寛平元・9・23 紫野　寛平3・4・15 退下　寛平4・12・1

				退下	寛平9・7・3
醍醐	柔子内親王		宇多天皇 藤原胤子	卜定	寛平9・8・13
				初斎	昌泰元・5
				野宮	昌泰元・8・22
				群行	昌泰2・9・8
				退下	延長8・9・22
朱雀	雅子内親王	22	醍醐天皇 源周子	卜定	承平元・12・25
				初斎	承平2・6・10
				野宮	承平2・9・28
				群行	承平3・9・26
				退下	承平6・3・7
	斉子内親王	16	醍醐天皇 源和子	卜定	承平6・春
				退下	承平6・5・11
	徽子女王	8	重明親王 藤原寛子	卜定	承平6・9・12
				初斎	承平7・7・13
				野宮	承平7・9・27
				群行	天慶元・9・15
				退下	天慶8・正・18
村上	英子内親王	26	醍醐天皇	卜定	天慶9・5・27

君子内親王		宇多天皇 橘義子	卜定	寛平5・3・14
			初斎	寛平5・6・19
			紫野	寛平7・4・16
			退下	延喜2・10・8
恭子内親王	2	醍醐天皇 藤原鮮子	卜定	延喜3・2・19
			紫野	延喜5・4・18
			退下	延喜15・5・4
宣子内親王	14	醍醐天皇 源封子	卜定	延喜15・7・19
			紫野	延喜17・4・16
			退下	延喜20・閏6・9
韶子内親王	4	醍醐天皇 源和子	卜定	延喜21・2・25
			紫野	延長2・4・14
			退下	延長8・9・22
婉子内親王	28	醍醐天皇 藤原鮮子	卜定	承平元・12・25
			初斎	承平2・9・25
			紫野	承平3・4・12

天皇	斎王	年齢	父・母	事項	年月日
			藤原淑姫	退下	天慶9・9・16
	悦子(旅子)女王	6	重明親王 藤原寛子	卜定	天暦元・2・26
				初斎	天暦元・9・25
				野宮	天暦2・9・26
				群行	天暦3・9・23
				退下	天暦8・9・14
	楽子内親王	4	村上天皇 荘子女王	卜定	天暦9・7・17
				群行	天徳元・9・5
				退下	康保4・5・25
冷泉	輔子内親王	16	村上天皇 藤原安子	卜定	康保5・7・1
				初斎	安和元・12・25
				退下	安和2・8・13
円融	隆子女王		章明親王 藤原敦敏女	卜定	安和2・11・16
				初斎	天禄元・9・8
				野宮	天禄元・9・30
				群行	天禄2・9・23
				退下	天延2・閏10・16
	規子内親王	27	村上天皇 徽子女王	卜定	天延3・2・27
				初斎	貞元元・2・26
				野宮	貞元元・9・21
				群行	貞元2・9・16
				退下	永観2・8・27
花山	済子女王		章明親王 藤原敦敏女	卜定	永観2・11・4
				初斎	寛和元・9・2
				野宮	寛和元・9・26
				退下	寛和2・6・22
一条	恭子女王	3	為平親王	卜定	寛和2・8・8

斎王	年齢	父・母	事項	年月日
			退下	康保4・5・25
尊子内親王	3	冷泉天皇 藤原懐子	卜定	康保5・7・1
			初斎	安和元・12・27
			紫野	天禄元・4・12
			退下	天延3・4・3
選子内親王	12	村上天皇 藤原安子	卜定	天延3・6・25
			初斎	貞元元・9・22
			紫野	貞元2・4・16

			源高明女	野宮 群行 退下	永延元・9・13 永延2・9・20 寛弘7・11・7
三条	当子内親王	12	三条天皇 藤原娍子	卜定 初斎 野宮 群行 退下	寛弘9・12・4 長和2・8・21 長和2・9・27 長和3・9・20 長和5・正・29
後一条	嫥子女王		具平親王 為平親王女	卜定 初斎 野宮 群行 退下	長和5・2・19 長和5・9・15 寛仁元・9・21 寛仁2・9・8 長元9・4・17
後朱雀	良子内親王	8	後朱雀天皇 禎子内親王	卜定 初斎 野宮 群行 退下	長元9・11・28 長元10・4・3 長暦元・9・17 長暦2・9・11 寛徳2・正・16
後冷泉	嘉子内親王		敦明親王 藤原道長女	卜定 野宮 群行 退下	寛徳3・3・10 永承2・9・14 永承3・9・8 永承6・正・8
	敬子女王		敦平親王 源則理女	卜定 初斎 野宮 群行 退下	永承6・10・7 永承7・4・25 永承7・9・28 天喜元・9・14 治暦4・4・19

			退下	長元4・9・22
馨子内親王	3	後一条天皇 藤原威子	卜定 初斎 紫野 退下	長元4・12・16 長元5・4・25 長元6・4・9 長元9・4・17
娟子内親王	5	後朱雀天皇 禎子内親王	卜定 初斎 退下	長元9・11・28 長元10・4・13 寛徳2・正・16
禖子内親王	8	後朱雀天皇 藤原嫄子	卜定 紫野 退下	寛徳3・3・24 永承3・4・12 天喜6・4・3
正子内親王	14	後朱雀天皇 藤原延子	卜定 紫野	天喜6・6・27 康平3・4・12

後三条	俊子内親王	14	後三条天皇 藤原茂子	卜定	治暦5・2・9
				野宮	延久2
				群行	延久3・9・23
				退下	延久4・12・8
白河	淳子女王		敦賢親王 源親方女	卜定	延久5・2・16
				野宮	承保元
				群行	承保2・9・20
				退下	承保4・8・17
	媞子内親王	3	白河天皇 藤原賢子	卜定	承暦2・8・2
				初斎	承暦3・9・1
				野宮	承暦3・9・8
				群行	承暦4・9・15
				退下	応徳元・9・22
堀河	善子内親王	11	白河天皇 藤原道子	卜定	応徳4・2・11
				初斎	寛治元・9・21
				野宮	寛治2・9・13
				群行	寛治3・9・15
				退下	嘉承2・7・19
鳥羽	恂子内親王	16	白河天皇 藤原季実女	卜定	天仁元・10・28
				初斎	天仁2・4・14
				野宮	天仁2・9・15

			退下	延久元・7・24
佳子内親王	13	後三条天皇 藤原茂子	卜定	延久元・10・28
			退下	延久4・7・6
篤子内親王	14	後三条天皇 藤原茂子	卜定	延久5・3・11
			退下	延久5・5・7
斉子女王		小一条院 源政隆女	卜定	承保元・12・8
			退下	寛治3・4・12
令子内親王	12	白河天皇 藤原賢子	卜定	寛治3・6・28
			初斎	寛治4・4・9
			紫野	寛治5・4・15
			退下	康和元・6・20
禎子内親王	19	白河天皇 藤原賢子	卜定	康和元・10・20
			初斎	康和2・5・28
			紫野	康和3・4・13
			退下	嘉承2・7・19
官子内親王	19	白河天皇 源盛子	卜定	天仁元・11・8
			初斎	天仁2・4・20

天皇	名	年齢	父母	事項	年月日
				群行	天永元・9・8
				退下	保安4・正・28
崇徳	守子内親王		輔仁親王 源師忠女	卜定	保安4・6・9
				初斎	天治元・4・23
				野宮	天治元・9・27
				群行	天治2・9・14
				退下	永治元・12・7
近衛	妍子内親王		鳥羽天皇 藤原家政女	卜定	永治2・2・26
				初斎	康治2・2・22
				野宮	康治2・9・27
				群行	天養元・9・8
				退下	久安6・4・9
	喜子内親王		堀河天皇	卜定	仁平元・3・2
				初斎	仁平元・9・19
				野宮	仁平2・9・30
				群行	仁平3・9・21
				退下	久寿2・7・23
後白河	亮子内親王	10	後白河天皇	卜定	久寿3・4・19

名	年齢	父母	事項	年月日
			紫野	天仁3・4・13
			退下	保安4・正・28
悰子内親王	25	堀河天皇 源仁子	卜定	保安4・8・28
			初斎	天治元・10・25
			紫野	天治2・4・19
			退下	大治元・7・26
(恂子)統子内親王	2	鳥羽天皇 藤原璋子	卜定	大治2・4・6
			初斎	大治3・4・14
			紫野	大治4・4・19
			退下	天承2・6・29
禧子内親王	11	鳥羽天皇 藤原璋子	卜定	長承元・11・25
			初斎	長承2・4・18
			退下	長承2・9・2
怡子内親王		輔仁親王 源行宗女	卜定	長承2・12・21
			初斎	長承3・9・21
			紫野	長承4・4・15

			藤原成子	初斎	保元元・9
				野宮	保元2・9・15
				退下	保元3・8・11
二条	好子内親王		後白河天皇 藤原成子	卜定	保元3・12・25
				群行	永暦元・9・8
				退下	永万元・6・25
六条	休子内親王	10	後白河天皇 藤原成子	卜定	仁安元・12・18
				初斎	仁安2・6・28
				野宮	仁安2・9・21
				退下	仁安3・2・19
高倉	惇子内親王	11	後白河天皇 藤原公能女	卜定	仁安3・8・27
				初斎	嘉応元・5・9
				野宮	嘉応元・9・27
				群行	嘉応2・9・10
				退下	承安2・5・3
	功子内親王	2	高倉天皇 藤原公重女	卜定	治承元・10・28
				野宮	治承2・9・13
				退下	治承3・正・11
安徳					

			退下	平治元・閏5・19
式子内親王		後白河天皇 藤原成子	卜定	平治元・10・25
			紫野	永暦2・4・16
			退下	嘉応元・7・26
僐子内親王	11	二条天皇 中原師元女	卜定	嘉応元・10・20
			初斎	嘉応2・4・23
			退下	嘉応3・2・22
頌子内親王	27	鳥羽天皇 藤原実能女	卜定	承安元・6・28
			退下	承安元・8・14
範子内親王	2	高倉天皇 藤原成範女	卜定	治承2・6・27
			初斎	治承3・4・9
			紫野	治承4・4・12
			退下	治承5・正・14

（注）『平安時代史事典』（資料・索引編）の角田文衛編、西井芳子増訂「伊勢斎宮表」「賀茂斎院表」を参考としながら、史料により一部訂正を加え、斎宮の卜定時の年齢および斎院の初斎院入りの日程を付け加えた。年齢は数え年である。「初斎」とは初斎院入りの日程、「紫野」は紫野院入りの日程である。

【付記】本稿は最初の発表の後、今井上より批判を受けた（今井上「『源氏物語』賀茂斎院箚記――付・歴代賀茂斎院表」（「専修国文」第96号　平成27（二〇一五）年1月））。史料の読み誤りもあり、本書に収載するに際し、内容を訂正し本文も書き換えている。今井は、注（8）に引用した論とともに「斎宮に比べて『源氏物語』における斎院の描かれ方にはずいぶんと差があり、さまざまな点で不審や不明確なところが認められる」として斎院関連の記事の特徴から紫式部の斎院制度への無理解へと論を展開している。本稿の目指すところとは立場を異にするが、立場の違いによってかえって『源氏物語』のもつ問題点は明確になったと思われる。併せて参照願いたい。

2 朱雀帝御代の斎宮・斎院

序

朱雀帝御代となって、最初に語られてくるのは、御代替わりに伴う新斎宮の卜定とその母六条御息所の動静、それに続く新斎院の御禊の記事である。葵巻では、御代替わりの後「よろづものうく思《おぼ》され」（葵② 一七頁）と陰鬱な光源氏とは対照的に、御代替わりに伴う晴の儀式が粛々と進行する。しかも、帝の交代に伴って行われる事柄は、新帝の即位の他にも、太上天皇の尊号宣下や母の皇太后立后、大嘗祭などさまざまある中で、物語は斎宮と斎院の卜定とその御禊のみをクローズアップする。いわば、新しい斎宮と斎院の卜定と斎戒潔斎の進行をもって、新しい帝の御代となったことを表すと言って良い。光源氏も供奉した華々しい斎院の御禊の行列は、多くの人々によって見守られ、新帝の御代となったことを実感するのだ。

本章では、朱雀帝御代を象徴するように語られる新斎宮と新斎院が、それぞれ秋好と女三宮に決定することを端緒とし、それのもつ意味について、歴史的な卜定のあり方と比較しながら考えてみたい。

一　『源氏物語』の斎宮・斎院

『源氏物語』は、桐壺帝をはじめとし、朱雀帝、冷泉帝、今上帝の御代までの四代の帝の御代を描く。舞台とする時代を仮に延喜天暦の頃——醍醐天皇から村上天皇御代——を一つの目安とし、その前後の嵯峨天皇から一条天皇御代までを想定すれば、そのすべての御代に斎宮と斎院は卜定されている。ところが、物語の中で見ると、誰がそれらに卜定されたか、換言すれば斎宮と斎院が具体的な人名と関わって語られるのは、朱雀帝御代から冷泉帝御代にかけてだけである。冷泉帝御代では前斎宮秋好が入内することと、式部卿宮が薨去したために朝顔が斎院を退下したことだけしか語られないから、より厳密に言えば、誰が卜定されたかが問題となっているのは朱雀帝御代だけだと言える。その斎宮・斎院に関する記述は、以下の通りである。

Aまことや、かの六条御息所《ろくでうのみやすどころ》の御腹の前坊《ぜんばう》の姫宮、斎宮《さいぐう》にゐたまひにしかば、大将の御心ばへもいと頼もしげなきを、幼《をさな》き御ありさまのうしろめたさにことつけて下《くだ》りやしなまし、とかねてより思しけり。

（葵②　一八頁）

Bそのころ、斎院《さいゐん》もおりゐたまひて、后腹《きさきばら》の女三《をむなさん》の宮《みや》ゐたまひぬ。帝《みかど》、后《きさき》いとことに思ひきこえたまへる宮なれば、筋異《こと》になりたまふをいと苦しう思したれど、他宮《ことみや》たちのさるべきおはせず、儀式《ぎしき》など、常の神事《かむわざ》なれど、いかめしうののしる。祭のほど、限りある公事《おほやけごと》に添ふこと多く、見どころこよなし。人からと見えたり。

（葵②　二〇頁）

C親添ひて下《くだ》りたまふ例《れい》もことになければど、いと見放ちがたき御ありさまなるにことつけて、うき世を行き離れむと思すに、大将《だいしやう》の君、さすがに今はとかけ離れたまひなむも口惜《くちを》しく思されて、御消息《せうそこ》ばかりはあはれなるさまにてたびたび通ふ。（賢木② 八三〜八四頁）

D斎院は御服《ぶく》にておりゐたまひにしかば、朝顔の姫君は、かはりにゐたまひにき。賀茂のいつきには、孫王《そわう》のゐたまふ例多くもあらざりけれど、さるべき皇女《をむなみこ》やおはせざりけむ。大将の君、年月経《としつきふ》れど、なほ御心離《はな》れたまはざりつるを、かう筋異《こと》になりたまひぬれば口惜《くちを》しくと思す。（賢木② 一〇三〜一〇四頁）

Eまことや、かの斎宮《さいぐう》もかはりたまひにしかば、御息所《みやすむどころ》のぼりたまひて後《のち》、変らぬさまに何ごともとぶらひきこえたまふことは、ありがたきまで情《なさけ》を尽くしたまへど、昔だにつれなかりし御心ばへのなかなかならむなごりは見じ、と思ひ放ちたまへれば、渡りたまひなどすることはことになし。（澪標② 三〇九頁）

F前斎宮の御参りのこと、中宮の御心に入れてもよほしきこえたまふ、こまかなる御とぶらひまで、とりたてたる御後見《うしろみ》もなしと思《おぼ》しやれど、大殿《おほとの》は、院に聞こしめさむことを憚《はばか》りたまひて、二条院に渡したてまつらむことをもこの度《たび》は思しとまりて、ただ知らず顔にもてなしたまへれど、おほかたのことどもはとりもちて親めききこえたまふ。（絵合② 三六九頁）

G斎院《さいゐん》は御服《ぶく》にておりゐたまひにきかし。大臣《おとど》、例の思《おぼ》しそめつること絶えぬ御癖《くせ》にて、御とぶらひなどいとしげう聞こえたまふ。宮、わづらはしかりしことを思せば、御返りもうちとけて聞こえたまはず。いと口惜《くちを》しと思しわたる。（朝顔② 四六九頁）

AとBにより、朱雀帝が即位するのに伴って卜定されたのは、斎宮が六条御息所の娘（秋好）、斎院が弘徽殿大后腹の女三宮とわかる。秋好はここで初めて登場する人物で、桐壺帝御代の最初の皇太子で既に薨去している前坊の娘――二世女王である。一方、斎院は弘徽殿女御が皇太后となっているから、朱雀帝の同母姉妹の后腹内親王である。それが賢木巻で父桐壺院が崩御したため、服喪のため退下し、Dのようにその替わりとして式部卿宮の娘朝顔が卜定された。朝顔もまた二世女王である。Eによれば、朱雀帝譲位に伴い退下したのは斎宮のみで、斎院の朝顔はGの父式部卿宮が薨去したのを理由に冷泉帝御代の途中で退下している。退下した後の新しい斎宮・斎院が誰なのかは語られることがなく、秋好は冷泉帝に入内し、朝顔は光源氏に求婚されるというように、朱雀帝御代の斎宮と斎院のその後が物語の俎上に載るのみである。秋好は立后する前まで「斎宮」「前斎宮」「斎宮の女御」と呼称され、朝顔も登場する最後の若菜下巻まで「斎院」「前斎院」と呼ばれていることから、斎宮や斎院はむしろ彼女たちの属性として意味づけられている。また、准拠として指摘されてきたのはCとFの箇所で、斎宮と一緒に母が伊勢に下った例および前斎宮が帝に入内した例として、斎宮女御徽子女王の史実が指摘されている(1)。

『源氏物語』の斎宮・斎院の特徴は、朱雀帝御代にのみ中心的に語られること、桐壺帝から朱雀帝に代わった時に二人とも一緒に交替すること、斎宮が二世女王、斎院が后腹内親王であること、斎院退下後に二世女王が卜定されること、退下後の斎宮が次の帝の後宮に入内することである。しかし、これだけでは彼女たちが斎宮や斎院に卜定されたことの意味は何も判らない。

そこで次節では、史上の斎宮・斎院の卜定の有り様、およびその後の消息を辿り、『源氏物語』の斎宮・斎院の卜定のあり方との関わりを探ってみたい。

二　歴代の斎宮・斎院の卜定の特徴

斎宮および斎院は、『延喜式』巻第五「斎宮」の最初に、

凡天皇即レ位者。定二伊勢太神宮斎王一。仍簡二内親王未レ嫁者一卜レ之【若無二内親王一者。依二世次一簡二定女王一卜レ之】

とあり、巻第六「斎院司」にも、

凡天皇即レ位定二賀茂大神斎王一。仍簡二内親王未レ嫁者一卜之【若無二内親王一者。依二世次一簡二諸女王一卜之】

とあって、天皇の交替毎に新たに斎宮・斎院を卜定することが定められている。その際、未婚の内親王から選び、それがいない場合に女王を卜定するとある。しかし、実態を通覧すると、前章巻末の歴代斎宮斎院表を見れば明らかなように、斎宮は天皇毎にきちんと交替するが、斎院については最初の有智子内親王が嵯峨天皇と淳和天皇御代の二代に渡って務めているように、天皇一代毎に交替する原則は最初から崩れている。

いずれも神に仕える巫女であるが、他の巫女と決定的に違うのはその政治的性格である。伊勢斎王にとって重要なエポックとなったのは壬申の乱であり、賀茂斎院成立のきっかけは平城上皇と嵯峨天皇の政治的対立、いわゆる薬子の変であると言われる[2]。斎宮・斎院制度は、これらの勝者側（天武・嵯峨）の戦勝の代償として成立したという背景をもち、天皇の権威をイデオロギーの面から保証する存在である「守護神」への対価行為として、特権的犠牲の役割を担うのである。その意味で天皇制の荘厳装置的性格をもっていると言われる[3]。とすると、誰が斎宮・斎院になるのかは、天皇のおかれた状況を知る上で極めて重要だ。また、斎宮・斎院の卜定、いわゆる卜による占いは、合否程度の判断しか下さない性格のもので、すでに内定していた候補者の合否を決定する、事実上形式的な儀式にすぎなかったとも言われている[4]。候補者は事前に天皇の御前会議で決められるから、天皇もしくは摂政などの裁定が大きかったとみることができる。こうしたことを勘案して、歴代の斎宮・斎院と天皇との関係を以下に見

てみる。

天武天皇の再来と言われた聖武天皇以降で見ると、孝謙・称徳天皇の御代を除いて文徳天皇の御代まで、即位当初に卜定される斎宮はいずれも当代の天皇所生の皇女が占めている。父天皇の御代を娘が斎宮となって、その祭祀を担うという構図である。『日本書紀』編纂当時からの常識でもあったと考えられる。『日本書紀』に現れる斎王もことごとく当代の天皇の娘であるから、この構図は『日本書紀』編纂当時からの常識でもあったと考えられる。それは嵯峨天皇御代に成立した斎院についても同じである。斎王の出自、すなわち斎王の母を見ると、光仁天皇御代の斎宮（酒人内親王）の母が聖武天皇御代の斎宮井上内親王で、桓武天皇御代の斎宮（朝原内親王）の母が光仁天皇御代の斎宮酒人内親王と、この二代だけは斎宮経験者が占めるものの、それ以降は特に皇族出身者や特定の氏族に限定されることはない。ただし、文徳天皇御代の斎宮（晏子内親王）と斎院（慧子内親王）がいずれも藤原列子腹の皇女が選ばれていて、この頃から再び特定の腹の皇女に限定していく萌芽が見える。そんな中で女王が卜定された例は、斎宮では聖武天皇御代の井上内親王の後の県女王（父 未詳）、光仁天皇御代の酒人内親王の後の浄庭女王（父 神王）、淳和天皇御代の氏子内親王の後の宜子女王（父 仲野親王）、斎院では淳和天皇御代の有智子内親王の後の時子女王（父 正良親王）である。いずれの場合も、即位当初からではなく、当代の斎王が母の喪や病気などの理由で退下した後を承けて、次の御代までの中継ぎ的な役割を担ったと見ることができる。(5) 聖武から文徳までで見ると、基本的に当代の天皇の娘が父の祭祀を担うこと、女王は中継ぎ的に卜定される論理を見いだすことができる。

それが清和や陽成など幼帝が即位するに及び、当代の天皇の娘が斎王になる構図は必然的に崩れる。そして今度は、天皇の同世代もしくは年上の皇女がそれを担うようになる。清和の御代を支えたのは父文徳天皇皇女、即ち清和の姉妹たちであり、卜定されたのは斎宮が恬子内親王（母 紀静子）、斎院が儀子内親王（母 藤原明子）である。

紀静子腹の皇女には、文徳天皇御代の二人目の斎院述子内親王もいるので、文徳から清和に至る斎宮・斎院は、藤原列子腹皇女二人と紀静子腹皇女二人が担い、一部の妻腹の皇女に限定された跡が見える。(6) 加えて、清和天皇の御代の斎院には、初めて皇太夫人藤原明子腹皇女（儀子内親王）が卜定されている。陽成天皇御代の斎院も同じく皇太夫人藤原高子腹皇女（敦子内親王）が卜定されており、清和と陽成天皇の御代の斎院は、いずれも天皇の同母姉妹、すなわち后腹内親王を優先的に卜定した跡が窺える。これについて榎村寛之は、幼帝に決定能力などないから、外戚の藤原良房の意向が強く反映していると説く。(7) その意向とは、九世紀後半の貴族層に、都城守護神である賀茂神社重視と、伊勢神宮軽視の傾向の萌芽が見えると言う。(8) 文徳の頃から斎宮・斎院の出自が一部の妻妾腹皇女に限定されたこと、清和・陽成の御代では天皇の娘ではなく、現天皇の姉妹が斎宮・斎院となったこと、および斎院に后腹内親王が優先的に卜定されたことが見て取れる。これらが文徳・清和・陽成の頃の特徴である。

次の光孝天皇の御代になると、斎宮は繁子内親王（母 未詳）、斎院は陽成天皇御代からの継続で穆子内親王（母 正如王女）が務め、いずれも当代天皇の娘となり、本来のあり方に戻る。仁明から光孝までの五代は、女王が卜定されることはなく、天皇の娘か姉妹かの違いはあるものの、内親王が安定的に卜定される時代が続いた。

ところが、次の宇多天皇御代に至ると、状況は一変する。宇多は、阿衡の紛議によって即位後約一年にわたって摂政藤原基経を筆頭とする官僚達と対立し、それにより斎王を卜定できない事態に陥るのである。即位したのは仁和三（八八七）年八月二十六日だが、斎王を卜定できたのは二年後の仁和五（八八九）年二月である。九世紀に入って斎王の卜定が大嘗祭より遅れたのはこれが最初との指摘がある。(9) しかも、宇多には同母姉妹がいたにも関わらず、皆源氏になっていたためか、卜定されたのはいずれも従兄弟の女王たちである。斎宮は元子女王（父 本康親王）、斎院は直子女王（父 惟彦親王）で、この決定について、榎村は宇多が藤原基経に屈服する形で天皇権力の荘厳装置を弱める意味で遠縁の斎宮・斎院を立てた結果ではないかと分析する[10]。女王が天皇の即位当初に卜定されたのはこれが初めてである。宇多が東宮から清涼殿に遷御したのも、同母兄弟姉妹を親王・内親王に復帰させたのも、いずれも藤原基経の死後であったことを考えると[11]、宇多のおかれた当時の厳しい立場が窺える。しかし、藤原基経薨去後、宇多は徐々に力を持ち始め、次の醍醐天皇御代に向けた準備を始める。寛平四（八九二）年十二月二十九日に藤原胤子腹の柔子と橘義子腹の君子の二人を一緒に内親王宣下し、続いて寛平五（八九三）年一月二十二日に藤原胤子と橘義子を一緒に女御宣下し、同年四月二日には胤子腹皇子の敦仁親王を九歳で立太子するのである。これらは一連のことであって、宇多は敦仁を立太子した時点で二年以内に譲位しようと思っていたとあるから[12]、内親王宣下された二人の皇女は、当初から皇太子敦仁の御代の斎宮・斎院候補者として内定していた可能性が高い。それが斎院直子女王が突然薨去してしまったため、急遽君子内親王が宇多の在位中に斎院に卜定されることとなった。醍醐天皇が即位すると、斎宮には柔子内親王、斎院には継続で君子内親王がなり、当初予定されたと思われる体制が整う。こうして醍醐天皇御代は、天皇の姉妹が斎宮と斎院を担い、かつ斎宮の方に同母姉妹――皇太后腹内親王が卜定されるのである。注目すべきは、これらが父宇多の差配によって行われたことである。以上、宇多の御代は、官僚達との対立から斎王の卜定が大幅に遅れ、かつ即位当初から女王が卜定されるという今までにない事態が現出する。しかし、宇多は次の敦仁（醍醐）の即位に向けた準備を進め、寵愛した二人の妻（藤原胤子・橘義子）の娘によって支えられる体制を築いた。しかも、清和や陽成の御代とは逆に斎宮の方に后腹内親王を配したのである。

こうしてスタートした醍醐天皇は、延喜二（九〇二）年十月八日に斎院君子内親王が薨去したことによって、早々と次の準備を迫られる。醍醐は延喜三（九〇三）年二月十七日、宣子（母 源封子）と恭子（母 藤原鮮子）を一緒に内親王宣下し、次期斎王候補者にしたと思われる。恭子は内親王宣下の二日後に二歳で斎院に卜定され、その恭子が延喜十五（九一五）年五月四日に母の喪で退下すると、代わって今度は宣子が斎院に卜定されるのである。延喜十五年までの間には他に何人もの皇女が生まれていたにも関わらず宣子が卜定されたのは、当初からこの二人が斎王候補に内定していたためであろう。先の宇多とこの醍醐の例から、斎王を選ぶあり方の一つに、次を見据えてあらかじめ内定するあり方が窺える。醍醐の場合、斎宮と斎院の別はなく、退下した方に次の人を充てている。ここには特定の妻腹に限定する姿勢は見られない。醍醐は多くの皇女にめぐまれたため、崩御後にはその醍醐皇女たちが朱雀・村上の御代を支えることになる。その際の選ばれた出自を見ると、妃為子内親王腹と中宮藤原穏子腹および更衣満子女王腹皇女は除外されているものの、それ以外は女御以下更衣に至るまで皇女を儲けている妻からは一人ずつ（源和子と藤原鮮子だけは二人）まんべんなく卜定されていて、一部に限定されてはいない。

朱雀天皇の即位時の斎宮は雅子内親王（父 醍醐　母 源周子）二十二歳、斎院は婉子内親王（父 醍醐　母 藤原鮮子）二十八歳で、八歳の天皇に比してだいぶ年上の異母姉妹たちが務めた。ただし、醍醐は寛明（朱雀）を親王宣下した次の日に、斉子（母 源和子）を内親王宣下していることから、どうもこの斉子を寛明を支える斎王と早くから決めていたふしが窺える。[14]それをうけてか、斉子は承平六（九三六）年三月に母の喪で退下した雅子内親王の後に斎宮に卜定される。ところが、その斉子は同年五月十一日に突然薨去してしまったため、予定が大きく狂い、急遽重明親王の娘の徽子女王を卜定することとなった。宇多天皇御代以来、久々の女王の卜定である。これは、斉子が急死したことによる緊急避難的措置で、朱雀の皇女が生まれるまでの繋ぎであったのだろう。しかし、結局、朱雀は在位中に皇女を儲けることなく、皇太弟成明（村上）に譲位することになる。

村上天皇は二十一歳で即位するものの、即位当時にはまだ皇女はなく、最初の斎王は醍醐天皇皇女、すなわち天皇の異母姉妹たちが務めた。斎宮が醍醐皇女の中で最後に内親王宣下された英子内親王（母 藤原淑姫）、斎院は朱雀天皇御代からの継続で婉子内親王である。しかし、英子は卜定された四ヶ月後の九月十六日に薨去してしまったため、再び重明親王の娘が斎宮に卜定されることになる。悦子（旅子）女王である。これも徽子女王同様に、村上皇女が生まれるまでの繋ぎであったのだろう。悦子女王が父の喪で退下した後には、村上皇女の楽子内親王（母 荘子女王）が卜定された。ここに至って、醍醐天皇以来当代天皇の皇女が斎王を務める本来の形が復活する。ただし、他にも皇女がいながらなぜ楽子が選ばれたのかは詳らかでない[15]。こうして、朱雀・村上の御代は、主に天皇の異母姉妹の内親王が斎王を務め、その間隙を従兄弟の女王（重明親王の娘二人）が繋ぐ役割を果たしたことが見て取れる。ここでも女王の卜定はあくまで繋ぎである。加えて、朱雀の御代の斎宮徽子女王が皇太弟である村上の後宮に入内したこともこの時代の特徴として見逃せない。

十八歳で即位した冷泉天皇の御代には、斎宮に輔子内親王（父 村上　母 藤原安子）、斎院に尊子内親王（父 冷泉　母 藤原懐子）が卜定され、天皇の同母姉妹と娘の皇女が天皇を支える体制となる。斎王が天皇を荘厳する装置と考えると、現天皇の同母姉妹の后腹内親王と娘の皇女は、これまでになく天皇の正統性を証す強力な布陣である。しかし、冷泉は二年三ヶ月で譲位してしまったため、斎宮は伊勢に群行しないまま退下し、尊子のみそのまま斎院となった。

冷泉の皇太弟の円融の即位時の斎宮は隆子女王（父 章明親王）、斎院は継続で尊子内親王で、即位時に女王が卜定されるのは宇多以来のことである。斎王になりうる村上皇女がまだいたことを考えると、即位時の女王卜定をどう位置付けるかは微妙な問題だ。冷泉の退位があまりに突然だったための緊急避難的措置とも、円融がそもそも冷泉から花山への繋ぎの存在だったためとも考えうるからである。榎村は隆子女王の卜定に勧修寺系との繋がりを指摘するが[16]、内親王に先んじて女王を選ぶ根拠になり得るのかどうかは不明である。即位時にはまだ元服前だった円融に所生皇女がいるはずもなく、上皇や親王の皇女からしか選べない状況にあったにしても、即位当初に女王を卜定するのは、同母兄の冷泉の時に比べて格段に劣る措置といえる。さらに、追い打ちをかけるように、隆子女王は伊勢斎宮のまま急死してしまうのである。これまでにも薨去が原因で斎宮が別の人に交替した例はあったが、いずれも伊勢に下る前のことで、伊勢の地で薨去した斎宮は隆子女王が初めてである。これによって再び村上皇女が卜定される。規子内親王である。そしてこの時に母徽子女王が一緒に伊勢に下る。規子内親王は卜定時に二十七歳であったから、母徽子女王の同行は、娘を心配してというより、伊勢の地で起こった初めての斎宮死亡事故の事後処理のために、斎宮経験者が一緒に下ったと考える方が妥当である[17]。さらに、母の喪で退下した斎院尊子内親王の後任には、同じく村上皇女の選子内親王が卜定される。選子は中宮藤原安子腹であるから、后腹内親王である。こうして、円融天皇御代の後半は、再び村上皇女たちが斎王を担うようになる。加えて、冷泉天皇御代の斎院尊子内親王が、母の喪で退下した後、円融の後宮に入内することになる。徽子女王に続く斎王の入内である。

次の花山天皇の御代の斎宮は済子女王（父 章明親王）、斎院は継続で選子内親王が務めた。ここでもまた即位時に女王が斎宮に卜定される。しかし、この時の状況は円融の即位時とは違い、内親王の候補者が極端に減っていたことも考慮に入れなければならない。ただし、冷泉皇女で天皇と同母姉妹の宗子内親王がいて、花山を荘厳化するためなら宗子の卜定もあり得たはずだが、そうはならなかった。朱雀天皇以降、女王の卜定が伊勢斎宮ばかりなのは、宮廷内での伊勢斎宮の位置付けの低下[18]と関係している可能性もあるが、内親王に先んじて女王を卜定する理由は未詳とせざるをえない。また斎宮に死者が続いたことも、なり手を減らした理由であろうか。また卜定された女王も重明親王と章明親王の娘たちだけで、出自が限定されている根拠も不明である。さて、新斎宮の済子女王は野宮での潔斎中に瀧口武士の平敦光との密通の噂が立つという事件が起こり、群行しないまま寛和二（九八六）年六月二十二日に野宮を退出する。翌二十三日、花山天皇が密かに宮中を出て出家する事件が起こったため、冷泉天皇の御代に続き花山天皇御代でも斎宮として誰も伊勢に下ることがないまま終わる。

そして、一条天皇御代には、また即位時の斎宮に女王の卜定がある。為平親王の娘恭子女王である。一条は幼帝で皇女もなく、宗子内親王は直前に薨去していて候補となる内親王は一人もいなかったから、女王の卜定は必然だった。斎院はそのまま選子内親王が継続となった。恭子女王も選子内親王も偶然何事もなかったため、一条天皇御代では在位途中で斎宮・斎院の交替は行われることはなかった。

これら聖武から一条までの斎王の卜定を通覧すると、いくつかの特徴を見いだすことができる。斎王は天皇の娘が担うのが基本とされ、成人天皇が即位していた時代はほぼ忠実に守られていた。それが清和以降に幼帝が即位するようになって、天皇の姉妹が斎王を担うようになる。そして、天皇の即位の低年齢化が徐々に進むに従い、姉妹が斎王を務めることが多くなり、それとともに上皇や摂政の意向が斎王の卜定に反映してくるようにもなる。斎王を特定の出自に限定するあり方は、最初に光仁・桓武のころに見える。この時代は先の斎宮が次の天皇に入内し、そこに生まれた皇女がまた斎宮を担うという論理である。しかし、これは平城以降には引き継がれなかった。次に限定する傾向が見えるのは、文徳・清和・陽成のころである。文徳が斎王を特定の妻腹の皇女に限定した理由は不明である。清和・陽成の御代になると、斎院に同母姉妹すなわち后腹内親王を優先的に卜定する傾向が見える。これは摂政藤原良房や基経の意向の反映と見られ、斎院偏重の現れとも言われる。斎王が天皇を荘厳する装置であるなら、地位の高い后腹内親王によってこそ天皇の格式は上がる。藤原摂関家が天皇家と強く結び付いた清和・陽成のころに、それぞれ一人しかいない后腹内親王を斎院に卜定し、幼帝の権威化を進めようとしたと考えられる。これに対し、斎院ではなく斎宮に后腹内親王を卜定した父帝が宇多および村上である。宇多が醍醐の御代を準備した際と村上が冷泉の御代を準備した際、すなわち父帝が子の御代を権威化しようとした際に、后腹内親王を斎宮に卜定する傾向が見える。しかし、村上天皇崩御後にはまた藤原摂関家の介入が始まり、円融の御代の後半には再び斎院に后腹内親王が卜定されることになる。天皇主導か摂関主導かの違いで斎宮か斎院かの別が出るものの、后腹内親王の斎王は天皇の権威化に大きな力を持ったことが窺える。

これに対して逆の意味づけを含むのが女王の卜定である。ただし、女王の卜定は在位途中か即位時かで意味づけは大きく変わる。在位途中で女王を卜定した聖武・光仁・淳和・陽成・朱雀・村上の例は、いずれも次の天皇もしくは現天皇の娘が卜定されるまでの繋ぎの役割を担う場合である。一方、即位時から女王を卜定したのが宇多・円融・花山・一条の例で、特に宇多の場合は、天皇の権威を削ぐ意図が含まれていたらしい。円融・花山・一条の場合は事情がやや異なり、宮廷内に候補者がいないことによる措置で、いずれも現天皇に皇女が生まれるまでの繋ぎの役割を果たしたと考えられる。即位時の女王の卜定の意味については、天皇の置かれた立場や宮廷内の皇女の事情を勘案する必要がある。

さらに、宇多や醍醐の御代に見られるのは、娘を内親王宣下した時点で斎王に内定していると思われる例があることである。天皇は即位したかなり早い段階から、次期斎王の準備に入らねばならなかったようである。

加えてもう一つ触れておくべき特徴は、斎王経験者が退下後に結婚する場合である。斎宮・斎院経験者が入内する例は、早くは聖武天皇御代の斎宮井上内親王が光仁天皇の皇后となったのが最初で、光仁天皇御代の斎宮酒人内親王が桓武天皇に入内した例、桓武天皇御代の斎宮朝原内親王が平城天皇に入内した例がある。天武系から天智系に天皇の系譜が交代する際に行われ、いずれも天武系の血を引き継ぐ皇女が天智系の天皇の祭祀を担う形をとった。しかし、これは平城以降には引き継がれなかった。次に斎王が結婚するのは、醍醐天皇御代の斎院韶子内親王（父 醍醐天皇 母 源和子）が天皇崩御により退下した後に大納言源清蔭に嫁いだ例、朱雀天皇御代の斎宮徽子女王（父 重明親王）が村上天皇に入内した例、冷泉および円融天皇御代の斎院尊子内親王（父 冷泉天皇 母 藤原懐子）が円融天皇に入内した例があるのみで、醍醐天皇以降一条天皇御代まででも三例を数えるにすぎない。そのうち天皇に入内したのは二例で、いずれも兄の御代の斎宮・斎院が皇太弟に入内する例で、皇位継承が父から子ではなく兄から弟に引き継がれる際に行われ、兄の御代の王権を支えた中皇命（なかちすめらみこと）が弟の王権を後宮において支える形をとる。このように皇位継承が兄から弟にずれる際に、祭祀を担った皇女の贈与により権威の継承を可視化することが行われたと考えられる。皇太弟が即位する際に兄から弟に贈与される例では他に皇女の例もある。嵯峨から淳和へは、嵯峨の后腹皇女正子内親王が融和の証として淳和に入内し、朱雀の皇女昌子は村上の皇子憲平（冷泉）に入内している。冷泉から円融へは、冷泉の皇女でかつ斎院経験者の尊子内親王が入内している。また、文徳―清和―陽成から光孝―宇多―醍醐に皇統が代わった時も、皇女の贈与が行われていて[19]、斎院韶子内親王が大納言源清蔭に嫁いだ例もその延長上の話である。このように、皇太弟への皇位継承の際に、皇女もしくは斎王の入内が付随的に行われ、権威の継承が行われたと考えられる。以上のような事情が『源氏物語』の背景にあると考えるべきであろう。

三 朱雀帝御代の斎宮・斎院

前節に通覧した歴史上の斎王の特徴を勘案した上で、第一節で見た『源氏物語』の斎宮・斎院の卜定のあり方を以下に考えてみたい。

葵巻に見られる斎宮・斎院に関する記述の中でまず注目されるのは、朱雀が、年立で言えば二十四歳という立派な成人天皇でありながら皇女がなく、天皇の同世代の姉妹や従兄弟が担い、かつ斎院の方に皇太后腹女三宮――すなわち后腹内親王が卜定されていることである。これは、史上の摂関が主導した時のあり方で、ここに祖父右大臣の介入がかなりの程度読み取れるであろう。葵巻の冒頭に、「世の中変りて後《のち》、よろづものうく思《おぼ》され」（葵②　一七頁）とあることとの関連で見ると、朱雀帝御代となっていよいよ右大臣が力を持ち始めていることが読み取れるのである。それに対して斎宮には「六条御息所の御腹の前坊《ぜんばう》の姫宮」（葵②　一八頁）と、即位時に女王が卜定されている。女王卜定には天皇の立場が弱い場合と皇女がいない場合の二つの可能性があり、前者の文脈は葵巻の前後に認められないから、後者を読むべきである。しかも、女三宮が退下した後の斎院には朱雀皇女ではなく、式部卿宮の娘の朝顔――すなわち従兄弟の女王が再び卜定され、宮廷に候補者になりうる内親王がいない状況が読み取れる。しかも、これについて「賀茂のいつきには、孫王《そわう》のゐたまふ例多くもあらざりけれど、さるべき皇女《をむなみこ》やおはせざりけむ。」（賢木②　一〇三頁）とわざわざ断っていることから、斎院に女王が卜定される例が稀であることを作者紫式部自身が了解している文脈としても見ることができる。実際、嵯峨以降一条までで斎院に女王が卜定された例は三例しかない[20]。斎宮に女王が卜定される例は、同じ期間で七例あったことに比べれば、半分以下である。さらに、桐壺院には最低でもあと二人皇女がいたにも関わらず、即位当初にそれらからは選ばれず、わざわざ「前坊の姫宮」という、これまで一度も語られることのなかった皇太子の存在とその娘が登場することは注目に値する。これまで「前坊」というともっぱら廃太子問題と関連して論じられてきたが[21]、これを斎宮と関わらせると違う見方が出来そうである。すなわち、内親王に優先して二世女王である「前坊の姫宮」が斎宮に卜定されたのは、前坊が即位することを前提に、存命中にすでに内定していた可能性を窺わせるのである。前坊が生きていれば、今上帝となり、その娘が斎王となるのは、天皇と斎王との基本的な形である。また、史上でも次の御代を見越して皇太子の娘が斎王に卜定される例がある。[22]賢木巻の文脈から、前坊は六条御息所と結婚し、一年後に皇女が生まれたとあるから、この子は生まれたかなり早い時点で次の前坊の御代の斎王に内定していたと思われる。これの意味するところは、葵巻の冒頭は、朱雀帝御代の始まりを語っているが、それはもし生きていれば前坊の御代であったこと、その際に娘の秋好が内親王として斎宮に卜定されるはずであったこと、六条御息所が立后されれば、秋好は后腹内親王として斎宮に卜定された可能性もあったということである。斎宮に后腹内親王を卜定するのは史上では天皇主導で行われた形であるから、桐壺帝（もしくは父一院）の主導で前坊の姫宮が斎宮に内定し、后腹内親王の斎宮卜定によって前坊の御代は荘厳化されるはずであったとも考えられる。いわば、あり得たであろうもう一つの世界――后腹内親王の斎宮によって荘厳化された前坊の御代との対比において朱雀帝御代は語られているということである。

このように見てくると、葵巻の文脈は、朱雀帝をなんとか権威化しようとする右大臣の思惑と、六条御息所が前坊の死によって零落の一途を辿るものの、高い矜恃を持ち続けている姿が対比的に描かれていることが判る。葵巻の冒頭近くの斎院の御禊は、人々の前に現れることのない朱雀帝の身代わりとして、朱雀帝の権威を可視化する――荘厳化する役割を担った儀礼であり、光源氏はそれを演出する要員として駆り出されている。ところが、その場で六条御息所と葵上との間で車争いが勃発し、葵上の供人たちによって六条御息所の車は奥に押しやられてしまう。辱めを受けて、帰るに帰れないでいる時、行列が近づいてきた折の六条御息所の心境に、

心やましきをばさるものにて、かかるやつれをそれと知られぬるが、いみじうねたきこと限りなし。

（葵②　二三頁）

とあり、ここには劣等感を基底に持つ「心やまし」と優越感を基底に持つ「ねたし」が用いられていて、「優越感と劣等感という背反する二つの感情が複雑にないまぜになって存在している」との指摘がある。[23] 六条御息所にとって、后腹内親王大宮腹の葵上に対して優越する感情があるとすれば、それは大臣の娘ということより、前坊が即位していれば自分こそが后になっていたはずだとする感情ではないのか。衆目の面前で辱めを受けることが堪えがたいのも、その落差ゆえである。遡れば、葵巻冒頭の桐壺院が光源氏に諭す場面で、

「故宮《こみや》のいとやむごとなく思し時めかしたまひしものを、軽々《かるがる》しうおしなべたるさまにもてなすなるがいとほしきこと。斎宮をもこの皇女《みこ》たちの列《つら》になむ思へば、いづ方《かた》につけてもおろかならざらむこそよからめ。心のすさびにまかせてかくすきわざするは、いと世のもどき負ひぬべきことなり」など、御気色《けしき》あしければ、わが御心地にもげにと思ひ知らるれば、かしこまりてさぶらひたまふ。（葵②　一八頁）

と、「軽々しうおしなべたるさまにもてなすなるがいとほしきこと」「御気色あしければ」と、ここまで桐壺院が真剣に怒り、六条御息所とその娘を特別扱いしようとするのは、本来あるべき姿に対し不当に貶められているからにほかならない。桐壺院が御息所母子を特別待遇する姿は、前坊の死後も内裏に住むことを勧めたり、[24] 野宮から内裏へ行く際の長奉送使に地位が高く名声のある上達部を選んだことなどにも表れている。[25] 六条御息所が自分の今の境遇を后になっていたであろう夫前坊が帝となった世との比較において認識するのは、賢木巻の別れの御櫛の場面において一番明確に現れている。

御息所《みやすんどころ》、御輿《こし》に乗りたまへるにつけても、父大臣《おとど》の限りなき筋に思し心ざしていつきたてまつりたまひしありさま変りて、末《すゑ》の世に内裏《うち》を見たまふにも、もののみ尽きせずあはれに思さる。（賢木②　九三頁）

ここの「御輿」について、輿は東宮との結婚には用いないことが確認されたことによって、東宮との結婚の時を指すのでは無く、立后後に改めて輿に乗って入内する時との比較で語られていることが明らかとなった。すなわち、この文脈での御息所は昔と今とを対比的に見ているのではなく、后となって天皇のところに向かう自分との比較において、零落した自らを認識するという文脈である。その意味では、ここは紅葉賀巻末に藤壺が立后して輿に乗り内裏に向かう場面とも対照的に響き合っている。[26]

このように、葵巻の斎宮・斎院の卜定には、歴史的経緯が大きく関わっている。后腹内親王を斎院に卜定することにより幼帝を荘厳化しようとした藤原良房や基経を前例として右大臣の思惑が見え、それに対して、宇多や村上が后腹内親王を斎宮に卜定して天皇を荘厳化しようとした前例を背景として、桐壺帝（もしくは父一院）の意図が窺える。前坊の死によって崩れ去った前坊の即位、六条御息所の立后、后腹内親王の秋好の斎宮卜定というもう一つの物語を連想させるのである。さらに、六条御息所に后の位を望んだのは、賢木巻の記述から父大臣であったことも明らかとなり、ここに亡き父大臣の遺志という新たな主題も立ち現れる。それは前坊の死によって挫折するが、その成仏できない怨みは、「故父大臣《こちちおとど》の御霊《らう》」（葵② 三五頁）として出現し、今なお人々の記憶に残っている。[27]葵巻の物の怪事件は、その怨みを顕在化させた。朱雀帝を権威化する絶好の機会であった新斎院の御禊の行列は、車争いという不測の事態を生み、そこで受けた辱めによって六条御息所の苦しみや生きにくさが明らかになるとともに、その無念の背後には故父大臣の遺志が絡んでいる――。そうしたさまざまな人々の思惑が交錯するのが葵巻だったことになる。

最後に准拠についてふれると、六条御息所とその娘斎宮が一緒に下る文脈に斎宮女御徽子女王を重ねて読む准拠の方法は、母と娘が一緒に伊勢に下ったという事実のみに関わり、徽子女王が一緒に下った歴史的経緯にまでは関わっていないことも明らかとなった。物語の中では、伊勢で斎宮が亡くなった事実もないし、一緒に母が下らねばならないような必然的な理由もない。徽子女王との重なりは、むしろ後に斎宮女御となって村上天皇の後宮に入内したことの方が重要である。歴史的に兄の御代の斎王が弟の後宮に入内する論理こそ、秋好に后への道を歩ませる――六条御息所の父大臣の遺志の実現に向けた道筋を開く論理だと言える。澪標巻末で光源氏が秋好の処遇を相談した折、藤壺が、

「いとよう思しよりけるを。院にも思さむことは、げにかたじけなういとほしかるべけれど、かの御遺言をかこちて知らず顔に参らせたてまつりたまへかし。いまはた、さやうの事わざとも思しとどめず、御行ひがちになりたまひて、かう聞こえたまふを、深うしも思し咎《とが》めじと思ひたまふる」（澪標②　三二〇〜三二一頁）

と述べた「御遺言」の存在について、そもそも六条御息所から託された言葉の中には存在しない[28]との指摘がある。ここで重要なのは、遺言が実際にあったかどうかではなく、六条の父大臣の遺志は確実に存在したこと、および兄帝の皇女か斎王が皇太弟に入内することが暗黙の了解になっていたからこそ、六条御息所の言葉は「御遺言」として朱雀上皇に対して説得力を持ち得たということである。いわば、秋好は朱雀帝の御代の斎王になったことで、次の冷泉帝の後宮に入内することが世間的に認められ、その端緒が開かれるのに対し、朱雀帝自身が別れの御櫛の場面で初めて秋好に対面して恋に落ちたことにより、秋好をめぐる朱雀上皇と冷泉帝との新たな緊張関係が出来上がるのである。さらに秋好の立后は、皇統を繋ぐ役割が兄朱雀から弟冷泉に移る可能性までも示唆してくる。加えて、朱雀帝御代の斎院朝顔が光源氏の色好みの対象となることで、新たに光源氏にまで斎王が奪われる危機にさらされるのである。一代の天皇の斎王二人までが他の人に嫁ぐ例は史上には存在しない。そのような緊張感を語ったのが朝顔巻であったと考えられる。

結

歴史的に見て、斎宮と斎院は、天皇を荘厳するという意味で、誰がそれらになるかは極めて重要であった。『源氏物語』の中で、斎宮と斎院になった人を具体的に語るのは朱雀帝御代だけであり、そこに卜定の意図を読み解く端緒が隠されている。

朱雀帝は成人天皇でありながら、斎宮や斎院に決まったのは娘の皇女ではなく、同世代の従兄弟と兄弟であった。しかも、斎宮には秋好（二世女王）、斎院に女三宮（同腹の后腹内親王）を卜定する。即位当初に女王を卜定するあり方は、一面で極めて同時代的なあり方であるが、少なくとも桐壺院には三人の皇女がいたにも関わらず、内親王より優先して女王を卜定したのは、すでに秋好が斎王に内定していた可能性を窺わせる。しかも、わざわざ前坊という今まで回想されることすらなかった桐壺帝即位当時の皇太子を持ち出し、その娘として登場するのは、前坊が即位した時の斎王としてかなり早い段階で内定していたことを想像させる。それは歴史的に見ると、天皇が主導して斎王を内定するあり方である。加えて、六条御息所が立后されれば、秋好は后腹内親王として斎宮に卜定されることになり、それは醍醐と冷泉の御代を荘厳化しようと準備した宇多と村上を連想させる。天皇主導で后腹内親王を斎宮に卜定するあり方である。一方、斎院の方に后腹内親王を卜定するあり方は、清和・陽成のころから行われた摂関主導の斎院卜定を髣髴とさせる。すなわち、帝と同腹の女三宮を斎院にして朱雀帝を荘厳化しようとしたのは、右大臣であった可能性が高く、それほど右大臣は発言力をもってきているということである。

さらに、斎王経験者が天皇に入内する場合とは、兄の御代の斎王が皇太弟に入内する場合であり、その意味で朱雀帝御代の斎宮となった秋好は、皇太弟冷泉への入内とともに、六条御息所の父大臣の遺志であった后への道を歩む端緒が開かれるのである。そうした歴史上の論理と物語の論理は通じ合っていた可能性がある。前坊妃として登場する六条御息所は、葵上との車争いで辱めを受けて敗者の相貌を帯びて語られるが、前坊が生きていれば彼女こそが后になっていた可能性があり、そうしたあり得たであろうもう一つの世界を一方に据えながら、彼女の苦しみや身の処しが語られていたことになる。

注

（1）夙くは『紫明抄』に「斎宮母子下向例」として徽子女王規子内親王母子を載せる。
（2）榎村寛之「斎王制と天皇制の関係について」（『律令天皇制祭祀の研究』所収　塙書房　平成8（一九九六）年）一三七頁
（3）榎村寛之注（2）に同じ。一三七頁
（4）甲田利雄「斎宮覚書」（『平安朝臨時公事略解』所収　続群書類従刊行会　昭和56（一九八一）年）二〇八～二〇九頁。榎村寛之注（2）に同じ。一四一頁
（5）榎村寛之「斎女王の本質」（『伊勢斎宮の歴史と文化』所収　塙書房　平成21（二〇〇九）年）八一～八四頁
（6）文徳皇女にはもう一人掲子内親王（母　藤原今子）がいるが、陽成天皇御代後半の斎宮で、文徳天皇の崩御後しばらくしてのト定であるため文徳の意向は働いていないと判断する。
（7）榎村寛之注（2）に同じ。一五四頁
（8）榎村寛之注（2）に同じ。一五四頁
（9）榎村寛之注（2）に同じ。一五五頁

(10) 榎村寛之注（2）に同じ。一五五頁

(11) 宇多が東宮を出て清涼殿に入ったのは寛平三年二月十九日。宇多の兄弟の皇女たちは斎宮・斎院になったのを除き、皆父光孝天皇によって源氏賜姓されており、同母姉妹の忠子・簡子・綏子・為子が内親王に復帰するのは寛平三年十二月二十九日であり、いずれも藤原基経が亡くなった寛平三年一月十三日の後のことである。

(12) 『寛平御遺誡』の中で菅原道真について記した中に「また東宮初めて立ちし後、二年を経ざるに、朕位を譲らむの意《こころ》あり。」とあるのによる（本文の引用は、日本思想大系『古代政治社会思想』（岩波書店）による）。

(13) 寛明を親王宣下したのが延長元年十一月十七日。斉子を内親王宣下したのは十八日。（いずれも『一代要記』による）

(14) 榎村寛之注（2）に同じ。一六〇頁

(15) 榎村寛之は、勧修寺系藤原氏との繋がりを指摘する（「平安中期の斎女王」注（5）に同じ）。八八頁

(16) 榎村寛之「平安中期の斎女王」注（5）に同じ。八八頁

(17) 斎王には二歳から五歳ほどで卜定される例が多いが、どれほど幼くても母が同行した例はこれ以前に一度もない。榎村は神の意思表示があった可能性や内院の改築などを想定する（「平安中期の斎女王」注（5）に同じ）。八九～九〇頁

(18) 榎村寛之注（2）に同じ。一六二頁

(19) 本書第I篇第3章「桐壺皇統の始まり——后腹内親王の入内と降嫁——」参照

(20) 淳和天皇御代の時子女王、陽成天皇御代の穆子女王、宇多天皇御代の直子女王

(21) 三谷栄一「源氏物語における民間信仰——御霊信仰を中心として——」（『源氏物語講座』第五巻「思想と背景」所収　有精堂出版　昭和46（一九七一）年）

(22) 元正天皇御代の井上女王（皇太子首親王の娘）、淳和天皇御代の時子女王（皇太子正良親王の娘）など。

(23) 増田繁夫「葵巻の六条御息所」（『国文学解釈と鑑賞』別冊　平成10（一九九八）年5月）

(24) 「この斎宮の御事をも、懇《ねむご》ろに聞こえつけさせたまひしかば、「その御代《かは》りにも、やがて見たてまつりあつかはむ」など常にのたまはせて、「やがて内裏住《うちず》みしたまへ」とたびたび聞こえさせたまひしを」（葵②　五三頁）

(25)「十六日、桂川《かつらがは》にて御祓《はらへ》したまふ。常の儀式にまさりて、長奉送使《ちやうぶそうし》など、さらぬ上達部《かんだちめ》も、やむごとなくおぼえあるを選《え》らせたまへり。院の御心寄せもあればなるべし。」(賢木② 九一頁)

(26) 高田信敬「御息所御輿に乗り給へるにつけても――大臣の女、斎宮の母――」(『源氏物語考証稿』所収 武蔵野書院 平成22(二〇一〇)年)

(27) 物語の本文は六条御息所に伝わってきた噂として語られていて、実際に「故父大臣の御霊」が出現したかどうかは判らない。ただし、そのような噂が立つこと自体が、人々の心にそれを畏れる思いがある証左であることは明白である。

(28) 辻和良「秋好中宮について――冷泉帝、正統化への模索」(『源氏物語の王権――光源氏と〈源氏幻想〉――』所収 新典社 平成23(二〇一一)年)

3　桐壺院追善の法華八講

序

桐壺院の崩御後、賢木巻での右大臣や弘徽殿大后による専横は、東宮派であるすべての人々に向けた圧力として現れてくる。除目を決める権限は右大臣に移り、左大臣は参内も怠りがちになり、光源氏の周辺もにわかに緊張感を増す。藤壺は所生皇子の東宮冷泉に面会に出掛けることも気が引けるほどとなり、大后の監視の目は厳しさを増す。こうした状況の中で、藤壺は出家を決意するが、問題はその出家を行う舞台として法華八講を選んでいることだ。もともと法華八講は追善供養の法会であり、出家するための行事などではない。しかも、藤壺の主催した法華八講を見ると、五巻の日こそ桐壺院の追善のために行うものの、一日目は先帝、二日目は母后など複数の人々の追善をも併せて行っている。このように見ると、藤壺は出家する場としてなぜそれを選んだのか、なぜこのような開催形態をとったのかなど、いくつもの疑問が浮上する。さらに、法華八講は、澪標巻の冒頭で光源氏が都に復帰した最初に行った法会でもある。これは藤壺の行ったそれとどのように関わるのか。

本章では、藤壺が主催した法華八講の意味を、それが歴史的にもった意味と比較しながら探るとともに、光源氏の行った法華八講とどのように繋がりあうのかについて考えてみたい。

一　桐壺院追善の法華八講

桐壺院の追善のための法華八講は、賢木巻と澪標巻とで行われている。賢木巻のは桐壺院が崩御して一年後に藤壺中宮が主催したそれで、澪標巻のは巻の冒頭で光源氏の主催で行われている。二つは主催者が違うだけでなく、物語での語られ方も大きく違う。その違いを明らかにするところから、問題点の整理をしてみたい。

賢木巻での藤壺主催の法華八講は次の通りである。

　中宮は、院の御はてのことにうちつづき、御八講《みはかう》のいそぎをさまざまに心づかひせさせたまひけり。霜月《しもつき》の朔日《ついたち》ごろ、御国忌《こき》なるに雪いたう降りたり。（中略）

　十二月十余《よ》日ばかり、中宮の御八講《みはかう》なり。いみじう尊し。日々に供養《くやう》ぜさせたまふ御経よりはじめ、玉の軸《じく》、羅《ら》の表紙、帙簀《ぢす》の飾りも、世になきさまにととのへさせたまへり。さらぬことのきよらだに、世の常ならずおはしませば、ましてことわりなり。仏の御飾り、花机《はなづくゑ》の覆《おほ》ひなどまで、まことの極楽《ごくらく》思ひやらる。初《はじめ》の日は先帝《せんだい》の御料、次の日は母后《ははきさき》の御ため、またの日は院の御料、五巻の日なれば、上達部なども、世のつつましさをえしも憚《はばか》りたまはで、いとあまた参りたまへり。今日《けふ》の講師《かうじ》は、心ことに選《え》らせたまへれば、薪《たきぎ》こるほどよりうちはじめ、同じういふ言《こと》の葉《は》も、いみじう尊し。親王《みこ》たちもさまざまの捧物《ほうもち》ささげてめぐりたまふに、大将殿の御用意などなほ似るものなし。常に同じことのやうなれど、見たてまつるたびごとに、めづらしからむをばいかがはせむ。

最終《はて》の日、わが御事を結願《けちぐわん》にて、世を背きたまふよし仏に申させたまふに、みな人々驚きたまひぬ。兵部卿宮、大将の御心も動きて、あさましと思す。親王《みこ》は、なかばのほどに、立ちて入りたまひぬ。心強う思し立つさまをのたまひて、果つるほどに、山の座主《ざす》召して、忌《い》むこと受けたまふべきよしのたまはす。御をぢの横川《よかは》の僧都《そうづ》近う参りたまひて御髪《みぐし》おろしたまふほどに、宮の内ゆすりてゆゆしう泣きみちたり。何となき老い衰へたる人だに、今はと世を背くほどは、あやしうあはれなるわざを、まして、かねての御気色《けしき》にも出だしたまはざりつることなれば、親王《みこ》もいみじう泣きたまふ。参りたまへる人々も、おほかたの事のさまもあはれに尊ければ、みな袖《そで》濡《ぬ》らしてぞ帰りたまひける。

（賢木② 一二八〜一三一頁）

桐壺院の一周忌に続いて藤壺が法華八講の準備をしていることに始まり、法会当日に用意された仏具、四日間の内容、五巻の日の参列者と薪の行道の様子、結願日に出家する藤壺と驚く周りの様子など、時系列に沿って細かく描写されている。

この場面の読み解くべき箇所を列挙すると以下のようになろう。一つ目は、桐壺院の命日を「御国忌」とする点である。ここは青表紙本や河内本が「御国忌」、陽明文庫本は「御忌日」、国冬本は「御月忌」、御物本は「御はて」とある。命日という点では同じだが、「国忌」といった場合、自ずと国家行事としての国忌を考えないわけにはいかない。国忌には廃朝・廃務し、斎会を設けたことが知られ、追善供養が行われた。青表紙本や河内本は、光源氏と藤壺が一年経った寂しさを和歌で詠み合うその背景に、国家行事としての周忌御斎会を含意する。二つ目は、天皇の忌日が「霜月の朔日ごろ」であるのに、法華八講の開催日は「十二月十余日ばかり」である意味である。三つ目は、日毎に追善者を替えて行う法華八講のあり方である。いずれも歴史上での法華八講の開催のあり方と比較して検討する必要がある。四つ目は、五巻の日の描写である。この法華八講には「いみじう尊し」が二度繰り返して用いられている。最初は法会全体について評し、もう一度は五巻の日の様子について語る。これは藤壺主催の法華八講が如何に盛大でかつ荘厳であったかを物語るとともに、五巻の日の様子が特に素晴らしいことを表現する。この日は桐壺院の追善供養の日で、「上達部なども、世のつつましさをえしも憚りたまはで、いとあまた参りたまへり」とあることから推して、この日になって初めて上達部が多数集まった実態が窺える。これは裏を返せば、皆が右大臣や弘徽殿方の目をかなり意識し、遠慮しているということだ。そうした右大臣や弘徽殿方の厳しい視線を浴びながら、藤壺主催の法華八講は行われた。親王達がさまざま捧物する中で、光源氏の捧物について殊更に語ることも注意しなければならない。そして五つ目は、藤壺が結願日に出家することの意味である。

以上のように、藤壺主催の法華八講は、国忌を背景として語り、右大臣や弘徽殿大后の厳しい監視の視線を一方に据えながら、多数の親王や上達部の参列を得て盛大かつ荘厳に行われた。それを詳細に語るところに特徴がある。しかし、研究史の中では、語られ方が重要だと言われながら、(1)法会について論じられることはほとんどなく、出家にばかり注目が集まっている。例えば玉上琢彌は人々の反対を押し切るためには決心をひるがえすことができないような場が必要だったとし、(2)親王や上達部など多数の参列を得た中で出家を強行することで同情をかい、東宮に対する人々の同情を得ることが目的だったと論ずる。(3)また、藤井貞和は、おのれの密通の罪をすこしでも軽くするために夫の一周忌に出家したのだと説く。(4)出家の件ばかりでなく、この法華八講全体を見通す視点が求められているると言えよう。

一方の光源氏主催の法華八講は、

さやかに見えたまひし夢の後《のち》は、院の帝《みかど》の御事を心にかけきこえたまひて、いかでかの沈みたまふらん罪救《すく》ひたてまつることをせむと思《おぼ》し嘆きけるを、かく帰りたまひては、その御いそぎしたまふ。神無月《かむなづき》に御八講《みはかう》したまふ。世の人なびき仕うまつること昔のやうなり。（澪標② 二七九頁）

と、実施に至った経緯と時期、その時の様子が語られるだけである。具体的な内容は不明で、「世の人なびき仕うまつること昔のやうなり」と流謫以前の状態に戻ったことに焦点が絞られる。蓬生巻での禅師の言葉に

「権大納言殿の御八講に参りてはべりつるなり。いとかしこう、生ける浄土《じやうど》の飾りに劣らずいかめしうおもしろきことどもの限りをなむしたまひつる。仏《ほとけ》、菩薩《ぼさつ》の変化《へんげ》の身にこそものしたまふめれ。五つの濁《にご》り深き世になどて生《む》まれたまひけむ」（蓬生② 三三七頁）

と、その盛大さが補われるものの、やはり詳細は語られない。いわば法会の中身ではなく、実施した事実と、それを「神無月」に行ったことが重要ということだ。実施の経緯については、桐壺院のことを夢に見て滅罪のために企画したとあり、ここに『花鳥余情』は寛平御記を引いて、光孝天皇の追善のために宇多天皇が行った法華八講との類似を指摘する。[5] すなわち、澪標巻の法華八講は開催の事実と時期の意味を読み解く必要がある。

こちらの御八講については、これまで主に政治的意図に重点が置かれて論じられてきた。甲斐稔は山本信吉の論[6]を援用し、藤原摂関家の追善法華八講の主催が摂関家内部の嫡流意識と関わることから、光源氏の法華八講興行に、次期冷泉朝の中心人物として桐壺朝の遺風を引き継ぎ、朝廷を後見することを宣揚する意図があったとする。さらに、源氏の復権と同時に、「世の中ゆすりて」興行するのは、桐壺朝以来衰退していたすべての復権でもあるとも説く。[7] 橋本ゆかりは光源氏の意図如何に関わらず、「世の人」に対する政治的デモンストレーションとして機能したはずだと指摘し、[8] 末沢明子も源氏の権勢を示し、源氏と末摘花の距離を示すのだと言う。[9] この後の文脈に弘

徽殿大后の「つひにこの人をえ消《け》たずなりなむことと心病《や》み思しけれど」（澪標②　二七九頁）と悔やむ場面に続くことから、政治的側面にばかり光が当たったものと考えられる。しかし、この法華八講の実施については、明石巻末で光源氏が帰京して朱雀帝と対面した際にすでに話題に上がっていることから、朱雀帝に代わって光源氏が嫡流を引き継ぐといったような、朱雀帝治世を否定する意味づけが果たしてあり得るのか、もう少し丁寧に読み解く必要があろう。

次節では、賢木巻の法華八講の背景にある国忌の問題と、天皇の法華八講が誰によって、どのように行われてきたのかを通覧することから、二つの法華八講の意味を考えてみたい。

二　国忌と法華八講の変遷と物語の時代

天皇や皇后の命日である国忌は、もとは唐の制度を継承したもので、日本の律令においても儀制令第十八に「国忌日【謂。先皇崩日。依二別式一合二廃務一者。】三等親。百官三位以上喪。皇帝皆不レ視レ事一日」[10]と記されている。国忌の初見は、天武天皇の国忌に関する記事[11]で、国忌日には斎会を設ける詔が出され[12]、仏教行事が行われた。国忌については古くは中村一郎の研究[13]があり、古瀬奈津子がそれの行事内容と意味を網羅的に述べている[14]。本章は、古瀬の研究成果に導かれつつ、国忌と法華八講の関係を考えてみたい。平安遷都後、桓武から清和にかけての頃に官僚機構が確立し、国忌の行事も整備・実施された。一周忌には御斎会司が設けられ、法会が天皇の御願寺やゆかりの寺で盛大に催された。六国史や『日本紀略』には「御斎会」とあるから、講経会ではなく七僧法会であることが判る。国忌はその翌年から東寺もしくは西寺に配分されて、一周忌よりは小規模な斎会として行われるのが普通である。しかし、淳和や嵯峨・清和など遺詔により正式な国忌を置かない天皇や上皇も現れるようになる。そのような場合であっても、縁者が私的に費用を負担し、周忌斎会やその後の追善供養が行われた。法華八講などの法華経講説は、周忌法会として興行された[15]。例えば国忌を置かなかった淳和上皇については、太皇太后正子内親王が夫淳和上皇崩御後二十年目の貞観二（八六〇）年五月七日から十一日まで法華経講説を行わせている[16]。嵯峨上皇については、子の仁明天皇が承和十四（八四七）年と嘉祥元（八四八）年の七月十五日（嵯峨の忌日）に名僧を清涼殿に請じて法華経を講ぜしめた[17]。清和上皇については、母の太皇太后藤原明子が元慶五（八八一）年十一月二十六日に染殿宮で周忌御斎会を設け、諸大寺の高僧を請じて法華経を講ぜしめた。また三年目の元慶七（八八三）年十二月四日にも円覚寺に御忌斎会を設けている[18]。このように、国忌を置かない場合であっても、子や妻や親などの縁者によって周忌斎会や法華経講説が行われている。一方、国忌が置かれた例でみると、例えば仁明天皇の場合、一周忌は嘉祥四（八五一）年三月二十日に文徳天皇が嘉祥寺で御斎会を行い、以降は忌日である三月二十一日に東寺で国忌が営まれている。仁明のために法華経講説を行ったのは藤原良房と清和上皇で、藤原良房は一周忌に先立って嘉祥四年三月十日に私邸で行い[19]、清和上皇は元慶元（八七七）年と元慶三（八七九）年の三月二十四日に清和院で大斎会を設け、五日間を限りそれを行っている[20]。文徳天皇の場合、一周忌は貞観元（八五九）年八月二十七日に清和天皇が雙丘寺で周忌御斎会を行い、母皇太后藤原順子はこれに先だって同年八月二十一日に六十僧を雙丘寺に屈請して五日間を限り法華経講説を行っている[21]。国忌は貞観二年から西寺で営まれている。このように、国忌が置かれた天皇の場合は、一周忌に御斎会が行われ、以後毎年忌日に国忌が営まれる。そして、それとは別に縁者たちによって法華経講説が行われている。以上、桓武から清和までで見ると、国忌の制度が定着してくる過程で、それを置く天皇と置かない天皇が出現する。法華経講説は、それの定着とほぼ時を同じくして主に周忌法会として行われた。

法華経講説を主催するのは基本的に子や妻や親などの縁者であるが、仁明天皇崩御後あたりからは、天皇の旧臣も亡き天皇のためにそれを行うようになる。例えば、先の藤原良房が仁明のために行った例の他、応天門の変で罪を問われた伴善男は、仁明のために毎年法華八講を行ったがために一等罪を減じて配流となったといい[22]、文徳の寵臣であった藤原良縄は、文徳の忌日に一生法華経講説を行ったという[23]。九世紀も後半になると、一般貴族への法華経講説の普及が進み、貞観十一年安倍宗行は先妣のため、元慶五年菅原道真は吉祥院で先考先妣のために行うなど[24]、追善法会としてのそれは貴族間にまで徐々に定着する。そして、ちょうどその頃、法華経講説は法華八講として成立する[25]。

天皇や皇后の忌日の行事として法華八講という名称が初めて見えるのは、寛平元（八八九）年九月二十四日に嘉祥寺で宇多天皇が故父光孝天皇のために行った法華八講からである。光孝天皇の場合、一周忌は仁和四（八八八）年八月十七日に仁和寺において御斎会が行われ、法華八講は先の寛平元年と延喜元（九〇一）年八月二十三日の二度、宇多によって行われた[26]。ただし、このころはまだ定期的には行われていない。法華八講が年中行事となる先駆けとなったのは、太皇太后藤原穏子の例である。天暦九（九五五）年正月四日に村上天皇が母穏子の一周忌に弘徽殿において四日間に限り宸筆御八講を修した後、天徳四（九六〇）年正月四日に初めて法性寺御八講が修せられ、これ以後は一院もしくは後院の行事として法性寺で行われるようになる。法華八講が最初から周忌法会として年中行事化するのは、一条天皇の母藤原詮子の追善法華八講からである。長保三（一〇〇一）年閏十二月二十二日に母藤原詮子が亡くなった後、一条天皇は一年後の長保四（一〇〇二）年の十月二十二日に一条院において宸筆法華八講を、同年十二月二十一日に慈徳寺において周忌御斎会を行った後、翌二十二日には慈徳寺で法華八講を行った。この後、慈徳寺法華八講は忌日が結願日となるように十二月十九日から行われるようになる。そして、長保六（一〇〇四）年からは円融上皇国忌に円融寺法華八講が行われるようになる。『源氏物語』が成立した一条天皇御代は、国忌法華八講が年中行事となる時期とちょうど重なるのである。

　次に、その法華八講がどのような特徴をもつ法会だったのかを、寛平元年と延喜元年の例を通して見てみたい。延喜元年の法華八講の記録によれば、参列した公卿や官人達は、

　会為君為臣之道、一合一離之分、不是今日□（之）□（契）、自有宿劫之因、若在今世、不発一心、恐至他生。（中略）我君如為□界之父者、我等必為一代之新子、我君当作霊山之主者、我等定作二世之旧臣、[27]（後略）。

と、君臣の道を賞揚し、皆光孝天皇に対して二世の臣下たらんことを誓うという、きわめて強い主従意識を表明している。法華八講は主従・縁族意識の色彩が強いことに特徴がある。よって、法華八講の費用は、縁者たちとともに参列した旧臣たちによって賄われ、参列者は皆捧物を献じたのだ。五巻の日は、三日目に行われる八講の中で最も華麗な盛儀で、そこで行う薪の行道には主従・縁族意識が最もよく現れる。寛平元年の例では、光孝天皇の近侍の旧臣たちがそれを勤め、捧物を献じた。この日、薪を荷い、水を汲み、菜を持して仏に奉仕する姿は、亡者あるいは願主への奉仕の性格をも意味する。[28]つまり、法華八講は、亡者にゆかりの深い人々が集い、願主のもとで強い主従・縁族意識によって繋がり合い、追善を通して亡者への忠誠と願主への奉仕の意識を確認しあう場だったのである。

　『源氏物語』の桐壺院の追善のために行われた二つの法華八講には、以上のような内容が背景としてあることを確認しておきたい。

三　桐壺院追善の法華八講の意味

『源氏物語』が舞台とする延喜・天暦のころには、帝が崩御して一年経った忌日かその前に御願寺で周忌御斎会が行われ、それとは別に縁者や臣下たちによって法華八講が行われた。また、一条天皇の御代は、父円融の円融寺御八講や母詮子の慈徳寺御八講など、法華八講が年中行事化した時代である。物語の中で、桐壺院の法華八講は年中行事としては語られていないから、物語は一条朝よりも前の時代であると見て良い。賢木巻の「御国忌」とあるのは一周忌にあたって御願寺で行われた御斎会を意味し、藤壺や光源氏が行った法華八講は、それとは別に私的に行われたものであることが判る。通常、追善の法華八講は誰か特定の一人のため、初日の発願日か、最後の結願日を亡者の忌日に重ねて行われる。また、藤原良房が仁明のために行った法華経講説と、皇太后藤原順子が文徳のために行ったそれと、皇太后藤原明子が清和上皇のために行ったそれは、いずれも一周忌よりも前に行われている。それに比べると藤壺は忌日より一ヶ月以上遅らせ、しかも桐壺院一人のためでなく、一日目を父帝、二日目を母后、三日目の五巻の日を桐壺院のためとし、結願日を自身のため（逆修）とさまざまな趣意で行っている。このような開催のあり方は、藤原詮子の行った法華八講[29]を先蹤とし、一面で同時代的である。藤壺がこのような形で行ったのは、桐壺院一人のためとせず、自分の父母を加えることで、弘徽殿方の厳しい監視の目を逃れるためと、桐壺院の関係者だけでなく先帝に関わる人々の結集も図ったためではなかったのか。桐壺院の追善として行われた五巻の日には、弘徽殿方に遠慮していた上達部たちも多数集い、親王達もさまざまな捧物を献じた。これは藤壺が私的に行う法華八講を桐壺院にゆかりの人々が皆で支える姿を表している。それは亡者桐壺院への忠誠であるとともに、願主である藤壺中宮への奉仕の証である。加えて光源氏の捧物について殊更に語るのは、桐壺院と光源氏、および藤壺と光源氏の結びつきの強さを表すものであろう。先に見た通り、法華八講は主従・縁族意識の色彩が強い法会であるから、このように多数の親王達や上達部の参列を得たことは、藤壺中宮が中心となって皆の結束を強めることになるのは必然である。それは、桐壺院の宿願、すなわち東宮冷泉への皇位継承を確認する場としても機能したであろう。そうした場を選んで彼女が出家することは、自ら社会的な死を選ぶことにより、夫桐壺院への忠誠と院の願いを親王達と旧臣達に託すことになる。藤井貞和は、出家することによって東宮の安泰をはかることができるかどうかは大いに疑問とするが[30]、「戚夫人《せきふじん》の見けむ目のやうにはあらずとも、かならず人笑《ひとわら》へなることはありぬべき身にこそあめれ」（賢木② 一一四頁）と追い込まれた状況にあって、東宮の安泰を図る手立てはただ一つ、弘徽殿側が東宮に手出しできない状況を作る以外にない。これまで廃太子された他戸親王や早良親王の例を見れば、強力な後見となっている母や後見への疑いこそが廃太子の根拠となる。とすれば、その不安要因を一つでも排除するため、出家して俗世間とはもとより東宮との関係を断ち切ることを選んだことになる。さらに藤壺は桐壺院追善の法華八講を契機として、弘徽殿方の厳しい監視の中、集まった院の皇子たちや旧臣たちとの密なる関係を深め、味方に付けることで東宮を守ろうとしたのであろう。その強力な繋がりを作るのに法華八講は絶好の場であったと考えられる。

もう一つの澪標巻の光源氏主催の法華八講について、朱雀帝との対面の場で話が出ているのは、臣下が亡き主君の追善をするために現天皇の勅許を得るのと同じく[31]、光源氏が私的に法華八講を行うために帝の勅許を得る場面と理解される。それは、朱雀が行う国忌に差し障りがないようにするための光源氏側の配慮であろう。そうすると、光源氏が「神無月」に法華八講を行うのは、結願日に忌日を合わせるために神無月の末から始めた[32]とする可能性もあるものの、帝の行う追善の仏事に重ならないようにあえて十月中に行ったとも考えられる。いずれにせよ、光源氏は朱雀帝から祭祀権を奪ったわけではなく、あくまで桐壺院に繋がる縁者の一人として私的に法華八講を行ったにすぎない。そこに今まで弘徽殿方に遠慮していた人々が続々と集まり、すっかり以前と同じ状態となったというのであって、「源氏は、己れにそむいた人々に復帰する機会を与えたのである(33)」と解釈した玉上琢彌は正鵠を得ている。天皇の勅許を得て行うとすれば、朱雀帝治世を否定するような、朱雀帝に代わって光源氏が嫡流を引き継ぐとする解釈や桐壺朝以来衰退していたすべてを復権させるといった解釈が行きすぎであることは言うまでもない。むしろ、光源氏は桐壺院の滅罪のためにあくまで私的に法華八講を行ったにもかかわらず、そこにこれまで弘徽殿方についていた人々まで次々と詰めかけたという文脈なのであろう。だからこそ、弘徽殿大后は苦々しく思い、朱雀帝は光源氏が無事戻ってこられたことに安堵するというのである。それが結果的に光源氏の復権を宣揚することになったとしても、主従・縁族意識を強く意識する法華八講がもたらすのは、桐壺院のもとに縁者や旧臣が結束することである。これを光源氏が主催することで、中心的な立場に立つとともに亡者の宿願を皆が確認する場となったはずである。ここに東宮の安泰は見事に果たされ、藤壺が主催した法華八講と照応して、冷泉の即位へ皆が協力しあう態勢が整うことになる。

結

法華八講が法会の中でも特に主従・縁族意識の強い法会として行われてきたことを確認することで、藤壺と光源氏の主催した法華八講がそれぞその文脈でどのように位置付けられるのかを考察した。賢木巻の藤壺の主催した法華八講の背景には天皇の行う周忌御斎会があり、法会の内容を詳細に語るのは、藤壺の追いつめられた状況を浮き彫りにする。日程を忌日から一ヶ月以上遅らせ、しかも父・母・夫・自身のためとさまざまな趣意で行ったのは、弘徽殿方の攻撃をかわしながら、先帝に関わる人々まで結集するためであろう。薪の行道や捧物を語ることで親王達や旧臣達との結束を確認し、藤壺は結願日に出家を果たして桐壺院の宿願と東宮の安泰を参列者達に託す。藤壺は、東宮が廃太子される不安要因を一つでも排除するため、表舞台からの退場を宣言したのである。一方、澪標巻の光源氏が主催する法華八講は、詳細を語らず「世の人なびき仕うまつること昔のやうなり」と流謫以前の状態に戻ったことのみを語る。桐壺院追善のもと縁者や旧臣達が再び結集して院の宿願を確認する、その中心に光源氏は立つことになる。

注

(1) 最初の「いみじう尊し」については、陽明文庫本、国冬本と河内本では「いかめしう尊し」とし、御物本では「いかめしうせさせ給ふ」伝冷泉為相筆本では「いまめかしうとし」とあり、やや意味づけが異なる。

(2) 末沢明子「『源氏物語』の法華八講」(『福岡女学院大学紀要』人文学部編 第20号 平成22(二〇一〇)年2月)

(3) 玉上琢彌『源氏物語評釈』第二巻(角川書店 昭和40(一九六五)年)五九〇~五九一頁

(4) 藤井貞和「源氏物語作品論――第一部」(『源氏物語論』所収 岩波書店 平成12(二〇〇〇)年)一六二頁

(5) 『花鳥余情』には、「源氏の故院を御夢にみ給し事あかしの巻にみえたり 寛平御記寛平元年九月甲辰依御夢有被レ行二御八講一之事先帝遷化《ノ》後諸公子勠《アハセテ》レ力当《ニ》二果《ハタシ》行一也 即任《テ》レ意遊猟不レ勤二此事一可レ謂二不忠不孝甚一者也云々 先皇を夢にみ給て御八講をおこなはれし事此巻にいへる所と相似たり 此先帝は仁和の御門を申なり」とある。

(6) 山本信吉「法華八講と道長の三十講」(上)(下)(『仏教芸術』77・78　昭和45(一九七〇)年9・11月)
(7) 甲斐稔「『源氏物語』と法華八講」(『風俗』21‐3　昭和57(一九八二)年9月)
(8) 橋本ゆかり「光源氏と《山の帝》の会話――女三の宮出家をめぐって」(『源氏物語の〈記憶〉』所収　翰林書房　平成20(二〇〇八)年)
(9) 末沢明子注(2)に同じ
(10) 「儀制令」本文の引用は、岩波書店刊日本思想大系『律令』による。【】内は注
(11) 『日本書紀』持統元年九月庚午条
(12) 『日本書紀』持統二年二月乙巳条
(13) 中村一郎「国忌の廃置について」(『書陵部紀要』第2号　昭和27(一九五二)年3月)
(14) 古瀬奈津子「『国忌』の行事について」(『日本古代王権と儀式』所収　吉川弘文館　平成10(一九九八)年)
(15) 法華八講に関する研究としては、山本信吉注(6)の他、高木豊「法華講会の成立と展開」(『平安時代法華仏教史研究』所収　平楽寺書店　昭和48(一九七三)年)、佐藤道子「法華八講会――成立のことなど――」(『文学』第57巻第2号　平成元(一九八九)年2月)、栗林史子「法華八講に関する二、三の問題――『御堂関白記』を中心に――」(『駿台史学』85号　平成4(一九九二)年3月)、袴田光康「法華八講と桐壺院」(『源氏物語の観賞と基礎知識』澪標巻　平成14(二〇〇二)年10月)などを参考とした。
(16) 『日本三代実録』貞観二年五月十一日条
(17) 『続日本後紀』承和十四年七月十五日条、嘉祥元年七月十五日条
(18) 『日本三代実録』元慶五年十一月二十六日条、元慶七年十二月四日条
(19) 『日本文徳天皇実録』仁寿元年三月十日条
(20) 『日本三代実録』元慶元年三月二十四日条、元慶三年三月二十四日条
(21) 『日本三代実録』貞観元年八月二十一日条

(22)『日本三代実録』貞観八年九月二十五日条
(23)『日本三代実録』貞観十年二月十八日条
(24)いずれも『菅家文草』に願文が残る。
(25)『三宝絵詞』や『元亨釈書』によれば、法華八講の起源は延暦十五年に勤操が石淵寺で行ったのを始まりと伝えられているが、六国史に「八講会」として記録に残るのは、先の貞観八年の伴善男の記事が最初である。
(26)『日本紀略』仁和四年八月十七日条、寛平元年九月二十四日条、延喜元年八月二十三日条
(27)「紀家集巻第十四断簡　延喜元年九月十七日仁和寺法華会記」(『図書寮叢刊　平安鎌倉未刊詩集』所収　宮内庁書陵部昭和47(一九七二)年)
(28)山本信吉注(6)に同じ
(29)複数人の追善と自身の逆修のために行った法華八講の先蹤としては、長徳三年十月十八日に藤原詮子が行ったそれがある。この時には、自身のためと夫円融法皇、先考藤原兼家、先妣時姫、亡くなった兄弟三人(道隆・道兼・超子)のために行っていて、誰の忌日とも重なっていない。
(30)藤井貞和注(4)に同じ　一六三頁
(31)例えば、僧正遍照が雲林院において仁明天皇国忌の三月二十一日に金光明経を転ずるために光孝天皇に奏上し、勅許を得ていることなどがある。(『日本三代実録』仁和二年四月三日条)
(32)甲斐稔注(7)に同じ
(33)玉上琢彌注(3)に同じ　第三巻　二五八頁

4　朱雀帝御代の天変
――仁王会・雷・物の怪から――

序

朱雀帝御代の天変は、光源氏が須磨の地であう嵐と時を同じくして現れる。しかし、物語は須磨に謫居した光源氏を中心に語るため、都の様子は、光源氏のもとにやってきた都からの使者の語る内容と、朱雀帝が桐壺院の霊夢を見る場面ぐらいでしか語られない。その数少ない描写から、都でどのような天変が起こり、そこから朱雀帝のどのような状況を読み解くことができるのであろうか。

本章は、朱雀帝の身に起こっていることを、歴史的な文脈の中に置いてみることで、光源氏召還に至る論理を明らかにしてみたい。具体的には、須磨にやって来た使者がその開催予定を語る「仁王会」に焦点を当て、それが歴史的にもった意味を通覧することから、都の状況を考えてみる。さらに、須磨と都の双方で現れる「雷」、および帝と大后が苦しむ「物の怪」についても同様に考察を加え、朱雀帝御代に起こっている天変の特徴を位置付けてみたい。

一　朱雀帝御代の天変の特徴

最初に、朱雀帝御代の天変を知る手がかりを本文の中から拾ってみる。次に挙げるのは、Aが光源氏のもとを訪れた都からの使者の言葉、Bが朱雀帝が父桐壺院の霊夢を見る場面、Cが翌年の朱雀帝の様子を語る場面である。

A「京にも、この雨風、いとあやしき物のさとしなりとて、仁王会《にんわうゑ》など行はるべしとなむ聞こえはべりし。内裏《うち》に参りたまふ上達部《かんだちめ》なども、すべて道閉ぢて、政《まつりごと》も絶えてなむはべる」など、はかばかしうもあらず、かたくなしう語りなせど、京の方のことと思せばいぶかしうて、御前《おまへ》に召し出でて問はせたまふ。「ただ、例の、雨の小止《をや》みなく降りて、風は時々吹き出でつつ、日ごろになりはべるを、例ならぬことに驚きはべるなり。いとかく地の底徹《とほ》るばかりの氷《ひ》降り、雷《いかづち》の静まらぬことははべらざりき」など、いみじきさまに驚き怖《お》ぢてをる顔のいとからきにも、心細さぞまさりける。（明石②　二二四～二二五頁）

Bその年、朝廷《おほやけ》に物のさとししきりて、もの騒がしきこと多かり。三月十三日、雷《かみ》鳴りひらめき雨風騒がしき夜、帝《みかど》の御夢に、院の帝、御前《まへ》の御階《みはし》の下《もと》に立たせたまひて、御気色いとあしうて睨《にら》みきこえさせたまふを、かしこまりておはします。聞こえさせたまふことども多かり。源氏の御事なりけんかし。いと恐ろしういとほしと思して、后《きさき》に聞こえさせたまひければ、「雨など降り、空乱れたる夜は、思ひなしなることはさぞはべる。軽々《かろがろ》しきやうに、思し驚くまじきこと」と聞こえたまふ。

睨《にら》みたまひしに見合はせたまふと見しけにや、御目にわづらひたまひてたへがたう悩みたまふ。御つつしみ、内裏《うち》にも宮にも限りなくせさせたまふ。

太政大臣《おほきおとど》亡せたまひぬ。ことわりの御齢《よはひ》なれど、次々におのづから騒がしきことあるに、大宮もそこはかとなうわづらひたまひて、ほど経《ふ》れば弱りたまふやうなる、内裏《うち》に思し嘆くことさまざまなり。「なほこの源氏の君、まことに犯《をか》しなきにてかく沈むならば、かならずこの報いありなんとなむおぼえはべる。いまはなほもとの位をも賜ひてむ」とたびたび思しのたまふを、「世のもどき軽々《かろがろ》しきやうなるべし。罪に怖《お》ぢて都を去りし人を、三年《さんねん》をだに過ぐさず赦《ゆる》されむことは、世の人もいかが言ひ伝へはべらん」など、后《きさき》かたく諫《いさ》めたまふに、思し憚《はばか》るほどに月日重《かさ》なりて、御なやみどもさまざまに重《おも》りまさらせたまふ。

（明石②　二五一～二五二頁）

C年かはりぬ。内裏《うち》に御薬《くすり》のことありて、世の中さまざまにののしる。（中略）去年《こぞ》より、后も御物《もの》の怪《け》なやみたまひ、さまざまの物のさとししきり騒がしきを、いみじき御つつしみどもをしたまふしるしにや、よろしうおはしましける御目のなやみさへこのごろ重《おも》くならせたまひて、もの心細く思されければ、七月二十余日《にじふよにち》のほどに、また重《かさ》ねて京へ帰りたまふべき宣旨《せんじ》くだる。

（明石②　二六一～二六二頁）

Aの使者の言葉からは、都でも雷雨が激しく、それを「物のさとし」と解釈し、「仁王会」が行われる予定であると判る。仁王会が行われる予定とは、数日前に仁王会の日程や場所、規模などの〈定め〉があったことを指すのであろう。「すべて道閉ぢて、政も絶えてなむはべる」とあるから、実際に行われたかどうかまでは判らないが、仁王会を行うとは如何なる状況なのかを歴史的に位置付ける必要がある。さらに、Bからは光源氏が桐壺院の夢を見たちょうど同じころ、朱雀帝もまた桐壺院のことを夢に見て「いと恐ろしういとほし」と感じ、弘徽殿大后の諫めがありながら、光源氏が罪もなく沈淪しているのなら必ずやこの報いがあるだろうと語るのである。この「報い」が何を意味しているのかも重要だ。Bでも「物のさとししきり」とあり、夢に現れた桐壺院と目を合わせて以来、目を病み、弘徽殿大后も病が酷くなるとある。朱雀帝の眼病は、父の夢が実夢であることを確信する指標にもなっている。加えてCでは、年が改まってもまだ「物のさとししきり」とあり、相変わらず天変が現れ、帝も大后も物の怪に益々重く悩んでいることが語られ、重ねて召還の宣旨が下るとある。「物のさとし」が帝の失政への天のさとし（天譴《てんけん》）として語られるのは薄雲巻も明石巻も同じでありながら、朱雀帝御代で特徴的なのは、帝や大后の不豫など、もっぱら帝への祟りとして語られている点である。「雷」が仁王会の開催へと繋がり、祖父太政大臣の死と、「物の怪」による帝と大后の不豫と、こうした朱雀帝周辺の叙述が、これまでの歴史上の天皇と比較して、どのように見えてくるかが問題となる。

次節では、仁王会が開催される状況を歴史的に確かめ、それが物語の中でどういう文脈を想起させるのかを考えてみたい。

二　仁王会と天皇

仁王会は、仁王般若波羅密教の教説に依拠して行う法会で、護国品の中に国乱れ賊が国を破ろうとした時、百の仏や菩薩を勧請し百法師を招き、百高座を設けてこの経典を講ずれば、鬼神がその国土を護るという説に基づき、国難を排除する修法として行われた。さらに受持品には国王が三宝（仏法僧）を護持することで、護国の功徳を得られると説いているため、仁王経は護国経典として重視され、仁王会は宮中や諸寺で行われた。天皇が即位して大嘗祭を経た後で行われる一代一講の仁王会と臨時に行われるそれとがあり、(1)『源氏物語』の例は後者にあたる。

都で続く雷雨が尋常ではなく、かつ「あやしき物のさとし」とされ、それを朱雀帝が国難と判断したことがここから判る。問題は、歴代の天皇が何を国難と判断して仁王会を行い、それと比較して朱雀帝の判断にどのような特徴を見いだせるのかである。以下、歴代天皇の仁王会開催の様相を概観してみたい。

仁王会は、斉明天皇六（六六〇）年の五月に勅を奉じて百の高座を設け、百の衲袈裟を造って仁王経の会を設けたのを嚆矢とする。この時の開催理由は記されていないが、このころ朝鮮半島が緊張し、この後に新羅が百済を攻め、日本から百済に援軍を送っていることから、朝鮮半島情勢の緊迫化との関わりが指摘されている。(2)この後の天武天皇五（六七六）年十一月二十日の例と、持統天皇七（六九三）年十月二十三日の例も、朝鮮半島からの使者の来訪との関係が示唆されており、これらの仁王会は天皇主導で行った仏教的な国威発揚儀礼であった可能性が高い。(3)日本における仁王会は、対外的な政治的・軍事的示威行動として始まったことが判る。これが聖武天皇御代に至り、国内的な危機と関わってくる。聖武が行った仁王会は三度ある。一度目は神亀六（七二九）年六月一日で、同年二月に長屋王事件があり、四月に魘魅呪詛する者を処罰する旨の詔を出していることから、長屋王事件からの脱却と混乱した政情を祓う目的で行ったと考えられる。この後に天平と改元し、光明子の立后を果たしている。二度目は天平十八（七四六）年三月十五日で、その時の詔に、

　三宝《さむほう》を興隆《こうりう》するは国家《こくか》の福田《ふくでん》にして、万民《ばんみん》を撫育《ふいく》するは先王《せんわう》の茂典《ぼうてん》なり。是《ここ》を以《もち》て皇基《くわうき》永《なが》く固《かた》く、宝胤《ほういん》長《なが》く承《つ》ぎ、天下安寧《てんかあんねい》にして、黎元《れいぐゑん》に利益《りやく》あらしめむが為《ため》に、仍《なほ》、仁王般若経《にんわうはんにやきやう》を講《と》かむ。(4)

とあることから、天下安寧と黎元利益を祈願したことが判る。黎元利益とは民に恵みがあること、すなわち豊作を意味する。これより先、同十七（七四五）年末には天皇の不豫が続き、年明けからは地震が頻発していた。三月に河内国古市から瑞祥である白亀が献上されたことを喜ぶ詔が出され、その続きとしてこの仁王会が行われている。

ここから見て、生命の危機を克服した聖武が瑞祥の出現を演出することで帝の威徳と王権の安寧と治世の安定を表現し、帝自身の手で自覚的・目的意識的にそれを祈念して仁王会を行ったと考えられる。(5) 三度目は同十九(七四七)年五月十五日で、この年は炎旱のため凶作となり、租税を免除する詔が七月七日に出ていることから、天変(炎旱)を天皇の不徳と認め、これを祓うために行ったと考えられる。これらから判るように仁王会は、何らかの事件の後の混乱した状況を祓い、事態を鎮静化させる場合、事前に厄を祓い安寧を祈願する場合、そして天変などの現前の災異を祓う場合がある。さらに、次の孝謙天皇になると、即位後の大嘗祭を行った後、天皇の御代の安泰を願って行われる仁王会(一代一講仁王会)が加わることになる。これは先の三つの場合でいえば、事前の不祥禳除を祈願する場合に含まれよう。以上のように、聖武以降、仁王会は大きく三つが根拠となって行われた。

平安時代に入ると、その内実がさらに細分化し、それに伴い実施回数も飛躍的に増えていく。奈良時代では聖武の三回、孝謙の四回は比較的多い方で、淳仁・称徳・光仁の各御代は一回だけである。桓武も延暦十三(七九四)年九月二十九日、平安京に遷都する直前に新京にて行った一回だけである。平安時代に入ってからは、平城と嵯峨が二回、淳和も一回だったが、仁明は七回に増え、(6) 文徳が三回、清和が五回、陽成が二回、光孝が一回、宇多が六回とやや増えた後、醍醐が三十回、朱雀が十八回、村上が四十回、冷泉が一回、円融が二十四回、花山が二回、一条が六十二回と、醍醐以降飛躍的に実施回数が増える。それは毎年春に恒例で行い、加えて疫癘の流行や炎旱や怪異などを理由に年に複数回実施するようになるためである。聖武から一条までで、仁王会の開催理由毎に分類して天皇と回数を記すと以下のようになる。天皇名の下の数字は目的が明確に記されている場合の数を表す。ただし、目的が明記されない場合も多いため、前後の文脈から判断される場合の数は〈 〉の中に数字を入れ、不明のものについては表に入れていない。なお、一回の仁王会に複数の願を立てている場合は、それぞれ別の項目として数えている。(7)

（一）事後の不祥禳除

聖武〈1〉（長屋王の変）、孝謙〈1〉（橘奈良麻呂の乱）、光仁〈1〉（井上廃后・他戸廃太子）、清和1〈1〉（応天門の変・大極殿火災）、村上〈1〉（内裏火災）、円融〈2〉（内裏火災）、一条〈2〉（内裏火災）

（二）事前の不祥禳除

①一代一講…孝謙1、嵯峨1、仁明1、文徳1、清和1、陽成1、光孝1、宇多1、醍醐1、朱雀1、村上1、冷泉1、円融1、花山1、一条1

②天下安寧…聖武1、平城1、仁明1、清和1、宇多1、村上〈1〉

③年穀…聖武1、清和1、宇多2、醍醐1〈1〉、村上4、円融〈2〉、一条〈5〉

④遷都…桓武〈1〉

⑤新造内裏厄除…村上1〈1〉、円融〈2〉、一条1〈2〉

⑥翌年が戊子…清和1

⑦厄年…朱雀1

⑧三合厄…醍醐〈1〉、朱雀1、村上1、円融1〈2〉、一条〈1〉

⑨息災…宇多1、朱雀1

（三）現前の災異禳除

①疫癘…平城1、淳和〈1〉、仁明1、清和1、宇多2、醍醐11〈3〉、村上6〈3〉、円融〈1〉、一条8〈3〉

②炎旱…聖武〈1〉、嵯峨1、仁明1〈1〉、陽成2、醍醐1〈3〉、朱雀2、村上6〈2〉、円融〈1〉、一条5〈3〉

③水旱・霖雨…宇多1、一条〈2〉

④風災…一条〈1〉
⑤神霊池枯渇…淳和〈1〉
⑥異常気象…醍醐1
⑦天変…村上4〈4〉、円融1〈1〉、一条〈2〉
⑧日蝕…円融1
⑨雷…孝謙〈1〉
⑩彗星・流星…宇多1、醍醐〈1〉、一条〈2〉
⑪地震…朱雀2〈2〉、村上1、円融〈2〉、一条〈1〉
⑫怪異・物の怪…仁明3、文徳〈1〉、宇多2、朱雀2、村上4〈4〉、円融1、一条2〈1〉
⑬妖言…村上1
⑭物忌…円融1
⑮俘囚反乱・凶賊排除…宇多〈1〉、朱雀6〈3〉
⑯厄運…朱雀〈1〉
⑰死人穢…村上1、一条1
⑱不豫…孝謙〈1〉(光明子不豫)、淳仁〈1〉(光明子不豫)、村上1(村上疱瘡)、円融〈1〉(円融不豫)、一条3〈4〉(一条不豫1〈2〉、円融院不豫1、太皇太后昌子不豫〈1〉、東三条院詮子不豫1〈1〉)
⑲息災延命…村上1〈1〉

右の表で明らかなように、臨時の仁王会で回数が多いのは、疫癘（疫病の流行）と炎旱（旱魃）である。いずれも民衆に一番影響を及ぼす事柄であり、国難と判断するに相応しい。これに続くのが怪異（物の怪）である。

天皇毎に見ると、その天皇が置かれた状況が浮き彫りになる。例えば、平安時代の初期で一番多かった仁明は、全部で七回行った仁王会のうち約半分が「恠異」――所謂宮中での怪異現象を根拠とする。これは『源氏物語』の朱雀帝と弘徽殿大后が物の怪に悩む文脈と重なるので、後述する。

次に多かった清和は、貞観八（八六六）年の応天門の火災の後、その災変を消すために大般若経転読や四王秘法を行うが(8)、亀卜の結果は猶火気が残るとされ、さらに若狭国から印公文を納める庫と兵庫が鳴るとの知らせを、陰陽寮が「兵乱天行くの災あり」と占ったため、応天門火災の余殃を消す目的で仁王会を行っている(9)。その年はさらに炎旱にも悩まされ、怪異現象もしばしば起こったため、同九（八六七）年正月には疫癘を憂うとして仁王会と鬼気祭を修し(10)、同年十一月には翌年が戊子で水旱疾疫の年であるため、それを祓うために仁王会を行った(11)。このように清和は応天門の変の後の貞観八・九年ごろに難局にあったことが了解される。

また、六回仁王会を行った宇多は、在位期間の後半に集中している。寛平五（八九三）年正月のは「恠異」が原因とあり(12)、閏五月のは「依祓疫癘之難也」とある(13)。この前後、天変がしきりにあり、五月に新羅の賊が肥後や肥前国を侵略してきて、閏五月には出羽の俘囚が反乱を起こすなど、怪異や疫癘、東西の兵乱などさまざまな難題が天皇を襲っている。さらに寛平七（八九五）年には、諸国（大宰・摂津）とともに都でも鷺の集合や流星、禁中怪異などの天変地妖がしきりに起こり、同八（八九六）年には水旱兵疫の災によって百官の俸禄が支給できない事態に陥り、さらに大宰府に発生した病気が同九（八九七）年には都にまで及んできた。こうした状況から宇多は仁王会を繰り返し行うのである。

そして、この後を引き継いだ醍醐の御代は、それまでとは比べられないほど仁王会の開催回数が増える。在位の最初の一時期を除き、延喜二（九〇二）年以降はほぼ毎年の行事となっただけでなく、一年に複数回実施することも度々あった。それだけ醍醐の御代は疫癘の流行と炎旱が多かったのであり、その背景には菅原道真の祟りが重なって理解されていたことも見逃せない。

次の朱雀の御代の特徴は、承平六（九三六）年から天慶四（九四一）年までの間に十三回もの仁王会を集中して行ったことである。言うまでもなく、これは平将門と藤原純友の承平天慶の乱に関わってのことで、朱雀の御代の国難が主にそれであったことを表している。

次の村上もまた開催回数が多い。村上の御代は即位して一代一講の仁王会を行った天暦元（九四七）年に天変や物の怪、妖言や疫癘などが相次いだ上に、八月には上皇朱雀と村上自身が疱瘡に罹患する事態となった。天暦二（九四八）年は炎旱に悩まされ、同三（九四九）年にも天変や炎旱、疫癘等があり、天暦元年から三年までのたった三年間に、実に十三回もの仁王会を行っている。村上の御代が如何に多難な出だしであったかが判る。天暦四（九五〇）年から同十（九五六）年までは比較的平穏であったものの、天暦十一（九五七）年から応和三（九六三）年までは毎年複数回の実施があり、特に天徳四（九六〇）年の内裏火災の後は、応和元（九六一）年が辛酉革命の年であったこともあり、仁王会を頻繁に催している。春に行う仁王会は、醍醐の御代にもしばしば行われていたが、村上の天暦十一年ごろから二月開催が恒例化し、年穀を祈るとともに天皇の息災を祈願するようになる。

円融の御代も開催回数が多い。ただし、このころには二月か三月の春の仁王会はすでに恒例化し、天禄四（九七三）年から貞元二（九七七）年までの間で、地震や疱瘡、三合厄、日蝕、内裏火災を理由として年に複数回実施している。あとは永観二（九八四）年が三合厄の年で、年に四度も行っている。

『源氏物語』が作られた一条の御代も開催回数が多い。仁王会がなかったのが長徳二（九九六）年のみで、正暦二（九九一）年と長徳三（九九七）年だけが年に一度の開催で、あとは毎年複数回実施している。特に長徳年間以降は二～三月の春と、七～九月の秋の二度恒例で行われるようになる。一条の御代の特徴は、多くが厄除けのような形で予防的に仁王会を行ったことと、正暦元（九九〇）年の円融院不豫や長徳四（九九八）年の東三条院御悩、寛弘八（一〇一一）年の聖体不豫など、天皇・上皇の病気・危篤と関わって複数回行ったことであろう。

このように見てくると、もともと仁王会は天皇にとっての一番の国難と思われる内容と関わって、在位時代に一回ないし数回行われるだけの法会であったが、醍醐以降に急激に増え、村上・円融・一条に至ると半ば年中行事化していく傾向が見える。しかも、危機を鎮める法会から危機を予防する法会へと徐々にその性格を変えていった。一年に複数回実施されていた一条の御代にあっては、人々にとってなじみのある法会であったと言えよう。しかし、『源氏物語』の朱雀帝が行う仁王会は、決して年中行事化したそれではなく、都での雷が尋常ではなく「物のさとし」と認識され、帝と母后が物の怪に祟られるなど、国難と判断して行われた臨時の仁王会――言い換えれば、聖武から醍醐や朱雀天皇御代に至る時代の、現前の災異を祓うために行われた仁王会と見るべきである。次節以降では、朱雀帝に現れた天変の「雷」と「物の怪」のそれぞれについて、歴史上の場合と比較し、朱雀帝御代の場合の特徴を位置付けてみたい。

三　雷と天皇

ここでは、天変のうち特に「雷」を中心とした天変が、天皇をどのように追いつめたのかを史書を手がかりに見てみたい。天変が天皇の不徳を譴責するとする天譴思想は、夙に元正の詔に見え、[14]聖武の詔にもしばしば現れる。しかし、それを「雷」と結びつけて天のさとしと理解した例は、思ったほど多くない。その可能性があるものも含めて史料から拾い得たのは、孝謙、光仁、仁明、文徳、清和、醍醐の例ぐらいであろうか。各例を見ていくと、天変の中の「雷」がどのような位置にあるのかが見えてくる。

孝謙の例は、『続日本紀』天平勝宝八（七五六）歳の記録にある。五月二日に聖武太上天皇が崩御した後、同年十一月十七日には新嘗祭が諒闇のため廃されたことが記されている。それに続く十二月一日には「去《い》にし月《つき》より雷《かみ》なること六日なり」として十一月から六回雷が鳴ったことが記され、十二月五日に東大寺で百人の僧を招き仁王会が行われている。[15]時系列で並べた場合に、雷と仁王会との間に何らかの因果関係を連想させるが、開催事由が明確に雷と記されているわけではないので、決定を見ない。ただし、仁王会の後の同月十六日に京中の孤児に食料と衣類を与え養うべしとの恩勅を出した記録があることからして、孝謙が雷を何らかの天譴と理解し、仁王会を行うとともに天皇の徳を示したと言えるであろう。そうすると、これが雷を天譴と見做して行った仁王会の最初の例ということになる。

光仁の例は、宝亀十一（七八〇）年正月十四日に大きな雷があり、落雷で京の数箇所で火災が起った時のことである。新薬師寺の西塔や葛城寺の塔と金堂が皆焼けたのを受けて、同月十九日に大赦をし、二十日の詔に「この頃、天が咎を告げ知らせて、火災が寺に集中していることについて、自らの不徳として受け入れるが、仏門の者達も心に恥じることがないか」と僧綱に粛正を語りかけている。[16]この時には仁王会の開催に至っていないが、雷を天の咎と明確に受け取った例として注意しておきたい。

仁明の例は、正確には雷ではなく雷鳴の例である。承和九（八四二）年十一月二十一日と十二月十五日に、いずれも南西の方角から雷鳴の音が響いたとする記録がある。(17) この雷鳴は地震かとも考えられるが、これを受けて仁明は同年十二月二十日、詔して神宝を楯列山陵（神功皇后陵）に献じて、国家の平安を祈っている。承和九年は、七月に承和の変が起こった年であり、恒貞の廃太子と道康の立太子を柏原山陵（桓武天皇陵）に報告した後、十一月一日には聖体不豫となり、同月十四日には地震が起こっている。この文脈の後に、先の雷鳴の記述と詔が続き、翌承和十（八四三）年正月八日には、二月から九月に至るまで八日毎に仁王経を講ずるよう命じている。八ヶ月にも渉って仁王経を講ぜしめることの中に、仁明が如何に承和の変の後の祟りを畏れ、疫気が出ないようにしたかが判る例であろう。仁明の畏れは、後述する怪異（物の怪）の例と併せて、示唆的である。

文徳の例は、雷だけでなく、地震や雹などのさまざまな天変と関わっている。天安元（八五七）年四月十五日に仁王会を行った後、五月は霖雨となり、六月十一日と七月四・十五日に雷雨の記録があるだけでなく、雷のような音が南東の方角から（七月四・六日）と北西から（七月六・八日）響くとあり、地震も七月八日と二十四日にあるなど集中的に天変が起こっている。(18) 天安二（八五八）年二月十五日に仁王会を行った後もそれは続き、文徳はこれを仁明の祟りと判断して深草山陵に使を出して宣命にて陳謝する。(19) しかし天変は止まず、雷や雹、大雨の記録が続く。六月に入ると、雷雨に加え地震、流星、洪水、大風が起こり、(20) 八月に文徳はとうとう崩御してしまうのである。天安元年から二年にかけての天変を国難と判断して仁王会を行うが天変は止まず、さらに追い込まれて死に至ってしまった。ここで注目したいのは、天からの咎めに文徳は仁明の祟りを重ねて理解していることである。

次の清和は、貞観十五（八七三）年四月二十七日および五月三日に雷があった際に雹が降り、神祇官陰陽寮が占ったところ賀茂・松尾社の祟りと出て、奉幣する記事がある。(21)

そして、雷と天皇との関わりで一番印象的なのが醍醐である。醍醐の御代は即位する前の宇多のころから疫癘が流行し、寛平十・昌泰元（九八八）年に二度仁王会を行っていることから、即位二年目にして既に難しい局面にあったことが窺える。醍醐は最初これを桓武天皇夫人藤原吉子の祟りと判断したようである。[22] そして、昌泰四（九〇一）年正月に菅原道真を左遷させ、配所で道真が薨去して以降、今度は道真の祟りを畏れ続けることになる。当初はそれを殊更「雷」と関連づけて認識している節はない。しかし、藤原時平一族の早世や皇太子保明の死などは明らかに道真の祟りと関連づけられている。その表れが保明が薨去した年の延喜二十三（九二三）年四月二十日、菅原道真に右大臣正二位を贈り本位に復すとしたことであろう。しかし、その後も炎旱や疫癘は止まらず、醍醐は仁王会や各種の修法を行うが、延長八（九三〇）年六月二十六日、天皇の御在所の清涼殿に落雷したのがきっかけとなって病に伏し、崩御に至ってしまうのである。[23] 醍醐はまさに落雷によって命を落したと言って良く、たった一度の雷で雷神菅原道真とそれに祟られる醍醐という関係が作り上げられるのである。

以上に見るように、天皇にとって雷は天のさとし（天譴）の一つと認識されたが、天変全体の中で、天皇を追いつめるにまで至る例は決して多くない。加えて、光仁の例を除くと、天皇がそれを天のさとしとしながら、具体的に誰か（何か）の祟りと認識している点が見逃せない。加えて、雷が直接に仁王会の開催を導いた例はほとんどなく、唯一孝謙の例にその可能性があるだけである。『源氏物語』のように雷を根拠として仁王会を行うのは、歴史的に見てかなり異例と言えよう。加えて、雷が天変として天皇を追いつめた例としては、醍醐の例が一番印象的であって、朱雀帝が雷を畏れる文脈の中に、落雷によって死に至った醍醐の例が一方で見据えられていることは間違いない。須磨の地で光源氏のいる建物の続きの廊に落雷した記述を読んだ読者にとっては、その雷が都では仁王会を予定するほど帝を追いつめているとする文脈の中に、朱雀帝が醍醐と同じ運命を辿る可能性を読むのは極めて自然である。[24] 朱雀帝はこうした文脈の中で対応を迫られると言って良い。

四　怪異・祟りと天皇

次に、帝や宮中に現れる「怪異（物の怪）」と「祟り」について考えてみる。仁王会を行うに至るような天変の中で、物の怪が天皇を襲う場合や宮中に怪異が現れる場合、天皇はそれを天のさとしと認識するとともに何の祟りと考えたのか。史書に表れた例を確認してみたい。これを検討することで、朱雀帝に祟った物の怪を当時の人が何の祟りと想定し得たのかを知る手がかりとなろう。

平安時代の天皇で祟りに苦しむと言えば、桓武が弟早良の祟りを畏れ続けたことは有名である。しかし、史書はそれを怪異（物の怪）とは記していない。史書には皇太子安殿の病気や凶作の原因として記すのみである。また平城が大同三（八〇八）年に行った仁王会は疫癘のためとあるが[25]、その疫癘は前年（大同二（八〇七）年十一月十二日）に薬を仰いで死んだ伊予親王・藤原吉子の祟りと考えた可能性がある。嵯峨では不豫の際に母藤原乙牟漏の祟りと記す例がある[26]。しかし、これらも怪異とは記していない。天皇の周辺に物の怪が現れることが史書に記録されるようになるのは、淳和からである。『類聚国史』陰陽寮には天長八（八三一）年二月二日に物の怪を占った記事があり、『日本紀略』同年六月二十日には内裏で怪異があり、使を遣わして柏原山陵（桓武）と石作山陵（高志内親王）にそれを報告している記事がある。そして、六月二十六日には、物の怪を防ぐため、二十二人の僧を柏原・石作山陵の二手に分け、読経をさせている。高志内親王（父 桓武　母 皇后藤原乙牟漏）は淳和の元妻で、彼が東宮になる前に亡くなっている。ここから判ることは、淳和にとって父桓武と元妻高志が守護霊的存在であるとともに、その祟りを畏れる対象でもあることだ。淳和はこれ以外にも例えば、天長五（八二八）年七月に大地震があった際にも父桓武に祈請している[27]。兄の嵯峨は弘仁九（八一八）年の炎旱の際に自らの不徳を詔で述べ、四月二十六日に柏原山陵に使を遣わして雨を祈り、二十七日に仁王会を行っている。同じ兄弟でも、嵯峨は危機に瀕して父桓武に救いを求めているのに対し、弟淳和は桓武と高志を頼るとともにその祟りを畏れてもいる。その理由は不明ながら、桓武が寵愛した高志内親王腹の恒世親王の立太子を辞退したことなど、淳和の行動に、何か二人の意思に背く行為があったためとも考えられようか。なお検討が必要である。

宮中での怪異が頻繁に記録され、それを根拠として仁王会を行ったのは仁明である。仁明の御代に宮中に怪異があった記録が承和三（八三六）年以降同十四（八四七）年ごろまでほぼ毎年のようにある[28]。その中で特徴的なのが、承和五（八三八）年と同七（八四〇）年の記事で、宮中での怪異を桓武の祟りと判断し、同五年七月十一日に柏原山陵で祈祷をさせるとともに七月二十五日には紫宸殿で怪異を祓うために仁王会を行っている。さらに、同七年六月五日の怪異の際にも桓武の祟りとされ、藤原愛発を派遣して祈祷し、六月七日に宮中で仁王会を行うのである。これ以外にも出羽国飽海郡大物忌の神の祟り（承和七年七月二十六日）、疫神の祟り（承和九年五月二十七日）などとも記録され、仁明が特に祖父桓武の祟りを畏れ続けたことは注目に値する。淳和が桓武と高志を畏れたその続きとして仁明の畏れがあることを思うと、前節の雷の例と併せて、淳和皇統の存続にこそ桓武の意思があり、仁明は自らが皇位にあることおよび淳和皇統を断絶させたことへの祟りを畏れ続けた可能性が考えられる。先述した承和の変の後に、八日毎に八ヶ月に渉って仁王会を行い続けたことは、祟りを畏れ続けた仁明の思いを表しているのであろう。

次の文徳は前節で述べたように晩年にさまざまな天変に祟られた記録が残るが、宮中怪異の例はない。ただし、先述した通り文徳は天からの咎めを仁明の祟りと重ねて理解していたことは注目して良い。清和は貞観十五年十月六日の記事に日頃物の怪があるとの記載があり、それは前節の雷の祟りの主とされた賀茂・松尾社に加え、平野・大原野社にも奉幣して祟りを収めようとしている例で、祖霊を畏れる文脈は現れない。陽成・光孝には怪異に関する記述はほとんどなく、[29]宇多には怪異の記録があるが詳細は不明である。祟りの例では陽成の貞観十九・元慶元（八七七）年の炎旱の際、楯列山陵（神功皇后）の祟りとする記事があり、[30]光孝には仁和二（八八六）年五月二十日に起こった伊豆新島の噴火を、陰陽寮が「鬼気の御霊忿怒して祟りを成す」と占った例がある。[31]醍醐は昌泰四年五月二十四日に鳩の怪があるのみで、特に天変と関わって宮中怪異が語られることはない。

宮中怪異の記事が仁明と並んで多いのは、朱雀と村上である。ただし、朱雀と村上が仁明と違うのは、それを誰か（何か）の祟りとする例が減り、神への奉幣や各種修法、仁王会の開催など神や仏に救いを求める傾向が強まる点である。朱雀は、伊勢神宮やその他の名神に奉幣し、[32]譲位する年に怪異を理由に延暦寺僧に仁王会を行わせている。村上は、即位当初の天暦元年から同三（九四九）年までの間で怪異の記録が頻出してその間に二度と、応和二（九六二）年に一度の計三度怪異を理由に仁王会を行っているが、いずれも怪異の詳細は不明である。一方、天変を祟りのためとする例は二例あり、天暦三年の六月二十一日、陰陽寮が炎旱を占ったところ、柏原山陵と深草山陵（仁明）の祟りとト し実検した例と、応和二年六月十八日の仁王会の前日には霖雨を田邑山陵（文徳）の祟りとして使を発遣した例がある。これで見ると、村上は光孝以前の嵯峨系の天皇――陽成で途絶えてしまった系譜の天皇の祟りにあっていることになる。村上は、天暦二年五月十一日に炎旱に際して天智・桓武・仁明・光孝・醍醐の各山陵に雨を祈っていることから、直系に連なる祖霊に庇護を求めていることが判る。冷泉の狂気は藤原元方の祟りと言われ、円融の怪異は詳細が不明、花山に怪異の記述はない。一条は眼病の際に妙見の祟りとする記事がある。[33]

次に、怪異以外で、天変や疫癘が誰かの祟りとされた例では、清和の御代の貞観五（八六三）年五月二十日に行われた御霊会がある。これは疫癘の根拠を崇道（早良）・伊予・藤原吉子・橘逸勢・文室宮田麻呂等に求め、その魂を鎮撫した法会である。醍醐は菅原道真の怨霊に怯え、一条は長保三（一〇〇一）年の疫癘の際に、崇道の祟りとする例がある[34]。

このように宮中怪異および祟りの例の記録を辿ると、宮中での祟りの構図がおおよそ見えて来る。具体的に誰かの霊の祟りとあるのは、桓武にとっての弟早良、平城にとっての弟伊予とその母藤原吉子、嵯峨にとっての母藤原乙牟漏、淳和にとっての父桓武や元妻高志、仁明にとって祖父桓武、文徳にとっての父仁明、清和にとっての崇道・伊予・藤原吉子・橘逸勢・文室宮田麻呂等の御霊、仁明と陽成にとっての神功皇后、醍醐にとっての藤原吉子や菅原道真、村上にとっての桓武や仁明や文徳、冷泉にとっての藤原元方、一条にとっての崇道などである。これらは大きく二つに分けられる。すなわち、宮廷に怨霊となって祟った人々と、何らかの理由によって祟りをなすに至った天皇の祖霊や近親者の霊である。祟られる原因は現帝の行為にこそあり、それによってそれらの霊が呼び起こされる。朱雀帝と大后が物の怪に祟られる文脈には、これら過去の天皇の例が重なるのであり、物語は父桐壺院の霊夢によって、父の遺志に背いたことに焦点化するのである。それは明確に桐壺院が怨霊となっていることを意味する。

五　朱雀帝の行動原理——むすびにかえて

このように見てくると、朱雀帝御代の天変の内実が見えてくる。「雷」を何らかの祟りとして認識すること自体は珍しいことではないが、仁王会を行うに至るような天変ではないことは先に見た。仁王会が行われる天変としては、圧倒的に疫癘や炎旱が多く、炎旱の場合、雷はむしろ恵みの雨だった。それを「あやしき物のさとし」と認識するのは、その雷が尋常ではなかったことの証左であり、そこに醍醐の例と重なる契機がある。歴代天皇の中には、天変によって追いつめられ、崩御に至るケースもあった[35]。ほとんどの場合、天皇はそれの救いを神や仏、そして祖霊の護りに求めたのである。加えて天変は、天譴であるとともに、宮廷に祟りなす人々の怨霊や祖霊の祟りとしても認識される場合がいくつもあり、祖霊の場合は祖霊の遺志に背く何らかの理由があったものと思われる。『源氏物語』では、それを朱雀帝が桐壺院の遺言に違反したこととして語っているのである。自らの眼病と祖父太政大臣の死、そして母后の病気と続くに及んで、朱雀は過去の天皇が天変によって死に至った場合を思わずにはいられなかったであろう。第一節に引いた本文Bに「なほこの源氏の君、まことに犯しなきにてかく沈むならば、かならずこの報いありなんとなむおぼえはべる。いまはなほもとの位をも賜ひてむ」（明石②　二五二頁）と語る中には、大宰権帥として配流先で亡くなった菅原道真を元の位に復したものの、その後落雷によって命を落とした醍醐天皇の例が念頭にあることは間違いない。さらに、Cにあるように、仁王会を行っても物の怪は変わらず、「さまざまの物のさとししきり騒がしき」状態だったというのは、文徳が天安二年の仁王会開催後も怪異が続き、雷も止まず、さらに地震や流星、大風まで加わって追いつめられ、死に至ったことが想起されるのである。Bの場面で「かならずこの報いありなん」と必ずやこれの報いがあるとし、Cで重ねて京都へ呼び戻す宣旨を出したのは、朱雀がさらなる状況の悪化を予想するからであり、それは紛れもなく自らの死以外にはない。

　このように、朱雀帝が光源氏を召還する行動に出る背景には、歴代天皇の天変に対する畏れが重なっており、父院の遺志に背いたことが自らの死を招くと確信したからであろう。須磨巻の光源氏の姿には菅原道真が重なって語られ、(36)さらに「雷」の出現により、光源氏の配所での死と怨霊化、朱雀帝の落雷による崩御は、ありうべき可能態として孕まれる。その実現と一刻を争うように朱雀帝は光源氏召還へと向かうのである。

注

（1）歴史学では仁王会についての研究史が積み重ねられている。難波俊成「わが国における仁王経受容過程の一考察――その一・その二――」（「元興寺仏教民俗資料研究所年報一九七二」昭和48（一九七三）年3月・「同一九七三」昭和49（一九七四）年3月））、堀一郎「仁王会」「一代一講仁王会」（『上代日本仏教文化史』昭和50（一九七五）年）、滝川政次郎「践祚仁王会考（上）（下）」（「古代文化」第40巻第11号・第41巻第1号　昭和63（一九八八）年11月、平成元（一九八九）年1月）、佐々木宗雄「王朝国家期の仏事について」（『日本王朝国家論』所収　名著出版　平成6（一九九四）年）、垣内和孝「一代一度仁王会の再検討」（「仏教史学研究」第40巻第1号　平成9（一九九七）年9月）、中林隆之「護国法会の史的展開」（「ヒストリア」第一四五号　平成6（一九九四）年12月）・「日本古代の仁王会」（『日本古代国家の仏教編成』所収　塙書房　平成19（二〇〇七）年）など。平安時代中期から後期については野田有紀子「平安中後期の仁王会と儀式空間」（「工学院大学共通課程研究論叢」第43-(2)号　平成18（二〇〇六）年2月）があり、一条朝の仁王会については石埜敬子・加藤静子・中嶋朋恵「御堂関白記注釈ノート〔七〕――仁王会・御物忌・大臣退出・多武峰と藤原統理――」（「国文学　言語と文芸」一〇〇号　昭和61（一九八六）年12月）に詳しい開催記録がある。

（2）中林隆之「日本古代の仁王会」注（1）に同じ。一〇九頁

（3）中林隆之「日本古代の仁王会」注（1）に同じ。一〇九頁

（4）『続日本紀』の訓読は、岩波書店刊新日本古典文学大系による。

（5）中林隆之「日本古代の仁王会」注（1）に同じ。一二五頁

(6)『続日本後紀』承和十年正月八日の記事によると、この年に行われた仁王会は、二月から九月まで八ヶ月間に渉り八日毎に行うように命じたことから推して、総計約三十回ほど行われたことになるが、正確な実施回数が判らないため、正月八日に仁王会開催の勅命を出したことを以て一回と数えた。よって実際の実施回数はもっと多い。

(7)仁王会という表記でなくとも、仁王経を読経（講説・転読）している法会は基本的に仁王会として数えた。ただし、季御読経でいくつか読経した中で仁王経を読経している場合は省いている。二月ないし三月開催の仁王会はその年の年穀を祈る場合と考えるが、開催理由をそれと明示していないので、不明とした。「年穀」に分類しているのは、年穀を祈ることを明示している例の数である。天変の内実が明確な場合は炎旱などと分類しているが、史書にただ「天変」とだけ記している場合は「天変」に分類している。なお、前後の文脈から理由を推測した例については、史料を読み誤っている可能性がある。あくまで目安と考えて欲しい。

(8)『日本三代実録』貞観八年閏三月二十二日条

(9)『日本三代実録』貞観八年四月十八・二十六日条

(10)『日本三代実録』貞観九年正月二十六日条

(11)『日本三代実録』貞観九年十一月二十九日条

(12)『日本紀略』寛平五年正月十一日条

(13)『日本紀略』寛平五年閏五月十八日条

(14)『続日本紀』元正天皇養老五年二月十七日詔に「王者《わうしや》の政令《せいれい》は事《こと》に便《たより》あらずは、天地《てんち》譴《とが》め責《せ》めて咎《とが》の徴《しるし》を示《しめ》すときく」とある。

(15)『続日本紀』天平勝宝八歳十二月五日条

(16)『続日本紀』宝亀十一年正月二十日条

(17)『続日本後紀』承和九年十一月二十一日・十二月十五日条

(18)『日本文徳天皇実録』天安元年五月二十日～七月二十四日条

(19)『日本文徳天皇実録』天安二年三月十二日条
(20)『日本文徳天皇実録』天安二年六月三日〜二十一日条
(21)『日本三代実録』貞観十五年五月五・九日条・『日本紀略』貞観十五年五月九日条
(22)『日本紀略』昌泰元年六月二十二日条・『扶桑略記』巻第二十三「裡書」寛平十（昌泰元）年六月二十二日条
(23)『日本紀略』延長八年六月二十六日〜九月二十九日条
(24)朱雀帝に醍醐の姿を読んだ説としては、後藤祥子「帝都召還の論理――「明石」巻と菅公説話」（『源氏物語の史的空間』所収　東京大学出版会　昭和61（一九八六）年）・「源氏物語の朱雀院」（『源氏物語の始発――桐壺巻論集』所収　竹林舎　平成18（二〇〇六）年）がある。
(25)『日本紀略』大同三年三月一日条
(26)『日本紀略』大同五年七月十八日条
(27)『日本紀略』天長五年八月十八日条
(28)正確には承和十三年を除く毎年
(29)怪異ではないが、『日本三代実録』は天慶八年正月四日の雷、二十三日の白虹、二十四日の太陽の様子など、陽成の退位に至る経緯を天変と関連させて記している。
(30)『日本三代実録』元慶元年七月三日条
(31)『日本三代実録』仁和二年八月四日条
(32)『貞信公記』承平元年九月十二日条、『扶桑略記』巻二十五裡書「承平三年七月十一日」条、『西宮記』巻十一「十二月」承平七年十二月十三日条
(33)『権記』長保元年十二月八日条
(34)『権記』長保三年三月十八日条
(35)文徳や醍醐の他にも、光孝は仁和三年七月三十日の南海大地震の後、地震が頻発し、それにより追いつめられ八月二十六日

に崩御している。光孝もまた天変によって死に至った例といえる。

(36)今井源衛「菅公と源氏物語」・「菅公の故事と源氏物語古注」(『紫林照径――源氏物語の新研究』所収　角川書店　昭和54(一九七九)年)、後藤祥子「帝都召還の論理――「明石」巻と菅公説話」注(24)に同じ、土方洋一「源氏物語の言語の構造――テクスト論の視座から――」(『源氏物語のテクスト生成論』所収　笠間書院　平成12(二〇〇〇)年)、拙稿「須磨の〈月〉と菅原道真」(『源氏物語の准拠と系譜』所収　翰林書房　平成16(二〇〇四)年)など。

Ⅳ

冷泉帝御代の特質

1　少女巻の朱雀院行幸

序

冷泉帝については、これまで天変の意味や大原野行幸など、帝を取り巻く状況や行動について考察を加えてきた。(1)弘徽殿大后や右大臣の専横に悩み、桐壺院の霊夢に脅える朱雀帝に比べると、冷泉帝は後見である光源氏や藤壺、太政大臣（元の左大臣）に支えられて、聖代として演出されてくるが、その内実はどうであったのか。澪標巻以降のあり方を丁寧に読み解く必要がある。このうち、冷泉帝自身が行動する出来事の一つに朱雀院行幸がある。それが行われる少女巻は、夕霧の元服と大学入学、夕霧と雲居雁との幼恋が中心で、途中や終わり近くで、秋好の立后や光源氏の太政大臣・頭中将の内大臣就任、光源氏の六条院造営など、宮廷や貴族社会の動向を語る。その一つが朱雀院行幸であり、しかも何の前触れもなく語られてくる。

これは、朱雀院の算賀といった慶事のためではなく、また朱雀院や弘徽殿大后の不豫の見舞いのためでもない。また、二月の二十日過ぎに行われ、往事の花宴を回想する文脈として語られるが、花宴として行っているわけでもない。朱雀院は、澪標巻での譲位以後、絵合巻で秋好への想いが語られる程度で、物語の俎上にのることはほとんどなく、すっかり物語の背後に後退したかに見える。その朱雀院のところに、なぜこのタイミングで冷泉帝は朝覲行幸をするのか、しかも、この行幸は後述する如く装束などに際立った特徴を備えている。

本章は、行幸の中身として語られる内容を歴史的に検証し、朝覲行幸である朱雀院行幸をこの場面で語ることの意味を考えてみたい。

一　少女巻の朱雀院行幸の特徴

この朱雀院行幸は、少女巻の終わり近くで語られてくる。行幸全体としてはかなり長い場面であるので、必要箇所のみを掲載しながら、構成する要素を以下にまとめてみたい。

第一の要素は、朱雀院行幸の前段で、光源氏の正月の様子を、史上の藤原良房を引き合いに出しながら語る点である。


朔日《ついたち》にも、大殿は御歩《あり》きしなければ、のどやかにておはします。良房《よしふさ》の大臣《おとど》と聞こえける、いにしへの例になずらへて、白馬《あをむま》ひき、節会《せちゑ》の日々、内裏《うち》の儀式をうつして、昔の例《ためし》よりもこと添へていつかしき御ありさまなり。　（少女③　七〇頁）

藤原良房が白馬《あおうま》の節会を自邸で行った前例がないことは早くから注せられ(2)、虚構であることは自明である。しかし、なぜわざわざ藤原良房の名を出す必要があるのか。この時点での光源氏の有り様を考えるうえで見逃すことはできない。

第二の要素は、冷泉帝が朱雀院のもとを訪れる朝覲行幸が、正月ではなく二月に行われる点である。

二月《きさらぎ》の二十日あまり、朱雀院《すざくゐん》に行幸《ぎやうがう》あり。花盛りはまだしきほどなれど、三月《やよひ》は故宮の御忌月《きづき》なり。とくひらけたる桜の色もいとおもしろければ、院にも御用意ことに繕《つくろ》ひみがかせたまひ、行幸に仕うまつりたまふ上達部《かむだちめ》、親王《みこ》たちよりはじめ心づかひしたまへり。人々みな青色に、桜襲《さくらがさね》を着たまふ。帝《みかど》は赤色の御衣《ぞ》奉れり。召しありて太政大臣《おほきおとど》参りたまふ。同じ赤色を着たまへれば、いよいよ一つものとかかやきて見えまがはせたまふ。人々の装束、用意、常に異《こと》なり。院もいときよらにねびまさらせたまひて、御さま、用意、なまめきたる方にすすませたまへり。　（少女③　七〇〜七一頁）

　この文脈だと三月は藤壺中宮の忌月のために二月二十日過ぎにしたという。まだ花盛りには早いが、早咲きの桜が面白く咲いているといい、これは南殿での花宴が行われた頃と同じで、明らかにそれを念頭においた時期設定である。さらに、この箇所から読み取れる要素の第三は、人々の装束である。供奉した人々の装束が青色の袍に桜襲を着て、帝は赤色の袍を着る。さらに、太政大臣光源氏が召され、光源氏もまた帝と同じ赤色袍を着ているという。王卿や臣下たちの青に対する帝と光源氏の赤が対照として語られ、さらに同じ赤色袍を着ている帝と光源氏が「一つもの」として輝いているという。それに対して、朱雀院は「きよらにねびまさらせたまひて、御さま、用意、なまめきたる方にすすませたまへり」とあるが、特に赤や青といった装束の色を語る言葉はない。

　第四の要素は、この行幸で専門の文人は召さず、代わりに才能ある学生十人が召され、省試に擬えて賦詩が行われたことである。

今日《けふ》はわざとの文人《もんにん》も召さず、ただその才《ざえ》かしこしと聞こえたる学生《がくしやう》十人を召す。式部の省《つかさ》の試《こころ》みの題をなずらへて、御題賜ふ。大殿の太郎君の試み賜《たまは》りたまふべきゆゑなめり。臆《おく》だかき者どもは、ものもおほえず、繋《つな》がぬ舟に乗りて池に離《はな》れ出でて、いと術《すべ》なげなり。　（少女③　七一〜七二頁）

召された学生の中には光源氏の長男で元服したばかりの夕霧もいて、どのような詩を詠んだのかは記されないが、次の場面では進士に及第している。

第五の要素は、「春鶯囀」の舞をきっかけとして往事の花宴が回想され、和歌が唱和されることである。

春鶯囀《しゆんあうでん》舞ふほどに、昔の花の宴のほど思し出でて、院の帝《みかど》、「またさばかりのこと見てんや」とのたまはするにつけて、その世のことあはれに思しつづけらる。舞ひはつるほどに、大臣《おとど》、院に御土器《かはらけ》まゐりたまふ。

鶯《うぐひす》のさへづる声はむかしにてむつれし花のかげぞかはれる

院の上《うへ》、

九重《ここのへ》をかすみ隔つるすみかにも春とつげくる鶯の声

帥宮《そちのみや》と聞こえし、今は兵部卿《ひやうぶきやう》にて、今の上《うへ》に御土器《かはらけ》まゐりたまふ。

いにしへを吹き伝へたる笛竹にさへづる鳥の音《ね》さへ変らぬ

あざやかに奏しなしたまへる、用意ことにめでたし。取らせたまひて、

鶯《うぐひす》のむかしを恋ひてさへづるは木伝《こづた》ふ花の色やあせたる

とのたまはする御ありさまこよなくゆゑゆゑしくおはします。これは御私《わたくし》ざまに、内々《うちうち》のことなれば、あまたにも流れずやなりにけん、また書き落してけるにやあらん。（少女③　七二～七三頁）

「春鶯囀」の舞から「昔の花の宴」への回想に繋がり、「その世」のことを「あはれ」に思い出して、和歌の唱和へと繋がる。和歌を唱和するのは、光源氏、朱雀院、螢兵部卿宮、冷泉帝の兄弟四人で、冷泉帝を除いた三人はその花宴の場にいたと思しく、往事と今を対比的に歌いながら、今上帝を言祝ぎ、帝は兄達を前に謙遜する。この和歌の唱和が何を語っているのかが問題となる。

第六の要素は、詠歌に続いて語られる上の御遊びの様子である。

楽所《がくそ》遠くておぼつかなければ、御前に御琴《こと》ども召す。兵部卿宮琵琶《びは》、内大臣《うちのおとど》和琴《わごん》、箏《さう》の御琴院の御前《おまへ》に参りて、琴《きん》は例の太政大臣《おほきおとど》賜《たまは》りたまふ。さるいみじき上手《じやうず》のすぐれたる御手づかひどもの尽くしたまへる音《ね》はたとへん方なし。唱歌《さうが》の殿上人あまたさぶらふ。安名尊《あなたふと》遊びて、次に桜人《さくらびと》。月朧《おぼろ》にさし出でてをかしきほどに、中島のわたりに、ここかしこ篝火《かがりび》どもともして、大御遊《おほみあそ》びはやみぬ。（少女③　七三〜七四頁）

兵部卿宮が琵琶、内大臣が和琴、朱雀院が箏の琴、太政大臣光源氏が琴《きん》の琴《こと》を弾く。光源氏が琴の琴を弾く箇所については、大島本や河内本、二条院讃岐筆本、陽明文庫本、保坂本には「せめ聞こえたまふ」とあり、冷泉帝が光源氏に無理に弾かせたとする内容をもつ本もある。さらに、「さるいみじき上手のすぐれたる御手づかひどもの尽くしたまへる音はたとへん方なし」とそれぞれの楽器の名手が手の限りを尽くし、唱歌の上手な殿上人が「安名尊」「桜人」を歌って上の御遊びは終わる。先の和歌の唱和と併せて、上の御遊びの合奏を殊更に語ることの意味が問題となろう。

第七の要素は、その夜に弘徽殿大后のもとを訪れることである。弘徽殿大后の様子が語られるのは久しぶりのことであるとともに、「御賜《たう》ばりの年官《つかさ》、年爵《かうぶり》、何くれのことにふれ」（少女③　七五頁）て不如意の様子が老いる姿とともに語られる。

以上、朱雀院行幸は大きく七つの要素から構成されている。このうち特に問題となるのは、太政大臣光源氏を語るのに藤原良房を引き合いに出す必要性、朝覲行幸を二月に行う根拠、帝と臣下の装束の対照性の意味、和歌の唱和と合奏の意味であろう。そして何より、何故この時点でこのような行幸をする必要があるのか、行幸が何を意味しているのかが最大の問題となる。

例えば玉上琢彌は、この行幸を一つの締め括りとし、勝者光源氏を語るとする。(3)福長進は、華やかな儀式であればあるほど上皇の疎外感・寂寥感がいっそう際立つとし、ここには大同四(八〇九)年八月に平城上皇の朝政関与を排除しようとして行われた嵯峨天皇による平城上皇への行幸がふまえられているかもしれぬとし、隠然たる影響力を保持し続けた朱雀院ならびにそれを支える政治勢力の後退をはっきりと示そうとする光源氏の意図が窺えるとする。(4)だとすると、ますます少女巻のこの時点である必然性こそが問題となろう。加えて、この場面について、本文校異は諸本でさほどの違いはないものの、唯一国冬本だけは大きく異なる。しかもこの朱雀院行幸を構成する最重要と思われる装束や音楽などの内容で、国冬本はまるで別の理解を示している。これを一緒に論ずることはできないので、国冬本の問題については次章に譲り、本章では、国冬本以外の本を根拠として、装束と朝覲行幸に焦点を当てて朱雀院行幸の意味を考えてみたい。

二　冷泉帝と光源氏の赤色袍

朝覲行幸において、冷泉帝と光源氏が同じ色の装束を纏うことにどのような意味があるのか。本節では赤色袍の着用例を歴史的に検証しながら、これの意味を考えてみたい。

『延喜式』巻第四十一「弾正台」には、「凡赤白橡袍。聴$_{二}$参議已上著用$_{一}$」とあって、「赤白橡袍」いわゆる赤色袍を参議以上で着用を許すとする内容がある。しかし、実際に古記録を探っても、赤色袍を着用する記事はあまり多くなく、『源氏物語』が成立した一条天皇御代までには、次の用例を見るのみである。(5)

年月日	着用者	行事	出典
①延長6（九二八）年12月5日	醍醐天皇	大原野行幸	扶桑略記
②延長8（九三〇）年2月17日	寛明親王	講書始	李部王記・西宮記
③天慶7（九四四）年5月6日	朱雀天皇	競馬・打毬	九条殿記
④天慶10（九四七）年正月23日	右大臣藤原実頼	内宴	李部王記・河海抄
⑤天暦3（九四九）年3月22日	右大臣藤原師輔	殿上賭弓	九暦抄
⑥天暦9（九五五）年5月6日	村上天皇	競馬・打毬	西宮記
⑦康保4（九六七）年2月21日	左大臣藤原実頼	内宴	小左記・河海抄
⑧永延元（九八七）年10月14日	摂政藤原兼家	東三条第行幸	小右記（寛仁二年十月廿二日条）
⑨正暦4（九九三）年正月22日	摂政藤原道隆	内宴	小右記
⑩正暦4（九九三）年3月29日	一条天皇	殿上賭弓	小右記
⑪寛弘2（一〇〇五）年3月8日	左大臣藤原道長	大原野社行啓	小右記

右以外に、⑫『西宮記』巻第二「内宴」に関する記述の中に天皇と第一の人が赤色袍を着たとする記述が見える。

次に、一つ一つの用例を詳しく検討してみたい。①は、醍醐天皇が延長六年に行った大原野行幸（野行幸）の際に赤色袍を着た例で、この時には親王・侍臣六位以上が「麹塵袍」（青色袍）を着たとある。これは『源氏物語』行幸巻の冷泉帝が行う大原野行幸の准拠となった事例である。物語本文にも、臣下が「青色《あをいろ》の袍衣《うへのきぬ》、葡萄染《えびぞめ》の下襲《したがさね》を、殿上人、五位六位まで着たり」（行幸③　二九〇頁）とあり、かつ「帝《みかど》の、赤色《あかいろ》の御衣《ぞ》奉りてうるはしう動きなき御かたはら目に、なずらひきこゆべき人なし」（同二九一頁）と、帝が赤色袍を、臣下が青色袍を着て、コントラストの美しさを演出している。なお、『花鳥余情』行幸巻には承保三（一〇七六）年にあった白河天皇の大井川行幸の際に、京極関白藤原師実が天皇と同じ赤色袍を着たことを注するが、[6]野行幸である点でこの場面とは合わず、かつ『源氏物語』成立以後の話でもあるため、ここでは問題としない。②は、皇太子寛明親王が講書始の時に赤色袍を着ていた記録で、この時寛明親王はまだ八歳で元服前であるため、童装束ではないかとの指摘がある。[7]

③以降は、競馬・打毬（③⑥）、内宴（④⑦⑨⑫）、殿上賭弓（⑤⑩）、行幸・行啓（⑧⑪）に分類できるので、行事毎に見ていくことにする。

武徳殿で行われた競馬、打毬については、③ではこの日天皇は朝まで「麹塵御衣」（青色袍）を着ていたが、出御にあたって赤色御衣に着替えたとあり、⑥でも青色から赤色に着替えている。ただし、いずれの場合も王卿以下の装束についての記録がないため、大原野行幸の際のようにコントラストを演出したかどうかは判らない。

内宴においては、⑫の『西宮記』に内宴の式次第と詳しい記録がある。

主上出御【近代着赤色闕腋御袍、着靴之】陪膳着座【更衣若典侍青色、出自殿西庇戸】召太子【侍臣召太子、自南殿北簀子敷東妻階、到座東謝座、亮授空盞、出自南殿北庇東二間、経王卿座南頭、来跪授之、退立壁下、太子謝酒、了取盞、太子着座】近衛次将、依勅召王卿【注略】王卿列立謝座【注略】王卿已下着座【昇自南殿艮角階、親王南面、大臣北面、第一人或着赤色、四位已下着廊下】（中略）吏部記云、内宴日、主上御赤白橡闕腋袍及靴、王公侍臣着青白橡闕腋袍、魚袋、餝剣、靴等、但非参議、不侍臣帯、武官者帯剣、又文人服同縫腋、又女官着麹塵衣、

これによれば、傍線部のように天皇が赤色袍を着て出御し、王卿以下が着座する中で「第一人」のみが赤色袍を着るとある。さらに、後半の『李部王記』の記事の引用から、帝の赤色袍に対して王卿と侍臣の青色袍とが、先

の大原野行幸と同じくコントラストを演出していることも判る。ただし、帝の赤色袍に関する注に「近代着赤色闕腋御袍」とあることに注目すると、もともとは内宴で帝が赤色袍を着ていたわけではないようだ。さらに、④の天慶十（天暦元）年正月二十三日の『李部王記』の記事によれば、

　李部王記曰天暦元年正月廿三日内宴云々、是日右大臣《小野宮》着赤白橡袍、式部卿《敦実歟》親王咎之、上代諸卿或雖着之、近年無同御服者、太政大臣時々服、摂政之重異於他人歟、主同服所未女《安歟》也。[8]

とあり、村上天皇が即位して初めての内宴の日に、右大臣藤原実頼が赤色袍を着て、これを式部卿敦実親王が咎めたという。上代には諸卿が赤色袍を着たというが、実際には「近年無同御服者」と天皇と同じ色の服を着ることを憚って誰も着ることはなかった。ただし太政大臣藤原忠平だけは時々着ていたという。「摂政の重きこと他の人と異なるか」としたうえで、実頼が天皇と同じ赤色袍を着ることを、『李部王記』の筆者重明親王も「安からざる也」と否定的に捉えている。藤原忠平は醍醐から朱雀への譲位の日の延長八（九三〇）年九月二十二日に摂政に任ぜられ、承平六（九三六）年八月十九日に太政大臣になっているから、赤色袍を時々着たというのは、朱雀天皇御代の内宴の際であると推察される。藤原忠平は朱雀が幼帝として即位した時から摂政として天皇の代行を務め、また太政大臣として天皇の後見人となっていたことを考えると、朱雀と同じ赤色袍を着ることで二人は一体であることを演出してきたのではなかろうか。『西宮記』の注する「近代着赤色闕腋御袍」とは、醍醐天皇以降の内宴、とりわけ朱雀天皇以降のことではなかろうか。「第一人」が赤色袍を着る前例を作ったのも、もしかすると藤原忠平の可能性がある。内宴は平城・嵯峨朝のころから行われ、醍醐朝までは頻繁に行われる[9]ものの、帝が赤色袍を着るとする記録は『西宮記』以前には遡らない。いずれにせよ、朱雀天皇御代に藤原忠平が天皇と同じ赤色袍を着たことが前例となり、村上天皇即位後の最初の内宴において、忠平の子実頼が、父に倣って筆頭公卿として赤色袍を着て、

天皇との一体を演出したのであろう。[10] しかし、敦実親王や重明親王はこれを越権と見て、咎めたり安からず思ったというのである。藤原実頼は更に村上天皇在位の最後の年に行われた⑦康保四年二月二十一日の内宴の際にも赤色袍を着たとあり、天皇および東宮憲平親王の後見人として天皇との一体を演出したと考えられる。さらに⑨正暦四年正月二十二日の内宴では、『小右記』に摂政藤原道隆が赤色袍を着た記録が残る。『小右記』には、

廿二日、辛亥、今日有内宴、未時許参内【着青色闕腋・餝剣・魚袋等】、仁寿殿御装束如常、自去夜降雨、午上未止、午後漸晴、然而地猶有湿、（中略）此日摂政着赤色袍、尋先例、第一之人着之、若依藕次左府可着也、而着之、依摂録之尊歟、文人申宣旨着綾青色者三人、

とあり、傍線部のように摂政藤原道隆が赤色袍を着たことに続けて、筆者藤原実資は先例を尋ねれば第一の人が着るとあり、藕次によれば左大臣源雅信こそが赤色袍を着るべきだとし、摂政が尊いためなのかと疑問を呈する。当時藤原道隆は大臣を兼任しておらず、このことについて末松剛は「天皇と同色袍を着用することによって、自身（単独の摂政）が諸卿よりも上位の、天皇側の立場であることを誇示したものと考えられる」[11]と述べる。首肯される見解と思う。正暦四年正月二十二日の内宴は、一条天皇御代でただ一度だけ開催されたそれであったから、自らの政治的立場を誇示するには絶好の機会であったのであろう。このように、内宴では天皇の赤色袍に対して王卿以下の青色袍がコントラストを演出し、かつ朱雀天皇以降、藤原氏が筆頭公卿として天皇と同じ赤色袍を着て天皇との一体を演出し、特別な存在であることを誇示したことが確認できる。

殿上賭弓の例では、⑤天暦三年三月二十二日に右大臣藤原師輔と、⑩正暦四年三月二十九日に一条天皇が赤色袍を着た記録が残る。この二つの殿上賭弓は、いずれも三月に行われており、正月十七日の射禮に引き続いて行われる恒例の殿上賭弓ではなく、臨時のそれである。『西宮記』によれば、二月か三月に行われる殿上賭弓は、正月

十四日に行われた男踏歌の後宴として行われるとあるが、⑫ ⑤の天暦三年も⑩の正暦四年も正月に男踏歌が行われた記録は残っていない。⑤について『九暦抄』には、

天暦三年三月廿二日、殿上賭弓、未時参入、今日不着位服、著赤色服、在昔上達部如此之間、必不着位服云云、仍所庶幾也、

とあり、臨時の殿上賭弓の際に上達部が位袍を着なかったことを根拠に師輔が願い出たとある。『日本紀略』によると、この日の賭弓の賭物は藤壺女御（藤原安子）が準備したとあるから、⑬ その父師輔が賭弓を主導する立場にあったためであろうか、左大臣の実頼ではなく右大臣の師輔が赤色袍を着ているのである。さらに『新儀式』巻第四「殿上侍臣賭弓事」によれば、臨時の殿上賭弓の次第を述べた中に、

前後射手各十人念人等皆取二弓矢一。出レ自二休息幕一。入レ自二日華門一。【或随二吉方一入二敷政門一。】着二南庭座一。【射手念人皆着二麹塵缺腋袍一。下襲等前後各定二其色一。不二敢混雑一。或前後共着二位袍一。品二別下襲一。又中少将着レ剣也。⑭】

と、射手や念人は皆麹塵袍（青色袍）を着るとある。同じことは⑨正暦四年三月二十九日の『小右記』の記録にも、

次主上還御【亥時許歟】今日主上着御赤色、前方人着桜色下襲・斑犀帯・履、近衛次将佩樋螺鈿釼、後方躑躅下襲・馬脳帯・鼻切、鳥螺鈿釼【前例蒔絵若平塵等也、而佩同螺鈿、無便事也】前後射人・念人皆着麹塵【依内宴後射而已】

とあるから、天皇が赤色袍を着て、臣下たちが青色袍を着る内宴と同じ形式で揃えられていることが判る。よって、⑤の天暦三年の殿上賭弓には、天皇が赤色袍を着ている記録はないが、藤原師輔が村上天皇と同じ赤色袍を着て、天皇との一体を演出した可能性が高い。このように⑤と⑩の臨時の殿上賭弓でも、天皇の赤色袍と臣下の青色

袍がコントラストを演出し、藤原師輔はこれを利用して自らを特別な存在として誇示したと考えられる。

行幸・行啓の例では、⑧と⑪で赤色袍の着用が見られる。⑧は永延元年の記録ではなく、寛仁二（一〇一八）年十月二十二日に藤原妍子が彰子と同輿して上東門院に行啓した際の『小右記』の記録に、藤原道長が西中門の中に跪いて迎えた記事の注として、

前太政大臣【世號大殿】、跪候西中門内北腋【服赤色白橡表衣、蒲萄染下襲・紫浮文表袴・巡方瑪瑙帯・鼻切等、先年行幸東三条之日大入（道）殿着赤色】

と、先年の東三条第へ行幸の際に藤原兼家が赤色袍を着て迎えたことを記している。東三条第への行幸は、寛和三（九八七）年正月二日と永延元（九八七）年十月十四日の二回行われており、時期や内容から十月十四日と判断した。この時の一条天皇および臣下の装束は詳らかでないため、天皇との一体を演出したかどうかは不明である。また、⑪の寛弘二年三月八日に行われたのは、中宮藤原彰子の大原野社行啓で、この時に父藤原道長が赤白橡表衣（赤色袍）を着たと『小右記』は記している。ただし、装束に関する記述は道長だけにしかなく、それだけが際立っていたものと思われる。⑧と⑪のいずれも、天皇と臣下との装束の対照が語られるわけではなく、兼家や道長の赤色袍だけを記すところを見ると、二人を特別な存在として語ることに眼目があると見るべきであろう。

以上、一条天皇御代までで赤色袍を着た記録から判ることは、大原野行幸や内宴や臨時の殿上賭弓で天皇の赤色袍と臣下の青色袍の対照が見え、このうち内宴と殿上賭弓で筆頭公卿が赤色袍を着て天皇との一体を演出する場合が数例存在するのである。藤原忠平が朱雀天皇との一体を演出したのが早い例で、藤原実頼や藤原師輔、藤原道隆がそれに倣って赤色袍を着用している。これについての『李部王記』や『小右記』の書きぶりは批判的で、越権と見ていたようである。行幸や行啓では装束の対照性が見られないものの、やはり赤色袍が特別なものと認識され

ていたことは了解される。よって、少女巻の朝覲行幸で帝が赤色袍を着て、王卿以下が青色袍を着たのは、これらの儀礼の趣旨に準ずる行為で、冷泉帝と光源氏が赤色袍を着ているのは、二人が一体であり、特別な存在であることを演出する手段であったと考えて良い。

三　朝覲行幸

次に、冷泉帝が兄朱雀院のもとを訪れる朝覲行幸という視点から、この場面の特徴と問題点を読み解いてみたい。

そもそも朝覲行幸は、嵯峨天皇が即位して四ヶ月目の大同四年八月三十日に兄平城上皇のもとを訪れたのを嚆矢とし、仁明天皇の御代から頻繁に行われるようになり、恒例となった儀礼である。嵯峨が行った朝覲行幸は大同四年の一例のみだが、仁明が天長十（八三三）年二月二十八日に淳和から譲位されると、二月二十九日と八月十日とこの年に二度も父嵯峨上皇・母橘嘉智子のいる冷泉院に行幸する。正月に朝覲行幸をするようになるのは、翌天長十一（八三四）年からで、正月二日に淳和上皇のいる淳和院に、四日には父母のいる冷泉院に行幸している。そしてその後は毎年正月二日から四日の間で父母のもとを訪れる朝覲行幸として定着するようになる。これで判るように、初期の朝覲行幸は、必ずしも親元を訪れる儀礼というわけではなく、今上天皇が前の天皇（上皇）のもとに挨拶に訪れる儀礼であった。これは、上皇が皇統の家父長として退位後も君臨したこと[15]と、退位した後は内裏を去り、宮外に居場所を移したことによって行われるようになったのであり、朝覲行幸は王権分裂の可能性を摘む役割を果たしたと考えられる。[16]それが仁明による父嵯峨院・母橘嘉智子のもとを訪れる朝覲行幸が恒例となることで、次第に孝思想と結びついてくる。[17]仁明は、毎年父母のもとを訪れ、父嵯峨院が崩御した後は、母橘嘉智子のもとを毎年正月に訪れた。そして、嘉祥三（八五〇）年正月四日に行われた朝覲行幸は、子が親に孝敬を尽くす儀礼であることを印象付ける決定的な出来事となる。それは、仁明が母橘嘉智子の要望を入れて、輦に御する儀を見せたことである。『続日本後紀』には、

天皇即登レ殿。至二御簾前一。北面而跪。于時鳳輦輦二於殿階一。天皇下レ殿。御レ輦而出。左右見者攬レ涙。僉曰。天子之尊。北面跪レ地。孝敬之道。自二天子一達二庶人一。誠哉。

と、天皇が北面して跪く様子を驚きと賞賛をもって記している。本来、天皇は唯一南面する存在であるはずが、母のいる御殿に対して北面するだけでなく跪く。これが「孝敬の道天子より庶人に達す、誠なる哉と」と記され、天皇が親に孝敬を尽くす範と位置付けられている。仁明以降、皇位は父から子へと継承されることで、朝覲行幸は概ね正月に子が父母に孝敬を尽くす儀礼となるが、前天皇が親ではない場合や、正月以外の日に朝覲する場合もある。そのため、朝覲行幸の特徴を明らかにするために、以下の四つの側面から考察を加えてみたい。第一に即位当初に行う朝覲行幸、第二に毎年正月に行う朝覲行幸、第三にそれ以外の日程で行う朝覲行幸、第四に前章で問題となった朝覲行幸での装束の問題である。

第一の即位当初の朝覲行幸は、王権の分裂回避という意味ではこれが本来の形と考えられる。嵯峨が平城のもとを訪れたのを嚆矢とし、仁明が淳和を訪れた例が続く。これらは父から子への皇位継承ではなく、兄から弟、叔父から甥への継承であるため、王権の一体を明らかにすることが重要であったのだろう。淳和は兄嵯峨に朝覲行幸を行っていないが、嵯峨と淳和との間では嵯峨皇女正子内親王の淳和への入内や皇太子の譲り合いなど、融和や一体を演出する出来事がいくつも行われている。仁明、文徳、清和、陽成の間は直系で繋がるとともに、仁明や文徳が生前に譲位することなく崩御したため、しばらく即位当初の朝覲行幸は行われることはなかった。陽成から光孝

に皇位が移った際は、通常の譲位の儀は行われず、陽成が二条院に遷御して遜位の詔を出した後、王公が歩行して神璽宝鏡剣等を光孝に届けるという、いわば一体をあえて演出しない形がとられている。そして、宇多は立太子して即日即位する日に光孝が崩御するため、即位後に光孝を訪れることもなかった。このように、仁明以降しばらく即位当初の朝覲行幸は行われなかったが、宇多が醍醐に譲位した後、即位当初の朝覲行幸は復活する。醍醐は元号を改めて初めて迎える正月（昌泰二（八九九）年正月三日）にこれを行い、朱雀は醍醐から譲位を受けた四日後の延長八年九月二十六日に父醍醐を訪れて御遺誡を受けている。村上は朱雀から譲位された四ヶ月後の天慶九（九四六）年八月十七日に兄と母のもとに行幸するなど、父から子、兄から弟と皇位継承される過程で、皇統の一体を演出する朝覲行幸は行われていくのである。しかし、冷泉と円融の間で両統迭立状態となると、即位当初の朝覲行幸はおろか、正月の朝覲行幸も行われなくなる。それは冷泉と円融の父村上と母藤原安子が既に亡くなっていたという理由もあろうが、円融が兄冷泉のもとに朝覲することもなく、また花山が父冷泉のもとに朝覲することもない。朝覲行幸定は陣定で行われるというから、(18)天皇だけでなく、公卿の中においてもそれを必要としない空気があったのだろうか。一条は践祚された半年後の寛和二（九八六）年十二月二十日に即位当初の朝覲行幸を行うが、行幸した先は花山院ではなく、父円融院のもとである。これらで判るように、即位当初の皇統の一体を意図して行われる朝覲行幸は、それが成立した初期のころこそ行われるものの、その後しばらく行われず、醍醐以降復活して朱雀・村上のころまでは続き、冷泉以降はまた行われなくなる。一条が朝覲したのは、即位当初でありながら前天皇ではなく父院である。いわば、前天皇との皇統の一体ではなく、皇統の祖（この場合は父院）との一体を意図していたことが判る。以上から、即位当初の朝覲行幸は、本来前天皇と今上天皇との一体を示す儀礼として始まったが、両統迭立以降それは皇統の祖との一体を示す儀礼となる。ちなみに、即位当初というのは、上皇に対して院号宣下した当初とも言い換えることができる。よって、例えば『源氏物語』藤裏葉巻末で光源氏に「太上天皇の准ふ位」を宣下した後、冷泉帝が六条院に朝覲行幸するのも、これに含まれる。冷泉帝は、行幸先の六条院で光源氏の座る位置を変えて上皇として遇するとともに、新たな皇統の祖と位置付け、かつ朱雀院を巻き込んで皇統の一体を演出したものと考えられる。

第二の正月に行う朝覲行幸は、まさに子が親に孝敬を尽くす儀礼（朝賀の朝覲行幸）として定着する。[19] 仁明が承和元（八三四）年正月四日から始めた父母への正月の朝覲行幸は障りがない限り毎年行われ、その後は文徳が母藤原順子に、醍醐が父宇多院に、村上が母藤原穏子に、そして一条が父円融院と母藤原詮子にと引き継がれていく。しかも、仁明が嵯峨院の崩御後、母の元に行幸したのを前例として、父と母は区別されることなく同じように待遇されることとなった。村上は、母と兄朱雀院に拝謁しているが、初めて正月に朝覲行幸した時（天慶十（九四七）年正月四日）の様子を記した『李部王記』によれば、村上は最初に母に拝謁し、その後寝殿に渡って兄に拝謁した際、父子の関係でないため敬礼は無かったと記している。[20] 正月の朝覲行幸が親子関係が基本で、子が親に孝敬を尽くす儀礼との認識が出来上がっていたためなのであろう。『源氏物語』の中では、正月に帝が上皇に朝覲行幸する姿はあまり語られていないが、若菜下巻で冷泉帝譲位後の今上帝が、

> 入道の帝《みかど》は、御行ひをいみじくしたまひて、内裏《うち》の御事をも聞き入れたまはず。春秋の行幸になむ、昔思ひ出でられたまふこともまじりける。姫宮の御事をのみぞ、なほえ思し放たで、この院をば、なほおほかたの御後見《うしろみ》に思ひきこえたまひて、内々《うちうち》の御心寄せあるべく奏せさせたまふ。（若菜下④　一七六〜一七七頁）

と、出家した朱雀院のもとに春と秋の二度行幸すると語られる「春」の行幸とは、この正月の朝覲行幸と考えられる。今上帝は朱雀院の皇子であるから、ここも子が親に孝敬を尽くす儀礼と見てよい。

第三のそれ以外の日程で行う朝覲行幸は、少女巻の朱雀院行幸のような即位当初でもなく、正月でもない朝覲行幸である。これを史上で確認すると、いくつかの場合にまとめることができる。一つ目は病気見舞い[21]、二つ目は算賀関連[22]、三つ目はその他の理由の場合である。少女巻の場合、冷泉帝は病気見舞いや算賀のためではないから、三つ目のその他の理由の場合に入る。その他の場合の事情はさまざまで一概にまとめることはできないが、いくつかの傾向は見て取れる。その一つは正月に何らかの事情で朝覲行幸ができなかったために日程を変えて行った場合である。例えば、延喜十八（九一八）年二月二十六日・延長四（九二六）年八月十六日・延長五（九二七）年二月十四日・延長六年四月二十八日などの朝覲行幸は、いずれもその年の正月に朝覲行幸を行っていないため、その代りとして行われたものであろう。二つ目は、天皇側に何か行幸する事情がある場合である。例えば、村上は即位当初三年ほどの間、何度も朝覲行幸を繰り返している。天暦元（九四七）年には天変や物の怪に苦しみ、かつ夏には疱瘡が蔓延して天皇自身も罹患する。天変は天暦三年まで続き、天皇としての資質が問われるまで追い込まれてしまった村上は、朱雀との皇統の一体を確認する必要に迫られたのであろう。その間に母藤原穏子の御悩もしばしば発症したため、村上は天暦元年に六回、同二年に四回、同三年にも四回と、朝覲行幸を繰り返している。ただし、この中には何か特別の日と思われる場合も含まれている。例えば、八月十七日は天慶九年と天暦二（九四八）年に行幸し、三月九日は天暦元年から三年まで毎年同じ日に行幸しているのである。しかも三月九日の朝覲行幸については、『貞信公記』や『日本紀略』に奏楽のことや上の御遊びに関する記録が多く残っている。時期的に見て花盛りの頃かとも思われるが、どういう理由でこの日に繰り返すのか、調査した限りでは未詳とせざるを得なかった。

ちなみに、少女巻の朱雀院行幸と同じように、朝覲行幸した先で文人賦詩が行われた記録の残る例は、例えば醍醐天皇昌泰二年正月三日（朱雀院）、延喜十八年二月二十六日（六条院）、一条天皇永延元年十月十四日（東三条第）、正暦三（九九二）年四月二十七日（上東門第）などがあり、永延元年の例では、専門の文人ではなく擬文章生を召して賦詩が行われている。このあたりが少女巻の前例として指摘できようか。

第四の朝覲行幸における装束については、古記録類を見てもあまり言及がない。管見に入った二〜三の例を記すと以下の通りである。一つは延喜七（九〇七）年正月三日に醍醐が宇多院のいる仁和寺に朝覲行幸した際に少将佐等が褐衣を着たことについて、褐衣は行幸では着るべきではないとしたこと、(23)二つには正暦四年正月三日に一条が母藤原詮子のいる土御門邸に朝覲行幸した際に、本来なら正月は藤原時姫の忌月であるため軽服（軽い喪服）を着るべきところ、摂政藤原道隆の命により吉服を着て供奉すべき由が伝えられ、それに従ったとする記録(24)ぐらいであろうか。あとは、第二節で述べた永延元年十月十四日に一条が母詮子のいる東三条第に朝覲行幸した際に、邸の主人である藤原兼家が赤色袍を着て迎えたことである。臣下の赤色袍着用という意味では、少女巻と通じるが、物語は帝の命によって光源氏が行幸に供奉したが、藤原兼家は天皇に供奉しておらず、行幸先の東三条第で天皇を迎える際の装束である点で物語とは事情が異なっている。いずれの場合も、少女巻のような天皇と臣下が赤と青のコントラストを形成し、光源氏のみ天皇と同じ赤色袍を着たというような例ではない。朝覲行幸で赤色袍を着た例はないのかをさらに調べると、『源氏物語』成立以後の院政期にその例が見出すことができる。(25)しかし、こちらは天皇ではなく上皇が赤色袍・赤色御衣を着ている例で、『源氏物語』との関連も特にないのでここでは問題としない。

以上、一条朝までの朝覲行幸をまとめてみると次のようになる。皇統の家父長的権限を持つ上皇が宮外の別の場所に住んだために、天皇との間で王権の分裂を孕んだが、朝覲行幸はそれを回避する機能を果たした。仁明によって朝覲行幸は次第に子が親に孝敬を尽くす儀礼へと発展し、正月の朝賀行事として定着した。かつ朝覲行幸で、前節の内宴などのように帝の赤色袍・臣下の青色袍のコントラストを演出する例は見出せない。よって、『源氏物語』少女巻では通常行われない装束の対照が図られていることが判る。しかも、正月以外の日程で行われていることから、帝側に特別な理由があって行ったと考えられる。次節では、澪標巻以降の物語の文脈から、冷泉帝にとって朱雀院を訪ねなければならない理由が何なのかを考えてみたい。

四　澪標巻以降の物語状況

澪標巻は帰京した光源氏が父桐壺院追善の法華八講を行うことから始まる。それに続くのは、桐壺院の遺言のことを思う朱雀帝の姿である。「ものの報いありぬべく思しける」（澪標② 二七九頁）と、父桐壺院の遺言に背いたことに対する報いが必ずあるに違いないと思っている。そのためか、朱雀はこの後すぐに弟冷泉へ譲位してしまう。そもそも桐壺院の遺言とは、端的に言うと、東宮をくれぐれもよろしく頼むこと、光源氏を「朝廷の御後見」とすべきこと、左大臣を「長き世のかため」とせよとの三点で、東宮を養子にするようにも言い置いたという。[26] 須磨巻での回想の中で、養子にできずにいることを嘆いているから、どれも実現できずにいたことが判る。そうした中で朱雀は夢の中で父桐壺院から厳しい叱責を受けて、光源氏を呼び戻すとともに、弟に皇位を譲ることを決意するのである。これは朱雀なりに父の遺言を実行しようとしたことなのだろうが、彼は皇位を譲る際に自らの皇子を立太子しているから、冷泉に譲位するとはいえ、ゆくゆくは皇統を自らの系統に一本化しようとする意図が働いていたと考えられる。自分が上皇となり、東宮の後見人となって冷泉に影響力を持ち続けていれば、それは十分に可能である。しかも、政界は祖父太政大臣の息のかかった左右大臣がいて、右大臣は東宮の外祖父でもあるから、現段階でも朱雀院は隠然たる影響力をもつ立場にいる。このような状況において、光源氏は内大臣に任ぜられ、復権を果たした。大方の予想で光源氏が摂政になるものと思われていたが、もとの左大臣に摂政を委ね、さらに太政大臣として復権させるのである。これは左大臣を「長き世のかため」とせよとした桐壺院の遺言に沿うものでもある。よって、朱雀院も承諾したのであろう。もとの左大臣の太政大臣就任の年齢が「御年も六十三になりたまふ」（澪標② 二八三頁）とあるのは、『河海抄』などが指摘する通り、貞観八（八六八）年に六十三歳で摂政に就任した藤原良房を連想させる表現であるのに違いない。藤原良房は、幼帝清和の即位の準備として、文徳に代わって後見人となるために太政大臣に任ぜられ、さらに応天門の変の対処のために摂政に就任した。いわば、幼帝を輔導しながら難局にあたることを課せられたのである。澪標巻の太政大臣もほぼ同じ立場にあるといえよう。新しい御代になったとはいえ、政界は新旧の二つの派閥によって成り立っている。東宮を擁し、皇統の家父長として隠然たる影響力をもつ朱雀院とそれを支えた左右大臣の旧勢力の派閥と、幼帝冷泉を中心としその後見人である太政大臣と内大臣光源氏の新勢力の派閥である。太政大臣を復権させたのは、朱雀院からの介入を封じ、左右大臣との軋轢を回避し、朱雀院側との関係を良好に保つためであるとの見方もある。[27] 冷泉帝御代は、「世の中の事、ただなかばを分けて、太政大臣《おほきおとど》、この大臣《おとど》の御ままなり」（澪標② 三〇一頁）とあって、太政大臣と光源氏に権限が集中したかに見えるが、実際のところは旧勢力の左右大臣が相変わらず存在し、そちらとのバランスを取りながら政権運営をしなければならない、非常に難しい御代であったとも言える。

ここで光源氏が行ったのが、梨壺との近隣のよしみで東宮を後見して、東宮の取り込みを図ったことと、藤壺を「太上天皇になずらへ」て新たな皇統の祖に据えたことである。しかも、藤壺は冷泉の母后であるため、冷泉帝の後宮を管理する立場にもある。[28] 藤壺中宮と協力して、冷泉帝後宮を作り上げたことが朱雀院の影響力を最小限に抑えることに繋がった。秋好の冷泉帝への入内は、母后藤壺の意向として行われ、かつ絵合という文化的な遊戯によって後宮での勢力争いを演じ、冷泉帝御代を聖代として演出するのに成功する。斎宮女御と弘徽殿女御の争いは一見して光源氏と権中納言（もとの頭中将）との勢力争いのように見えて、実は朱雀院皇統に対して、冷泉帝側が文化的中心にあることを標榜することでもある。それらは藤壺と光源氏によって仕掛けられた冷泉帝の正統化への試みに他ならない。そしてこの先に見えてくるのが、冷泉帝の中宮立后である。次の東宮が決まっている状況で、冷泉帝の中宮を立后することは、明らかに朱雀院皇統に対する対抗となる。中宮に皇子が産まれれば、間違いなく次の皇太子候補者になるであろうし、現東宮の後見である朱雀院や右大臣に何かあれば、逆に東宮の立場が危うくなることもあり得る。少女巻において突然語られる秋好の立后は、そのような緊張を孕んだ文脈の中にあるといえる。しかも、光源氏が周到であるのは、太政大臣の薨去後に行っていることと、それを後宮の管理者である母后藤壺の遺言として提示し、誰も反対できない状況を作っていることである。いわば、皇位継承を担う帝として冷泉を押し上げるのが、秋好の立后であり、当然これは朱雀院との関係において軋轢を生む。このような文脈で少女巻の朱雀院行幸は行われているのである。

このように見てくると、冷泉が朱雀院に朝覲行幸をすることは、この秋好立后との関わりを考えないわけにはいかない。中宮を立后したとはいえ、朱雀院皇統と冷泉はあくまで一体であることを内外に示す必要があるからである。朝覲行幸が王権分裂を回避する方策として行われたように、冷泉は兄朱雀のもとを訪ねることで王権の一体を演出するのである。しかも、立后の後の司召で光源氏が太政大臣となり、その生活ぶりが行幸の直前の場面におかれて、再び藤原良房のことを連想するように語られている。ここで藤原良房を連想する必然性は、先の場合と同じく、良房が清和天皇の強力な後見人となって難局にあたったことを呼び起こすことに他ならない。光源氏の場合、摂政にこそなっていないが、太政大臣就任は冷泉帝の後見人であることの表明であり、秋好を立后したことに[29]

よってますます朱雀院を中心とした旧勢力との関係が難しくなったことを意味する。そういう文脈で行われたのが、冷泉帝の朱雀院行幸だったのであり、花宴を連想する文脈で行ったのも、過去の桐壺帝が行ったそれが、桐壺・朱雀・冷泉の一体を演出した宴であった[30]ように、ここでもまた冷泉が朱雀との一体を内外に示す重要な儀礼であったと考えられる。

結

少女巻の後半に、唐突に語られるかに見える朱雀院行幸は、決して唐突なのではなく、秋好立后という文脈の中では必然の出来事であった。立后の後でかつ桐壺帝御代の花宴を回想させる背景が必要だったのであり、タイミングとしてはこの時をおいて他にない。冷泉帝による朱雀院への朝覲行幸は、これまで語られることはなかったが、ここで行う意図は、まさしく王権分裂を回避するためである。第二節と第三節で見た通り、帝の赤色袍と臣下の青色袍の対照は、内宴や殿上賭弓、そして野行幸でのみ行われた形態で、朝覲行幸で行われることはなかった。それを敢えて朱雀院への初めて語られる朝覲行幸の中でこの演出を語るところに物語の作意がある。帝が赤色袍を着て、王卿および公卿以下が青色袍を着て来るのは、帝と臣下たちの調和を語ることに他ならない。朱雀帝御代を支えた旧勢力である左右大臣らを取り込みつつ、かつ冷泉帝を中心とした調和として演出するのである。加えて、光源氏が帝と同じく赤色袍を着て現れることで、帝と光源氏との一体をも表している。太政大臣となった光源氏は、冷泉帝の後見人であるとともに東宮の後見ともなる。朝覲行幸は上皇と天皇との一体を演出するものであったにも関わらず、その装束は帝と臣下との調和、帝と光源氏との一体として映ったはずである。さらに「春鶯囀」を契機として往事の花宴の折を回想することで、桐壺院の意思――桐壺・朱雀・冷泉の皇統の一体――の記憶を呼び起こすことになる。光源氏から始まる唱和歌は、皆が冷泉帝を言祝ぎ、帝は謙退の意思を表し、桐壺院の皇子たちによる桐壺帝御代の花宴の再現でもある。それは朱雀院や光源氏による上の御遊びまで一連の文脈の中にあり、それぞれの弾く楽の音の見事さとともに催馬楽「安名尊」によって「今日の尊さ」が言祝がれるのである。

しかし、冷泉帝中宮として秋好を立后したことは「世の人ゆるしきこえず」（少女③　三一頁）と語られている。この「ゆるしきこえず」のもつ意味は重い。藤壺が立后した折の様子は「例の、安からず世人《よひと》も聞こえけり」（紅葉賀①　三四八頁）と内心穏やかではないと語られるのに比べて、強い反対表明である。この宮廷内の雰囲気はなんら変わってはいない。これが本篇第3章の初音巻末の男踏歌の開催へと繋がる論理となっていくのであるが、本章では王権分裂を回避する朝覲行幸がここで行われることにこそ意味があることを述べた。

注

（1）拙稿「薄雲巻の天変――「もののさとし」終息の論理――」・「冷泉帝の大原野行幸――「見られる天皇」への変貌――」（『源氏物語の准拠と系譜』所収　翰林書房　平成16（二〇〇四）年）

（2）『河海抄』乙通女「忠仁公覧白馬事旧記所見未詳云々」

（3）玉上琢彌は「「藤裏葉」の巻でも、行幸・行啓があって天皇と上皇が御いっしょにおいであそばした六条の院の盛儀を書きたてるということでこの巻をハッピーエンド、第一部の終結としたのではないかと考えるが、この「乙女」の巻にも同じような傾向がある。すべてがハッピーエンドで終わる。作者はここをひとつのしめくくりと考えていたのではないかと思う。そしてすぐあとの「玉鬘」の巻から物語はまた新しい展開をしていくのである。」（『源氏物語評釈』第四巻　乙女巻　四三八

～四三九頁）「物語りは光る源氏一族の栄華をたたえ続ける。源氏に対抗した人々はひとりずつ確実に栄華の世界から葬りさられ、そのたびごとにわれわれは源氏の誇りやかな顔を思い浮かべる。」（同四四七頁）と述べる。

(4) 福長進「少女巻の朱雀院行幸」（『むらさき』第44輯　平成19（二〇〇七）年12月）

(5) これについては、小川彰「赤色袍について」（山中裕編『摂関時代と古記録』所収　吉川弘文館　平成3（一九九一）年）、末松剛「摂関家における服飾故実の成立と展開（上）・（下）――赤色袍の検討を通じて――」（『福岡大学　人文論叢』第32巻第1号・第2号　平成12（二〇〇〇）年6・9月）がすでに整理をされている。本稿では⑥の用例を加えた。なお、歌合で赤色の衣装を着る例は入れていない。

(6) 『花鳥余情』行幸巻「みかとのあか色の御そたてまつりて」に関する注に「延長六年主上赤色をめす、上にしるせり。そのほか延長四年十月大井河行幸にも、昌泰元年片野行幸にもあか色を着御ありしなり。諸臣はかならすあを色の袍を着する也。たゝし、第一の公卿は主上とおなしくあか色を着する事あり。白河院の承保三年の大井河の行幸には京極関白赤色袍唐錦袴也。このほか内宴のときの装束もかくのことし。保元の内宴には法性寺関白赤色を着し侍り。此行幸に源氏のおとゝまいり給はゝ、あか色を着し給ふへき事なり」とある。

(7) 小川彰注（5）に同じ

(8) 『河海抄』巻第十二「藤裏葉」所引の『李部王記』の逸文

(9) 滝川幸司「内宴」（『天皇と文壇――平安前期の公的文学――』所収　和泉書院　平成19（二〇〇七）年）

(10) 末松剛「摂関家における服飾故実の成立と展開（上）――赤色袍の検討を通じて――」注（5）に同じ

(11) 末松剛「摂関家における服飾故実の成立と展開（上）――赤色袍の検討を通じて――」注（5）に同じ

(12) 『西宮記』巻第二「踏歌事」「後宴」による。なお本書第Ⅱ篇第3章「踏歌後宴の弓の結――花宴巻「藤の宴」攷――」参照。

(13) 『日本紀略』天暦三年三月廿二日条

(14) 『新儀式』本文の引用は、『群書類従』第六輯による。【】内は割注。

(15) 目崎徳衛「政治史上の嵯峨上皇」(『貴族社会と古典文化』所収　吉川弘文館　平成7(一九九五)年)、佐藤信「摂関制成立期の王権についての覚書」(山中裕編『摂関時代と古記録』所収　吉川弘文館　平成3(一九九一)年)

(16) 鈴木景二「日本古代の行幸」(『ヒストリア』一二五号　平成元(一九八九)年12月)

(17) 栗林茂「皇后受賀儀礼の成立と展開」(『延喜式研究』第8号　平成5(一九九三)年9月)、服藤早苗「王権の父母子秩序の成立——朝覲・朝拝を中心に——」(十世紀研究会編『中世成立期の政治文化』所収　東京堂出版　平成11(一九九九)年)

(18) 白根靖大「中世前期の治天について——朝覲行幸を手掛かりに——」(『歴史』83　平成6(一九九四)年9月)

(19) 長谷部寿彦「九世紀の天皇と正月朝覲行幸の成立」(『国史学研究』第31号　平成20(二〇〇八)年3月)は、正月朝覲行幸が中国思想を前提としながら日本で独自に創出された行事であると述べる。

(20) 『李部王記』天暦元年正月四日条(『玉類抄』に残る逸文)

(21) 例えば、村上が母藤原穏子の御悩を見舞った例(天慶十年四月十五日、天暦二年十月九日、天暦三年九月六日)、一条が父円融の御悩を見舞った例(正暦二年正月二十六日・二十七日)、一条が母藤原詮子の御悩を見舞った例(正暦二年九月十六日、長徳三年六月二十二日、長保三年閏十二月十六日)、一条が花山院の御悩を見舞った例(寛弘五年二月七日)など。

(22) 延喜六年十一月七日宇多の四十賀のため醍醐が朱雀院を訪れた例、延長二年正月二十六日醍醐の四十賀が宇多によって行われ、その返礼のために中六条院を訪れた例、延喜十六年三月七日宇多の五十賀のため醍醐が朱雀院を訪れた例、長保三年十月九日一条が母藤原詮子の四十賀のために土御門第を訪れた例など。

(23) 『扶桑略記』二十三　醍醐天皇延喜七年正月三日条

(24) 『権記』正暦四年正月三日条

(25) 小川彰注(5)によれば、寛治六年二月二十九日の堀河天皇の白河上皇への朝覲行幸以降の例に見られる。

(26) 拙稿「朱雀帝御代の権力構造」注(1)に同じ

(27) 福長進注(4)に同じ

（28）服藤早苗「王権と国母――王朝国家の政治と性――」（「民衆史研究」第56号　平成10（一九九八）年11月）は国母が天皇の性を管理する立場にあったことを指摘する。

（29）太政大臣の職掌については必ずしも明確でなく、名誉職のように言われるが、天皇を師範訓道し、万機総摂するという後見的な立場は明確にあると考える。橋本義彦「太政大臣沿革考」（『平安貴族』所収　平凡社　昭和61（一九八六）年）参照。

（30）本書第Ⅱ篇第2章「宮廷詩宴としての花宴――花宴巻「桜の宴」攷――」参照

2　国冬本少女巻朱雀院行幸の独自異文

序

前章において、少女巻で行われた朱雀院行幸は、装束に特異な特徴をもち、通常の朝覲行幸では行われない帝の赤色袍と臣下の青色袍の対照をもち、冷泉帝と臣下たちの調和を語るとともに、帝と光源氏が同じ赤色袍を着ることで一体を演出する趣向があることを明らかにした。さらに、往事の花宴を回想する日程で行われ、桐壺院の意思の記憶をも呼び戻し、朱雀院と、光源氏を連れた冷泉帝が揃うことにこそ意味があることを論じた。それは秋好を立后したことによる王権分裂を回避するためである。ただし、それは国冬本を除いた大方の諸本での理解である。鎌倉時代末期に書写されたという国冬本源氏物語は、この朱雀院行幸において多くの独自異文を持つ。しかもその多くが、装束や音楽など、行幸における中心的な内容と関わっている。

本章では、他の本との違いを示して国冬本での朱雀院行幸の姿を明らかにするとともに、そこにどのような特徴があるのかを考えてみたい。

一　国冬本源氏物語に関する研究史

『源氏物語』諸本間の異同については、例えば阿部秋生は次のように述べている。

校異篇とその他数種の古写本とによって本文転化の状況を見ながらテキストを作った時の経験による主観的な感想の一つは、『源氏物語』の本文の異同は、数において決して少くはないが、各巻の話の次第や物語の話の組織に影響を与えて、変えてしまうほどの大きな異同や激しい異同は少いということである。（中略）青表紙本・河内本・別本のいずれの本文で読んでも、『源氏物語』の話の筋道が変ってしまうことは殆どない、変るのは表現としての微妙な陰翳・強弱だと言ってよさそうに思う。（中略）推測にすぎないが、『源氏物語』の本文の異同のこのような性格だけから考えると、青表紙本・河内本・別本とわかれているが、原典は一つ系統のものであったのではないかと想像される。(1)

と、諸本間における異同はあるものの、その差は小さいこと、さらに変わるのは話の筋道ではなく、表現としての微妙な陰翳・強弱だと指摘する。ところが、その一方で別本の異同に関しては、幻巻を例として、

別本諸本相互の異文は、青表紙諸本相互や河内本諸本相互の異文より数も多く、またその異文の中には、同一本文の一部が違っているというような書写に際しての単純な誤脱の類とは言いがたいものが時々ある。それらは、誰かの意識的な改訂かとさえ思われる異文である。何か意図するところがあったのかどうか、その辺のことについては、今のところ、何とも推測する手がかりもないように思う。(2)

とも述べていて、時として別本では単純な誤脱とは言いがたい異文が存在するという。本章で問題としようとする

国冬本の少女巻もまた、この類に分類される内容であろう。

国冬本源氏物語については、岡嶌偉久子による書誌学的研究があり、[3] 国冬本に関する基礎的な情報が整理されている。それを本稿に関わる範囲で紹介すると、以下のようになる。国冬本源氏物語は、鎌倉末期写十二巻十二冊と室町末期写四十二巻四十二冊からなる源氏物語五十四冊で、このうち鎌倉末期写十二冊が、極札等によって津守国冬筆と伝えられていることから国冬本と呼ばれてきた。ただし、室町末期写の四十二冊は寄合書であり、十四人の伝承筆者が極められているので、正確には伝津守国冬筆と寄合書の源氏物語である。このうち、今回問題とする少女巻は、鎌倉末期写の津守国冬筆による源氏物語である。この少女巻は、脱落と錯簡が激しく、これについて岡嶌は以下のように指摘している。

> 三折からなる。第一折は墨付8丁であるが、その6オ4行「となくれいあやまつなとの給みな人か、え見」の、「なとの給」と「みな人」との間に半丁分程度の脱落がある。『大成』では「六七〇④しいてつれなく……六七〇⑫おこなりなといふに」に相当する。この脱落については、底本になかったのか、あるいは国冬本の写し落としか不明である。続いて、第一折と第二折との間、墨付丁数では8ウと9オとの間にも大きな脱落がある。『大成』では、「六七四①しくなむありけるを……六九八②あまつ袖」に相当。これは少女巻の1丁分の字数から推測して25～26丁、紙数では12～13紙分程の脱落となろうか。そして第三折には、（中略）帚木巻本文が3丁混入している。第三折のはじめ3丁。現在の少女巻の丁数でいえば第21～23丁。従って少女巻としての本文は第二折末20ウから24オへと続く。図で示せば、左記のようになる。

第一折（脱落）　第二折　第三折
（1—8）……（9—20）（21 22 23 24—27）[4]
帚木巻本文

このように国冬本少女巻は、前半中間部に大きな脱落がある上に、後半には一部帚木巻が入りこむという、本文としてはかなり混乱した状況を呈している。

書誌学以外の国冬本の特徴については、これまで伊藤鉄也と越野優子が精力的に研究を進めてきた。伊藤は、桐壺巻、帚木巻、若紫巻、鈴虫巻について考察を加え、桐壺巻では登場人物の心情を深く描写する姿を析出する。[5]帚木巻については青表紙本や河内本が成立する以前の本文の姿を伝えるとし[6]、若紫巻については折毎の特徴を捉えて、それぞれ性質の違うものが一つに取り合わされたことを指摘する。[7]さらに鈴虫巻でも質の違う本文が取り合わされ、女三宮中心から他の人物へと視点が移動することを論じている。[8]このように、伊藤はかなりきめ細かく国冬本の特徴を整理し、登場人物の心情を深く描写する語り方や、同じ巻の中で質の違う本文が取り合わされている実態を解き明かしている。一方、越野は、桐壺巻、薄雲巻、少女巻、藤裏葉巻、鈴虫巻に考察を加えている。桐壺巻では巻末の高麗人の光君命名記事がないことに書写された時代性を見[9]、薄雲巻では、本文の系統分類ではなく、本文の性質そのものを問う必要性を提起する。[10]また、少女巻では博士の滑稽な描写がないことや巻末の六条院が二条院となっていることを〈古代的〉〈源泉的〉といった言葉で意味付けている。[11]また、藤裏葉巻では人物論や巻論として総括できるものはないとしながらも、和歌表現において書写者が伝統的な表現にこだわり、源氏物語の新しさを理解できていない点や、漢籍の素養が疑われる箇所が見られるとする。[12]そして、鈴虫巻については、先の伊藤の論を承け、大島本のような一般的に流布している本文の表現より、国冬本は一層踏み込んだ詳しい心情・表現描写を有するとし、さらに中心と周辺に目配りをし、源氏を支える周辺の人々の側に立った視点をもつとするが、それは巻によって違うとも述べている。[13]

これら国冬本に寄り添った独自の源氏物語の世界を読み解く伊藤や越野の研究に対して、やや視点を異にしてその特徴を分析するのが工藤重矩である。工藤は、少女巻の紫上の呼称と六条院の描写から、国冬本の特異な本文をもって、ただちにその独自性を主張すべきではないとし、他本（例えば河内本や大島本等々）と共通であった本文が疵付きあるいは簡略化などの改変を受ける中で、結果的に生じてしまった独自の世界である可能性を指摘する。[14]さらに、工藤は藤裏葉巻を取り上げ、官職・固有名詞等の異同、和歌の異文、誤写が想定される例、単純な誤写の例、紫上をめぐる異文について、国冬本が明らかに誤って書写したと思われる箇所を例示し、その疵について論じている。[15]

以上のように、国冬本については、鎌倉末写という古さがその価値を支え、さらに青表紙本などに比べて詳しい心情描写を有することから、通行本以外の世界を有するとしてその稀少性と独自性が評価されてきた。その一方で、錯簡・脱落など綴じによる本文の乱れがあるのに加え、錯乱した本文をそのまま写したと思われる箇所[16]や、内容をよく理解しないで写していると思われる箇所があるなど、[17]一部の本文については、明らかに疵を有するとも指摘されている。これらは改装と書写に根ざす問題であり、国冬本に至る伝承・書写過程の中にこそ問題の根本が存在する。しかし、それを考究することは今となっては不可能である。よって、本章では国冬本に至ってどのように本文が変容したのかを指摘することしかできない。さらに、本章で問題とする少女巻は、すでに工藤によって疵を有すると指摘されてきた巻であることも付け加えておく。

二　大島本と国冬本との比較

次に具体的に朱雀院行幸の内容を見てみたい。比較対照として、通行本文とされる大島本の朱雀院行幸を含めた前後の場面を提示し、それとの比較から国冬本の独自異文を通覧してみる。やや引用が長くなるが、新日本古典文学大系本の本文を以下に記す。

［40］正月行事の盛んさ

ついたちにも、大殿は御ありきしなければ、のどやかにておはします。良房《よしふさ》のおとゞと聞《き》こえける、いにしへの例《れい》になずらへて、白馬《あをむま》ひき、節会《せちゑ》の日、内の儀式《ぎしき》をうつして、むかしのためしよりもこと添《そ》へて、いつかしき御ありさまなり。

［41］朱雀院への行幸

［41-1］きさらぎの廿日あまり、朱雀《すざく》院に行幸《ぎやうがう》あり。花盛《ざか》りはまだしき程なれど、やよひは故宮の御忌月《(きづき)》なり。とくひらけたる桜《さくら》の色《いろ》もいとおもしろければ、院にも御用意《ようい》ことにつくろひみがかせ給ひ、行幸に仕《つか》うまつり給《(たまふ)》上達部、親王《みこ》たちよりはじめ、心づかひし給へり。人ゝみな青《あを》色に桜襲《さくらがさね》を着《き》給《(たまふ)》。みかどは赤色《あかいろ》の御衣《ぞ》たてまつれり。召《め》しありて、おほきおとゞまい《(ゐ)》り給《(たまふ)》。おなじ赤色《あかいろ》を着《き》給へれば、いよ〳〵ひとつものとかゝやきて見《み》えまがはせ給《(たまふ)》。人ゝの装束《さうぞく》、用意常《よういつね》にことなり。

［41-2］院もいときよらにねびまさらせ給《(たまひ)》て、御さまの用意《ようい》、なまめきたる方《かた》にすゝませ給へり。けふはわざとの文人《(もんにん)》も召《め》さず、たゞその才《ざえ》かしこしと聞《き》こえたる学生《がく》十人を召《め》す。式部の省《つかさ》の心みの題をなずらへ

て、御題《だい》給ふ。大殿の太郎《たらう》君の心み給《（たまふ）》べきなめり。臆《おく》だかき者《もの》どもは、ものもおぼえず、繋《つな》がぬ舟《ふね》に乗《の》りて池に離《はな》れ出《い》でて、いとすべなげなり。日やう〳〵くだりて、楽《がく》の船ども漕《こ》ぎまひて、調子ども奏《そう》する程の、山風《かぜ》の響《ひゞ》きおもしろく吹《ふ》きあはせたるに、火《（くわ）》ざの君は、かう苦《くる》しき道ならでもまじらひ遊《あそ》びぬべきものを、と世中《（よのなか）》うらめしうおぼえ給《（たまひ）》けり。

[41 - 3] 春鶯囀《（しゆんあうでん）》舞《ま》ふほどに、むかしの花宴《（はなのえん）》のほどおぼし出《い》でて、院のみかども、「又さばかりの事見《み》てんや」との給はするにつけて、その世《よ》の事あはれにおぼしつゞけらる。舞《ま》ひはつるほどに、おとゞ、院に御土器《かはらけ》まいり《（ゐ）》給《（たまふ）》。

うぐひすのさえ《（へ）》づる声《こゑ》はむかしにてむつれし花のかげぞかはれる

院の上《うへ》、

九重《こゝのへ》をかすみ隔《へだ》つるすみかにも春とつげくる鶯の声《こゑ》

帥《（そち）》の宮と聞《き》こえし、いまは兵部卿にて、今《いま》の上《うへ》に御土器《かはらけ》まいり《（ゐ）》給《（たまふ）》。

いにしへを吹《ふ》き伝《つた》へたる笛《ふえ》竹にさえ《（へ）》づる鳥の音《ね》さへ変《か》はらぬ

あざやかに奏《そう》しなし給へる、用意《ようい》ことにめでたし。取《と》らせ給《（たまひ）》て、

鶯のむかしを恋《こ》ひてさえ《（へ）》づるは木伝《こづた》ふ花の色やあせたる

との給はする御ありさま、こよなくゆへ《（ゑ）》〳〵しくおはします。これは御わたくしざまに、うち〳〵のことなれば、あまたにも流《なが》れずやなりにけん、また書《か》き落《お》としてけるにやあらん。

[41 - 4] 楽所《（がくそ）》とを《（ほ）》くておぼつかなければ、御前に御琴《こと》ども召《め》す。兵部卿の宮琵琶《びは》、内のおとゞ和琴《（わごん）》、箏《さう》の御琴《こと》院の御前《まへ》にまいり《（ゐ）》て、琴《（きん）》は例《れい》のおほきおとゞに給はりたまふ。せめきこえ給《（たまふ）》。さるいみじき上手のすぐ

れたる御手《て》づかひどもの尽《つ》くし給へる音《ね》は、たとへん方《かた》なし。唱歌《さうが》の殿上人あまたさぶらふ。あなたう《(ふ)》と遊《あそ》びて、次《つぎ》に桜《さくら》人。月朧《おぼろ》にさし出《い》でてをかしきほどに、中島《なかじま》のは《(わ)》たりに、こゝかしこ篝火《かゞり》どもともして、大御《おほみ》遊《あそ》びはやみぬ。

[42] 弘徽殿大后を見舞う

[42-1] 夜ふけぬれど、かゝるつゐ《(い)》でに、大后《おほきさい》の宮おはします方《かた》を避《よ》きてとぶらひきこえさせ給はざらんもなさけなければ、かへさに渡《わた》らせ給《(たまふ)》。おとどもろともにさぶらひ給《(たまふ)》。后待《きさきま》ちよろこび給《(たまひ)》て、御対面《たいめん》あり。いといたうさだ過《す》ぎ給《(たまひ)》にける御けはひにも、故《こ》宮を思ひ出《い》できこえ給《(たまひ)》て、かく長《なが》くおはしますたぐひもおはしけるものを、とくちお《(を)》しう思《おも》ほす。

[42-2]「いまはかくふりぬる齢《よはひ》に、よろづの事忘《わす》られ侍《(はべり)》にけるを、いとかたじけなく渡《わた》りおはしまいたるになん、さらにむかしの御代のこと思ひ出《い》でられ侍《(はべる)》」とうち泣《な》き給《(たまふ)》。「さるべき御陰《かげ》どもにをく《(お)》れ侍《(はべり)》てのち、春《はる》のけぢめも思ひたまへ分《わ》かれぬを、けふなむ慰《なぐさ》め侍《(はべり)》ぬる。又〳〵も」と聞《き》こえ給《(たまふ)》。おとゞもさるべきさまに聞《き》こえて、「ことさらにさぶらひてなん」と聞《き》こえ給《(たまふ)》。のどやかならで帰《かへ》らせ給《(たまふ)》ひゞきにも、后《きさき》は、猶《(なほ)》胸《むね》うちさは《(わ)》ぎて、いかにおぼし出《い》づらむ、世をたもち給《(たまふ)》べき御宿世《すくせ》は消《け》たれぬものにこそ、といにしへを悔《く》ひ《(い)》おぼす。

[43] 朧月夜らの日々

内侍のかんの君も、のどやかにおぼし出《い》づるに、あはれなる事多《おほ》かり。いまもさるべきお《(を)》り、風のつてにもほのめききこえ給《(たまふ)》こと絶《た》えざるべし。后《きさき》はおほやけに奏《そう》せさせ給《(たまふ)》ことある時〻ぞ、御たうばりのつかさ、かうぶり、何《なに》くれの事にふれつゝ、御心にかなはぬ時《とき》ぞ命長《いのちなが》くてかゝる世の末《すゑ》を見《み》ること、と取《と》り返《かへ》さまほしう、よろづおぼしむつかりける。老《お》ひ《(い)》もておはするまゝに、さがなさもまさりて、院も比《くら》べぐるしうたとへがたくぞ思《おも》ひきこえ給《(たまひ)》ける。（少女巻二　三一七～三二一頁）(18)

新日本古典文学大系では［40］から［43］の四つの場面に分けている。本稿ではそれをさらに段落毎に分けて、［40］正月行事の盛んさ、［41‐1］朱雀院行幸の日程と装束、［41‐2］賦詩と楽の様子、［41‐3］春鶯囀の舞を起点とした過去の回想と唱和歌、［41‐4］上の御遊び、［42‐1］大后のもとを訪問し対面、［42‐2］大后の思い、［43］朧月夜らの日々、とし、以下、それぞれについて大島本に対する国冬本の独自異文を見てみたい。比較しやすくするため、異なる箇所に傍線を附すこととする。

［40］「正月行事の盛んさ」の箇所では、一つ目に「良房《よしふさ》のおとゞ」が「よしうちのおとゝ」とあり、二つ目に「むかしのためしよりもこと添《そ》へて、いつかしき御ありさまなり」が「むかしのありさまなり」とある。「良房のおとゞ」は言うまでもなく藤原良房を指すが、「よしうちのおとゝ」となると誰を指すのかこのままでは不明である。大島本では光源氏が藤原良房の昔の例にさらに新しい例を付け加えて厳かな様子であるというのに対し、国冬本の場合だと、新しい例が付け加わることはなく、「よしうちのおとゝ」と同じ有様であるということになる。「いにしへの例」からすると、歴史上の固有名詞か、もしくは物語内の以前の例を承けるはずであるが、よく考えないまま写したものか。

［41‐1］「朱雀院行幸の日程と装束」の箇所では、大きな異文が数箇所ある。一つ目は「やよひは故宮の御忌月《(きづき)》なり」が「やよひはこ宮の御き日なれは」とある。御忌月も御忌日も意味としてはそう変わらない。二つ目は「行幸に仕《つか》うまつり給《(たまふ)》上達部、親王《みこ》たちよりはじめ、心づかひし給へり」の部分が国冬本にはない。三つ目は「人〻みな青《あを》色に桜襲《さくらがさね》を着《き》給《(たまふ)》。みかどは赤色《あかいろ》の御衣《ぞ》たてまつれり」が「人〳〵はみなあをいろにさくらかさねをき給

えり。みかとはあをいろの御そたてまつれり」とある。大島本では臣下が皆青色の袍を着て、帝が赤色《あかいろ》の袍を着ているが、国冬本では臣下も帝も青色袍を着ている。四つ目は「召《め》しありて、おほきおとゞまい《(ゐ)》り給《(たまふ)》。おなじ赤色を着《き》給へれば、いよ〳〵ひとつものとかゝやきて見《み》えまがはせ給《(たまふ)》。人〻の装束《さうぞく》、用意常《よういつね》にことなり」が「ひとつものにゝかゝやくまてめてたくおはします」とある。大島本では光源氏が特別に召されて帝と同じ赤色袍を着て登場し、二人が「ひとつもの」のように輝くばかりに美しく見分けがつかないほどだというのに対して、国冬本では光源氏が召される文脈そのものがない。しかも、帝は青色袍を着て「ひとつものにゝかゝやく」とあり、臣下と一体となって帝が輝くように見えるの意か、「にかがやく」が「似輝く」なら誰か（何か）と似て輝くの意なのか、「めてたくおはします」は帝の様子であろうが、文意がとりにくい。さらに大島本の「人〻の装束《さうぞく》、用意常《よういつね》にことなり」が国冬本ではないことで、今回の行幸が特別な行事であることを強調する文脈もなくなる。

［41-2］「賦詩と楽の様子」の箇所では、一つ目に「けふはわざとの文人《(もんにん)》も召《め》さず、たゞその才《ざえ》かしこしと聞《き》こえたる学《がく》生十人を召《め》す」が「けふはわかさと人もめてたくそのころかしこきなへたる十人めす」とある。大島本では専門の文人ではなく学生十人を召しているが、国冬本には「文人」も「学生」の語もない。「若さと人柄のめでたく、その頃すぐれた人と言われた人々十人」というほどの意味か。二つ目に「式部の省《つかさ》の心みの題をなずらへて、御題《だい》給ふ」が「しきのかたのこゝろみの本をしへて給」とある。式部省の省試に準えて詩題を与えたとする文脈が、式部省の「こころみの本」を教えて与えるとあるが、どのような意味なのかは不明である。三つ目は「臆《おく》だかき者《もの》どもは、ものもおぼえず、繋《つな》がぬ舟《ふね》に乗《の》りて池に離《はな》れ出《い》でて、いとすべなげなり」が「ゆふくれになるをこたかきものとんは、ものおほえす」とある。「ゆふくれ」と時間表記が新たに加わり、「臆《おく》だかき者《もの》ども」が「をこたかきものとんは」とあるのも意味不明である。夕霧は、大島本で「火《(くわ)》ざの君（冠者の君）」、国冬本で「太郎きみ」

とあり、呼ばれ方は違うものの、行幸に呼ばれている点では同じである。四つ目は「日やう〳〵くだりて、楽《がく》の船ども漕《こ》ぎまひて、調子ども奏《そう》する程の、山風《かぜ》の響《ひゞ》きおもしろく吹《ふ》きあはせたるに」が「やう〳〵日くれて、ふねこきまして、しともそうするほと、かせおもしろく吹きあはせたり」とある。大島本では、日が傾いた頃に「楽の船ども」即ち唐楽の船と高麗楽の船が漕ぎめぐって調子合わせの曲を演奏すると、折から吹き下ろす山風の響きが興趣深く相和するとあるが、国冬本では船に乗っているのは賦詩を命じられた人々だけで、楽の船に関する記述はない。よって、奏するのは漢詩で、山風が楽の音に響き合うのではなく、奏する漢詩に面白く風が吹き合わせたとある。

［41‐3］「春鶯囀の舞を起点とした過去の回想と唱和歌」の箇所では、一つ目に「春鶯囀《しゅんあうでん》舞《ま》ふほどに、むかしの花宴《はなのえん》のほどおぼし出《い》でて、院のみかども、「又さばかりの事見《み》てんや」との給はするにつけて、その世《よ》の事あはれにおぼしつゞけらる」が「あそひ給ふほとに、むかしの花のえんのことをほしいてられて、うゐ、「又さる事を見はや」との給につけて、そのよの事あはれにおほしいてらる」とある。直前の箇所で楽の船に関する記述がないのと同じく、ここでも国冬本では春鶯囀の舞がない。春鶯囀は往事の花宴を呼び起こす重要な契機と思われるが、国冬本では「あそひ給ふほと」と音楽からの連想としてのみ語っている。さらに、「院のみかど」が「うゐ」とある。このままだと帝のことにも見えるが、後の文脈に「院のうへ」の語があることから、ここは朱雀院と考えて良かろう。続けて国冬本では「まいはつるほとに、おとゝ、院に御かはらけまいり給」とあり、春鶯囀の舞がないのに「まい」が語られ、「おとゝ」が突然登場する。しかし、光源氏が特別に呼ばれた文脈もないので、この「おとゝ」が誰を指すのかは不明である。この後［41‐4］の上の御遊びのところに出てくる大臣と考えると「うちのおとゝ」か「ひたりのおとゝ」の可能性があるが、内大臣はもとの頭中将、左大臣は誰か不明である。澪標巻と同

じと考えれば、元の右大臣の息子の大納言の可能性がある。しかし、元の右大臣の息子の左大臣だとしても、これまでほとんど登場する文脈はなく、この後にもなく、いかにも唐突である。よって、朱雀院に土器を献上し、唱和歌の最初の詠者の「おと〻」が国冬本では誰か判らないまま物語は進むのである。

さらに、唱和歌の箇所では、最初のおとどの和歌について大島本が「うぐひすのさえ(へ)づる声《こゑ》はむかしにて」が国冬本では「うくひすのさへつるはるはむかしにて」とあり、朱雀院の歌では「九重《こゝのへ》をかすみ隔《へだ》つるすみかにも春とつげくる鶯の声《こゑ》」が「こゝのへのかすみへたつるかきねにもはるとつけつるうくひすの声」と、いくつかの異同がある。さらに三首目の兵部卿宮の歌「いにしへを吹《ふ》き伝《つた》へたる笛《ふえ》竹にさえ(へ)づる鳥の音《ね》さへ変《か》はらぬ」が国冬本では「いにしへを吹つたへたるふへたけはさへつるとりのねさへかはらず」とあり、四首目の和歌が「鶯のむかしを恋《こ》ひてさえ(へ)づるは木伝《こづた》ふ花の色やあせたる」が国冬本では「うくひすのむかしをこふるさへつりは木つたう花のいろやあせたる」とそれぞれ若干の異同がある。しかし、ここでの大きな違いは、大島本では「おとゞ」（光源氏）が朱雀院に土器を献上して詠んだ歌に始まり、「院の上」（朱雀院）が詠み、兵部卿宮が「今の上」（冷泉帝）に土器を献上して歌を詠み、冷泉帝が歌を詠むというように、土器が渡りながら順次歌を唱和するのに対して、国冬本では兵部卿宮が土器を献上する相手が「今の上」ではなく「院のうへ」とあることから、大臣と朱雀院の贈答、次に兵部卿宮と朱雀院の贈答と、贈答歌が二度繰り返されることである。国冬本では二首目と四首目を朱雀院が詠んでおり、このような異文をもつのは国冬本だけである。さらに詠歌の後の草子地が「これは御わたくしざまに、うち〳〵のことなれば、あまたにも流《なが》れずやなりにけん、また書《か》き落《お》としてけるにやあらん」とあるところが、国冬本では「これはたうしのうち〳〵のことにて、すもなかれす」と大幅に簡略化しているうえに、やや意味も不明である。

［41-4］「上の御遊び」の箇所では、最初に「楽所《(がくそ)》とを《(ほ)》くておぼつかなければ、御前に御琴《こと》ども召《め》す」が国冬本で「かくとをくて、ことのねおほつかなしとて御まへに御こと丶もめして」とあり、殊更に「琴の音」がおぼつかないとして琴を召したとある。さらに、この箇所で大きく違うのは次に続く楽器の担当者である。大島本には「兵部卿の宮琵琶《びは》、内のおとゞ和琴《(わごん)》、箏《さう》の御琴《こと》院の御前《まへ》にまい《(ゐ)》りて、琴《(きん)》は例《れい》のおほきおとゞに給はりたまふ。せめきこえ給《(たまふ)》」とあって、兵部卿宮が琵琶、内大臣が和琴、箏の琴が朱雀院、琴の琴は太政大臣光源氏に無理に弾かせたとあるが、国冬本では「わこんは兵部卿宮、ひわ丶うちのおと丶、しやうは院の御まへにまいらせたれは、きむをひたりのおと丶にせめきこへ給」とあり、兵部卿宮が和琴、内大臣が琵琶と入れ替わり、箏の琴が朱雀院なのは同じだが、琴の琴は左大臣に弾かせたことになっている。「ひたりのおと丶」とあるのは国冬本だけの異文である。次の「さるいみじき上手のすぐれたる御手《て》づかひどもの尽《つ》くし給へる音《ね》は、たとへん方《かた》なし」は、「さるしやうすにすくれたるもの丶ねとんのくしたるは思ひやるへし」と簡略化し判りにくくなり、上の御遊びの最後の「唱歌《さうが》の殿上人あまたさぶらふ。あなたう《(ふ)》と遊《あそ》びて、次《つぎ》に桜《さくら》人。月朧《おぼろ》にさし出《い》でてをかしきほどに、中島《なかじま》のは《(わ)》たりに、こ丶かしこ篝火《かゞり》どもともして、大御遊《おほみあそ》びはやみぬ」の部分が、国冬本では一切ない。

［42-1］「大后のもとを訪問し対面」の箇所では、大島本にある「か丶るつゐ《(い)》でに」と「おはします方《かた》を避《よ》きてとぶらひきこえさせ給はざらんもなさけなければ、かへさに」が国冬本にはない。国冬本では、夜が更けたので弘徽殿大后のところに行ったというのであり、「ついで」ではなく最初から予定されていたことと読める。さらに光源氏が呼ばれていないため大島本の「おとどもろともにさぶらひ給《(たまふ)》」の部分がない。

［42-2］「大后の思い」の箇所では、光源氏が呼ばれていないため、大后を訪れた場面の後半の「おとゞもさるべきさまに聞《き》こえて」の部分が国冬本にはない。ところが、突然ここに「おと丶もことさらに候てなんとて」と

「おとゝ」が供奉していたと語られ、これが誰なのか国冬本では判らない。加えて、大島本の「世をたもち給《(たまふ)》べき御宿世《すくせ》は消《け》たれぬものにこそ、といにしへを悔《く(い)》ひおぼす」の部分が国冬本では「かうよをたもつ月日をは、えけたぬわさなりけりと、いにしへをうくおほす」とあり、大臣が世をたもつ「宿世」ではなく「月日」を消すことができないと、「悔ひ思す」ではなく「憂く思す」とある。このあたり微妙に大后の思いが大島本と国冬本では違う。

[43]「朧月夜らの日々」の箇所では小さな異同がいくつもある。大島本「いまもさるべきおり《(を)》」が国冬本「いまもさるへきおり〱」、「ほのめききこえ給《(たまふ)》こと絶《た》えざるべし」が「ほのめき給へし」、「奏《そう》せさせ給《(たまふ)》ことある時ぞ」が「そうし給事あるをり」、「御たうばりのつかさ、かうぶり、何《なに》くれの事にふれつゝ」が「つかさかふりの御心にかなはぬおりそ」、「かゝる世の末《すゑ》を見ること、と取《と》り返《かへ》さまほしう、よろづおぼしむつかりける」が「かゝるよのすへをみる事ゝおほしいてゝ、とりかへさまほしうおほされけるを」、「老《お》ひもておはするまゝに、さがなさもまさりて、院も比《くら》べぐるしうたとへがたくぞ思《おも》ひきこえ給《(たまひ)》ける」が「いりておはするまゝに、さかなくて、院もよろつくるしくおほしける」と、細かい異同がいくつも続く。

大島本をはじめとした諸本間ではさほどの違いがないことに比べると、国冬本の独自異文の多さは際立っている。全体に簡略化され、また本文の一部がない場合も多く、そのために意味不明となったり、内容が大きく変わっている傾向がある。これらは書写に際して起こった単純な誤脱というより、改変と言ってよいほどの変わりようである。

三　国冬本源氏物語少女巻の朱雀院行幸の理解

［40］から［43］までを比較して判るように、大きく内容が違っているのは主に［41］の朱雀院行幸の場面で、それが［42］にも影響を及ぼしている。国冬本が大島本と大きく違う点を列挙すると以下の通りである。

一、行幸の際に太政大臣光源氏が特別に呼ばれることがない。

二、臣下も帝も皆青色の袍を着ている。大島本ほか諸本では光源氏と帝が赤色袍、臣下が青色袍を着る。

三、学生ではなく、その頃すぐれた人と言われた人々十人が召され賦詩を命ぜらる。

四、賦詩の間、楽の船が音楽を演奏し、それに山風が響き合うという内容がなく、船に乗った人が詩を奏する声に風が吹き合わさる。

五、花宴を思い出すきっかけとなる「春鶯囀」の舞がない。

六、朱雀院に土器を奉り歌を詠む「おとど」が誰か不明である。

七、和歌が唱和歌ではなく、二首ずつの贈答歌となっている。

八、四首目が朱雀院の詠んだ歌になっている。大島本ほか諸本では帝の歌。

九、上の御遊びでの担当する楽器が朱雀院を除いて皆違う。特に「琴の琴」の演奏者が「左大臣」とあり、この左大臣が誰なのか不明である。

十、上の御遊びに合わせて、唱歌する殿上人がいない。また、「安名尊」「桜人」といった催馬楽に関する記述がまったくない。

十一、光源氏を伴わずに冷泉帝が弘徽殿大后に会いに行く。大島本ほか諸本では帝が光源氏を伴って大后のもとに行く。

十二、誰を同行させたか語らないため、冷泉帝と一緒にいる大臣が誰だか判らない。

十三、誰だか不明の大臣が世をたもつ日々を消すことができないと大后がいにしえを「憂く」思う。

光源氏をこの行幸に登場させないことが、場面全体の理解に大きく影響を及ぼしていることが判る。前章で指摘した通り、帝と光源氏が同じ赤色袍を着て、臣下が皆青色袍を着ることによって、帝と後見である光源氏の一体と、帝を中心とした臣下との調和が図られる。これは内宴や殿上賭弓、そして野行幸で行われた趣向で、それを朝覲行幸に用いたところにこの物語の作意がある。[19] ところが、国冬本のように帝と臣下が皆青色袍を着るというのは、朝覲行幸においては勿論、その他の行事でも管見の限り前例がない。国冬本は皆青色袍を着ることによって一体感を演出しようとしたのかとも思われるが、歴史との関わりが捨象され、その意味は浅薄化した感がある。しかも、帝と光源氏が同じ赤色袍を着ることで、特別な存在として描かれるという要素もなくなる。この行幸において特に重要な意味をもって語られた装束は、国冬本では大きく意味を失ってしまうのである。

さらに、光源氏を登場させないことは、さまざまな破綻をもたらしている。一つ目は唱和歌の最初の詠者が誰なのか不明となることである。往事の花宴を回想する文脈であるから、記憶を共有する人であることは確かである。加えて、儀式の場でありながら、国冬本は唱和歌でなく、二首の贈答を二度繰り返す形にしているのも、如何なる意図があるのか判然としない。二つ目に、上の御遊びでの楽器の担当者に混乱を及ぼしている。兵部卿宮と内大臣の担当楽器が入れ替わり、さらに「琴の琴」を「左大臣」に弾かせている。他の巻との関連では、兵部卿宮は楽器全般に通じているように語られ、[20] 内大臣は和琴の名手と語られている。[21] その繋がりで見ると、この場面でだけ内大臣が琵琶を弾く国冬本の記述は不自然と言わざるを得ない。そして「琴の琴」については、すでに指摘があるように、『源氏物語』内での弾き手は皇統出身者に限られている。[22] この「左大臣」が誰かが問題で、澪標巻の左大臣であれば、皇族出身者ではないし、これまで音楽に関する記述も全くなく、ここでいきなり「琴の琴」を弾くというのは極めて不自然である。三つ目は、国冬本では弘徽殿大后のもとを帝だけが訪れるのに、後半で突然「おと丶」の存在が語られ、さらにその「おと丶」が「世をたもつ月日」を消すことができないと大后が「いにしへをうく」思うと語るのである。ここは、朱雀帝御代に東宮（今の冷泉帝）の廃太子を企図し、後見である光源氏も併せて葬り去ろうとしてできなかったその悔しさを、今となっても大后が感じている文脈であるから、帝と光源氏を見てこそ意味があるはずである。とすると、帝と一緒に大后を訪れた「おと丶」とは国冬本でも光源氏なのか。だとすると、行幸の最初で光源氏を呼んだとする記述こそないが、国冬本でも実は光源氏を行幸に供奉させている可能性がある。そうすると、朱雀院に土器を献上し和歌を詠んだ「おと丶」は光源氏であったことになる。さらに、先の「琴の琴」を弾く「左大臣」こそが光源氏である可能性が出てくるが、国冬本少女巻は前半に大きな脱落があり、大島本他諸本で秋好の立后の後に光源氏が太政大臣に就任した箇所が脱落してないため、内大臣から次に昇進した官位を確かめることができない。元の頭中将がこの場面で既に内大臣として登場しているから、左右大臣か太政大臣であることは確実である。歴史的に内大臣が昇進して次に就任した官位を通覧すると、一条朝以前まででは、右大臣が一例、左大臣が一例、太政大臣が一例、摂政が一例あるのみである。内大臣から右大臣になったのは一条天皇御代の藤原道兼で正暦五（九九四）年に内大臣から右大臣となっている。これは右大臣だった源重信が同年に左大臣となって右大臣が空いたためである。内大臣から左大臣になったのは桓武天皇御代の藤原魚名で、天応元（七八二）年に左大臣となる。これも宝亀二（七七二）年から左大臣が空席になっていたためである。内大臣から太政大臣になったのは円融天皇御代の藤原兼通で、天延二（九七四）年に太政大臣になっている。この時には左大臣が源兼明、右大臣が藤原頼忠で、いずれも空きがなく、太政大臣のみ空席だったためであろう。内大臣から摂政になったのは一条天皇御代の藤原道隆で、正暦二（九九一）年に父兼家の後を承けてなっている。これらから見て、光源氏は左大臣と太政大臣のいずれになったとしてもおかしくはない。ただし、澪標巻での左大臣が辞した、もしくは薨去したとする記述か、空席だとする記述がないと、そのままで左大臣になったとは考えにくい。

国冬本のこの場面でのもう一つの特徴は、音楽関連の記事が他本に比べて大幅に少ないことである。花宴を回想するうえでとても重要な契機となる「楽の船ども」と「春鶯囀」の舞がないのをはじめ、上の御遊びでの催馬楽を唱歌した殿上人の存在も語られないし、「安名尊《あなたふと》」や「桜人」などの曲名もない。催馬楽「安名尊」はこの朱雀院行幸の「今日の尊さ」を言祝ぐとても重要な曲と考えられるが、国冬本はそうした要素をすべて捨象している。なぜこうなっているのかは不明とせざるを得ないが、国冬本は藤裏葉巻の六条院行幸の場面でも「賀皇恩」「書司」「宇陀の法師」など音楽関連の内容で知識不足が影響して誤写したと思われる箇所が指摘されている。[23] 少女巻の場合は記述そのものがなく、藤裏葉巻の場合は間違って記述しているという点での違いはあるが、音楽関連の記事に集中して現象する点では何らかの繋がりがあるのかもしれない。ただし、国冬本全体にわたって音楽関連の本文に問題を抱えているわけではない。例えば絵合巻の終わり近くでの上の御遊びや、若菜上巻で繰り返される光源氏の四十賀での音楽関連の内容は、他本とほとんど違いがない。国冬本の一部の巻の音楽関連の記事に、こうした痕跡が見られるのである。絵合巻は津守国冬の筆跡を臨模したと思われる室町末の日比正廣の筆で、少女巻と若菜上巻は鎌倉末の津守国冬筆と伝えられている。[24] よって書写された時期の問題ではなさそうである。鎌倉末の国冬筆の本でも、一つの系統ではなく青表紙本や河内本、また混合本を写した可能性が指摘されているし、[25] 同じ人が書写してこれほどの差が出るとは考えにくいから、少女巻の本文の変容については国冬が書写する以前にすでに起こっていたと考える方が妥当であろう。

国冬本の朱雀院行幸では、太政大臣光源氏を登場させずに、冷泉帝をあくまで話の中心に据え、冷泉帝と臣下達、冷泉帝と朱雀院、冷泉帝と弘徽殿大后との関係として語ろうとした形跡が窺われるのである。しかし、これによりかえって文脈に破綻をきたしてしまっているようにも見える。

おわりに

国冬本源氏物語の少女巻の朱雀院行幸の場面は、他の諸本と比較して著しく独自異文が多い。しかも、中心人物の一人である光源氏を登場させないために、装束や和歌の唱和の意味、上の御遊びの様子、弘徽殿大后を訪れる場面などで、大幅に意味が変わっている。これほどの異文が如何なる理由によって出来したのかは、未詳とせざるを得ないが、装束や音楽関連記事がもつ意味をあまり深く考慮しなかったために起こった可能性が十分に考えられる。しかも鎌倉末の津守国冬が書写する以前の段階で起こっていた可能性が高い。加えて、巻によって異文の量が大きく違うことからすると、一系統の揃い本ではなく、いくつかの素姓の違う本から国冬本がまとめられた可能性が考えられるのではないか。

最後に一言付言しておくが、本章は国冬本の価値を貶めるために書いたのではない。『源氏物語』を研究するにあたり、本文の異文状況を確かめるのは当然の手続きであり、いつもであればなるべく諸本で同じところ――本文系統が違っても読みがぶれないところ――を根拠として論を展開するのだが、この朱雀院行幸においてはそれが不可能なほど国冬本は異文に満ちていた。そのため、国冬本だけを別に取り上げて、本文の様相を詳しく見た次第である。

注

(1) 阿部秋生「別本の本文」(『源氏物語の本文』所収　岩波書店　昭和61(一九八六)年)一二七～一二八頁
(2) 阿部秋生注(2)に同じ。一七七頁
(3) 岡嶌偉久子「国冬本源氏物語」(『源氏物語写本の書誌学的研究』所収　おうふう　平成22(二〇一〇)年)
(4) 岡嶌偉久子注(3)に同じ。一八二～一八三頁
(5) 伊藤鉄也「「桐壺」における別本群の位相——桐壺帝の描写を中心にして——」(『源氏物語本文の研究』所収　おうふう　平成14(二〇〇二)年)
(6) 伊藤鉄也「帚木巻における一異文の再検討——別本国冬本の表現相の定位をめざして——」(『源氏物語受容論序説——別本・古注釈・折口信夫——』所収　桜楓社　平成2(一九九〇)年)
(7) 伊藤鉄也「国冬本「若紫」における独自異文の考察——いわゆる青表紙本に内在する異本・異文について——」注(5)に同じ
(8) 伊藤鉄也「源氏物語別本群の長文異同——国冬本「鈴虫」の場合——」注(5)に同じ
(9) 越野優子「国冬本源氏物語の「光る君」——特異な桐壺巻巻末の物語るもの」(「物語研究」第8号　平成20(二〇〇八)年3月)
(10) 越野優子「多様な源氏物語世界への模索——伝国冬筆薄雲巻一冊(天理大学附属天理図書館蔵)を素材として——」(『古代中世文学論考』第20号　平成19(二〇〇七)年10月)
(11) 越野優子「源氏物語の別本の物語世界——伝国冬本少女巻を中心に」(「文学・語学」第一八二号　平成17(二〇〇五)年7月)
(12) 越野優子「伝国冬本源氏物語の世界——藤裏葉巻をめぐって——」(「詞林」第35号　平成16(二〇〇四)年4月)
(13) 越野優子「国冬本における女三宮について——鈴虫の巻を中心に——」(「国語国文」第71巻第2号　通巻八一〇号　平成14(二〇〇二)年2月)

(14) 工藤重矩「国冬本源氏物語乙女巻に見られる本文の疵――紫上の呼称と六条院の描写をめぐって――」（「国語国文」第81巻第12号　通巻九四〇号　平成24（二〇一二）年12月）
(15) 工藤重矩「国冬本源氏物語藤裏葉巻の本文の疵と物語世界――別本の物語世界を論ずる前提として――」（「中古文学」第92号　平成25（二〇一三）年11月）
(16) 岡嶌偉久子は注（3）で、橋姫巻を取り上げ、「全く本文を読まず、ただ文字を写すだけ、このような書写者の姿が浮かび上がってくる」と指摘する。二〇三頁
(17) 工藤重矩注（15）に同じ
(18) 大島本との比較を行うため、本章での『源氏物語』本文の引用は、岩波書店刊新日本文学大系『源氏物語』に拠り、巻名・巻数・頁数を記した。なお、場面を整理するため、新大系脚注の場面番号と小見出しを使用した。
(19) 本書第Ⅳ篇第1章「少女巻の朱雀院行幸」参照
(20) 兵部卿宮は、絵合巻の天皇御前での絵合の後の上の御遊びで箏の琴を弾き、若菜上巻の玉鬘主催の光源氏四十賀の際の上の御遊びでは琴の琴を担当している。
(21) 内大臣（もとの頭中将）は、絵合巻でも若菜上巻でも、上の御遊びの際にも和琴を弾く。
(22) 植田恭代「琴の琴」（『源氏物語事典』大和書房　平成14（二〇〇二）年）
(23) 工藤重矩注（15）に同じ
(24) 岡嶌偉久子注（3）に同じ。一七七～一七八頁
(25) 岡嶌偉久子注（3）に同じ。一九六頁

3　結集と予祝の男踏歌

――聖武朝から『源氏物語』への視界――

序

『源氏物語』が歴史的な内容を取り込みながら作られていることの徴証の一つに、特定の時代にのみ行われた儀礼や出来事をあえて物語の中に描くことが挙げられる。准拠として指摘されるのがまさにこれにあたり、ある特定の歴史的事実を踏まえて物語が語られる場合である。ここでは、准拠ではなく特定の時代にのみ行われた儀礼を手がかりに『源氏物語』の特徴を考えてみたい。題材とするのは男踏歌である。

男踏歌とは舞踏を伴う儀礼である。踏歌には正月十六日に行う女踏歌と、十四日に行う男踏歌とがあり、女踏歌は踏歌節会として存続する一方、男踏歌は宇多天皇によって復興されるものの、醍醐・朱雀・村上・円融の御代をもって行われなくなる。同じく「踏歌」と呼ばれながら、全く別の経緯を辿る二つの儀礼については、これまで歴史学・民俗学・文学などさまざまな立場から多数の研究業績が積み重ねられてきた(1)。『源氏物語』は、その男踏歌の方を物語に取り込んで描いている。場面として男踏歌を描くのは初音巻・真木柱巻・竹河巻である。男踏歌は、先述した通り特定の天皇の御代とのみ関わって行われたことを勘案すると、純粋に物語の時代設定として考えることもできる。しかし、物語があえてそれを描くことは時代設定とは別に物語の文脈として論ずる必要がある。さらに、それを論ずるに当っては、行われた時代とそれの意味を抜きに論ずることは不可能であろう。儀礼は天皇と密接に関わるから、主催する天皇と行われた意図との関わりにおいて論じてこそ意味がある。

本章では、男踏歌を端緒とし、それが歴史的にもった意味を、歴史学や民俗学による成果を活かしながら考察し、『源氏物語』がそれを描く意味を考えてみたい。

一　男踏歌と女踏歌

踏歌はすでに先学が述べられるように中国からもたらされた儀礼である。中国での踏歌の起源は「踏青」という山遊び・野遊びの民俗行事、大地に萌え出した春の青草を踏んで歌舞飲食し、青草を踏むことでその生命力に感染しようとしたタマフリ的な意味をもつ予祝行事であると言われる(2)。日本にもたらされた踏歌は唐朝の元宵観燈の一つとして行われていた朝儀としての踏歌で、元宵観燈が正月十四・十五・十六日の三日間に渡って行われたことが影響してか、日本においても正月十六日に定着するようになる。唐朝における朝儀の元宵踏歌は、もともとは女性による踏歌であったらしい(3)。

日本における踏歌については、例えば『河海抄』（末摘花巻）に、

男踏哥　聖武天皇天平元年正月十四日始有男踏哥　女踏哥　天平十四年正月十六日天皇御大安殿宴二群臣ヲ一酒《サケ》
酣《タケナハニシテ》　奏《シ》二五節四《シ》舞《フヲ》一了更令下二少年童女《ヲ》一踏哥上是濫觴也

とあって、男踏歌と女踏歌を区別して記しているが、史料を見る限り、もともと男とか女の区別はない。初出例は

『年中行事抄』によれば天武天皇三（六七四）年正月十六日、『類聚国史』巻第七十二歳時部「十六日踏歌」によれば天武天皇五（六七六）年正月十六日の島宮での宴とするが、実際に「踏歌」の語が見えるのは持統天皇七（六九三）年正月十六日の宴で、「漢人等奏二踏歌一」[4]と、漢人が行ったものとして出てくる。同八（六九四）年正月の記事では、十七日に「漢人奏二踏歌一」、十九日に「唐人奏二踏歌一」とあり、いずれも中国系の渡来人によって舞われたことが判るが、男女のいずれかは知り得ない。その後ももっぱら「踏歌」として記されていたものが、「踏歌之節」のように節会として記された最初は、清和天皇の天安三（八五九）年正月十六日の記録からである。それはこの後「宮人踏歌」[5]「宮妓踏歌」[6]と記されるように、内教坊伎女による踏歌、すなわち女踏歌である。踏歌に専門の奏者が出現するのは孝謙天皇天平勝宝三（七五一）年で「踏歌歌頭」として「女孺忍海伊太須。錦部河内」[7]という渡来系の女性の名が見え、淳仁天皇天平宝字三（七五九）年には「奏二内教坊蹋歌於庭一。」[8]と内教坊伎女による踏歌が初めて現れ、これより後は内教坊によって行われたようである。一方、男性による踏歌は、「男踏歌」の語としては延喜三（九〇三）年正月十四日に初出するものの、[9]女踏歌が十六日であるのに対して男踏歌が十四日に行われていることからすると、宇多天皇が仁和五（八八九）年正月十四日に復興した踏歌からそう呼ばれていたと見るべきである。これについては、『年中行事秘抄』が橘広相の『踏歌記』を引用して、

仁和五年正月十四日踏歌記云。議者多称。踏歌者。新年之祝詞。累代之遺美也。歌頌以延二宝祚一。言吹以祈二豊年一。豈啻縦二楽遊於管絃一。惜二時節於風景一而已哉。宜下依二承和事実一以作中毎歳長規上。[10]

と記す。これによれば、踏歌は天皇の宝祚を延べ、豊年を祈る予祝儀礼で、仁明天皇が行っていた踏歌に倣って踏歌を復興させたとあるが、仁明天皇の承和年間に「男踏歌」の用例は見えない。しかし、これは行われていなかったのではなく、男性による踏歌をことさら「男踏歌」と記さなかったためである。聖武天皇の天平十四（七四二）

年正月の例では「少年童女」が踏歌をし、孝謙天皇の天平勝宝四（七五二）年四月九日大仏開眼斎会では王卿や諸臣が踏歌をし、桓武天皇の延暦十八（七九九）年正月十六日の大極殿での宴では揩衣を賜った群臣たちによる踏歌が行われたことからして、実態として男による踏歌は行われていたと考えられる。『年中行事抄』によると、『踏歌記』の記述として、「件記仁寿以後四代。中絶不行。今年尋承和旧風始行之。[11]」と、仁明天皇の後、文徳・清和・陽成・光孝の四代の間行われていなかったものを宇多天皇が復興させたとある。男踏歌は宇多天皇以後、醍醐・朱雀・村上・円融天皇の時代に行われ、天元六（九八三）年正月十四日の例を最後に記録類から消える。一方、女踏歌の方はその後も存続していたことは史書に見る通りである。

男踏歌と女踏歌の内容については『西宮記』に詳しい説明がある。その解釈については既に先学の研究があり[12]、今ここでそれを繰り返すことはしない。それぞれの違いと特徴のみを整理すると次のようになる。女踏歌は内教坊伎女たちによる舞で正月十六日に行われた。参列者の男性は踏歌に参加することはなく、舞踏を見て酒を酌み交わすのみである。それに対し、男踏歌は正月十四日に行われ、歌頭以下嚢持《ふくろもち》・舞人などが男性官人の中から選定されて、貴族たちの直接的な参加があった。女踏歌は紫宸殿前庭で伎女達が天皇と殿上人たちの前で群舞しつつ天皇を予祝するのに対し、男踏歌は清涼殿東庭から出発し、若い貴公子たちが舞人となって群舞し、後宮の妻たちや皇子女たちの局を巡って予祝する。男踏歌を眺めるのはもっぱら後宮の妻妾たちやそれに仕える女官たちで、二つの儀礼はちょうど見る側と見られる側が対照的な関係にある。特に男踏歌の方は、綿の面をつけ白杖をもった「高巾《こう こ》子《じ》」や綿の数を数える「嚢持」といった役があり、異形な姿をしたマレビトに扮して現れる。「言吹《ことぶき》」による祝詞があった後、嚢持が綿を数える。言吹とは『踏歌記』に「言吹以って豊年を祈る」とあるように、新たな一年の豊穣を言祝ぐ詞であり、嚢持が綿を数えるのも豊かなることを予祝するためであろう。舞人たちは「万春楽《ばんすらく》」を奏しながら踏歌し、「絹鴨《きぬかも》」「此殿《このとの》」を奏した後に着座し、饗応を受け、「竹河《たけかは》」を唱い、「我家《わいへん》」を奏しながら退出した。「万春楽」は天皇の宝祚を延べ慶祝する歌で、「絹鴨」は宝を褒め、「此殿」は御殿を誉め、「竹河」は少女を求め、「我家」は婿を迎えることを歌った催馬楽で、座をにぎやかす歌謡である。これらはすべて天皇および天皇家の繁栄を予祝する意味づけをもつと考えられる。『河海抄』や『花鳥余情』所引の『李部王記』には、舞人達を饗応する場として「水駅《みづむまや》」「飯駅《めしむまや》」「芻駅《まぐさむまや》」などの存在が記されている。さらに男踏歌が行われた年には二月か三月に踏歌の後宴として殿上で賭弓が行われたことが『西宮記』に記されている。

これらに見る通り、男踏歌と女踏歌は、予祝という点では同じだが内容は大きく異なり、女踏歌が唐風の踏歌を継承するのに対し、男踏歌は年の始めに祝福に来臨する神の巡行を重ねていることは明らかであろう。(13) さらに両者の大きな違いは、女踏歌が「踏歌節会」として毎年行われたのに対し、男踏歌は不定期に実施された点である。とすると、男踏歌を行う根拠を問うことでその意味づけは明らかになるであろう。次節では、踏歌の変遷を通覧した上で、男踏歌が何を企図して復興され実施されたのかを考えてみたい。

二　踏歌の変遷（1）——天武朝から桓武朝

天武・持統天皇のころに始まる踏歌は、正月十六日に天皇が賜う小正月の宴の中で、漢人や唐人が行ったものである。小正月の宴は新年の初めに天皇が百官を饗応し、臣下との関係の確認や強化を目的として行った宴である。それが元明天皇のころになると、和銅三（七一〇）年には隼人と蝦夷に、同八（七一五）年には新羅の使節に宴を賜い、諸方の楽を奏っていることから見て、次第に周辺諸国や外国との関係確認の場ともなる。聖武天皇以降も天平十二（七四〇）年に渤海国使、淳仁天皇天平宝字三年に高麗大使、光仁天皇宝亀十（七七九）年に渤海国使、同十一（七八〇）年に唐と新羅使、桓武天皇延暦十八年に渤海使を招くなど、小正月の宴は外国との関係確認の意をもち続け、そこで諸外国の舞が天皇に奉られた。踏歌がもともと中国に起源をもち、予祝的意味をもつことからして、漢人や唐人等の渡来人が天皇を言祝ぐ意味でそれを舞うのは、まさに関係確認の場に相応しい行為である。それが渡来人ではなく、日本人が主体となって天皇と臣下との関係において初めて行われたのが聖武天皇の天平二（七三〇）年正月十六日の例である。

天皇御二大安殿一。宴二五位已上一。晩頭。移二幸皇后宮一。百官主典已上陪従踏歌。且奏且行。引二入宮裏一。以賜二酒食一。

（『続日本紀』）

この時、天皇は大安殿で五位以上の臣下と宴をした後、皇后宮に移幸し、百官が陪従して踏歌を行った。この皇后宮にいたのは、前年の天平元（七二九）年八月に立后した藤原安宿媛（光明子）である。すなわち、天平二年正月十六日の宴は、天皇と皇后がそろった最初の年の宴であり、そこで天皇と皇后を言祝ぐ踏歌が行われたわけである。次に行われた小正月の宴での踏歌は天平十四年正月十六日で、

天皇御二大安殿一。宴二群臣一。酒酣奏二五節田舞一。訖更令二少年童女踏歌一。又賜二宴天下有位人并諸司史生一。於レ是。六位以下人等鼓レ琴。歌曰。新年始迩。何久志社。供奉良米。万代摩提丹。宴訖賜レ禄有レ差。

（『続日本紀』）

とあり、天皇が群臣に宴を賜い、五節田舞が奉られた後、少年少女による踏歌が奉られた。その後、天皇は位ある者のすべてを饗応し、六位以下の者が琴を弾きながら「あたらしき年のはじめにかくしこそつかへまつらめ万代《よろづよ》までに」と歌ったというから、宴は天皇を慶祝するムードに満ちている。天平十四年正月は、前年に恭仁宮への遷都

が完了した最初の年の正月である。このように小正月の宴で踏歌が行われたと記録に残るのは、皇后立后や遷都などの節目に当たる出来事の翌年の宴なのである。踏歌は小正月の宴以外では例えば孝謙天皇天平勝宝四年四月九日の大仏開眼斎会の時にも「復有㆓王臣諸氏五節。久米儛。楯伏。踏歌。袍袴等歌儛㆒。」（『続日本紀』）と、いくつかの舞とともに踏歌が行われており、国の重要な儀式においても行われたことが窺える。

以上のように踏歌は、周辺諸国や諸外国との関係の確認や、皇后立后・遷都・大仏開眼斎会など重要な節目と関わって行われていて、もともと毎年行われたものではなかったのである。しかも、天武天皇から称徳天皇までの間は小正月の宴そのものが四～五年に一度しか記録されていない。単に記録されなかっただけかもしれないが、主典以上の百官に宴を賜うという大規模な宴であることを勘案すると、節目となる年だけに不定期に行われたとしても何ら不思議はない。

ところが、光仁天皇が即位すると、事情は一変する。光仁天皇が即位したのは宝亀元（七七〇）年十月で、同年十一月に井上内親王が立后すると、翌年の宝亀二（七七一）年正月十六日には「饗㆓主典已上於朝堂㆒。」（『続日本紀』）とあるように、百官を饗応する大規模な宴が行われた。「踏歌」の語こそないが、光仁天皇の即位そして皇后の立后の翌年であることからすると、聖武天皇の時と同じように踏歌が行われたと考えるべきであろう。ここまでは従来と同じである。しかし、光仁天皇はその後、宴を賜う対象を五位以上に限定して規模を縮小し、小正月の宴をほぼ毎年開催するようになる。行わなかったのは井上内親王の廃后・他戸親王の廃太子等があった宝亀三（七七二）・四（七七三）年と二人が亡くなった翌年の宝亀七（七七六）年だけである。在位中、記録に「踏歌」の語が見えるのは、宝亀十一年正月の唐と新羅の使が来ている時だけであるが、小正月の宴が天皇と臣下との関係確認の場であったことからすると、踏歌は毎回行われていた可能性がある。従来節目の年だけであった小正月の宴は、光仁朝において恒例化する。これは光仁天皇が前天皇（称徳）の指名によって即位したのではなく、群臣によって選ばれて天皇になった事情が反映しているのではないか。正統性を持たない天皇であったが故に群臣との関係を重んじ、また群臣もそれに応え、天皇を言祝いだと考えるからである。この事情は桓武天皇にも引き継がれる。桓武天皇が最初の小正月の宴を行うのは光仁天皇の喪があけた延暦二（七八三）年正月十六日である。この年は五位以上にのみ宴を賜っているが、同年四月十八日に藤原乙牟漏を皇后に立后した翌年には「宴二五位已上於内裏一。饗二百官主典已上。於朝堂一。賜レ禄各有レ差。[14]」と内裏で五位以上に宴を賜った後、朝堂で主典以上の百官を饗応する大規模な宴が挙行されている。さらに長岡京に遷都した翌年の延暦四（七八五）[15]年と平安京に遷都した翌年の延暦十四（七九五）年正月十六日に「踏歌」が行われている。『類聚国史』には平安遷都した後の踏歌の歌詞が残っていて、

山城顕楽旧来伝。帝宅新成最可レ憐。郊野道平千里望。山河擅レ美四周連。【新京楽。平安楽土。万年春。】沖襟乃眷八方中。不レ日爰開億載宮。壮麗裁レ規伝二不朽一。平安作レ号験二無窮一。【新年楽。平安楽土。万年春。】新年正月北辰来。満宇韶光幾処開。麗質佳人伴二春色一。分行連レ袂儛二皇垓一。【新年楽。平安楽土。万年春。】卑高泳沢洽二歓情一。中外含レ和満二頌声一。今日新京太平楽。年々長奉我皇庭。【新京楽。平安楽土。万年春。】

と、新京の美しさを讃え、言祝ぎ、永遠に続くことを予祝する歌を唱えながら踏歌が行われた。この後に「踏歌」の語が残るのは、延暦十八年正月十六日に渤海国使が来た時で、群臣並びに蕃客に揩衣が下賜され踏歌が行われている。[16]それ以外の年では延暦十二（七九三）年以降ほぼ毎年五位以上に宴を賜っている。ここでも踏歌は行われていたであろう。このように桓武天皇もまた父光仁天皇と同様、立后の翌年にのみ大掛かりに小正月の宴を行い、それ以外の年には五位以上の臣下にのみ宴を賜う形を恒例化させたのである。長岡京での藤原種継暗殺事件と早良親王の死を乗り越え、桓武天皇が平安京に遷都した後は、毎年小正月の宴と踏歌を繰り返すことの中に、桓武が群臣

達を統率しようとした意思が垣間見えるのである。

以上、踏歌が初めて行われた天武・持統天皇のころから桓武天皇までを通覧すると次のようにまとめることができる。踏歌はもともと唐から伝えられ、渡来人によって天皇を言祝ぐ意味で正月十六日の小正月の宴で舞われた。小正月の宴は次第に諸外国との関係確認の場ともなり、天皇を言祝ぐ踏歌は外国との関係において意味をもったのである。それが天皇と群臣との間においても行われるようになると、皇后立后や遷都、大仏開眼斎会などの重要な節目の出来事と関わって行われた。ところが、光仁天皇が即位してからは、天皇の抱える事情を反映してか、規模を縮小しながらほぼ毎年行われ、次の桓武天皇の御代までそれが続いた。それでも、立后の翌年等の節目の年には従来と同じように百官に饗応して大規模な踏歌が行われたのである。

三　踏歌の変遷（2）——平城朝から光孝朝

光仁・桓武天皇の御代でほぼ恒例行事化した踏歌であったが、平城天皇は「民を煩はす」ことを理由に停止した。平城天皇の在位の間、一度も踏歌実施の記録はなく、再びこれを復興するのは次の嵯峨天皇である。そのあたりの事情は『内裏式』に詳しい。

延暦以往。踏歌訖縫殿寮賜二榛揩衣一。群臣着二揩衣一踏歌。訖共跪二庭中一賜二酒一杯綿十屯一。即夕令二近臣絲引一。至二于大同年中一此節停廢。弘仁年中更中興。但絲引榛揩群臣踏歌竝停レ之。[17]

これによると、延暦以往は踏歌（たぶん女踏歌）が終わると縫殿寮が榛揩衣を賜い、群臣達がその揩衣を着て踏歌をし、中庭に跪き酒一杯と綿十屯を賜い、夕に近臣をして糸引をさせたとある。平城天皇の大同年間に中絶した後、嵯峨天皇が再興させるものの、糸引と群臣踏歌は停止したままだったという。これだけ読むと男による踏歌は行われなくなったかにも読めるが、

　弘仁六（八一五）年正月十六日「御二豊楽殿一。宴二五位以上及蕃客一。奏二踏歌一。」

　弘仁十一（八二〇）年正月十六日「御二豊楽殿一。奏二踏歌一。宴二群臣及蕃客一。」

　弘仁十三（八二二）年正月十六日「御二豊楽殿一。宴二五位已上及蕃客一。奏二踏歌[18]一。」

と、外国の使節が来た時の小正月の宴では従来と同じ形で踏歌が行われていて、この書き方は男が踏歌を行っていた桓武天皇御代までと全く同じである。とすると、例年の踏歌は女踏歌として復興したが、臨時的には男による踏歌も残っていたと考えるべきか。だが、男による踏歌がどれほどの頻度でいつ行われたかは明確にし難い。嵯峨天皇御代の踏歌のその他の特徴としては、弘仁三（八一二）年以降毎年行われていること、大極殿では行わなくなること、外国使節の来訪や橘嘉智子の立后の翌年など特別な場合のみ豊楽殿で行っていること、しかしそうした場合でも五位以上の殿上人だけに宴を賜って、以前のように百官を饗応するような大規模な宴は行わないことが挙げられる。年中行事の一つに定着したことが窺える。

　立后の翌年に大規模な宴を行わないのは、次の淳和天皇も同じで、淳和はさらに踏歌の場所を豊楽殿から紫宸殿に移した。次の仁明天皇は、承和四（八三七）年以降、諒闇等の障りのある年を除いて五位以上の官人と紫宸殿で毎年宴を行っている。淳和天皇までは「奏踏歌」と記されていたものが、このころ「覧踏歌」と記されるようになり[19]、踏歌が次第に見るものとなったことが判る。「奏」するものから「覧」るものへの質的な転換は、官人達が参加し奏する踏歌から、見るだけの女踏歌に替わったことを表すものであろう。ただし、男踏歌が行われた年には後宴として二月か三月に殿上賭弓が行われたとする『西宮記』の記述を根拠にすると、承和四年および五（八三八）

年にはなんらかの形で男踏歌が行われていた可能性がある。[20]とはいえ、承和六年以降に殿上賭弓の記録はなく、仁明天皇の御代も後半はほとんど女踏歌だけになっていたと考えられる。文徳天皇御代では、「踏歌如旧儀」や「踏哥如常」と記される如く完全に恒例化し、清和天皇御代には「踏歌之節」と記されるようになること、雅楽寮の楽人が奏楽し、内教坊伎女による女踏歌のみが実施されるようになることは先述した通りである。それは次の陽成天皇、そして光孝天皇の御代まで変わることはない。

以上、平城天皇から光孝天皇の御代までを通覧すると、平城天皇御代に中絶した踏歌は嵯峨天皇御代で再興された後、毎年行われる節会として定着する。桓武天皇まで場所は大極殿で行われていたが、豊楽殿そして紫宸殿へと移り、宴を施す対象も五位以上の殿上人のみとなる。立后後であっても大規模な踏歌は行われることはなく、仁明天皇以降は天皇在位中の立后もなくなる。仁明天皇ごろを最後に男踏歌は姿を消し、踏歌節会といえば女踏歌を指すようになるのである。

四　踏歌の変遷（3）——宇多天皇による男踏歌の復興

毎年正月十六日に行っていた女踏歌とは別に、十四日に男踏歌を復興させたのは宇多天皇である。女踏歌がありながら、男踏歌を復興する必然性は奈辺にあるのか。これについて山田孝雄は女踏歌がただの形式のみで実を失ってしまったからだと述べた。[21]また袴田光康は年中行事のために存在する形ばかりの天皇に甘んじるのではなく、天皇のための年中行事を創始しようとする主体的天皇への希求が窺われるとし、それは藤原基経に対する反発とともに、抵抗を込めた宇多天皇の強い自己主張と見るべきで、これにより新たな〈王〉の「親政」の創始に位置づけることを企図したと述べた。[22] 宇多が臣下との私的関係を深めたとするなら、男踏歌がそれにどう寄与したのか、山田の言う男踏歌の実をこそ述べなければならないだろう。

これを考察するにあたって顧みるべきは、第一節に引いた『年中行事秘抄』所引の橘広相の『踏歌記』の記述であり、それを実際の男踏歌と関連させることから見えてくるこの儀礼の本義であろう。

踏歌は、新年の祝詞、累代の遺美なり。歌頌以て宝祚を延べ、言吹以て豊年を祈る。豈に啻に楽遊管絃を縦いままにし、時節を風景に惜しむのみならんや、宜しく承和の事実に依て、以て毎歳の長規と作すべし。

ここで述べられているのは、踏歌が「累代の遺美」で「歌頌」が天皇の「宝祚を延べ」、「言吹」することで「豊年を祈る」というのであり、女踏歌のような楽遊管絃を楽しみ、美しさをめでるだけのものではないのだとの表明である。新年の最初に天皇の予祝を意図して踏歌を行うことが判るが、その意味では女踏歌とて同様であり、あえて男による踏歌を復興させる意図こそが問題となる。そこで問題とすべきは、官人踏歌の初例である聖武天皇天平二年正月十六日に行われた事例ではなかろうか。これが如何なる理由で行われたのかを次に見てみたい。

天皇《すめらみこと》、大安殿《だいあんでん》に御《おは》しまして、五位已上を宴《うたげ》したまふ。晩頭《ばんとう》に皇后宮《くわうこうぐう》に移幸《みゆき》したまふ。百官《ひやくくわん》の主典《さうくわん》已上陪従《ばいじゆ》し、踏歌《たふか》且《か》つ奏《つかへまつ》り且《か》つ行《ゆ》く。宮《みや》の裡《うち》に引《ひ》き入《い》れて。酒《さけ》・食《じき》を賜《たま》ふ。因《よ》りて短籍《たんじやく》を採《と》らしむ。書《か》くに、仁《じん》・義《ぎ》・礼《れい》・智《ち》・信《しん》の五字を以《もち》てし、その字《じ》に随《したが》ひて物《もの》賜ふ。仁《じん》を得《え》たる者《ひと》には絁《あしぎぬ》。義《ぎ》には糸《いと》。礼《れい》には綿《わた》。智《ち》には布《ぬの》。信《しん》には段《だん》の常布《じやうふ》。

（『続日本紀』天平二年正月辛丑）[23]

これが渡来人から日本人へと主体が移行した最初の踏歌であること、そして前年に藤原光明子を立后して初めて迎える年の宴で、天皇と皇后を言祝ぐ踏歌であったことは先に述べた。天皇が五位以上の臣下と宴をした後、皇后宮に移幸し、百官が陪従して踏歌をしながら移動したとあり、皇后が百官を饗応し、「くじ引き」を行って、引いた字に応じて賞品を下賜した。藤原茂樹によると、この時に連れて行かれた主典以上の百官とは約四百人に及ぶという(24)。これほど大規模な官人集団が平城宮から皇后宮までの都大路を、音楽を演奏し踏歌しながら練り歩いたというのだから、その様子はまさに天平時代の幕開けにふさわしい一大イベントとなったと言うのも頷ける。藤原はこれを皇后になったばかりの光明子を引き立てるためのはやなかな演出だったと述べ、長屋王事件の後にそれまでの範を破って本来立后できるはずのない藤原氏出身の光明子を皇后に据えたことを、百官主典以上の大多数の官人に公認させる儀礼行動の意味合いがあったと述べている。「仁・義・礼・智・信」の短籍にしても、人倫の理法を表し、踏歌もまた礼楽思想を具現化するものであった。この踏歌は、官人大集団を踏歌という儀礼を通して結集させる巧妙な仕掛けをもっていたというのである。反対の意見も多かったであろう光明子の立后を認めさせるため、踏歌の〈集団〉で〈歩く芸能〉で〈予祝〉の意味をもつことを利用し、皇后宮に導いて陶酔の中に官人大集団を祝福の徒としてしまう手法は見事というべきであろう。

女による踏歌ではなく、官人の参加する踏歌を復興させる意図はここにあるのではないか。宇多天皇と藤原基経との確執は「阿衡の紛議」として周く知られている。しかもこれは宇多が藤原基経一人と対立したのではなく、基経を筆頭とする官人集団と対立したのであって、宇多が最終的に勅書を改作させられたことは屈辱的な出来事であったろう。源氏出身の宇多には天皇としての権威もなく、正統性もない。表立って反対しないまでも潜在的に反旗を翻す官人たちを宇多のもとに結集するためには如何なる方策があるのか、その方策の一つが「男踏歌」の復興にあったと考えるのである。宇多が男踏歌を復興させた仁和五年正月は、仁和三年に即位し、父光孝天皇の諒闇が明けて迎える最初の年であり、前年の仁和四年十月には藤原基経の娘温子が入内し、女御となっている。表面的には基経と和解した形をとった中で行われたのが官人による男踏歌であった。聖武天皇の時ほど大規模ではないが、官人を組織し、集団で舞踏しながら練り歩いて天皇を予祝する踏歌が朝廷内の雰囲気を動かさないわけはない。しかも、『西宮記』の内容が宇多天皇の復興させた男踏歌そのものだとすれば、宇多は官人たちにマレビトの装いをさせ、来訪する神に擬えて予祝する形を現出させた。官人たちの予祝と神による予祝を重ねることの中に、官人たちの人心の結集と自身の正統化が含意されたのである。記録によると、宇多は寛平六（八九四）年正月にも男踏歌を行っている。[25]この前年の寛平五（八九三）年四月二日には敦仁親王を立太子しており、次の後継者を決定して初めて迎える正月に再び男踏歌を行うのも、宇多および皇太子敦仁のもとに官人たちを結集し自らの皇統を正統化する意図があったと考えられる。

このように、宇多天皇が仁和五年に男踏歌を復活させた背景には、彼のおかれた状況があり、官人たちを自らのもとに結集させ天皇親政を実現するための方策であったと考えられる。

五　踏歌の変遷（4）――醍醐朝から円融朝

宇多天皇によって復興された男踏歌が、その後どのような経緯を辿るのかを醍醐朝から円融朝まで追ってみたい。男踏歌と踏歌後宴の殿上賭弓の実施については、二〇四〜二〇七頁に一覧を載せているので参照願いたい。

醍醐天皇御代で男踏歌の実施が確認できるのは、当日の記録と踏歌後宴の記録までを数えると、延喜三・五・七・十・十三・十七・二十二・二十三・延長七年の九回で、[26]「踏歌後宴」の記録はないが、二月か三月の殿上賭弓の記録までを入れると延喜二・六・十八・延長四・六年が追加される。[27]これらを天皇家をめぐる出来事と並べてみると、醍醐の同母弟敦固親王が元服した翌年が延喜三年で、同年には藤原穏子に待望の皇子（崇象）が生まれている。その崇象を立太子した翌年が延喜五（九〇五）年である。宇多法皇の四十賀が行われた翌年が延喜七（九〇七）年であり、皇太子崇象が初めて参観した翌年が延喜十（九一〇）年である。皇太子崇象が保明と改名し、他に克明・代明などと共に天皇に参観した翌年が延喜十三（九一三）年、東宮（第二皇子保明）と第一皇子克明親王が元服し、さらに宇多法皇の五十賀が行われた翌年が延喜十七（九一七）年である。東宮に王子が生まれさらに重明・常明・式明・有明の四親王が元服した翌年が延喜二十二（九二二）年、藤原穏子が立后され、その腹に寛明親王が産まれる延喜二十三（九二三）年というように、醍醐天皇の皇子たちの初参観と元服、藤原穏子の皇子たちの誕生など天皇の皇子たちの動静と関わった年に行われている。宇多が廷臣との関係強化と正統化のために行ったのと比べると、より本来的な意味――天皇家の繁栄の予祝と関わっている。さらに、二月か三月に殿上賭弓の記録のみが残る年を見ると、宇多法皇の四十賀が行われたのが延喜六（九〇六）年、陽成上皇の皇子元長と元利に元服を加え内裏に参入した翌年が延喜十八（九一八）年である。第八皇子時明と第九皇子長明が元服し、慶頼王が亡くなった後に寛明が立太子された翌年が延長四（九二六）年で、宇多法皇と藤原褒子の子の雅明親王が初めて参内し、同じく宇多法皇の子の行明を親王宣下して醍醐皇子とした翌年が延長六（九二八）年である。最初の延喜二年には目立った事柄はないが、前年の昌泰四・延喜元（九〇一）年に菅原道真を左遷させていることからすると、醍醐天皇が道真亡き後の官人の結集を企図したのかもしれないし、藤原時平が誰に気兼ねすることなく、三月に女御宣下のあった妹穏子腹の皇子誕生を願って天皇に行わせた可能性も考えられる。そうなると、次の年の延喜三年の踏歌と同じく、醍醐天皇の皇子誕生を願っての男踏歌となる。これらで考えると、醍醐朝の男踏歌は上皇の算賀、皇太子の誕生・参内・立太子・元服、皇子たちの初参観や元服、宇多法皇の子を醍醐の養子としたこと等と関連づけられて実施されていた可能性が高い。唯一、延長七（九二九）年の例のみ直接天皇家の動静と関係づけられないが、この年には醍醐天皇の後見として重要な役割を果たした藤原忠平の五十賀が宇多法皇や中宮穏子によって盛大に行われており、これとの関わりもあるか。このように考える根拠の一つは、醍醐朝に残る男踏歌が、東宮の母から後に中宮に冊立された藤原穏子との関わりを看過できないからである。比較的詳しい内容が残る延喜十三年の例で見た場合、

時子一剋、自滝口到東宮息所曹司踏舞【弘徽殿】、次尚侍曹司【飛香舎】、次承香殿息所曹司【麗景殿】、次克明親王直廬【昭陽舎】、次参入東宮、寅四剋還参入内裏(28)

と、踏歌の一行の巡行を見ると、天皇の御前から最初に向かったのが東宮御息所穏子がいる弘徽殿で、その後尚侍藤原満子のいる飛香舎、次に女御源和子のいる麗景殿、第一皇子克明親王のいる昭陽舎、そして東宮保明のところに参上し、寅の四剋に内裏に還って来たとある。この順番からしても、天皇と穏子そして東宮がこの儀礼の中心にいることは間違いない。さらに言うなら、藤原穏子の後見である藤原時平や忠平らがこの男踏歌の実施を経済的に支えたと思われる。後述するように、彼らが水駅や飯駅を担当しているからである。穏子が中宮に冊立された後の記録である延長七年の踏歌の記録でも、天皇の御前から最初に向かったのは中宮穏子のいる弘徽殿である。このように醍醐朝の踏歌は穏子を抜きには語れず、それを支えたのが藤原忠平であり、忠平の五十賀と踏歌はその意味で繋がっている可能性がある。なお、穏子立后に関しては、翌年の延長二（九二四）年に踏歌が行われて然るべきであるが、前年に皇太子保明親王が薨じたために中止になったか。この年は醍醐天皇の四十算賀が行われた年で、正月十日に宇多法皇が諷誦を修し、二十五日に宇多法皇主催で盛大に算賀が行われていることからすると、十四日の男踏歌が省かれてしまったか、このあたりは不明である。

次の朱雀朝ではまた事情が少し異なる。朱雀はわずか八歳で即位したため、男踏歌は皇太后藤原穏子や摂政藤

原忠平が中心となって行われたと考えられる。男踏歌の初例は醍醐天皇の諒闇があけた承平二（九三二）年七月十四日の例で「入レ夜。命二近臣一踏歌。太后臨覧。到レ暁賜レ禄。」（『日本紀略』）と母穏子が一緒に見ていることが判り、承平四（九三四）年正月十一日の男踏歌の準備を記した『花鳥余情』所引の『九暦』には、

十一日 踏歌飯駅水駅被レ定之 中宮ハ飯 北宮ハ水 今宮ハ飯許 左大臣宿所ハ飯 右大臣宿所ハ水 右大将宿所ハ飯云々、

中宮穏子が飯駅、北宮康子内親王（母 中宮穏子）が水駅、今宮成明親王（母 中宮穏子）が飯駅、左大臣藤原忠平の宿所が飯駅、右大臣藤原仲平の宿所が水駅、右大将藤原保忠の宿所が飯駅を担当することが知られる。すべて中宮穏子および藤原忠平の関係者である。幼少の朱雀天皇を母穏子をはじめ摂政藤原忠平ら関係者が一緒になって支え、天皇の「宝祚を延ぶる」ことを祈願したことが窺える。

朱雀朝で男踏歌が実施されたことが記録に残るのは、承平二・四・天慶五・六年(29)である。先述した承平二年は諒闇があけて最初の年だが、なぜ七月十四日なのかは不明である。承平四年は同年に行われた母皇太后藤原穏子の五十賀宴と関連があるか。天慶五（九四二）年の例は前年に藤原慶子（父 実頼）が入内し、七月に女御となっているのを受けてのことか。実頼は忠平の子として筆頭の位置にあったから、藤原氏の後援のもとに実施されたのであろう。翌天慶六（九四三）年に行われているのも女御藤原慶子の権威化と一刻も早い皇子誕生を願っての男踏歌であろうと思われる。

二月三月の殿上賭弓との関連から男踏歌の実施が想定される年として、承平七・八・天慶四・七・八・九年(30)がある。これらと天皇家の事柄を関連づけると、承平七（九三七）年は正月に天皇の元服が盛大に行われている。承平八（九三八）年は前年に熙子女王が入内して女御となっている。天慶四（九四一）年は前年に同母弟成明親王が

元服し、藤原安子（父 師輔）との婚姻が行われている。天慶七（九四四）年は成明親王が立太子し、翌年の天慶八（九四五）年もそれを受けた例であろう。天慶九（九四六）年にはなお天皇の宝祚を願って行われるものの、この年に天皇は譲位されている。ただし、これらの例は踏歌後宴の殿上賭弓かどうか明確ではなく、男踏歌の実施が推定される例にすぎない。しかし、天皇の元服・煕子女王の入内・皇太弟成明親王の元服と安子との婚姻・成明の立太子と、天皇即位・母穏子の五十賀・藤原慶子の入内はいずれも天皇とそれに関わる人々の節目に当たる年にあたり、男踏歌が行われていたと考えても何ら不審はない。

次の村上朝は、在位期間が長い割には男踏歌・女踏歌ともに記録に残る確実な例が少ない。男踏歌は天暦四・天徳三・応和四年の三回のみである。[31]二月三月の殿上賭弓の記録から男踏歌の実施が推定されるのは、天慶十・天暦三・五・天徳四・応和元・二・康保二年で、[32]これらの実施が確認できれば回数はだいぶ増える。実施が確認できる三例のうち、最初の天暦四（九五〇）年は、この年の五月二十四日に女御藤原安子に憲平親王が生まれていることから、皇子誕生の無事を祈って行われた例か。二例目の天徳三（九五九）年の例は正月ではなく十二月十六日に行われている点が通常と大きく異なる。『九暦抄』によると、

十六日、於殿上有踏歌興、左大臣・朝忠・朝成等候云々、右近中将元輔朝臣寿言、兼通・珍材取輪云々、件踏歌等依去九月天変已停止、而依左大臣催奏、又被興行云々、時人為不穏云々。

とあり、「去九月」の天変によって踏歌が停止されたために、左大臣藤原実頼の奏上によって行われたとある。天徳三年の九月には天変らしきものが見えず、その前年の九月に天変があったことが知られるので、「去九月天変」は天徳二年と考えられる。そうすると天徳二年十月二十七日の藤原安子の立后をうけて本来天徳三年正月に男踏歌が行われるべきところが天変のために停止になり、それを受けて、左大臣藤原実頼が天皇に奏上して年内に強引に

男踏歌を行ったと解釈できる。天徳三年には安子腹の守平親王も誕生している。三例目の応和四（九六四）年の男踏歌は、前年の東宮憲平親王の立太子、朱雀皇女昌子内親王との結婚を受けるとともに、四月に出産を控える中宮安子の無事の出産を祈願した男踏歌であったと考えられる。

二月三月の殿上賭弓の記録との関わりでは、天慶十（九四七）年は村上天皇が即位して最初に迎える正月。天暦三（九四九）年は前年の安子腹承子内親王の誕生の祝い。天暦五（九五一）年は安子腹の憲平親王が前年に生まれ七月二十三日に立太子したことを受け、天徳四年三月の殿上賭弓は、前年十二月十六日の男踏歌を受けたもので、これは先の安子立后を受けたものである。応和元（九六一）年は前年九月の内裏火災を受けて村上は東宮ともども冷泉院に避難しており、男踏歌開催の可能性は低い。応和二（九六二）年は前年に安子腹守平親王が袴着を迎え、さらに十一月に新造内裏への遷御を受けてのことか。康保二（九六五）年は安子腹為平親王の元服と村上天皇四十賀を受けたものと考えられる。ただし、これらもあくまで殿上賭弓から男踏歌の開催が想定されるにすぎない。確実な三例を中心に考えれば、村上朝の男踏歌は、いずれも天皇家とりわけ中宮安子とその皇子に関わる節目の出来事との関わりが際立っている。

最後の円融朝は、十六日の踏歌節会は毎年行っているものの、男踏歌は天元二・六年の二回(33)のみである。これまでの例なら即位した翌年の安和三年、元服した翌年の天禄三年、第一皇子が産まれた翌年の天元三年正月に男踏歌があって然るべきであるが、確実な記録は残っていない。このあたり円融天皇の置かれた複雑な立場が関わるか。円融天皇は冷泉天皇の皇太弟で次の花山天皇への繋ぎの立場にあったこと、後見になる藤原家の氏の長者が藤原実頼から伊尹、兼通、頼忠、兼家と変わり、お互いに対立し牽制し合う中で天皇が翻弄されたことが挙げられる。天皇は関白藤原兼通との関係を強め、その娘の媓子を立后するが、貞元二年に兼通が薨去し、媓子も天元二年に崩御してしまう。その後に中宮に立后したのは、皇子を産んだ詮子（父 藤原兼家）ではなく遵子（父 藤原頼忠）であるなど、後見と後宮内の勢力関係が揺れ動いた。

そんな中で行われた天元二（九七九）年と六年の男踏歌は、その状況を如実にあらわす出来事であった。天元二年の男踏歌は、藤原兼通が薨去した後、貞元三（天元元）年に関白頼忠の娘遵子と大納言兼家の娘詮子があいついで入内した翌年に行われた例である。二人の女御の後見が自家出身の女御の権威化と繁栄を期して行った可能性が高い。天元六年の例は、前年の三月十一日に遵子が立后したのをうけてのことと考えられる。

二月三月の殿上賭弓の記録から男踏歌の実施が想定されるのは、安和三・貞元三年[34]で、安和三（九七〇）年は即位して最初の正月、貞元三（九七八）年は前年に冷泉上皇皇子為尊親王が生まれていることを受けているか。これらで判るように、円融朝において「男踏歌」の語の見える年は、天皇とも関わるが、女御や中宮など後宮の女性たちとその後見にとっての節目の年であったことが判る。なお、天元六年は実施を疑問視する説もある[35]。しかし、立后の翌年は従来の実施例から見ても男踏歌の開催に相応しい年であるので、それに従った。そしてこれをもって男踏歌は史上の記録から姿を消すのである。

以上の男踏歌の変遷を簡潔にまとめると次のようになる。男踏歌は、官人踏歌の初例である聖武天皇の時から極めて政治的な意図をもって行われた。藤原氏出身の初めての皇后の予祝のために行われたことは象徴的で、天皇が官人たちに集団で舞踏させ、陶酔のうちに祝福の徒にしてしまう極めて巧妙に計算された人心結集の方法だったのである。女踏歌が節会としてありながら、あえて男踏歌を復興させた宇多天皇の意図もここにある。さらに宇多は官人踏歌をマレビトの装いをさせることで、神による予祝の意味づけを加えた。醍醐天皇御代になると男踏歌はより予祝的色彩を強め、上皇・天皇・中宮・皇子たちに関わる節目の年に繰り返されるようになる。これを一方で支えたのが中宮穏子と藤原摂関家であり、幼帝朱雀や次の村上の正統化に大きく貢献したが、徐々に摂関家出身の后妃の権威化にも用いられるようになる。円融朝に確実な記録として残る二度の男踏歌は天皇の予祝というより、いずれも后妃の権威化のためと見られる。このように男踏歌は、天皇の正統化と后妃の権威化に力をもち、結果として後見の勢力伸長にも寄与したのである。

六　『源氏物語』の男踏歌（1）――桐壺朝から朱雀朝

男踏歌を文学の題材としたのは『源氏物語』である。物語文学が踏歌をほとんど描くことがない中で、『源氏物語』だけが踏歌を語り、しかも節会となった女踏歌ではなく男踏歌を描くことは、かなり意図的にこれを選んだと考えられる。その意図を究明するためには、前節までで述べたように、天皇および天皇家のあり方、そしてそれをとりまく後見勢力との関わりから検討する必要があろう。しかし、従来の源氏物語研究の中では、天皇と関わらせるよりも、主に光源氏の栄華や玉鬘と関わらせる論の方が主流であった。具体的には、時代准拠として考える論[36]をはじめとして、宇多と桐壺帝のあり方を重ねる論[37]、初音巻と真木柱巻の描かれ方から光源氏の栄華とその変容を説く論[38]、竹河巻での意味づけを説く論[39]等である。勿論それらから個々に学ぶところも多いが、表面に現れる人物との関わりや表現の特徴だけでなく、表面からは見えにくくとも背後にあって中心をなす内容を析出してこそ、それを描くことの意味が明らかとなるのではないか。加えて、男踏歌は後宴の殿上賭弓まで含めて論じる必要がある。

『源氏物語』の中で「男踏歌」もしくはそれを指した「踏歌」の語があるのは、末摘花巻、賢木巻、初音巻、胡蝶巻、真木柱巻、竹河巻である。二月か三月の後宴の殿上賭弓を描くのは、花宴巻、若菜下巻、匂宮巻である[40]。このうち胡蝶巻の用例は初音巻での男踏歌のことを指し、別に実施した例ではない。さらに匂宮巻の例も後宴の賭弓の還饗《かえりあるじ》が点描されるのみで、揃った親王たちの中で匂宮の素晴らしさが強調されるばかりで、いつどのように男踏歌が行われたのかは明らかでない。そこで、胡蝶巻と匂宮巻を除いた巻々の男踏歌がどのような意味づけをもって語られているのかを天皇の御代毎に検討してみたい。

最初に末摘花巻である。末摘花巻は、桐壺帝の御代であり、時間が若紫巻・紅葉賀巻と重なっている。そして、男踏歌が行われた末摘花巻の正月は、紅葉賀巻の冒頭にある朱雀院行幸が行われた次の年の正月の記述として語られる。

朔日《ついたち》のほど過ぎて、今年、男踏歌《をとこたふか》あるべければ、例の所どころ遊びののしりたまふにもの騒がしけれど、さびしき所のあはれに思しやらるれば、七日《なぬか》の日の節会《せちゑ》はてて夜に入りて御前《ぜん》よりまかでたまひけるを、御宿直所《とのゐどころ》にやがてとまりたまひぬるやうにて、夜更《よふ》かしておはしたり。　（末摘花①　三〇三頁）

最初にあるように、この年には男踏歌が行われる予定とあり、これは前年に桐壺帝の父と思われる一院の算賀が朱雀院行幸として行われたことを受けているのであろう。そこで光源氏と頭中将は青海波を舞った。上皇の算賀の翌年に行った男踏歌は、史上では宇多法皇四十賀が行われた翌年の延喜七年の例がある。その意味で、この末摘花巻の桐壺帝は史上の醍醐天皇が行った男踏歌と同じく、一院の算賀の翌年に上皇の長寿を願って行ったと考えられる。この文脈から推察するに、光源氏は前年の朱雀院行幸に引き続いて男踏歌でも舞人として参加する予定であるのだろう。[41] 年の始めから準備に忙しい頃、その間隙を縫って末摘花の常陸宮邸を訪れたというのであり、賑やかな宮中に比して、同じ皇族でありながら世間から取り残された末摘花の姿を鮮やかに照らし出す。加えて、天皇との関わりで見れば、上皇の宝祚を延べることとともに、醍醐天皇と同じく天皇の正統化の意図も含意していることに留意する必要がある。桐壺巻からの帝の語られ方には、その権威の低さが窺われるからである。[42]

そして桐壺帝御代の男踏歌として特に問題になるのは花宴巻の例である。ここには男踏歌を直接描く場面はないが、後宴と思われる賭弓が語られている。

　三月《やよひ》の二十余《よ》日、右大殿の弓の結《けち》に、上達部《かむだちめ》、親王《みこ》たち多く集《つど》へたまひて、やがて藤《ふぢ》の宴したまふ。花ざかりは過ぎにたるを、「ほかの散りなむ」とや教へられたりけん、おくれて咲く桜二木《ふたき》ぞいとおもしろき。新しう造りたまへる殿《おとど》を、宮たちの御裳着《もぎ》の日、磨《みが》きしつらはれたり、はなばなとものしたまふ殿《との》のやうにて、何ごともいまめかしうもてなしたまへり。　（花宴①　三六二頁）

三月二十余日に行われた「弓の結」を『河海抄』は「弓結也　踏哥後宴　弓結也」とし、男踏歌の後宴の弓の結とする。『花鳥余情』もこれについて「おほやけ事になすらへて右大臣の亭にて藤花の宴あり」と注し、公事になずらえて右大臣が行っていると述べる。ということは、この年の正月十四日に男踏歌が行われたことを意味することは、本書第Ⅱ篇第3章に詳しく論じた。男踏歌もその後宴も本来行うべきは宮中である。しかし、右大臣が何らか帝の許可を得て後宴の賭弓を自邸で行い、そのまま藤の宴を行ったというのだ。しかもこの場には弘徽殿女御腹の皇女達も揃い、上達部・親王達も多く集い、皆「袍衣《うへのきぬ》」を着て参集したというのだから、かなり公の性格を帯びた宴である。この年に行われたであろう男踏歌は、この年の前年、紅葉賀巻末で藤壺が立后したことを受けての儀礼である。当然、男踏歌で祝福される中心にいるのは藤壺である。ところが、右大臣はこれを来るべき皇太子の御代を言祝ぐ儀礼とし、後宴を私邸で行うことによって、朱雀帝御代を先取りする示威行動をとったと考えられる。管見の限りでは、男踏歌の後宴の殿上賭弓を臣下が私邸で行った例などなく、東宮の後見とはいえ右大臣の越権は明らかである。しかも、藤の花の宴は、歴代宮中の飛香舎（藤壺）で行われた宴である。右大臣は、次期天皇の外祖父として、男踏歌の後宴を主催し、飛香舎で行われるべき藤の花の宴までも私邸で行ったことになる。藤の花の宴では、主人を予祝する詩歌が詠まれていただろうから、右大臣は勢威を誇示するとともに参列者との関係の確認を行ったのであろう。そこにわざと光源氏は天皇の私的な服装である「あざれたるおほきみ姿」（花宴① 三六四頁）すなわち御引直衣で現れ、感想を述べるのが次の場面である。

寝殿《しんでん》に女一の宮、女三の宮のおはします、東《ひむがし》の戸口におはして、寄りゐたまへり。藤はこなたのつまにあたりてあれば、御格子《みかうし》ども上げわたして、人々出でゐたり。袖口《そでぐち》など、踏歌《たふか》のをりおぼえて、ことさらめきもて出でたるを、ふさはしからずと、まづ藤壺《ふぢつぼ》わたり思し出でらる。（花宴① 三六四～三六五頁）

寝殿には女一宮や女三宮がいて、御簾の下からわざとらしく出衣をする女房達の様子を光源氏が見て「ふさはしからず」と断ずるのは、踏歌を意識して行ったと思われる右大臣の行為を非難する言葉である。続く「まづ藤壺わたり思し出でらる」と藤壺のことを連想するのも、本来、男踏歌といい、後宴といい、藤の花の宴といい、紅葉賀巻末で立后した藤壺こそが中心にいるべき存在だからである。皇太子の母でありながら立后されなかった弘徽殿女御とそれを支える右大臣と、次期皇太子の母になるべく立后された藤壺と後見の光源氏との、次の主導権を巡って交わされる緊迫したつばぜりあいが読み取れる場面と考えるのである。

よって、賢木巻で朱雀帝が行う踏歌について、

年もかはりぬれば、内裏《うち》わたりはなやかに、内宴《ないえん》、踏歌など聞きたまふも、もののみあはれにて、御行ひしめやかにしたまひつつ、後《のち》の世のことをのみ思すに、頼もしく、むつかしかりしこと離れて思ほさる。（賢木② 一三四～一三五頁）

と、これだけでは男踏歌か女踏歌かの区別はつかないが、朱雀帝が桐壺院の諒闇が明けて初めて行う踏歌であるこ

とからすれば、朱雀がその正統性を標榜する目的で男踏歌を行ったと見る方が、先の花宴巻からの続きに叶うとともに、右大臣側の思惑がよく見える。勿論、女踏歌も行ったと見てもなんら問題ない。わが世の春を謳歌する右大臣方のふるまいが、しめやかに勤行している藤壺の心をかき乱すのである。(43)

末摘花・花宴・賢木巻に点描される踏歌の記事の中には桐壺帝の置かれた立場と立后した藤壺、そしてそれに対抗する朱雀の母弘徽殿大后や右大臣らのそれぞれの思惑と密やかな葛藤が見て取れるのである。

七　『源氏物語』の男踏歌（2）――冷泉朝

冷泉帝御代に行われた男踏歌は初音巻と真木柱巻、そして若菜上巻（描かれるのは若菜下巻の後宴）の例である。

初音巻は、六条院が完成して初めて迎える新年の元旦の様子から始めて、正月十四日の男踏歌の翌日の描写で終わる。「生ける仏《ほとけ》の御国《みくに》」（初音③　一四三頁）と評された春の町の庭をはじめとして全てが光源氏の栄華を語り、その延長上に男踏歌の来訪が語られるため、六条院にやってくる踏歌の一行は、一見光源氏の栄華を言祝ぐためのもののように見える。(44)しかし、男踏歌は宮廷行事である。天皇の宝祚を延べ、言吹することで豊年を祈るという天皇および天皇家の繁栄を祈念する儀礼であるならば、その儀礼を受けるべき対象は、光源氏ではなく少女巻で立后したばかりの秋好中宮であろう。物語によると、少女巻巻末に完成した六条院には、彼岸過ぎに「中宮まかでさせたまふ」（少女③　八一頁）と語られ、秋好が里下がりしていたことが知られる。そして迎えた新年の行事を語るのが初音巻であって、男踏歌は新中宮秋好を予祝する儀礼だったのである。

今年は男踏歌《をとこたふか》あり。内裏《うち》より朱雀院《すざくゐん》に参りて、次にこの院に参る。道のほど遠くて、夜明《あ》け方《がた》になりにけり。月の曇りなく澄みまさりて、薄雪《うすゆき》すこし降れる庭のえならぬに、殿上人《てんじやうびと》など、物の上手《じやうず》多かるころほひにて、笛の音《ね》もいとおもしろく吹きたてて、この御前《おまへ》はことに心づかひしたり。御方々も見に渡りたまふべくかねて御消息《せうそこ》どもありければ、左右《ひだりみぎ》の対《たい》、渡殿《わたどの》などに、御局《つぼね》しつつおはす。西の対《たい》の姫君は、寝殿《しんでん》の南の御方に渡りたまひて、こなたの姫君、御対面《たいめん》ありけり。上《うへ》も一《ひと》所におはしませば、御几帳《きちやう》ばかり隔てて聞こえたまふ。

朱雀院の后《きさい》の宮《みや》の御方などめぐりけるほどに、夜もやうやう明けゆけば、水駅《みづむまや》にて事そがせたまふべきを、例《れい》あることよりほかに、さまことに事加へていみじくもてはやさせたまふ。影すさまじき暁月夜《あかつきづきよ》に、雪はやうやう降り積む。松風木高《こだか》く吹きおろし、ものすさまじくもありぬべきほどに、青色の萎《な》えばめるに、白襲《しらがさね》の色あひ、何の飾りかは見ゆる。かざしの綿《わた》は、にほひもなき物なれど、所からにやおもしろく、心ゆき命延ぶるほどなり。殿の中将の君、内の大殿の君たち、そこらにすぐれて、めやすく華《はな》やかなり。ほのぼのと明けゆくに、雪やや散りてそぞろ寒きに、竹河《たけかは》うたひてかよれる姿、なつかしき声々の、絵にも描《か》きとどめがたからんこそ口惜しけれ。御方々、いづれもいづれも劣らぬ袖口ども、こぼれ出でたるこちたさ、物の色あひなども、曙《あけぼの》の空に春の錦《にしき》たち出《い》でにける霞《かすみ》の中《うち》かと見わたさる。あやしく心ゆく見物《みもの》にぞありける。さるは、高巾子《かうこじ》の世離れたるさま、寿詞《ことぶき》の乱りがはしき、をこめきたる言《こと》もことごとしくとりなしたる、なかなか何ばかりのおもしろかるべき拍子《ひやうし》も聞こえぬものを。例の綿かづきわたりてまかでぬ。

（初音③　一五八～一六〇頁）

内裏を出発した男踏歌の一行は、朱雀上皇と弘徽殿大后のもとを訪れた後、夜明け方に六条院にやってきたのだと言う。このように時間がかかるのは、一つに踏歌の一行が途中の水駅や飯駅で接待されるためであり、もう一つ重要な要素として、手や袂を連ねて踏歌詞を斉唱し、くねくねと曲がりながら集団で練り歩くためであろう。聖武天皇の天平二年に行われた最初の群臣踏歌の記録でも、天皇に率いられた主典以上の百官の官人たちの様子は、「且奏且行」（且《か》つ奏《つかへまつ》り且《か》つ行《ゆ》く）と記され、都大路を集団で唱いながら練り歩く様子が窺える。これは、宇多天皇が復興した男踏歌でも同じで、例えば、『西宮記』の男踏歌の中には、

舞人以上双双舞進、半上㆓東西南階㆒、内侍二人分㆓被綿㆒、且舞且還

とあり、同じ表現は、延長七年正月十四日の踏歌について『河海抄』（初音巻）所引の『李部王記』に、

出北戸参中宮弘徽殿、次飛香舎【王公座南縁】次承香殿【右大殿女御】次東宮踏哥参御前（中略）内侍二人相分被綿且舞且還

同じく『花鳥余情』（初音巻）に残る『李部王記』の記述に、

李部王記延長七年正月踏歌人《ノ》踏歌《コト》　西《ニ》行《キ》東《ニ》行《キ》又西《ニ》行《キ》列立《ス》

とある表現と一連のものである。踏歌の一行は内裏から六条院まで、演奏し唱いながら練り歩いてきたのである。しかも、その一行の様子を見ると、「かざしの綿」「竹河うたひ」「高巾子」「寿詞」「綿かづきわたりてまかでぬ」等の記述から見て、『西宮記』に記された男踏歌そのものである。いわば、これは醍醐天皇のころに行われた踏歌の記録に則る形で語られていると言える。過去の男踏歌の研究では、男踏歌は宮中でのみ行われ、内裏の外には原則として出ないとの見解もあり、[45]『源氏物語』の叙述は歴史を離れ紫式部が物語の筋をより面白く描いたのだとの指摘もある。[46]しかし、『花鳥余情』初音巻にある天暦四年正月十四日の『李部王記』の記録[47]によれば、踏歌の一行は内裏から朱雀上皇や太皇太后穏子のいる朱雀院に行っていることが判り、内裏を出ないとすることは必ずしも当たらない。何よりここは光源氏のもとに来たのではなく、中宮のところに参上したのであって、それは史上のあり

方と全く同じである。中宮の居場所が内裏であったか六条院であったかの違いでしかない。加えて、光源氏が「水駅」を担当し、決められた以上に趣向を変えて務めるというのも、中宮が踏歌一行を迎えて饗応することを後見である光源氏が代行しているにすぎない。「かざしの綿は、にほひもなき物なれど、所からにやおもしろく、心ゆき命延ぶるほどなり」と、男踏歌が宝祚を延べる儀礼であることが窺える。夕霧や内大臣の子息達が「竹河」を唱い舞う姿の美しさや、「御方々、いづれもいづれも劣らぬ袖口ども、こぼれ出でたるこちたさ、物の色あひなど」と女達が御簾の下から出衣をする美しさが語られるなど、宮中でしか見られない男踏歌が六条院で繰り広げられている。これは秋好中宮を言祝ぎながら、その後見である光源氏一族の繁栄をも言祝ぐ儀礼となっている。そのためにこそ六条院の女君達が一同に集うのである。

思えば、秋好の立后は少女巻で「源氏のうちしきり后にゐたまはんこと、世の人ゆるしきこえず」（少女③　三〇～三一頁）と語られるように、必ずしも歓迎されてはいなかった。その秋好の立后を世人に認めさせるために行われたのがこの男踏歌であったのではないか。それはさながら聖武天皇が天平二年の正月に新皇后光明子のいる皇后宮に多数の官人集団を連れて訪れ、新皇后を言祝いだ例を彷彿とさせる。しかも、綿の面を着けた「世離れた」有様の「高巾子」はマレビトの装いであり、言吹の語る言葉は「寿詞の乱りがはしき、をこめきたる言」と語られるように、子孫繁栄を含意する。官人が扮した踏歌集団は「神」が予祝に訪れる姿であり、官人達の予祝と神による予祝が重なって、秋好の権威化と皇子誕生が祈願されたと言える。

さらに、冷泉朝に行われた男踏歌は真木柱巻にも描かれている。

男踏歌《をとこたふか》ありければ、やがてそのほどに、儀式いといかめしう二《に》なくて参りたまふ。方々《かたがた》の大臣《おとど》たち、この大将の御勢ひさへさしあひ、宰相中将ねむごろに心しらひきこえたまふ。せうとの君たちも、かかるをりにと集《つど》ひ、追従《ついしよう》し寄りて、かしづきたまふさまいとめでたし。

承香殿《じようきやうでん》の東面《ひがしおもて》に御局《つぼね》したり。西に宮の女御《にようご》はおはしければ、馬道《めだう》ばかりの隔てなるに、御心の中《うち》ははるかに隔たりけんかし。御方々《かたがた》いづれともなくいどみかはしたまひて、内裏《うち》わたり心にくくをかしきころほひなり。ことに乱りがはしき更衣《かうい》たち、あまたもさぶらひたまはず。中宮、弘徽殿女御《こきでんのにようご》、この宮の女御、左の大殿の女御などさぶらひたまふ。さては中納言、宰相の御むすめ二人《ふたり》ばかりぞさぶらひたまひける。踏歌《たふか》は方々《かたがた》に里人《さとびと》参り、さまことにけににぎははしき見物《みもの》なれば、誰《たれ》も誰もきよらを尽くし、袖口《そでぐち》の重なりこちたくめでたくととのへたまふ。春宮《とうぐう》の女御も、いとはなやかにもてなしたまひて、宮はまだ若くおはしませど、すべていとまめかし。

御前、中宮の御方、朱雀院《すざくゐん》とに参りて、夜いたう更《ふ》けにければ、六条院には、このたびはところせしと省《はぶ》きたまふ。朱雀院より帰り参りて、春宮の御方々めぐるほどに夜明けぬ。

ほのぼのとをかしき朝ぼらけに、いたく酔《ゑ》ひ乱れたるさまして、竹河《たけかは》うたひけるほどを見れば、内の大殿の君達《きむだち》は四五人ばかり、殿上人の中に声すぐれ、容貌《かたち》きよげにてうちつづきたまへる、いとめでたし。童《わらは》なる八郎君はむかひ腹にて、いみじうかしづきたまふが、いとうつくしうて、大将殿の太郎君と立ち並びたるを、尚侍《かむ》の君も他人《よそびと》と見たまはねば、御目とまりけり。やむごとなくまじらひ馴《な》れたまへる御方々《かたがた》よりも、この御局《つぼね》の袖口、おほかたのけはひいまめかしう、同じものの色あひ重なりなれど、ものよりことにはなやかなり。正身《さうじみ》も女房たちも、かやうに御心やりてしばしは過ぐいたまはましと思ひあへり。みな同じごとかづけわたす綿のさまも、にほひことにらうらうじうしないたまひて、こなたは水駅《みづむまや》なりけれど、けはひにぎははしく、人々心げさうしそして、限りある御饗応《みあるじ》などのことどももしたるさま、ことに用意ありてなむ大

将殿せさせたまへりける。（真木柱③　三八一～三八三頁）

ここにある「御前、中宮の御方、朱雀院とに参りて、夜いたう更けにければ、六条院には、このたびはところせしと省きたまふ」と語られる踏歌一行の経路から六条院が省かれたこと、および今回は鬚黒が水駅を担当していることをもって、栄華が六条院から鬚黒に移った[48]ことを意味するわけでないことはこれまで述べてきたことで明らかであろう。踏歌一行は天皇のもとから中宮のもとに行き、朱雀院に行った後、東宮のもとに戻ってきた。中宮が内裏の中にいるのであれば、光源氏がいくら中宮の後見とはいえ、六条院に行く必然性などない。さらに、鬚黒が水駅を担当するのも、鬚黒は承香殿女御の兄であり、東宮の後見である。踏歌の一行は、中宮、弘徽殿女御、承香殿女御、左の大殿の女御、更衣と思しき中納言の宰相の女などのもとを巡っている。そして「春宮の女御も、いとはなやかにもてなしたまひて、宮はまだ若くおはしませど、すべていといまめかし」とあるように、東宮に注目が集まる。天皇や中宮とともに東宮がこの儀礼の中心にいて、それを演出するのが東宮の後見であり水駅を担当する鬚黒なのである。玉鬘が尚侍となって宮中にデビューする時と同じくして男踏歌が行われているが、それは玉鬘のためではない。男踏歌は本来的に天皇家の繁栄を予祝する儀礼であり、とりわけ今回は東宮の予祝がクローズアップされているのである。

これらの男踏歌に何を読むことが可能なのか。初音巻のそれは秋好の立后を受けてのことと解されるが、立后の翌々年の正月であり、史上の例と若干齟齬する。これは六条院の完成に合わせて行われたのであろう。また、真木柱巻の方も、この時点で行う必然性については、天皇家の格別な出来事と何ら関わる節が見えない。あえて言うなら、東宮の元服する日が近づいたのを受けて、それに先立って男踏歌を行ったと考えるべきか。いずれも、後見の思惑が強く反映している可能性がある。初音巻の方は、中宮となった秋好の権威化と皇子誕生を祈願しながら、あわせて六条院を言祝ぐことが目的であり、真木柱巻の場合は、元服を前にして后腹ではない東宮を正統化する意図が考えられる。ここで秋好中宮に皇子が誕生すれば、皇統はまた揺れ動く可能性があるからである。そして玉鬘は鬚黒と結ばれたことから、奇しくも光源氏方と鬚黒方の双方の立場に立ってこの二つの男踏歌を見つめる存在となったのである。

加えて、若菜下巻の男踏歌の後宴と思われる賭弓では、また新たな緊張感が孕まれる。

> 殿上《てんじやう》の賭弓《のりゆみ》、二月《きさらぎ》とありしを過ぎて、三月、はた、御忌月《きづき》なれば口惜《くちを》しくと人々思ふに、この院にかかるまとゐあるべしと聞き伝へて、例の集《つど》ひたまふ。(若菜下④　一五三頁)

東宮と明石姫君との間に皇子が誕生したのが「三月の十余日《よ》のほど」(若菜上④　一〇八頁)で、その産養が済んで姫君が東宮のもとに帰った後に行われたのが柏木が女三宮を垣間見た六条院での蹴鞠である。その後に光源氏の伝言として伝えられた言葉に「今日《けふ》のやうならむ暇《いとま》の隙《ひま》待ちつけて、花のをり過ぐさず参れ、とのたまひつるを、春惜しみがてら、月の中《うち》に、小弓《こゆみ》持たせて参りたまへ」(若菜上④　一四五頁)とあり、これを受けて行われたのが六条院での賭弓である。これだけ見ると、花宴巻で右大臣が殿上賭弓を私邸で行ったことを彷彿とするが、実際には三月が帝の母藤壺中宮の忌月であるために殿上での賭弓が叶わず「太上天皇に准ふ」六条院が代行したというのであり、これを根拠にすれば、この年の正月(若菜上巻)に男踏歌が行われたことが判る。それは東宮と明石姫君との間の子が無事に生まれることを祈願しての男踏歌であったろう。冷泉帝および明石姫君の後見である光源氏が男踏歌および賭弓を後援したと考えられる。その場面で、

> 衛門督《ゑもんのかみ》、人よりけにながめをしつつものしたまへば、かの片はし心知れる御目には、見つけつつ、なほいと気色異《けしきこと》なり。わづらはしきこと出で来《く》べき世にやあらん、と我さへ思ひ尽きぬる心地す。(中略)みづからも、

大殿《おとど》を見たてまつるに気恐《け》ろしくまばゆく、かかる心はあるべきものか、なのめならむにてだに、けしからず人に点《てん》つかるべきふるまひはせじと思ふものを、ましておほけなきこと、と思ひわびては、……

（若菜下④　一五四～一五五頁）

とあるように、柏木だけはあの蹴鞠の日以来、女三宮への想いを募らせ、光源氏への畏敬と女三宮への未練の相反する気持ちに揺れ動く姿が語られている。男踏歌によって照らし出される六条院の繁栄とは裏腹に、柏木の「おほけなき」異常な行動が徐々に物語に語られ始めるのが、この場面なのである。

八　『源氏物語』の男踏歌（3）——今上朝

最後に今上帝御代の男踏歌を検討してみたい。竹河巻のそれは玉鬘の娘の大君が冷泉院へ参院し「七月《ふみづき》より孕《はら》みたまひにけり」（竹河⑤　九五頁）と妊娠が語られた続きとしてある。

その年返りて、男踏歌《をとこたふか》せられけり。殿上の若人《わかうど》どもの中に、物の上手多かるころほひなり。その中にも、すぐれたるを選《え》らせたまひて、この四位侍従、右の歌頭《かとう》なり。かの蔵人少将、楽人《がくにん》の数の中にありけり。十四日の月のはなやかに曇りなきに、御前《おまへ》より出でて冷泉院《れぜいゐん》に参る。女御も、この御息所《みやすどころ》も、上《うへ》に御局《つぼね》して見たまふ。上達部《かむだちめ》、親王《みこ》たち引き連れて参りたまふ。右の大殿、致仕《ちじ》の大殿の族《ぞう》を離れて、きらきらしうきよげなる人はなき世なりと見ゆ。内裏《うち》の御前よりも、この院をばいと恥づかしうことに思ひきこえて、皆人《みなひと》用意を加ふる中にも、蔵人《くらひとの》少将は、見たまふらんかしと思ひやりて静心《しづごころ》なし。にほひもなく見苦しき綿花《わたばな》もかざす人からに見分かれて、さまも声もいとをかしくぞありける。竹河うたひて、御階《みはし》のもとに踏み寄るほど、過ぎにし夜《よ》のはかなかりし遊びも思ひ出でられければ、ひが事もしつべくて涙ぐみけり。后《きさい》の宮《みや》の御方に参れば、上《うへ》もそなたに渡らせたまひて御覧ず。月は、夜深うなるままに昼よりもはしたなう澄みのぼりて、いかに見たまふらんとのみおぼゆれば、踏むそらもなうただよひ歩《あり》きて、盃《さかづき》も、さして一人《ひとり》をのみ咎《とが》めらるるは面目《めんぼく》なくなん。

（竹河⑤　九六～九七頁）

ここの場面の男踏歌の読み取りについては、初音巻や真木柱巻の描写に比べ、冷泉院の讃美にはなっていないなどの指摘がなされてきた。しかし、ここでなぜ男踏歌の一行が冷泉院にやって来たかと言えば、大君の妊娠・出産と関わることは明らかである。男踏歌が天皇家の繁栄を予祝するものであり、皇子女の誕生と関わって行われたことは先述した通りである。ただ、歴史的に見れば退位した上皇のもとに皇子が生まれることは稀で、ほとんどが天皇の皇子女や東宮の子が無事に誕生することを祈願する場合である。男踏歌が大君の妊娠発覚の延長にあり、この場面のすぐ後に「四月《うづき》に女宮生《む》まれたまひぬ」（竹河⑤　一〇〇頁）と語られることからして、この男踏歌は冷泉院のもとに皇子女が誕生することと関わって行われたと考えられる。本文にあるように、踏歌の一行が天皇の御前よりも冷泉院の御前の方に皆心を遣うというのも、そのためである。しかもここは、蔵人少将が想いを寄せていた大君が冷泉院の妻となり、その大君に子が生まれることを祈願するという、思うに任せない運命が背景にある。蔵人少将が気もそぞろになるのも当然で、薫とともに正月に玉鬘邸を訪れ、男踏歌にこと寄せて「此殿」を唱った時のことを思い出す。あの時はまだ大君の結婚が決まってはなく、なんとか大君と結婚したいと思っていた蔵人少将であったが、玉鬘邸の人々が薫に好意を持っているらしいことを聞いて焦燥にかられた。それが今や、冷泉院の妻という決定的に手の届かない存在となってしまい、叶えられなかった思いから涙を流すのである。初音巻や真木柱巻の男踏歌との印象の違いは、男踏歌に参加した蔵人少将の心に寄り添う形でその心境が語られるためである。正月の玉鬘邸でのやり取りとの対照性の中にこの場面があり、自ら求婚していながら叶えられず、冷泉院の妻となった大君の幸せと出産の無事を祈って踏歌を舞うという、あやにくな運命を語る中に男踏歌が見事に取り込まれているのである。

結

天武・持統朝から行われた踏歌は、漢人や唐人などによって行われたように、もともと中国の風習であり、外国人が天皇を言祝ぎ予祝することに意味があった。よって、周辺諸国や外国との関係確認の場において行われたのである。それが、国内での天皇と臣下との関係確認の場でも行われるようになると、専門楽人による女踏歌と官人による男踏歌に分かれ、外国の使節が来訪した時や、皇后立后・遷都・大仏開眼斎会などの重要な節目の出来事と関わって行われた。もともとは不定期であったが、光仁・桓武天皇のころから恒例化し、平城天皇が一時停止するも、嵯峨天皇が再興した後、女踏歌は毎年恒例の節会となった。一方、男踏歌の方は、天皇と官人との関係確認のために行われたことから、官人たちの人心を結集するために利用されることもあった。聖武天皇の天平二年に光明子立后を認めさせるために行われた官人踏歌がその例である。仁明天皇以降行われなくなっていた男踏歌を復興させた宇多天皇の意図はこの人心の結集にある。しかも宇多は、単なる官人による踏歌を復興させただけでなく、官人に面を付けて白杖を持ったマレビトの装いをさせ、神の来訪と重ねて演出した。官人達による予祝を重ねたところに特徴がある。これによって宇多は人心の結集とともに神の予祝により正統性が保証されるという二つの側面を男踏歌に持たせたのである。醍醐天皇御代になると男踏歌はより予祝的な色彩を強め、上皇・天皇・中宮・皇子たちに関わる節目の年に繰り返されるようになり、宇多から醍醐・朱雀・村上天皇の正統化に大きく寄与することになる。そしてこれを支えたのが中宮穏子と藤原摂関家で、男踏歌は徐々に摂関家出身の后妃の権威化のためにも用いられるようになり、後見の勢力伸長をももたらした。

『源氏物語』に描かれた男踏歌もまた、これらの事情と不可分の関係にある。桐壺帝御代の男踏歌は、桐壺帝と一院の正統化に寄与するとともに、立后した藤壺方と皇太子の母である弘徽殿女御方の複雑な関係を反映して、その主導権を巡って葛藤する有様を浮き彫りにする。また、冷泉帝御代になってからの男踏歌も後見の思惑が関わり、初音巻では中宮秋好の権威化と六条院の繁栄を企図し、真木柱巻では元服を前にして后腹でない東宮の正統化のために行われたと考えられる。若菜下巻の後宴の賭弓では、東宮と明石姫君との間に皇子が生まれるという六条院の繁栄を一方に据えながら、柏木が女三宮と密通に至る端緒を語っていた。こうした、皇統をめぐる緊張感や後見の思惑の中に男踏歌とその後宴は位置づけられていたのである。朱雀流と光源氏流の双方を受け継ぐ明石姫君腹第一皇子が立坊してからは、そうした緊張感から解放され、今上帝御代になってからは、冷泉上皇の皇子女の誕生を祈願し予祝する男踏歌が語られるのみである。しかし、そこでは祝う側と祝われる側とのあやにくな運命が織り成され、思うに任せない蔵人少将の姿に焦点が当たってゆく。男踏歌は、天皇予祝の儀礼であるが故に、『源氏物語』の皇統の複雑な力関係を浮き彫りにし、その後見勢力の思惑を映し出したのである。

注

（1）山田孝雄『源氏物語の音楽』（宝文館出版　昭和9（一九三四）年）、折口信夫「日本文学の発生　序説」（『折口信夫全集』

第七巻所収　中央公論社　昭和30（一九五五）年）、山中裕「源氏物語の成立年代」（『歴史物語成立序説』所収　東京大学出版会　昭和37（一九六二）年）・「六条院と年中行事」（『講座源氏物語の世界』第五集所収　有斐閣　昭和56（一九八一）年）、土橋寛「歌垣の意義とその歴史」（『古代歌謡と儀礼の研究』所収　岩波書店　昭和40（一九六五）年）、伊藤慎吾「男踏歌考」（『風俗上からみたる源氏物語描写時代の研究』所収　風間書房　昭和43（一九六八）年）、浅野通有「唐朝における踏歌――わが踏歌行事への影響母体としての考察――」（『國學院大學紀要』第八巻　昭和45（一九七〇）年3月）、岩橋小彌太「踏歌」（『藝能史叢説』吉川弘文館　昭和50（一九七五）年）、甲田利雄「男踏歌」（『年中行事御障子文注解』所収　続群書類従完成会　昭和51（一九七六）年）、杉山とみ子「「踏歌」小考」（『星美学園短期大学研究論叢』第17号　昭和60（一九八五）年3月）、倉林正次「踏歌神事考」（『饗宴の研究　祭祀編』所収　桜楓社　昭和62（一九八七）年）、小山利彦「男踏歌考」（『源氏物語　宮廷行事の展開』所収　桜楓社　平成3（一九九一）年）、菅原嘉孝「男踏歌の停止理由について」（『史聚』第26号　平成4（一九九二）年2月）・「宮廷踏歌の変容とその儀礼的要素について」（『奈良平安時代史の諸相』所収　高科書店　平成9（一九九七）年）・「御斎会と男踏歌との関係について」（『史聚』第31号　平成9（一九九七）年6月）、河添房江「六条院王権の聖性の維持をめぐって――玉鬘十帖の年中行事と「いまめかし」――」（『源氏物語の喩と王権』所収　有精堂　平成4（一九九二）年）、森田悌・井上和久「踏歌について」（『金沢大学教育学部紀要（人文科学・社会科学編）』第42号　平成5（一九九三）年2月）、臼田甚五郎「日本に於ける踏歌の展開」（『臼田甚五郎著作集』第二巻「和歌文学研究」所収　おうふう　平成7（一九九五）年）、峰陽子「古代日本における踏歌の意義とその展開」（『古代史の研究』第10号　平成7（一九九五）年6月）、中田武司編『踏歌節会研究と資料』（おうふう　平成8（一九九六）年）、藤原茂樹「日本の踏歌の黎明――飛鳥時代――」（『神戸山手女子短期大学紀要』第39号　平成8（一九九六）年12月）・「天平二年皇后宮踏歌考」（『美夫君志』第54号　平成9（一九九七）年3月）・「奈良時代の踏歌――夜の歩み――」（『芸文研究』第77号　平成11（一九九九）年12月）、福原敏男「正月祝福儀礼にみる「富」――踏歌「宝数え」と正月の訪問者」（『國學院雑誌』第99巻第11号　通巻一〇九九　平成10（一九九八）年11月）、平間充子「男踏歌に関する基礎的考察」（『日本歴史』第六二〇号　平成12（二〇〇〇）年1月）、広瀬唯二「男踏歌と玉鬘」（『武庫川国文』第56号　平成12（二〇〇〇）年12月）、金孝珍「踏歌の沿革についての考察――中国・韓国・日本との比較――」（「文学研究論集」第20号　平成16（二〇〇四）年2月）、山田利博「男踏歌の対照」（『源氏物語の構造研究』所収　新典社　平成16（二〇〇四）年）、相馬知奈「『源氏物語』の「男踏歌」をめぐる一考察――玉鬘との連関――」（「聖心女子大学大学院論集」第28巻第2号（通巻31号）平成18（二〇〇六）年10月）、梅野きみ子「「千年の春」を祝う六条院――『源氏物語』初音巻に見る男踏歌より――」（「椙山女学園大学研究論集」第38号　人文科学篇　平成19（二〇〇七）年3月）、荻美津夫「踏歌節会と踏歌の意義」（『古代中世音楽史の研究』所収　吉川弘文館　平成19（二〇〇七）年）、植田恭代「「竹河」と薫の物語」（『源氏物語の宮廷文化――後宮・雅楽・物語世界』所収　笠間書院　平成21（二〇〇九）年）、袴田光康「男踏歌と宇多天皇――『源氏物語』における〈帝王〉への回路――」（『源氏物語の史的回路――皇統回帰の物語と宇多天皇の時代――』）所収　おうふう　平成21（二〇〇九）年）、秋澤亙「源氏物語の音楽・舞楽と准拠――男踏歌をめぐって――」（『王朝文学と音楽　平安文学と隣接諸学8』所収　竹林舎　平成21（二〇〇九）年）、後藤昭雄「踏歌章曲考」（『源氏物語と東アジア』所収　新典社　平成22（二〇一〇）年）など。

(2) 土橋寛注（1）に同じ
(3) 浅野通有、金孝珍注（1）に同じ
(4) 『日本書紀』持統天皇七年正月丙午（十六日）条
(5) 『日本三代実録』貞観六年正月十六日条
(6) 『日本三代実録』元慶三年正月十六日条
(7) 『続日本紀』天平勝宝三年正月庚子（十六日）条
(8) 『続日本紀』天平宝字三年正月乙酉（十八日）条
(9) 『日本紀略』延喜三年正月十四日条に「覧男踏歌」とある。
(10) 『年中行事秘抄』本文の引用は、『群書類従』第六輯による。
(11) 『年中行事抄』本文の引用は、『続群書類従』第十輯上による。

(12) 平間充子、中田武司注(1)に同じ

(13) 土橋寛注(1)参照。また折口信夫は注(1)において、男踏歌は新しい唐風儀礼で、琴歌神宴(神楽)の姿を参酌したものであったのに対し、女踏歌は大嘗祭の様式に則っていると述べる。

(14) 『類聚国史』巻第七十二、歳時部三、十六日踏歌、延暦三年正月十六日条

(15) 『年中行事秘抄』延暦四年正月乙酉条

(16) 『類聚国史』「御大極殿。宴群臣并渤海客。奏楽。賜蕃客以上蓁揩衣。並列庭踏歌。」

(17) 『内裏式』本文の引用は、『群書類従』第六輯による。

(18) 弘仁六年・十一年・十三年いずれも『類聚国史』巻第七十二、歳時部三、十六日踏歌による。

(19) 淳和天皇の時代では天長七年正月十六日のみ「奏踏歌」とあるが、天長四年に「観踏歌」、天長八年には「覧踏歌」とあり、仁明天皇の承和四年以降は「覧踏歌」と記されている。

(20) 『続日本後紀』には承和四年三月五日「天皇御内裏射場。」同じく承和五年二月五日「天皇御内裏射場。」とある。

(21) 山田孝雄注(1)に同じ。二九六〜二九七頁

(22) 袴田光康注(1)に同じ。五三〜五四頁

(23) 『続日本紀』の訓読は新日本古典文学大系『続日本紀』による

(24) 藤原茂樹「天平二年皇后宮踏歌考」注(1)に同じ

(25) 寛平六年三月六日に「有踏歌後宴之興」(『日本紀略』)と踏歌の後宴があり、この年の正月に男踏歌が行われたことが判る。

(26) 延喜三年正月十四日「覧男踏歌」(『日本紀略』)、延喜五年三月廿九日「踏歌後宴」(『日本紀略』)、延喜七年正月十四日「太后御記云延喜七年正月十四日、おとこたうかありて」(『河海抄』初音)、延喜十年正月十四日「踏歌参所々尚侍并一親王宿所等」(『西宮記』)、延喜十三年正月十四日「有男踏哥事」(『貞信公記』)、延喜十七年正月十四日「男踏歌」(『日本紀略』)、延喜二十二年正月十四日「男踏歌」(『日本紀略』)、延喜二十三年正月(『河海抄』初音)、延長七年正月(『西宮記』、『河海抄』初音、『花鳥余情』初音、『古今著聞集』巻第六)。延喜五年は「踏歌後宴」とあるため、正月に男踏歌があったことが

判る。

(27) これは正月十四日に男踏歌の記録はないが、二月か三月に殿上賭弓の記録が残る例である。延喜二年は『河海抄』浮舟巻、延喜六年は『西宮記』巻三賭弓、延長四年は『日本紀略』や『貞信公記』等、延長六年は『北山抄』によって確かめられる。但し、これらが踏歌の後宴の殿上賭弓なのかどうかは明らかでない。

(28) 本文は『河海抄』初音巻所引の『醍醐天皇御記』【】内は割注

(29) 承平二年七月十四日・同四年正月十四日・天慶五年正月十四日・同六年正月十四日は『日本紀略』による。

(30) 殿上賭弓は、『西宮記』に承平七年三月二十八日・同八年二月六日・天慶四年二月十六日、同九年二月十二日の記録があり、『日本紀略』に天慶七年三月二十七日・同八年三月四日の記録がある。

(31) 天暦四年正月十四日は『花鳥余情』所引『李部王記』、天徳三年十二月十六日は『九暦抄』、応和四年二月十七日は『日本紀略』による。

(32) 天慶十年三月二十九日・天暦三年三月六日・天徳四年三月八日・応和元年三月二十日は『日本紀略』、天暦五年三月十六日は『北山抄』『侍中群要』、応和二年三月二十八日・康保二年三月十八日は『西宮記』による。

(33) 天元二年正月十四日「今夜、男踏歌」(『日本紀略』)とあり、天元六年正月十四日の男踏歌は『河海抄』初音巻に記録がある。

(34) 安和三年三月十五日・貞元三年三月十日の殿上賭弓は『日本紀略』による。

(35) 山中裕、山田利博、平間充子注(1)に同じ

(36) 山田孝雄注(1)に同じ

(37) 袴田光康注(1)に同じ

(38) 山中裕、広瀬唯二、山田利博、相馬知奈、梅野きみ子注(1)に同じ

(39) 広瀬唯二、山田利博、梅野きみ子注(1)に同じ

(40) 殿上賭弓では浮舟巻にも賭弓の用例があるが、「賭弓《のりゆみ》、内宴《ないえん》など過ぐして心のどかなるに、司召《つかさめし》などいひて人の心尽くすめ

る方は何とも思さねば…」（浮舟⑥　二一六頁）と内宴と一緒に語られていることから正月に行われた賭弓で、二月か三月に行われた男踏歌の後宴の賭弓ではない。

(41) 末摘花巻のこの時点での光源氏の位階および官職は三位中将である。初音巻でも夕霧（「殿の中将」）が踏歌に参加しており、また延長七年正月の男踏歌の例でも、左歌頭を左権中将藤原伊衡、右歌頭を右権中将藤原実頼が務めた例が残っていて、中将が男踏歌の中心的な役割を果たしていることからして、光源氏が男踏歌に参加していた可能性は高い。

(42) 本書第I篇第3章「桐壺皇統の始まり――后腹内親王の入内と降嫁――」参照

(43) 梅野きみ子注（1）に同じ

(44) 河添房江は男踏歌の記事が六条院の宮中への優越を語ると述べる。注（1）に同じ

(45) 伊藤慎吾、平間充子注（1）に同じ

(46) 伊藤慎吾注（1）に同じ

(47) 『花鳥余情』初音巻「同記（李部王記）云天暦四年正月十四日参二中宮一至于賜レ饗用二様器一水駅也又侍《ル》二院侍《サフラヒニ》一　須臾上皇還二御寝殿《ニ》一踏哥畢《テ》賜レ饗芻駅也」

(48) 山中裕、広瀬唯二、山田利博、相馬知奈、梅野きみ子注（1）に同じ

(49) 広瀬唯二、山田利博、梅野きみ子注（1）に同じ

V

源氏物語と史書

1 紫式部と『日本紀』
——呼び起こされる歴史意識——

序

『源氏物語』と史書、もしくは作者紫式部と史書との関わりを考える際に、避けて通れないのが『日本紀』をめぐる問題である。紫式部が「日本紀の御局」と呼ばれたことは『紫式部日記』に見えるだけでなく、中世の源氏物語執筆伝説や源氏物語の古注釈書の中でもしばしば取り上げられている。それは、読者が『源氏物語』を読んで、作者紫式部の歴史への深い造詣を読み取ったためであろう。『源氏物語』という作品が、ただの虚構の物語ではなく、しっかりとした歴史的な根拠をもって成り立っていることと関わって「日本紀の御局」という呼称は享受されてきたのである。加えて、その能力は一条天皇の感想にあるように〈日本紀を読む〉ことに由来するという。

ここで問題としたいのは、『日本紀』がそもそも何を指し、それを読むことと『源氏物語』の創作がどのように関わるのかである。本章では、特に〈日本紀を読む〉ことが当時において何を意味するのかを検討することを通して、この問題について考えてみたい。

一　『紫式部日記』と『源氏物語』の『日本紀』

最初に、『日本紀』が『紫式部日記』と『源氏物語』の中で、どのように取り上げられているかを確認しておきたい。『紫式部日記』には、一条天皇が『源氏物語』を聞いた時の感想と、それをうけて左衛門の内侍の紫式部への悪意のある陰口として言う言葉の中にある。

左衛門《さいもん》の内侍《ないし》という人侍り。あやしうすゞろによからず思ひけるも、え知《し》り侍らぬ心憂《う》きしりうごとの、おほう聞《き》こえ侍し。内裏《うち》の上《うへ》の、源氏《じ》の物語《がたり》、人に読《よ》ませ給ひつゝ、聞《き》こしめしけるに、「この人は、日本紀をこそ読《よ》みたるべけれ。まことに才《ざえ》あるべし」とのたまはせけるを、ふと推《を》しはかりに、「いみじうなん才《ざえ》がる」と、殿上人などにいひちらして、日本紀の御局《つぼね》とぞつけたりける、いとをかしくぞはべる。このふるさとの女の前《まへ》にてだにつゝみ侍ものを、さる所にて、才《ざへ》さかし出《ゐ》ではべらんよ。　（三一四頁）[1]

一条天皇が何を根拠に「紫式部は日本紀を読んでいる」と発言したのか、また「をこそ」を付けてまでなぜ『日本紀』を強調したのかは知るよしもない。ただし、左衛門の内侍の言う「日本紀の御局」は一条天皇の言葉を受けたもので、「才ある」を「才がる」と吹聴したのは明らかに意図的な悪意のある曲解である。

一方、『源氏物語』では、蛍巻で物語に熱中する玉鬘を口説く光源氏の発言の中にある。

「げにいつはり馴れたる人や、さまざまにさも酌《く》みはべらむ。ただいとまことのこととこそ思うたまへられけれ」とて、硯《すずり》を押しやりたまへば、「骨《こち》なくも聞こえおとしてけるかな。神代《かみよ》より世にあることを記《しる》しおきけるななり。日本紀《にほんぎ》などはただかたそばぞかし。これらにこそ道々《みちみち》しくくはしきことはあらめ」とて笑ひたま

ふ。（蛍③　二一一〜二一二頁）

冗談まじりに『日本紀』などほんの片端にすぎないとして物語を持ち上げる光源氏の真意がどこにあるのか、物語の比較対照としてなぜ『日本紀』を持ち出すのかを問うことがこの文脈を読み解く鍵となる。

この二つの発言は、作品も述べられた文脈も異にし、お互いに関係しあうことはないが、紫式部に関わって交わされた『日本紀』を巡る言説としては一連のことと捉えることができる。それぞれの場面に関する異文は注に掲載した通りで、[2] 基本的に『日本紀』に大きな異同はない。とすると、これらを繋げることによる広がる視野こそが紫式部と『日本紀』との関係を読み解く重要な端緒となるであろう。

次に『紫式部日記』と『源氏物語』の『日本紀』がそれぞれ何を指すのかに関する研究史を辿っておく。『紫式部日記』の『日本紀』に関しては、藤井高尚の「日本紀の御局の考」以来、国史一般、所謂「六国史」を指すと考えられてきた。藤井は、源氏を嵯峨天皇に、桐壺帝を桓武天皇に、朱雀院を平城天皇に、冷泉院を仁明天皇に准えて造型されたのだとし、

一条院のみかどの、それをよくきゝしりたまひて、此人は日本後紀・続日本後紀をこそよみたるべけれ、とのたまふべきを、おほらかに、日本紀とはのたまへるなり[3]

と述べた。この後の注釈書は基本的にこの説を継承し、萩谷朴『紫式部日記全注釈』でもこれが支持され、詳しい解説が加えられることで「六国史」説はその後すっかり定着したと言って良い。ただし、藤井高尚の「日本紀の御局の考」を改めて読んでみると、この説の根拠となっているのは、藤井の見たところ『源氏物語』の中に『日本書紀』からの引用がほとんどないことと、光源氏のいくつかの造型が嵯峨天皇に似るとするためなのである。即ち、『日本紀』を『日本書紀』として詳しく吟味することなしに、桓武や嵯峨、淳和、仁明を物語の登場人物に準える

ために、「六国史」を持ち出したと思われるふしがある。『日本書紀』のことかどうかを詳しく検証しない点は他の注釈書も同様である。例えば『紫式部日記全注釈』の萩谷朴も、

「日本紀」というのは、狭義には『日本書紀』の古称であるが、藤井高尚の『日本紀御局考』に、『日本書紀』のみならず国史一般をさすと見るのが正しいかと思われる。つまり、『源氏物語』の構想は、国史に通暁したものにしてはじめてよくなし得るものであるという、一条天皇の批評眼である。『源氏物語』蛍に、「神代より（中略）」とあることから、一条天皇が、紫式部は『日本書紀』を読んでいたのだと判断されたのであろうとする見解も生じ得るわけであるが、しかし、蛍の巻を含む『源氏物語』第一部後半が、はたして、この一条天皇の評言以前に成立していたか否かを明らかにするすべもない。「日本紀などはただ片そばぞかし」という揚言は、むしろ左衛門内侍の蔭口に対する反駁であるかとさえ考えられるからである。(4)

と述べるにとどまる。一条天皇が何を根拠にこのように言い、全体として何を述べようとしたのかが不明である限り、『日本紀』が『日本書紀』のことか「六国史」のことかを特定することは難しい。よって『日本書紀』を含む国史一般と解くことによって、紫式部の国史への深い造詣を称賛した発言として理解するしかないのかもしれない。しかし、『日本紀』はもともと狭義に『日本書紀』を指すことを考えると、国史一般と拡大してしまうことによってこぼれ落ちてしまう問題も出て来よう。『紫式部日記』の『日本紀』を『日本書紀』に限定して考える研究も過去に行われている。例えば、石川徹は日本紀を「読む」ことを「講読する」ことだと解し、『源氏物語』に『日本書紀』の海幸山幸説話の影響があるとして、日本紀講筵を思い浮かべ、「この人は日本紀講書の講師がつとまる」と解した。(5) このような解釈は、『紫式部日記新釈』(6)や岩波文庫『紫式部日記』(7)にも引き継がれ、近年では、工藤重矩がその意義を強調している。(8) 石川も工藤も、日本紀講筵が三十年毎に行われていたことを根拠として、最後

に行われた村上天皇の康保二（九六五）年の三十年後が一条天皇の寛弘年間にあたるのだとする。さらに、工藤は「日本紀をこそ」の「をこそ」は対比される事柄が想定された強調表現だとし、新楽府や古今集などを想定して、それらよりも「日本紀をこそ」進講すべきだと解釈した。(9) 前後の文脈から、ここが紫式部による藤原彰子への日本紀進講ととれるかどうかはにわかに断ずることはできない。しかし、『日本紀』を『日本書紀』として解釈しようとしたこと、および「読む」という点に注目したことは評価されるであろう。『日本紀』を単純に国史一般に拡大することの問題点は、次の梅村玲美の研究成果などにも表れている。梅村は各時代に現れる『日本紀』の用例を詳細に検討し、八～十世紀の書物に現れる『日本紀』が例外なく『日本書紀』を指すことと、十二世紀以降の歌論書を中心として〈中世日本紀〉と言われる『日本書紀』にはない説話が現れ、『日本紀』として『続日本紀』を引くなど「六国史」の総称としての用例が現れることを指摘している。(10)『紫式部日記』や『源氏物語』が成立した十一世紀初頭では、まだ『日本書紀』を指すことも十分に考えられ、十二世紀以降の国史一般を指す例とただちに同列には扱えないとの指摘である。

一方、『源氏物語』蛍巻の場合、「神代より世にあることを記しおきけるななり」と物語を論じているのは、明らかに『日本書紀』との対比からの発言である。この限りにおいて『日本紀』は『日本書紀』を念頭においた表現と思われ、古注でも『花鳥余情』の説をはじめとしてそう読み解いている。(11) ところが、近代以降の注釈書では、『日本書紀』説を採用する注もあるものの、「六国史」説をとるものが多く、(12) 研究者の間でも同じ傾向がある。(13) しかし、物語の本文に立ち戻れば「神代」と結びつける発言を積極的に「六国史」まで拡大しなければならない必然性は存在せず、注の中でもそれをきちんと説明できているものはない。むしろ、『源氏物語』が延喜天暦の御代に准拠するという説をはじめとして、『日本書紀』以降のさまざまな歴史的事象を取り込んで語っているとする藤井高尚の説を根拠として「六国史」とする説が出てきたように見える。

以上見たように、『紫式部日記』と『源氏物語』の『日本紀』に関する近代以降の読み取りは、『源氏物語』の中に『日本書紀』からの引用場面が少ないことを理由として、藤井高尚の説が継承され定着してきた感がある。梅村の詳細な調査結果からしても、『日本書紀』である可能性は否定できず、国史一般と拡大する前に、それによる読みの可能性を探るべきであろう。その際に重要なのは、『日本紀』そのものがもつ問題だけでなく、一条天皇が述べる〈日本紀を読む〉ことが当時においてどのように受け止められていたのかを考えることである。

二　日本紀講筵と『日本紀』の知

そもそも「日本紀を読む」という表現が、他の文献でどのような場合に用いられるのかを確認してみたい。これについては、すでに工藤重矩が述べるように[14]、日本紀講筵との関わりを看過できない。『日本後紀』弘仁三（八一二）年六月二日条には、

弘仁三年六月戊子。是日。始令下二参議従四位下紀朝臣廣濱。陰陽頭正五位下阿倍朝臣眞勝等十餘人一讀中日本紀上。散位従五位下多朝臣人長執講。

とあり、ここに「令…読日本紀（日本紀を読ましむ）」の例がある。これは嵯峨天皇の勅命によって行われた日本紀講筵であって、帝が参議紀広浜、陰陽頭阿倍真勝他十人余りに『日本書紀』を読ませ、多人長が講を執ったという。『続日本後紀』承和十（八四三）年六月一日条にも「始読日本紀」とあり、『日本三代実録』元慶二（八七八）年二月二十五日条にも、

元慶二年二月廿五日辛卯。於㆓宜陽殿東廂㆒。令㆘㆓従五位下行助教善淵朝臣愛成㆒。始讀㆗日本紀㆖。従五位下行大外記嶋田朝臣良臣爲㆓都講㆒。右大臣已下参議已上聴㆓受共説㆒。

と、同じように「始読日本紀」とある。いずれも日本紀講筵の記事の中の用例で、帝の勅命によって「日本紀を読ましむ」例である。弘仁三年と元慶二年の例を詳しく見ると、都講を務めた人には「講」の文字を用い、受講者には「読」もしくは「聴受」と記して区別している。ところが、延喜以降の日本紀講筵の記録を見ると、「読」の字は用いられず、もっぱら「講」のみとなる。これは、都講を務めた博士や尚復の名前や場所を明示して講筵のことが記されているからであろう。『日本紀略』によると、延喜四(九〇四)年八月九日条に「大學寮差㆓進日本紀尚復㆒」八月二十一日条に「講㆓日本紀㆒」、承平六（九三六）年十二月八日条には「於㆓宜陽殿東廂㆒講㆓日本紀㆒」、康保二年八月十三日条には「於㆓宜陽殿東庇㆒始講㆓日本紀㆒。以㆓橘仲遠㆒為㆓博士㆒」と、いずれも「日本紀を講ずる」例である。『西宮記』巻十四の「始講日本紀事」とあるなかには、皆が着座して書物を広げた後に、

次尚復唱㆑文一聲音、其體高長之、次博士講讀了、尚復讀訖、尚復博士退出。

とある。唱えることと講読することと読むことが行われていて、字を区別していることからすると別の行為として意識されていたふしがある。その中で〈読む〉ことは、『日本後紀』『続日本後紀』では受講者の側に「読」の語が用いられ、『日本三代実録』と『西宮記』では講ずる側の行為の中に「講」と「読」が用いられている。

このように見てくると、「日本紀を読む」の用例は、日本紀講筵と関わって『日本紀』を読むことを第一義的には指し、講師と受講者の両方について用いられた語であることが判る。ここから考えると、『紫式部日記』の一条天皇の発言の「日本紀をこそ読みたるべけれ」について、石川徹が「この人は日本紀講書の講師がつとまる」[15]と述べ、工藤重矩が「この人は、日本紀をこそ講義なさるべきだ」[16]と述べたことは、日本紀講筵と関わらせた点は評価

されるが、ただちに講師にふさわしいと直結させるのは性急であろう。「日本紀を読む」ことは「講ずる」ことのみを指すわけではないからである。講ずることも含めて日本紀を読み学ぶ行為であることを確認しておく。当然読む対象は『日本書紀』に限定して考えるべきである。ただし、日本紀講筵は、後述するように繰り返し行われた中から『日本紀』に関するさまざまな知を生み出した。『日本書紀』に書かれたものだけではない知識までも『日本紀』として受け取られ[17]、講筵の中で語られていたことも報告されており[18]、それらを含めて読み学ぶことが〈日本紀を読む〉行為だったのである。

三　日本紀講筵から見た〈日本紀を読む〉意義

次に、日本紀講筵がいつどのように何を目的として行われ、歴史的にどのような意味をもったのかを通覧し、併せて〈日本紀を読む〉ことの意味を考えてみたい。

日本紀講筵は、『釈日本紀』にある康保二年の外記勘申によれば、養老・弘仁・承和・元慶・延喜・承平・康保の七回行われたことが判り、養老の例を除いて国史や『日本紀略』等によって確認できる。このうち養老五（七二一）年の例については、その前年五月に『日本書紀』が完成していることから、講究というよりも律令の場合と同様に披露とする説もある[19]。そうなると、嵯峨天皇の弘仁三年の例が最初ということになり、これ以降約三十年に一度ずつ計六回行われたことになる。嵯峨天皇が行った初めての講筵の目的に関しては、主に氏姓に関することを明正ならしむためや[20]、古代史の再建と為政階級に政治思想を植えつけるためなどと論じられた[21]。また三十年に一度の間隔については、誰もが一生に一回は聞けるようにしたためと説かれてきた[22]。しかしこの約三十年に一度という間隔の指摘も、実のところ必ずしも正確でない。弘仁講書から承和講書までと延喜講書から承平講書までは三十年であるものの、承和講書から元慶講書は三十四年、元慶講書から延喜講書は二十三年、承平講書から康保講書までは二十二年と、その間隔は一定していない[23]。定期的な開催というより、もっと別の理由も考える余地がある。

嵯峨天皇の弘仁講書のころ、氏姓に関する偽書が氾濫してそれを正す目的があったことは、『弘仁私記序』に述べられているだけでなく、勅命により『新撰姓氏録』が編纂され弘仁五年に完成していることからも判り、〈日本紀を読む〉ことの目的の一つが、氏姓の系譜を明らかにすることにあったことは間違いない。ただし、あえて弘仁三年という時期を選んで行われたのはそれだけではなかろう。天皇の行ったことを時系列の中に位置づけると、もっと違う目的が見えてくる。日本紀講筵の二年前の大同五（八一〇）年九月には、平城上皇が都を奈良に戻そうとして嵯峨天皇側と対立した薬子の変が起きている。これにより藤原仲成が射殺され、藤原薬子も死去、平城上皇も剃髪し、皇太子高丘親王が廃太子されて平城上皇側が一掃されて終わった。同腹の上皇と天皇による争いは天皇の権威に少なからず影響が出たのであろう。嵯峨天皇は翌年の弘仁二（八一一）年から三年にかけて、頻繁に神泉苑行幸や各地への遊猟を行い、また賑給や百姓の窮弊を休めるなどの政策を行っている。これら全ては政情不安を払拭し、君臣和楽を通して天皇と臣下との結束を強め、天皇のもとに権威を一元化するための政策である。さらに弘仁三年の五月二十一日には大学の機能を高めるための勅命を出している[24]。これは平城天皇が大同元（八〇六）年六月十日に諸王および五位以上の殿上人の子孫十歳以上に大学で学問を修めさせる勅命を出したが、六年を経過しても何ら成果が上がらなかったためで、それぞれの好む分野を修めるように改めた勅命である。これのすぐ後の六月二日に日本紀講筵を行う勅命を出していることからすると、この二つの勅命は繋がっていると見ることができる。日本紀講筵は大学での学問領域に『日本紀』を加え、大学を活性化させる目的もあったと考えられる。周知の通り、『日本紀』の最後は壬申の乱とその後で、天皇家内での争いに勝利してその正統性を確保した天武天皇の騰極の次第を詳述する。このタイミングで嵯峨天皇が『日本紀』を読ませたのは、同腹の兄弟間で争った薬子の変以後、政情不安を払拭し、天皇と臣下との結束を固め、今後の国の礎となる人材育成のための大学の活性化と氏族間の秩序化などを目的として行ったと考えられる。〈日本紀を読む〉ことは、天皇と臣下が歴史意識を共有することにこそ意味があったのである。

これは次の承和十年に行われた日本紀講筵も同様であったと考えられる。前年の承和九（八四二）年七月十五日に嵯峨上皇が崩御して、直後に承和の変が起こっている。恒貞親王が廃太子され、仁明天皇皇子の道康親王が立太子されることで、嵯峨皇統と淳和皇統の両統迭立は避けられた。しかし、上皇の崩御の直後に天皇家内の争いによって恒貞親王が廃太子されたのは、大きな衝撃であったはずだ。嵯峨上皇の一周忌を前に日本紀講筵を行ったのは、こうした政情不安を払拭し、仁明天皇と道康新皇太子のもと、天皇の権威を回復し、臣下との結束を固め、秩序の回復を意図したためと考えられる。このように見てくると、日本紀講筵が行われた理由は、単に三十年に一度といった定期的なことに由来するのでなく、もっと天皇のおかれた切迫した状況と関わっていた可能性がある。

三度目の陽成天皇の元慶二年に始まる講筵も、事情こそ違え天皇のおかれた状況との関わりが見えてくる。陽成天皇は貞観十八（八七六）年十一月二十九日に九歳で践祚し同十九（八七七）年正月に即位するも、同十八年以来諸国は飢饉に見舞われ、特に畿内は深刻であった。これに対して天皇は何度も賑給を行い、大般若経の転読をさせたが、相変わらず社会不安が続いていた。そのころに日本紀講筵が行われるのである。始まった元慶二年の二月二十五日は、陽成天皇が十一歳でまだ元服前の幼帝であることからすると、摂政藤原基経の発案であった可能性が高い。しかも、『日本三代実録』の記録によれば、宮中でも格式の高い「宜陽殿東廂」で「右大臣已下参議已上」

の公卿が皆聴講し、全巻講読した後に「竟宴」が行われて、参加者全員が『日本書紀』にちなんだ和歌を詠むことが初めて行われた。このように儀礼化したのはこの度からである。講筵が始まってすぐに出羽国秋田城で夷俘が叛乱を起こし、八ヶ月に渉って反乱が続いたため中断したが、元慶三（八七九）年五月七日改めて再開され、同五（八八一）年六月二十九日まで続き、同六（八八二）年八月二十九日に日本紀竟宴和歌が行われた。中断を挟みながらもこれほど粘り強く、しかも公卿全員を巻き込んで行われたのは、藤原基経が率先してこの行事を率いたためであろう。ここでも、公卿間で歴史意識を共有し、幼帝の権威を高め、天皇と臣下の結束の強化と宮廷内の秩序化を図ったものと考えられる。

四度目の醍醐天皇の延喜四年の例は、こうした社会不安に先手をうつ形で行われたものと考えられる。醍醐天皇は三善清行の『革命勘文』を受け入れ、昌泰四（九〇一）年を延喜元年に改元したことはよく知られている。これは昌泰四年が大変革命が起こるという「辛酉」にあたるためである。この『革命勘文』には、「易緯《えきゐ》に云ふ、辛酉を革命となし、甲子を革令となす（中略）戊午運を革《あらた》め、辛酉命を革め、甲子政を革む(25)」とあって、戊午革運、辛酉革命、甲子革令を指摘する。日本紀講筵を始めた延喜四年はこの甲子に当たり、醍醐天皇は「政を革《あらた》める」ことの一環としてそれを行ったのではないか。これは、醍醐天皇が政の原点に戻り、天皇を中心とした秩序を取り戻す行為であったと考えられる。

五度目の朱雀天皇の承平から天慶に渉って行われた日本紀講筵は、陽成天皇の時のそれとよく似る。天皇が幼帝であったこと、および地方で大規模な反乱が起こったことである。承平五（九三五）年ごろから東国では平将門が、西国では藤原純友らの海賊が反乱を起こした。その鎮圧のために人が派遣され、また諸社や諸寺で祈祷が行われたが、簡単には収まらなかった。日本紀講筵はその勃発のころの承平六年十二月八日に始まったが、中断を余儀なくされたようである。『貞信公記』によれば天慶二（九三九）年三月二十九日に再び読むべき仰せを伝え、『本朝世紀』によれば、四月二十六日以降、諸卿が参陣して二十六日、二十八日、五月三日、十日、十九日、二十二日と頻繁に行われたことが知られる。こうして、途中に中断を挟みながら、実に八年もの長きに渉って行われ、天慶六年九月に読み終えた後、同年十二月に竟宴和歌が行われた。これも陽成天皇の時と同様、幼帝の権威化が第一の目的で、さらに反乱によって混乱した宮廷内を天皇を中心とした権威に一元化し、秩序を回復することを目指したのだろう。しかし、反乱は長期に渉り、鎮められはしたものの、結果として力をもったのは軍事力であり、神仏の力であった。

最後の村上天皇の日本紀講筵もまた社会不安が根底にある。天徳四（九六〇）年に内裏が火災にあい、累代の宝物が灰燼に帰してしまった。そのため村上天皇は、延暦寺に国家鎮護・天変怪異を除く修法をさせる。天徳五（九六一）年には、皇居の火災とこの年が辛酉革命の年に当たるため応和元年に改められた。さらに天下安穏・息災延命の諷誦を修せしめ、天下に疾疫が多いために諸国に奉幣・転読を指示した。応和元年の十二月に新造内裏に遷御するも、応和二（九六二）年には霖雨や物の怪があって社会不安は続き、応和四（九六四）年二月二十五日に日本紀講筵の勅命が出るのである。それはこの年が延喜四年と同じく甲子革令の年にあたるためでもある。ところが、同年四月二十九日に中宮安子が崩御され、旱魃も続いたため、講筵よりも先に改元が行われ、実際に講筵が行われたのは翌年（康保二年）八月十三日からである。その後どのように実施されたかは明らかでないが、康保四（九六七）年に村上天皇が崩御されてしまったため、うやむやのうちに終了したようである。

以上に見るように、日本紀講筵は最初の嵯峨天皇の時から廃太子などの政情不安や地方の反乱などの社会不安などが直接の根拠となっている。そのような状況で〈日本紀を読む〉ことは、原点に回帰し、歴史意識を共有することによって天皇のもとに権威を一元化し、天皇と臣下との結束を強め、秩序を回復するためであったと推測される。甲子革令の年に「政を革める」ために行ったのはまさにこのためであろう。講筵の間隔も、三十年に一度の定期的な開催とみるより、各天皇の御代での危機の到来と密接に関わっていたと考えるべきである。そうすると天皇や公卿にとって〈日本紀を読む〉こととは、天皇が危機回避のために行う極めて重要な手段として位置づけられていたと考えられる。村上天皇以降それが行われなくなる理由は不明ながら、大学の衰退や勅撰史書の編纂が行われなくなることとも何らかの関係があるか。

四　「日本紀の御局」と「日本紀などはただかたそばぞかし」

〈日本紀を読む〉ことが、単に『日本書紀』を読むことでなく、もっと天皇の危機と関わって歴史意識を共有するための手段だったとすると、『紫式部日記』や『源氏物語』での発言も、解釈の変更が迫られるだろう。一条天皇が何を根拠として「この人は、日本紀をこそ読みたるべけれ」と述べているのかは不明ながら、一つの見方としては『源氏物語』の中に『日本紀』の知との関わりを読み取ったためと考えられる。ただし、この『日本紀』の知とは『日本書紀』だけでなく、『日本紀私記』や『古語拾遺』、『先代旧事本紀』、『聖徳太子伝暦』、『日本紀竟宴和歌』など日本紀講筵と関わって形作られたさまざまな〈日本紀言説〉[26]を含んで考えるべき事柄である。それは天皇と参議以上の男性官人にのみ独占的に占有されたものであってみれば、女である紫式部に「日本紀の御局」と名付けることが如何に大それたことであるかは明らかであろう。天皇にとって『日本紀』の意義が重大であるゆえに、この渾名は「心憂きしりうごと」になり得たのである。また、『源氏物語』蛍巻の光源氏の発言にある「日本紀などはただかたそばぞかし」も、同様に物語を持ち上げる言説としてはこれ以上大げさな言い方はないことになる。玉鬘を口説く言葉としては、国政に重大な意義をもつ『日本紀』と比較してこそ、その仰々しさが際立ち、玉鬘の気を惹く冗談ともなろう。

もう一つの見方としては、〈日本紀を読む〉ことでのみ得られる歴史意識を一条天皇が『源氏物語』の中に見出したためとも考えられる。そうなるとその歴史意識に共感した発言となり、「日本紀をこそ」とことさら『日本紀』を強調しているのもそのためと考えられる。物語の中で、光源氏の発言が他でもない「蛍巻」であることを鑑みると、冷泉帝御代について、

昔おぼえて大学の栄ゆるころなれば、上中下《かみなかしも》の人、我も我もとこの道に心ざし集まれば、いよいよ世の中に、才《ざえ》ありはかばかしき人多くなんありける。文人《もんにん》・擬生《ぎさう》などいふなることどもよりうちはじめ、すがすがしう果てたまへれば、ひとへに心に入れて、師も弟子《でし》もいとどはげみましたまふ。殿にも文《ふみ》作りしげく、博士《はかせ》、才人《さいじん》どもところえたり。すべて何ごとにつけても、道々の人の才のほど現《あらは》るる世になむありける。

（少女③　三〇頁）

と、ことさら大学の隆盛を語る文脈の延長上に、光源氏自身が『日本紀』を読んでいることを仄めかすことも注意される。『源氏物語』の中に日本紀講筵が行われた痕跡はないが、薄雲巻でさまざまな天変による天の啓示を受けた後、冷泉帝は学問を修め、少女巻以降の大学を活性化させるあり方は、「政を革める」ために日本紀講筵を開催した過程とよく似ている。大学を栄えさせて優秀な人材を多数輩出させ、朱雀院行幸で上皇との関係を確認し、大原野行幸（野行幸）を行って秩序を可視化する冷泉帝の姿は、史上の嵯峨天皇や醍醐天皇と重なるからである。

紫式部の歴史認識の深さは、単に史書を読んで物語の背景に歴史を取り込んでいるということに留まらない。

事実を羅列する史書の中から、そこに生きる人々の思いや歴史の意味までも掬い上げていることではないのか。「日本紀などはただかたそばぞかし」は、『日本紀』が歴史的にもった意味と対比しながら、物語が人の心を動かす力をもつことを逆説的に述べた文脈と理解することができる。

結

『紫式部日記』および『源氏物語』に現れる『日本紀』は、藤井高尚以来「六国史」の意として解釈され、『源氏物語』に『日本書紀』からの引用がさほど見られないことを根拠として、きちんと検証されないまま「六国史」の意として理解されてきた可能性が高い。しかし、「日本紀を読む」ことが如何なる意味として用いられてきたかを検証すると、日本紀講筵と関わって、講ずることも含めた日本紀を読み学ぶ行為であることが判る。この『日本紀』とは当然『日本書紀』に限定して考えるべきである。ただし、日本紀講筵は、最初の嵯峨天皇御代を除くと、その後六代の天皇の御代に行われたことによって、『日本書紀』に書かれたものだけではないさまざまな『日本紀』に関わる知を生み出した。これらを含めて読み学ぶことが〈日本紀を読む〉行為だったと考えられる。

さらに七回行われた日本紀講筵を歴代の天皇の御代の時系列の中に位置付けてみると、政情不安や地方の反乱など、社会不安が直接的な根拠となっている。そのような状況で〈日本紀を読む〉ことは、原点に回帰し、歴史意識を共有することによって天皇のもとに権威を一元化し、天皇と臣下との結束を強め、秩序を回復する、いわば天皇が危機回避のために行う重要な手段であったことが判る。

このように考えると、『紫式部日記』で一条天皇が紫式部に対して「日本紀を読んでいる」とするのは、単に

『日本書紀』を読んでいるという意味だけに止まらず、『日本紀』の知が歴史的にもった意味までを含めて理解している紫式部への敬意を込めた感想ということになるだろう。だからこそ左衛門の内侍の「日本紀の御局」が大それた意味となり、悪意のある発言となるのだ。同じく『源氏物語』での光源氏の発言も、物語を持ち上げる言説としてはこれ以上大袈裟な表現はなく、玉鬘の気を惹く言葉として意味をもつものと考えるのである。

紫式部の歴史認識の深さは、単に史書を読んで物語の背後に歴史を取り込んでいるということに留まらない。史書の中に人々の生の営みや思い、歴史の意味までも掬い上げ、さらに『日本紀』が歴史的にもった意味までも理解して作品の中に内在化させるところにあると言える。

注

（1）『紫式部日記』本文の引用は、岩波書店刊新日本古典文学大系により、併せて頁数を記した。

（2）『紫式部日記』は、「よみたるべけれ」に「よみたまひけれ」（黒川翁満自筆本）「よみたまへけれ」（宮内庁書陵部本）の他「よみ給へけれ」等の異文があるが、今は「給ふ」の問題には立ち入らずに『花鳥余情』も採用している本文（新日本古典文学大系の本文と同じ）に拠る。『源氏物語』蛍巻では、「日本紀」を「日本記」とする本文もあるが、文脈からして『日本紀』のことと判断した。この他阿里莫本では「ただ」がなく、「これら」を「これに」（河内本の七毫源氏・高松宮本・平瀬本・大島本・尾州家本・岩国吉川家本）「これら又」（阿里莫本）とするものがある。

（3）藤井高尚「日本紀の御局の考」（『批評集成・源氏物語』第二巻近世後期篇　ゆまに書房　平成11（一九九九）年）

（4）萩谷朴『紫式部日記全注釈』下巻（角川書店　昭和48（一九七三）年）二九七〜二九八頁

（5）石川徹「光源氏須磨流謫の構想の源泉――日本紀の御局新考――」（『平安時代物語文学論』所収　笠間書院　昭和54（一九七九）年）

（6）曽澤太吉・森重敏『紫式部日記新釈』「この人は物語などでなく日本紀の方をこそ私に進講した方が一層良さそうだ。」（武蔵野書院　昭和39（一九六四）年）

（7）池田亀鑑・秋山虔岩波文庫『紫式部日記』「この人は日本紀を講読するのがよかろう。「日本紀」は漢文でかかれた国史の総称。」（岩波書店　昭和39（一九六四）年）

（8）工藤重矩「紫式部日記の『日本紀をこそ読みたまふべけれ』について」（南波浩編『紫式部の方法　源氏物語・紫式部集・紫式部日記』所収　笠間書院　平成14（二〇〇二）年）

（9）工藤重矩注（8）に同じ

（10）梅村玲美「『日本紀』という名称とその意味――平安時代を中心として――」（「上代文学」第92号　平成16（二〇〇四）年4月）

（11）『花鳥余情』第十四「蛍」の当該箇所の注に「日本紀三十巻始于神代至持統天皇御宇一品舎人親王安麿等撰之　今案神代より世にある事をしるしをけるは日本紀の事なり（中略）吾国の書には上もなき日本紀をおしさけて　それは大概をこそしるしをきたれ　まことにかんなさうしなとにこそ　まことしくみちく〱しき事はありけれとて　源氏の君のわらひ給ふは玉かつらの君のまことにとりなしての給ふをおかしく思給へとしはらく女君の心にしたかひ給ふ詞なり」とある。

（12）近代以降の代表的な注釈書で見ると、池田亀鑑朝日古典全書（朝日新聞社）と石田穣二・清水好子日本古典集成（新潮社）は『日本書紀』説をとるが、山岸徳平日本古典文学大系（岩波書店）と阿部秋生・秋山虔・今井源衛日本古典文学全集（小学館）、新日本古典文学大系（岩波書店）、新編日本古典文学全集（小学館）、『源氏物語の鑑賞と基礎知識』（至文堂）は「六国史」説をとる。

（13）『日本書紀』説をとる者（石川徹、深沢三千男、工藤重矩他）に対して「六国史」説をとる者（島津久基、玉上琢彌、岡一男、金田元彦、益田勝実、関根賢司他）は断然多い。なお、近年は後述するように『日本書紀』を含んだ〈日本紀言説〉を指すとする者（神野志隆光、堀内秀晃、吉森佳奈子、稲生知子、津田博幸他）もいる。

（14）工藤重矩注（8）に同じ

(15) 石川徹注(5)に同じ

(16) 工藤重矩注(8)に同じ

(17) 神野志隆光「「日本紀」と『源氏物語』」(「国語と国文学」第75巻第11号　平成10(一九九八)年11月)

(18) 津田博幸「聖徳太子と『先代旧事本紀』――日本紀講の〈現場〉から――」(古代文学会編『祭儀と言説――生成の〈現場〉へ』所収　森話社　平成11(一九九九)年)

(19) 関晃「上代に於ける日本書紀講読の研究」(「史学雑誌」通編第六二七号　昭和17(一九四二)年12月)

(20) 太田晶二郎「上代に於ける日本書紀講究」(『太田晶二郎著作集』第三冊　吉川弘文館　平成4(一九九二)年)

(21) 関晃注(19)に同じ

(22) 関晃注(19)に同じ

(23) この間隔の計算は、前の講書の終わりから次の講書の開始までの年数を記している。開始の年同士の間隔は、弘仁講書から承和講書までが三十一年、承和講書から元慶講書までが三十四年、元慶講書から延喜講書までが二十六年、延喜講書から承平講書までが三十二年、承平講書から康保講書まで二十九年で、こちらで計算したとしても必ずしも定期的とは言えない。

(24) 『日本後紀』弘仁三年五月二十一日条

(25) 『革命勘文』本文の引用は『古代政治社会思想』(岩波書店　昭和54(一九七九)年)による。

(26) 神野志隆光「古代天皇神話の完成」(「国語と国文学」第73巻第11号　平成8(一九九六)年11月)

あとがき

前著『源氏物語の准拠と系譜』（平成16（二〇〇四）年）から十年以上が過ぎてしまった。本当はもっと早くに二冊目を出したいという意向を持っていたが、諸般の事情で思い通りには進まなかった。その一つの理由は、前著をまとめた後、これから先の研究をどのように進めて行ったら良いかに迷いがあったからである。一書にまとめたとはいえ、准拠研究はまだ半ばであったから、このまま研究を続けて、古注釈書の開く読みの世界を追究するつもりでいた。しかし、その一方でこのまま論を重ねても何か大切なものには辿り着けないのではないかという不安と、もっと違う視点からアプローチしない限り、歴史と物語との関係は明らかにはならないのではないかという疑念がずっと心にあり、次第にその疑念は大きくなっていった。

そう思う理由は、前著をまとめている過程で読んだ篠原昭二氏の論文の中の、次の言葉に端的に表れている。

物語の表面に浮かぶいわゆる「準拠」よりも、「作物語の習」によって物語の底に秘められた事柄の方に、物語の本意があるのであって、「準拠」はむしろそれを隠す手段にすぎないと見たほうが良いのではなかろうか。ここで私が主張しようとしていることは、「準拠論」の否定では全くなく、物語が歴史と深く関わることを確認しつつも、その関わり方には「準拠論」とは異なった在り方をも考えうるのではないかというにすぎない。（中略）光源氏の数奇な運命を語れば、それを現前せしむるに力あった冷泉院の生涯もまた歴史的に一般的な天皇の経歴とは異なる異例ずくめのものになるのは必然であるかもしれない。しかし本稿で指摘しておきたいと考えたのは、全く逆の観点から、光源氏の運命を冷泉院の異例の、しかも全く非現実とはいえない経歴において保証しようとした作者の姿勢であり、それを語ることは不可避と考えることは歴史意識ということと無関係ではあるまいと考えたからにほかならない。

（篠原昭二「『源氏物語』と歴史意識」（『源氏物語の論理』所収　東京大学出版会　平成4（一九九二）年））

篠原氏は「物語の底に秘められた事柄の方に、物語の本意」があり、「準拠」はむしろそれを隠す手段にすぎない」と言う。准拠が本意を隠すかどうかはともかく、物語の底に秘められた事柄の方にこそ物語の本意があるという指摘は、私自身もどこかで同じように感じていたのである。

とはいえ、ではどうしたら良いのかと自問しても、自分なりに何か答えがあるわけでは全くなかった。ただ、ヒントはあった。篠原昭二氏の文章の最後にある「歴史意識」である。篠原氏は「『源氏物語』の根幹を担う冷泉院に込められた作者の天皇観を歴史の側から探ることもあながち無意味ではないと考える。」として、冷泉帝のあり方――具体的には父母、立太子、東宮時代と即位――に焦点をあて、それを歴代の天皇と比較して論じている。特に冷泉帝のあり方には史上の師貞親王（花山天皇）の皇太子時代から即位までのあり方と似通うとする。篠原氏は、極めて同時代的な事柄を、延喜・天暦を舞台として語るという意味で、「準拠」が「本意」を隠すとし、そこに紫式部の歴史意識を見るが、それだとそもそもなぜ延喜・天暦を舞台とするのかの意味は全く見えなくなってしまう。しかも、帝と皇位継承というテーマは、何も冷泉帝だけに限った話ではなく、『源氏物語』全体に敷衍できる問題であるはずだ。帝そのものは物語の中心人物ではないが、帝が光源氏の数奇な運命を支え、光源氏は臣籍降下しているとはいえ、皇統と密接な関係を持っている。光源氏と皇統との緊張感こそが物語の中心的な主題と深く関わっているのではないか。ならば、光源氏と皇統との緊張感は何によってもたらされるのかをもっと細かく分析する必要があろう。加えて、それは同時代だけではなく、延喜・天暦を舞台とすることも含め、もっと長い歴史の中から、『源氏物語』の帝と皇位継承というテーマについて分析する必要があるはずだと考えたのである。

そんな問題意識から、新たな研究方法を模索することとなったが、歴史意識を言葉として形にすることなど、たやすいことではない。調べる時間も手間も、そして考える時間も今まで以上にいる。ところが本務校の仕事は忙しくなる一方で、業務に携わる時間は年々増えていくばかりである。もうこれは時間がかかっても少しずつやるしかないと覚悟を決めていた矢先、平成18（二〇〇六）年に許されて国内留学する機会を得た。今までのずっと仕事に追われ続けた毎日からすると、本当に夢のようで、信じられないぐらいに時間があった。こういう時にこそ、今まで出来なかったことをやろうと心に決めた。それは、テーマを設定して、それに沿って『大日本史料』を一頁ずつめくりながら読んでいくという作業である。その最初となったのが、「光源氏の元服」で問題とした元服年齢と儀礼の内容である。

元服年齢が意味することなど准拠と関連づけても何も判らないが、歴史上の親王や源氏と比較しながら見ていくと、それぞれの特徴が見えてくる。人によって行われ方が違ったり、時代によって元服年齢が変遷する。それが何に由来するのかを考えながら読み解いていくと、不思議なほど歴史上の天皇の営みが手に取るように判ってきた。勿論、その読み取りが大きく間違っている可能性もあるが、数を重ねて行くと、間違った見方はどこかの段階で矛盾や破綻を起こす。その度に、再度仮説を改めながら読み進めるといった具合である。

索引を引いたり、データにパソコンで検索をかければ、忽ち一覧できる今の時代からすると、このような行為は真逆のことのようにも思えたが、私には時間の経過とともに、歴史的事項がどのように繋がっていくのか、物事の因果関係を見ることの方が大切に思えたのだ。そうやって、天皇がどのような経緯で即位し、どう世を治め、何に苦しみ、どう行動したのかなど、歴代天皇の生きる営みを自分なりに復元しながらその歴史的事項を読み解いていくことは、とても面白かった。また皇子女の一人一人の履歴をまとめながら見ていくと、その人の生きざまが見えてくる。そうして、自分で年表を作りながら、後から関連する事項をいくつも付け加え、相互にどのように関連しあうのかを考えるという、とても手間隙のかかる作業を毎回の論文執筆の過程で続けることとなった。ただし、自分で年表を作ると、それに新たな項目が次々と付け加わることになり、データはどんどんと蓄積されていった。本書所収の論文が、平成24（二〇一二）年以降に発表したものが多く含まれているのは、そのデータの蓄積に負うところが大きい。

平成23（二〇一一）年11月に上梓された笠間書院の『王朝文学文化歴史大事典』の03「天皇制」の項目の執筆を担当したことも大きかった。きちんと歴史を学んだことがない私が「歴史大事典」の項目を執筆するのはあまりに大それたことである。文学に関連づけて書くとは言え、それこそ史料を読み、歴史学の成果を一から学んで原稿執筆まで行うのは、大変ではあったが、とても勉強になった。そのような機会を与えてくださった編者の倉田実氏に心から感謝申し上げたいと思う。倉田氏は、私の原稿に朱を入れ、加えるべき事項を丁寧に指示してくださり、根気よく最後までお付き合いくださった。おかげで、時間はかかっても、まずは史料を自分で読むというところから始める習慣が身についた。

その他にも、いくつかのシンポジウムや論集でお声をかけていただいたことも、この本が出来上がる過程に大きな契機となった。幸いにして、「准拠」や「歴史と物語」といった私向けのテーマでお声をかけてもらったお陰で、問題意識がぶれず、さらに関連する内容を順番に取り上げて発表に臨み、論文執筆ができた。企画者や編者の意図をきちんと汲んだものができたかどうかは甚だ不安ながら、毎回考える機会を与えられて、決められた締切までにまとめるという課題が課されたことで、今回のように一書にまとめる道が出来たと思っている。これをすべて自分一人でお膳立てし、テーマを考え、調べる作業をしていたら、もっと時間がかかっていただろう。遅筆な私に発破を掛けてくださった方々に感謝申し上げたい。一人一人を挙げればきりがないので本書に関わる数名のみをご紹介したい。『重層する歴史の諸相』や『桐壺巻論集』・『源氏物語の礎』など、本書の核となる諸論を書く契機と機会を作ってくださった日向一雅氏には一方ならぬお世話になった。厚く御礼を申し上げたい。日向氏には学位論文の審査で副査も務めていただいた。その他では、『王朝文学と音楽』での堀淳一氏、『〈紫式部〉と王朝文芸の表現史』での高橋亨氏、『源氏物語と天変地異』での三田村雅子氏・河添房江氏、『新時代への源氏学』での土方洋一氏、『源氏物語の方法を考える』での田坂憲二氏・久下裕利氏、和漢比較文学会と「アジア遊学」での北山円正氏、そして忘れてならないのが古代文学研究会の会員諸氏である。こうした方々が背中を押してくださったおかげで、なんとかここまでこぎ着けた。ただ、出来上がったものを改めて見てみると、よくもまあ同じことを繰り返し繰り返し行っているものだと呆れるほどである。どこを切っても金太郎飴の印象は拭えない。

また、こうしてこれまで書いてきたものを並べてみると、その論文を執筆していたころのことが鮮やかに蘇るものもある。第Ⅱ編第1章の「藤壺立后から冷泉立太子への理路」は、世に出たのは平成24（二〇一二）年3月であったが、これを調べ、まとめ、執筆していたのは、一年前の東日本大震災が起こった時期だった。私の郷里は福島で、年老いた両親が福島にいた。ちょうど父は入院していて、母は自宅で一人で暮らしていた。幸い被害は少なく、無事だったが、当時は連絡が取れなくなり、その後も行くに行けない日々が続いた。故郷の人々は大変な思いでいるのに、何もできないでいる自分がもどかしく、焦燥感に苛まれながら、私は私に課せられた課題をやるしかないと自分に言い聞かせて書き続けたことを思い出す。その父は、平成25（二〇一三）年の七月に他界し、この本の報告をすることはできなかった。それが本書に関する唯一の心残りである。ただ、生前での報告は叶わなかったが、この後もずっと見守ってくれていることであろう。今後もたゆまず努力し、成果を残していくことが両親への恩返しだと思っている。

本書の出版に際しては、前著に引き続いて翰林書房にお世話になった。加えて、本務校である大阪大谷大学からは特別研究費（出版助成）の交付を受けた。記して感謝の意を表したい。

最後に、私事で恐縮であるが、ずっと私を支えてくれている妻に深く感謝したい。

平成二十八年五月

浅尾　広良

初出一覧（原題および掲載誌）一書にまとめるにあたり、整合性を図るため補訂・改稿等を行った。

序章

皇統の歴史と物語の論理　書き下ろし

Ⅰ　桐壺帝御代の特質

1「女御・更衣と賜姓源氏——桐壺巻の歴史意識——」「中古文学」第81号　平成20（二〇〇八）年6月

2「后腹内親王藤壺の入内——皇統の血の高貴性と「妃の宮」——」「大阪大谷国文」第37号　平成19（二〇〇七）年3月

3「桐壺皇統の始まり——后腹内親王の入内と降嫁——」「國學院雑誌」第109巻第10号通巻一二一八号　平成20（二〇〇八）年10月

4「光源氏の元服——「十二歳」元服を基点とした物語の視界——」『源氏物語の始発——桐壺巻論集』竹林舎　平成18（二〇〇六）年11月

Ⅱ　桐壺帝御代から朱雀帝御代へ

1　「藤壺立后から冷泉立太子への理路」

『源氏物語の礎』青簡社　平成24（二〇一二）年3月

2　「宮廷詩宴としての花宴――『源氏物語』「桜の宴」攷」（「大阪大谷大学紀要」第47号　平成25（二〇一三）年2月）を基本としながら、「花宴と藤の宴――重層する歴史の想像力――」（『源氏物語　重層する歴史の諸相』竹林舎　平成18（二〇〇六）年4月）と「物語に描かれた花宴――嵯峨朝から『うつほ物語』・『源氏物語』へ」（「アジア遊学一八八『日本古代の「漢」と「和」――嵯峨朝の文学から考える』」勉誠出版　平成27（二〇一五）年9月）の内容を取り入れて大幅に改稿した。

3　「踏歌後宴の弓の結――『源氏物語』花宴巻「藤の宴」攷――」

「大阪大谷国文」第43号　平成25（二〇一三）年3月

Ⅲ　朱雀帝御代の特質

1　「朱雀帝御代の始まり――葵巻前の空白の時間と五壇の御修法――」

「大阪大谷国文」第44号　平成26（二〇一四）年3月

2　「時代設定と准拠――『源氏物語』の斎宮・斎院――」

『新時代への源氏学　1　源氏物語の生成と再構築』竹林舎　平成26（二〇一四）年5月

3「桐壺院追善の法華八講」　「国語と国文学」第91巻第11号通巻一〇九二号　平成26（二〇一四）年11月

4「朱雀帝御代の天変――仁王会・雷・物の怪から――」　『源氏物語と天変地異』翰林書房　平成25（二〇一三）年6月

Ⅳ　冷泉帝御代の特質

1「少女巻の朱雀院行幸」　『知の挑発　源氏物語の方法を考える――史実の回路』武蔵野書院　平成27（二〇一五）年5月

2「国冬本少女巻朱雀院行幸の独自異文」　「大阪大谷国文」第45号　平成27（二〇一五）年3月

3「結集と予祝の男踏歌――聖武朝から『源氏物語』への視界――」　『王朝文学と音楽　平安文学と隣接諸学8』竹林舎　平成21（二〇〇九）年12月

Ⅴ　源氏物語と史書

1「〈紫式部〉と『日本紀』――呼び起こされる歴史意識――」　『〈紫式部〉と王朝文芸の表現史』森話社　平成24（二〇一二）年2月

索引

書名・事項

あ行

か行

さ行

た行

な行

は行

ま行

わ行

人名

あ行

か行

さ行

な行

は行

ま行

や行

ら行

【著者略歴】
浅尾広良（あさお・ひろよし）
1959年　福島県生まれ
1982年　山形大学人文学部卒業
1987年　國學院大學大学院博士課程後期単位取得
現　在　大阪大谷大学文学部教授　博士（文学）
専　攻　『源氏物語』を中心とした平安時代の物語文学
著　書　『源氏物語の准拠と系譜』（翰林書房　2004年）

源氏物語の皇統と論理

発行日	2016年 9 月22日　初版第一刷
著　者	浅尾広良
発行人	今井　肇
発行所	翰林書房
	〒151-0071 東京都渋谷区本町1-4-16
	電 話　(03) 6278-0633
	FAX　(03) 6278-0634
	http://www.kanrin.co.jp/
	Eメール●Kanrin@nifty.com
装　釘	須藤康子＋島津デザイン事務所
印刷・製本	メデューム

落丁・乱丁本はお取替えいたします

ISBN978-4-87737-400-6